London, 1926, der Krieg ist vorbei, die aufregende Energie der Veränderung flirrt durch die Luft. Die junge Amerikanerin Maisie hat einen Job bei dem gerade erst gegründeten Rundfunksender BBC ergattert. Sie ist elektrisiert vom hektische Tempo, den jungen klugen Mitarbeitern und einschüchternden Chefs. Sie entdeckt ihre Leidenschaft für das Radio und trifft auf die außergewöhnliche Hilda Matheson, die Gründerin des beliebten Talk-Programms, die ihr zur Mentorin wird. Als die beiden jedoch eine schockierende Verschwörung aufdecken, müssen sie sich entscheiden: Wie weit gehen zwei engagierte Journalistinnen für die Wahrheit?

SARAH-JANE STRATFORD ist Autorin und Essayistin und schreibt unter anderem für den *Guardian*, den *Boston Globe*, die *Los Angeles Review of Books*, *Slate*, *Salon* und *Guernica*. Sie ist darüber hinaus Mitglied von *WAM! – Women, Action and the Media*.

SARAH-JANE STRATFORD

RADIO GIRLS

ROMAN

Aus dem amerikanischen Englisch
von Beate Brammertz

btb

»Wenn wir vernünftig genug sind, [dem Rundfunk] die nötige Freiheit und eine intelligente Ausrichtung zu geben, wenn wir ihn vor der Ausbeutung durch persönliche Interessen des Geldes oder der Macht schützen, könnte sein Einfluss gar das Gleichgewicht hin zum Individuum zurückverschieben.«

Hilda Matheson, *Broadcasting* (1933)

London, 1930

Im Laufschritt schlängelte sie sich zwischen den verdutzten Fußgängern hindurch, doch ihr Verfolger war ihr immer noch dicht auf den Fersen.

All ihre sorgfältige Planung, all die Arbeit, um das Netz zu spinnen und die Fliege zu fangen, hatten diese Wendung nicht einkalkuliert, die Möglichkeit, dass die Papiere in ihrer Tasche so wertvoll waren, dass jemand sie jagen würde, um die Unterlagen zurückzubekommen.

Sie mit einer Waffe jagen würde.

Sie hörte es, hörte das Klicken, selbst im Lärm der Passanten, des Verkehrs und ihres pochenden Herzens, dem steten Schritt des Mannes hinter ihr.

Ihr Verfolger wusste allerdings nicht, dass sie nicht allein war. Ein schwacher Trost, während sie über zwei Yorkshireterrier sprang und an ihrer in Zobel gehüllten Besitzerin vorbeihetzte, um die Gasse hinabzusprinten, aber sie krallte sich an jeden Hoffnungsschimmer fest, der sich ihr bot.

Und er hatte keine Ahnung, was sie gleich tun würde. Keine Ahnung von der Macht, die sie wirklich besaß. Er war wie all die brutalen Kinder, die sie als Mädchen gejagt hatten, in der Hoffnung, ihr Angst zu machen. Den Jungen damals war es gelungen. Ihr Verfolger würde es nicht schaffen.

Sie rannte schneller, die Knie angezogen, anmutig und trittsicher wie eine Gazelle, nur dass Gazellen keine glänzenden Schuhe mit modischen Riemchen trugen.

Dem Himmel sei Dank für kurze Röcke. Vor zehn Jahren wäre ich längst tot.

Sie musste es nur bis zum Auto schaffen. Doch ihr Verfolger holte auf. Entschlossen beschleunigte sie das Tempo.

Würde es helfen, wenn sie schrie? Nein, schreien half nie. Außerdem sollte er nicht die Genugtuung bekommen zu merken, wie verängstigt sie war, ebenso wie er nicht die Genugtuung bekommen sollte, die Papiere an sich zu reißen, in deren Besitz er unbedingt gelangen wollte.

Sie verstärkte den Griff um ihre Handtasche, die rutschig vor Schweiß war, und rannte noch schneller.

Erstes Kapitel

◊◊◊

November 1926

Obwohl jeder in der Pension den Brief gesehen und Maisie gegenüber beteuert hatte, dass er echt war, faltete sie ihn immer wieder auf und las ihn durch, bis die getippten Worte an den Falzmarken fast nicht mehr zu entziffern waren, und das nur fünf Tage nachdem sie ihn erhalten hatte.

»Du solltest ihn pfleglicher behandeln«, riet Lola von ihrem Platz auf dem Schlafzimmerstuhl mit der geraden Rückenlehne, wo sie ihre Nägel polierte. »Bald ist er völlig zerfetzt, und du musst ihn bei deinem Vorstellungsgespräch gewiss vorzeigen, oder?«

Das Vorstellungsgespräch. Nach Monaten der Erwerbslosigkeit, nur gelegentlich unterbrochen von zwei oder drei Tagen Arbeit, bei der alle sicher waren, es würde etwas Festeres daraus erwachsen und dieses Versprechen nie eingelöst wurde, war Maisie schließlich zu einem Vorstellungsgespräch für eine Anstellung in Vollzeit eingeladen worden. Als Sekretärin bei der BBC.

»Ich hoffe so sehr, dass du für den arbeiten musst, der die Hörspiele und dieses Zeug betreut«, sagte Lola mindestens einmal am Tag in unterschiedlichem Wortlaut. Maisie versprach hoch und heilig, dass sie, falls es sich tatsächlich um diese Stelle handeln und sie sie bekommen sollte, alles in ihrer

Macht Stehende tun würde, damit Lola zum Radio käme. Insgeheim hoffte sie jedoch, dass die Stelle so weit von den »Hörspielen und diesem Zeug« entfernt wäre, wie die BBC-Büros in Savoy Hill es nur irgendwie erlaubten.

Sie las den Brief ein weiteres Mal durch. Der Briefkopf war von schlichter, moderner Eleganz und listete die Adresse und die Angaben für die Telefonvermittlung (Temple Bar 8400) und für Telegramme (Ethanuze, London) auf. Der Text war in dem knappen, förmlichen Stil gehalten, den sie mit so viel Liebe mit Großbritannien in Verbindung brachte, und forderte sie auf, am Donnerstag, den fünfundzwanzigsten November um fünfzehn Uhr zum Vorstellungsgespräch zu erscheinen und nach Miss Shields zu fragen. Sie solle »angemessene Empfehlungen« mitbringen.

»Ich wünschte nur, ich wüsste, was sie mit ›angemessen‹ meinen«, sagte Maisie, während ihr Finger an ihrem spitzen Kinn auf und ab wanderte. Sie hatte ein Schreiben von Schwester Bennister, der Mutter Oberin des Brighton Soldiers' Hospital, das Maisie als fleißige und umsichtige Krankenschwester beschrieb – wohlwollend, wenn man bedachte, dass Maisie kaum mehr als eine Hilfskrankenschwester gewesen war. Das Abschlusszeugnis von Miss Jenkins' Sekretärinnenkolleg war von größerer Bedeutung, allerdings weniger eindrucksvoll, da es aus dem Jahr 1924 stammte, noch dazu aus New York, und sie keinen plausiblen Grund liefern konnte, warum sie nichts weiter vorzuweisen hatte.

»Oh, zerbrich dir darüber nicht den Kopf«, riet Lola. »Sie müssen so etwas schreiben, nicht wahr? Aber ich kann mir nicht vorstellen, dass Empfehlungsschreiben eine große Rolle spielen. Es geht allein um den ersten Eindruck, den du auf sie machst.«

Je länger Maisie sich in dem trüben Spiegel auf ihrem

Frisiertisch betrachtete, desto weniger vielversprechend erschien ihr diese Aussicht.

Beide, Lola und ihre Hauswirtin Mrs Crewe, waren seit dem zeremoniellen Aufschlitzen des Briefumschlags ein Quell niemals versiegender Ratschläge gewesen. Selbst die anderen Untermieterinnen, Frauen, denen Maisies Gegenwart bisher höchst selten aufgefallen war, stimmten in ihre Vorfreude ein. Der Radioapparat war ein heikles Thema in Mrs Crewes Haus, da diese eigensinnige Dame der Meinung war, das gesamte Prinzip des Zuhörens wäre eine »unsinnige, vorübergehende Laune«, weshalb sie sich weigerte, ihr hartverdientes Geld für einen so überaus unnützen und, wie sie stets gerne betonte, *unnatürlichen* Firlefanz wie ein Radio auszugeben.

»Warum in aller Welt sollte irgendjemand körperlosen Stimmen zuhören wollen? Das klingt ketzerisch, wenn nicht gar gefährlich. Wer weiß, was sie sonst noch tun können, wenn sie durch eine Maschine mit dir reden können? Erst das Kino, jetzt das. Das ist nicht richtig.«

Womöglich war es nicht richtig, aber Mrs Crewe war eine entschiedene Fürsprecherin »ihrer Mädchen«, wie sie ihre Untermieterinnen nannte, und durchaus gewillt, einen Teil ihres Unmuts abzulegen, sollte Maisie tatsächlich eine Festanstellung ergattern.

»Und sobald du dort arbeitest und dir nicht zwei Köpfe wachsen oder sonst irgendwas, wird sie sich eingestehen müssen, dass nichts Schlimmes dran ist, und uns einen Radioapparat kaufen!«, krächzte Lola. »Nun ja«, fuhr sie gedankenverloren fort, die gezupften Brauen zusammengezogen, »wahrscheinlich sind wir dann längst in etwas Schickeres umgezogen, glaubst du nicht?«

Maisie stimmte ihr zu, wenn auch nur, weil Mrs Crewe

ihrer Ansicht nach nie und nimmer ein Radio kaufen würde, egal was geschähe.

Lola und die anderen Untermieterinnen hatten allesamt Freundinnen, die »Radiopartys« veranstalteten, bei denen sie sich trafen und etwas von der BBC anhörten, normalerweise ein Hörspiel oder Musik, aber seit neuestem auch Vorträge. Maisie hatte dieses Glück nicht, was einer von vielen Gründen war, warum sie ein solches Interesse am Radio hatte. Insgeheim stimmte sie Mrs Crewe zu, dass körperlosen Stimmen etwas Unheimliches anhaftete, und es war sonderbar, dass sie aus einem anderen Teil Londons stammten und dennoch so klar klangen, als würde jemand am anderen Tischende sitzen. Viele Menschen fürchteten sich vor dem Rundfunk, in der Gewissheit, all diese neuen Technologien wären ein Vorbote böser Geister oder ein Instrument, um eine Brücke zur Unterwelt zu schlagen. Maisie war nicht sicher, was sie glauben sollte.

Was sie hingegen mit unwiderlegbarer Sicherheit wusste, war, dass ihr Vermögen auf ein Pfund, dreizehn Schilling und neun Pence geschrumpft war. Trotz ihrer unvergleichlichen Erfahrung auf dem Gebiet der Sparsamkeit war dieser kleine Haufen Münzen der Gegenwert von einer Woche Kost und Logis. Ihre Familie, klein wie sie war, lebte in New York und Toronto, und keiner von ihnen würde wohlwollend – oder höflich – auf die Bitte um Unterstützung reagieren. Ihr blieb keine andere Wahl. Sie musste diese Stelle bekommen.

»Lass mich dich ein bisschen schminken. All diese BBC-Mädchen tragen Make-up, da bin ich sicher«, beharrte Lola. Maisie war unschlüssig. Sie wollte nicht riskieren, dass die unbekannte Miss Shields sie für schamlos hielt.

Oder für so dumm, dass ich annehme, mit Make-up ließe sich etwas aus mir machen. Maisie seufzte und betrachtete ihre

Nase, die von Menschen als »römisch« bezeichnet wurde, wenn sie nett sein und ihrem hageren Gesicht zumindest einen bemerkenswerten Zug zusprechen wollten. *Wahrscheinlich sollte ich dankbar sein, zumindest kein Furunkel zu haben.*

Sie sparte sich ihre Dankbarkeit für die große Beliebtheit des Bobs auf. Er war ein echtes Geschenk für Frauen wie sie, die mit feinen, strähnigen Haaren gestraft waren, und sie liebte ihn von ganzem Herzen. Ihre Haare mochten langweilig und straßenköterbraun sein, doch in ihrem kurzen, glatten Zustand waren sie weniger abstoßend, und der strenge Pony tat sein Bestes, um ihrem Gesicht etwas zu verleihen, das einer Form gleichkam. Sie wünschte inständig, sie besäße eine anständige Cloche, eine mit Glasperlenverzierungen am Ohr oder vielleicht einer kleinen Feder. Ihr einfallsloser schwarzer Wollhut war so nichtssagend und offensichtlich billig. Aber er war sauber, und behutsames Ausbürsten kaschierte die schlimmsten geflickten Stellen.

Das gestelzte Englisch ihrer in Toronto geborenen und dort aufgewachsenen Großmutter hallte in Maisies Ohren wider, als sie ihre Strümpfe bis über die Oberschenkel hochrollte und sie mit einem Strumpfband befestigte. »Nun? Willst du mir nicht danken?« Und Maisie *war* dankbar, dass die Leidenschaft dieser Frau für Sparsamkeit und elegante Dinge ihr die Fähigkeit vermittelt hatte, ihre schwarzen Wollstrümpfe so gut zu flicken. Moderne Frauen trugen beige- oder pastellfarbene Strümpfe – teilweise aus Seide! –, aber schwarz war immer noch annehmbar, und ihr Exemplar war nicht einmal besonders schlimm, solange man es sich nicht aus der Nähe besah.

Dann mal viel Glück. Stirnrunzelnd betrachtete sie ihre dürren, formlosen Beine und wünschte, sie hätte die langen Röcke mehr zu schätzen gewusst, als sie noch in Mode gewesen waren.

Was ihre Schuhe anbelangte, so müsste sie sie einfach fest auf den Boden pressen, um die Löcher zu kaschieren. Die billigen Oxford-Halbschuhe hatten in den vergangenen fünf Jahren stark gelitten, aber selbst wenn sie sich noch ein weiteres Mal reparieren ließen, würde sie es nicht ertragen. Jedes Mal, wenn sie in diese Schuhe schlüpfte, würde sie am liebsten in Tränen ausbrechen.

Während sie die Schnürsenkel zuband, erinnerte sie sich an einen der wenigen Ratschläge, die ihre Mutter Georgina ihr gegeben hatte: »Wenn es hart auf hart kommt, ist es besser, weniger zu besitzen, solange alles, was man trägt, von guter Qualität ist.«

Wunderbare Worte von einer Frau, die als aufstrebende, junge Schauspielerin bodenlange Röcke getragen hatte und nun erfolgreich genug war, um ständig von, wie sie es nannte, »Mäzenen« umgeben zu sein, die sie mit so vielen Seidenstrümpfen versorgten, wie sie nur wollte.

Maisie stand auf und zog den Mantel an.

»Du meine Güte, Maisie, warum hast du dir nichts von mir ausgeliehen?«, lautete Lolas Reaktion, als Maisie sich ihr präsentierte.

»Deine Kleidung passt mir nicht«, sagte Maisie, was nichts als die Wahrheit war. Lola war kleiner als Maisie, und obwohl sie mit eifriger Beflissenheit von Bandagen Gebrauch machte, um ihre üppige Figur – wie es die Mode verlangte – knabenhafter aussehen zu lassen, trug sie ihre Kleider so tief ausgeschnitten, wie es sich tagsüber gerade noch ziemte. Hätte sich Maisie etwas von ihr geborgt, hätte sie wie eine billige Revuetänzerin ausgesehen.

»Nun ja, wahrscheinlich kümmert es sowieso niemanden, wie man im Radio aussieht«, sagte Lola in ihrem tröstlichsten Tonfall. »Fahr zumindest mit dem Taxi hin. Nein, das solltest du wirklich. Du kämst dir unglaublich vornehm vor. Hier, ich leihe dir das Geld.«

Die Münzen glitzerten in Lolas Handfläche, eine schimmernde Verlockung. Maisie hatte noch nie einen Fuß in ein Taxi gesetzt und konnte sich einen solch verschwenderischen Luxus nicht vorstellen, aber das Bild einer Stoffrose, die sie sich an ihren Hut stecken könnte, stieg unvermittelt in ihr auf. Auf dem Boulevard The Strand könnte sie eine Modistin aufsuchen. Ihre Hand schwebte über der von Lola, sank jedoch nicht herab. Sie würde niemals hübsch oder chic sein, doch so, wie sie war, sah sie zumindest verlässlich und vernünftig aus. Jemand musste diese Eigenschaften bei einer Sekretärin zu schätzen wissen. Außerdem hasste sie es, Schulden zu machen, wenn es sich vermeiden ließ. Sie hatte nicht den blassesten Schimmer, was die nächste Woche mit sich bringen würde.

»Das ist schrecklich lieb von dir, aber nein danke. Es ist erst zwei Uhr. Mit der Straßenbahn bin ich im Handumdrehen dort«, versicherte Maisie ihr.

»Nun, dann viel Glück«, sagte Lola grinsend. »Sie werden dich nehmen. Ganz sicher.«

Während Maisie sich für die Fahrkarte von einem ihrer kostbaren Pennys trennen musste, hoffte sie inständig, dass Lola recht behalten würde. Seit langem hatte niemand sie mehr gewollt, und diejenigen, die sie eingestellt hatten, hatten sie nicht länger behalten als Richard der Dritte Anne Neville in Shakespeares schöpferischer Fantasie.

Georgina behauptete immer, Maisie gehöre nicht nach London.

Sie darf einfach nicht recht behalten.

Vor dem imposanten Backsteingebäude mit dem Messingschild neben der Tür, auf dem BRITISH BROADCASTING

COMPANY stand, traf Maisie die niederschmetternde Erkenntnis, dass Georgina wusste, wovon sie sprach, obwohl sie London nur von Bühnenbildern kannte. Maisie legte die Finger auf die dunkle Holztür und spürte den Sog dieses vor Leben pulsierenden Ortes. Gewaltsam befahl sie ihrer Hand, nicht zu zittern und sich daran zu erinnern, wie ein Türgriff funktionierte.

Die Tür führte in eine riesige Empfangshalle, die unerhört modern war, mit einem auf Hochglanz polierten Marmorfußboden, der den Gefahren einer Eislaufbahn in nichts nachstand, und einer mit Tropenbäumen bedruckten Tapete. Zwei in Fuchsfell gehüllte Frauen redeten in einer Ecke aufeinander ein, während sie in einem steten Rhythmus die Asche von ihren Zigaretten in einen glänzenden Messingaschenbecher klopften.

Ein Getrappel, das drohende Zerstörung ankündigte – das Erdbeben von San Francisco schien London erreicht zu haben –, nötigte Maisie, die Arme schützend um sich zu schlingen, als zwei Männer mit vor Entschlossenheit glühenden Gesichtern die Treppe hinunterstürzten, die Hüte tief in die Stirn gezogen, die Krawatten gerade gerückt. Sie schossen auf beiden Seiten an Maisie vorbei, nah genug, um sie wie eine Billardkugel auf einem Tisch hin und her zu stoßen, und sprangen dann aus der Tür, ohne sie auch nur bemerkt zu haben.

Maisie strich ihren Mantel glatt, während sie sich insgeheim beglückwünschte, nicht zu Boden gegangen zu sein. Dann pirschte sie sich an den Kirschholztisch heran, wo sich die perfekt frisierte Empfangsdame von ihrem Telefon abwandte und Maisie einen abschätzenden Blick zuwarf.

»Haben Sie einen Termin?«, fragte die Empfangsdame mit tiefer Stimme, die gleichzeitig angenehm und Respekt einflößend klang.

»Nun, ich … ich soll mich um fünfzehn Uhr bei Miss Shields melden«, flüsterte Maisie und faltete den kostbaren Brief auf, der als Beweis für ihre Worte dienen sollte.

»Hm«, kam die Antwort. Eine Glocke musste geläutet haben, denn wenige Sekunden später erschien ein rundlicher Junge mit rotem Haarschopf. Er konnte nicht älter als zwölf sein und hatte die herrische Art eines Höflings an sich.

»Ah, Rusty«, grüßte ihn die Empfangsdame. »Dies ist …« Ein weiterer Blick auf den Brief. »Miss Musgrave, für Miss Shields, und das bitte unverzüglich.«

»Ja, Miss! Bitte hier entlang, Miss.« Mit einer theatralischen Armbewegung wurde Maisie in das Innere der BBC gebeten.

»Wollen Sie den Aufzug nehmen, Miss, oder lieber die Treppe? Sie müssen wissen, es ist ganz oben.«

Sie wusste, sie sollte so gut es ging mit ihren Kräften haushalten, denn das Abendessen war noch Stunden entfernt, aber ein aufgeregtes Durcheinander drang von all den Etagen über ihr herab, und sie wollte so viel davon sehen wie nur irgend möglich.

»Mir macht die Treppe nichts aus«, versicherte sie Rusty und wurde mit einem wohlwollenden Grinsen belohnt.

Die BBC existierte erst seit vier Jahren, weshalb Maisie nicht die Art schwerfälligen Prunk erwartet hatte, der alteingesessenen Institutionen vorbehalten war, Orten, die sie mit Ehrfurcht, Erstaunen und Sehnsucht erfüllten. Die Sorte Ort, von dem sie geträumt hatte, ihre Tage und auch Nächte dort zu verbringen. Savoy Hill war wie eine Droge. Die hell leuchtende, pulsierende Energie des Neuen, mit Mitarbeitern, die von einem technologischen Wunder umgeben waren, einem Wagnis, das sich gegen sie wenden und morgen verschwunden sein könnte – obwohl sie alle kämpfen würden, als befänden sie sich in der Schlacht von Azincourt, um eine Niederlage abzuwenden. Hinter einigen dieser Türen saßen gewiss Menschen in schallisolierten Räumen und sprachen zur Nation. Doch in den Korridoren hallte ein Lärmen von donnernden Schritten und raschelndem Papier und hastigen Gesprächen.

»Schon gehört? Die Matheson hat Anthony Asquith an Land gezogen!«

»Pah! Ich warte nur drauf, dass Tallulah Bankhead für ein Interview vorbeikommt.«

»Dann würdest du wahrscheinlich tot umfallen!«

»Wäre die Sache wert, wobei es natürlich drauf ankommt, auf wen ich falle.«

Der Dialog schwirrte sirrend in Maisies Kopf umher, schwerer als Parfüm und ebenso betörend.

»Hat jemand Lust auf die American heute Abend?«

Maisie taumelte.

Die Bar, du Idiotin. Er meint die Bar im Savoy. War das die Sorte Nachtclub, in den diese Leute nach der Arbeit gingen? Ihr eigenes Erscheinen auf dem Bürgersteig davor würde dem Türsteher ein müdes Lächeln entlocken, bevor er sie zurück auf die Straße scheuchen würde.

Die Stimme fuhr fort: »Sie haben einen neuen Barkeeper, direkt aus dem 300 Club in New York!«

»Jeder Vollidiot kann einen Cocktail mixen. Gib mir Bescheid, wenn diese Texas Guinan und ihre Mädchen auftreten!«

Er sprach es »Gwynen« aus.

Fast unwillkürlich blieb Maisie stehen und redete in das lärmende Durcheinander.

»Guy-nan. Ihr Name wird Guy-nan ausgesprochen. Und sie ist keine der … äh, Tänzerinnen. Ihr gehört der Club.«

Und war angeblich eine Freundin von Georgina, auch

wenn Maisies Lebenserfahrung sie gelehrt hatte, jeglicher Aussage, die über die Lippen ihrer Mutter kam, mit dem nötigen Zweifel zu begegnen. Laut Georgina war Texas Guinan »weder eine Schauspielerin noch eine Schönheit, aber sie besitzt eine überschäumende Persönlichkeit, mein Kind (was Maisie immer noch sein musste, da Georgina nicht alterte). Lohnenswert, eine Freundschaft zu ihr zu kultivieren« (denn was waren Menschen anderes als Salatköpfe aus dem Gewächshaus?).

Durch den Schleier ihrer wachsenden Scham spürte Maisie, wie mehrere Umstehende sie mit amüsiertem Interesse anstarrten, und in ihr stieg eine jähe Zuneigung für ihre eigene, sorgsam gepflegte Maske des »Unsichtbaren Mädchens« auf, den Feind, den sie sich zum Freund gemacht hatte und der sich als äußerst nützlich erwies, wenn er sie wie ein Tarnmantel verhüllte. Selbst Rusty hatte seine heilige Pflicht vergessen und blickte seinen Schützling erstaunt an.

Ein junger Mann sprang in großen Sätzen auf sie zu, ein strahlendes Grinsen und freche Sommersprossen im Gesicht. Seine Haare fielen ihm in zerzausten braunen Locken in die Stirn, und er trug eine modisch geschnittene weite Hose und Krawatte, die Maisie an eine Schuluniform erinnerte.

»Sie sind Amerikanerin?«, fragte er im feinsten Oxford-Englisch. »Sind Sie aus New York? Das sind Sie, nicht wahr?«

Nur mit Mühe gelang es Maisie, das Atmen nicht zu vergessen. Dieses Grinsen. Diese Sommersprossen.

»Nun, ich … im Grunde … ich meine, ich habe in New York gelebt … bin dort aufgewachsen, aber …«

Rusty, der aus seiner Schockstarre erwacht war, mischte sich nun ein. »Tut mir schrecklich leid, Mr Underwood, Sir, aber ich muss diese Miss wegen eines Vorstellungsgesprächs zu Miss Shields bringen.«

»Oh!« Der junge Mann wirkte erstaunt. »Ich hätte sie eher für einen Neuzugang von Matheson gehalten.«

»Wohl kaum«, sagte jemand kichernd. Ein Chor aus gedämpftem Flüstern schwoll an.

»Nun denn, viel Spaß bei Miss Shields«, sprach Mr Underwood ihr Mut zu. Seine lächelnden saphirblauen Augen wirkten auf sie wie ein Schlangenbeschwörer auf seine Schlange, doch sein Tonfall legte nahe, dass jeglicher Spaß ausgeschlossen war.

Maisie wünschte, dass die Schamesröte, die in ihrem Gesicht und an ihrem Hals brannte, heiß genug wäre, um den Boden zum Schmelzen zu bringen und sie zu verschlingen. Mechanisch trottete sie Rusty hinterher, ohne auf die Anzahl an Treppenstufen zu achten, und erwachte erst aus ihrer Trance, als sie einen ruhigen Korridor erreichten, glänzender und feierlicher als die unteren Stockwerke, in dem jede Tür geschlossen war.

Rusty schritt zu einer der Türen, klopfte respektvoll an und schob sie dann einen Spalt auf.

»Miss Shields, Miss Musgrave für Sie, Miss«, verkündete er in seiner besten Nachahmung von Kultiviertheit.

»Vielen Dank, Rusty«, ertönte eine eindringliche Stimme. Maisie zwang sich in das Büro und hoffte inständig, ihre Schamesröte sei verflogen. Miss Shields blickte Maisie von oben herab an, ihre schönen Gesichtszüge frei von allem Frivolem wie etwa einem Lächeln. Sie trug ein braunes Tweedkostüm, dessen gerader Schnitt der Inbegriff guten Geschmacks war. Eine goldene Uhr war an ihr Revers geheftet und erinnerte Maisie an die Nonnen im Krankenhaus, außer dass deren Uhren kein Muster aus winzigen Rubinen und einem Diamanten geschmückt hatte.

»Setzen Sie sich, bitte, Miss Musgrave«, kam die doch recht

höfliche Einladung. »Darf ich Ihnen eine Tasse Tee anbieten?«

Maisie zögerte. Aus Prinzip schlug sie niemals eine Erfrischung aus, und sämtliche Kälte, die der November aufzubieten hatte, war durch ihre abgetretenen Schuhe gesickert. Andererseits zitterte sie so stark, dass sie fürchtete, den Tee über ihre Oberschenkel zu verschütten. Doch dies war die Sorte Frau, die keinen Widerspruch duldete, weshalb Maisie lächelnd nickte.

»Ja bitte, danke. Sehr gerne.«

Miss Shields gab den Auftrag an Rusty weiter. Maisie wartete betreten ab und spürte den Raum mehr, als dass sie ihn gesehen hätte, während heiße, kleine Nadelstiche der Aufregung über ihre Arme tänzelten und sich Schweißflecken unter ihren Achseln bildeten. Es war beeindruckend, dass diese Frau einem wichtigen Mann auf einem wichtigen Posten zuarbeitete, ganz allein in einem Büro. Miss Shields' Stuhl hatte geschwungene Armlehnen und ließ sich drehen. Maisie sehnte sich nach all dem hier und fragte sich, wie schnell man in dem Stuhl herumwirbeln könnte.

»Möchten Sie Milch? Zucker?«, fragte Miss Shields.

»Ja bitte, beides, danke«, sagte Maisie und wünschte, das Angebot würde ein Stück Kuchen oder auch nur einen Keks beinhalten (oder »Gebäck«, wie sie sich zu sagen angewöhnt hatte). Sie konnte sich nicht erinnern, wie es sich anfühlte, in den langen Stunden vor dem Abendessen nicht hungrig zu sein.

»Ja, Amerikaner mögen ihren Tee süß«, bemerkte Miss Shields, stolz auf ihr Wissen, während sie Maisie ihre Tasse und Untertasse reichte, an deren Rand Eisvögel flogen.

»Oh, ich bin Kanadierin«, stammelte Maisie und setzte zu einer entschuldigenden Rede an. »Halb britisch, da mein

Vater Brite war. Meine Mutter ist Kanadierin, und ich bin dort geboren. Dann sind meine Mutter und ich nach New York gezogen, wo sie als Schau… wo sie Arbeit fand. Ich habe hauptsächlich dort gelebt und die Sommer in Toronto verbracht, bis ich mich 1916 für das Voluntary Aid Detachment gemeldet habe und dem Krankenhaus in Brighton zugewiesen wurde.«

Sie verstummte. Ihre Biografie, so wenig beeindruckend wie sie war, war ein heilloses Durcheinander. Sie reichte Miss Shields ihre beiden Empfehlungsschreiben und konnte gerade einmal einen Schluck Tee trinken, bevor sie gelesen und beiseitegelegt worden waren.

»Wo ist Ihr Vater geboren?«

»Oh. Das… Das weiß ich…« Sie verstand nicht, welche Relevanz diese Frage hatte, doch ihr Blick senkte sich auf ihre Schuhe, bevor sie ihren Satz mit dem Wort »Oxford« beendete, da es so vollkommen respektabel klang. Das Gegenteil von Georgina.

»Ich gehe recht in der Annahme, dass sein Name Musgrave war.«

»Edwin Musgrave«, erklärte Maisie, was, soviel sie wusste, der Wahrheit entsprach. Der vertraute Stich bohrte sich in ihr Brustbein, und sie unterdrückte ein Seufzen. Der Vater, dem sie angeblich – und zu ihrem Leidwesen – wie aus dem Gesicht geschnitten war. Sie hoffte immer noch, ihn eines Tages zu finden. Hatte er einen Blick auf seine neugeborene Tochter geworfen und war davongelaufen, oder hatte sie Erinnerungen an ihn, irgendwo tief verschüttet in ihrem Gedächtnis, wenn sie nur wüsste, wo sie suchen müsste?

»Und wissen Sie, auf welche Schule er gegangen ist?«

»Auf welche Schule…? Nein, das tut mir… leid… Das weiß ich… nicht.« Sie zwang sich, der Frau in die kalten Augen zu sehen.

»Ich verstehe. Nun, wir haben im Moment viel zu tun, und ich brauche jemanden, der mich tatkräftig unterstützt, wenn die Schreibarbeit überhandnimmt. Ich bin die persönliche Sekretärin von Mr Reith.«

Sie betonte seinen Namen mit der Art Inbrunst, die Lola für Rudolph Valentino vorbehielt.

»Dem Generaldirektor, ja«, warf Maisie in dem Versuch ein zu beweisen, dass sie nicht völlig uninformiert war.

»Mr Reith erwartet, dass alles akkurat und pünktlich erledigt wird und dass seine Angestellten gründlich und engagiert arbeiten. Wir wachsen, nehmen an Bedeutung zu. Alles, was wir tun, muss dies reflektieren und verstärken. Ich benötige eine Assistentin, die gleichzeitig unterschiedliche Aufgaben erledigen kann und im Zweifelsfall gewillt ist, sich noch mehr einzubringen. Sie waren Krankenschwester, wenn ich …«

Sie sah Maisie aus verengten Augen an.

»Sie müssen *sehr* jung gewesen sein, als Sie sich freiwillig gemeldet haben.«

Maisie wusste nie genau, wie sie auf diese Feststellung reagieren sollte. Gewiss musste jemand ihren Patriotismus und ihre Eigeninitiative zu schätzen wissen – oder zumindest ihr Bedürfnis zu fliehen –, nachdem sie sich eine gefälschte Geburtsurkunde beschafft hatte, um damals bei ihrer Ankunft in England achtzehn zu sein, anstatt noch nicht einmal ganze vierzehn Jahre. Doch sie hatte nie jemanden getroffen, bei dem sie gewagt hätte, diesen Umstand zu erwähnen.

»Ein Großteil meiner Schwesternausbildung fand nach dem Krieg statt«, erklärte Maisie wahrheitsgemäß. »Ich bin aus dem Dienst ausgeschieden, da wir genügend Männer entlassen konnten und ich nicht länger gebraucht wurde.«

»Und Sie haben sich keine Arbeit in einem anderen Krankenhaus gesucht?«

»Ich …« *Wollte mir kein Blut mehr von den Händen waschen. Wollte Teil der Welt der Lebenden sein.* »Ich wollte zur Abwechslung etwas anderes tun.« Außerdem war sie sowieso nie eine richtige Krankenschwester gewesen.

»Also haben Sie eine Sekretärinnenschule besucht.« Miss Shields nickte kurz in Richtung des Zeugnisses. »Und das in New York, wie es scheint.«

»Ja. Ich, äh, ich … bin für eine Weile zurückgekehrt.«

Ich war mittellos, meine Großeltern wollten nichts mit mir zu tun haben, und Georgina wollte ihrem neuesten Mäzen ihren Großmut beweisen. Sie ist immer so glücklich, wenn ich im Leben scheitere. Auch wenn Georgina sie als ihre Nichte, nicht als ihre Tochter bezeichnet hatte, und es das Geld ihres Gönners gewesen war, das die Ausbildung finanziert hatte.

»Ich verstehe«, sagte Miss Shields. »Und wo haben Sie gearbeitet, nachdem Sie Ihren Kurs beendet hatten?«

»In einer Vielzahl von Büros, aber es waren leider nur befristete Stellen.«

Alle wollten glamouröse und quirlige und moderne Sekretärinnen.

»Wann sind Sie nach England zurückgekommen?«

»Vergangenes Jahr. Meine Mutter, äh, wusste, dass ich hier glücklicher bin.« Und sie und Georgina waren beide glücklicher, wenn ein Ozean zwischen ihnen lag. »Ich bin tatsächlich sehr glücklich in London und hoffe, hier bleiben zu können, vorausgesetzt, ich finde eine gute Arbeit.« Maisies Stimme war tonlos.

»Hm«, lautete die einzige Reaktion auf ihre Worte. »Und abgesehen von Ihrer Ausbildung zur Krankenschwester und Sekretärin, wo sind Sie zur Schule gegangen?«

Und schon sind wir bei dieser Frage gelandet.

Es war eine Frage, die auch in amerikanischen Vorstellungsgesprächen gestellt wurde, aber nur der Form halber. Maisies einziger Kritikpunkt an den Briten war der, dass sie regelrecht besessen von Bildung waren, selbst bei Mädchen. Oder zumindest bei Mädchen, die sich für die Art von Stelle bewarben, die sie haben wollte.

Oh, tisch ihr einfach eine Lüge auf!, schalt sie sich. *Eine mehr ist nicht schlimm. Denk dir einen Namen aus. Sie werden nicht nach Übersee schreiben, um die Angaben zu überprüfen. Es ist so leicht. Miss Morland's Free School for Girls. St. Agatha's Girls High. Gramercy Girls Academy. Sie wird niemals erfahren, dass alles frei erfunden ist. Sag einfach irgendetwas!*

»Äh, ich …«

»Ja?« Miss Shields' Augenbrauen tanzten den Tanz, den Maisie nur zu gut kannte.

»Es ist so, wir sind sehr viel umgezogen, weshalb ich nicht lange auf ein und derselben Schule war.«

»Aber Sie haben eine Schule besucht?« Trotz des Tonfalls war es eher eine Aussage als eine Frage, eine, die nichts als Zustimmung erwartete.

Die Schule der Skandale. Die Schule für Ehefrauen. Die harte Schule des Lebens. Die Schule der sträflich ungebildeten Einfaltspinsel.

»Ich wurde hauptsächlich zu Hause unterrichtet«, erwiderte Maisie in der Hoffnung, steif und förmlich zu klingen, als wäre sie von Gouvernanten erzogen worden.

»War es eine breitgefächerte Allgemeinbildung, oder gab es einen besonderen Schwerpunkt?«

Maisie war nicht sicher, was die Frau meinte. Alles, was ihr einfiel, war Georginas Rat, niemals gleichzeitig zwei Schattierungen von Rot zu tragen.

»Eher breitgefächert. Ich, äh, ich mochte Geschichte. Ich habe immer gern gelesen. Habe alles, wirklich alles gelesen.«

»Hm. Nun ja, ich habe natürlich nicht das Äquivalent von Cheltenham erwartet«, bemerkte Miss Shields und machte sich eine Notiz.

Cheltenham! Das war eine der vornehmsten Privatschulen für Mädchen in ganz Großbritannien. War Savoy Hill voller Frauen, die dort zur Schule gegangen waren? Hatte Miss Shields sie besucht?

»Wir brauchen Menschen mit einem scharfen Verstand, die gut organisiert sind, Miss Musgrave. Für diese Arbeit ist Ihr schulischer Werdegang weniger bedeutsam als Ihre tatsächlichen Fähigkeiten. Nun, der Posten verlangt ebenfalls, dass Sie dem neuen Programmdirektor der Vortragsabteilung zur Hand gehen ...« Maisie war überzeugt, dass Miss Shields sich ein spöttisches Lächeln verkniff, »aber Ihr Hauptaugenmerk gilt mir, also Mr Reith. Ich hoffe, dies versteht sich von selbst?«

»Ja, Miss Shields«, beteuerte Maisie mit einem Kopfnicken.

»Denn wir brauchen niemanden, der nur mit halbem Ohr zuhört.«

»Nein, Miss Shields.«

»Es ist natürlich von Nutzen, insbesondere bei der Vortragsabteilung, wenn Sie viel über bedeutende Persönlichkeiten und das Zeitgeschehen wissen. Lesen Sie die Tageszeitungen?«

Maisie hatte es früher getan, aber die langen Zeiten ungeregelter Beschäftigung hatten es ihr unmöglich gemacht, sich auf mehr als die Seiten mit den »Stellenanzeigen« zu konzentrieren. Sie hatte jedoch ein Talent dafür, gelesene Zeitungen aus weggeworfenen Stapeln zu ziehen und Einlagen für ihre Schuhe herauszuschneiden. Zumindest hielten sie ihre Füße warm. Maisie fragte sich, auf welchen Geschichten sie hierher spaziert war.

»Ich sehe sie mir natürlich an, Miss Shields.«

»Ich verstehe.«

Miss Shields machte den Anschein, als hätte sie alles gesagt, was es zu sagen gab, und Maisie trank ihren Tee aus, in dem drängenden Bewusstsein, dass *sie* eine Frage stellen sollte.

»Würde ich, ich meine, würde die Person, die Sie einstellen, in diesem Zimmer bei Ihnen arbeiten?« Angesichts der Größe des Raums schien es unwahrscheinlich, aber sie wollte gewappnet sein, sollte sie den halben Tag diesem strengen Blick ausgesetzt sein.

»In meinem Zimmer? Gewiss nicht. Wir werden in dem Kabuff etwas Platz schaffen.«

Maisie blickte zur Tür zu ihrer Linken.

»Nein«, wies Miss Shields sie zurecht. »Das ist Mr Reiths Zimmer.«

Maisies Herz machte einen Satz. War er dort drinnen? Hatte er ihnen zugehört? Was, wenn er die Tür öffnete?

»Das ist der Raum, den wir auserkoren haben«, sagte Miss Shields und zeigte auf die Tür zu ihrer Rechten. »Dort gibt es genug Platz für eine Schreibmaschine, und das sollte reichen. Es wird sowieso viel Zeit für das Sortieren von Akten und Dokumenten anfallen. Energie, Miss Musgrave, ich brauche jemanden mit Energie.«

»Ich habe Energie«, versicherte ihr Maisie und wünschte, es gäbe einen Weg, es ihr zu beweisen. *Ein Jammer, dass ich kein Rad schlagen kann.*

Miss Shields stellte ihre Tasse samt Untertasse ab, dann warf sie wieder einen Blick auf Maisies Empfehlungsschreiben.

»Was ich nicht verstehe, Miss Musgrave, ist, warum Sie sich nicht erneut an Ihre Familie in Toronto oder New York gewendet haben, wenn Sie solche Schwierigkeiten hatten, eine Festanstellung zu finden.«

Hinter der Impertinenz spürte Maisie, dass die Frau sie am liebsten sofort vor die Tür gesetzt hätte, um die Stelle all jenen anzubieten, die sie verdienten, insbesondere da so viele Männer arbeitslos waren. Es war ein gutes Argument, obwohl natürlich kein Mann für diesen Posten in Frage käme. Und im Grunde hatte Maisie trotz der Verlockungen des Büros vor, in dem Moment zu kündigen, sobald ihr sehnlichst herbeigesehnter Ehemann eine Gewissheit war und sie der liebenden Familie näher brachte, die sie sich von ganzem Herzen wünschte, seit sie wusste, dass es so etwas gab.

Sie zwang sich, die Schultern zu straffen und gleichmäßig zu atmen.

»Miss Shields, ich mag in der, wie man immer noch sagt, Neuen Welt geboren und aufgewachsen sein, aber mein Herz gehört der Alten Welt. Es gibt nichts, was mich glücklicher macht, als in den Straßen von London spazieren zu gehen. Alles hier atmet Geschichte aus. So viel hat hier begonnen, so viel ist hier geschehen. Dies ist immer noch der Mittelpunkt des Universums, und es gibt hier... gesellschaftliche Konventionen. Ich bin in der Hoffnung hergekommen, meinen Teil für Großbritannien zu tun, und das Land zu verlassen war so töricht, so feige. Ich habe es zurückgeschafft, und ich muss bleiben. Das ist alles, was ich will. Das hier ist mein Zuhause. Ich hoffe...« Ihre Stimme verhallte – die Röte, die ihr ins Gesicht kroch, war schmerzhaft.

Doch es war die Wahrheit. Sie brauchte diese Arbeit, brauchte dieses Zimmer mit dem Schreibtisch, diesen Drehstuhl, die mit Vögeln verzierte Teetasse. Sie brauchte selbst die Angst einflößende Miss Shields. Und den unsichtbaren Mr Reith. Auch wenn das gänzlich unverblümt Neue der BBC an

Maisies Hang zur spröden Steifheit und Sicherheit von Tradition und Opulenz nagte, war sie gleichzeitig von dem Glanz und dem geschäftigen Treiben verzaubert. Sie durfte nicht abgewiesen werden. Das durfte einfach nicht passieren.

»Sehr nett, gewiss, Miss Musgrave«, sagte Miss Shields trocken. »Vielen Dank für Ihr Kommen.« Miss Shields drückte auf einen Knopf neben der Tür und streckte ihr die Hand entgegen. »Sie werden zu gegebener Zeit einen Brief erhalten, in dem wir Sie über unsere Entscheidung in Kenntnis setzen. Rusty wird Sie hinausbegleiten.«

Rustys Kopf tauchte wie der eines Murmeltiers auf und drehte sich abwartend hin und her, während Maisie Miss Shields die Hand schüttelte und ihr, wie sie hoffte, nicht mit zu übertriebener Aufrichtigkeit dankte. Sie trottete Rusty hinterher und spürte, wie ihr das Herz durch die Löcher in den Schuhen rutschte. Das Wichtigste war nun, von hier zu verschwinden, bevor die Tränen kamen.

»Hey, New York!«

Genau in dem Moment, als Maisie die Empfangshalle erreichte, rief der Schulkrawatten-und-Oxford-Hosen-Mister-Underwood ihr hinterher, während er im Laufschritt die Treppen herabjagte. Immer noch grinsend. Immer noch mit Sommersprossen im Gesicht. Die Augen immer noch blau – so einladend, dass sie sich am liebsten in ihnen verloren hätte. War sie jemals zuvor von einem derart gut aussehenden Mann angelächelt worden?

»Waren Sie schon mal in einer Flüsterkneipe? Wie ist es da? Ist der Broadway nachts wirklich so hell wie am Tag? Ich würde so gern einmal eine Woche dort verbringen. Muss ein solcher Spaß sein – nicht dass unser London nicht das beste Fleckchen Erde wäre, natürlich, und wir bekommen hier zumindest ganz legal Alkohol, aber vielleicht ist es lustiger, wenn es verboten ist? Ich würde alles geben, um den Cotton Club zu sehen. Oder lassen sie da Weiße überhaupt rein?«

Es war, als würde man von einem Maschinengewehr durchlöchert werden. Das Artilleriefeuer seines Verhörs war einschüchternder als das von Miss Shields und die Fragen noch schwerer zu beantworten. Doch er sah Maisie mit echtem Interesse an, was mehr war, als Miss Shields ihr entgegengebracht hatte, eine erstaunliche Eigenschaft für einen Mann. Dankbar, dass er sie von ihrem Kummer ablenkte, gab Maisie ihm die eine Antwort, die sie zustande brachte.

»Nun ja, der ›Broadway‹ an sich ist eine Straße, aber wahrscheinlich meinen Sie den Theaterbezirk. Er ist … ziemlich … nun ja, beeindruckend, wirklich. All diese Theater, eines neben dem anderen, sämtliche Schirmdächer hell erleuchtet. Ich wage allerdings zu bezweifeln, dass man dort lesen könnte, auch wenn ich nicht glaube, dass man es überhaupt wollen würde.«

Zu ihrer Bestürzung wirkte er enttäuscht.

»Sie reden nicht wie ein Amerikaner, nicht wie einige der anderen, die hier waren, oder wie in den Romanen.«

»Oh. Nun ja, ich …« Am liebsten hätte sie so viele amerikanische Slangausdrücke wie möglich in ihre Erklärung eingeflochten, doch diese Augen und Sommersprossen machten es ihr schier unmöglich, Worte zu formen.

»Hey, Underwood!«, rief jemand vom oberen Treppenabsatz. »Was zum Teufel tust du da, noch eine Teepause? Komm hoch, bevor der Alte dir den Kopf abreißt und ihn als Fußball benutzt.«

»Ich sollte wohl lieber los«, bemerkte ihr neugieriges Gegenüber gelassen. »Sie kommen wieder, oder? Ich will mehr hören!«

»Äh … ich … ich glaube nicht«, murmelte sie, doch er

sprang bereits die Treppe hinauf, zwei Stufen auf einmal nehmend. »Aber danke!«, rief sie ihm nach, während er verschwand.

Ihr Blick glitt zur Empfangsdame, und sie fragte sich, ob sie sich abmelden sollte. Die Empfangsdame wies gleichzeitig einem Mann mit einem Paket den Weg, bat jemanden am Telefon, sich einen Moment zu gedulden, und schrieb mit einem Bleistift auf einen Notizblock.

Maisie schloss die Eingangstür hinter sich und ließ die aufgemalten Bäume und das prächtige Schimmern und den Glanz zurück. Ungeduldig wischte sie sich über die Augen, zog die Schultern gegen die Kälte hoch und trottete die den Umständen angemessene dunkle Straße hinab.

»Miss! Miss!«

Rusty sprintete auf sie zu, eine kleine, feurige olympische Fackel.

»Was für ein Glück, dass Sie noch hier sind, Miss. Hatte nich' geglaubt, Sie noch einzuholen, aber ich hab's trotzdem versucht. Miss Shields, Miss, sie hat mir gesagt, ich soll Sie suchen, und ob Sie bitte noch 'nen Moment zurückkommen könnten?«

Er rannte zur BBC zurück und war so schnell fort, dass Maisie nicht mit Sicherheit sagen konnte, ob sie halluzinierte.

Doch Rusty war definitiv aus Fleisch und Blut, wie er dort im Licht stand, das sich aus der offenen Tür ergoss, sie mit der erbitterten Ungeduld des männlichen Geschlechts herbeiwinkte, und sich erst zufriedengab, als Maisie schließlich auf ihn zutrottete. Ihr Herz gebärdete sich auf die sonderbarste Art, als hielte es den Atem an und fragte sich, ob es völlig in sich zusammensacken oder einen hoffnungsvollen Satz machen sollte.

Da kam Miss Shields die Treppe in die Empfangshalle

hinunter. Sie hatte einen resignierten Gesichtsausdruck, in dem sich ein Hauch von Wut spiegelte, und ihre Worte klangen einstudiert.

»Ah, Miss Musgrave, wie praktisch. Es wurde entschieden, dass Ihnen die Stelle angeboten wird. Sie können am Montag anfangen. Kommen Sie pünktlich um neun.«

Maisie wusste, dass sie den Mund schließen oder etwas sagen sollte, aber ihr gelang rein gar nichts davon.

»Sind Sie an der Stelle interessiert?«, fauchte Miss Shields.

»Ich … ja, ich meine, ja, also … Danke!«

»Ich gestehe Ihnen zu, dass Sie von Begeisterung überwältigt sind, aber ich möchte Sie darauf hinweisen, dass Mr Reith in seiner Gegenwart allzeit eine klar formulierte Ausdrucksweise und tadelloses Auftreten erwartet. Was Ihre …« Sie schürzte die Lippen und schien dann ihre Meinung zu ändern. »Wir bezahlen drei Pfund, fünf Schilling die Woche und wir sind es nicht gewohnt zu verhandeln. Verstanden?«

Es wäre Maisie niemals in den Sinn gekommen zu verhandeln. Diese Frau hatte ihr gerade ein neues Leben angeboten. Maisie hoffte nur, dass sie nicht doch halluzinierte.

»Vielen Dank. Vielen, vielen Dank. Wenn Sie wollen, kann ich morgen anfangen!«

»Montag, Miss Musgrave. Sie werden sich unverzüglich bei mir melden, und wir können beginnen. Ich erwarte, dass Sie perfekt vorbereitet sind.«

»Ja, Miss Shields.« Maisie nickte fieberhaft. Sie hatte das ungute Gefühl, dass »perfekt vorbereitet« bessere Kleidung bedeutete. Es war eine verlockende Aussicht, sogleich in eine Straßenbahn zur Oxford Street zu springen. Doch sie war nicht die Sorte Mensch, die in Geschäften anschreiben lassen konnte. Schuhe und Kleidung würden warten müssen. Sie würde einfach darauf vorbereitet sein, gute Arbeit zu leisten.

Ein Kreischen entschlüpfte ihr, als sie zurück auf die Straße sprang, die mit einem Mal viel heller wirkte. Was hatte das Blatt zu ihren Gunsten gewendet? Miss Shields hatte nicht den Eindruck erweckt, sie sonderlich zu mögen. Vielleicht war sie einer dieser Menschen, die nur schwer zu durchschauen waren? Viele Menschen waren so. Maisie hoffte, irgendwann einmal zu ihnen zu gehören.

Ihr Charleston tanzendes Herz erinnerte sie daran, dass sie auch Mr Underwood wiedersehen würde. Diese Augen, dieses Lächeln … *Gleich morgen früh gehe ich in die Bibliothek und lese sämtliche Zeitungen. Auch die aus New York, falls es welche gibt. Ich will auf jeden Fall etwas Neues über New York zu sagen haben.*

Zweites Kapitel

◊◊◊

Am Montagmorgen taumelte Maisie aus wilden Träumen in das beunruhigende Dunkel der frühmorgendlichen Dämmerung. Beklommenheit kroch an ihren Armen und Schulterblättern hinab und nagelte sie an dem schmiedeeisernen Bettgestell fest. Die kurzen, verzweifelten Atemzüge, die sie in ihre Lunge presste, hämmerten in ihren Ohren und kamen ihr so laut vor, als müssten sie die anderen Untermieterinnen aus dem Schlaf reißen. Mit Ausnahme von Lola, die nicht einmal aufwachen würde, sollte ein Doppeldeckerflugzeug ins Haus krachen.

Maisie krabbelte aus dem Bett und wünschte sich nichts sehnlicher, als Pantoffeln und einen Morgenmantel zu besitzen. Stattdessen schlang sie sich die dünne, ausgefranste Bettdecke wie ein römischer Senator um den Körper und schlich auf Zehenspitzen über den ebenso dünnen Flickenteppich zum Fenster. Alles in Mrs Crewes Haus war verschlissen und dünn, wenn auch makellos sauber. Einschließlich Maisie.

Der Ausblick war zu dieser Tageszeit vorteilhafter, da alles in Schatten gehüllt war. Dieser Teil Londons beharrte darauf, dass er die Heimat der ehrbaren, arbeitenden Armen war, kein Slum, doch die Reihen an identischen, schmuddeligen viktorianischen Wohnhäusern, an die sich die Menschen mit allem, was sie hatten, festkrallten, waren nicht der Stoff für Postkartenmotive.

Sie waren eher etwas für den Einband eines Groschenromans.

Maisie zog die Knie an die Brust und beobachtete, wie der Himmel sich langsam verfärbte, während sie wartete und sich fragte, was der Tag wohl für sie bereithielt.

Im Krankenhaus hatte Maisie bei Männern, deren Augenlicht von Giftgas zerstört worden war, Verbände gewechselt. Sie hatte Wunden an Armstümpfen verbunden, die in keine Hände mehr übergingen. Sie war mit Blut, Erbrochenem und Tränen besudelt worden. Und nichts von alledem hatte sie auch nur im Geringsten auf die Strenge der BBC vorbereitet.

Miss Shields bedachte sie mit einem einzigen kritischen Blick, offensichtlich ungehalten, dass sie immer noch wie eine Gefährtin von Oliver Twist aussah, winkte sie jedoch zu ihrem Arbeitsplatz, einem beengten Kabuff mit einer Schreibmaschine und einem Haken für ihren Mantel und Hut. Es gab keinen Drehstuhl, nur ein grauenvolles Etwas mit spindeldürren Beinen und gerader Rückenlehne, aber gesessen wurde ohnehin nicht. Rusty wurde herbeizitiert, um mit ihr einen »Rundgang« durch das Gebäude zu machen. Er kam seiner Aufgabe im Laufschritt nach, und Maisie folgte seinem feuerroten Kopf, während sie versuchte, etwas von ihrer Umgebung in sich aufzunehmen.

»Das is' der Schulfunk, Miss. Die senden speziell für Klassenzimmer. Und dort drüben is' der Hörfunk und die Musikabteilung, da machen sie Hörspiele. Einige von denen sind auch ganz lustig, Miss, wirklich, manchmal. Es gibt einen Regieraum im Kellergeschoss. Da sind unglaubliche Maschinen drinnen, aber die Ingenieure und Mr Eckersley, der dort das Sagen hat, die mögen es nich', wenn jemand bei ihnen die Nase reinsteckt oder Fragen stellt.«

Weiter und immer weiter führte sie sein lebhaftes Geschnatter durch L-förmige Korridore, so schnell, dass ein Ort, sobald er genannt war, gleich schon wieder in einem Durcheinander aus Silben verloren ging. Das Wartezimmer der Künstler, der Tonraum, das Büro von diesem Mann und jenem, die Dingsda-Abteilung, das Büro von Wem-auch-Immer, das Schreibbüro, der Raum, wo Sprecher ihre Abendanzüge aufbewahrten, die sie trugen, wenn sie auf Sendung waren – das Tempo wurde gerade einmal so weit gedrosselt, dass Maisie vor Entzücken wie verzaubert war –, dann ging es auch schon wieder weiter. Das labyrinthartige Gebäude schien im Innern viel größer zu sein, als es von der Straße aus den Anschein erweckt hatte. Das einzige Zimmer, dessen Lage sie sich sogleich einprägte, war die Cafeteria, von der ein verlockender Geruch nach gebuttertem Toast ausging.

Überall in Savoy Hill war dieser herrliche – erschreckende – Lärm und diese Hektik und das Durcheinander und die Menschen, die sich gewiss in ihrer Bedeutsamkeit und ihrem Ruhm sonnten. Alles war von einer berauschenden Wolke umgeben. Die Akzente, die Gespräche, die Geschwindigkeit. Trotz der unterschiedlichen Altersstufen haftete jedem Einzelnen das Glühen der Jugend an, das Maisie selbst mit ihren dreiundzwanzig Jahren nicht vergönnt war.

Rusty spuckte sie bei Miss Shields wieder aus, die einen Mount-Everest-hohen Stapel Unterlagen auf Maisies Schreibtisch ablud – »abtippen und abheften und sich mit den Abläufen vertraut machen« – und ihr befahl, das Wochenprogramm des Senders und Mr Reiths randvollen Terminkalender zu lesen und auswendig zu lernen, in einem Tonfall, der nahelegte, dass sie im Anschluss unter Androhung drakonischer Strafen abgefragt werden würde.

Maisie begann zu lesen, und ihre Lippen verzogen sich zu einem Grinsen. Fast ihre gesamte Kindheit hatte sie lesend in fensterlosen Ecken verbracht. Jetzt würde sie dafür sogar bezahlt werden.

»Miss Musgrave!«

Das Grinsen schwand aus ihrem Gesicht, und Maisie hastete zu ihrer Vorgesetzten. Mit einem Bleistift zeigte Miss Shields auf einen Stuhl und begann, ein Memo zu diktieren. Es verstand sich von selbst, dass Maisie ihren eigenen Stenoblock und Stift zückte.

Miss Shields machte in ihrem erbarmungslosen Diktat keine einzige Pause, nicht einmal, als ein dürrer, pickliger junger Mann mit einem schiefen Grinsen einen Korb hereinrollte, der unter der Last von Briefumschlägen zusammenzubrechen drohte. Er platzierte einen schwankenden Turm Briefe im drahtgeflochtenen Ablagefach auf Miss Shields' Schreibtisch, nickte ihr dann höflich zu und drehte sich um, ohne sich auch nur im Geringsten daran zu stören, keinerlei Beachtung erfahren zu haben. Bei Maisies Anblick jedoch sah er fragend zu Miss Shields, die sich räuspernd an ihn wandte: »Gibt es etwas, Alfred?«

»Nein, Miss, das wäre alles fürs Erste«, sagte er. »Viel Glück«, flüsterte er Maisie zu, während er den Korb nach draußen manövrierte.

»Und das geht an alle Mitarbeiter der technischen Abteilung«, endete Miss Shields mit einem Fingerschnipsen. »Lesen Sie den letzten Satz bitte noch einmal vor.«

Maisies Blick huschte von den glitzernden Augen zu ihrer Kurzschrift.

»›Ich erwarte, dass Ihnen in Zukunft dank dieser Investition nicht mehr so viele technische Fehler unterlaufen werden und ich dies dem Rundfunkrat zusichern kann.‹«

»Ja.« Miss Shields nickte, während sich ein leicht enttäuschtes Runzeln auf ihrer Stirn bildete. Maisie fragte sich, um welche technischen Fehler es sich wohl handelte – der Rundfunk war so neu, wie konnte es da Fehler geben? Oder vielleicht war es genau anders herum und es strotzte nur so vor Problemen?

Miss Shields winkte Maisie zum Ablagefach für die Post.

»Wir nehmen es sehr genau, was unsere Korrespondenz betrifft. Alles wird abgestempelt und ordentlich datiert.« Sie drückte Maisie einen großen Stempel in die Hand. Das Wort »EINGEGANGEN« war dort in hübschen Großbuchstaben zu lesen, und darunter gab es winzige Rädchen, um das Datum einzustellen. »Dieser ist für Ihren Schreibtisch.« Als wäre er ein Preis. »Geben Sie jeden Morgen unverzüglich nach Ihrer Ankunft das richtige Datum ein.« Ihr Tonfall deutete an, dass ein Versäumnis ihrerseits in einer Apokalypse enden würde, die selbst den Untergang von Pompeji in den Schatten stellte.

Unter Miss Shields' Blicken drehte Maisie behutsam die Rädchen auf den »29. Nov. 1926‹«. Ein bedeutsamer Tag.

Miss Shields fuhr mit ihrer Belehrung fort.

»Wenn Sie sicher sind, dass ein Brief gelesen worden ist, ziehen Sie eine Bleistiftlinie am Rand. Und das *sehr* ordentlich.« Eine gehobene Augenbraue schien Maisies Fähigkeit zur Ordentlichkeit anzuzweifeln. »Nun, dann legen Sie mal los und kümmern sich darum, dass das Memo unverzüglich getippt wird.«

Maisie nahm die Post und trug sie zu ihrem kleinen Schreibtisch. Sie war nicht sicher, was sie als Erstes tun sollte, auch wenn die Schreibmaschine, eine funkelnde schwarze Underwood mit eleganten abgerundeten Tasten, eine verführerische Verlockung darstellte. *Es ist, wie Miss Jenkins im Sekretärinnenkolleg gesagt hatte. Frag niemanden nach seiner Meinung oder bitte jemanden um Hilfe. Finde einfach einen Weg, alles sofort zu erledigen.*

Am späten Vormittag, als sie in eine kurze Teepause geschickt wurde, war Maisie bereits erschöpft. Vielleicht hatten all jene, die fürchteten, das Radio könnte die Menschheit in Roboter verwandeln, nicht ganz unrecht – die Mitarbeiter der BBC schienen geradezu an die Übertragungskabel angeschlossen zu sein und genauso heiß zu laufen, ohne auch nur ein einziges Mal Atem zu holen.

»Aber hallo, New York!«

Maisies Wirbelsäule drückte sich durch, und eine unheilvolle Röte kroch ihr über Hals und Wangen. Höchstwahrscheinlich war es das Privileg der Oberschicht, dachte Maisie, die Gesichtsfarbe kontrollieren zu können. Zumindest schien ihnen nie etwas peinlich zu sein.

Mr Underwood (Augen, Grinsen, Sommersprossen) schwang ein Bein über einen Stuhl und setzte sich ihr gegenüber.

»Die alte Streitaxt hat Sie eingestellt? Sehr schön. Sie müssen gut sein. Vielleicht probieren sie auch nur eine gewisse Pluralisierung?«

Er schien zu scherzen, und Maisie riskierte ein Lächeln.

»Cyril Underwood«, verkündete er und streckte die Hand auf eine Art aus, wie es nur Menschen können, die eine solche Geste schon mit der Muttermilch aufgesogen haben. »Ja, wie die Schreibmaschine, aber nicht unser Zweig der Familie.«

Cyril. Das passte wie die Faust aufs Auge.

»Maisie Musgrave«, sagte sie und wünschte, ihre Stimme klänge weniger zittrig.

»Wie geht's, wie steht's? Also! Sie stammen aus New York?«

»Nein, nicht … äh, ich bin dort aufgewachsen, größtenteils.«

»Was meinen Sie mit ›größtenteils‹?«

»Äh, also, geboren wurde ich in Toronto … Das ist in Kanada.«

»So weit gehen meine Geografiekenntnisse gerade noch«, versicherte er ihr.

Wenn ich noch mehr erröte, könnten meine Haare Feuer fangen.

Cyril lachte über seine eigenen Worte und fuhr fort: »Aber New York, das ist schon etwas, wenn man den Geschichten Glauben schenken darf. Ich will Ihnen gewiss nicht zu nahetreten, aber Sie wirken nicht wie die Sorte New Yorker, die dort beschrieben werden.«

Maisie hätte ihm am liebsten entgegengeschleudert, dass dies womöglich auch der Grund war, weshalb sie stattdessen in London wohnte. Diese Art Gedanken schossen ihr ständig ungebeten durch den Kopf und durften keinesfalls laut geäußert werden. Männer mochten keine sarkastischen Frauen. Das war die einhellige Meinung in allen Hochglanzmagazinen.

»Nun, vielleicht liegt es am Einfluss von Toronto? Aber mir … mir gefällt es hier besser.«

»Dann sind Sie ein kluges Mädchen. Der Flurfunk war ein bisschen unklar – Sie sind bei der großen Shields und den Schreibkräften, nicht wahr?«

»Nein, ich assistiere Mr Reith. Ich meine Miss Shields, aber ich helfe ihr mit Mr Reith. Und gelegentlich gehe ich auch dem Programmdirektor der Vortragsabteilung zur Hand, aber ich habe ihn noch nicht getroffen.«

Cyrils Augen funkelten. Er öffnete den Mund, dann schluckte

er den Gedanken mit dem eindeutig verschmitzten Grinsen eines Schuljungen hinunter. Er erhob sich und tippte sich zum Abschied formvollendet die Hand an die Schläfe, eine Geste, von der sie hoffte, sie sei freundschaftlich gemeint, obwohl sie eher ironisch wirkte.

»Viel Glück, Miss Musgrave, und willkommen im Irrenhaus. Ich hoffe, Sie genießen es!«

»Gewiss, wenn es hier solche Menschen gibt«, antwortete sie, aber im leisen Flüsterton und sicheren Abstand zu seinem Rücken.

Fünf Minuten später hatte sie vergessen, dass sie überhaupt jemals gesessen hatte. Kein Olympionike hatte jemals härter trainiert als sie unter Miss Shields' strengem Auge. Genauso wenig gab es irgendjemanden in Savoy Hill, der sich langsamer als im leichten Galopp bewegte, als wollten sie die Zukunft unbedingt schneller erreichen und sicherstellen, dass sie nicht bereits vergangen war, wenn sie ankamen.

Maisie bemerkte die üblichen Blicke, die ihr verstohlen zugeworfen wurden, den üblichen Anflug eines Lächelns. Und natürlich das unterdrückte Kichern. Ihre Kleidung, ihre Nase, ihre Nichtigkeit, es war immer das Gleiche, änderte sich nie. Doch es spielte keine Rolle. Das unsichtbare Mädchen würde wieder die Oberhand gewinnen. Sie konzentrierte sich darauf, den Kopf gesenkt zu halten, während sie, regelrecht an die Wand geschmiegt, durch die Flure hastete und das uralte Echo der Torontoer Kinderbande ausblendete, die sie immer gejagt hatte: *Maisie-Maus! Maisie-Maus! Lauf ruhig weg, es gibt kein Versteck!*

O doch, gibt es schon.

Sie schloss die Tür zu ihrer winzigen Zufluchtsstätte und grinste in sich hinein, als sie sich einem weiteren Berg Tipparbeit zuwandte.

Allzu bald wurde sie zurück in die Korridore geworfen. Es war noch nicht einmal Zeit für die Mittagspause, und Maisie zog bereits in Erwägung, dem Krankenhaus zu schreiben und um etwas Ephedrin zu bitten.

»Hier.« Miss Shields drückte ihr mehrere schwere Aktenmappen in die Arme, aus denen trotz Schnürbindung unzählige Papiere lugten, die nur darauf warteten, befreit zu werden. »Diese gehören in die Vortragsabteilung. Ich weiß nicht, wie sie hier gelandet sein können. Oh, und das.« Sie legte einen großen braunen Umschlag darauf, auf dem die beeindruckenden Worte prangten: »Hauspost-Memo: Dir. Vorträge H. Matheson«, und ließ ein verächtliches Schnauben folgen. »Wahrscheinlich brauchen Sie einen Stenoblock. Sie erinnern sich, wo die Vortragsabteilung ist.«

Da es eine Aussage, keine Frage war, presste Maisie die Zunge an den Gaumen und nickte.

Mal sehen. Sie war auf der vierten Etage, glaube ich, am anderen Ende des Korridors. Oder nein, Augenblick mal, vielleicht war sie auch auf der anderen Seite …

Alles, was Rusty an diesem Morgen heruntergerattert hatte, lag irgendwo tief vergraben in ihrem Gehirn, wie unsortierter Hausrat für einen Flohmarkt. Niemand benutzte den Fahrstuhl – daran zumindest erinnerte sie sich –, außer man transportierte etwas Unhandliches. Es war schneller, die Treppe hinauf- und hinunterzulaufen, was noch einen Extrabonus mit sich brachte, nämlich den beeindruckenden Lärm.

Maisie ging entschlossenen Schrittes, angezogen vom Klappern lauter Schreibmaschinen und noch lauterem Geschnatter. Zu spät erkannte sie, dass sie nur Frauenstimmen gehört hatte, und dies demzufolge das Schreibbüro sein musste. Sie wurde von einer majestätischen Blondine angesprochen, einem Traum aus Rundungen und Locken und kerngesunden rosafarbenen Wangen, die Arbeit in einen Korb mit der Beschriftung »Postausgang« legte.

»Hallo! Gehören Sie zu uns?«

»Äh, nein«, murmelte Maisie. Sie konnte keine der Frauen einzeln ausmachen, aber gemeinsam strahlten sie glamourösen Zauber und Moderne aus, ein Meer aus rotem Lippenstift und klimpernden Wimpern. »Ich arbeite … äh … woanders. Vielen Dank.«

Das Interesse der kurvigen Blondine war geweckt.

»Nein! Sie müssen die Neue bei der Shields sein! Nun, ich … Was wollen Sie dann hier?«

Maisie wollte nicht sämtlichen Schreibkräften, die, falls das Vergangene ein Prolog war, das schlagende Herz von Klatsch und Tratsch in Savoy Hill waren, bereits am ersten Tag auf die Nase binden, dass sie nicht der Inbegriff an Kompetenz war, der sie gerne wäre.

»Nichts«, erwiderte sie. »Entschuldigen Sie bitte.« Sie hastete schnell davon, um einem Kichern zu entkommen.

Ein Stockwerk tiefer und im Laufschritt, um einen sonderbaren Knick im Korridor biegend, knallte Maisie, die Augen fest auf den gebohnerten Boden geheftet, mit einem Mann zusammen, der eine Tuba trug. Einer ihrer überstrapazierten Schuhe rutschte ihr vom Fuß, dann der nächste, und schließlich landete Maisie mit einem lauten »Plumps« auf dem Boden. Die Akten flogen hoch in die Luft – Dutzende an Papieren flatterten aus den Mappen, wehten auf sie herab und begruben sie wie ein Haufen Herbstblätter.

Ein melodiöses Kichern erscholl, und als Maisie aufblickte, sah sie eine Frau, der jedes Studio in Hollywood das Blaue vom Himmel versprochen hätte. Ihre dunkelroten Haare lockten sich in natürlichen Wellen, wie es nur einem Friseur aus Mayfair gelingen konnte. Riesige grüne Augen, Wimpern, die glatt als Hecken durchgegangen wären. Sie neigte den Kopf. Lange Gagatohrringe baumelten fast bis zu ihren Schultern. Selbst von weit unten am Boden und in ihrer maßlosen Demütigung wusste Maisie, dass die Strickjacke und der Rock von Chanel waren. Und ihre Strümpfe waren definitiv aus Seide.

»Brauchen Sie Hilfe?«, meldete sich ein Mann, auch wenn er nicht so weit ging, seine eigene Schachtel voller nicht identifizierbarer Gegenstände abzustellen oder auch nur neben ihr stehen zu bleiben.

Maisie kämpfte sich auf die Knie und fragte sich, ob die geringste Chance bestand, dass niemand die Löcher in ihren Schuhen bemerkt hatte.

»Nein, alles in Ordnung, vielen Dank«, sagte sie zu den Papieren auf dem Boden, während sie sie hastig zu Stapeln zusammenschob.

»Hier muss man auf Zack sein«, erklärte ihr die Chanel-Schönheit in dem aristokratischsten Akzent, den Maisie jemals gehört hatte. »Man darf nicht mal kurz blinzeln.«

»Ja, das … das merke ich auch gerade.«

»Miss Warwick!«, rief einer der Männer in einem respektvollen, wenn auch mahnenden Tonfall.

»Oh, das hier ist ein wunderbarer Ort, um sich zu bilden!«, trällerte sie, ohne auch nur im Geringsten auf ihn zu achten. »Und viel lustiger als in Cheltenham, was ich auch meinen Lehrern dort gesagt habe. Nicht dass Sie mich falsch verstehen, ich bin sicher, sie waren froh, als sie mich nicht mehr sehen mussten.« Ein weiteres melodiöses Kichern.

Maisies Knie waren wie festgefroren auf dem Boden.

»Miss Warwick!«, rief der Mann erneut.

»Sie sehen nicht typisch nach BBC aus«, fuhr sie fort. »Außer natürlich Sie arbeiten in der Cafeteria? O nein, Sie haben Akten dabei. Oh, gehen Sie mit einem Vortrag auf Sendung? Sie sehen nämlich wie ein Blaustrumpf aus. Es muss schrecklich erholsam sein, sich nicht ständig den Kopf zerbrechen zu müssen, was man anzieht. Wahrscheinlich ist das der Grund, weshalb Sie die Zeit zum Schreiben finden oder was auch immer Sie tun.«

Noch nie hatte Maisie erlebt, wie eine Beleidigung mit so viel unbeschwerter Höflichkeit vorgebracht worden war.

»Ich … Nein«, sagte Maisie. »Ich wurde gerade von Miss Shields eingestellt.«

»Sie sind Amerikanerin!«, jauchzte die Chanel-Schönheit mit einer Freude, als hätte sie soeben Tutanchamuns Grab entdeckt.

»Kanadierin«, schnaubte Maisie störrisch und sammelte im Aufstehen die letzten Papiere ein. »Ich meine, dort wurde ich geboren.«

»Beanie, hören Sie!«, blaffte der Mann. »Ich kann mir kein Sendeloch erlauben.«

»Schon auf dem Weg!«, zwitscherte sie.

»Warten Sie!«, rief Maisie verzweifelt. »Entschuldigung, können Sie mir, äh, eigentlich suche ich die Vortragsabteilung.« Sie verbannte alles Fragende aus ihrem Ton.

»Zweiter Stock, ganz am Ende des Flurs. Können Sie nicht verfehlen – da geht es zu wie im Taubenschlag. Eine Schande, dass die Sendungen so einschläfernd sind, ich bin eher für Jazz und Hörspiele zu haben. Nicht jeder mag es, wenn immer was los ist, das verstehe ich. Ist doch auch nicht schlimm. Cheerio!«

Die Chanel-Schönheit tänzelte hinter den beiden Männern her. Trotz ihrer Besorgnis, so viel Zeit verloren zu haben, kam Maisie nicht umhin, ihr nachzustarren. Die Frau lief auf Zehenspitzen, mit eleganten kleinen Trippelschritten, um die sie jeder Tänzer des Ballets Russes beneidet hätte. Ihr Rock wippte um ihre Hüften und Knie, zum Gegenbeweis für alle Schwarzmaler, dass die neue Mode unter bestimmten Voraussetzungen die weibliche Figur durchaus in ihr schönstes Licht rücken konnte.

Wie betäubt begab Maisie sich auf den Weg in die Vortragsabteilung und klammerte sich an der verzweifelten Hoffnung fest, sie könnte heimlich die Papiere sortieren, die sie fallen gelassen hatte. Miss Shields war gewiss der Ansicht, dass ein solcher Frevel mit dem Abhacken der Hände bestraft werden müsste, bevor man sie geteert und gefedert auf die Straße warf.

Obwohl die in Chanel gehüllte »Beanie« die Vortragsabteilung als einen Taubenschlag bezeichnet hatte, war es dort still wie in einer Kirche, und Maisie schlich auf Zehenspitzen weiter.

Wie eine Kirchenmaus.

Belohnt wurde sie schließlich mit einem makellos sauberen, polierten Schild an einer Tür, das in seiner Neuheit nur so glänzte: VORTRAGSDIREKTOR – H. MATHESON. Maisie holte tief Atem und ging im Kopf eine Entschuldigung durch, während sie langsam an das Büro herantrat.

Die Tür stand einen Spalt offen. Maisie spähte hinein und erblickte einen auffallend ordentlichen Schreibtisch. In der Ablage für Eingänge schien ein Bauklotz abgelegt worden zu sein, doch beim Näherkommen erkannte Maisie, dass es nur Briefe waren, die so akkurat gestapelt waren, dass es den Anschein einer glatten Oberfläche erweckte. Ein angefangener Brief in einer recht krakeligen Handschrift lag auf der Schreibunterlage. Ein Stapel Bücher. Ein grüner Terminkalender aus Leder. Maisie biss sich auf die Lippe, während sie den Schreibtisch begutachtete und sich fragte, wo sie ihre Last ablegen sollte.

»Hallo. Ist es dringend?«

Maisie kreischte auf, und die Papiere flogen erneut in die Luft. Sie wirbelte herum und erblickte eine Frau, die neben dem Kamin auf dem Boden saß und zu ihr hochlächelte.

»Haben Sie nicht mehr alle Tassen im Schrank?«, rief Maisie, von ihrer saloppen Ausdrucksweise überrascht, von der sie nicht einmal gewusst hatte, dass sie überhaupt in ihr steckte, gleichzeitig aber auch von der Lautstärke ihrer Stimme, die bewies, dass sie zumindest etwas von Georgina gelernt hatte: Wie man die obersten Ränge erreichte.

»Immer mit der Ruhe«, mahnte die Frau mit noch breiterem Grinsen. »Wenn Sie so weitermachen, sind Sie Teil der Sendung. Wahrscheinlich bräuchte man bei Ihnen nicht mal Sendemasten.«

Der Kopf eines grimmig dreinblickenden jungen Mannes mit einer Schildpattbrille lugte um die Tür und funkelte Maisie finster an.

»Was sollte dieser Lärm? Hier gibt ist doch keine Maus, oder?«

»Wohl kaum«, erwiderte die Frau auf dem Boden, während sich ihr Blick in Maisie bohrte.

»Was ist dann los mit Ihnen?«, tadelte der Mann Maisie. »Heben Sie das auf. Wissen Sie denn nicht, wie man Dinge übergibt? Ich habe schon immer gesagt, dass Mädchen hier nichts ...«

»Na, na, Mr Fielden, beruhigen Sie sich. Sie laufen sonst Gefahr, sich lächerlich zu machen«, ermahnte ihn die Frau. »Meine Anwesenheit hat die junge Dame erschreckt, und Sie müssen zugeben, ich bin eine ziemliche Überraschung.«

Fieldens dünne Lippen, denen auch sein nachlässiger Oberlippenbart nicht half, kräuselten sich. Maisie spürte, wie sehr es ihn in den Fingern juckte, sie weiter auszuschimpfen.

»Ich kümmere mich darum«, sagte die Frau schließlich. Ihre Stimme war angenehm, fröhlich, doch es schwang auch ein Befehlston darin wider, der keinen Widerspruch duldete.

Fielden nickte gehorsam, und sein Kopf verschwand um die Tür.

Die Frau kicherte. Maisie konnte ihre Unbefangenheit nicht nachvollziehen. Wäre *sie* dabei ertappt worden, faul auf dem Boden eines Büros herumzulümmeln – nicht dass sie sich jemals eine solche Dreistigkeit herausnehmen würde –, könnte sie von Glück reden, wenn sie selbst ihren Hut und Mantel nahm, bevor sie hochkant an die Luft gesetzt werden würde. Doch diese Frau trank einen ungehörigen Schluck Tee, stellte ihre Tasse auf ein lackiertes Tablett und sprang mit einem fast akrobatischen Satz auf die Beine.

»Und, was haben Sie da für mich?«

»Äh…« Maisie bückte sich, um die Papiere aufzusammeln, die mittlerweile unrettbar und ein einziges Durcheinander waren.

Warum habe ich mir nicht einfach eine Arbeit bei der Kartoffelernte ausgesucht?

Die Frau half ihr hoch, und Maisie balancierte die Akten zum Schreibtisch.

»Sind Sie…? Ich, äh, ich dachte, der Vortragsdirektor hätte keine Sekretärin«, sagte Maisie, deren Hände immer noch durch die Papiere blätterten, um ihr Zittern zu verbergen.

»Nicht im eigentlichen Sinne, nein, und das ist etwas, das unbedingt berichtigt werden muss«, kam die unbeschwerte Antwort. Maisie beschlich das ungute Gefühl, dass sie wie ein offenes Buch gelesen wurde, trotz der sanften Freundlichkeit in den riesigen blauen Augen. Die Frau war zauberhaft, mit weichen blonden Haaren, die zu einem gewellten Bob geschnitten waren, und einer eleganten Figur, die in einem praktischen und offensichtlich maßgeschneiderten Tweedanzug voll zur Geltung kam. Ihre Haut sah jugendlich aus, rosig und zart, doch Maisie war sicher, dass sie längst Mitte dreißig war. Es musste an ihrem Verhalten liegen. Dies war eine Frau, die Dinge gesehen und getan hatte.

Und jetzt hatte sie die Hauspost gesehen, die an den Vortragsdirektor adressiert war.

»Ah!«, rief sie, schnappte sich den Briefumschlag und öffnete ihn.

Maisie erwachte aus ihrer Schockstarre. »Nein! Der ist für Mr Matheson, das hat Miss Shields ausdrücklich gesagt.«

»Ich kenne zwei Mr Mathesons, und keiner von ihnen ist anwesend.« Die Frau grinste. Sie wirkte wie eine unglaublich geduldige Lehrerin.

Maisie überkam das schreckliche Gefühl, dass ihr ein Streich gespielt wurde. Dass jeden Moment Cyril, Beanie, Rusty und die restlichen Botenjungen durch die Tür drängeln und sie auslachen würden. Dass die Geschichte sich wie ein Lauffeuer durch Savoy Hill ausbreiten und ihr folgen würde, egal wohin sie ging, selbst wenn sie ins tiefste Saskatchewan floh.

»Sie … Sind Sie … der Vortragsdirektor?«, flüsterte Maisie in der Hoffnung, dass jeder, der draußen darauf wartete, in schallendes Gelächter auszubrechen, sie nicht hören würde.

»Ja«, verkündete die Frau mit einem zufriedenen Nicken. »Hilda Matheson. Miss. Und Sie sind?«

»Maisie Musgrave.«

»Aha!« Hilda zerquetschte fast Maisies Hand, während ihre Augen vor Freude funkelten. »Meine neue Sekretärin! Oder so viel, wie Mr Reith und Miss Shields an mich abzutreten bereit sind. Bisher. Großartig! Hoffentlich stört es Sie nicht, wenn ich am Boden neben dem Kamin sitze. Es ist ein toller Ort zum Nachdenken und eine meiner zahlreichen Marotten.«

»Ich wollte nicht ...«

»Das wollten Sie ganz gewiss, und wagen Sie ja nicht, sich dafür zu entschuldigen. Es war köstlich.« Hilda lachte. Ihr melodiöses Lachen unterschied sich gehörig von Beanies. Es war ungestüm, dröhnend und tief – Maisie fand es eine Spur beängstigend.

»Sie dachten wohl, ich wäre eine Sekretärin?«, fuhr sie fort, ohne Maisies verlegenes Nicken abzuwarten. »Würde ich für ein solch unschickliches Verhalten nicht in Teufels Küche kommen? Nun ja«, fügte sie mit einem verstörend verschmitzten Augenzwinkern hinzu, »das passiert vielleicht trotzdem. Aber es ist kalt, und man muss warm bleiben. Ich weiß Ihre Besorgnis um mich allerdings durchaus zu schätzen, Miss Musgrave, obwohl ich Ihnen ans Herz legen würde, in Zukunft Ihren Ton ein wenig zu mäßigen.«

Maisie konnte ein Echo dieses Lachens hören.

»Natürlich, Miss Matheson«, flüsterte sie.

»Das wäre das andere Extrem. Aber wie Sie wollen. Es ist immer nützlich, ein paar Möglichkeiten auszuprobieren. Wie soll man sonst sicher sein, was richtig ist?«

»Ich ... Ich weiß es nicht, Miss Matheson.«

»Na, wir probieren es einfach, immer wieder. Ist das nun alles für die Vortragsabteilung?«, fragte sie und zeigte auf die Mappen.

»Äh, ja, aber ich muss gestehen ...« Maisie presste die Augen fest zusammen, einerseits, um diese anstrengende Frau nicht zu genau betrachten zu müssen, und andererseits, um den Tränen Einhalt zu gebieten, die sich ansonsten ungezügelter als die Papiere eben auf den Boden ergießen würden. »Oh, Miss Matheson, es tut mir so leid, aber sie sind mir bereits einmal heruntergefallen, schon vorhin. Sie müssen neu sortiert werden, und ich weiß nicht …«

»Mappen zweimal fallen gelassen und das an Ihrem ersten Morgen! Eine Meisterleistung. Sie machen es sich aber nicht zur Gewohnheit, Papiere in der Gegend herumzuwerfen, oder?«

»O nein! Nein, ich war … Nun, ich bin mit einer Tuba zusammengestoßen.«

»Berufsrisiko in Savoy Hill. Bei Ihnen aber alles in Ordnung? Gut. Nun, dann kümmern wir uns mal um die Unterlagen und schauen, wie schnell wir ihnen Ordnung einhauchen können.«

Konnten ihre Worte sarkastisch gemeint sein? Mit sehnsüchtigem Verlangen dachte Maisie an Miss Shields' missbilligende Geradlinigkeit, die zumindest nachvollziehbar war. Fasziniert beobachtete sie, wie Hilda die Papiere sortierte, mit kleinen, gepflegten Händen, die in Windeseile darin blätterten, die Nägel ordentlich manikürt, kein hinderlicher Ehering am dreist-nackten linken Finger, eine silberne Mido-Uhr mit weißem Emailleziffernblatt um das Handgelenk.

»Na also!« Zufrieden klopfte sie auf die fein säuberlich gestapelten Mappen. »Ich weihe Sie in ein kleines Geheimnis ein, dem ich kürzlich auf die Spur gekommen bin, denn ich bin selbst erst seit September hier. Wenige dieser Papiere sind von derart weltbewegender Bedeutung, wie manche glauben mögen. Es geht immer nur darum, was geschehen *wird*, Miss Musgrave, nicht darum, was bereits getan wurde. Was nicht bedeutet, dass ich meine Unterlagen nicht aufs Akkurateste und Ordentlichste gepflegt sehen möchte. Das ist etwas, worauf ich großen Wert lege, ebenso wie auf ein achtsames Auge bei allem, was von hier losgeschickt wird. Aber ich wage zu bezweifeln, dass Miss Shields und Mr Reith Sie eingestellt hätten, wenn Sie nicht clever wären.«

In diesem Moment hatte Maisie nicht die blasseste Vorstellung, weshalb sie eingestellt worden war. Miss Jenkins in der Sekretärinnenschule hatte sich immer geweigert, ihr Bestnoten zu geben. »Fachlich gesehen sind Sie die Kompetenz und Fähigkeit in Person, Miss Musgrave, aber die besten Sekretärinnen haben *Pep*, meine Liebe.« *Benutzte irgendjemand die Worte »meine Liebe« bei einer Beleidigung?*

Maisie war Miss Matheson dankbar, die zweifelsfrei viel angenehmer als Miss Shields war, doch nun, da die Misere überstanden war, sackte sie innerlich in sich zusammen. Sie hatte einen Mann erwartet. Einen klugen, charmanten, wortgewandten Mann, der sie einschüchtern und überwältigen würde. Unter seinem Einfluss hätte sie gelernt, sich auf eine Weise zu benehmen, die die Geistesgröße eines Mannes zum Erblühen brachte. Eine solche Fähigkeit hätte hoffentlich einen anderen klugen und faszinierenden Mann angelockt (dunkelblaue Augen und Sommersprossen kamen ihr jäh in den Sinn), der sich womöglich dazu verleiten lassen würde, ihr Ehemann zu werden.

Aber eine Frau. Als Vortragsdirektor. Da schien selbst die moderne BBC in ihrer Unverfrorenheit einen Schritt zu weit gegangen zu sein.

»Wir haben noch etwas Zeit vor der Besprechung«, verkündete Hilda. »Reden wir ein wenig über die Abteilung. Ich werde Ihnen erklären, was wir hier getan haben, und ein paar Gedanken über die Zukunft ausführen, und wie wir einige dieser Pläne in die Tat umsetzen werden. Wir sind noch recht klein. Bis morgen werden Sie uns alle kennengelernt haben. Sie hatten bereits das Vergnügen, meinen Stellvertreter zu treffen, Lionel Fielden, der sehr gut in seinem Job ist, aber geradezu vorsätzlich unhöflich – Sie werden sich an ihn gewöhnen. Er ist nützlich, aber er ist nicht dasselbe wie eine energiegeladene, clevere junge Frau, die alles wunderbar organisiert, damit es hier wie geschmiert läuft.« Sie beäugte Maisie eindringlich, als wollte sie ihre Schmierfähigkeit ergründen. »Uns rinnt ein wenig die Zeit durch die Hände. Wie wäre es, wenn wir heute einen draufmachen und ich uns Sandwiches holen lasse? Gibt es etwas im Speziellen, das Sie mögen?«

»Äh …«

Herrgott noch mal, benutz zumindest eine andere Silbe!

Hilda grinste.

»Kann man mit Ei und Kresse in der einen Hand und Schinken und Käse in der anderen überhaupt etwas falsch machen? Setzen Sie sich.« Mit einer ausladenden Handbewegung zeigte sie auf das Zimmer, während sie einen Knopf drückte, um einen Boten herbeizuholen, noch so einen munteren und dienstbeflissenen Jungen.

Hildas Büro war größer als das von Miss Shields und mit noch akribischerer Gewissenhaftigkeit aufgeräumt, aber gleichzeitig einladender. Gelegentlich blitzten goldene und blaue Wände neben Bücherregalen auf, die mit der Sorte Büchern gefüllt waren, die Maisie immer selbst hatte besitzen wollen. Es kostete sie ein großes Maß an Selbstbeherrschung, nicht den Arm auszustrecken, mit den Fingern über die Buchrücken zu gleiten und jeden in Leder geprägten Titel nachzufahren. Sämtlicher freier Platz an den Wänden war mit Bildern bedeckt, einer italienischen Landschaft, den schottischen Highlands, Paris an einem lavendelfarbenen Frühlingsabend. Ein Wasserkrug und zwei Gläser standen auf einem Abstelltischchen, ein Teetablett auf einem anderen neben einem verlockenden Teller mit Keksen. Maisie wollte das Zimmer umarmen, es küssen, alles in sich aufnehmen.

»Warum stehen Sie so feierlich da?«, fragte Hilda. »Ich

wollte nicht implizieren, dass *Sie* sich auf den Boden setzen, aber wenn Sie wollen, tun Sie sich bitte keinen Zwang an.«

Maisie sank in einen Sessel. Ein dickes, rundes Kissen mit einem roten und blauen italienischen Muster stützte ihren Rücken. Sein Zwilling lag auf dem Boden, wo er Hilda gute Dienste geleistet hatte. Genau in dem Moment, als Maisie die Hand danach ausstrecken wollte, hob Hilda es auf, legte es auf ihren eigenen Sessel und wandte sich an Maisie.

»Ich will nicht die Sorte Sekretärin, die nur Handlangerarbeiten verrichtet. Dafür sind wir viel zu beschäftigt. Nun denn, ich habe unsere Vorträge zu Reihen ausgebaut. Ich denke, ein gleichbleibendes Programm zur selben Sendezeit ist nützlich und bindet eine Hörerschaft, aber natürlich darf nichts zur Routine erstarren und langweilig werden. Ich liebe Kategorien. Da wären literarische Vorträge, politische, wissenschaftliche, informative, künstlerische, hauswirtschaftliche, allgemeinbildende – das sind die Formate, die ich bisher realisiert habe und von denen ich glaube, dass sie einen nützlichen Arbeitsrahmen bilden, aber natürlich sind sie nur ein Ausgangspunkt, um jedwede interessante Sendung ins Programm zu nehmen. Von einem Sprecher über Interviews zu einer Abfolge an Debatten, wäre das nicht großartig?«

Maisie nickte, völlig auf ihren Stenoblock konzentriert, während Hilda Namen von Menschen herunterratterte, die sie gerne zum Hörfunk locken würde – T. S. Eliot, Virginia Woolf, George Bernard Shaw. Doch schon bald wurde Maisie von einer Welle an Wissenschaftlern, Mathematikern, Schriftstellern, Künstlern, Politikern und bekannten Persönlichkeiten überrollt. Hilda redete, als würde sie jeden von ihnen persönlich kennen, und ihre Unbekümmertheit katapultierte sie aus ihrem Sessel, sodass sie nun im Zimmer auf und ab schritt, wobei der Raum und Maisie zusammenschrumpften, um ihrer weitreichenden Vision Platz zu bieten.

Die Sandwiches kamen, zusammen mit zwei Flaschen Ingwerlimonade.

»Ah, ausgezeichnet«, krähte Hilda und drückte dem glückseligen Laufburschen eine Münze in die Hand. »Ein bisschen übertrieben, sich Verpflegung aus dem Pub bringen zu lassen, da es nur unsere kleine Besprechung ist, aber erste Tage müssen gebührend gefeiert werden.« Geschäftig suchte sie nach Servietten.

In Maisies Dankbarkeit mischte sich Schmach. Hilda dürfte ihr eigenes Geld nicht für solchen Firlefanz ausgeben. Maisie fühlte sich ihr nun verpflichtet, noch bevor sie einen einzigen Penny verdient hatte.

»Ich will, dass ›Effizienz‹ unser Motto hier in der Vortragsabteilung ist.«

Hilda war so effizient, dass sie beim Essen gleichzeitig reden konnte und dennoch nichts von ihrer Eleganz einbüßte. Maisies Versuch, diese beiden Dinge zu vereinen, waren von weniger Erfolg gekrönt. Sie schrieb, den Stenoblock auf einem Knie balancierend, sodass sie die andere Hand frei hatte, um sich das Essen einzuverleiben, und hoffte inbrünstig, dass Hilda zu sehr in ihr Selbstgespräch vertieft war, um es zu bemerken.

Frauen sehen alles. Ich wette, sie hat jedes gestopfte Loch in meinen Strümpfen bemerkt. Ich wette, sie weiß, dass ich mir die Haare selbst schneiden muss. Ich wette, sie denkt, sie hätte das kürzeste Streichholz gezogen, das selbst für Däumelinchen zu klein wäre.

Hilda klopfte sich auf die Lippen.

»Eine fantastische Herausforderung, im Radio über neue Kunst zu sprechen. Lassen Sie uns ein Treffen mit Sir Frederic vom British Museum und Charles Aitken von der Tate vereinbaren – sehr fähiger Mann, dieser Aitken. Wir werden einige Möglichkeiten ausloten ... Ich denke, es wäre wirklich spannend, wenn ein Kurator oder Kunsthistoriker mit einem Künstler über ein zeitgenössisches Werk spräche. Wäre das nicht unglaublich? Ich kann es mir geradezu bildlich vorstellen.« Sie grinste.

In den Hochglanzmagazinen hieß es auch, dass es Männern missfiel, wenn Frauen Witze machten, aber vielleicht war es anders, wenn keine Männer zugegen waren. Maisie wollte nicht lachen. Das hätte bedeutet, dass sie entspannt war.

»Sie haben den Sandwiches tüchtig zugesprochen, Miss Musgrave.« (*War das ein Kompliment?*) »Bevor wir zu den Keksen übergehen, erzählen Sie mir doch etwas von sich.«

»Äh, nun ja, da gibt es nicht viel zu erzählen«, entgegnete Maisie zögerlich.

»Unsinn. Und wenn mir die Bemerkung gestattet ist, es ist eine sehr schlechte Angewohnheit, sich selbst kleinzumachen. Wir alle haben eine Lebensgeschichte, ungeachtet unseres Alters.«

Über sich sprechen wollte Maisie nicht. Kekse wollte sie allerdings unbedingt.

»Wie kam es, dass Sie sich für die Arbeit hier beworben haben?«, fragte Hilda.

»Da war eine Annonce«, warf Maisie überrascht ein.

»Es gibt ständig Annoncen. Warum die BBC?«

»Ich ... äh, nun ja, ich ... Es war eine Arbeit, von der ich annahm, ich könnte sie bewältigen. Und sie ist ... äh ...«

Selige Ablenkung wurde in Form der Post hereingerollt. Hilda strahlte, als stünde Weihnachten vor der Tür.

»Ah! Die zweite Runde!«

»Hier, für Sie, Miss Matheson. Viel Spaß damit!« Alfred

balancierte einen Berg Papiere in Hildas Eingangskorb. Bei Maisies Anblick zuckte der junge Mann noch heftiger als zuvor zusammen, und sie war zu sehr damit beschäftigt, sich einen Keks einzuverleiben, um ihn zu begrüßen.

»Haben Sie schon Miss Musgrave, meine neue Sekretärin, kennengelernt?«

»Hallo.« Er nickte und schüttelte den ganzen Weg bis zur Tür den Kopf.

Hilda beeilte sich, die Briefe ordentlich aufzuschichten. Maisie hoffte, diese Arbeit würde nicht in ihren Aufgabenbereich fallen. Es machte den Anschein, als wäre es eine Todsünde, in der Nähe des Stapels auch nur zu atmen.

»Sie wirken beunruhigt, Miss Musgrave. Wir werden den lieben langen Tag mit Korrespondenz überschüttet. Hat Ihnen das Miss Shields nicht gesagt?«

Es wirkte unhöflich, die Frage zu verneinen.

Hilda versetzte dem nun symmetrischen Berg einen anerkennenden Klaps. »Ich nenne es meinen Turmbau zu Babel. Obwohl fast alles davon interessant ist. Oder nützlich. Und ein paar Kritiken sind regelrecht unterhaltsam.«

Die weiß-rosafarbene Reiseuhr mit dem Emaillezifferblatt und den Guilloche-Details, die in ihrer stolzen Pracht auf dem Schreibtisch thronte, läutete zur vollen Stunde. Hilda blickte kurz zur Uhr und leerte den letzten Schluck ihrer Ingwerlimonade.

»Es ist Zeit für den GD! Generaldirektor«, fügte sie schließlich hinzu, als sie Maisies ausdrucksloses Gesicht bemerkte. »Unser Herr und Meister, Mr John Reith, Generaldirektor der British Broadcasting Company. Aber fast jeder hier nennt ihn ›GD‹. Sind Sie fertig?«

Maisie nickte, und ihr sehnsüchtiger Wunsch, Mr Reith zu treffen, verdrängte ihr Verlangen nach einem weiteren Keks.

Hilda schnappte sich den ledergebundenen grünen Kalender von ihrem Schreibtisch und blätterte die Seite auf, die mit einem Lesezeichen versehen war. Maisies Blick glitt nach unten, wo sie Hildas elegante mahagonifarbene Schuhe erspähte, ohne bemerkenswerten Absatz, mit drei Riemen und einer Doppelnaht am Rand. Sie glänzten wie neu, wenngleich sie womöglich schon mehrere Jahre alt waren. Das war genau das, was Georgina meinte, wenn sie immer auf gute Qualität pochte. Hilda, die ganz offensichtlich Geld hatte, war nicht der extravagante Typ oder jemand, der immer den letzten Schrei kaufte und noch brauchbare Dinge in einem Schrank verkommen ließ, sondern spendete sie der Kirche. Vielleicht rieb sie die Schuhe jeden Abend mit Lederfett ein, damit sie so neu aussahen.

Ich werde das mit meinen nächsten Schuhen tun, vom allerersten Tag an.

Für eine ausgesprochen kleine Frau ging Hilda schnell. Maisie ließ ihrem eigenen raschen Gang freien Lauf (nicht sonderlich weiblich) und bemerkte trotz all der lärmenden Menschen, die um sie entlangdonnerten, dass Hildas Schritte fast vollkommen lautlos waren.

»Entschuldigen Sie das Fehlen von mädchenhaftem Absatzgeklapper«, sagte Hilda, als sie Maisies verwirrtes Gesicht sah, die auf ihre Füße starrte. »Ich versuche nur, mit gutem Beispiel voranzugehen. Egal wie hervorragend die Schallisolierung sein mag, so ist es keine Ausrede für Unachtsamkeit.«

Maisie war überzeugt, dass Hilda auf verlorenem Posten kämpfte. Unachtsamkeit schien überall in den Korridoren zu wüten.

»Apropos«, fuhr Hilda fort. »Ich habe vor langer Zeit gelernt, leise zu gehen. Es ist recht nützlich, nicht gehört zu werden, wenn man sich jemandem nähert. Oder sich davonschleicht. Meiner Erfahrung nach ist es bei vielen Gelegenheiten vorteilhaft.«

Sie erreichten Miss Shields' Büro, und Hilda stürmte hinein.

»Guten Tag, Miss Shields. Hier sind wir. Ist er bereit?«

»Mr Reith ist immer sehr pünktlich, Miss Matheson, wie Sie genau wissen«, erklärte Miss Shields. Jetzt verstand Maisie das spöttische Schnauben, als Miss Shields vom Vortragsdirektor gesprochen hatte. Sie warf einen Blick zu Hilda, die, falls sie Miss Shields' offenkundige Abneigung überhaupt bemerkte, völlig unbeeindruckt war.

Die Verbindungstür öffnete sich, und Maisie trat unwillkürlich einen Schritt zurück. Die eindrucksvolle Gestalt von Mr Reith zeichnete sich im Türrahmen ab, schwere Augenbrauen, die zusammengezogen waren, während sich sein dunkler Blick in die vor ihm versammelte Frauenschar bohrte.

In seinem prächtigen Harris-Tweed, mit einer goldenen Uhrkette, die vor dem dunklen Tuch glitzerte, und Schuhen, die derart auf Hochglanz poliert waren, dass er sich in ihnen hätte spiegeln können, hätte Mr Reith nicht mehr Maisies Erwartungen entsprechen können, als wenn sie ihn sich selbst aus ebendem edlen Stoff, aus dem sein Anzug geschneidert war, angefertigt hätte.

Die grimmigen Augen ruhten auf Maisie, der einzigen Unbekannten unter den vertrauten Gesichtern.

»Ah, Sie sind die Neue«, sagte er mit finsterer Miene, obwohl seine Stimme, mit einem rechtschaffenen Oxford-Englisch und dem Hauch eines schottischen Akzents, nicht ohne Herzlichkeit war. »Die von der Alten Welt so angetan ist.«

Maisie taumelte leicht. Miss Shields wirkte nicht wie die Sorte Mensch, die eine solche Information weitergegeben hätte.

»Ich … Ich bin so erfreut, Ihre Bekanntschaft zu machen,

Mr Reith«, stammelte Maisie und hoffte, dass sämtliche Worte in der richtigen Reihenfolge herausgekommen waren.

»Wir sind froh, Sie bei uns zu haben, Miss …?«

»Musgrave«, warf Hilda ein.

»Ah, ja.« Reith nickte, und seine Augenbrauen zogen sich wieder zusammen. »Nun, treten Sie ein, meine Damen.«

Es war das imposanteste Zimmer, das Maisie jemals betreten hatte. Der dicke Flor des Teppichs kitzelte ihre Füße durch das Zeitungspapier in ihren Schuhen. Die Samtvorhänge, schwer genug, um sie zu ersticken, waren zurückgebunden und gewährten einen Blick auf die Themse. Die Decke schien meilenweit in die Höhe zu reichen, was gleichzeitig Platz für die riesigen Bücherregale aus Rosenholz und einen Mann von Reiths Statur bot und dafür sorgte, dass Maisie sich winzig vorkam.

Reith nahm auf einem Stuhl hinter dem Eichenholzschreibtisch Platz, der fast die gesamte Breite des Zimmers ausfüllte. Sobald er sich vergewissert hatte, dass sie alle an seinen Lippen hingen, zog er ein paar Papiere zu sich und begann.

»Ihre Programmgestaltung für nächste Woche ist äußerst zufriedenstellend«, sagte er zu Hilda. »Die Reihe über Gartenarbeit im Winter klingt ausgesprochen erfreulich. Ich werde Mrs Reith darauf hinweisen.«

»Oh, ausgezeichnet. Berichten Sie mir, wie es ihr gefallen hat. Ich bin sehr glücklich mit unseren Sprechern, auch wenn es mir nicht gelungen ist, jemanden von der Botanischen Gesellschaft für die Sendung zu bekommen. Ich denke, sie halten uns für ein wenig skandalös.«

»Hm. Haben Sie an Charlie Simms geschrieben? Ein alter Schulfreund aus Gresham-Zeiten. Sollte zu allen Schandtaten bereit sein.«

»Ja. Hier ist die Antwort, von seiner Sekretärin.« Sie reichte ihm ein kleines quadratisches Blatt Papier. »Sie scheint ein alter Drache zu sein und bewacht ihn mit Argusaugen vor jeglichen Eindringlingen.«

Ein scharfes Luftholen von Miss Shields, obwohl sie weiterhin pflichtbewusst das Protokoll mitstenografierte.

»Hm«, brummte Mr Reith und reichte die Mitteilung zurück. »Papperlapapp. Ich rufe ihn an; ist sowieso längst wieder an der Zeit für einen Kaffee. Miss Shields, Sie kümmern sich um alles?«

»Natürlich, Mr Reith«, erwiderte sie, ihre Stimme so warm und ehrerbietig, dass Maisie aufblickte, um sich zu vergewissern, dass es sich um ein und dieselbe Frau handelte.

»Das ist sehr nett von Ihnen, Mr Reith«, sagte Hilda.

»Wir ziehen alle am selben Strang, nicht wahr, Miss Matheson? Und wenn die Vortragsabteilung, wie ich aus den Berichten entnommen habe, weiterhin so gut wie in den vergangenen paar Wochen läuft, sollten Sie im Laufe der Zeit immer weniger Probleme haben, Drachen zu erschlagen.«

»Immer weiter, immer weiter, ja, ganz genau! Aber in der Zwischenzeit werde ich alles tun, um es dem heiligen Georg gleichzutun«, versicherte sie ihm.

»Gut, gut.« Er nickte ernst. »Nun zum Thema Weihnachten. Sie haben viel zu viele Vorschläge unterbreitet – es ist nicht so, als würden wir vierundzwanzig Stunden am Tag senden, und selbst dann hätten wir nicht genug Zeit.«

Hildas Lachen hallte von den Lederfolianten wider.

»Vermutlich habe ich es wirklich ein bisschen übertrieben, aber Sie haben mich gebeten, Ihnen eine große Auswahl zu geben, immerhin ist dies das erste Mal, dass ich das Feiertagsprogramm gestalte.«

»Ja, ja«, pflichtete Mr Reith ihr bei, während er mit seinem Füllfederhalter klopfend an der getippten Liste hinabfuhr.

»Es ist wichtig, dass wir die Sache ordentlich angehen, nichts Unangemessenes. Miss Warwick meinte, es sei Ihr Vorschlag gewesen, dass die Hörspielabteilung eine eigens inszenierte Fassung von Dickens' Weihnachtsgeschichte ausstrahlt. Eine hervorragende Idee, sollte höchst unterhaltsam werden.«

»Ah, vielen Dank. Ja, ich bin selbst schon ganz aufgeregt«, sagte Hilda. »Sie haben eine großartige Besetzung gefunden. Mr Tree, schon mal von ihm gehört?« Ein weiteres leises Schnauben von Miss Shields, doch ob es Dickens galt oder dem Schauspieler, war schwer zu deuten.

»Tree, ja«, murmelte Reith, die Augen auf Hildas Liste geheftet. »Schwer, sich zu entscheiden.«

»Ich hätte vielleicht versuchen sollen, eine größere Vorauswahl zu treffen«, sagte Hilda fröhlich, ohne dass es wie eine Entschuldigung klang, »aber wir können überschüssige Ideen immer noch ein andermal benutzen. Und außerdem könnten die Feiertage eine günstige Gelegenheit sein, um mehr Sendestunden einzufordern, wenn es …«

Reith gab ein Geräusch wie ein niesender Bulle von sich.

»Mehr Stunden, fürwahr. Sie waren noch nie bei einem Treffen des Rundfunkrats dabei. Ein komischer Haufen.«

»Ich könnte Sie gern zu einem begleiten, wenn Sie das wünschen?«

Seine mürrischen Mundwinkel verzogen sich leicht nach oben.

»Vielleicht eines Tages, wenn es einmal passt.« Er klang schrecklich väterlich. Maisies Kehle zog sich zusammen.

»Nun, wenn wir nur die Stunden zur Verfügung haben, die wir haben, dann sollten wir wohl ein bisschen streichen, hm?« Hilda warf einen Blick auf ihre Kopie der Weihnachtsliste. »So, mal sehen, etwas, um das Dickens-Hörspiel abzurunden, ganz klar, eine Sendung über Bräuche, den Baum. Wo wir von

Bäumen sprechen, ich könnte Mr Tree bitten, diesbezüglich einen lustigen Sketch zu bringen – könnte mir vorstellen, dass er mitmacht, er ist ein Pfundskerl –, aber einen Historiker für den eigentlichen Teil. Ich werde Peppard in Cambridge fragen, und wir müssen auf jeden Fall eine Sendung über das Schenken machen. Gilbert vom Victoria & Albert Museum käme dafür in Frage, und Nellie wäre gewiss für eine Sendung zum Thema Dekorieren zu haben, sie arbeitet jetzt bei der Zeitschrift *Home* …«

»Wundervoll, wundervoll«, unterbrach Mr Reith sie und hakte energisch nickend die Liste ab. »Und dann das und das, ja, ja, und was halten Sie vom Erzbischof von Canterbury?«

»Wie ich höre, leistet er ganz gute Arbeit.«

»Wie bitte?«

»Nur ein Scherz, eine schreckliche Angewohnheit meinerseits. Es wäre toll, ihn für eine Lesung zu bekommen, falls er nicht schon völlig ausgebucht ist. Wollen Sie den Brief schreiben, immerhin haben Sie ihn bereits getroffen, oder soll ich das übernehmen?«

Reith hatte den Erzbischof von Canterbury getroffen. Und hier war Maisie und arbeitete Reith zu.

»Ich kümmere mich gern um die Anfrage, ja.« Reith setzte ein letztes Häkchen auf die Liste und schob sie zu Hilda zurück. »Sehr, sehr gut, Miss Matheson. Ausgezeichnete Arbeit. Genau aus diesem Grund habe ich Sie mit Freuden eingestellt.«

»Mich angefleht, an Bord zu kommen, wenn ich mich recht erinnere.« Hilda gluckste wieder vor Lachen. Miss Shields schnaubte nicht, doch das Kratzen ihres Bleistifts sprach Bände. »Lady Astor hatte es nicht leicht, mich zu überzeugen. Es ist ihr natürlich dennoch geglückt, wie alles, was sie tut, und ich bin sehr angetan.«

»Ja, sehr schön.« Reith drehte einen Stapel Papiere um. »Es ehrt Sie, dass Sie Ihren Arbeitgeber nicht verlassen wollten.«

Maisie blickte von ihren Kurzschriftnotizen auf. Trotz ihres dürftigen Interesses an der britischen Regierung war ihr der Name »Lady Astor« geläufig. Jeder kannte ihn. Doch für Maisie war sie ein Objekt ruhmreicher Inspiration, was nichts damit zu tun hatte, dass sie die erste Frau im Parlament gewesen war. Nancy Astor war in Virginia geboren und aufgewachsen und hatte es geschafft, einen britischen Adligen zu heiraten. Sie war eine von Maisies persönlichen Heldinnen.

»Ich finde, die Leute bei der *Radio Times* könnten sich mit dem Vortragsprogramm etwas mehr ins Zeug legen«, fuhr Reith fort. »Vielleicht könnten Sie ihnen genauere Angaben machen?«

»Gewiss«, sagte Hilda. »Obwohl wir uns bereits jetzt schon immer sehr genau ausdrücken. Die Leute dort scheinen das Gefühl zu haben, die Sache etwas aufpeppen zu müssen.«

»Aber wenn Sie ihnen alles noch einen Tick genauer aufschreiben könnten, wäre das sehr hilfreich.«

»Miss Musgrave wird uns in dieser Hinsicht eine große Stütze sein«, erwiderte Hilda.

»Hmm? O ja.« Er nickte Maisie freundlich zu, und sie errötete.

»Verzeihen Sie bitte, Mr Reith«, mischte sich Miss Shields ein, »aber es ist fast halb drei.«

»Wirklich?« Zur Vergewisserung warf er einen Blick auf seine Uhr. »Ah. Nun denn, wir können die Pläne für nächstes Jahr auch Ende der Woche besprechen. Vielen Dank, Miss Matheson, und weiter so mit der guten Arbeit.«

»Kein Problem«, trällerte Hilda regelrecht, während sie hinausmarschierten.

Zurück in Miss Shields' Büro blieb Maisie abwartend stehen, in der Hoffnung, sogleich entlassen zu werden, um sich augenblicklich ans Tippen machen zu können. Sie freute sich darauf, jede Sekunde dieser Besprechung noch einmal zu durchleben.

Hilda wandte sich an Miss Shields. »Bekomme ich jetzt Miss Musgrave?«

»Noch nicht«, sagte Miss Shields, wieder der Inbegriff kühler Distanziertheit. »Es wartet hier noch eine Menge Tipparbeit auf sie. Die Zeit will wohlüberlegt aufgeteilt sein.«

»Nun, natürlich, aber ...«

Ein Mann mit viel Pomade im Haar platzte herein und rückte sich die Krawatte zurecht.

»Ist er bereit für mich?«

»Gehen Sie ruhig rein, Mr Eckersley.« Miss Shields deutete auf Mr Reiths Büro. »Gibt es noch etwas, Miss Matheson?«

»Nein, vielen Dank«, sagte Hilda. Sie wandte sich an Maisie. »Willkommen an Bord, Miss Musgrave. Ich hoffe, man kann hier heute Nachmittag ein paar Stunden auf Sie verzichten.«

»Ja, Miss Matheson«, murmelte Maisie höflich. Nachdem sie sich in Mr Reiths Pracht gesonnt hatte, wollte sie unbedingt so nah wie möglich in seinem Dunstkreis bleiben. Doch sie hatte die Sandwiches nicht vergessen.

Hilda nickte energisch und war verschwunden, ihre Schritte so leise, als hätte sie sich einfach in Luft aufgelöst.

Miss Shields nahm Maisies Block und kontrollierte ihre Kurzschrift. Trotz ihrer peinlich genauen Überprüfung fand sie keine Fehler. Erneut wirkte sie enttäuscht.

»Sie könnten ordentlicher schreiben. Sie werden das Protokoll für unser Büro von meiner Mitschrift abtippen, und wenn ich mich nicht täusche, wird Miss Matheson eine Kopie verlangen.«

»Ja, Miss Shields.«

Eine halbe Stunde später dröhnte Miss Shields' Stimme über den Klang der Schreibmaschine.

»Miss Musgrave!«

Die Sekretärin saß immer noch an ihrem Platz, doch ihr Stuhl zeigte direkt zu Maisies Kammer.

»Ich musste fast schreien«, schalt sie Maisie.

»Oh, das tut mir leid«, und das tat es ihr wirklich, doch es waren nur sieben Schritte bis zur Türschwelle gewesen. Über die Maisie nun trat, um ihre Instruktionen zu vernehmen.

»Mr Reith braucht seinen Tee. Er hat darum gebeten, dass Sie ihn holen anstatt einer der Jungen.« Ihre Stimme war spröde, ihr Gesicht verärgert. »Ich gehe davon aus, dass Sie dazu in der Lage sind.«

»Ja, natürlich«, antwortete Maisie stolz und machte sich im Laufschritt auf den Weg. Wenn Mr Reith Tee wollte, würde er ihn bekommen, und Maisie würde schneller als der Blitz laufen, um ihn ihm zu bringen.

Die Herrin über die Cafeteria, adrett und geschäftig, die ergrauenden Haare zu einem strengen Knoten im Nacken zurückgebunden, nickte bei Maisies Bestellung und schob ein Teewägelchen heraus.

»Nur für Mr Reith«, warnte sie.

Maisie stählte sich innerlich, den Tee auf dem Rückweg zu den Chefzimmern gegen jedwede Gefahr zu beschützen, doch niemand kreuzte ihren Weg. Miss Shields seufzte und winkte sie durch, bevor Maisie erneut den Thronsaal betrat, diesmal allein.

»Ah, Miss Musgrave«, begrüßte Reith sie. »Sehr nett, vielen Dank.«

Es wäre leichter gewesen, alles auf seinen Schreibtisch zu stellen, wenn ihre Hände nicht gezittert hätten, doch er nickte ihr die ganze Zeit über anerkennend zu, während sie die Kanne, die Tasse, die Milch, den Zucker und – ihr lief das Wasser im Mund zusammen – zwei süße Gebäckstücke vor ihm ausbreitete.

»Den Rest schaffe ich allein«, versicherte er ihr, obwohl es sie mit Freude erfüllt hätte, ihn weiter zu bedienen.

»Ja, Sir.« Sie unterdrückte ein Seufzen. Behutsam schlich sie zur Tür.

»Setzen Sie sich doch einen Moment, Miss Musgrave.«

Sie hatte nicht geahnt, dass sich eine Einladung auch blaffen ließ. Gehorsam setzte sie sich in den Clubsessel, auf den er zeigte. Das Leder war wahrscheinlich empört über ihr billiges Wollkleid.

Reith kümmerte sich hingebungsvoll um das Einschenken seines Tees und der Milch, das fast an das strenge Ritual der Heiligen Kommunion heranreichte, und Maisies Respekt für ihn wuchs. Er wirkte gelassen, schien die Stille zwischen ihnen nicht als störend zu empfinden, was Maisie die Gelegenheit verschaffte, sich alles an ihm einzuprägen. Sein Haar lichtete sich leicht, und er hatte eine Kinnspalte, die groß genug war, um dort eine Zigarette festzuklemmen. Ein Trick, mit dem er seine Kinder hätte erheitern können, doch der Schwung seiner Augenbrauen, die zu einer einzigen zusammengezogen waren, wies darauf hin, dass Reith kein Mann des Klamauks war.

Er hob den Deckel einer Teakholzschatulle mit eingearbeiteten Elfenbeinintarsien an und holte eine Zigarette heraus.

»Rauchen Sie?«

»Nein, Sir.«

Könnte es mir keinesfalls leisten.

»Das freut mich zu hören!«, blaffte er. »Ich mag es nicht, wenn Frauen rauchen. Gehört sich nicht. Moderne Mädchen«, sagte er mit einem Seufzen, während er sich die Zigarette anzündete, »scheren sich nicht um Schicklichkeit.«

Er warf ihr einen weiteren finsteren Blick zu, und sie fragte sich, ob es unangebracht war, ihm zu beteuern, dass sie eine glühende Verfechterin von Schicklichkeit war.

Zumindest reicht mir der Rock beim Sitzen bis über die Knie.

»Sie sind ein nettes Mädchen«, verkündete er. »Ich habe gehört, was Sie bei Ihrem Einstellungsgespräch zu Miss Shields gesagt haben. Normalerweise mische ich mich nicht ein, wenn Mädchen eingestellt werden, aber in diesem speziellen Fall hatte ich das Gefühl, ich sollte vielleicht doch einmal eine Ausnahme machen.«

Er schaute immer noch mürrisch drein, und jetzt glaubte sie zu erkennen, dass die Falten um seine Augen leicht nach oben gingen, was wohl seine Version eines Lächelns war.

Dieser Mann hat dafür gesorgt, dass ich eingestellt werde.

Ihre Finger bohrten sich in ihre Knie und bewahrten sie davor, vor Ehrerbietung auf den Boden zu gleiten.

Falls Reith ihre unverhüllte Dankbarkeit bemerkte, verbarg er es geschickt unter seinem mürrischen Gesichtsausdruck, während er Zucker in seinen Tee rührte.

»Es gibt zwei Fragen, die ich potenziellen BBC-Mitarbeitern gerne stelle«, sagte er, nahm einen Schluck Tee und schnupperte wohlwollend. Dann lehnte er sich näher zu ihr, die Augenbrauen zusammengezogen, das Kinn gereckt. »Sind Sie Christ, und haben Sie einen Charakterfehler?«

Maisies Mund klappte auf. Da die korrekten Antworten »Nein« und »unzählige« lauteten, konnte sie nichts weiter tun, als ihn hoffnungslos anzustarren.

Reith nahm einen tiefen Zug von seiner Zigarette und lachte. Zumindest klang es wie ein Lachen; sie hätte es nicht beschwören können.

»Keine Sorge. Keine Sorge. Ich frage das nur ernsthaft, wenn ich Vorstellungsgespräche mit Männern für gehobene

Positionen führe. Ich war nur neugierig, wie Sie darauf reagieren würden, obwohl ich nicht bezweifle, dass Sie ein anständig erzogenes Mädchen sind.«

Maisie war unsäglich erleichtert, dass er statt ihrer geantwortet hatte. Während ihres Torontoer Exils hatte ihre Großmutter (die unpassend getaufte Lorelei, die ihr gesamtes Leben bewundernswerterweise darauf verwandt hatte, ihrem Namen die implizierte Sinnlichkeit auszutreiben) Maisie jeden Sonntag zur First Anglican Church gezerrt, drohend eine Birkenrute in der Hand. »Deine Mutter ist die erste und letzte Hure in dieser Familie. Wenn nötig werde ich jede noch so kleine Sünde aus dir herausprügeln, Gott steh mir bei.« Sämtliche Rüpel der Gegend hatten ihr dabei natürlich gerne geholfen – die ungewollte Tochter einer Schauspielerin verdiente gewiss eine ordentliche Tracht Prügel. Georginas Gleichgültigkeit war eine willkommene Abwechslung an Sonntagen, da sie den ganzen Tag schlief.

Was Charakterfehler betraf, so gäbe es in der BBC wohl nicht genügend Briefpapier, um auch nur annähernd alle von Maisie und Georgina aufzulisten.

Erwartete Reith tatsächlich, dass jeder mit »Ja« und »Nein« antwortete? Würde er das Zweite glauben? Einen solchen Menschen gab es gewiss nicht, oder? Wäre er dann schrecklich langweilig oder unerträglich perfekt?

»Ich hoffe, Sie sind eine fleißige Arbeiterin«, blaffte Reith, und sein mürrischer Gesichtsausdruck nahm einen erwartungsvollen Zug an.

»Ja, Sir«, quietschte sie. »Ich meine, das bin ich.«

»Ausgezeichnet.« Er nickte, nahm einen weiteren Schluck Tee.

»Ihr nächster Termin, Mr Reith«, verkündete Miss Shields von der Tür.

»Vielen Dank«, sagte er, was beiden Frauen galt.

»Dann zurück in die Vortragsabteilung mit Ihnen«, befahl Miss Shields ihr. »Sie haben das Protokoll fertig?«

Die getippten Seiten, fein säuberlich und genau, wurden mit einem gleichgültigen Grunzen entgegengenommen. Maisie fragte sich, wie Miss Jenkins auf eine Vorgesetzte reagieren würde, die das Fehlen von Fehlern zu hassen schien. »Sie müssen auf alles vorbereitet sein«, hatte sie ihren Schülerinnen beigebracht. *Ich denke, ich werde ihr schreiben und eine neue Ausrichtung des Lehrplans vorschlagen.*

Hildas Lampen waren allesamt eingeschaltet, was das Zimmer an jenem kühlen Novembernachmittag gemütlich machte. Sie reichte Maisie ein getipptes Manuskript, das mit unleserlicher roter Schrift übersät war.

»Ein Vortrag dauert fünfzehn Minuten. In dieser Hinsicht nehmen wir es sehr genau. Außer wir machen eine Ausnahme. Einige Vorträge erfordern mehr Zeit. Leider scheint jeder Sprecher zu glauben, sein Thema falle in die zweite Kategorie.« Hilda grinste. »Aber das kann man ihnen nicht verübeln, oder? Ich erarbeite gerade ein Paket an Richtlinien, das ihnen helfen dürfte. Sie können morgen meine einleitenden Anmerkungen tippen. Jetzt haben wir keine Zeit zu verlieren.«

Schwer vorstellbar, so viel über ein Thema zu wissen, dass man fünfzehn Minuten etwas Interessantes darüber erzählen kann. Man muss als Experte auf seinem Gebiet gelten, um ins Radio eingeladen zu werden. Damit einem jemand zuhört und man bezahlt wird.

Maisie besah sich das Manuskript. Es war für eine Sendung von Joseph Conrad. Vielleicht bedeutete das, dass Maisie ihn treffen würde, all diese Männer treffen würde, wenn sie für die Übertragung kamen. Diese Arbeit könnte etwas sein, das dem Himmel auf Erden gleichkam.

»Sie müssen das Manuskript noch einmal tippen und meine Veränderungen einarbeiten«, befahl Hilda und winkte mit der Hand zu dem unleserlichen roten Gekrakel. Vielleicht doch nicht ganz der Himmel auf Erden.

»Sie nehmen Veränderungen an Mr Conrads Arbeit vor?«, fragte sie.

Sie hatte es nicht laut sagen wollen, aber egal wie viel Macht Hilda innehaben mochte, so konnte Maisie sich nicht vorstellen, dass Hilda deswegen auch nur eine einzige Silbe in der Arbeit eines Mannes ändern durfte, nicht bei einem Mann wie ihm.

»Viele können schreiben, wenige können Radio machen. Bislang«, fügte Hilda gackernd hinzu. »Es gibt einen Trick, habe ich festgestellt. Ich habe vor, mich ganz aufs Entwickeln, Verfeinern und das Lehren zu konzentrieren. Sie werden sehen. Sie werden mich schon bald zu den Proben begleiten, dann werden Sie es sehen.«

Alles, was Maisie sah, waren getippte Worte, die mit rotem Stift überschrieben waren.

»Ja, das tut mir leid.« Hilda lachte, auch wenn es nicht klang, als würde es ihr tatsächlich leidtun. »Schönschrift war noch nie meine Stärke. Aber ich bin sicher, dass Sie es gewiss bald entziffert haben und loslegen können. Im Nu haben Sie sich an mich gewöhnt.«

Maisie setzte sich vor die Schreibmaschine.

Da wäre ich mir nicht so sicher.

Drittes Kapitel

◊◊◊

»Mensch, herzlichen Glückwunsch! Ich wusste, du würdest es schaffen, aber ich vermisse unsere Pläuschchen während des Tages«, beklagte sich Lola, als hätten sie früher ständig die Köpfe zusammengesteckt. Maisie wusste, dass sie nur als Publikum für das Drama vermisst wurde, das Lolas chaotisches – und in der Tat häufig unterhaltsames – Leben darstellte, und dass Lola, sobald sie wieder ein neues Engagement hatte, verschwinden und Maisie in Vergessenheit geraten würde.

Maisie begrüßte ihre neue Routine mit der Begeisterung einer jungen Braut. Aus dem Bett um sieben, gewaschen und angezogen innerhalb von fünfzehn Minuten. *Die Dauer eines Vortrags.* Diese Effizienz, entschied sie, wurde durch ihre Armut erleichtert. Bei so wenigen Kleidungsstücken, aus denen sie auswählen konnte, war das Anziehen kein mühsames Unterfangen. Es war fast ein Argument, sich *keine* weiteren Blusen und Röcke, Pullover und Strickjacken zu kaufen, denn wie viel Zeit würde sie sonst verlieren? Doch sie seufzte trotzdem, als sie ihr blaues Sergekleid zuknöpfte, die langweiligste ihrer drei Kombinationen. Sie legte ihre Schuhe mit frischem Papier aus und ging hinunter zum Frühstück.

Obwohl Mrs Crewe in einigen Punkten wie etwa dem Kauf eines Radioapparats unerbittlich war, war sie unübertrefflich, was das Frühstück anbelangte. Es gab Haferbrei und Toast, Cornflakes und Kaffee, wobei die Untermieterinnen so viel Sirup, Butter und Sahne nehmen durften, wie sie wollten. Maisie sehnte sich nach Eiern und Speck, aber es war ein köstlicher Haferbrei. Und das Streben der anderen Mädchen, unbedingt dünn zu sein, bedeutete gleichzeitig, dass Maisie sich ungehemmt an Sahne und Butter bedienen konnte.

Nach dem Frühstück zog sie ihren Mantel, Hut, Schal und ihre Handschuhe an. Ihre Handtasche, die abgesehen von einem Taschentuch, zwei Pennys für das Mittagessen und einem Sixpence für den Notfall leer war, schob sie sich über das Handgelenk, und sie hoffte, ihr klappriger Regenschirm könnte ungeöffnet bleiben.

Sie war ein Glückspilz, da sie nur eine einzige Straßenbahn benutzen musste, um The Strand zu erreichen, die Straße gleich bei Savoy Hill. Die Fahrt war lang, und sie musste stehen, aber das störte sie nicht. Der Waggon schaukelte rhythmisch, die Glocke bimmelte heiter, und man konnte nie vorhersagen, wann ein plötzliches Kreischen oder Bremsen das Lied unterbrach und sie alle aus der morgendlichen Meditation riss. Es war eine Art von Jazz, die einzige Art, die Maisie sich leisten konnte, weshalb sie den Hauch von Zigarettenrauch, den Nachhall von Kaffee und das Rascheln von Zeitungen genoss, das das Summen und Rattern untermalte. Es war nicht verboten, die Zeitung über die Schulter eines Nachbarn zu lesen, diesen Einblick in die funkelnden Schätze der Welt, und den Geruch nach Palmolive-Rasiercreme zu genießen. Und sie beobachtete, wie sich London vor ihr entfaltete.

Die dunklen Reihen an ungeliebten Reihenhäusern machten Straßen Platz, die breit genug waren, um Geschichte in sich aufzunehmen, und nah genug, dass man diese Geschichte um sich wickeln und das Gefühl bekommen konnte, wie vergänglich und nichtig man war. Maisie erfreute sich an herrlichen Altbauten, ihrer vornehmen Pracht und Herrlichkeit, wie sie stoisch auf das Gedränge der Menschen und Straßenbahnen und Busse und Taxis und Pferdewagen blickten, nur durchbrochen von gelegentlichen Privatwagen, die sich einfädelten, mit Männern, die ihren Wohlstand mit glänzendem Metall, Leder und Drahtspeichenrädern zur Schau stellten. Gelegentlich auch Frauen, die fast immer mit offenem Verdeck fuhren, während greller Sonnenschein in ihren perlenbesetzten Glockenhüten funkelten, mit kirschroten Lippen, die zu einem verzückten Lächeln geöffnet waren, hinter ihren Motorradbrillen aufblitzende Augen. Die auf dem Weg zu irgendeinem Ort waren, den sie zweifelsohne für wichtig erachteten.

Maisie drehte sich von ihnen weg und hielt den Atem an, während sie darauf wartete, in The Strand einzubiegen, diese letzte Meile ihres Marathons. So viele prachtvolle Gebäude, an denen sie auf dem Weg vorbeigefahren waren, die Royal Courts of Justice, das entzückende und angemessen alte Twinings-Teegeschäft und dann, endlich, das Savoy-Hotel, fast schon ein Palast in einer Straße, in der sich früher unzählige Paläste gedrängt hatten. Sie stieg an der Ecke Savoy Street aus, machte einmal auf dem Absatz kehrt und sog den Tag gierig in sich auf, bevor sie vorsichtig den Hügel hinab zum Savoy Hill House marschierte, der Heimat der BBC. Das Pub zu ihrer Linken, das Savoy Tup, war zu dieser Stunde immer noch geschlossen. Das und das Lyceum, nur einen Steinwurf von The Strand entfernt, waren beliebte Orte zum Mittagessen bei den Mitarbeitern des Savoy Hill. Bis Maisie jedoch bezahlt wurde, beschränkte sich ihr Mittagessen auf einen Apfel und ein Brötchen, aber das Tup hatte die Sandwiches geliefert, die Hilda an jenem ersten Tag bestellt hatte, weshalb Maisie ihm großen Respekt entgegenbrachte.

Sie hatte die baufällige Savoy Chapel, die nur einen Katzensprung von der BBC entfernt lag, noch nicht besichtigt, aber sie wusste, dass sie der Gegenstand vieler Witze war, ihre Lage der ideale Ort an Tagen, an denen die gesamte Abteilung zusammenbrach (mindestens einmal die Woche) oder als Versteck vor Mr Reith, wenn er sich auf dem Kriegspfad befand (mindestens einmal am Tag).

Nicht minder anbetungswürdig war die Themse am Fuß des Hügels. Maisie blieb draußen vor der Tür zur BBC stehen und blickte zum Fluss. An einem fernen sonnigen Tag wäre es der Gipfel der Glückseligkeit, ein Sandwich und ein Stück Kuchen am Victoria Embankment zu essen.

Die BBC teilte sich ihr Zuhause mit dem Institute of Electrical Engineers, das gute fünfzig Jahre älter war und seine Verachtung für diesen unerfahrenen Emporkömmling zum Ausdruck brachte, indem es die Räumlichkeiten so aufteilte, dass sich die beiden Unternehmen nirgends berührten. Das IEE hatte den majestätischen Eingang zum Embankment in Beschlag genommen, und es hieß, sie amüsierten sich jedes Mal köstlich, wenn eine bedeutende Persönlichkeit für eine Übertragung kam und den unscheinbaren Seiteneingang des Gebäudes benutzen musste. Da die BBC der natürliche und aufregende Auswuchs der Arbeit des IEE war, sollten sie eigentlich wie stolze Mütter herumscharwenzeln, fand zumindest Maisie. Stattdessen ging jede Einrichtung ihren eigenen Geschäften nach, als existierte die andere überhaupt nicht.

Und in der Tat, sobald man durch diese Holztür getreten war, existierte nichts anderes mehr.

Es fiel Maisie nicht schwer, ihren Status als unsichtbares Mädchen zu wahren, während sie zwischen der Geschäftsführung und der Vortragsabteilung hin- und herhuschte. Maisie hatte große Erfahrung darin, gleichzeitig mehreren Gesprächen zu lauschen und alles zusammenzutragen, was sich als nützlich erweisen könnte, und durch die schmalen Korridore von Savoy Hill flogen Informationen mit einer Geschwindigkeit, die Lindbergh mit Neid erfüllt hätte. Auf diese Weise erfuhr sie im Laufe der Woche, dass Cyril Underwood-nicht-die-Schreibmaschine beim Schulfunk arbeitete, wo Sendungen produziert wurden, die in Klassenzimmern in ganz Großbritannien gehört wurden, eine Respekt einflößende Aufgabe. Unzählige schmeichelhafte Briefe von Lehrern und Direktoren halfen nicht, die Ängste der Mitarbeiter vor ungehaltenen Briefen zu zerstreuen oder noch schlimmer, einem schlechten Kommentar in der Zeitung. Sie machten unermüdlich weiter, zugleich verhätschelte Lieblinge und Wunderkinder unter Mr Reiths wachsamem Auge. Es gab dort auch eine Redakteurin, eine Mary Somerville, anscheinend durch »ein Netzwerk aus Frauen, wer weiß?« eingestellt und ausgesprochen brillant. Die kurvige Blondine mit den lockigen Haaren aus dem Schreibbüro war Phyllida Fenwick, de facto Anführerin der Gruppe kraft ihrer Größe und Lautstärke. Die Herrin über die Cafeteria war Mrs Hudson, deren Naturell zugleich das einer Löwin und Mutter war. Dann gab es all jene, die sich einfach selbst vorstellten, wie etwa Beanie.

»Ich heiße Sabine, natürlich, Sabine Warwick, nicht die Greville-Seite – möchte mich nicht um diesen Haufen kümmern müssen –, aber trotzdem Baronets. Und ganz neu, erst 1780 geadelt, aber schon im *Debrett's*. Ein kleiner Skandal, dass ich arbeite, aber Mama glaubt, ich hätte kein Durchhaltevermögen, weshalb ich der alten Dame das Gegenteil beweisen muss. Vater ist endlich einmal erfreut. Hält es für einen Ausdruck von Charakterstärke, ein gutes Vorbild für das gemeine Volk und sehr modern. Er ist ganz erpicht darauf, modern zu sein. Hat in seinen wilden Jahren ein paar der Theater im West

End gekauft und – will man's glauben? –, er ist stolz darauf, ein Kunstmäzen zu sein. Und so bin ich hier in unserem Mauseloch gelandet, der Hörfunkabteilung! Der GD glaubt, ich würde Kultiviertheit mitbringen, und Vaters stolzgeschwellte Brust platzt regelrecht, wenn er an all die erbaulichen Stücke denkt, die ich den armen Teufeln bringe, die nie zuvor ein Theater von innen gesehen haben. Ein Mordsspaß, wirklich.«

Maisie blieb nach diesem einseitigen Austausch atemlos zurück.

Wann immer sie Cyril sah, ließ sie die Maske des unsichtbaren Mädchens fallen und war entzückt, mit einem Grinsen belohnt zu werden.

»Hallo, New York! Mir ist zu Ohren gekommen, dass Sie jetzt eine fixe Größe in der Vortragsabteilung sind, und siehe da, es stimmt.«

»O nein, die Vortragsabteilung hat mich nur halbtags«, verbesserte sie ihn.

»Bis Matheson Sie mag, da gehe ich jede Wette ein. Verzeihen Sie vielmals, dass ich Sie an Ihrem ersten Tag hinters Licht geführt habe. Gemein von mir. Was halten Sie davon, dass ich mich irgendwann richtig bei Ihnen entschuldige und Sie mir dafür alles über Flüsterkneipen erzählen, hm?« Er deutete ihre Röte als Einverständnis. »Ich nehme Sie beim Wort«, sagte er und schlenderte davon, was Maisie ersparte, ihm entweder ihre Unwissenheit einzugestehen, was Flüsterkneipen anbelangte, oder nachzuhaken, wie sehr ihm die Wahrheit am Herzen lag.

Phyllida und ein kleines Grüppchen aus Schreibkräften kam just in diesem Moment rauchend und plaudernd an Maisie vorbei. Bei ihrem Anblick verstummten sie, warfen sich verstohlene Seitenblicke zu und verfielen dann in ein Geflüster und leises Kichern. Mit einem Mal hatte sie nichts als Geringschätzung für die anderen Frauen übrig. Hatte eine von *ihnen* etwa wegen ihres Alters gelogen, um im Krieg zu helfen? Wahrscheinlich waren sie in liebevollen Familien aufgewachsen, die ihnen weder Nahrung noch Bildung noch Unterhalt missgönnten. Oder auch nur ihr Dasein.

Es spielt keine Rolle. Ich habe mein ganzes Leben ohne Freunde verbracht. Ich bin daran gewöhnt. Und das ist nicht der Grund, weshalb ich hier bin.

Hildas Gegenwart war ihr immer noch nicht ganz geheuer. Es war eine Sache, Schwester Bennister als Vorgesetzte zu haben. Die hatte sie verstanden. Die Welt der Krankenpflege war entschieden weiblich. Die Welt hier nicht, und der Umstand, dass Hilda sich hier wohlfühlte, verunsicherte Maisie nur noch mehr. Hilda war freundlich zu ihr, aber sie war zu jedem freundlich. Georginas Maxime lautete, niemals einer freundlichen Frau zu trauen. Sie selbst war immer freundlich, zu jedem, der nicht Maisie war, und Maisie traute ihr gewiss nicht über den Weg.

Laut dem Flurfunk im Savoy Hill hatte Hilda nicht übertrieben – Reith hatte sie tatsächlich angefleht, ihre Stelle als Lady Astors politische Sekretärin zu kündigen (woher *bekam* sie nur diese Jobs?) und zur BBC zu kommen, um diese Abteilung zu leiten, die wichtigste Abteilung beim Radio, und es war Lady Astor, nicht Reith, die Hilda überredet hatte.

»Diese Matheson kennt einfach jeden«, sagte Billy, einer der Ingenieure, zu einem der neuen Botenjungen, während sie Gerätschaften über den dritten Stock schoben. »Bringt lauter Damen zum Radio. Bei ihr und dieser Miss Warwick vom Hörspiel bekommt man das Feinste vom Feinsten zu sehen. Und wenn man während der Übertragung am Submixer eine Veränderung einstellen muss, kann man einen feinen Blick auf ihre Beine erhaschen.«

So viel zum glanzvollen Ruhm der neuen Technologie.

»Alles klar?«, fragte Hilda, als sie Maisie sah, die zögerlich vor der Aktenablage stand.

»Oh, ich, ja, vielen Dank«, murmelte Maisie.

»Ausgezeichnet. Ich hoffe, Sie fühlen sich heute gewappnet. Ich habe für Sie ein paar Überarbeitungen zum Abtippen.« Sie reichte Maisie ein weiteres Manuskript, das unter der Last an roten Verbesserungen zu ersticken drohte. »Sagen Sie mal, Miss Musgrave, diese Frage brennt mir schon länger unter den Nägeln. Welche Art von Vorträgen gefällt Ihnen am besten?«

Maisie versuchte, sich an das letzte Mal zu erinnern, als irgendjemand sie nach ihrer persönlichen Meinung gefragt hatte. Hilda wollte Antworten, weshalb Maisie angestrengt nachdachte. Die größte Affinität verspürte sie zu den morgendlichen Vorträgen, die sich mit dem Aufgabenbereich von Frauen beschäftigten und bei denen es hauptsächlich um hauswirtschaftliche Dinge ging. Die Nachmittags- und Abendvorträge waren im Vergleich dazu anspruchsvoller, obwohl sie die Buchbesprechungen und Diskussionen mochte. Doch ein Blaustrumpf erwartete eine intellektuellere Erwiderung.

»Äh, nun ja, ich … sie sind alle anders, nicht wahr?«, fragte sie, nachdem sie sich für eine diplomatische Antwort entschieden hatte.

Maisie mochte auch Sendungen, bei denen bedeutsame Männer auf bedeutsame Weise über bedeutsame Dinge sprachen. *Und das kann man* wirklich *nicht zu einem Blaustrumpf sagen.*

»Das kann ich wirklich nicht sagen.«

Enttäuschung blitzte am Rand von Hildas Augen auf. »Ich hoffe, Sie haben mitbekommen, dass ich jegliche freie Rede befürworte, Miss Musgrave. Andernfalls wäre es wohl kaum die Vortragsabteilung.«

»Das verstehe ich nicht«, sagte Maisie, obwohl sie das Gefühl beschlich, sehr wohl zu wissen, was Hilda meinte.

»Ich ziehe es vor, wenn alle offen und ehrlich sind. Sorgt für viel angenehmere Gespräche und ist auch viel effizienter«, erklärte Hilda. »Allerdings …« Ein Grinsen spielte um ihre Lippen. »Auch ein rätselhaftes Gespräch hat seine Reize. Es ist zumindest eine Herausforderung.«

Es gab unzählige Dinge, die Maisie hasste. Regenschirme, die sich im Wind verbogen. Zeitungsfarbe an ihren Fingern. Theaterstücke, in denen Georgina mitspielte. Hunger. Und zur Zielscheibe von Spott zu werden. Was Georginas Lieblingsdisziplin war. Die Krankenschwestern hatten es ihr gleichgetan, als hätte man ihnen eine genaue Anleitung mitgegeben. Und jetzt zog Hilda sie auf.

»Apropos Herausforderung«, fuhr Hilda fort, als würde Maisie sich nicht gerade ganz langsam zur Tür schieben, um endlich zu ihrer Schreibmaschine zu entfliehen. »Wir müssen veranlassen, dass Sie öfter hier sind. Andernfalls sind Sie nach einem Monat völlig aufgearbeitet.«

»Bitte, machen Sie sich meinetwegen keine Gedanken«, sagte Maisie, entsetzt bei dem Gedanken, noch mehr Zeit in diesem Teil der BBC zu verbringen. »Ich schaffe das schon.«

Der finstere Kopf von Lionel Fielden lugte um die Tür.

»Mr Bartlett für seine Probe, Miss Matheson.«

»Ah ja. Vielen Dank.« Sie wandte sich an Maisie. »Ich gehe davon aus, dass Sie stenografieren und gleichzeitig ruhig sein können?« Sie wartete nicht auf eine Antwort. »Natürlich können Sie das. Kommen Sie! Es ist höchste Zeit, dass Sie endlich unsere Studios zu Gesicht bekommen.«

»Ich hoffe, Ihre Schuhe und Hände sind sauber«, murmelte Fielden Maisie ins Ohr.

»Gibt es noch etwas, Mr Fielden?«, rief Hilda, die bereits

die Treppe erreicht hatte. Maisie, die Block und Bleistift an die Brust gepresst hatte, huschte ihr hinterher, die Augen fest auf ihre Schuhe geheftet.

Die Anzeige an der Tür zu Studio fünf forderte auf, keinen Schmutz hereinzubringen. Vernon Bartlett, Abgeordneter im Völkerbund, versuchte gehorsam, seinen Hut sauber zu klopfen, auf dem sich halb London angesammelt hatte.

»Draußen ist es wahrlich scheußlich«, entschuldigte er sich. »Man bräuchte einen Industriestaubsauger, um mich präsentabel zu machen.«

»Alles halb so schlimm, Mr Bartlett. Das Schild ist im Grunde nur ein Vorschlag. Aber kein Wort zu den Ingenieuren, dass ich das gesagt habe«, vertraute ihm Hilda an und schob sie alle hinein.

»Oh!«, rief Maisie, ein Gefühlsausbruch, der ihr etliche Tadel von Miss Jenkins eingebracht hätte. Billy, der sich an den großen schwarzen Kästen mit all den faszinierenden Knöpfen und Hebeln zu schaffen machte, zwinkerte ihr zu und drehte sich dann grinsend weg.

Sie hatte keinen so freundlichen Ort erwartet. Die Sprecher saßen in einem blassgrünen Polsterstuhl, der bequem genug aussah, dass man sich wohlfühlte, und hart genug, um an die Bedeutsamkeit des Ereignisses zu erinnern, sodass nur aufrechtes Sitzen mit durchgedrücktem Rücken in Frage kam. Neben dem Stuhl befand sich ein bis zum Bersten bestücktes Bücherregal. Aufzeichnungen lagen auf einem Schreibtisch, Ellbogen stützten sich ab. Und am Rand des Tischs stand das Mikrofon.

Das Mikrofon war länglich, am oberen Ende kegelförmig angeschrägt, was an einen winzigen Sarg erinnerte und unheilvoll wirkte. Es trug den Schriftzug der BBC, ein vermutlich unnötiges, wenn auch höchst ansprechendes Logo. Am liebsten hätte Maisie das Drahtgeflecht berührt, mit dem das Mikrofon verkleidet war, und mit der Hand die Kabel nachgefahren. Hätte es auseinandergenommen, um zu sehen, was in seinem Innern war. Sie musste sich regelrecht zwingen, sich zu Bartlett umzudrehen und ihm Hut und Mantel abzunehmen.

Er nickte Maisie höflich zu. Wie Reith umgab ihn eine väterliche Ausstrahlung. Doch im Gegensatz zu Reith verliehen der zerknitterte Anzug und sein schelmisches Grinsen Bartlett einen freundlichen und weniger stattlichen Eindruck. Er war die Sorte Mann, die Haare liebevoll zerzauste und Überraschung vortäuschte, wenn er scheinbar zufällig ein Pfefferminzbonbon in seiner Jackentasche fand. Er beäugte das Mikrofon mit heiterer Nervosität. »Ich verstehe beim besten Willen nicht, wie ich mich von Ihnen hierzu überreden lassen konnte«, sagte er zu Hilda.

»Weil Sie fabelhaft sein werden, und das wissen Sie«, entgegnete sie. Sie hatte eine Art, etwas zu sagen, als läge es auf der Hand und dulde keine Widerrede. »Die Menschen wollen die Sicht des Völkerbunds aus erster Hand erfahren.«

»Ich glaube, die sechs Menschen, die am Völkerbund interessiert sind, gehören zu dem Schlag, der Zeitungen bevorzugt«, gab er zu bedenken.

»Unmengen an Menschen sind interessiert und wissen es nur nicht. Und genau hier kommen wir ins Spiel. Und abgesehen davon würde nicht jede Zeitung Ihre Kolumnen abdrucken. Das wird viel spannender, vertrauen Sie mir. Natürlich nur nach einer guten Probe.«

Proben für die Vorträge waren eine von Hildas neuesten Strategien. Maisie hatte gehört, wie sich Miss Shields mit gerümpfter Nase über die »Zeitverschwendung« mokiert hatte. Doch nach Mr Bartletts erstem Versuch, bei dem er den Text in einem Tonfall abgelesen hatte, der gleichzeitig schwerfällig und nuschelnd war, und er sich so nah über das Mikrofon beugte, dass er Gefahr lief, es zu verschlucken, verstand sie, weshalb Proben nützlich sein konnten.

»Ein sehr schöner erster Versuch«, sagte Hilda und klang aufrichtig.

»Das haben Sie auch über das Manuskript gesagt, das Sie dreimal überarbeitet haben«, sagte er lachend, als wären sie alte Freunde. Was sie, wie Maisie schlagartig erkannte, womöglich waren.

»Und ich habe es auch so gemeint!« Hilda grinste. »Nun, der einfache Teil betrifft das Mikro - wenn man zu nah herangeht oder irgendein Geräusch von sich gibt, etwa hustet oder mit Papier raschelt, werden unsere Zuhörer taub. Und dann können all jene, die Angst vor der neuen Technologie haben, selbstgefällig sein, und das dürfen wir doch nicht zulassen.«

»Na, na.« Er lachte wieder. »Seit wann neigen Sie zu solchen Übertreibungen?«

»Ich bitte vielmals um Verzeihung, Sir«, unterbrach Billy ihn. »Aber Miss Matheson hat recht, Sir. Es erzeugt ein grässliches Störgeräusch, das wirklich schrecklich unangenehm ist.«

»Fast so unangenehm wie ›da gibt es ein kleines Problem mit Ihrer Steuer‹«, fügte Hilda hinzu.

»Das ist der Grund, weshalb wir den Raum so sauber halten, Sir«, fuhr Billy fort. »Müssen dem Staub Einhalt gebieten.«

»Ein empfindliches kleines Teil, nicht wahr?«, bemerkte Bartlett.

»Aber beeindruckend«, sagte Hilda mit einem zärtlichen Blick auf das Mikrofon.

»Na schön, also nicht zu nah und kein Papiergeraschel. Was ist der kompliziertere Teil?«

»Das Ablesen. Denn Sie wollen nicht, dass es sich anhört, als würden Sie einfach ablesen, verstanden?« (Das tat er nicht, soweit Maisie das beurteilen konnte, ebenso wenig wie sie.) »Niemand mag monotone Reden. Die sind langweilig. Ich wette, die besten Redner im Völkerbund klingen, als würden sie etwas aus dem Stegreif vortragen. Habe ich recht? Stellen Sie sich vor, Sie würden mit einem Freund sprechen. Er ist aufrichtig neugierig und will alles über die Arbeit des Völkerbunds und seine Aufgaben wissen. Versuchen Sie es mit Miss Musgrave hier, falls das helfen sollte.«

Maisie kippte fast von ihrem Stuhl. Aus den Augenwinkeln sah sie Billy, der den Kopf schüttelte und über die Idee feixte, dass ihr Anblick irgendjemandem helfen könnte.

»Das würde Sie doch nicht stören, Miss Musgrave?«, fragte Bartlett.

Schrecklich! Unsäglich! Völlig! Lieber würde ich einen Bleistift essen, tausend Seiten von Miss Mathesons Gekrakel abtippen, Miss Shields um eine Gehaltserhöhung bitten!

»Nein, natürlich nicht, Mr Bartlett«, murmelte sie.

Und so begann er von neuem, den Blick auf Maisie geheftet. »›Wir wissen, der Gedanke ist schockierend, dass es 1926 noch Sklavenhandel geben kann‹«, sagte er zu ihr, »›doch der Handel mit menschlichem Leben stellt eine Tragödie dar, die in einigen Regionen der Welt an der Tagesordnung steht. Die Umsetzung des gelungenen Abkommens, um dieser Schande ein für alle Mal einen Riegel vorzuschieben, tritt im März ein. Das ist …«

Maisie erkannte, dass sie während des ersten Durchgangs nichts von seinen Worten mitbekommen hatte. Nun, da er mit ihr redete, war sie fasziniert und voller Fragen, von denen er viele im Laufe seines Vortrags selbst beantwortete. Aber weitere tauchten unvermittelt auf, Fragen, die nichts mit seinem Manuskript zu tun hatten. *So etwas wie den Völkerbund hatte es nicht schon früher geben können, oder? Menschen aus der ganzen Welt, die sich an einem Ort versammeln und Dinge besprechen? Hätten wir ihn damals gehabt, hätte er dann den Krieg verhindert? Was…?*

»Sehr gut gemacht, Bartlett«, jauchzte Hilda und bedachte ihn mit einem kleinen Applaus. Selbst Billy nickte anerkennend. »Wollen Sie es trotzdem noch einmal probieren?«

Das tat er und war diesmal so mitreißend, dass sich Maisie auf die Zunge beißen musste, um nicht in den Dialog zu treten. *Ich würde nicht nur wie ein Schwachkopf dastehen, sondern auch noch gefeuert werden. Was ist nur los mit mir?*

Nachdem Bartlett gegangen war, wandte Hilda sich an Maisie.

»Ich finde, das lief ausgesprochen gut. Musste den alten Bartlett gar nicht mal so hart in die Mangel nehmen, nicht wahr?«

»Äh, ich denke nicht?«

»Sie hätten sein ursprüngliches Manuskript sehen müssen, ojemine.« Hilda schüttelte den Kopf. »Als würden manche Leute den Völkerbund nicht schon mit genug Missachtung strafen. Sehr anständig von Ihnen, als Publikum herzuhalten. Das weiß ich zu schätzen.«

»Oh, gewiss doch«, sagte Maisie.

»Einige bestehen darauf zu deklamieren. Man würde glauben, sie wären Euripides im Parthenon«, grübelte Hilda nach. »Die Schauspieler sind aber für gewöhnlich die Schlimmsten.« Sie zog am Rand von hausinternen Memoranden mehrere saubere Linien, um zu zeigen, dass sie gelesen worden waren, und reichte sie Maisie. »Die hier sind für den GD. Wie wäre es, wenn wir heute Nachmittag ein paar frische Manuskripte durchgehen, ja? Dann können Sie Ihren ersten

Einblick in die Würstchenzutaten im Rohzustand bekommen!«

»Äh, nun ja, ich glaube nicht, dass ich wirklich, ich meine …«

»Es ist viel weniger lustig, Überarbeitungen abzutippen, wenn man nicht weiß, wo sie ihren Anfang genommen haben. Und das ist der beste Weg zu lernen, wie man helfen kann, sie zu verbessern. Oh, ich weiß, dass steht nicht in Ihrer Arbeitsbeschreibung, aber ich will, dass all meine Mitarbeiter eine eigene Meinung haben und diese auch offen vertreten.«

»Aber ich weiß nicht, wie …«

»Noch nicht, gewiss, doch das werden Sie lernen. Immer weiter, immer weiter! Und jetzt hoch zum GD mit Ihnen.«

»Sie waren bei einer dieser Proben?« Miss Shields schnaubte, als Maisie wenige Minuten später ihr Büro betrat. Der Flurfunk des Savoy Hill funktionierte einwandfrei. »Proben!«, wiederholte Miss Shields. »Wenn man dieser Frau den kleinen Finger reicht, nimmt sie sich gleich die ganze Hand. Also ehrlich, nur weil die Kritiken über die Vorträge so gut ausfallen, glaubt sie, sie könnte uns ihre Bedingungen vorschreiben. Raus mit der Sprache, was war das Thema?«

»Mr Bartlett hat über die Arbeit des Völkerbunds gesprochen.«

»Ich verstehe. Nun ja, irgendjemandem muss so etwas wohl gefallen.«

Maisie hatte Mühe, sich vorzustellen, was Miss Shields gefallen könnte.

»Langweilig, was?«, fragte Miss Shields hoffnungsvoll.

»Nun ja, ich, äh, eigentlich nicht. Ich meine, ich fand es irgendwie …«

Miss Shields schnaubte erneut und drehte sich demonstrativ zu ihrem Schreibtisch zurück. Maisie huschte zu ihrem eigenen kleinen Tischchen. Sie legte ein neues Blatt samt Kohlepapier in die Schreibmaschine ein und machte sich an die Arbeit. Sie vertippte sich kein einziges Mal, obwohl ihre Gedanken bei anderen Manuskripten waren und sie sich fragte, was wohl darin stand. Es erschien ihr so sonderbar, Hildas Vorschlag, sie könnte noch etwas anderes tun als tippen und Akten ablegen und Diktate aufnehmen.

Vielleicht habe ich wirklich *interessiert gewirkt? Heiliges Kanonenrohr. Ich glaube, das bin ich!*

Samstagmorgen. Ein halber Tag. Das Ende ihrer ersten Woche.

Maisie rührte Zucker in ihre Tasse Tee, die sie so fest an sich presste, dass sie via Osmose absorbiert werden könnte. Irgendwann an diesem Tag würde sie bezahlt werden. Die Talsohle würde nicht erreicht werden. Der Boden würde sich nicht unter ihr auftun. Der Abgrund würde sie nicht verschlingen. Nicht heute.

Drei Pfund. Fünf Schilling. Am Abend könnte sie dies zu ihren Besitztümern zählen. Ihr Zimmer, ihre Verpflegung, ihr Mittagessen, Pennys für die Schuhe, etwas für den Sparstrumpf. Alles ihres.

Lola schwebte mit zwei Kleidern in der Hand in die Küche.

»Heute wieder ein Vorsprechen! Ich kann mich nicht zwischen dem grünen und dem gelben entscheiden. Ich weiß einfach nicht, ob ich kultiviert oder sinnlich aussehen soll.«

»Das grüne«, riet Maisie ihr, obwohl sie nicht sicher war, in welche Kategorie es fiel.

Lola gab dem grünen einen anerkennenden Klaps und nahm sich eine Tasse Tee.

»Ooh, Ende deiner ersten Woche. Heute ist Zahltag!«

»Ich schätze mal«, räumte Maisie ein. »Ich war viel zu beschäftigt, um mir darüber Gedanken zu machen.«

»Zur Feier des Tages gehen wir heute etwas trinken, falls das Vorsprechen nicht zu lang dauert«, versprach Lola.

»Das klingt toll«, erwiderte Maisie und zuckte bei dem Gedanken zusammen, welche Katastrophe eintreten müsste, damit eines von Lolas Vorsprechen pünktlich endete.

Eine Stunde später, als Maisie ihren Hut an den Haken hängte, fiel ihr auf, dass sie nicht den blassesten Schimmer hatte, wann oder wo sie ihren Lohn abholen durfte. Rusty mochte es ihr auf ihrem halsbrecherischen Rundgang erzählt haben, aber sie konnte sich an keine freundliche Silbe über »Wochenlohn« erinnern.

»Miss Musgrave, ich hoffe doch, dass Sie bald anfangen wollen. Ich weiß, viele Amerikaner arbeiten samstags nicht, aber hier liegt uns Fleiß sehr am Herzen.«

Sie hatte sowieso nicht vorgehabt, Miss Shields zu fragen.

Ich werde es irgendwo auf dem Korridor aufschnappen. Auf jeden Fall.

Samstags war das Rundfunkprogramm ausgedünnt. Anscheinend war bisher niemandem der Gedanke gekommen, dass die Menschen ihre vermehrte Freizeit darauf verwenden könnten, Radio zu hören. Oder vielleicht war die Idee dahinter, sie nicht zu ermuntern, da war Maisie sich nicht sicher.

Der Flurfunk scherte sich nicht um die Zuhörer. Heute drehte sich alles um das eigene Ich. Jeder Abend barg das Potenzial für ein Abenteuer, doch ein Samstagabend war schicksalhaft. Er war voller Stunden, in denen Dinge geschehen und immer größere Kreise ziehen könnten. Freie Zeit – vorausgesetzt, man musste am nächsten Morgen nicht in die Kirche –, während der sich ein ganzes Leben entfalten konnte.

Welten sich ändern konnten. Bei der Last all dieser Erwartungen wurde Maisie leicht übel.

Das fröhliche Geplapper in der Cafeteria fühlte sich fast wie eine Beleidigung an, insbesondere als bruchstückhafte Pläne über das Ausgeben von Geld an ihr Ohr drangen.

»Ist das zu glauben? Ich kann endlich dieses wunderbare Seidenkleid abbezahlen! Ich kann es nicht erwarten, Maurice' Gesicht zu sehen, wenn er mich darin sieht.«

»Ich führe Doris zum Tanzen aus, in diesen neuen Schuppen, über den alle reden.« (*Billy? Ein Date? Arme Doris.*)

»Wir haben Anprobe für den Maskenball. Es wird der absolute Wahnsinn!«

Maisie rief sich ins Gedächtnis, dass sie all diese Dinge nicht interessierten. Sie würde von nun an genug zu essen und ein Dach über dem Kopf haben und konnte anfangen, an sich zu arbeiten und zu jemandem zu werden, den ein Mann (*nicht* Billy) zum Tanzen ausführen würde. *Sobald ich tanzen gelernt habe.*

Jeden Moment würde jemand etwas sagen. Sie war felsenfest überzeugt, gleich Cyrils Stimme zu hören: »Hallo, New York. Zahltag, was? Kommen Sie mit und holen Sie sich Ihr Geld«, sodass sie den Rest des Geschnatters überhaupt nicht mehr wahrnahm und erst aus ihren Tagträumen gerissen wurde, als sie einen Schluck Tee trinken wollte und erkannte, dass ihre Tasse leer war. Der Raum war ebenfalls leer. Sie rannte zur Chefetage zurück.

»Nun, schön, dass Sie zurück sind, Miss Musgrave. Die Entschuldigung, dass Sie Ausländerin sind, kann nicht für alles herhalten. Sie hätten vor drei Minuten zurück sein müssen, und bitte sagen Sie mir, dass Sie nicht nach Luft schnappen.« Miss Shields rümpfte die Nase.

»Nein … ich … Es tut mir leid«, stammelte Maisie, während sie zu ihrem Tisch zurückwich.

Sie tippte, ohne recht zu wissen, welche Tasten sie traf. Würde Alfred oder ein anderer der Postjungen mit einem Briefumschlag kommen? Es war lächerlich, nicht zu fragen, aber Fragen waren für Maisie *tabu*, schon lange bevor sie Miss Jenkins begegnet war. Lorelei hatte kein Interesse an einer Enkelin gehabt und noch viel weniger an einer neugierigen. Georgina erging es ähnlich in Bezug auf eine Tochter. Bibliothekarinnen liebten Fragen, aber Maisie hatte gelernt, ihre Neugierde sparsam einzusetzen, und so saugte sie alle Informationen in sich auf, die sich ihr boten, untersuchte allein, im Stillen jeden noch so kleinen Fetzen und gab sich auf ihrer Suche nach dem, was sie eigentlich hatte herausfinden wollen, mit jedem Wissenskrümel zufrieden.

Schwester Bennister war niemand gewesen, der zu Fragen ermuntert hätte, und alles, was Maisie im Krankenhaus fragen wollte, war, warum dieser Krieg passieren musste, und die Meinungen darüber waren ihr so schnell um die Ohren geschossen wie Kugeln an der Westfront.

Doch niemand stand Fragen so vehement ablehnend gegenüber wie Miss Jenkins. »Sie müssen sich vom ersten Tag an den Anschein geben, als würden Sie Ihre Arbeit in- und auswendig kennen. Liefern Sie niemals irgendjemandem einen Grund, Ihre Fähigkeiten anzuzweifeln. Wenn es etwas gibt, das Sie nicht wissen, einschließlich wo sich die Toiletten befinden, halten Sie einfach die Augen und Ohren offen und finden es allein heraus.«

Maisie holte die Korrespondenz aus Hildas Posteingang. Ihre Augen und Ohren waren weit offen, aber alles, was sie hörte, war Hilda, die telefonierte.

»Oh, natürlich«, sagte Hilda. »Ich habe nichts gegen seine Politik. Wir haben alle das Recht, welche Meinung auch immer zu vertreten. Das ist das Schöne an einem freien Land … Ganz genau, selbst wenn die Meinung unsäglich dumm ist … Ja, die BBC ist verpflichtet, sämtliche Ansichten zu senden, aber wir sind gleichzeitig darauf bedacht, unsere Zuhörer wach zu halten. Nein, ich versichere Ihnen … Wäre es nur schlechte Arbeit, könnte man es zumindest kontrovers besprechen. Wenn es aber langweilig ist, ist es einfach sinnlos.«

Ein paar Minuten später legte Hilda auf, und Maisie reichte ihr ein Bündel Briefe.

»Vielen Dank, Miss Musgrave. Es war eine gute erste Woche, nicht wahr?«

»Hmhm, Miss Matheson.«

»Hoffentlich folgen noch viele weitere«, sagte Hilda. Maisie nickte abwesend und versuchte mit aller Gewalt, nicht die Nerven zu verlieren. Ihr war schwindlig, und sie spürte ihre Finger nicht mehr.

Hilda überflog das Programm der folgenden Woche, und ihr Bleistift vollführte einen Spießrutenlauf durch sämtliche Sendungen, wobei jeder Titel zeitweilig zum Ritter geschlagen wurde.

»Es ist wahrscheinlich schrecklich unverfroren von mir«, sagte sie unvermittelt, die Augen weiterhin fest auf das Programm gerichtet, »aber mir wurde zu verstehen gegeben, dass dies für gewöhnlich die Zeit ist, wenn Angestellte ihren Lohn am Kassenschalter abholen können.«

»Kassenschalter?« Was – und wo – zum Teufel war der Kassenschalter?

Hildas Lächeln war unfassbar freundlich.

»Ich bin sicher, Sie sind schon ein Dutzend Mal an ihm vorbeikommen, ohne ihn zu bemerken. Im vierten Stock, der kleine Käfig am südlichen Ende des Gangs.« Sie zögerte grinsend. »Erinnert irgendwie an die Gefängniszellen, die man aus Western kennt.«

»Mache ich jetzt etwa Feierabend?«, fragte Maisie, bereits halb abgewandt. »Ich bin hiermit noch nicht fertig.«

»Mit der Post werden wir nie fertig sein. Holen Sie sich Ihr Geld. Sie wollen doch nicht, dass die Kasse leer ist, bevor Sie Ihren ersten Lohn bekommen.«

Sie lachte über Maisies entsetzten Gesichtsausdruck.

»Nur ein Scherz, Miss Musgrave. Na los, holen Sie sich Ihr Geld.«

Maisie war eine schnelle Läuferin. Sie hätte jeden eingeholt, selbst wenn er einen fünfminütigen Vorsprung gehabt hätte. Doch sie ging langsam, zwang ihren Schritten Gelassenheit auf. Sie würde nicht zulassen, dass jemand über ihre Ungeduld lachte.

Vor dem Kassenschalter gab es eine Schlange. Es war eine abgeschiedene Ecke, die Maisie tatsächlich noch nie aufgefallen war.

Eine Traube an Schreibkräften war vor Maisie an der Reihe, angeführt von Phyllida. Bei Maisies Anblick lächelte sie, nahm einen lungenfüllenden Zug von ihrer rosafarbenen Bakelite-Zigarettenspitze und stupste die anderen an.

»Pah, ich hab euch doch gesagt, dass es nur eine dumme Wette war.« Sie drehte sich zu Maisie zurück. »Wir hätten nicht gedacht, dass Sie wüssten, wo man sich den Lohn abholt.«

Tut mir schrecklich leid, dass ich dich enttäuscht habe.

»Oh«, sagte Maisie in der Hoffnung, es würde ausreichen, um das Gespräch zu beenden.

»Vermutlich hat es Ihnen jemand gesagt.«

Maisie war nicht der Meinung, dass diese Worte eine Erwiderung erforderten.

»Hätten Sie gefragt, wenn man es Ihnen nicht gesagt hätte?«, wollte Phyllida wissen, ihr Gesichtsausdruck erschreckend gewieft.

»Wie bitte?«

»Ich will nicht impertinent sein.« (Obwohl sie es auf bewundernswerte Weise war). »Sie scheinen einfach nicht die Sorte Mensch zu sein, die gerne fragt.«

Ein Punkt für Miss Jenkins! Doch die Falte auf Phyllidas Stirn jagte ihr ein schlechtes Gewissen ein.

»Eigentlich weiß ich gar nicht so recht, welche Sorte Mensch ich bin«, entgegnete Maisie.

Dies brachte Phyllida zum Lachen, ein tiefes, ausgelassenes Lachen, in dem Jahrhunderte von erhobenen Bierkrügen auf dem Land in einer der seltenen freien Nächte widerhallten. Sie murmelte etwas, und Maisie erkannte, dass Phyllida beim Reden Mühe hatte, einen starken Yorkshire-Dialekt zu überspielen, die Sorte Dialekt, über die man in London gewöhnlich die Nase rümpfte.

Maisie dachte immer noch über Phyllidas Akzent nach, als sie schließlich vor dem vergitterten Fenster an der Reihe war.

»O ja. Miss Musgrave!«, rief die Kassiererin, Miss Mallinson, als Maisie ihren Namen nannte. Sie trug eine runde Brille und eine maskuline Krawatte und arbeitete mit flinker Entschlossenheit, bedachte Maisie jedoch mit einem breiten Lächeln, während sie ihr die braune Lohntüte unter den Gitterstäben hindurchschob. »Willkommen bei der BBC.«

Maisie nickte bedächtig und trippelte auf Zehenspitzen davon, ohne das Tuscheln und kaum unterdrückte Kichern zu hören, das ihre Trance begleitete.

Es war real.

Pfundnoten. Ihre früheren Lohntüten waren so klein ausgefallen, dass sie niemals Scheine bekommen hatte, nur Münzen. Was ihr gefiel. Münzen hatten Gewicht und Geschichte. Ihr Wert war unwiderleglich. Sie mochte, wie sie in ihrer Geldbörse klimperten. Das war das Lied der Solvenz. Die fröhliche

Versicherung, dass es den ganzen Tag über Essen und Annehmlichkeiten geben würde. Es war besser als jede Hymne.

Scheinen haftete keine solche Versicherung an, und sie waren viel weniger romantisch. Doch Maisie wusste, dass sie eine eigene Macht verliehen. Es gab viele arbeitende Menschen, die es viel mehr als sie verdient hätten und dennoch nie mit Scheinen entlohnt wurden. Arm war sie immer noch, aber in den vergangenen zwanzig Sekunden war sie in eine neue Klasse aufgestiegen.

Sie hätte nicht geglaubt, dass es möglich wäre, gemächlichen Schrittes zu gehen, da sie in Wirklichkeit lief, hüpfte, tänzelte. Doch es gelang ihr ohne weiteres.

Viertes Kapitel

◊◊◊

Februar 1927

»Neues Zeichen, neuer Briefkopf, neue Memos, neues alles. Wer zahlt für all das, frage ich Sie?«, murrte Fielden zu niemandem im Speziellen.

Maisie zog ein Blatt mit dem anstößigen Briefkopf und ein Kohlepapier in ihre Schreibmaschine ein. Sie gab nicht vor, die Tragweite zu verstehen, doch seit dem ersten Januar war die BBC nun die British Broadcasting Corporation, keine »Company« mehr, und tonnenweise Papier musste nun eingestampft werden. Hilda würde es ihr erklären, wenn Maisie sie fragen würde, aber Maisie stellte keine Fragen. Ihrer Meinung nach sah der neue Name auf Papier sogar noch beeindruckender aus, und dieser Gedanke beglückte sie.

Inzwischen wusste sie, dass ein murrendes Schnauben bei Fielden die normale Form der Kommunikation war, und obwohl er der Vorgesetzte der beiden Redakteure und Vortragsassistenten war, die sich in das Zimmer genau gegenüber von Hildas Büro gezwängt hatten, ignorierten sie ihn größtenteils.

»Geben Riesensummen für Büromaterial aus und haben keinen Penny für den Gasofen übrig«, fuhr Fielden fort, und in diesem Punkt musste Maisie ihm recht geben. Ein verregneter Januar war in einen verregneten Februar übergegangen, und die Heizung ließ wahrlich zu wünschen übrig.

Hilda scherte sich nicht ums Wetter. Sie kam jeden Morgen um sieben vor neun mit einer Pünktlichkeit hereinspaziert, die jeden Marineoffizier vor Neid hätte erblassen lassen. Just in dem Moment, wenn der Reisewecker zur vollen Uhrzeit schlug, hing ihr Mantel samt Hut am Haken, die Galoschen waren diskret hinter dem Schirmständer versteckt, wo sie auf einem Wachstuch trockneten, und sie selbst saß hinter ihrem Schreibtisch und überflog ihren Tagesplan, während sie an ihrem Kaffee nippte. Sie hatte die Zeitungen bereits gelesen, brachte sie jedoch mit, um sie mit Anmerkungen zu versehen.

»Warum der ganze Aufwand?«, fragte Fielden. »Die Leute von Reuters versorgen uns mit unseren Nachrichten.«

»Bis jetzt«, korrigierte Hilda ihn. »Außerdem streiche ich Dinge an, die wir für Vorträge benutzen könnten. Oder potenziell nützliche Gäste. Entgegen landläufiger Meinung kenne ich nicht *jeden.*« Sie zwinkerte ihnen schelmisch zu.

»Glauben Sie ihr kein Wort«, warnte Fielden Maisie später, als sie in Richtung der Toneffekte eilte. »Unsere Lady wäre das perfekte Klatschmaul, stünde sie nicht über den Dingen.«

Als Maisie zum ersten Mal gehört hatte, dass Fielden Hilda als »Unsere Lady« bezeichnete, hatte sie angenommen, er würde es sarkastisch oder spöttisch meinen, so wie er sich über alle anderen lustig machte. Doch jetzt wusste sie, dass Hilda im Grunde der einzige Mensch in der BBC war, den er respektierte. Wenn nicht sogar verehrte. Sie fragte sich, ob Hilda seinen Spitznamen für sie kannte. Wahrscheinlich. Hilda wusste alles.

Es herrschte die einhellige Meinung vor, dass die Toneffekte eine stärkere Schalldämmung als die Sendestudios benötigten. Maisie klopfte höflich an die Tür, neben dem Schild mit der Aufschrift: JEDER MUSS VOR DEM EINTRETEN KLOPFEN. OHNE AUSNAHME. SELBST SIE! Niemand antwortete, was sie nicht völlig überraschte, da es klang, als würden sich im Innern Dinosaurier einen Boxkampf liefern. Sie klopfte lauter.

»Das wird wohl nicht funktionieren, Miss«, erklärte Rusty, während er an Maisie vorbeihastete, mit einem unförmigen Paket in Händen. »Die meisten gehen einfach rein.«

»Auf dem Schild heißt es, man soll das nicht tun«, widersprach Maisie, obwohl er längst die Treppe halb hinaufgelaufen war. Sie hämmerte gegen die Tür und ignorierte das Kichern der Vorübergehenden, bis Phyllida, auf dem Weg zur beliebtesten Damentoilette, Maisie half, indem sie die Tür aufstieß.

»Das erspart Ihnen blaue Flecken an den Fingerknöcheln!«, rief Phyllida von hinten.

Maisie trat an den Rand einer erbitterten Auseinandersetzung. Billy und ein weiterer Ingenieur waren offensichtlich wenig beeindruckt von den geplanten Effekten für eine künftige Sendung.

»Es ist viel zu laut. Da werden Trommelfelle platzen!«, schrie Billy.

»Sind eure Maschinen nicht gut genug, um das umzusetzen, was wir machen?« Der Mann für die Toneffekte, Jones, besaß einen starken Beschützerinstinkt, was seine Schöpfungen betraf.

»Sind *Sie* nicht fähig, in Parametern zu arbeiten?«

»Hören Sie mal, Sie sind keine kreativen Köpfe …«

»Und Sie haben keinen Sinn für Technik!«

Die anderen drei Männer der Toneffekte waren mit Konstruktionen und Tests beschäftigt, ohne sich von der Katastrophe aus der Ruhe bringen zu lassen. Maisie erkannte die frenetische Leidenschaft von Theaterleuten, selbst in Männern, die ehrbar verheiratet und nicht sonderlich jung waren –

wenn auch jung auf eine Art, wie jeder in Savoy Hill jung war, abgesehen von Reith.

»Haben Sie angeklopft?«, fragte einer von ihnen entschieden. Maisie war sich fast sicher, dass er Fowler hieß, doch sie sahen sich alle so ähnlich. »Oh, Sie sind Mathesons Mädchen, nicht wahr?«, fuhr er fort, und mit einem Mal blitzte Interesse in ihm auf. »Gibt's was Gutes?«

»Wir haben drei Piloten, die über Flugzeuge und die Zukunft des Fliegens reden werden, aber sie würden den Hörern gerne ein Gefühl davon geben, wie sich Fliegen anhört ...«

»Ich würde sagen, das hört sich kompliziert an!«, schnurrte Fowler glücklich.

»Sie sind alle im Krieg geflogen und hätten nichts dagegen, wenn bei einem Teil des Vortrags die Geräusche eines Kurvenkampfs zu hören wären, falls das möglich wäre?«

»Geschützfeuer!« Fowler klatschte in die Hände. »Das ist einer der schwierigsten Effekte, die es gibt! Und noch dazu für einen Vortrag, nicht für ein Hörspiel. Potz Blitz, das wird heftig!«

»Sie würden gerne vorher vorbeikommen und es sich anhören. Die Probe ist für Mittwoch angesetzt.«

Während Fowler im Kalender blätterte, blickte Maisie sich im Raum um. Die Regale bogen sich unter einer Vielzahl an Gegenständen durch. Es machte den Anschein, als hätten die Männer jeden Laden geplündert, den man sich nur vorstellen konnte – und dann noch ein paar.

»Mittwoch um zwei wäre großartig«, sagte Fowler.

Maisie nickte und hastete aus dem Zimmer, während etwas geräuschvoll gegen eine Wand knallte und jemand schrie: »He, das ist mein Abakus!«

»Hat alles geklappt?«, fragte Hilda, als Maisie ins Büro zurückkehrte.

»Mr Fowler hat Mittwoch um zwei vorgeschlagen. Er freut sich sehr.«

»Nun, die Jungs dort lieben Herausforderungen.«

Die Hälfte der BBC liebte Herausforderungen, allen voran Hilda. Was Maisie gefiel, waren all die kleinen Details, aus denen ihre Arbeit bestand. Sie liebte es, dass die Worte DIESE SEITE NICHT BESCHREIBEN auf die Rückseite der hausinternen Formulare gedruckt war, dreimal, stufenförmig angeordnet auf dem Papier. Sie liebte das leuchtende Hellorange der Memos aus der Vortragsabteilung. Sie liebte ihre Schreibmaschine. Jedes Klackern der Tasten konnte es mit dem Stakkato von Beanies Absätzen aufnehmen. Das Rattern, das Klingeln, das sanfte Schnurren des Wagenrücklaufs – Maisie verstand die Leidenschaft der Männer bei den Toneffekten. Töne riefen Gefühle hervor. Das war ihr zuvor nie in den Sinn gekommen.

Kein Wunder, dass das Radio an Beliebtheit gewinnt. Es beflügelt die Fantasie und lässt sie nicht wieder los.

Es waren nicht nur die Geräusche oder die Musik oder die Hörspiele. Tag für Tag war Maisie mehr von den Vorträgen fasziniert. Es war, als kröche sie unter dem Äther hervor, als sie begann, sie sich richtig anzuhören. Von den morgendlichen Vorträgen wie *England aus Sicht einer Französin* und *Alte Kunst in modernen Dörfern*, wo ihre bisher ungeahnte Ignoranz mit der Spitzhacke bearbeitet wurde, bis hin zu *Technik im täglichen Leben*, *Eine Woche Gartenarbeit*, *Eine kurze Geschichte des Straßenraubs*, die viel informativer als ihre sogenannte Bildung waren, die sie sich allein in Bibliotheken angeeignet hatte. Bei einer Reihe mit dem Titel *Um die Ecke gedacht* tat ihr regelrecht das Gehirn weh, doch Dr. Thouless, der Sprecher, hatte eine ausgelassene, dröhnende Stimme, bei der Hilda achtgeben musste, dass sie nicht das Übertragungsgerät sprengte, während Maisie jedes noch so bizarre Wort in sich aufsog.

Und die Kontrapunkte! Hilda war ganz versessen auf die politischen Vorträge, etwa die Auswirkung von Gewerkschaften. In fünfzehn Minuten war Maisie davon überzeugt, dass Gewerkschaften das Beste waren, was der Arbeiterklasse seit dem Bauernaufstand von 1381 passiert war, und ein echter Segen für das moderne Leben. Doch dann brachte ein weiterer Sprecher geschickt all die Gründe hervor, weshalb Gewerkschaften eine Gefahr für die Gesellschaft darstellten. Maisie war überrascht, wie sehr sie an ihrer eigenen Meinung festhielt, doch sie erkannte, wie diese Diskussionen einen Menschen zwingen konnten, Dinge aus verschiedenen Perspektiven zu betrachten, und *das* war, wie sie sich allmählich eingestehen musste, etwas vollkommen Neues.

»So sollte es auch sein«, sagte Hilda, während sie Briefe unterzeichnete. »Selbst ein Analphabet kann ein breites Spektrum an Informationen erhalten und sich eine eigene Meinung bilden. Natürlich müssen sie sich erst einmal ein Radio und die Rundfunkgebühr leisten können, aber tagtäglich werden es mehr Menschen.«

»Woher genau wissen Sie, dass Sie dieses breite Spektrum an Informationen bieten?«, fragte Maisie. Miss Jenkins wäre über Maisies unverhohlene Wissbegierde entsetzt gewesen.

»Oh, da können wir nie ganz sicher sein!« Hilda frohlockte. »Das ist ein Teil der Herausforderung! Aber wir lassen die nötige Sorgfalt walten und recherchieren und arbeiten uns die Finger wund, und Sie können es selbst hören, wenn es dann schließlich richtig klingt, nicht wahr?«

Im Laufe der Zeit gelang es ihr tatsächlich. Und sie wollte immer mehr hören.

Obwohl die Vorträge mehr Aufregung boten, ging Maisie gänzlich in ihrer Arbeit für Reith auf. Und im Grunde gab es auch auf der Chefetage interessante Dinge zu hören. Dinge, die sie nur als unsichtbares Mädchen zu hören bekam, was sie noch verlockender machten.

Heute war es leider nur der verdrießliche Mr Hoppel, ein leitender Angestellter von Siemens-Schuckert, der Firma, die abgesehen von vielen anderen Dingen Radioapparate herstellte. Er lag Reith mit einem seiner Lieblingsthemen in den Ohren.

»Ich sage Ihnen das eine, Reith, und darauf wird es gewiss hinauslaufen, Sie wollen uns als Partner. Echte Werbung im Radio. Würde uns allen ein Vermögen einbringen.«

»Da kann ich Ihnen nicht widersprechen, aber Sie dürfen nicht vergessen, dass die BBC von einem Rundfunkrat beaufsichtigt wird. Der dem Parlament gegenüber Rechenschaft ablegen muss und die Bevölkerung repräsentieren soll. Die sind sehr darauf bedacht, dass die BBC eine öffentliche Einrichtung bleibt, ganz anders als beim amerikanischen Modell. Unabhängig und was …« Reith zuckte auf eine Art, die »was auch immer« bedeuten sollte.

»Oh, öffentlich, öffentlich, öffentlich.« Grinsend beugte Hoppel sich über Miss Shields, um den Inhalt seiner Elfenbeinpfeife in den Aschenbecher auf ihrem Schreibtisch zu klopfen. »Ich habe eine klare Meinung, was die Öffentlichkeit angeht. Sie ist nicht nur ein Ärgernis, sondern schafft es nicht einmal, in ihrem eigenen Interesse zu handeln. Und außerdem, wer ernennt dieses Gremium? Ich wette, es ist die Regierung, nicht wahr? Also erst recht ein Grund für eine Regierung, Wirtschaftsinteressen aufgeschlossen gegenüberzustehen.«

»Ah, das ist ein bisschen komplizierter«, sagte Reith kichernd und schüttelte den Kopf. Es war schwer zu sagen, ob er Hoppel zustimmte oder einfach nur das Gespräch beenden wollte. Maisie vermutete, dass er diese Methode auch bei Treffen mit dem Rundfunkrat einsetzte, und wünschte, sie könnte es einmal höchstpersönlich miterleben. Sie konnte dem Drang nicht widerstehen, ihnen in den Flur hinterherzuschleichen, wobei sie sich einen Aktenordner unter den Arm klemmte, um ihrer Anwesenheit den Anschein von Geschäftigkeit zu verleihen.

»Hören Sie mal, Reith«, fuhr Hoppel unbeirrt fort. »Sie müssen zu einem unserer politischen Treffen kommen. Sie behaupten immer, Sie wären ganz erpicht darauf, aber dann lassen Sie Ihren Worten keine Taten folgen.« Er sog an seiner Pfeife und blies einen Rauchring aus.

»Ja, ich bitte vielmals um Entschuldigung«, sagte Reith. »Mein Terminkalender ist einerseits ein kaum gezähmtes Monster, und andererseits muss ich auch ein wenig aufpassen. Ich darf nicht dabei ertappt werden, eine politische Partei zu unterstützen. Das Bild der Neutralität muss gewahrt bleiben.« Zum Zeichen der Verabschiedung zog er seine Taschenuhr heraus, schüttelte beim Anblick der Uhrzeit den Kopf und steckte sie dann zurück in seine Weste.

»Ganz genau«, sagte Hoppel. »Das Bild eines rechtschaffenen Mannes, von dem Schlag, der sicherstellt, dass es in diesem Land so läuft, wie es laufen soll. Ah, Reith, ich weiß, dass Ihnen gelegentlich die Hände gebunden sind – vermutlich geht es uns allen so –, aber es tröstet mich, dass ein Mann wie Sie diesen Posten innehat. Das verheißt nur Gutes für die Zukunft.«

Reith lachte freundlich und schüttelte Hoppel die Hand, während er den Aufzug rief. Maisie hastete die Treppe hinab, um keinesfalls von Reith gesehen zu werden, wenn er sich umdrehte, und kehrte dann auf verschlungenen Pfaden wieder zurück. Bei ihrem Umweg kam sie genau in dem Moment bei den Toneffekten vorbei, als Fowler aus der Tür trat. Als er sie sah, erhellte sich sein Gesicht. »Hallo. Haben Sie etwas für uns?«

»Oh, ich … Nein, eigentlich nicht. Tut mir leid.«

Er runzelte die Stirn. »Ihr von den Vorträgen müsst euch mehr ranhalten. Die vom Hörspiel und Schulfunk stellen uns ständig vor Herausforderungen. Eure sind die besten, wenn dann mal eine Anfrage kommt, aber das passiert viel zu selten.«

»Ich richte es Miss Matheson aus.«

Nicht dass es der Vortragsabteilung an Herausforderungen mangelte. In der darauffolgenden Woche verließ Maisie gerade die Cafeteria und wischte sich Krümel von ihrem Rock, als Hilda im Laufschritt auf sie zutrabte, sich bei ihr unterhakte und sie mit sich zur Vortragsabteilung zerrte.

»Ich fürchte, wir haben hier eine kleine Krise«, erklärte Hilda, obwohl sie nicht aussah, als wäre ihr angst und bange. Sie strahlte geradezu vor Aufregung.

»Oh, ausgezeichnet. Verstärkung«, sagte Fielden mit triefendem Sarkasmus, als er Maisie sah. »Sind Sie sicher, dass Sie nicht noch die Putzkräfte um Hilfe bitten wollen?«

»Mr Fielden«, sagte Hilda, und es reichte aus, um ihn zum Schweigen zu bringen. Sie parkte Maisie vor einem Telefon und reichte ihr eine Liste mit Namen und Rufnummern sowie einen Stenogrammblock. »Irgendwie ist uns eine Sendung über die Türkei aufs Auge gedrückt worden, und wir brauchen alle Hände für die Recherche.«

Türkei?

Fielden kicherte über Maisies Gesichtsausdruck.

»Das ist ein Land im Südosten Europas, Miss Musgrave,

wenn ich Ihren Geografiekenntnissen auf die Sprünge helfen darf.«

Ach wirklich? Es wäre mir ein Vergnügen, ihm meine Geografiekenntnisse sonst wohin zu stecken.

Hilda ignorierte ihn. »Wir müssen jemanden auftreiben, vorzugsweise einen Türken, der gut sprechen kann, verständlich ist und noch dazu interessant. Oh, und wir brauchen Musik. Eines dieser lustigen exotischen Restaurants wird gewiss einen Sänger oder eine Gruppe haben. Stellen Sie nur sicher, dass sie echt sind. Und ein Gedicht oder eine Lesung aus einem Buch, das wäre hübsch.«

»Es scheint nichts Authentisches zu geben«, erklärte Fielden in seinem verdrießlichsten Tonfall. »Ich schaue im King's College und der Bibliothek vorbei, nur um sicherzugehen.«

»Gut.« Hilda nickte und blickte mit einem Stirnrunzeln auf ihre Uhr. »Ich werde mein Mittagessen absagen müssen. Armer Fred.« Sie drehte sich zurück zu Maisie. »Sind Sie bereit?«

Das Einzige, wozu Maisie bereit war, war zu hyperventilieren. Einen Anruf entgegenzunehmen war das eine – was Miss Shields sowieso nie erlaubte (»Ihr Akzent ist nicht ganz so stark wie bei den meisten Amerikanern, aber er ist dennoch zu hören und würde Menschen vergraulen.«) –, im Namen der BBC vollkommen fremde Menschen anzurufen war eine solche Ungeheuerlichkeit, dass es ihr regelrecht schauderte.

»Ich würde wirklich lieber tippen und all so was«, flehte Maisie. »Meine Stimme ist einfach nicht …«

»Oh, natürlich ist sie das«, fiel Hilda ihr ins Wort. »Und wir brauchen Notizen, bevor irgendetwas abgetippt werden kann.« Die leuchtenden Augen bohrten sich in Maisie. »Sie haben eine sehr angenehme Art, müssen Sie wissen.«

Sie klingt immer so aufrichtig. Warum ist sie keine Politikerin?

»Wir müssen nur etwas finden, wofür die BBC sich nicht schämen muss.«

Sollte das etwa eine Aufmunterung sein? Hilda war schon auf halbem Weg zu ihrem eigenen Büro, als sie noch einmal den Kopf durch die Tür steckte.

»Und warnen Sie alle, wenn mir noch ein einziges Mal jemand ›Türkischen Honig‹ empfiehlt, ziehe ich ihm das Fell über die Ohren.«

Maisie nahm den Telefonhörer von der Gabel, obwohl sie ihn kaum ruhig halten konnte, und bat die Vermittlung, sie durchzustellen.

Vielleicht geht niemand ans Telefon.

Doch sie hatte kein Glück und musste reden.

»Äh, hallo. Äh, hier spricht Miss Musgrave von der BBC Vortragsabteilung und ich, äh … ich. Ich meine, wir hoffen, Sie könnten uns helfen …«

Die Stimme quietschte und knisterte – es klang, als wäre im Radio nur Rauschen zu hören. Doch die Worte waren draußen. Und Maisie hatte die Wirkung von »BBC« unterschätzt. Der Mann am anderen Ende der Leitung wusste nicht, dass sie Maisie-Maus war, das unsichtbare Mädchen, ein Niemand.

»Ja, Miss Musgrave, was kann ich für Sie tun?«

Nie zuvor hatte jemand sie mit so viel Ehrerbietung angesprochen.

»Wir bereiten eine Sendung über die Türkei vor und stehen etwas unter Zeitdruck …« War das wirklich ihre Stimme, die von Silbe zu Silbe an Selbstvertrauen und Kompetenz gewann? Dieser Mann bedauerte es zutiefst, ihr nicht behilflich sein zu können, und meinte es auch wirklich so. Maisie dankte ihm höflich und arbeitete stoisch die Liste ab.

»Hier spricht Miss Musgrave von der BBC Vortragsabteilung.« Ihre Stimme wurde schärfer und gebieterischer, mit einer guten Mischung aus Wärme und Zuvorkommenheit. »Wir suchen nach einer sachkundigen Person, die etwas über die Türkei erzählen könnte, und zwar in einer Sendung, die leider etwas plötzlich auf die Beine gestellt werden muss, und wir hatten gehofft, Sie könnten uns womöglich helfen.«

Maisie schrieb alles haargenau mit: die Restaurantbesitzer, die glaubten, womöglich, vielleicht, könnten sie später zurückrufen? Der Experte auf dem Gebiet der byzantinischen Geschichte, der darauf bestand, die Hauptstadt als Konstantinopel zu bezeichnen, obwohl sie 1923 in Istanbul umbenannt worden war. (»Ich liebe Kontroversen«, sagte Hilda, »aber er klingt nicht gerade wie jemand, dem noch rechtzeitig Recht und Anstand eingebläut werden kann.«) Der Diplomat, der über die erfolgreiche Zerschlagung des Osmanischen Reichs und die unvergleichliche Brillanz des Sykes-Pikot-Abkommens dozieren wollte. (»Und damit die Imperialisten in der türkischen Botschaft geradezu einlädt, die BBC mit Fackeln und Mistgabeln zu stürmen. Gewiss ein guter Schachzug, um Aufmerksamkeit auf sich zu ziehen, aber ein Ärgernis für die Feuerwehr und unerfreulich, falls wir gerade Mittagessen wollen.«)

Die Telefone klingelten ununterbrochen – Hilda hatte Telegramme an »ein paar Leute im Außenministerium« geschickt, die sie kannte. Der Vertreter des türkischen Konsulats wollte gern mit Miss Matheson sprechen, wenn sie eine Freundin von Mr Winters sei, war jedoch besorgt, dass sich die BBC geringschätzig über seine Nation äußern könnte.

»Keineswegs«, versicherte Hilda. »Wir wollen, dass unsere Zuhörer ein echtes Verständnis für die türkische Nation erhalten, nicht nur für ihre Geschichte, sondern wie ihr Volk wirklich ist. Wenn Sie uns heute Nachmittag ein paar Anmerkungen schicken könnten, würden wir sie in das Skript einarbeiten und es Ihnen zur Ansicht zurücksenden.«

»Das scheint mir eine zufriedenstellende Lösung zu sein«, kam die widerwillige, wenn auch dienstbeflissene Antwort.

»Vielen herzlichen Dank!«

»Ich könnte mich jetzt um die Musiker kümmern«, bot Maisie an.

»Nicht nötig«, verkündete Fielden mit eiserner Selbstgefälligkeit. »Ich habe ein Trio aufgespürt, Miss Matheson, das Instrumente spielt, die ›Saz‹, ›Sipsi‹ und ›Darbuka‹ heißen. Ich nehme an, dass wir nicht Bach erwarten können.«

»Das hoffe ich doch schwer!«, jauchzte Hilda entzückt.

»Wahrscheinlich passen sie nicht in den Lift.« Seufzend stürmte Fielden aus dem Zimmer.

»Ich vermute, dass sie einen bemerkenswerten Klangkörper haben«, sagte Hilda zu Maisie. »Die Ingenieure werden bis zur Erschöpfung arbeiten, was sie in Ekstase versetzen sollte. Das haben Sie gut gemacht, Miss Musgrave. Vielen Dank. Ich werde Ihnen eine Entschuldigung für Miss Shields schreiben, in der ich erkläre, warum Sie sich ein wenig verspäten.«

Himmel noch mal, die Chefetage habe ich ganz vergessen! Sie stürzte, das Schlimmste erwartend, in Miss Shields' Büro, doch Reith steckte mitten in einer Besprechung und die Sekretärin warf ihr nur einen vernichtenden Blick zu, während Maisie zu ihrer Schreibmaschine eilte. Die Ablage mit dem Posteingang war unter der Brieflast verschwunden.

Maisie konzentrierte sich, und ihre Finger huschten in Windeseile über die Tastatur, woraufhin sie den Berg an Briefen langsam, aber stetig abbaute. Als sich Reiths Tür öffnete, hob sie unwillkürlich den Kopf. Beim Anblick des Generaldirektors glitt ein kleiner Wonneschauer durch sie hindurch, und sie sog die Macht in sich ein, die er ausstrahlte. Er wurde von einem Mann mit schwarzer Melone begleitet, der zum Abschied sagte, dass Reith in der folgenden Woche unbedingt mit ihm in seinem Club zu Abend essen solle.

»Das wäre famos. Miss Shields ist die Herrin über meine freien Tage. Bis dann!«

Clubs waren Orte, wo sich wichtige Männer trafen, um über wichtige Geschäfte zu sprechen. Maisie konnte sich nicht vorstellen, wie es dort zugehen mochte, aber es beschlich sie der Gedanke, wie wundervoll es wäre, das herauszufinden, nur ein einziges Mal. Teil des Lebens von einem Mann zu sein, der so lebte.

Sie brachte Miss Shields die Briefe.

»Sie sehen etwas geknickt aus, Miss Musgrave«, bemerkte Reith, sodass Maisies Laune sogleich in schwindelerregende Höhen schwirrte. Sie liebte es, wenn er ihr eine Sonderbehandlung zuteilwerden ließ. »Ich hoffe nur, dass dort drinnen nichts Beunruhigendes steht.« Er zeigte auf die Briefe.

»O nein. Keineswegs, Sir. Ich denke, wir haben jede Woche mehr Arbeit.«

»So soll es sein«, erwiderte er erfreut. »Jedem in ganz Britannien Kultur und Bildung bringen, nicht wahr?«

»Das stimmt, Sir«, antwortete sie ehrfürchtig.

Miss Shields reichte ihm einen Bericht. Er überflog ihn, zündete sich eine Zigarette an und warf Maisie einen nachdenklichen Blick zu.

»Ich mache mir nur Sorgen um euch junge Mädchen, ganz allein nach diesem grässlichen Krieg. Eine seltsame Sache, in der Blüte der heiratsfähigen Jahre arbeiten zu müssen.«

Maisie wagte nicht, zu der alterslosen, wenn auch vielleicht nicht mehr in der Blüte ihrer Jugend stehenden Miss Shields zu blicken.

»Ich hoffe, Sie opfern sich nicht zu sehr für die Arbeit auf und vergessen nicht, sich eine gute Partie zu angeln«, riet er. »Es gibt immer noch ein paar gute Kerle dort draußen für ein Arbeitermädchen, selbst wenn es keine Britin ist, man darf nur nicht zu wählerisch sein.«

»Vielen Dank, Sir«, flüsterte Maisie, die immer noch einen hochroten Kopf hatte, als Eckersley, der Chefingenieur, hereinspazierte.

»Ah, Eckersley!«, blaffte Reith. »Gut, gut, kommen Sie herein. Kann ich Ihnen etwas anbieten?«

»Nein danke, Sir. Alles gut.«

Sie verschwanden hinter der Tür zu den heiligen Hallen. Maisie blieb noch eine Weile stehen, rang die Hände und spähte versehentlich zu Miss Shields, die stirnrunzelnd ihren linken Ringfinger beäugte. Sie spürte Maisies Blick und sah auf, wobei sich ein wütendes Triumphieren in ihre Gesichtszüge grub.

»Schon wieder ein Päuschen? Das werde ich Mr Reith melden. Leute wurden schon für weniger gefeuert.«

Maisie schlich mit gesenktem Haupt davon. Den ganzen restlichen Tag über lieferten sich ihre beiden Schreibmaschinen einen Wettstreit, wer lauter war.

Miss Shields' Meldung wurde mit keiner weiteren Silbe erwähnt, doch das herablassende Verhalten der Sekretärin dauerte an. Maisie dachte eindringlich über Reiths Warnung in Hinblick auf die Ehe nach (oder war es eine Ermunterung?). *Aber wem will ich etwas vormachen? Man muss sich mich nur ansehen. Nicht hübsch, kein Geld, eine Schauspielerin als Mutter und ein unbekannter Vater.* Ihre Versuche, ihren Vater aufzuspüren, waren erfolglos geblieben. Sie hatte dem Standesamt geschrieben, in der Hoffnung, es gäbe eine Geburtsurkunde auf einen Edwin Musgrave, doch sie hatten nicht geantwortet.

Familie. Ein Zuhause. Liebe. All die Dinge, von denen sie in ihrer Kindheit geträumt hatte. Es war schwer, sich nicht immer noch danach zu sehnen. Mit aller Verzweiflung.

Zumindest hielt ihre Arbeit sie derart auf Trab, dass sie kaum Zeit hatte, Dinge zu wollen, die sie höchstwahrscheinlich nie bekommen würde.

»Hallo, New York!« Cyrils gewohnte Begrüßung durchbrach ihre Gedanken – und ließ sie wild durcheinanderschwirren –, als Maisie durch den Flur huschte.

Die sich ständig verändernden Programmpläne und andauernden Krisen machten es unmöglich, jemanden verlässlich zu einer bestimmten Zeit zu sehen, selbst in den Teepausen. Mehrere Tage konnten verstreichen, ohne dass sie Cyril begegnete. Und selbst wenn es einmal geschah, hasteten sie in entgegengesetzte Richtungen.

Aber er bemerkt mich. Das ist mehr, als ich sonst von irgendjemandem in meinem bisherigen Leben behaupten könnte. Und ein Mann wie er, intelligent, interessant, charmant, gutaussehend…

Sie schüttelte sich den Gedanken aus dem Kopf und ermahnte sich, dass er nur die Vorstellung von New York mochte und sie so nannte, weil er sich nicht an ihren richtigen Namen erinnern konnte.

Dennoch. Sie wünschte, sie könnte jemanden um seine Meinung bitten, Rat einholen. Zumindest könnte sie aufhören, jedes Mal wie ein Kaninchen zu zappeln und zu hüpfen, sobald sie ihn sah. Und sie beneidete die anderen Stenotypistinnen und Sekretärinnen um ihre ungezwungene Kameradschaft. Wie schloss man mit anderen Menschen Freundschaft?

»Ah!«, rief Hilda, als Maisie ihr Büro betrat. »Mehr getippte Skripte, wunderbar.«

Maisie wünschte im Stillen, sie könnte Hilda um Rat fragen, wie sie öfter mit Cyril ins Gespräch kommen könnte. Oder wenigstens herausfinden, ob er bereits ein Mädchen hatte. Doch das würde sie natürlich niemals tun. Hilda, die mit jedem über Gott und die Welt reden konnte, lebte in einer anderen Sphäre. Maisie beobachtete jedoch genau, wie Hilda an Informationen gelangte. Die Frau hatte ein unglaubliches Talent, eine Frage so zu formulieren, dass es nicht den Anschein machte, als würde sie ihr Gegenüber aushorchen. Sie kannte die Geburtstage von jedem in der Vortragsabteilung, und es verstand sich von selbst, dass sie nicht die Büroleiterin, Miss Banks, nach den Personalakten gefragt hatte. Sie kannte selbst die Lieblingskuchen von einfach jedem. Es galt als bedauerlich, wenn der Geburtstag auf einen Sonntag fiel, obwohl Hilda eine glühende Verfechterin von Tags-darauf-Kuchen war.

»Es wäre furchtbar, wenn sie irgendwann einmal heiraten und uns verlassen würde«, sagte Collins, einer der Vortragsassistenten, durch einen Mundvoll seines Vanillebiskuitgeburtstagskuchens, den er Hilda zu verdanken hatte. Fielden bedachte ihn mit dem starren Blick eines Mannes, der noch nie etwas so Albernes gehört hatte, was Maisie für etwas übertrieben hielt, selbst für Fielden. Wahrscheinlich lag es daran, dass Hilda seine Vorgesetzte und die BBC einer der wenigen Arbeitgeber in Großbritannien war, die Frauen in Führungspositionen gestatteten, nach der Heirat weiterzuarbeiten. Oder vielleicht, weil man sich den Mann, der ihr den Hof machen und ihr Herz gewinnen würde, nur schlecht vorstellen konnte? Oder vielleicht einfach nur, weil es niemanden gab, der die Vortragsabteilung wie Hilda führen könnte.

Laut Kalender war es Sommer, doch das Wetter hatte zu diesem Thema seine ganz eigene Meinung. Trotz der feuchten Kälte verfielen die jungen Männer in Savoy Hill in ein schuljungenhaftes Verhalten zurück und läuteten den Wechsel der Jahreszeiten mit wilder Ausgelassenheit ein, die fast die Fenster zum Bersten brachte.

Maisie, zurückgezogen in einer Ecke, hörte nichts. Sie verglich Georges Lemaîtres Originalskript mit Hildas Korrekturen. Die bevorstehende Sendung des Priesters erfüllte Hilda mit Euphorie, auch wenn Mr Reith darauf bestand, dass sie einen weiteren Priester einladen müsse, der seine Urknalltheorie aufs Schärfste verurteilte. »Eine Bezeichnung so abscheulich wie die Idee, die dahintersteckt!«, schäumte der GD vor Wut. Hilda argumentierte, es sei wichtig, dass die Wissenschaft zu Wort käme, und da die Mehrheit in Oxford und Cambridge ihrer Meinung war, brachte dies Reith zum Schweigen.

Lemaître selbst beharrte darauf, dass Hildas überarbeitetes Skript die wahre Offenbarung war, und Maisie stimmte ihm zu. Maisie hatte nie genug Zeit, sich eingehend mit den Skripten zu befassen, die sie abtippte – die Vortragsassistenten waren diejenigen, die dieses Privileg genossen –, aber wenn sie es dennoch einmal schaffte, sie aufmerksam zu lesen, konnte sie immer noch nicht nachvollziehen, wie Hilda es gelang, einen Aufsatz zu nehmen und ihn in ein Gespräch zu verwandeln, und das jedes einzelne Mal. Dieser Mann hatte etwas Bewegendes in den Sternen gesehen, und Hilda hatte die Gabe, es zurück auf die Erde zu holen, damit es sich jeder Brite beim Tee anhören konnte.

Seufzend richtete Maisie ihre Gedanken auf Cyril am anderen Ende des Raums.

Vielleicht wird er rufen: »Hallo, New York. Was für einen Tee haben Sie denn dort drüben? Und es ist kein Tee, nicht wahr, es ist Kaffee?« Und ich werde zu ihm schlendern und eine Bemerkung darüber machen, dass die Nachspeisen hier viel besser sind, und er wird etwas erwidern, und ich werde etwas sagen …

Er sah nicht zu ihr. Sie schob den letzten Bissen ihres gebutterten Scones auf dem Teller umher, um vereinzelte Krümel aufzuklauben, und hatte ihn sich gerade in den Mund geschoben, als Beanie sich neben sie setzte.

»Sie sind immer noch hungrig, nicht wahr? Ich glaube nicht, dass ich den Rest hier schaffe.«

Beanie, umhüllt von grüner und goldener Seide und glamouröser als die Schauspielerinnen, die sie für ihre Sendungen buchte, schob Maisie die Hälfte ihres Scones zu.

»Welch ein Glück, dass Sie nicht heikel sind, was das Essen angeht, bei dem Appetit, den Sie an den Tag legen«, fuhr Beanie im Plauderton fort. »Ich persönlich genehmige mir ein riesiges Frühstück, bevor ich herkomme. Eine Köchin zu haben hilft natürlich etwas. Gewiss, sie ist nichts im Vergleich zu der Köchin im Landhaus meiner Eltern, aber was kann man tun? Trotzdem macht es Spaß, in Pubs zu Mittag zu essen, nicht wahr? So anders als in Hotels und Restaurants, nun ja, zumindest meine Sorte Restaurants. Sie hätten das entsetzte Gesicht einer Schulfreundin sehen müssen, als ich ihr sagte, dass ich nicht mit ihr essen gehen kann, weil ich arbeiten muss! Und es heißt immer: ›Nun ja, Beanie, natürlich *musst* du nicht arbeiten‹, und das ist absolut richtig, *merci à la famille*, aber allmählich wächst mir das Arbeitsleben ans Herz. Zumindest kommt nie Langeweile auf.«

Maisie aß den Scone auf, und Beanie begleitete sie, als sie ihr Tablett zu den Regalen für das schmutzige Geschirr brachte und dann hinaus auf den Flur ging.

»Meine Schulkameradinnen können sich nichts Lustigeres vorstellen als Einkaufen und Partys. Ich hingegen finde, es kommt auf die Party an, Sie nicht auch? Aber wahrscheinlich sind Sie die Falsche, um diese Frage zu beantworten.«

Es war häufig ärgerlich, wenn Beanie recht hatte.

»Hallo, Beanie. Hallo, New York. Wie geht's?«

Maisies Herz machte einen Satz.

»Sie ist nicht ›New York‹. Sie ist aus Kanada. Ich dachte, das wüssten alle«, wies Beanie ihn zurecht. »Aber ich muss gestehen, Maisie, dass es Ihnen nicht schaden könnte, wenn Sie so täten, als wären Sie aus New York. *Très chic,* und Sie sollten wirklich jede Glamourkarte ausspielen, die Sie haben. Außerdem halten die meisten Menschen New York sowieso nicht für Amerika, zumindest nicht wirklich.«

»Was spielt das für eine Rolle?«, fragte Maisie. Beanies Worte mochten wenig taktvoll sein, doch sie waren faszinierend, und Cyril hing an ihren Lippen.

»Es ist enorm wichtig. Es gibt viele, die immer noch sauer auf die Amerikaner sind, weil sie sich erst so spät in den Krieg eingeschaltet haben, und ihr habt die Angewohnheit, ohne Punkt und Komma zu reden, und das in einer Lautstärke, als würdet ihr glauben, wir wären alle taub«, verkündete Beanie mit dröhnender Stimme. »Sie natürlich nicht. Jede Meise ist lauter als Sie, und im Grunde haben Sie eigentlich auch nie viel zu sagen. Wahrscheinlich würde sowieso jeder annehmen, dass Sie Kanadierin sind, falls sie sich daran erinnern, dass es Kanada überhaupt gibt.«

»Ich dachte, wir wären übereingekommen, dass sie eine Spionin ist«, warf Cyril ein.

»Oh, Mr Underwood, sind Sie immer noch hier? Ihr Sinn für Humor ist wirklich einzigartig. Eine Spionin! Spione müssen schrecklich clever sein und haben ein Sprachtalent.«

»Und erlesene Manieren, könnte ich mir vorstellen.« Cyril grinste.

Beanie dachte einen Moment nach.

»Nein, ich habe noch nie gehört, dass das wichtig wäre. Aber vielleicht, warum nicht? Nun denn, ich muss weiter, bye!«

Maisie sah ihr nach, wie sie davontänzelte. Es musste so befreiend sein, sich in der eigenen Haut wohlzufühlen und sich keinen Deut darum zu scheren, was andere von einem hielten. Da erkannte sie, dass Cyril und sie allein waren. Oder so allein, wie es in einem Flur in Savoy Hill möglich war.

»Ich … Ich …« Die Papiere in ihrer Hand wurden feucht von ihren schwitzenden Handflächen. »Ich denke, ich muss zurück an die Arbeit.«

»Ich ebenfalls«, stimmte er ihr stirnrunzelnd zu. »Ein weiterer wilder und wirrer Nachmittag liegt vor mir. Bei uns herrscht der Sturm vor der Ruhe, würde ich sagen.«

Sie lächelte. Er war so schön, so charmant, so …

»Wissen Sie was, New York, Sie haben ein famos hübsches Lächeln. Ich hoffe nur, Sie nehmen es mir nicht übel, dass ich Sie so nenne.«

»O nein, überhaupt nicht«, versicherte ihm Maisie und wünschte, ihre Stimme würde nicht wie ein Springstock in die Höhe schnellen.

»Sie klingen nicht sonderlich überzeugt.«

»Das tut mir leid. Wirklich. Das meine ich ernst. Ich meine, dass es mich nicht stört.«

»Wie ist es möglich, dass Sie schon seit drei Monaten hier arbeiten …«

»Sieben«, unterbrach sie ihn. Sie hasste sich dafür, ihm ins Wort gefallen zu sein.

»Du lieber Himmel! Dann ist es ein noch größerer Skandal, dass wir bisher die Gelegenheit nicht genutzt haben, dass Sie mir alles über New York erzählen. Sollen wir das nachholen, ja? Ich nehme nicht an, dass Sie Samstagabend schon Pläne haben?«

Der Springstock schnalzte ihr Herz in die Höhe und ließ es den Korridor hinabhüpfen.

Da fiel ihrer Zunge wieder ein, dass sie sich bewegen musste.

»Ich … äh, ja … Ich meine nein. Ich meine, ich habe keine Pläne, also das wäre schön.« Sie hoffte, dass sie nicht so piepsig klang, wie sie sich in ihren eigenen Ohren anhörte.

»Wunderbar«, sagte er. »Sie sollten sich jetzt lieber beeilen – wir wollen doch nicht, dass Sie zurück in die Staaten geschickt werden, nur weil man Sie gefeuert hat!«

»Oh. Ja, nein, genau, vielen Dank!«

Sie konnte sich nicht entscheiden, ob es ermutigend oder verstörend war, dass sie ihn leise lachen hörte, während sie sich im Laufschritt entfernte, ihre Bewegungen so anders als Beanies.

Fünftes Kapitel

◊◊◊

»Du hast wirklich keine Wahl.« Lola fuchtelte unnachgiebig mit dem Kleid vor ihrer Nase herum, das sie ihre »rosane Seide« nannte – obwohl der Stoff genauso wenig eine Raupe zu Gesicht bekommen hatte wie Maisie einen König.

»Ich weiß nicht«, sträubte Maisie sich, die tapfer versuchte, weder Lola zu kränken noch in Tränen auszubrechen. Ein Date sollte ein neues Kleid, Schmuck, Parfüm bedeuten. Haare in sanften Wellen. Eine kleinere Nase. Das Lächeln, das er als hübsch bezeichnet hatte, müsste strahlen, als würde es durch den neuesten Transmitter im Selfridge-Kaufhaus gesendet werden.

»Zumindest deine Schuhe sind chic«, sagte Lola aufmunternd. »Es sind keine Abendschuhe, aber was soll's?«

Die lang ersehnten neuen Schuhe waren ohne die erwartete Feierlichkeit gekauft worden. Zusehends und zu ihrer eigenen Überraschung dominierte die BBC Maisies Gedanken, selbst wenn sie nicht dort war, sodass ihr übriges Leben, der heutige Abend einmal ausgenommen, banal erschien. Sie brauchte Schuhe. Sie sparte Geld. Sie kaufte sie sich. Schokoladenbraune, flache Schönheiten mit hübschen Doppelriemchen, die lange halten würden. Bequem, praktisch und chic. Was wollte man mehr?

»Ich wette, wir können etwas aus dem Kleid machen.« Mit einer ausladenden Handbewegung deutete Lola in Richtung der robusten braunen Wolle, aus der fast alles in Maisies Kleiderschrank gefertigt war.

Eine dunkelviolette Samtschleife aus Lolas unerschöpflichem Vorrat wurde mit einer Sicherheitsnadel an den Bund des ausgestellten Rocks geheftet. Eine farblich passende Schleife, die um Maisies Kopf gebunden war, wurde von einer rosafarbenen Blume abgerundet. Dazu eine rosafarbene Perlenkette.

»Eigentlich brauchst du auch etwas Make-up«, beharrte Lola.

Die Wimperntusche, der Lidschatten, das Rouge und der Lippenstift veränderten Maisie nicht komplett, aber sie musste selbst zugeben, dass das Ergebnis nicht übel war. Als sie mit dem Nachziehen ihrer Lippen fertig war, fragte sie sich, was passieren würde, sollte Cyril versuchen, sie zu küssen.

Der Lippenstift fiel ihr aus der Hand, und sie robbte ihm auf dem Boden hinterher. Sie hatte keinerlei Erfahrung, überhaupt keine. Im Vergleich zu Maisie war Miss Havisham eine ausschweifende Lebedame. In ihrem Alter hatten die meisten Mädchen zumindest einen Mann geküsst. Die Krankenschwestern hatten sich im Krankenhaus kichernd Geschichten darüber erzählt.

»Ich habe ihn in der Umkleide der Ministranten in unserer Kirche geküsst!«

»Ich glaube, er dachte, er hätte den Hauptpreis gewonnen … ich habe es nicht übers Herz gebracht, ihm zu sagen, dass alles Lohnenswerte zu tief unter dem Korsett versteckt war, um es auch nur zu ertasten.«

»Er hatte es wirklich drauf. Ich wäre fast eingeknickt – manchmal wünschte ich, ich wäre es. Aber wer will schon sein erstes Mal im Automobil seines Vaters?«

Die Geschichten gingen endlos weiter – Küsse, Kniffe, Streicheln, Kichern – und bevölkerten die Krankenstationen mit Männern, die vor Gesundheit strotzten und frech und verwegen lachten, die Schatten derjenigen Männer überdeckend, die bandagiert und verkrüppelt dalagen. An manchen Tagen hatte es sich angefühlt, als würde es nie wieder einen einzigen Kuss auf der Welt geben. Die Erinnerungen mussten aufgebläht werden, um den Raum auszufüllen, den die Verzweiflung hinterlassen hatte.

»Viel besser«, sagte Lola mit einem taxierenden Blick. »Aber versuch, nicht so erschrocken auszusehen.«

Maisie nickte, zu verängstigt, um einen Ton herauszubekommen.

»Geh lieber runter«, riet ihr Lola. »Du willst sicher nicht, dass Mrs Crewe ihm die Tür aufmacht.«

Maisie sprintete die Stufen hinab. Die Türglocke schellte just in dem Moment, als sie die Eingangshalle erreichte, und sie schlitterte rufend um Mrs Crewe herum: »Tut mir leid, tut mir leid, tut mir so leid«, bevor sie die Tür aufriss und Cyril erblickte, der, eine Zigarette rauchend, im Türrahmen stand, ungezwungen und wunderschön.

»Aber hallo, New York, Sie sehen heute aber chic aus!«

»Guten Abend, Cyril. Vielen Dank«, sagte sie in dem Versuch, zwischen keuchenden Atemzügen Gelassenheit auszustrahlen.

»Es ist heute Abend fast schon angenehm warm, aber Sie sollten trotzdem Ihren Umhang mitnehmen.«

Umhang? Ihr Blick sank nach unten, und sie sah, wie Lola ihr einen rosafarbenen Schal – mehr Fransen als Stoff – über den Arm drapierte. Sie nahm die Tasche, die Lola ihr hinhielt, und lächelte über Lolas unverhohlen beifälliges Nicken.

»Nun denn.« Cyril grinste. »Mal sehen, wohin uns der

Abend verschlägt.« Unter Cyrils Regie ging es an den Rand von Soho, in eine Straße, deren Schmuddeligkeit Maisie verstörte. Doch bei Cyril fühlte sie sich sicher.

»Ich wette, es wird Ihnen gefallen.« Er winkte sie in einen dampfigen Fish-and-Chips-Laden, der so voll war, dass jedes andere Restaurant in ganz London leer sein musste.

»Hier ist es immer bis zum Bersten gefüllt«, erklärte Cyril mit einem Augenzwinkern.

»Gefüllt? Sieht eher wie gegrillt aus«, erwiderte Maisie und zeigte auf die »Scholle« auf der Speisekarte, ohne daran zu denken, dass ihre Rolle darin bestand, nett zu lächeln.

Cyril starrte sie mit offenem Mund an, als wäre sie ein exotisches Tier im Zoo. Und lachte nicht.

Hör auf, Maisie. Höraufhöraufhörauf!

Die Enttäuschung hatte ihr die Zunge gelöst. In ihrer Fantasie nahm sie gerade ein Glas von irgendetwas Süßem entgegen, ihre Sinne berauscht von dem Gewicht und der Form des Glases, dem hübschen klirrenden Ton, den es machte, sobald sie mit Cyril anstieß, die Bläschen, die ihr in der Nase kitzelten, dem Geruch nach Trauben und der Essenz einer französischen Landidylle, die sie beschwipst zurückließ, noch bevor sie das erste Mal an dem Alkohol genippt hatte, oder vielleicht waren es seine Augen, sein Lächeln, seine Sommersprossen.

Oh, was hast du erwartet? Drinks im Dorchester, ein Abendessen im Criterion, tanzen bis um zwei Uhr nachts? Du weißt nicht, was er verdient, und zumindest musst du nicht verhungern. Und du kannst überhaupt nicht tanzen. Vertrau ihm einfach. Er weiß, was er tut. Vertrau ihm.

Cyril nahm Maisies Ellbogen, schob sie durch die Menge und murmelte im höflichsten Tonfall »Entschuldigung« und »Verzeihen Sie vielmals«, während er sich erst an dem einen und dann dem anderen vorbeischlängelte, bis sie auf die Plätze eines Pärchens rutschten, das gerade am Gehen war.

»Der Kabeljau ist am besten, in Ordnung?«, fragte Cyril und rief, noch bevor Maisie eine Antwort hätte geben können, eine Bestellung, die irgendwie über dem Lärm des Ladens gehört wurde. Sie hätte Lachs vorgezogen. *Vertrau ihm. Vertrau ihm. Vertrau ihm.*

Er hatte recht. Ein dampfender Teller frittierter Köstlichkeiten landete kurz darauf vor ihrer Nase. Der Geruch von gebackenem Fisch, der sich mit dem von knusprigen, fettigen Pommes vermischte, hatte denselben Effekt auf sie wie ein Barbiturat. Es mochte nicht das feine Abendessen sein, das sie sich in ihren Träumen ausgemalt hatte, aber sie aß dennoch mit begeisterter Leidenschaft.

»Schmeckt es Ihnen?« Cyrils Stimme wehte zu ihr herüber.

»Alles ist perfekt«, sagte Maisie grinsend. »Vielen Dank. Vielen herzlichen Dank.«

Es war unmöglich, dass er errötete. Es musste an der Hitze liegen.

»Gern geschehen. Sie wirken, als könnten Sie ein anständiges Essen gebrauchen.«

Nun war *sie* es, die errötete. Sie hasste es, unterernährt auszusehen. *Das Gespräch muss sich um ihn drehen. New York hin oder her, Männer wollen über sich reden.*

»Wie sind Sie auf das Restaurant gestoßen?«

»Als Mann muss man einen guten Frittenladen kennen. Mir haben schon immer Dinge gefallen, die vielleicht von außen nicht besonders aussehen, die aber innen besser sind als alles noch so Vornehme.«

»Sie mögen nichts Vornehmes?« Sie kämpfte gegen den Gedanken an, er könnte von ihr reden.

»Wenn dem so wäre, würde ich wohl kaum für die BBC

arbeiten.« Er lachte. »Obwohl ich glaube, dass meine Arbeit im Vergleich zu Ihrer ein Kinderspiel ist, da Sie für die höchsten Tiere im Haus arbeiten: Matheson, die Shields, unseren Herrn und Meister. Raus mit der Sprache, wer von denen nervt am meisten?«

Obwohl er gefragt hatte, kannte Maisie die Verachtung, mit der Männer dem Klatsch und Tratsch von Frauen begegneten. Sie überlegte, wie sie das Thema geschickt wechseln könnte, doch er wartete ihre Antwort ohnehin nicht ab.

»Komische Sache, das mit Matheson«, sagte er, »immerhin hat sie eine Stelle, die eigentlich Männern vorbehalten ist, hm?«

»Ich schätze, das liegt daran, dass wir modern sind? Außerdem scheint sie ihre Sache sehr gut zu machen.«

»O ja, die Zuhörer sind ganz versessen auf die Vorträge«, sagte er. »Das ist einer der Vorteile, die ihr im Vergleich zu uns vom Schulfunk habt. Ihr wisst, dass eure Zuhörer freiwillig einschalten.«

»Aber Sie bekommen unzählige Briefe von Schülern, die Ihnen schreiben, wie sehr ihnen Ihr Programm gefällt.«

»Wenn es auch nur halb so abläuft wie bei mir damals, dann werden sie zu diesen Briefen gezwungen.«

»Oh, das glaube ich nicht. Sie wissen, dass Sie gute Arbeit leisten. Mr Reith wäre ansonsten nicht so zufrieden.«

»Ha! Der GD führt den Schulfunk mit so rigider Hand, dass es selbst Vlad dem Pfähler eine Spur zu viel wäre. Das ist auch der Grund, warum ich so viel rauche.« Als wollte er seinen Worten Nachdruck verleihen, zündete er sich eine zweite Zigarette an und zuckte mit den Schultern. »Aber es macht Spaß. Und was ist mit Ihnen, mögen Sie Ihre Stelle?«

Das tat sie. Mehr als sie sich jemals hätte vorstellen können. Doch sie wollte nicht, dass er glaubte, sie wolle in Hildas

Fußstapfen treten. Er sollte wissen, dass sie für die wahre Aufgabe im Leben bereit war, sobald sich ihr die Möglichkeit bot.

Wahrscheinlich sollte man das allerdings nicht beim ersten Date sagen.

»Es ist aufregend«, antwortete sie.

»Das kann man wohl laut sagen«, stimmte er ihr zu. »Faszinierend, dieses Radio. Wie herrlich, von Anfang an mit von der Partie gewesen zu sein, nicht wahr? Vielleicht werden wir einmal miterleben, wie weit es noch gehen wird. Nun ja, mein Vater hofft immer noch, dass ich mit diesem Unsinn aufhöre und mich der Juristerei zuwende.«

»Ich bin sicher, dass er nur das Beste für Sie will.«

»O ja, auf den guten alten Dad lass ich nichts kommen. Will das Beste für die ganze Brut. Die beste Schule, die beste Arbeit, die beste Ehefrau. Nun, nicht für Kitty, schätze ich. Meine Schwester«, erklärte er mit einem Lachen.

Maisie zitterte immer noch beim Nachhall des Wortes »Ehefrau«.

In einem schwach erleuchteten, winzigen Café am anderen Ende der Straße bestellte er wieder für sie. Rhabarberkuchen mit extra Sahne, eine heiße Schokolade. Und sie vertraute ihm, und es war gut.

»Sie sind in Ordnung, Maisie«, sagte Cyril unvermittelt.

Ihr Herz hüpfte erneut, höher und immer höher.

Allerdings hatte er überrascht geklungen. Wirklich? War er es? Sie verdrängte den Gedanken, und noch während dieser versuchte, sich einen Weg an die Oberfläche ihres Bewusstseins zu bahnen, beugte Cyril sich vor und tätschelte ihre Hand. Die Berührung, die wie eine elektrische Spannung durch sie hindurchpeitschte, wirbelte jeden Gedanken weit außerhalb von Galileos Reichweite.

Vielleicht, ganz vielleicht würde sie heute Abend geküsst werden.

Cyril redete. Sie beobachtete, wie sich sein Mund bewegte. Und sie schmolz regelrecht dahin.

»Ich würde gern selbst richtig Programm machen, als verantwortlicher Redakteur. Etwas seltsam, dass Miss Somerville das tut und ich nicht, auch wenn sie die Sache recht gut macht – will keinesfalls das Gegenteil behaupten. Kann meinen Schulfreunden allerdings nicht sagen, dass ich einer Frau unterstellt bin. Sie würden sich das Maul zerreißen.«

»Sie wären gewiss ein toller Redakteur«, sagte Maisie seinen Lippen.

»Ich hätte auch nichts gegen einen Abstecher zum New Yorker Radio, irgendwann einmal. Soll ganz anders sein, aber vielleicht wissen Sie mehr darüber?«

Da erinnerte sie sich, dass der eigentliche Grund dieses Treffens war, ihm New York zu beschreiben. *Vielleicht spielt er auf ein zweites Date an? Das muss es sein, gewiss. Das hoffe ich. Bitte.*

»Sagen Sie mal«, fragte er. »Warum heißt New York eigentlich Big Apple?«

Früher oder später wird er mir eine Frage stellen, die ich beantworten kann.

»Oh, äh, nun ja, dort wachsen viele Äpfel«, murmelte sie, obwohl sie sich düster erinnerte, irgendwo gelesen zu haben, dass der Spitzname nichts mit Obst zu tun hatte.

»Ich dachte, die Stadt könnte nach Ihnen benannt sein«, sagte er und wackelte mit den Augenbrauen.

Maisie versuchte, das Atmen nicht zu vergessen.

»Was?«

»Nun ja, seine Haut wird rot, so wie Ihre.«

Ein verräterischer Witz über grüne Äpfel kam ihr in den Sinn, doch sie brachte keinen Ton über die Lippen.

Haut. Diese Sommersprossen. Sie stellte ihn sich am Strand in Brighton vor, Beine, Arme, dieses breite Grinsen, das sein Gesicht zum Strahlen brachte, während er am Wasser entlanglief. Der Geruch des Meeres auf seiner Haut, die winzigen Sandkörner, die an ihm klebten, während er sie fest an sich zog …

»Maisie!«

»Wie bitte?«

»Ich habe gefragt, ob Sie fertig sind und wir gehen wollen«, sagte er mit leicht ungeduldiger Miene. Die Teller und Tassen waren leer.

»Ja«, antwortete sie in der Hoffnung, dass er keine weiteren Silben von ihr erwartete.

»Nehmen wir ein Taxi«, schlug er vor, und im nächsten Moment saß Maisie auf einer vornehmen, weichen Rückbank, umgeben von dunklem Holz und kleinen Fenstern. Nie zuvor hatte sie ein Londoner Taxi von innen gesehen. Am liebsten wäre sie mit den Fingern über das samtene Polster und polierte Holz gefahren.

Cyril machte es sich neben ihr bequem. Sein träges Lächeln leuchtete im Halbdunkel.

»New Yorker Mädchen, hm?«, und zog sie an sich.

Alles, was sie vom Küssen wusste, war das, was sie auf Bühnen gesehen hatte. Das hier war anders. Besser. Magisch. Seine Lippen leiteten ihre an, ermutigten sie, mit seinen zu verschmelzen. Sie zitterte so heftig, dass sie fürchtete, ihn in die Lippe zu beißen, doch seine Hände lagen fest auf ihren Schultern, und er wich nicht zurück, sodass sie wohl irgendetwas richtig machen musste.

Bitte, das hier darf nicht aufhören.

Das Taxi hielt, und der gähnende Fahrer murmelte den Fahrpreis.

Sie befanden sich auf einer ruhigen Straße, mit recht gepflegten Häusern voller schlafender Angestellter und fleißiger, zuversichtlicher Bürogehilfen. Wären sie in New York, wäre in einem der Häuser eine Flüsterkneipe versteckt. Maisie grinste. Es würde Cyril ähnlich sehen, dass er die angesagtesten Nachtclubs in London kannte.

Er küsste sie wieder, sein Körper presste sich an sie. Es gab nichts außer diesem Mann, diesem Mund, diesem Moment.

»Schnell, lass uns hochgehen«, hauchte er.

»Was?« Sie keuchte unerhört laut auf.

»Schsch, komm schon, hier entlang.«

»Wo sind wir? Ist das ein Nachtclub?«

»Ha. Heute Abend wird es vielleicht zu einem. Es ist meine Wohnung. Nun ja, mein Zimmer, aber zumindest haben wir dort etwas Privatsphäre. Wir nehmen die Hintertreppe. Niemand wird uns sehen.«

»Was?« Sie hatte immer noch Probleme, Luft zu bekommen.

»Wir sollten uns beeilen«, drängte er sie.

»Nein, ich …«

Er schlug gewiss nicht das vor, wonach es in ihren Ohren klang, oder? Das konnte nicht sein. Das war … Seine Augen leuchteten so hell. Sie wollte ihn noch einmal küssen, ihn ewig küssen. Es wäre so leicht. *Sag ja. Vertrau ihm.*

Doch es war zu viel auf einmal.

»Ich denke nicht, dass ich das tun sollte. Ich meine, nicht beim ersten … Es tut mir leid.«

Seine Augen wurden kühler, betrachteten forschend ihr Gesicht. »Soll das ein Scherz sein?«

»Ich … Was?«

»Das ist nicht dein Ernst …? Hör mal, war ich heute Abend nicht nett zu dir?«

Es war, als würde sie eine Treppe hinabsteigen und die letzte Stufe verfehlen.

»Was?«

Weil es keine anderen Wörter gab.

»Das ist … Hast du das noch nie getan?«

Sie konnte nicht wie eines dieser Mädchen aussehen, oder? Viele Mädchen taten es, das wusste sie, aber waren es auch diejenigen, die anschließend immer noch heirateten?

»Es würde Spaß machen.« Er nahm ihre Hand. »Du nimmst mich nicht auf den Arm, oder?«

»Was? Ich, nein, das würde ich nicht. Ich bin nicht diese Sorte Mädchen, wirklich.«

»Gut. Dann lass uns hochgehen.«

»Cyril, ich bin … auch nicht diese Sorte Mädchen.«

»Du meinst das ernst, nicht wahr?« Seine Hand wurde weggezogen, und Maisie sank in sich zusammen. »Nun ja. Irgendwie ist das jetzt eine echte Überraschung, das hier.«

»Was?«

So viele Fragen in einem einzigen Wort.

»Ach Maisie, komm schon. Du bist doch … Ich meine … Ein Mädchen wie du … Ach, da ist doch nichts dabei! Wir haben nur ein bisschen Spaß, wollen uns amüsieren, lachen.«

Sie würde nie wieder lachen.

»Ich muss nach Hause.«

Sofort. Bevor er sie weinen sah. Das durfte nicht passieren.

»Also, ehrlich, tut mir leid, okay? Vielleicht weil du Amerikanerin bist, kannst du das nicht verstehen. Ist auch egal. Die anderen müssen doch nichts erfahren, in Ordnung? Ich meine, du wirst auch nicht besser dastehen als ich, und außerdem ist sowieso keinem ein Leid geschehen.«

Hätte ich das Geld, würde ich ihm ein Lexikon kaufen und ihm die Definition des Wortes zeigen.

»Ich rufe dir ein Taxi, okay? Maisie! Warte, Maisie!«

Sie lief bereits. Er hatte nicht die geringste Chance, sie einzuholen, insbesondere jetzt, da sie neue Schuhe besaß. Sie konnte sie hören, das Rudel Kinder auf den Straßen von Toronto, die sie immer noch jagten. *Maisie-Maus. Maisie-Maus.* Sie würden nie aufhören, sie zu verfolgen.

In der Straßenbahn kämpfte sie gegen den Drang an, sich zu übergeben. Denn sie war fest entschlossen, das Essen bei sich zu behalten. Es war das einzig Gute, was dieser Abend gebracht hatte.

Nachdem sie die samtenen Schleifen von ihrem Kleid gerissen und sie unter ihr Bett geschleudert hatte, kam ihr mit Schrecken, dass sie Cyril womöglich am Montag über den Weg laufen würde. Zumindest war es nicht auszuschließen.

Ich werde zu beschäftigt sein, um auch nur einen einzigen Gedanken an ihn zu verschwenden. Miss Matheson schafft das garantiert. Und wenn nicht, werde ich dafür sorgen und ihr auf die Sprünge helfen. Immer weiter, immer weiter.

Sie gestattete sich immer noch nicht, in Tränen auszubrechen.

Trotz Cyrils Versicherung, die Sache würde nie zur Sprache kommen, bereitete sich Maisie auf eine Lawine der Demütigung in der BBC vor. Wo Männer redeten, lauschten Frauen, und sie würde einen Stempel aufgedruckt bekommen: E wie Esel.

Nun, sollen sie doch alle zur Hölle fahren! Diesmal werde ich nicht den Rückzug antreten. Ich bin nicht die Deutschen. Ich bin die siegreiche Armee.

Was nicht bedeutete, dass sie ihrem ersten Wiedersehen nicht mit Grauen entgegenblickte.

»Sie sehen nicht gut aus«, sagte Hilda stirnrunzelnd, während Maisie tippte.

»Nein, mir geht es gut«, log Maisie. Innerlich war sie angespannt wie eine Sprungfeder und stählte sich gegen eine unverschämte Bemerkung von Fielden, einen vielsagenden Blick von Alfred, ein höhnisches Grinsen von Billy. Ein Kichern von Phyllida. Und Beanies ellenlangen Monolog.

»Nun denn, dann mal los! Auf uns wartet eine Besprechung mit dem GD«, befahl Hilda. Maisie huschte hinter ihr her, hocherfreut, dass sie endlich gelernt hatte, fast genauso lautlos zu gehen wie Hilda. Das unsichtbare Mädchen, nur das verbesserte Modell.

Sie kamen an Rusty, Phyllida, Alfred samt seinem Korb sowie einem Dutzend anderer vorbei, einschließlich Samson, der Katze, doch entweder war Maisie noch nicht zum Gesprächsstoff des Savoy-Hill-Flurfunks geworden, oder niemand wagte auch nur einen Blick in ihre Richtung, wenn sie in Hildas Begleitung war.

»Ah, Miss Matheson«, begrüßte Reith sie mit einem herzlichen Stirnrunzeln. »Mrs Reith lässt Ihnen Glückwünsche ausrichten … nun ja, wegen irgendeiner Frauensendung. Ich kann mich beim besten Willen nicht erinnern, welche. Irgendetwas letzte Woche, glaube ich.«

Maisie fragte sich, ob er die Renovierungsarbeiten im Haus, das Schneidern oder die Sendung zur körperlichen Ertüchtigung meinte. Wahrscheinlich hörte Mrs Reith überhaupt niemals Radio.

»Das ist sehr nett von ihr. Danken Sie ihr von mir«, sagte Hilda.

»Ja, ja. Wie dem auch sei, es geht leider um ein eher unangenehmes Thema.«

»Oje!«

»Wie es scheint, haben Sie eine Frau, die *Kleine Handwerksarbeiten im Haus* moderiert? Wenn ich mich recht entsinne, geht es um das Reparieren kleiner elektrischer Dinge und andere solche Aufgaben?«

»Ganz genau. Es ist sehr …«

»Ist es nicht schrecklich gefährlich, Frauen zu animieren, Werkzeug in die Hand zu nehmen? Sollten sie sich dabei verletzen, könnte eine Flut an Beschwerden über uns hereinbrechen.«

»Mrs Fisher hat betont, dass diese Arbeiten kinderleicht sind. Jeder mit ein bisschen gesundem Menschenverstand kann sie verrichten. Schließlich leben viele Frauen allein, Sir …«

»Arme Geschöpfe«, murmelte er kopfschüttelnd. Er wirkte aufrichtig betrübt, und Maisie wünschte, sie könnte ihm eine Tasse Tee bringen. »Wir sind an einem schlimmen Scheideweg angelangt, Miss Matheson, sehr schlimm.«

»Natürlich ist es bedauerlich für all jene, die heiraten wollen, aber nicht können«, stimmte Hilda ihm zu, »aber es ist gleichzeitig ungemein spannend für Frauen, die nun die Möglichkeit eines gewissen Maßes an Selbständigkeit haben.«

»Zu viel Selbständigkeit ist nicht gesund«, brummte er. Maisie klopfte in stillem Einvernehmen mit ihrem Bleistift auf den Stenoblock. Sie war überzeugt, dass es ihr in einem Zustand köstlicher Abhängigkeit besser ginge.

»Wahrscheinlich ist es für jeden anders«, sagte Hilda. »Aber was halten Sie davon, wenn ich Mrs Fisher einfach mal mitbringe und Sie sie vor ihrer nächsten Probe kennenlernen? Ich bin sicher, auch Sie werden in ihr eine sehr respektable, anständige Frau sehen, die nur versucht, anderen Frauen zu helfen, etwas Geld zu sparen, indem sie diese Dinge im Haushalt selbst verrichten können.«

»Und noch dazu Handwerkern die Arbeit wegnehmen«, sagte er mit einem schweren Seufzen. »Nun denn. Ich bin sicher, sie ist eine großartige Sprecherin. Sie haben ein gutes Händchen. Wir müssen nur Fingerspitzengefühl an den Tag legen, das ist alles, was ich meinte. Besonnen sein. Sie verstehen mich.«

»Absolut, Mr Reith.«

»Prächtig, prächtig.« Er wirkte erleichtert, oder zumindest glaubte das Maisie, da sie allmählich lernte, in den verschiedenen Varianten seines Stirnrunzelns zu lesen. »Nun, was den Herbst anbelangt, so würde mir gefallen ...«

Das Telefon klingelte, und sie bestraften seine Dreistigkeit mit einem bitterbösen Funkeln. Maisie wünschte, Miss Shields würde den Hörer nicht abnehmen, damit sie stattdessen erfuhren, was Reith gefiel.

Miss Shields sah aus, als wünschte sie ebenfalls, sie wäre nicht ans Telefon gegangen.

»Der Selfridges-Sender macht wieder Schwierigkeiten. Für den Rest des Tages wechseln wir zum 2LO«, erklärte sie im Tonfall einer Krankenschwester, die einem Mann die Nachricht überbrachte, dass sein Bein amputiert werden müsse.

»Herrjemine, wie ärgerlich!«, explodierte Reith und fingerte nach einer Zigarette. Hilda wich einen Schritt von der Flamme weg. »Wo zum Teufel steckt Eckersley?«

Miss Shields rief bereits die technische Abteilung an – Menschen meldeten sich mit weniger Vehemenz bei der Feuerwehr. Hilda nickte Maisie zu, und sie schlichen verstohlen aus dem Zimmer.

Sobald sie außer Hörweite von Reiths dröhnender Stimme waren, wurden Hildas Schritte schneller.

»Los, Miss Musgrave. Das ist eine wunderbare Gelegenheit!«

»Wie bitte?«

»Der 2LO steht gleich drüben auf The Strand, im Marconi

House. Dauert nur vier Minuten, wenn wir einen Zahn zulegen. Wollen Sie unsere Sendeanlage nicht einmal in Aktion sehen?«

»Ich …« Maisie hatte im Grunde nie über die Verbindung zwischen dem Mikrofon und der Maschine nachgedacht, die die Sendungen zu den Radioapparaten überall in der Nation brachte.

»Jeder, der hier arbeitet, sollte zumindest einmal unsere Sendeanlage gesehen haben«, sagte Hilda auf ihre ganz eigene Art, bei der einem jeder Widerspruch töricht vorgekommen wäre.

Weshalb sie nun die Straße hinauf zum Marconi House hasteten. Jeder dort kannte Hilda – Maisie war ziemlich sicher, dass Hilda selbst erkannt werden würde, wenn sie in ein Treffen des Alten Ordens der Hibernier hineinplatzen würde –, und sie wurden sogleich in einen weitläufigen Raum geführt, in dem die 2LO-Sendestation untergebracht war.

Obwohl die 2LO-Sendestation die allerersten Worte, »Hier spricht 2LO«, die jemals in Großbritannien gesendet worden waren, überhaupt erst möglich gemacht hatte, war sie ein entsetzliches Relikt der Vergangenheit, das nur für diese wenigen Tage behalten wurde, wenn die neuere, kleinere, stärkere Sendeanlage im Selfridges den Geist aufgab.

»Immer gut, einen Plan B in der Tasche zu haben«, murmelte Hilda.

»Oh, hallo«, grüßte Eckersley sie mit gehetztem Gesichtsausdruck. Er umrundete die Sendeanlage und nahm kleinere Veränderungen an der Maschine vor, um sie zum Leben zu erwecken. »Ich nehme an, der GD lechzt nach Blut? Es hat nichts mit den Ingenieuren zu tun, das habe ich ihm schon gesagt, aber er scheint das nicht zu begreifen.«

»Natürlich ist es nicht Ihre Schuld«, stimmte Hilda ihm beruhigend zu. »Nur keine Sorge, Mr Eckersley. Kennen Sie schon meine Sekretärin, Miss Musgrave? Ich hatte mir überlegt, sie würde sich vielleicht gerne eine Sendeanlage aus der Nähe ansehen, und ich fürchte, Ihr Pech ist Miss Musgraves Glück.«

»Was auch immer man über den unentbehrlichen alten Dinosaurier sagen kann, Miss Musgrave, zumindest das Innenleben lässt sich viel besser sehen als bei dem neuen Teil«, sagte Eckersley und tätschelte liebevoll die Maschine. »Dann kommen Sie mal her und sehen sich das Herz des Senders genauer an. Aber nicht anfassen«, warnte er sie.

Das Herz des Senders. In einem zerfledderten Anatomiebuch hatte Maisie einmal gelesen, dass ein menschliches Herz die Größe einer Faust hatte. Ihr gefiel das. Ihr eigenes Herz, immer schwach, war nach der Sache mit Cyril mitgenommen und geschrumpft – eine Pusteblume mit flauschiger Kappe, bei der ein einziger Stoß ausreichte, um sie in alle Winde zu zerstreuen. Eine Faust hingegen, die im Innern ihrer Brust hämmerte, war viel weniger anfällig, zerquetscht zu werden. Es bedeutete, dass sie irgendwo in ihrem Innern stark war.

Der 2LO erinnerte eher an ein Skelett als an ein Organ. Sechs Meter Maschine, die aus einer Abfolge von Klappen bestand, in einem Schutzmantel aus glänzendem Holz. Empfindlich und stark. Im Innern dieses formschönen neumodischen Apparats lag die Macht der Kommunikation.

Hilda zeigte und benannte jedes noch so kleine Teil mit so umfangreichem Wissen, als hätte sie den Sender selbst erbaut, während Eckersley fieberhaft daran herumhantierte, um das Wunder Wirklichkeit werden zu lassen. Doch es war keine Magie. Es war besser. Dies war das Ergebnis endloser Fragen, der Suche nach Antworten, des unermüdlichen Beharrens, bis diese Antworten gefunden worden waren. Und dann wieder von vorne beginnend, mit immer neuen Fragen.

Der Gleichrichter, der Oszillator, der Modulationsverstärker, der Modulator, der Submodulator. Klappen und Klappen und Klappen, die Geräusche auf Radiowellen transportierten.

Wie hatte jemand die Fragen gestellt, die ihre Antwort in dieser Anordnung aus Holz und Glas und Drähten gefunden und die gesamte Welt verändert hatte? Vor Tausenden von Jahren hatte jemand in den Nachthimmel geblickt und erkannt, dass einige Sterne Planeten waren. Und dann hatten sie das Universum kartografiert. Die Mathematik entschlüsselt. Sie hatten gesehen, wie die Sonne an der Erde vorbeiglitt und man sich ihre Kraft nutzbar machen konnte, um Häuser und Bäder zu erwärmen und Pflanzen zum Wachsen zu bringen. Und sie hatten Werkzeug hergestellt. Die Fähigkeit, um den Globus zu segeln, Kathedralen zu erbauen, eine Fabrik zu leiten, Bilder auf Papier einzufangen und dann auf der Leinwand. Und nun, eine Geschichte überall ins Land zu versenden, von einer Maschine aus.

»Steckt noch in den Kinderschuhen.« Das war die Redewendung. Das Radio war eine Kunstform, die noch in den Kinderschuhen steckte.

Das ist die Wiege der Zivilisation.

Maisie starrte gebannter, wollte die fünf Piepstöne lesen, mit denen jede Übertragung begann, bevor die Ansage im ganzen Land knisternd durch die Rundfunkgeräte hallte.

Von Penzance bis John o'Groats konnte jeder, der im Besitz eines Radios war und die Rundfunkgebühr bezahlt hatte, dieses einschalten und eine Sinfonie, Poesie, Gartenratschläge, einen Krimi, Debatten, Szenen aus den neuesten Theaterstücken, Sportgroßveranstaltungen und Geschichten über Orte an den entferntesten Winkeln dieser Welt hören, denn warum sollte eine Bäuerin in South Yorkshire nichts über Schanghai oder San Francisco oder São Paulo erfahren?

»Es ist einfach wundervoll«, hauchte Maisie und wünschte, sie könnte sich hineinzwängen und Teil des Flimmerns sein, in den Rundfunkgeräten in jedem Haus und Pub und Geschäft landen und die Gesichter betrachten, während die Zuhörer den Geschichten lauschten.

»Das ist es«, stimmte Hilda zu. »Was für ein herrliches Mittel der Kommunikation«, fuhr sie fort, während ihre Augen über die Maschine glitten. »Ein prächtiges Werkzeug. Natürlich besitzen Werkzeuge die Eigenheit, auch als Waffe eingesetzt werden zu können.«

Maisie sah zu ihr hoch, doch Hildas Blick war gedankenverloren auf die Sendeanlage gerichtet.

Kein Wunder, dass es Reith mit den Inhalten der BBC so genau nahm. Mit Millionen von Zuhörern wäre es eine Katastrophe, etwas zu senden – man mag es gerne Fakten nennen – und dann feststellen zu müssen, dass es falsch war. Der Rundfunk war erst fünf Jahre alt, doch er erlangte bereits den Status einer Institution. Und Institutionen besaßen Macht.

Und ich bin ein Teil davon.

Ihr Herz hämmerte, die Faust schlug gegen ihre Rippen.

»Es ist Zeit, zurück ins Büro zu gehen«, verkündete Hilda. »Ich könnte mir vorstellen, dass dort mindestens zwanzig neue Krisen auf uns warten. So ist das Leben bei uns in der BBC.«

Zweifellos. Und Maisie konnte es nicht erwarten, dorthin zurückzukehren.

Ihr neuer Eifer war ein Talisman, ein Schild gegen sämtliche Pfeile, die in ihre Richtung geschossen wurden, um das unsichtbare Mädchen zu treffen. Sie verdrängte jede Erinnerung an Cyril tief in eine dunkle Ecke ihres Bewusstseins, in der Hoffnung, dass sie für immer verloren ging. Es gab so viel anderes, woran sie denken musste, und alles war wichtiger.

»Miss Musgrave, fühlen Sie sich imstande, einen Sprecher zur Probe zu begleiten?«, fragte Fielden. »Unsere Lady ist immer noch im Gespräch mit dieser Vogelscheuche vom städtischen Kleingartenverein.«

Der Sprecher, Mr Emmet, war ein Banker aus der City, der über die Bedeutung von Vermögensanlagen und Fonds sprechen würde und leicht gereizt war, weil Hilda seinen Text viermal überarbeitet hatte.

Maisie brachte ihn ins Sendestudio, wo Billy und der neue Ingenieur Tests durchführten und kleine Korrekturen am Mikrofon vornahmen.

»Wir würden hier gern einen Probedurchlauf machen«, informierte sie die beiden Männer. Sie blickten zu ihr hoch, dann zurück auf ihre Arbeit und murmelten leise, dass sie fast fertig seien.

»Vermutlich wäre es zu viel verlangt, etwas zu trinken zu bekommen?«, fragte Mr Emmet und hielt Maisie seinen Hut hin, damit sie ihn aufhängen konnte.

»Das ist im Studio leider nicht erlaubt, Sir.«

Er schnaubte und setzte sich auf den Stuhl.

»Ich laufe rasch los und gebe Miss Matheson Bescheid, dass Sie hier sind«, sagte Maisie.

»Sie sollten ihn ins Tup schleppen«, sagte Billy im Flüsterton. Maisie war überrascht – Billy redete sonst nie mit ihr. »Banker sind echte Leichtgewichte. Nach ein paar Bier hält er Sie vielleicht sogar für heiratsfähiges Material.«

Der Talisman drängte ihre Tränen zurück, half jedoch nicht, ihren wachsenden Zorn zu besänftigen. Vielleicht lag es allein daran, dass Billy so war, wie er war, aber vielleicht, ganz vielleicht, hatte Cyril ihnen etwas erzählt.

Ein paar Tage später wurde ihr Talisman einem echten Härtetest unterzogen, als sie gerade im Laufschritt in die Vortragsabteilung eilte. Sie sah Cyril, bevor er sie sah, und die Faust in ihrer Brust hämmerte gleichzeitig in alle Richtungen. Sie konzentrierte sich aufs Atmen und darauf, einen Fuß vor den anderen zu setzen, während sie entschlossen an das Skript dachte, das sie als Nächstes abtippen sollte.

Cyril bemerkte sie und blieb stehen. »Maisie, hallo. Wie geht's?«

Sie musste sich die Fingernägel in die Handfläche bohren, um nicht anzuhalten oder zu zittern.

»Super«, antwortete sie in dem Versuch, wie eine barsche New Yorkerin zu klingen, die viel zu beschäftigt und wichtig war, um auch nur einen Tick langsamer zu gehen. Er lief rückwärts, um Augenkontakt mit ihr zu halten.

»Gut, gut. Hören Sie mal, könnten Sie nicht einen Moment stehen bleiben?«

Er streckte die Hand aus, und sie hielt inne, hauptsächlich aus dem Grund, um jeglichen Hautkontakt zu vermeiden.

»Ich, äh, wollte nur sichergehen … dass Sie mir die Sache nicht übelnehmen? Wir können immer noch Freunde sein, oder?«

Das flüchtige Bild eines Fischköders flirrte durch Maisies Gehirn.

»Ich bin sicher, dass Sie alles sein können, was Sie wollen«, erwiderte sie. »Aber ich muss jetzt wirklich los, bye.« Mit diesen Worten huschte sie um ihn herum und den Korridor hinunter, während sie sich insgeheim fragte, ob er ihr nachsah, und sich gleichzeitig weigerte, es sich zu Herzen zu nehmen.

Zwei Stunden später in ihrer Teepause war sie immer noch aufgewühlt.

»Um Himmels willen, was hat Ihnen dieser arme Toast nur angetan?«, fühlte Phyllida sich bewogen zu fragen, wie hypnotisiert von Maisies atavistischem Zähneknirschen.

Alle anderen in der Cafeteria beobachteten Billy und Paul, einen anderen Ingenieur, die einen irrwitzigen elektrischen Apparat gebaut hatten, bei dem metallene Fußballspieler über ein Spielfeld geführt werden konnten. Sämtliche Jungs der BBC waren begeistert.

»Da wird einem ganz schön heiß«, bemerkte Cyril, als er an der Reihe war.

»Wie eigenartig, wo Sie ein so grauenhafter Spieler sind«, sagte Billy.

»Haha!«

»Hier, ich zeig es Ihnen!« Billy schubste Cyril beiseite und erntete einen Chor aus Buhrufen.

Maisie biss in eine weitere Scheibe Toast und wünschte, sie wären endlich still. Als wollte die Männerschar sie noch weiter ärgern, wurde das Geschrei lauter. Dann folgte ein plötzlicher Knall, schwarze Rauchschwaden stiegen auf, und der gesamte Raum hallte von Schreien wider.

»Was haben diese Idioten nur getan?«, kreischte Mrs Hudson, deren Sorge ganz ihrer zweckentfremdeten Cafeteria galt.

Der Raum war unversehrt, die einzigen Opfer der Explosion waren Billy, der sich jaulend die Hand umklammert hielt, und das Spielzeug, das eine undefinierbare Flüssigkeit und einen beißenden Geruch verströmte. Paul jammerte angesichts der Zerstörung.

»Wir sollten ihn ins Krankenhaus bringen!«, rief Cyril.

Blut spritzte auf den Tisch, und mehrere Frauen kreischten. Maisie stürzte, immer noch kauend, um einen Tisch herum und näherte sich Billy.

Der Schnitt war nicht tief, aber er war genau am Daumen, weshalb das Blut schwallartig herausströmte.

»Meine Hand, meine Hand! Ich werde meinen Job verlieren!« Billys Schreie sprudelten so ungehemmt wie das Blut.

»Ich weiß, es tut weh«, sagte Maisie, »aber es ist nicht schlimm. Kein Grund zur Panik.« Fachmännisch wickelte sie eine Serviette um seine Hand, um die Blutung zu stillen. »Wenn jemand so freundlich wäre, in Miss Banks' Zimmer zu laufen, sie hat einen Verbandskasten. Das hier haben wir mit allerhöchstens zwei Stichen genäht.«

»Können Sie das denn?«, fragte Phyllida, und in ihr Gesicht grub sich ein Hauch von Interesse.

»Ja«, antwortete Maisie kurz angebunden.

Noch jemand musste an den Verbandskasten gedacht haben, denn Rusty kam damit angesprintet. Maisie wählte ruhig eine Nadel aus, wischte sie mit Alkohol ab und fädelte einen Faden ein. Billy jaulte immer noch, fest überzeugt, dass seine Karriere beendet war.

»Oh, um Himmels willen«, fauchte Maisie und begann zu nähen. »Reißen Sie sich gefälligst zusammen! Suchen Sie von mir aus einen Arzt auf, aber Ihnen geht's bald wieder gut, wahrscheinlich schon morgen.« Und mit diesen Worten war das Nähen beendet, und sie schnitt den Faden ab.

Cyril war der Erste, der etwas sagte.

»Nun, das ist jetzt aber eine echte Überraschung«, sagte er und verlieh dem stillschweigenden Gefühl aller seine Stimme. »Ich hätte Sie für die Sorte Frau gehalten, die beim Anblick von Blut in Ohnmacht fällt.«

»Ja«, stimmte Maisie ihm zu. »Und ich hätte Sie für einen Gentleman gehalten. Manche Überraschungen sind angenehmer als andere.«

Die Umstehenden, selbst wenn sie bisher keinen Grund

gehabt haben mochten, an Cyrils feiner englischer Art zu zweifeln, waren von seiner dunklen Schamesröte entzückt, und beglückwünschten sich zu einem fulminanten nachmittäglichen Unterhaltungsprogramm.

Sechstes Kapitel

◊◊◊

»Wie ist das nur möglich?«, heulte Beanie in schönster Sarah-Bernhardt-Manier. »Wie konnte ich das größte Drama der BBC verpassen? Wie tragisch!«

Maisie fragte sich, welche Version der Geschichte Beanie wohl gehört hatte. Wahrscheinlich die, bei der sie Billys gesamte Hand wieder angenäht hatte, vielleicht aber auch die, bei der sie ihn von den Toten wiederauferweckt hatte.

Ihre Kindheit mit Georgina hatte Maisie gelehrt, keinen einzigen schönen Moment zu genießen, denn er konnte ihr jederzeit wieder entrissen werden. Deshalb machte Maisie sich auch Sorgen, Miss Shields könne die Geschichte zu Ohren gekommen sein oder noch schlimmer, Mr Reith, und ihr Ruf wäre ruiniert aufgrund des Techtelmechtels mit Cyril. Reith nahm es mit der Moral sehr genau, und jegliches Ansehen, das sie sich bei ihm erarbeitet haben mochte, wäre mit einem Wimpernschlag zerstört, selbst wenn sie die Angelegenheit erklären könnte. *Ich hätte niemals zu ihm in ein Taxi steigen dürfen. Damit habe ich das Schicksal regelrecht herausgefordert.*

»Im Flurfunk ist zu hören, dass es in der Kantine kürzlich einen echten Sturm im Wasserglas gegeben hat«, verkündete Hilda bei Maisies Eintreten vom Boden aus, wo sie ein Manuskript überarbeitete.

Nun ja, Hilda wusste es natürlich.

»Es war nichts, wirklich«, beharrte Maisie. »Die Jungs waren ein bisschen … übermütig, das ist alles.«

»Ja, das wäre nichts Neues«, erwiderte Hilda. »Doch wenn meine Sekretärin involviert ist, die eine schlimme Verletzung verarztet, gewinnt die Sache rasant an Interesse.«

»Ich war froh, helfen zu können«, murmelte Maisie. (Teilweise. Immerhin war es Billy.)

»Ich könnte mir vorstellen, dass Sie fürchten, jemand könnte eine heikle Frage stellen?«

Maisie riss die Augen auf.

»Miss Musgrave, wenn Sie nicht gewollt haben, dass sich andere den Kopf darüber zerbrechen, weil Sie wegen Ihres Alters als Krankenschwester im Krieg gelogen haben, wäre es ratsamer gewesen, einen anderen Namen zu benutzen oder die Sache einfach von der Liste Ihrer Erfahrungen zu streichen.«

»Ich hatte keine anderen Referenzen vorzuweisen«, widersprach Maisie, zugleich erstaunt und dennoch nicht sonderlich überrascht über Hildas Mutmaßung. Auch wenn es nicht nach einer Mutmaßung klang.

»Sie hatten die Sekretärinnenschule«, rief Hilda ihr ins Gedächtnis.

»Ja, aber ich musste auch irgendeine Art von Berufserfahrung anbieten«, sagte Maisie. »Bitte, Miss Matheson, Sie können mich gerne verwarnen, aber Sie werden es nicht Mr Reith erzählen, oder?«

»Warum in aller Welt sollte ich das tun? Wie dem auch sei, es ist längst Schnee von gestern. Ich wusste es seit Ihrer ersten Woche. Verkneifen Sie sich Ihren aufrührerischen Blick. Es dürfte Sie nicht überraschen. Sobald ich Sie das erste Mal gesehen habe, wusste ich, dass Sie unmöglich alt genug sein können, um alles, was Sie getan haben, auf anständige Weise erreicht zu haben.«

Ich bin also unanständig. Kein Wunder, dass Cyril sich mit mir verabreden wollte.

»Ich habe dieses eine Mal gelogen«, gestand Maisie, die sich lieber über ihr früheres Vergehen auslassen wollte, »aber ich bin ein ehrlicher Mensch. Wirklich.«

»Natürlich sind Sie das«, sagte Hilda, erstaunt darüber, dass dies überhaupt zur Debatte stand. »Ich wollte Sie nicht rügen, und es geht niemanden etwas an. Ich habe mich allerdings diebisch gefreut, als es mir aufgefallen ist. Es hat mir bewiesen, dass Sie jemand sind, der ganz in einer Sache aufgeht. Oder alles tun würde, um Teil von etwas zu sein, das größer als er selbst ist. Oder ein neues Leben anfangen wollte.«

Erwartete sie etwa, dass ich darauf eine Antwort gebe?

»Alles gute Gründe«, fuhr Hilda fort. »Es hat mir auch gezeigt, dass Sie, wenn es hart auf hart kommt, jemand sind, der gegen Regeln verstößt.«

Ihre Augen funkelten. Maisie bäumte sich innerlich auf, fest entschlossen, nie wieder gegen irgendeine Regel zu verstoßen. Mr Reith würde das nicht gutheißen.

»Regeln sind natürlich nützlich«, versicherte Hilda, als ginge es bei ihrem Gespräch um Galoschen. »Aber ich finde, es ist besser, flexibel zu sein. Sie wären erstaunt, wer alles unrecht haben könnte.« Hildas Grinsen nahm einen verschwörerischen Zug an. »Die Jungs wollten nichts verraten, aber Billy wurde von Mr Eckersley ins Gebet genommen. Er wurde auch ein paar Tage freigestellt – ohne Bezahlung –, um sich zu ›erholen‹, wie es heißt. Was zusammen mit der Schmach und dass eine ›einfache Sekretärin‹ ihm vor all seinen Freunden aus der Patsche geholfen hat, dazu führen wird, dass er es nie wieder wagen wird, Ihnen in die Augen zu blicken, darauf wette ich.«

Maisie konnte sich nicht zurückhalten. Sie lachte. Hilda lachte ebenfalls. Sie öffnete eine Keksdose und warf Maisie einen Keks zu.

»Butter. Ihre Lieblingssorte, wenn ich mich nicht ganz täusche.« Sie lag richtig. »Lassen Sie uns weiterackern. Es gibt noch viel zu tun. Die Jungs sollen ruhig Unfug treiben. Auf uns wartet Arbeit.«

»Vielleicht … Vielleicht könnten wir eine Krankenschwester für eine Reihe an Vorträgen gewinnen, bei denen es um die Behandlung von kleinen Verletzungen zu Hause geht«, schlug Maisie vor. »Nicht ich! Ich meine natürlich eine richtige Krankenschwester, eine aus einem Krankenhaus. Jemand, der sich wirklich mit …«

»Eine sehr, sehr gute Idee«, stimmte Hilda ihr zu. Ihr Lächeln war diesmal anders. Maisie hatte nichts, womit es sich vergleichen ließe, aber wenn sie raten müsste, wäre es Respekt.

»Ich hätte angenommen, du wärst zu untröstlich, um dort weiterzumachen, nach der Sache mit diesem verflixten Kerl«, sagte Lola, während sie beobachtete, wie Maisie ihren Hut aufsetzte. »Aber du wirkst regelrecht … vergnügt.«

Kaum zu glauben, ich und vergnügt!

»Es trifft mich immer noch etwas, das gebe ich offen zu«, gestand Maisie ein. »Aber sie halten mich zu sehr auf Trab, als dass ich viel darüber nachdenken könnte.«

»›Zu sehr‹ ist das Problem. Du wirst niemals die Chance bekommen, jemand anderen kennenzulernen.«

»Nun ja.« Maisie zuckte mit den Schultern, erfreut über ihre jüngst erworbene Sorglosigkeit. »Vielleicht habe ich mehr Glück, wenn ich mir neue Kleidung kaufe. Was denkst du?«

Lola, stets eine leidenschaftliche Verfechterin neuer Kleidung, ließ sich den ganzen Weg bis zur Trambahnhaltestelle wortgewandt darüber aus, bevor sie Maisie verabschiedete.

Hildas Vorhersage stellte sich als wahr heraus, und Billy verschmolz jedes Mal mit der Wand, sobald er Maisie erblickte. Wenn es sich nicht vermeiden ließ, sprach er mit ihren Schuhen oder gelegentlich mit ihrem Ellbogen. Maisie wunderte sich über die Verbesserung, die der Charakter eines Mannes durch eine Demütigung erfahren konnte.

Phyllida wiederum war so beeindruckt von Maisie, dass sie sie in ihren engsten Zirkel aufnahm. Sie wurden rasch beste Freundinnen.

»Du hast großes Glück, für Miss Matheson zu arbeiten«, sagte Phyllida zu ihr. »Sie ist ein echtes Genie. Sie war sogar die politische Sekretärin von Lady Astor.«

»Ich weiß. Das kann ich mir einfach nicht vorstellen. Ich kann es natürlich, aber gleichzeitig auch nicht.«

Phyllida schnippte die Asche ihrer Zigarette weg und nippte an ihrem Kaffee.

»Ich mein' … äh, ich glaub', sie war 'ne Suffragette.« Phyllidas gebürtiger Yorkshire-Akzent versuchte ständig, sich aus seinem Londoner Käfig zu befreien, und errang die meisten Siege, wenn sie aufgeregt war. »Ich wollte auch eine Suffragette sein. Ich bin sogar für den letzten großen Kampf nach London runtergefahren!« Sie grinste und nahm einen tiefen Zug von ihrer Zigarette. »Ich war zehn Jahre alt. Allerdings groß für mein Alter, weshalb ich niemandem aufgefallen bin, bis wir verhaftet wurden. Und das nur Monate bevor es legal wurde, was für ein Mist! Die Polizei hat kein großes Gedöns – Aufhebens – gemacht, aber ich habe immer noch die Narben von Vaters Peitsche. Was für ein Unsinn, dass Frauen erst mit dreißig wählen dürfen! Eines Tages werde ich kandidieren und die Dinge verändern.«

Von einer Milchfarm in Yorkshire zur Stenotypistin bei der BBC zur Abgeordneten. Das wäre ein sagenhafter Aufstieg. Jemand müsste das aufzeichnen.

»Hast du gewählt, in Amerika?«, fragte Phyllida sehnsüchtig.

»Das durfte ich nicht. Ich bin keine Staatsbürgerin«, rief Maisie ihr ins Gedächtnis. Sie war 1920 noch in Brighton gewesen und hatte der amerikanischen Wahl dasselbe oberflächliche Interesse geschenkt wie einem Bericht über die Landwirtschaft in Indien.

»Die Vorträge werden schrecklich faszinierend. Ich wünschte, ich hätte die Vortragssekretärin sein können.« Phyllida sah traurig aus, nicht eifersüchtig.

»Hast du dich beworben?« Maisie plagten Gewissensbisse.

»Das konnte ich nicht«, schnaubte Phyllida. »Wenn jemand vom Schreibbüro versetzt wird, muss sie gefragt werden, nicht selbst die Initiative ergreifen. So wird das hier gehandhabt. Außerdem komme ich aus dem Norden, bin offiziell ungebildet und ein Niemand. So sieht man mich.«

»Aber ich bin auch nicht gebildet und ein Niemand«, entgegnete Maisie. »Warum sollte ich …?«

»Ah, aber du bist Ausländerin«, erklärte Phyllida, als würde das alles erklären. »Ist doch egal. Wir sind alle hier, und das ist, was zählt.«

Später im Büro strahlte Hilda eine solche Glückseligkeit aus, dass sich selbst der kühle Sommer fast warm anfühlte.

»Nein, ich werde es Ihnen erst bei der Sitzung erzählen«, neckte Hilda sie. Ihre Aufregung war ansteckend, und Maisie kämpfte sich mit brennender Ungeduld durch die Korrespondenz.

Die Vortragsmitarbeiter hielten ihre Sitzungen gewöhnlich um einen großen Tisch in dem Zimmer ab, in dem die Akten untergebracht waren. Es war der einzige Raum, in dem die Mitarbeiter unter Garantie eine Stunde lang in Ruhe still sitzen konnten, nur dummerweise der zugigste im ganzen Gebäude.

Hilda segelte herein, schätzte kurz die Temperatur ab und warf die Hände in die Luft.

»Oh, das ist einfach lächerlich. In mein Büro, alle miteinander, und setzen Sie sich um den Kamin. Da ist genug Platz für alle. Sie müssen nur ein bisschen zusammenrücken!«, rief Hilda hektisch und manövrierte ihre Mitarbeiter in ihr Zimmer. »Kommen Sie schon, wir sind doch alle Freunde.«

»Nicht alle«, murmelte Fielden. Er saß neben Maisie, doch seine Geringschätzung schloss ausnahmslos jeden ein.

Hildas Heiterkeit, zusammen mit der Neuartigkeit, eine Sitzung auf dem Boden abzuhalten, entfachte eine Lagerfeuerstimmung. Maisie rechnete fast damit, sie würden die Sitzung mit einem Lied beginnen.

»Wir haben Wochen an Planungsarbeit vor uns, die in einer Stunde besprochen sein muss«, warnte Hilda sie, der übliche Anfang einer Vortragssitzung. »Aber es gibt famose Neuigkeiten. Das Neueste vom Neuen, wenn Sie so wollen.« Während sie den Anblick der verständnislosen Gesichter genüsslich auskostete, fuhr sie fort: »Wir bekommen endlich eine Nachrichtenabteilung bei den Vorträgen!«

»Ist das nicht verboten?«, fragte Fielden und wirkte fast munter.

»Die Anordnung kommt direkt vom Rundfunkrat«, versicherte Hilda ihm mit funkelnden Augen. »Wir können Dinge wie gründliche Analysen von Ereignissen machen und solches Zeugs und dadurch unser Können unter Beweis stellen. Es ist ein Anfang!«

Die Rundfunkräte der BBC, gleichzeitig diktatorisch und

fern, waren Reiths Wohltäter und die Dornen, die seine Tweedweste durchbohrten. Er gab jeder ihrer Launen nach, obwohl er sie aus sicherer Entfernung eloquent verfluchte. Doch es waren weniger sie als die gegenwärtige Regierung, die der BBC die Hände band, wenn es um das Senden von Nachrichten ging.

Bei der Geburtsstunde der BBC hatten sich die Fleet-Street-Zeitungen in einer bis dato einmaligen Kameradschaft zusammengefunden, um mit allen Mitteln zu verhindern, dass das Radio Nachrichten ausstrahlen durfte. So sicher, wie sie waren, dass das Radio eine flüchtige Modeerscheinung war, die nicht von Dauer wäre, und niemand abgesehen von ein paar Exzentrikern eine Lizenz kaufen würde, und wer könnte sich überhaupt ein Radiogerät leisten, würden sie die Zeitungen dennoch in den Ruin treiben, wenn die BBC Nachrichten ausstrahlte. Und das Parlament, das immer auf gute Presse bedacht war, hatte zugestimmt, sodass die BBC erst nach neunzehn Uhr Nachrichten verlesen durfte und noch dazu nur die vorgefertigten Meldungen von Reuters.

»Wenn wir beweisen können, dass irgendjemand diesen Meldungen zuhört, fress ich meinen Hut«, sagte Fielden. Nie zuvor hatte Maisie mehr gehofft, dass die Kurzmeldungen das Interesse der Hörer wecken könnten, und sie entschied, sich eine Schmalfilmkamera auszuleihen, um das Festmahl zu dokumentieren.

»Das Verbot wurde nicht aufgehoben«, erklärte Hilda, und sie alle ließen die Köpfe hängen, selbst Maisie, die sich nie Gedanken über Nachrichten gemacht hatte. »Aber Vorträgen wie denen von Mr Bartlett kann mehr Sendeplatz eingeräumt werden. Nun denn! Lassen Sie uns ein paar Ideen sammeln!«

Es verstand sich von selbst, dass Hilda genug Ideen parat hatte, um die Sendezeit der Vorträge für die nächsten sieben Jahre zu füllen, doch sie erwartete, dass ihre Abteilung ein Ort war, an dem jeder ein Dutzend Ideen hatte und diese jederzeit äußern durfte.

Wie üblich begann Fielden. Als Stellvertreter war er sich seiner Position deutlich bewusst. Er ratterte acht Ideen in halsbrecherischem Tempo herunter, was Maisie zu der Annahme veranlasste, dass er ihre Kurzschrift testen wollte.

»Das ist natürlich nur das, was mir aus dem Stegreif heraus eingefallen ist«, beendete er seine Aufzählung und nickte Hilda ehrerbietig zu.

»Sehr gut, wirklich«, beglückwünschte sie ihn. Immer derselbe Text, aber es klang immer so aufrichtig. »Noch jemand? Hauen Sie wirklich einfach alles raus, was Ihnen durch den Kopf geht.«

»Wie wäre es mit einer ganzen Reihe an Vorträgen über Russland?«, schlug Collins vor. »So viele Menschen regen sich über den Bolschewismus und Spione und was sonst noch alles auf, aber vielleicht könnten wir …«

»Wegen Unterstützung des Bolschewismus angezeigt werden?«, fiel ihm Fielden ins Wort. »Würde das nicht Wunder bewirken, was unseren guten Ruf betrifft?«

»Ich stimme durchaus zu, je mehr die Menschen über Russland und die Russen wüssten, desto weniger Angst hätten sie womöglich«, sagte Hilda, durch und durch die geborene Diplomatin. »Doch eine ganze Reihe würde ein wenig Fingerspitzengefühl verlangen, bevor der GD sie durchwinkt.«

Weniger Angst. Es gab Momente, wenn Maisie erschaudernd wandelnde Schatten spürte, all diese verschollenen Menschen, begraben unter Mohnblumen. Manchmal hatte sie das sichere Gefühl, dass andere es ebenfalls spürten, selbst die Strahlendsten und Schönsten, und nervöse Blicke über die Schulter warfen. *Vielleicht versuchen wir alle, vor etwas davonzulaufen, so wie ich, die vor den Kindern in Toronto davonge-*

laufen ist. Sie hatten sie verprügeln wollen, um sie zu brechen, und zwar nicht nur ihre Knochen. Die Suffragetten hatten sich furchtlos in die erste Reihe gestellt, nicht wahr? Das wäre etwas, die Person zu sein, die der Gefahr die Stirn bot, im Namen einer guten Sache.

»Es soll doch eine Wahl stattfinden, nicht wahr, neunundzwanzig?«, hörte Maisie sich fragen.

»Außer sie wird vorverlegt«, sagte Fielden.

»Vielleicht könnte es Vorträge über gewisse Aspekte der Wahl geben, ein Vorstellen der Kandidaten, was die Menschen sich erhoffen ...«

»Gesprochen wie eine waschechte Amerikanerin«, schnaubte Fielden.

»Kanadierin!«, entgegnete die gesamte Vortragsabteilung im Chor.

»Reden Sie weiter, Miss Musgrave«, ermutigte Hilda sie. Es war immer noch sonderbar, dass jemand an ihren Gedanken Interesse haben könnte.

»Ich könnte mir vorstellen, dass nun, da Frauen wählen, die Dinge anders sind.«

»Drei Parlamentswahlen in gerade einmal so vielen Jahren«, sagte Fielden. »Kaum der Rede wert.«

»Ich finde, das ist etwas, worüber wir nachdenken sollten«, sagte Hilda, ohne von ihrem üblichen Text abzuweichen, doch Maisie glaubte ihr. »Wir werden es im Hinterkopf behalten.«

Nach der Sitzung hörte Maisie, wie Collins seine Überraschung darüber zum Ausdruck brachte, dass »die kleine Schreibkraft zu einem Gedanken fähig ist. Wer hätte das gedacht, ein Gedanke?« Die anderen schüttelten den Kopf.

Ich kann es ihnen nicht verübeln. Ich hätte es mir selbst nicht zugetraut.

»Falls Sie das Protokoll noch rasch tippen könnten, Miss

Musgrave, wäre ich Ihnen sehr verbunden«, sagte Hilda. »Oder müssen Sie schon wieder zurück zum GD?«

»Oh. Das kann ich schnell machen, ja«, sagte Maisie, nachdem sie sich mit einem Blick auf die Reiseuhr vergewissert hatte, dass ihr noch zehn Minuten blieben. Sie zögerte, drehte den Notizblock in den Händen.

»Gibt es noch etwas?« Hilda sah auf, überrascht von Maisies plötzlicher Untätigkeit.

»Oh. Nein. Ja. Äh, ich hatte mich gefragt …« Die Frage war da, lag ihr auf der Zunge, doch sie rutschte zurück in ihre Kehle. Stattdessen fragte sie: »Könnte ich Ihre Zeitungen zum Lesen mit nach Hause nehmen, wenn Sie mit ihnen fertig sind? Die auf Englisch«, fügte sie unnötigerweise hinzu. Hilda kam mit einer gepolsterten Reisetasche neben ihrer Handtasche zur Arbeit, in der sie die Zeitungen, Magazine und abwechselnd mindestens drei Bücher transportierte. Sie ließ sich jede Woche die wichtigsten Zeitungen aus Deutschland, Frankreich, Italien und Amerika in ihr Büro schicken und las sie durch. Abends ging sie ins Theater, besuchte Konzerte, Salons, Lesungen und noch nebulösere »Veranstaltungen«. Wann schlief sie? Sie hatte immer mehr Energie als der Rest von ihnen.

»Natürlich«, sagte Hilda. »Obwohl ich angenommen habe, dass Sie die Zeitung auf Ihrer Straßenbahnfahrt lesen.«

Über die Schulter von Männern, ja, doch Hilda glaubte, sie würde zumindest eine Zeitung am Morgen kaufen. Überrascht stellte Maisie fest, dass sie etwas wusste, wovon Hilda keine Ahnung hatte: Was es bedeutete, arm zu sein. Hilda wusste nicht, was es hieß, jeden Penny buchstäblich zweimal umzudrehen. Pennys waren wichtig, einer so viel wie der andere, denn sie bedeuteten ein Brötchen, Seife, Zahnpasta. Ein Penny, der für eine Zeitung ausgegeben wurde, könnte bedeuten, dass man sich keinen Faden zum Stopfen von Strümpfen leisten konnte, und ein Loch zu riskieren bedeutete, dass das Ansehen sank, selbst unter den Armen. Maisie ließ das Elend allmählich hinter sich, doch all ihre Ersparnisse flossen in ein Kleid. Ein einziges gutes Kleid festigte das soziale Ansehen. Doch sie wollte mehr Artikel lesen. Auch das würde ihr Ansehen verändern, wenn auch nur bei der BBC.

Reith war ebenfalls ein begeisterter Verfechter von Zeitungen und beschäftigte einen Stab an Mitarbeitern, die ihm zuliebe jeden einzelnen Artikel über die BBC anstrichen.

»Ah, Miss Musgrave!«, begrüßte er Maisie eines Nachmittags, als sie ihm seinen Tee brachte. »Hier steht etwas Feines. Die *Times* schreibt, dass die BBC ›gute Arbeit leistet, indem sie dem britischen Volk mehr Bildung ermöglicht‹. Und sie meinen nicht nur die Schulsendungen. Sie meinen Musik und die Vorträge. Sehr gut, sehr gut.«

Er fuhr fort, laut vorzulesen, während er Zucker in seine Tasse rührte.

»›Indes viele immer noch der Meinung sind, dass das Radio eine Modeerscheinung dieser sonderbaren modernen Zeit ist, in der wir leben‹ – wahrlich sonderbar, ich selbst habe kürzlich ein Pärchen tanzen gesehen und stand kurz davor, einen Exorzisten herbeizurufen – ›lässt es sich nicht leugnen, dass die BBC ein Programm aufzuweisen hat, das alles in allem informativ, aufgeklärt und erbaulich ist und ihrem angeblichen Auftrag alle Ehre macht.‹« Er hob seine Tasse Tee, eine Respektbekundung für die Zeitung, wenn auch höchstwahrscheinlich eher für sich selbst, dann bedachte er Maisie mit seinem wärmsten Stirnrunzeln.

»Es ist höchst zufriedenstellend, diese Würdigung in den Zeitungen zu lesen.« Reith seufzte glücklich, während er den Artikel noch einmal überflog. »Auch wenn sie ›aufgeklärt‹

schreiben. Das Wort bereitet mir gelegentlich Sorgen. Es klingt nach einem Euphemismus für ›zu modern‹.«

Maisie war schon lang genug bei der BBC, um zu wissen, dass Euphemismen das letzte Stilmittel waren, worauf Zeitungen zurückgriffen, um das Radio zu kritisieren.

»Ich bin sicher, dass es nur eine Anspielung auf die Aufklärung ist, Sir.«

»Hmm.« (*Wahrscheinlich war er auch auf die Aufklärung nicht gut zu sprechen?*)

»Es ist eine echte Huldigung an Miss Matheson«, sagte sie in der Hoffnung, seine Laune zu heben. Sie glaubte, einen Schatten zu sehen, der über sein Gesicht huschte, aber ob es ein weiteres Nachsinnen über die Vielschichtigkeit der Aufklärung oder etwas anderes war, vermochte sie nicht zu sagen. Vielleicht lag es auch nur am Licht.

»Ja, der Artikel hebt sie namentlich hervor. Allem Anschein nach ist sie das Herzstück, das die BBC salonfähig macht«, sagte er und legte die Zeitung beiseite, um sich mehr Zucker in den Tee zu rühren. »Und er beglückwünscht mich, so visionär gewesen zu sein, einer Frau einen solch bedeutsamen Posten anvertraut zu haben. Auch wenn mein Name nicht fällt, sondern die BBC im Allgemeinen. Wir scheinen regelrecht die Personifizierung von Furchtlosigkeit zu sein.«

»Ja, Sir! Immer weiter, immer weiter«, krähte Maisie. Sein Stirnrunzeln vertiefte sich. Vielleicht weil es Hildas Motto war? »Oh, ich meinte nur … alle sagen, dass die BBC einer der wenigen Orte ist, wo Frauen mehr als nur leichte Büroarbeit verrichten können.«

»Ja. Vermutlich haben Sie recht«, murmelte er. »Nehmen Sie die Zeitung und legen Sie sie zu den Akten, Miss Musgrave, und bitten Sie Miss Shields herein.«

Maisie gehorchte, wobei sie sich insgeheim so vehement

ausschalt, dass es Georgina mit Stolz erfüllt hätte. Warum hatte sie nicht gesagt, dass der Artikel eine Huldigung an ihn war? Das war, was er hören wollte, und die Worte wären ihr so leicht über die Lippen gegangen. Männer liebten Komplimente. Lola zitierte an dieser Stelle gern die Hochglanzillustrierten. Maisie spähte durch die offene Tür, konnte jedoch nur den Hinterkopf von Miss Shields sehen, der vor entschiedener Missbilligung glühte.

Sie waren ihm zu Dank verpflichtet, sie alle. Auch Hilda. Und niemand mehr als Maisie. Sie hoffte, sie hatte ihm keinen Grund geliefert, dass er seine Entscheidung bereute.

Hilda schien es völlig gleich zu sein, was die Zeitungen über die BBC oder ihre eigene Person schrieben. Wenn es ein Kompliment war, reagierte sie mit einem »Prima!«, und wenn es eine vernichtende Kritik war, lachte sie und verkündete: »Nun, wir können nicht allen gefallen und wären wahrscheinlich schrecklich langweilig, sollten wir es auch nur versuchen.« Artikel wurden pflichtgemäß abgeheftet, was Hildas Eigenart in Bezug auf Ordnung nachkam, doch ihr wahres Interesse galt den Briefen der Zuhörerschaft, insbesondere denen von Bibliothekarinnen. Literatur und Lyrik wurden zu einer festen Größe der Vorträge, mit einer Mischung aus Rezensionen und Lesungen, und Bibliothekarinnen schrieben mit der Begeisterung, die ansonsten nur Verehrerinnen von Leinwandhelden an den Tag legten, während sie sich mit einer gesteigerten Ausleihe brüsteten und sogar der Gründung von Literatur- und Lyrikzirkeln. »Großer Gott, es gibt einen in Bradford, und ich glaube, fast die gesamte Stadt ist mit zwölf Jahren von der Schule abgegangen.«

Maisie hielt Lyrik für eines dieser Dinge, die sie eigentlich mögen sollte. Ein Wortwirrwarr, Jazz ohne Musik, mit einem

Rhythmus, dem sie nicht folgen konnte. Die Lyriklesungen der BBC halfen nicht viel, um ihr Verständnis zu verbessern, doch sie genoss sie im Laufe der Zeit immer mehr. Hilda verpflichtete großartige Sprecher und redete so lange auf sie ein, bis alles genau nach ihrem Willen ablief. Maisie zog es immer noch vor, wenn Worte linear und klar waren, rasiermesserscharf und zum Nachdenken anregten. Doch die allgemeine Erregung, die die gesamte Vortragsabteilung erfasste, wenn ein Gedicht die lauschende Zuhörerschaft in seinen Bann schlug, war ansteckend. Und diese Lesezirkel waren von Bedeutung. Maisie war nicht sicher, was genau sie bedeuteten, doch sie reagierte auf deren Gründung mit ebensolchem Überschwang wie Hilda.

»Obwohl ich gar nichts dafür getan habe«, gestand sie Phyllida in ihrer Teepause.

»Du bist dort, nicht wahr?«, erwiderte Phyllida. »Ein Rädchen im Getriebe. Das ist doch schon mal was.« Sie besaß Hildas Talent, etwas so klingen zu lassen, als wäre es die Wahrheit, an der nicht zu rütteln war.

Maisie – die gesamte Abteilung – schrieb sämtliche Verdienste Hilda zu. Sie war so überzeugend und unerbittlich, wenn es darum ging, Sprecher zu engagieren. Allmählich fiel es den Leuten immer schwerer, ihr etwas auszuschlagen.

»Ausgezeichnet!«, rief Hilda, knallte den Telefonhörer auf die Gabel und schnappte sich ihren Hut. »Ich treffe mich auf einen Drink mit T. S. Eliot.« Hastig schlang sie einen Scone hinunter und spülte mit einer Tasse lauwarmem Tee nach. »Ich glaube, er ist dem Alkohol nicht ganz abgeneigt. Es ist wohl besser, wenn ich nicht mit leerem Magen hingehe.«

Es war verstörend, dass Hilda ihre Sachen in ihre Tasche warf – wenn Hilda unordentlich war, konnte es nur die Apokalypse bedeuten. Maisie blickte aus dem Fenster. *Oh, gut. Es regnete nur Wasser. Nicht Blut.*

»Wünschen Sie mir Glück!«, rief Hilda, während sie aus der Tür stürzte. Ein Pamphlet fiel zu Boden. »Ist egal!« Sie hatte die Treppe schon fast erreicht.

Maisie hob die Broschüre auf und suchte mit den Augen nach einem angemessenen Ablageort. Auf dem Schreibtisch türmten sich wie immer ordentliche Papierstapel, den Rest der Tischplatte bedeckten mehrere Skripte. Maisie steckte den Füllfederhalter zurück in den Ständer und rückte die Korrespondenz zurecht, sodass nichts unter den obersten Papieren hervorlugte. Sie könnte das Flugblatt genau in die untere Ecke des Schreibtischs quetschen, aber dort wirkte es fehl am Platz.

War ich immer schon so zwanghaft, was Ordnung anbelangt, oder ist das ansteckend?

Die Bücherregale waren voll. Es wäre ein Frevel, etwas auf eine andere Oberfläche zu legen.

Ich nehme es einfach mit nach Hause. Ein bisschen Lesestoff für die Straßenbahn.

Ihre anfängliche Enttäuschung darüber, dass die Broschüre auf Deutsch war, legte sich, als sie erkannte, dass Hilda unzählige Anmerkungen auf Englisch an den Rand geschrieben hatte. Hildas Handschrift rief bei ihr immer noch Aneurysmen hervor, aber allmählich gewöhnte sich Maisie daran, sie zu entziffern.

Nicht dass dies die Sache auch nur im Geringsten klarer gemacht hätte.

Eine der Notizen stammte aus einer deutschen Zeitung. Hilda hatte in Rot dazugeschrieben: »Rückgang des Aktienkapitals!!! (Katastrophe).« Sie hatten Sprecher zum Thema Finanzen und Wirtschaft eingeladen, aber Maisie wusste nicht, was der Rückgang des Aktienkapitals bedeutete oder warum er eine Katastrophe darstellte. Wenn es für die Deutschen schlecht war, freute sie sich – all die zugerichteten Leiber, all die Mohnblumen, all die »überzähligen Frauen«, wie es in den Zeitungen hieß.

Aber warum las Hilda eines ihrer Pamphlete?

Es hieß *Der Weg zum Wiederaufstieg*. Maisie konnte den Namen des Autors kaum ausmachen, Adolf Hitler. In Hildas Anmerkungen hieß es, dass diese Broschüre nicht zur Veröffentlichung bestimmt war, sondern nur im Geheimen an führende deutsche Industrielle verteilt werden sollte. Wie war Hilda dann in den Besitz der Seiten gekommen? Dem Anschein nach zielte der Inhalt darauf ab, besagten Industriellen die Angst zu nehmen, dass die Nazipartei antikapitalistisch sein könnte. Unter die Broschüre waren zwei winzige Fragen in einer Handschrift notiert, die noch unleserlicher als der Rest war: »Siemens?« »Nestlé?«

Maisie rieb sich die Stirn. Siemens. Dieser Hoppel war ein leitender Angestellter bei der britischen Niederlassung von Siemens und ein guter Freund von Reith. Und er hatte Reith gebeten, irgendetwas zu tun, irgendetwas, woran sie sich gerade nicht mehr erinnern konnte. Was diese »Nazipartei« betraf, so glaubte sie, den Namen bereits über der Schulter eines Mannes gelesen zu haben. Ein Artikel, in dem abschätzig über die Deutschen gesprochen worden war, aber in welchem Artikel war das nicht so? Hildas Robotergehirn hätte sämtliche Informationen abgespeichert und alles inhaltlich zusammengeführt, doch das war auch ein Gehirn, das deutsche Veröffentlichungen las.

Eine weitere Frage: »Sozialisten?« Sozialisten mochten keine Industriellen. Man musste nur einen einzigen Abend Männern in einem Pub zuhören, um das zu wissen.

Deutschland war ein heilloses Durcheinander, darin kamen die Zeitungen und Pubbetreiber einhellig überein. Die Wirtschaft am Boden, die Regierung ineffektiv. Angeblich hatte Mussolini über Deutschland gelacht, nachdem er selbst ein Durcheinander übernommen und daraus ein beispielloses Vorbild gemacht hatte.

»Miss? Miss!«

»Was, ich lese!«, fauchte Maisie. Der Straßenbahnschaffner blickte finster auf sie herab.

»Endstation, Miss. Ich habe dreimal gerufen.«

Sie hatte ihren Halt verpasst.

»Oh. Äh. Tut mir leid«, murmelte sie und klappte die Broschüre zu. Mit gesenktem Kopf schlich sie davon, wobei sie sich alle Mühe gab, das Gespräch zwischen Schaffner und Fahrer über die Zerstreutheit von Frauen zu ignorieren.

Siebtes Kapitel

◊◊◊

Selbstverständlich hatte Hilda T.S. Eliot für eine Sendung gewinnen können und feierte das Ereignis mit einem Haufen Kuchen für die gesamte Abteilung. Fielden warf einen Blick darauf, dann zurück zu Maisie.

»Vermutlich fragen Sie sich gerade, was wir anderen bekommen?«

Ich darf nicht vergessen, irgendwann zu stolpern und Tee über ihm zu verschütten.

Schließlich nutzte sie einen ruhigen Moment, um die Broschüre zurückzubringen, wobei sie das Gefühl nicht abschütteln konnte, Schmuggelware weiterzugeben.

»Ah, hatte ich die fallen gelassen?«, fragte Hilda und nahm sie entgegen. »Ich würde Sie bitten, die Notizen abzutippen, aber es ist nicht für die BBC. Oder besser gesagt, noch nicht. Was ist Ihre Meinung dazu?«

»Ich habe sie nicht gelesen«, log Maisie, entrüstet über die Unterstellung.

»Wirklich? Wie schade.« Ein Stirnrunzeln war es eigentlich nicht, doch Hildas Mund war ausdruckslos, eine Miene, noch frostiger als alles, was Miss Shields an den Tag legte. Dann funkelten ihre Augen. »Wenn Sie zu einer List greifen, Miss Musgrave, was gewiss seine Vorzüge haben mag, müssen Sie besser aufpassen. Sie haben nicht sämtliche Seiten in die richtige Reihenfolge zurückgebracht, und diese hier hat ein Eselsohr.« Sie hielt das Blatt mit der Anmerkung »Katastrophe« zu Maisies Begutachtung hoch. »Sie haben meine Übersetzung gelesen? Natürlich. Was halten Sie davon?«

Sie sah Maisie gleichzeitig erwartungsvoll und herausfordernd an.

»Ich … weiß nicht so recht, was ich denken soll«, sagte Maisie.

»Blödsinn!«, schnaubte Hilda. »Sie müssen die Richtlinien für Vorträge vervielfältigen, ja? Gut. Ich werde Sie begleiten.«

»Sie haben keine Zeit.« Maisie kannte Hildas Terminplan in- und auswendig. »Auf Sie wartet die Stimmprobe mit diesem Kerl aus Afghanistan und …«

Hilda ließ sich nicht abbringen. Der Mimeograf, eingepfercht in seinem eigenen Raum, war laut und langsam und ermöglichte eine ungestörte Unterhaltung. Während Maisie die Matrizen einlegte, schwang sich Hilda auf den Tisch, auf dem die Maschine stand, und verschränkte die Knöchel.

»Nun denn, Miss Musgrave. Raus mit der Sprache. Sie haben meine Notizen zu dieser Abscheulichkeit gelesen. Was ist Ihnen dabei durch den Kopf gegangen?«

Maisie hatte noch keine eigene Meinung, nur tausend Fragen.

»Wie sind Sie an ein deutsches Flugblatt gelangt, das nicht zur Veröffentlichung bestimmt ist?«

»Ausgezeichnete Frage«, beglückwünschte Hilda sie. »Die ich im Moment noch nicht beantworten darf.«

»Warum nicht?«, fragte Maisie stirnrunzelnd. »Was ist so wichtig an dieser Broschüre?«

»Ist das Misstrauen oder schlechte Laune?«

»Vielleicht ist es Misslaunigkeit«, sagte Maisie, bevor sie sich auf die Zunge beißen konnte.

Hildas Lachen übertönte fast den Lärm der Maschine.

»Sagen Sie mal, Miss Musgrave, wenn Sie, nur des Spaßes halber, glauben würden, dass ich eine deutsche Spionin wäre, wie würden Sie es anstellen, mich zu überführen?«

Die Frage klang, als handelte es sich um ein Partyspiel.

»Aber ich halte Sie nicht für eine Spionin.«

»Warum nicht?«

»Das ist unmöglich. Sie sind viel zu beschäftigt.«

Während Maisie darauf wartete, dass Hilda aufhörte zu lachen, dachte sie über Spionage nach. Sensationslüsterne Literatur, in denen es vor russischen Spionen nur so wimmelte, gab es wie Sand am Meer. *Ich weiß nicht, was der Bolschewismus mit der Politik angestellt hat, aber er hat auf jeden Fall die kreativen Köpfe beflügelt.* Maisie stellte sich dunkle Umhänge und Dolche vor, obwohl es heutzutage natürlich Mäntel und Pistolen wären. Oder vielleicht vergiftete Pfeile? Warum sollte Russland überhaupt in England spionieren? Was um alles in der Welt hofften sie herauszufinden?

Sie wollten das Land einnehmen, so lautete zumindest die vorherrschende Meinung. Selbst der Großteil der besseren Zeitungen hielt die bolschewistische Bedrohung für real.

Hilda wischte sich die Augen. »Großer Gott, ich liebe Ihre Logik. Aber jetzt mal im Ernst. Sie müssen sich doch eine Meinung über diesen Propagandamist gebildet haben.«

»Eigentlich nicht«, gestand Maisie. »Ich weiß nicht, was ein Rückgang des Aktienkapitals ist oder warum es überhaupt eine Rolle spielt. Und ich kann mir überhaupt keinen Reim darauf machen, warum sich Sozialisten bei Industriellen lieb Kind machen wollen oder was Siemens mit irgendetwas zu tun hat. Abgesehen davon, dass sie Radioapparate herstellen?«

»Sehr scharfsinnig.« Hilda nickte. »Nun denn! Wie würden Sie eine Antwort auf eine oder all diese Fragen bekommen?«

»Indem ich Sie frage«, sagte Maisie, und ihr gefiel das Schnippische in ihrer Stimme. Offensichtlich ging es Hilda ähnlich.

»Und wenn Sie mich nicht hätten?«

»Das weiß ich nicht!«, rief Maisie. »Ich … Nun ja, vermutlich würde ich versuchen, einen klugen Reporter von einer der besseren Zeitungen zu finden, und ihn um Hilfe bitten.«

»Das könnten Sie tun, ja.« Hilda nickte. »Allerdings glaube ich, dass selbst kluge Reporter nicht alles auf Anhieb wissen.« Sie sammelte die Kopien ein und ordnete sie zu fein säuberlichen Stapeln.

»Miss Matheson … was *ist* ein Rückgang des Aktienkapitals?«

Hilda blickte zu den Seiten in ihrem Schoß und fuhr mit einem Finger die Worte entlang: *Vorschläge für das Verfassen eines ausgezeichneten Vortrags.* Als sie zurück zu Maisie sah, war ihre Miene fast reuevoll. »Wahrscheinlich nichts, worüber ich viel Aufhebens machen sollte. Mir ist schon häufig gesagt worden, ich würde zu viel lesen. Zu viel denken. Vielleicht haben die Leute nicht ganz unrecht.« Sie kicherte und rutschte vom Tisch. »Aber das eine weiß ich, nämlich dass Propaganda Geld kostet, wenn sie funktionieren soll. Viel Geld.«

Sie nahm die Kopien und eilte zurück in ihre Abteilung, während Maisie allein mit ihren dunklen Gedanken über geheimnisvolle Aussagen zurückblieb.

Maisie wünschte, *sie* wäre der kluge Reporter, den sie finden musste.

Wie würden sie wohl anfangen? Wahrscheinlich in der Bibliothek. Und dann vielleicht ein Banker oder jemand aus dem Finanzsektor? Jemand wie Mr Emmet, den wir auf Sendung hatten. Es wäre ein Kinderspiel, ihn ans Telefon zu bekommen oder sich mit ihm zu treffen. Und dann vielleicht ein Gespräch mit jemandem von der Labour-Partei, um ihn zu fragen …

Oh.

Eine universelle Maxime, die Maisie mit auf den Weg gegeben worden war, war das Einhalten von Regeln. Ihr einziger großer Moment des Ungehorsams war ihre Lüge – die falsche Altersangabe, die sie hierher gebracht hatte, in die Heimat ihres Vaters, weit weg von Georgina und zu einer Arbeit, die der Mühe wert zu sein schien. Trotz des Erfolgs ihres Wagnisses war Maisie nicht gewillt, ein weiteres Mal die Regeln zu brechen. Natürlich hatte sie auch niemand dazu gedrängt.

Auch nicht Hilda, zumindest nicht unverhohlen. Doch die unbeantwortete Frage drängte sich an dem großen Berg Arbeit vorbei, den sie eigentlich erledigen sollte, und streckte sich nach dem Abfalleimer für weggeworfenes Papier, das sie in den Waschraum schmuggelte, um sich ungestört ein paar Notizen machen zu können.

Siemens. Welche Gedanken machte Hilda sich über Siemens? *Sie sind deutsch, sie sind groß und haben hier ein riesiges Unternehmen. Alles vollkommen normal.* Maisie kaute auf ihrem Bleistift herum. Dieser Mann Hoppel hatte etwas zu Reith gesagt, etwas, das Maisie hören wollte, weil es ihr gefiel, wenn Menschen eine hohe Meinung von Reith hatten. Etwas über seine vernünftige Einstellung. Ein Bündnis mit der BBC. Und ein Treffen.

Zwei Sekretärinnen kamen plaudernd herein. Maisie fiel der Stift aus dem Mund. Wie lang war sie hier gewesen? Sie spülte und rannte zurück ins Büro, während sie sich die Papiere in den Ärmel schob. *Bitte lass Miss Shields nicht an ihrem Schreibtisch sitzen. Bitte lass Miss Shields nicht an ihrem Schreibtisch sitzen.*

Miss Shields saß an ihrem Schreibtisch. Bei Maisies Eintreten blickte sie auf, sah zur Uhr und machte sich eine Notiz auf ihren Schreibblock.

Maisie rollte ein Blatt samt Kohlepapier in die Schreibmaschine. Sie tippte, sie heftete ab, sie nahm Diktate auf, sie tippte weiter. Doch ihr Verstand wollte denken, Fragen stellen, Antworten erhalten. Die Faust in ihrer Brust presste sich durch ihre Haut, drängte ihr ein Grinsen ins Gesicht.

Sie tippte: »Ich glaube nicht, dass der Schulfunk sein volles Potenzial ausschöpft. Wir können viel mehr tun, um die Jugend Großbritanniens zu informieren«, als ihr etwas, das Hoppel gesagt hatte, plötzlich wieder einfiel. Sie riss die Blätter aus ihrem Ärmel und kritzelte: »vernünftiger Mann, der dafür sorgt, dass das Land richtig geführt wird.« *Eine sonderbare Ausdrucksweise für einen Geschäftsmann. Oder? Vermutlich sollten nur vernünftige Menschen an die Macht kommen. Aber wer entscheidet, was vernünftig ist? Ich könnte mir vorstellen, dass es Menschen gab, die Nero …*

»Was genau tun Sie da?«, fragte Miss Shields. Sie hatte sich neben Maisie aufgebaut, die Arme verschränkt, die Nase gerümpft.

Maisie jaulte entsetzt auf, und der Stift purzelte ihr aus der Hand.

»Nichts. Ich …«

»Ja, das sehe ich. Sie arbeiten gewiss nicht an dem Memo. Was schreiben Sie da?«

Ein Arm schoss hervor und entfaltete sich zu seiner vollen Länge, die Handfläche in erwartungsvoller Spannung ausgestreckt.

»Es ist nur etwas Persönliches …«, begann Maisie im Piepston.

»Etwas Persönliches?«, wiederholte Miss Shields und dehnte die Wörter, als bestünden sie aus zehn Silben.

»Nein! Nicht … Also, ich meine, es ist für Miss Matheson, aber …«, verstummte sie schließlich, als ihr zu spät dämmerte, dass »für Miss Matheson« ein noch schlimmeres Vergehen darstellte.

»Ich verstehe. Etwas für Miss Matheson. Obwohl Sie im Moment für die Geschäftsführung arbeiten. Zu der Sie diesen Monat aus der Vortragsabteilung bereits achtmal zu spät zurückgekommen sind. Ich habe alles genau notiert.« Der Arm war immer noch ausgestreckt. Die Finger zuckten ein einziges Mal mit unnachgiebiger Nachdrücklichkeit, und Maisie händigte ihr niedergeschlagen das Blatt Papier aus. Miss Shields warf einen Blick auf die Anmerkungen in Kurzschrift und holte tief Luft. »Wie können Sie es wagen, sich eine Meinung über Mr Hoppel bilden zu wollen?«

»Das habe ich nicht. Es ist nicht so …«

Miss Shields hob eine Augenbraue, dann drehte sie sich um und marschierte in Mr Reiths Büro.

Die Faust in Maisie bahnte sich einen Weg ihre Kehle hinauf und wäre ihr fast aus dem Mund gesprungen. *Zum Teufel mit ihr, zum Teufel mit ihr, zum Teufel mit ihr*. Eine Verwünschung, die beiden, Miss Shields und Hilda, gleichermaßen galt. Was fiel Hilda ein, Maisie für etwas jenseits der strikten Parameter ihrer Arbeit zu interessieren? Was fiel ihr ein …?

»Miss Musgrave? Kommen Sie bitte!«, raunzte Miss Shields.

Während Maisie langsam aufstand, kam sie sich wie Anne Boleyn auf dem Weg zu ihrer Hinrichtung vor. Schließlich erreichte sie Reiths Büro, und er nickte Miss Shields zu.

»Vielen Dank, Miss Shields. Könnten Sie nun bitte die Tür schließen? Und Miss Musgrave und mich allein lassen, das meinte ich eigentlich«, stellte er klar, als Miss Shields versuchte, im Zimmer zu bleiben. Maisie weigerte sich, den Kopf zu drehen und ihren Gesichtsausdruck zu sehen, sondern wartete geduldig ab, bis die Schritte verhallten und sich die Tür mit einem Klicken schloss.

Ihr erster Instinkt war, sich vor ihm auf die Knie zu werfen – Anne Boleyns letzte Pose – und ihn um Gnade anzuflehen. Doch sie blieb aufrecht stehen. »Sir, ich kann es erklären …«

»Setzen Sie sich, Miss Musgrave.« Reith winkte sie mit einer ausladenden Bewegung seiner Zigarette zum Clubsessel. »Miss Shields hat mich von einer Reihe kleinerer Regelübertretungen in Kenntnis gesetzt, die alle zu Lasten dieses Büros gegangen sind, ergo zu Lasten von Miss Shields und meiner Wenigkeit. Regelverletzungen sind nicht hinnehmbar bei jemandem so tief unten auf der Leiter wie Ihnen. Ich lege, wie Ihnen bewusst sein mag, großen Wert auf Gewissenhaftigkeit und Pflichtbewusstsein und bin schnell bei der Hand, jeden zu entlassen, der diesem Standard nicht gerecht wird.«

»Es tut mir sehr leid, Sir, wirklich. Doch bei einer der Sitzungen in der Vortragsabteilung wurde gesagt, dass es interessant sein könnte, jemanden einzuladen, der bei der Herstellung von Radios mitwirkt. Da ist mir Mr Hoppel eingefallen. Der Gedanke ist mir so plötzlich gekommen. Ich musste mir eine Notiz machen, ich konnte nicht abwarten. Ich wusste, die Vortragsabteilung würde einen vernünftigen, rechtschaffenen Menschen wollen, jemanden, der weiß, wie die Dinge laufen, und wer wäre besser geeignet als jemand, den Sie gut kennen?«

Reith nahm einen langen Zug von seiner Zigarette, und während er ausatmete, bemerkte sie überglücklich sein freundlicheres Stirnrunzeln hinter dem Rauch.

»Ich hatte mir schon so etwas in der Art gedacht«, versicherte er ihr. »Und ich wage zu behaupten, dass Hoppel mit Vergnügen für eine Sendung bereitstünde, falls es sein Terminkalender zulassen sollte. Sie können das gern Miss Matheson ausrichten. Aber vergessen Sie nie, dass jedes Ihrer

Aufgabenfelder zu seiner eigenen Zeit am Zug zu sein hat. Und …« Er hielt inne und betrachtete nachdenklich seine Zigarette, bevor er Maisie tief in die Augen blickte. »Ich möchte Sie warnen – nicht dass ich glaube, dass es überhaupt vonnöten ist –, aber da Sie für ein Bloomsbury-Mädchen wie Miss Matheson arbeiten, könnten Sie womöglich auf den Gedanken kommen, dass Sie mehr als nur Büroarbeit erledigen wollen.«

Maisie hoffte, dass er nicht sah, wie sie schwer schluckte.

»Ich habe natürlich nichts gegen Mädchen, die nette, kleine Geschichten schreiben, obwohl Sie wohl kaum … Nun ja, Sie werden nicht vergessen, was Ihre eigentlichen Pflichten sind, nicht wahr?«

Es war nur eine Antwort möglich, und die gab sie ihm.

»Gut!« Er nickte. »Nun denn, ich denke, Ihr Gehalt diese Woche ein wenig zu kürzen wäre Strafe genug, nicht wahr, meine Liebe?«

»Was?«, kreischte sie. Zu spät schlug sie sich die Hand vor den Mund. Miss Shields hatte ihre Genugtuung bekommen.

»Nur ein Schilling«, versicherte Reith. »Das müsste Ihr Zuspätkommen entschädigen. Selbst die kleinsten Verstöße dürfen nicht ungesühnt bleiben, wo kämen wir sonst hin? Außerdem sind Sie ein junges Mädchen und völlig wehrlos. Man muss Sie vor Ihren eigenen Schwächen beschützen. Ehrgeiz ist eine gefährliche Sache für ein Mädchen wie Sie. Und ehrgeizige Menschen neigen leider dazu, Regeln zu brechen. Ich fände es äußerst bedauerlich, wenn dies geschehen sollte.«

Die Worte »nur ein Schilling« peitschten durch Maisies Kopf. Ein Schilling war für jemanden wie Reith nichts, ein unbedeutendes Geldstück, das in seiner Hosentasche verloren ging. Für Maisie waren es zwölf Pennys, kostbare Waffen auf dem Weg zu einem neuen Kleid, das ihre gewachsene Respektabilität demonstrieren sollte. Sie blickte zu ihren Knien und den zu häufig gestopften Strümpfen, die von dem blauen Sergekleid bedeckt waren, das unter den Achseln mit Flicken ausgebessert und an den Ellbogen abgewetzt war. Nur ein Schilling. Und sie hatte Glück. Es gab Familien in ihrer Straße, für die der Verlust eines Schillings die Wahl zwischen regelmäßigem Abendessen in der Woche und dem Verlust ihrer Wohnung bedeutete.

»Es geht mir nur um Ihr Bestes«, sagte Reith. »Und jetzt, husch, husch, zurück an die Arbeit.«

Maisie nickte. Sie wusste, dass sie ihm für seine Güte danken sollte, doch sie bekam die Worte nicht über die Lippen. Sie atmete langsam ein, während sie bedächtigen Schrittes zur Tür ging. Sobald sie sich geöffnet hatte, musste ihr Gesicht ausdruckslos sein.

Miss Shields saß an ihrem Schreibtisch, mit durchgedrücktem Rücken und effizient wie eh und je, doch ihre Augen funkelten vor eiskaltem Triumph. Maisie stellte sich vor sie, stocksteif und dennoch entschuldigend.

»Es tut mir leid, wenn ich Sie auf irgendeine Weise gekränkt haben sollte, Miss Shields.«

Die Sekretärin sah sie einfach an, ein gelassener, gleichmütiger Blick, der allein darauf bedacht war, Maisie noch weiter zu verunsichern.

»Bilden Sie sich ja nichts ein, Miss Musgrave. Für Mr Reith sind Sie ein Schoßhündchen, was ein großes Glück für Sie ist. Sie sollten versuchen, diesen Status so lang wie möglich beizubehalten. Er hat nichts mit dem Einstellen der Mädchen zu tun, weshalb er nicht erkennt, dass Sie nicht hierher gehören. Sie sind eine ganz passable Sekretärin und klüger, als Sie aussehen, aber Ihnen fehlt …«

»Pep?«

»Die richtige Einstellung«, erwiderte Miss Shields.

»Das tut mir leid. Ich gebe mir redlich Mühe.«

»Ja. Aber die BBC braucht jemanden, den es keine Mühe kostet.«

»Ich verstehe Sie«, sagte Maisie und meinte es auch so. »Und es tut mir leid. Aber es tut mir nicht leid, dass ich hier bin. Ich weiß, dass ich nicht die Sorte Mädchen bin, die Sie gern als Ihre Untergebene haben, aber ich arbeite daran, für die BBC das Beste zu geben, was in mir steckt.«

»Dann viel Glück«, sagte Miss Shields mit mehr Belustigung als Schärfe in der Stimme. »Wenn ich Sie wäre, würde ich anfangen, Ihre versäumte Tipparbeit nachzuholen.«

Maisie kehrte an ihre Schreibmaschine zurück. Dieser Vorfall war nicht nötig gewesen, um ihr zu beweisen, dass Miss Shields sie hier nicht haben wollte. Aber es gab eine Menge Menschen in Savoy Hill, die sie am liebsten los wäre, und während Maisie darüber nachdachte, wer diese Liste gewiss anführte, kam sie zu dem Schluss, dass es vielleicht gar nicht so schlimm war, ebenfalls auf dieser Liste zu stehen.

Trotz dieser ehrenvollen Liste entschied sich Maisie, den Rückgang des Aktienkapitals, deutsche Propaganda und alles andere beiseitezuschieben, was nicht direkt in ihren Aufgabenbereich fiel.

Bei der nächsten Besprechung von Hilda und Reith wurden Radioapparate oder Hoppel mit keiner Silbe erwähnt. Reith schien es nicht aufzufallen, zu sehr war er von Hildas überschäumenden Plänen und Gedanken überwältigt, von denen einige gewaltige technische Erneuerungen bedurften, bis er sie mit einem trockenen Kichern unterbrach: »Miss Matheson, versuchen Sie bitte, Ihren maßlosen Ehrgeiz etwas zu zügeln. Es ist keine schöne Eigenschaft bei einem Mädchen, nicht einmal in Ihrem Alter. Sie müssen geduldig sein, meine Liebe.«

»Gewiss, Mr Reith«, räumte Hilda ein, während sie mit einer beiläufigen Handbewegung jegliche Geduld beiseiteschob. »Aber zumindest, was unsere Inhalte und den zugrundeliegenden Tenor anbelangt, gibt es eine Menge, was wir ...«

»Unsere Inhalte sind genau so, wie sie sein sollten. Sie sehen doch, wie die Zeitungen uns beglückwünschen. Wir sind belehrend und unterhaltsam zugleich. Was wollen wir sonst noch erreichen?«

»Wir sind auf dem rechten Weg, gewiss, aber denken Sie an die Möglichkeit einer tieferen Verbindung ...«

»Wozu?« Er wurde rot im Gesicht, und Maisie glaubte, er müsse sich verhört und eine Unverschämtheit verstanden haben.

»Eine Verbindung«, wiederholte Hilda mit einem transzendenten Lächeln. »Das ist, was Menschen wirklich wollen. Sie wollen das Gefühl der Unmittelbarkeit, jemanden, der tatsächlich da ist und eine Erfahrung mit ihnen teilt. Eine Stimme in dem Durcheinander der Gedanken.«

Maisie wusste genau, was Hilda meinte. Es stand in den leiseren Briefen, die sie erhielten, denjenigen, die Reith niemals las, sie allerdings schon. Das Radio half den Menschen, sich weniger einsam zu fühlen.

»Ganz ähnlich wie ein Lieblingsbuch«, fuhr Hilda fort, »das ein echter Freund sein kann. Was ist Ihr Lieblingsbuch?«

»Die Bibel«, kam die prompte Antwort.

»Und Ihres, Miss Shields?«, fragte Hilda und drehte sich um, um die Sekretärinnen in das Gespräch einzubeziehen.

Miss Shields hob gerade einmal genug die Augen, um Hildas Blick zu begegnen.

»Nur so zum Spaß«, erklärte Hilda.

Miss Shields sah aus, als würde diese Art von »Spaß« knapp vor dem Laufen auf heißen Kohlen kommen.

»Ich bin wahrhaftig neugierig, obwohl es eine kolossale Zeitverschwendung ist«, warf Reith ein.

»Nun«, sagte Miss Shields. »Ich nehme an, es ist die … *Jane Eyre.*« Ihr Ton klang fast trotzig, was sie selbst zu überraschen schien. Reiths Augenbrauen schossen in die Höhe, und Hilda lächelte, ein winziges Aufflackern von Triumph in den Augen.

Maisie hatte nie ein Buch besessen und konnte sich nicht vorstellen, eines mehrmals zu lesen, da ihre Zeit so knapp bemessen war und die Bibliotheken so voll waren. Weshalb die einzige Antwort auf ihr Lieblingsbuch lautete: »Was auch immer ich in die Hand bekomme.« Sie war einfach froh, lesen zu können und dass Bibliotheken umsonst waren. Hilda wirkte zufrieden.

»Meines ist vermutlich *Stolz und Vorurteil*, auch wenn ich Poesie unglaublich liebe«, sagte Hilda nachdenklich. »Aber verstehen Sie, worauf ich hinauswill? Wir wenden uns an diese Bücher wie an alte Freunde. Sie sind immer da, und sie reden mit uns. Das Radio besitzt dieselben Fähigkeiten, und wir sollten mehr daraus machen, bei all unseren Sendungen. Auf diese Weise werden wir etwas aufbauen, das sich seinen Weg in eine schier unvorstellbare Anzahl von Herzen bahnen wird.«

Reith blies Zigarettenrauch aus der Nase. »Miss Matheson, entweder lesen Sie zu viele Gedichte, oder Sie sind schlicht eine echte Utopistin. Das ist ein reizendes Bild, das Sie da zeichnen, ganz gewiss, aber ich glaube nicht, dass irgendjemand das Radio so ernst nimmt. Wir werden einfach unser Bestes geben, solange es uns gibt. In Ordnung? Und nun, was steht noch auf der Agenda?«

Hilda trug gerade Lippenstift auf, als Maisie die letzten Briefe des Tages zum Unterschreiben hereinbrachte. Sie sah bereits entzückend aus, mit ihrer milchig weißen Haut und den stechenden Augen, doch das Make-up, das sie gar nicht nötig hatte, machte sie noch schöner. Außergewöhnlich. Maisie seufzte und wandte den Blick aus dem Fenster.

»Gut, gut, gut«, sagte Hilda zu jedem Brief, den sie unterschrieb. »Sehr gut. Haben Sie heute Abend schon etwas vor, Miss Musgrave?«

»Ich?« Wie schaffte es Hilda, sie immer wieder zu überrumpeln? Es gab ihr das Gefühl, als würde ein Teil von ihr schlafen, während sie im Grunde absolut sicher war, hellwach zu sein.

»Ich besuche Lady Astors Salon, und wenn Sie keine anderen Pläne haben, hatte ich gehofft, Sie würden mich begleiten. Nicht des Vergnügens wegen«, stellte Hilda klar. »Haufenweise wichtige Leute werden dort sein. Auch Schauspieler, wenn ich mich nicht recht täusche, und höchstwahrscheinlich wird auch Miss Warwick kommen. Es ist eine gute Gelegenheit, mögliche Sprecher zu umwerben.«

»Warum sollte man sie umwerben müssen? Das Radio bezahlt.« Maisie war verblüfft. Sie hatte noch nie von einem Schauspieler gehört, der Arbeit, Geld oder Essen ausgeschlagen hätte.

»Sie wären überrascht, wie häufig das nicht ausreicht«, erwiderte Hilda. »Nicht vergessen, das Radio wird immer noch nicht gänzlich als Instrument des Guten erachtet. Es könnte ›einen Makel für die Karriere‹ bedeuten.« Sie konnte es nicht sagen, ohne selbst in Gelächter auszubrechen. »Wie dem auch sei, ich wäre dankbar für Ihre Hilfe. Da es Arbeit wäre, würde ich Sie natürlich extra bezahlen. Und es gibt ein hervorragendes Büfett.«

Extra Bezahlung? War Hilda der einbehaltene Schilling zu

Ohren gekommen? Es spielte fast keine Rolle, denn die Verlockung, die von Lady Astor ausging, musste nicht noch weiter versüßt werden. Allerdings … Maisie starrte an sich hinab. Dasselbe alte braune Kleid, dieselben gestopften Strümpfe. Dasselbe Gesicht, dieselben Haare, derselbe Mensch. Sie warf einen Blick auf die Reiseuhr. Phyllida war schon gegangen, sodass sie sich keinen Lippenstift mehr borgen konnte.

Nun denn. Niemand wird mich beachten, selbst wenn ich nicht das unsichtbare Mädchen gebe.

Sie schnappte sich einen neuen Stenoblock vom Stapel, und im nächsten Moment waren sie auf dem Weg.

Lady Astors Haus am St. James's Square war ein Durcheinander aus Quasten, Zierrat und Barockkunst. All das für ein Haus, in dem sie nur wohnte, wenn das Parlament tagte. *Oder für ›die Saison‹*, erinnerte sich Maisie an Phyllidas schnaubende Worte.

Das Haus funkelte vor Pailletten und Federn und glitzerndem Prunk. Erwartungsgemäß waren die Schauspielerinnen diejenigen, die am extravagantesten gekleidet waren. All jenen, denen Reichtum mit in die Wiege gelegt worden war, haftete ein unaufdringlicher Glanz an. Die Intellektuellen hatten sich den Staub von der Kleidung geklopft, und die Künstler lagen im Wettstreit, wer am avantgardistischsten war.

»Ah, Miss Matheson, wunderbar!«, tönte eine gebieterische Stimme. Lady Astor: eine meisterliche Mischung aus hohen, markanten Wangenknochen und fein geschwungenen Augenbrauen, Haaren, die elegant im Nacken eingedreht waren, und Perlen und Augen, die gleichermaßen schwarz waren und funkelten.

»Lady Astor! Wie schön, Sie zu sehen. Darf ich Ihnen meine Sekretärin vorstellen, Miss Musgrave?«

Lady Astor streckte eine behandschuhte Hand aus. Maisie spürte, wie ihr sämtlicher Atem entfleuchte, als sie einschlug. Lady Astors Griff war so fest, dass sie ihr Gegenüber hochheben und wie ein Hufeisen fortschleudern könnte.

»Wie geht's, Miss Musgrave?« Ihre Stimme hörte sich aristokratisch an, auch wenn ein kaum vernehmbares Näseln an ihre Kindheitstage in Virginia erinnerte.

»Ich ... Ich ... Es ist eine solche Ehre. Ich bin so erfreut, Sie kennenzulernen. Mylady!«, fügte Maisie rasch hinzu, erleichtert, dass das Zimmer dunkel genug war, um ihre Schamesröte zu verbergen.

Lady Astors Lächeln war warm, aber Maisie spürte, dass ein Zucken ihrer Lippen ausreichen würde, um es in ein Kriegsbeil zu verwandeln. Sie hätte damals eine Adlige sein sollen, als diese noch die Macht hatten, Todesurteile anzuordnen. Niemand hätte jemals gewagt, ihren Unmut zu erregen.

»Es besteht kein Grund für irgendeinen ›Mylady‹-Unsinn. Wir sind beide waschechte Amerikanerinnen.«

»Entschuldigen Sie, Lady Astor, aber Miss Musgrave wurde in Kanada geboren«, warf Hilda ein.

»Ah ja. Kanadierin und New Yorkerin zugleich, nicht wahr? Etwas verwirrend, Ihr Lebenslauf, Miss Musgrave, und das ist gut für Sie, möchte ich meinen. Lassen Sie die anderen immer im Dunkeln tappen. Würden Sie mir nicht zustimmen, Miss Matheson?« Mit erwartungsvoller Miene, der nur selten widersprochen wurde, wandte sie sich an Hilda.

»Gewiss doch«, stimmte Hilda ihr zu. Maisie hätte ihr ebenfalls beigepflichtet, doch sie war nicht gefragt worden.

»Nun denn«, befahl Lady Astor. »Kommen Sie, damit ich Ihnen ein paar interessante Menschen vorstellen kann. Könnte meiner Ansicht nach gut für die BBC sein.«

Maisie trottete in sicherem Abstand hinter ihnen her und

machte diskret Notizen, während Lady Astor Hilda wie eine Debütantin in die höhere Gesellschaft einführte und ihr einen Pulk an Menschen vorstellte – einen Zeitungsgiganten, einen Redakteur, der Hilda argwöhnisch beäugte, und die Künstlerin Laura Knight, von der selbst Maisie wusste, dass sie durch das Bild *Self Portrait with Nude* an Bekanntheit gewonnen hatte. »Ich wusste, ich hatte alles richtig gemacht, als der *Telegraph* mich vulgär nannte«, sagte sie.

Schließlich flüsterte Hilda Maisie ins Ohr, dass sie sich etwas zu essen holen sollte, was sie sich nicht zweimal sagen ließ. Sie raffte einen wahren Schatz aus Lachscreme und gefüllten Pilzen zusammen und zog sich in eine Ecke zurück, die perfekt war, um Hilda zu beobachten, wie sie sich mit einem Gast nach dem anderen unterhielt, mit ihrer neugierigen Art, in der ein Hauch untertäniger Dankbarkeit mitschwang, um den anderen das Gefühl zu geben, wie sehr sie ihr einen Gefallen täten, wenn sie für eine Sendung zum Radio kämen.

»Sollten Sie nicht an ihrer Seite sein?«, ertönte unvermittelt eine Stimme, die Maisie zusammenzucken ließ. Ihr unerwartetes Gegenüber erinnerte stark an Josephine Baker, nur mit dunklerer Haut und mehr Zynismus in den Augen.

»Ich beobachte«, erklärte Maisie. »Und sie hat gesagt, dass ich etwas essen soll.«

»Sie sind Amerikanerin«, sagte die Frau, und ihre riesigen braunen Augen glitzerten vor Interesse. »Ich ebenfalls. New Orleans«, fügte sie stolz hinzu. »Wisteria Mitterand.« Sie streckte die Hand aus.

»Herrgott, welch ein herrlicher Name!«

»Wie schön, dass er Ihnen gefällt. Ich habe ihn der Wirkung wegen ausgewählt«, sagte Miss Mitterand mit einem Zwinkern.

»Ich heiße Maisie Musgrave.« (Ein Name wie ein fader Pudding.) »Sind Sie Schauspielerin?«

»Ja, und es ergeht mir hier viel besser als am Broadway.« Miss Mitterand lachte.

»Der Broadway kann etwas kurzsichtig sein, ich weiß. Meine Mutter tritt dort auf.«

»Oh. Habe ich sie vielleicht irgendwann einmal gesehen?«

»Ich fürchte, das ist gut möglich.«

»Ah. Ja. Ich bin selbst in einigen dieser Shows aufgetreten. Die Theater in London sind viel anregender.« Sie zündete sich eine Zigarette an, ohne eigens darauf einzugehen, dass sich ihr hier die Möglichkeit bot, mehr zu spielen als nur das Dienstmädchen. Kein Wunder, dass sie so fröhlich war.

»Würden Sie gerne kommen und für uns auf Sendung gehen, was meinen Sie?«, fragte Maisie.

Miss Mitterand hob eine schmale Augenbraue. »Liegt es denn in Ihrer Macht, mich einzuladen?«

»Nun ja, nicht wirklich, aber ich könnte ...«

»Sie sind sehr freundlich. Aber ich fürchte, ich bin womöglich etwas zu ... gewagt ... für das Hörspiel bei der BBC.« Sie kicherte. »Aber vielen Dank. Wirklich. Ich würde mich liebend gern noch länger mit Ihnen unterhalten, aber ich muss mich wieder ins Getümmel stürzen. Ich sollte mir eine Dinnereinladung für die nächsten paar Monate angeln.«

»Wie bitte?«

»Engagement hin oder her, ich muss mein Einkommen aufpeppen. Und den Schein wahren. Ich bin hier das exotische Geschöpf. Seien Sie nicht peinlich berührt, es ist doch die Wahrheit. Ein paar Monate mit Dinnereinladungen sind gut fürs Geschäft. Und vielleicht Diamanten. Sie lieben es immer, wie Diamanten auf meiner Haut funkeln. Dumm, nicht wahr? Nun denn, *cheerio*, wie man hier sagt.« Sie winkte

Maisie mit einem eleganten Finger zu und schwebte in die Mitte des Zimmers. Und war im nächsten Moment tatsächlich von einer Männertraube umringt.

»Wie ist es Ihnen ergangen?«, fragte Hilda, die wie ein Flaschengeist auftauchte und das Kunststück mit einem Teller winziger Törtchen krönte.

»Ich könnte mir vorstellen, dass Miss Mitterand eine sehr interessante Sendung gestalten könnte.«

»Ausgezeichnet. Schreiben Sie Ihre Gedanken auf, damit ich sie am Montag durchsehen kann.«

»Ich? Das gehört doch nicht zu meinem …«

Im Blitzgewitter von Hildas fröhlichen, herausfordernden Augen presste Maisie den Mund fest zusammen.

Hilda bestand darauf, sie mit einem Taxi nach Hause zu schicken. Weder der Luxus noch die heimlich eingesteckten Kuchen, die sie in eine Stoffserviette eingeschlagen hatte (die sie ebenfalls – ups – einfach eingesteckt hatte), lenkten sie von ihren Gedanken ab. Miss Mitterand könnte Geschichten aus ihrem Arbeitsleben erzählen und den Grund, warum sie in London war, und diese Geschichten würden den Menschen womöglich Unbehagen bereiten. Was äußerst interessant wäre, wie Hilda es formulieren würde.

Sie aß einen Kuchen. Das köstliche Wonnegefühl, das sie packte, hatte nichts – da war sie sich vollkommen sicher – mit dem Überfluss an Butter zu tun.

Maisie saß nach Mitternacht immer noch im Wohnzimmer, die Finger schwarz vor Zeitungsfarbe und Bleistiftkohle, als Mrs Crewe darauf beharrte, die Lichter auszuschalten, denn andernfalls müsse Maisie für die gesamte Stromrechnung aufkommen. Was um alles in der Welt müsse sie überhaupt so viel lesen?

»Das weiß ich nicht. Ich muss es einfach.« Es war fraglich, wer mehr überrascht war – Mrs Crewe, die eine Antwort erhalten hatte, oder Maisie, die diese Antwort gegeben hatte.

»Früh dran heute?«, schnaubte Miss Shields verächtlich, als sie Maisie erblickte, die bereits die Korrespondenz abstempelte. »Das wiegt wohl kaum all die Male auf, die Sie zu spät aus der Vortragsabteilung zurückgekommen sind.«

»Nein, Miss Shields«, murmelte Maisie.

»Mr Reith ist noch gar nicht hier.«

»Ja, ich weiß.« Sie kannte seinen Terminplan besser als er selbst.

Später am Morgen hatte er ein Vorstellungsgespräch mit einem Kandidaten für den Schulfunk. Charles Siepmann ließ sich nicht gerade als gutaussehend bezeichnen, doch er hatte ein schneidiges Auftreten, das Maisie und Miss Shields beeindruckte. Er war ein entfernter Bekannter von Reith und konnte sich ein gewisses Maß an Vertraulichkeit leisten.

»Wie nett, gleich von zwei Mädchen begrüßt zu werden«, sagte er bei seiner Ankunft und lachte, als er und Reith sich die Hand gaben.

»Ich habe Sie vorgewarnt, wir sind hier sehr modern.« Reith lachte ebenfalls. »Sie werden beim Schulfunk eine weibliche Redakteurin vorfinden, Miss Somerville. Fähiges kleines Geschöpf, ausgesprochen clever.«

»Und natürlich die Kleine, die die Vortragsabteilung leitet. Ungemein mutig von Ihnen, Sir.«

»Ein sehr modernes Mädchen, diese Miss Matheson. Clever, gewiss, aber manchmal eine Spur zu radikal für meinen Geschmack. Einige der Gedichte – wenn man dieses Wort überhaupt benutzen sollte –, die sie für ihre Sendung auswählt, sind offen gesagt schockierend, aber wir versuchen, am Zahn der Zeit zu bleiben.«

»Ich bewundere Ihre Toleranz zutiefst.«

Reith gab sich den Anschein von Bescheidenheit und winkte Maisie zu sich, um das Protokoll des Vorstellungsgesprächs zu schreiben. Ob Miss Shields verärgert oder erleichtert war, konnte Maisie nicht sagen. Wahrscheinlich beides.

Siepmann redete ohne Punkt und Komma über seine Schulausbildung (Oxford, nachdem er in der Armee gedient hatte), was Reith bereits alles wusste, seine Vorzüge, die er beim Schulfunk einbringen könnte, und seine Interessen. Dann holte er sein Zigarettenetui heraus.

»Die Kleine stört es nicht, oder?« Er zeigte mit dem Daumen vage in Maisies Richtung.

»Hm? Oh, nur zu.« Reith machte eine ausladende Handbewegung.

»Ah ja, moderne Mädchen.« Siepmann kicherte, entzückt über seine eigene weltmännische Art.

Maisie war überrascht, dass er sich überhaupt an ihre Anwesenheit erinnerte.

»Es gibt zwei Fragen, die ich potenziellen BBC-Mitarbeitern in gehobener Position gerne stelle«, sagte Reith. »Sind Sie Christ, und haben Sie einen Charakterfehler?«

Maisie hätte erwartet, dass Siepmann lachte, doch dem war nicht so. Er beugte sich vor, und seine Miene war so ernst, dass selbst seine Haare weniger wellig wirkten.

»Ich bin ein stolzes Mitglied der Kirche von England. Und meine größte Charakterschwäche ist zweifellos mein Ehrgeiz, auch wenn Perfektionismus womöglich ebenfalls als Unzulänglichkeit erachtet werden kann, da er mich gelegentlich leicht ungehalten werden lässt, insbesondere wenn andere diese Eigenschaft nicht zumindest zu einem gewissen Grad teilen.«

»Nun?«, fragte Miss Shields, nachdem die Männer das Büro verlassen hatten. »Wird er die Stelle bekommen?«

»Auf jeden Fall«, erwiderte Maisie.

Ehrgeiz und Perfektionismus, von wegen. Als würde nicht die Hälfte der BBC über das eine oder andere verfügen. Eine Person besaß beides, obwohl ihr Ehrgeiz nicht der eigenen Person galt und sie niemals so tölpelhaft wäre, eine dieser Eigenschaften offen zur Schau zu stellen, um Anerkennung zu erheischen.

Ich frage mich, ob dieser Siepmann überhaupt weiß, was Perfektionismus ist.

Sie hatte sich bereits entschieden, was sie auf ihrem eigenen Weg immer höher, immer weiter tun wollte. Jetzt musste sie es nur noch angehen.

»Ah, Miss Musgrave, herrlich!«, begrüßte Hilda sie. »Fünf neue Skripte, und wir proben heute mit diesen faszinierenden Menschen aus der chinesischen Tanzgesellschaft – ich weiß nicht, was ich mir dabei gedacht habe, aber mitgefangen, mitgehangen. Die Hörer werden die Musik lieben, und einer von ihnen beschreibt die Tänze ganz wundervoll. Ein unglaublich klingendes Land, dieses China. Wäre es nicht ein Traum, einmal dorthin zu reisen?«

Sie kannte weder die Sprache, das Essen, die Sitten, die Kleidung noch das Klima.

»Vielleicht, glaube ich.«

Vielleicht auch nicht. Wurden den Frauen dort wirklich die Füße abgebunden?

»Ich habe die Notizen wegen des Vortrags von Miss Mitterand aufgeschrieben«, sagte Maisie. Ihre Gedanken kreisten immer noch um die Füße chinesischer Frauen. Wie gingen sie? Oder womöglich war genau das der Punkt. Dass sie es nicht konnten.

»Ausgezeichnet!«, sagte Hilda, während sie Maisies Notizen überflog. »Vielleicht etwas zu brisant, und natürlich müssten wir Miss Mitterands Interesse wecken, uns ihre Biografie zu erzählen. Ich schlage vor, wir bitten die Hörspielabteilung, sie zu engagieren, und wenn sie ihre Sache fein macht, hätten wir gute Argumente, sie für einen Vortrag zu uns einzuladen.«

Maisie nickte und machte sich innerlich auf etwas gefasst, obwohl sie überhaupt nicht wusste, weshalb.

»Miss Matheson?«

»Ja?«

»Ich, äh …« Ihre Augen huschten zur Reiseuhr, die tickend eine neue Minute anzeigte.

»Miss Musgrave, Schweigen bringt uns nicht weiter.«

»Ich … wollte fragen …«

Hilda legte ihren Stift beiseite, um Maisie ihre ungeteilte Aufmerksamkeit zu schenken. Was nur zur Folge hatte, dass sie noch nervöser wurde.

»Raus mit der Sprache, Miss Musgrave, machen Sie es kurz und schmerzlos«, riet Hilda.

»Ich würde hier gerne mehr Verantwortung übernehmen. In der Vortragsabteilung. Bitte.«

Während sie Hilda ins Gesicht sah, erkannte Maisie, dass sie niemals in ihrem Leben jemandem so viel Grund zur Freude gegeben hatte. Georgina war froh gewesen, ihr zum Abschied am Hafen zuzuwinken, doch das konnte man schwerlich vergleichen.

»Gut gemacht«, beglückwünschte Hilda sie. »Jetzt müssen wir uns nur noch überlegen, wie wir das anstellen wollen.«

Maisie, der nicht bewusst war, mit welchem Fingerspitzengefühl ein solches Unterfangen angegangen werden musste, war die folgenden paar Tage so unruhig wie die Tasten der Schreibmaschine, die sie aufs Heftigste bearbeitete.

»Er möchte Sie auf der Stelle sehen, und er ist sehr aufgebracht«, sagte Miss Shields, die Augen hell leuchtend vor triumphalem Entzücken. Maisie sprang auf, sodass das Wort »vertragsgemäß« ein bloßes »vertrags« blieb. Ihre Schritte waren entschlossen, wenn auch zugleich unterwürfig, als sie Reiths Büro betrat und sich setzte.

Reith trug nicht nur eine einzige Augenbraue zur Schau, sie war noch dazu derart zusammengezogen, dass sie kaum über seinen Nasenrücken hervorschaute.

»Nun, Miss Musgrave, wie es scheint, will Miss Matheson Sie ganz für sich allein beanspruchen.«

»Ja, Sir«, hauchte Maisie. Sie wagte nichts weiter zu sagen.

»Ich habe nichts dagegen einzuwenden, dass sie eine Vollzeitsekretärin will. Es ist allmählich notwendig und zeugt von der guten Arbeit der Vortragsabteilung.«

War er zufrieden? Vielleicht sollte sie lächeln.

»Aber leider bin ich nicht davon überzeugt, dass *Sie* diese Sekretärin sein sollten, und das habe ich ihr unumwunden gesagt.«

Maisie war nie erleichterter gewesen, sich ein Lächeln verkniffen zu haben.

»Ich kenne die Abteilung sehr gut, Sir. Gewiss wäre es unpraktisch, zu diesem Zeitpunkt eine neue Kraft einzustellen?«

Ein paar Büschel der Augenbrauen schossen hoch.

»Nun ja, Sie haben viel dazugelernt. Das lässt sich nicht bestreiten. Aber wirklich, Miss Musgrave, denken Sie gut darüber nach. Ich weiß, in der Vortragsabteilung kommen alle möglichen Literaten und ihresgleichen vorbei. Sehr aufregend für ein leicht zu beeindruckendes junges Mädchen, gewiss.

Aber in meinem Büro haben Sie die Gelegenheit, den besten Schlag an Menschen zu treffen.«

Nicht »treffen« hätte sie anmerken können. Sehen. Vielleicht ihren Hut nehmen oder ihnen Tee servieren. Und mit einem Nicken oder freundlichen Wort belohnt werden. Was mehr war, als sich ein altmodisches Mädchen ohne jegliche Aussichten erhoffen dürfte und deshalb genießen müsste. Reith konnte sich nicht vorstellen, dass sie mehr wollte. Zweifellos sollte sie ihre Liebe für die Alte Welt dadurch unter Beweis stellen, dass sie an den striktesten Normen festhielt und gemäß den Regeln lebte und liebte, von denen selbst Maisie wusste, dass sie in der Mitte allmählich weich wurden wie ein zusammengefallenes Soufflé.

Die neuen Regeln veränderten sich stündlich. Man musste sich fragen, welchen Sinn es hatte, überhaupt nach ihnen zu spielen.

»Miss Musgrave, seien Sie aufrichtig. Ist es Ihr Wunsch, ausschließlich für die Vortragsabteilung zu arbeiten?«

Sie schluckte hart, aus Furcht, ihre Gedanken – Ideen für Vorträge, für Geschichten, für irgendetwas – könnten heraussprudeln und sich über den gesamten Schreibtisch ergießen.

»Sir. Ich bin Ihnen dankbarer, als ich es jemals in Worte fassen könnte. Aber wenn dies das Beste für die BBC ist, dann ja, dann ist es das, was ich will.«

Sein Gesicht blieb ausdruckslos, doch sie hütete sich, darauf zu vertrauen. Reith klopfte sich mit dem Federhalter gegen die Lippe.

»Miss Matheson ist eine Frau mit einem eigentümlichen Geschmack. Ich kann nichts dagegen sagen, da ich häufig mit ihr übereinstimme. Und sie macht gute Arbeit. Wenn sie also glaubt, dass Sie zu ihrer persönlichen Sekretärin taugen, dann werde ich mich wohl beugen müssen. Und es ist durchaus zweckdienlich. Aber wenn mir irgendetwas aus der Vortragsabteilung zu Ohren kommen sollte, werde ich darauf bestehen, dass Sie auf der Stelle ersetzt werden.«

»Ja, Sir. Vielen Dank, Sir. Ich bin Ihnen sehr verbunden, Sir. Wieder. Immer noch«, hauchte Maisie und sog die Wangen ein, um keinesfalls das Lächeln zuzulassen, das sich in ihren Mund graben wollte.

»Ja. Ich bin froh, dass Sie das so sehen. Ich wäre Ihnen verbunden, wenn Sie das nie vergessen würden.«

Das Lächeln rutschte ihr in die Kehle.

»Ja, Sir.«

Er legte seinen Stift beiseite. Die Augenbrauen zogen sich ein paar Millimeter nach außen.

»Sie sind ein nettes Mädchen, aber was auch immer Miss Matheson sagen mag, ich halte Sie nicht geeignet für diese Stelle. Und schreiben Sie sich hinter die Ohren, dass Sie sich vor Ehrgeiz hüten müssen.«

»Ja, Sir. Vielen Dank, Sir.« Sie wagte nicht, ihm zu sagen, dass der Ehrgeiz den Sieg davongetragen hatte.

Er schnaubte und steckte sich eine Zigarette in den Mund.

»Moderne Mädchen«, murmelte er. Maisie wusste, dass er nicht sie meinte.

Er konnte nicht ahnen, dass sie nun eine von ihnen war. Und wenn sie für die Stelle, die Hilda ihr anbot, nicht geeignet war, dann würde sie es irgendwann werden.

Sie wurde nicht mit Fanfaren begrüßt, als sie sich dauerhaft in einer notdürftigen Ecke der Vortragsabteilung niederließ, in Sichtweite von Hildas Tür. Sie konnte Hilda sehen, wenn diese an ihrem Schreibtisch saß, doch da Hilda war, wie sie nun einmal war, saß sie die meiste Zeit über ausgestreckt auf dem Boden, las, schrieb und zermarterte sich laut genug das Hirn, um die Übertragungswellen zu stören.

Die anderen waren erleichtert, endlich die ganze Zeit über eine Sekretärin zur Hand zu haben und nicht immer zum Schreibbüro laufen und sich anhören zu müssen, dass manche Leute ja wohl längst unter Hochdruck arbeiten würden. Fielden grunzte: »Ich schätze, es war unausweichlich, aber Unsere Lady will Sie, also hoffe ich, dass Sie sich nicht als Enttäuschung entpuppen.«

»Könnten Sie bitte eine Ankündigung für unser Nachrichtenprogramm für die *Radio Times* aufsetzen?«, bat Hilda sie. Eine wenig verheißungsvolle Begrüßung, da die wöchentliche Zeitschrift der BBC florierte, jedoch jeglichen Inhalt verabscheute, der von den Abteilungen kam. »Und wir müssen einige Akten auslagern – wenn es so weitergeht, brauchen wir eine eigene Postleitzahl.«

»Ja, Miss Matheson.« Maisie nickte und schluckte ihre Enttäuschung hinunter. Ein aufregenderer Start zu diesem neuen Abenteuer hätte ihr besser gefallen.

»Und damit Sie nicht glauben, dass ich es vergessen hätte.« (Wann hatte Hilda jemals irgendetwas vergessen?) »Hier«. Sie drückte Maisie einen Florin in die Hand. »Für Ihre gute Arbeit im Salon. Lady Astor wird kommen und auf Sendung gehen. Das wollte ich schon erreichen, seit ich hier angefangen habe.«

»Aber ich hatte nichts damit zu tun!« Maisie war es ein Gräuel, sich mit falschen Lorbeeren zu schmücken.

»Nicht direkt. Aber ich denke, sie wollte kommen, sobald sie gesehen hat, wie gut etabliert ich bin, und nicht als eine Art Gefallen. Und man ist nie etablierter, als wenn man seine eigene Sekretärin hat.«

Maisie rollte die Münze in ihrer Hand. Ein Florin. Zwei

Schillinge. Ihr einbehaltener Lohn tangierte sie nicht mehr, und sie hätte immer noch zwölf Extrapennys. Sie könnte sich Strümpfe kaufen.

»Vielleicht nicht ganz so viel Spaß, aber nur zu, wenn Sie Lust haben«, fuhr Hilda fort und reichte Maisie ein großes Notizbuch, das bis zum Rand mit ihrer entnervenden Schrift gefüllt war. »Ein weiterer kleiner Extraverdienst, allerdings nur wenn es Ihnen nichts ausmacht, hin und wieder ein paar Überstunden zu machen. Ich könnte es selbst tippen, doch Sie sind viel schneller auf der Schreibmaschine als ich, und ich könnte mir denken, dass der eine oder andere zusätzliche Schilling nicht ganz unwillkommen ist.«

Natürlich nicht.

»Ihre Bezahlung erfolgt leider immer noch wöchentlich. Ich hoffe, das stört Sie nicht.«

»Nein. Vielen Dank, Miss Matheson.«

»Jede Anmerkung Ihrerseits ist willkommen«, sagte Hilda und klopfte auf das Notizbuch.

»Was meinen Sie?«

»Nichts weiter.« Hilda grinste. »Apropos, waren Sie in der Lage, die Antwort auf Ihre Frage herauszufinden? Wegen des Rückgangs des Aktienkapitals?«

»Ich …« Maisie sah in Hildas funkelnde Augen. »Ich arbeite daran.«

»Gut. Das habe ich mir schon gedacht.«

»Ich werde die Antwort bald haben, da bin ich sicher …«

»Daran habe ich keine Sekunde gezweifelt.«

»Es ist verdammt noch mal höchste Zeit«, war Phyllidas Einschätzung der jüngsten Ereignisse, während sie das Embankment entlangschlenderten. »Kann mir beim besten Willen nicht vorstellen, warum der GD so zurückhaltend wegen einer

Vortragssekretärin war, außer er meint – denkt –, eine Frau bräuchte keine?«

»Warum sollte er das denken? Miss Matheson war selbst die Sekretärin einer Frau.«

»Ja, aber eine politische Sekretärin, und das macht einen großen Unterschied. Ah, wer kann das beim GD schon sagen? Du hast dort bei ihm gearbeitet und weißt es auch nicht besser.«

Dem war so. Maisie respektierte Reith immer noch und bewunderte ihn. Doch sie würde sich niemals erdreisten, eine Vermutung anzustellen, wie seine Gedankengänge aussahen. Ihm war es zu verdanken, dass sie alle in Savoy Hill arbeiteten, und das musste ausreichen.

An diesem Freitag ging Hilda wegen irgendeines Wochenendabenteuers früher aus der Arbeit. Die beiden Redakteure und Vortragsassistenten nahmen an, dass »Feldmarschall« Fielden seine Muskeln spielen lassen würde, aber selbst Fielden behauptete, er hätte Pläne fürs Wochenende und stahl sich davon. Maisie schenkte den Vermutungen oder Gedanken über einen ruhigen Samstagvormittag keinerlei Beachtung. Auf sie wartete ein neues Projekt. Sie nahm sich ein paar Kekse und schlug Hildas Notizbuch auf.

Es war ein solch schwieriges Unterfangen, Hildas unleserliches Gekrakel in Worte zu verwandeln, dass Maisie bereits zwei Seiten getippt hatte, bevor die Bedeutung allmählich in ihr Bewusstsein drang. Sie hörte mit Tippen auf und begann zu lesen, während sie erkennen musste, dass ihr Gehirn immer noch Mühe hatte, es zu verstehen.

Oder den tiefen Sinn zu erfassen.

»Radiosendungen können von allen Menschen gehört werden, über das gedruckte Wort wird häufig hinweggelesen. Dieses Universalitätsprinzip hat seine offensichtlichste Auswirkung in Bezug darauf, was wir Nachrichten nennen – das Verkünden von Ereignissen. Doch wenn wir das Wort ›Nachrichten‹ verwenden, lösen wir gleichzeitig eine fundamentale Debatte aus. Welche Nachricht wird gesendet?«

Und so weiter und immer weiter – Hildas Gedanken über den Rundfunk. Und Nachrichten. Und was eine wertvolle Geschichte ausmachte. Was das Radio war, was es sein sollte, wie dies zu erreichen war und dann noch verbessert werden könnte.

Eine Lehrschrift.

Achtes Kapitel

◊◊◊

»Wird ein Schilling reichen?«

»Na los, Kleine. Ich schätze, Sie wissen, wie es funktioniert?« Miss Cryer winkte sie zum Telefon am hinteren Ende der kleinen Post.

Maisie zog ihren Block heraus. Im Umkreis von ein paar hundert Metern um das Savoy Hill waren mehrere Telefonzellen, aber davor gab es fast immer eine Schlange, und außerdem wollte sie sich während des Gesprächs Notizen machen. Sie überschlug, dass der Anruf Sixpence kosten würde. Das Restgeld wäre für Miss Cryers Verschwiegenheit. Die Post in der Savoy Street, die sie von morgens bis acht Uhr abends mit solch zärtlichem Respekt führte, war gleichzeitig eine Lieferantin von erstaunlich guten Süßigkeiten und somit eine weitere wichtige Stütze der BBC.

Eine Empfangsdame nahm den Anruf entgegen, und da Maisie »Miss Musgrave von der BBC-Vortragsabteilung« war, wurde sie sogleich durchgestellt.

»Guten Morgen, Mr Emmet. Vielen herzlichen Dank. Ich werde Ihnen nur einen kleinen Moment Ihrer kostbaren Zeit stehlen.«

»Keine Ursache, keine Ursache. Ich nehme sowieso gerade mein zweites Frühstück ein«, versicherte er ihr. Sie konnte hören, wie seine Stimme tiefer und geschmeidiger wurde, bei dem Versuch, ihr einen radioaffinen Klang zu verleihen. *Es ist nicht so sehr seine Stimme als seine gesamte aufgesetzte Attitüde – er kann von Glück sagen, dass Miss Matheson ihn nicht mit einem Stift totgeprügelt hat.*

»Ich hatte mich gefragt, Mr Emmet, ob Sie mir kurz erklären könnten, was geschieht, wenn eine Nation einen Rückgang des Aktienkapitals erlebt. Gibt es da in politischer Hinsicht Probleme?«

»Ist das für eine anstehende Sendung?«, fragte er fröhlich. »Soll ich noch einmal vorbeikommen?«

Nur über unsere Leichen.

Sie entschied sich für eine Teilwahrheit. »Wir gehen nur ein paar Ideen nach, und Ihre Meinung dazu wäre nützlich.«

»Ah, ich verstehe. Nun, um es ganz einfach auszudrücken, bedeutet es ein negatives Eigenkapital. Oder anders gesagt, das Kapital eines Landes und das allgemeine Vermögen sind weniger wert. Die Währung ist weniger wettbewerbsfähig. Das kann die Kosten und die nationalen Einkünfte betreffen – Exporte und ähnliche Dinge. Allerdings geschieht das ständig. Eine insgesamt starke Wirtschaft hält das unbeschadet aus. Sehen Sie sich Amerika an, all dieses verrückte Auf und Ab während der vergangenen einhundert Jahre, nicht wahr? Doch die Wirtschaftsleistung nimmt zu. Geht es den Menschen dort nicht besser als früher?«

Gesprochen wie jemand, der noch nie durch die Lower East Side in Manhattan spaziert ist. Geschweige denn das East End von London.

»Können Sie mir sagen, was ein Rückgang des Aktienkapitals bei einer schwachen Wirtschaft bewirkt?«, fragte sie.

»Das könnte zu Schwierigkeiten führen«, erwiderte er mit einem beunruhigenden Kichern.

»Ist das lustig?«

»Oh, natürlich nicht für das jeweilige Land, aber normalerweise ist es irgendeiner Art von Misswirtschaft geschuldet, weshalb sie es nicht anders verdient haben. Und dann sind sie empfänglich für jemanden, der kommt und das Ruder übernimmt.«

Der Mann stimmte ein Loblied auf Aasgeier an.

»Jemand? Wie meinen Sie das?«

»Vielleicht ein anderes Land oder jemand mit festen Überzeugungen und einer starken Persönlichkeit. Italien kämpft immer noch mit einer Vielzahl an Problemen, aber man kann sehen, wie Mussolini für Ordnung sorgt. Ordnung ist gleichbedeutend mit einer florierenden Wirtschaft.«

»Ich verstehe. Vielen Dank, Mr Emmet. Das war ausgesprochen hilfreich.«

Zurück im Büro, die Korrespondenz getippt, Anrufe durchgestellt, Skripte korrigiert und den Probenplan nachgebessert fand Maisie schließlich einen Moment Zeit zum Nachdenken. Ihre Augen glitten über ihre Notizen, und sie erinnerte sich an Hildas Wort »Verbindung«. Sie hatte es in einem anderen Zusammenhang geäußert, aber …

»Miss Matheson?«

Hilda las das Programm für die *Radio Times* durch.

»Hm?«

»Falls wir einen Vortrag über die deutsche Wirtschaft machen sollten, könnten wir vielleicht eine Parallele zu den Südstaaten nach dem Amerikanischen Bürgerkrieg ziehen?«

Hilda blickte auf, einen Bleistift zwischen den Zähnen.

»Das passt nicht perfekt«, fügte Maisie rasch hinzu, »aber die Wirtschaft im Süden lag nach dem Krieg am Boden, und der Norden hat keinen Finger gekrümmt, um zu helfen, und dann hat der Süden ein paar … nun ja, vielleicht nicht gerade politische Veränderungen, sondern eher Strategien durchgeführt, die nicht sehr klug waren. Ich drücke mich nicht klar genug aus …«

Der Bleistift fiel in Hildas Schoß, als ihr Lächeln breiter wurde.

»Glasklar. Ein guter Gedanke. Jeder hält die kleinen Parteien in Deutschland, und im Grunde auch hier bei uns, für genau das, klein und unbedeutend. Sogar noch schlimmer, für einen Witz. Doch das ist genau das, was eine Partei zu ihrem Vorteil ausnutzen kann, um Anhänger um sich zu scharen.« Sie hob den Bleistift auf und strich sich den Rock glatt. »Man muss bei allem Politischen immer auf der Hut sein und es eher historisch beleuchten, ein Vortrag über die Südstaaten und die Jahre nach dem Krieg. Das klänge unverfänglich und lehrreich, aber gleichzeitig würde ein bisschen mehr dahinterstecken, für all jene, die richtig zuhören. Ich schätze, es wäre wohl nicht möglich, diskret einzuflechten, dass Amerika eine ganze Menge unternimmt, um die deutsche Wirtschaft zu stützen …«

»Wirklich?« Maisie war überrascht. »Das habe ich nirgends gelesen.«

»Hmhm. Muss wirklich Mr Keynes für uns gewinnen. Eine Reihe wäre ideal.«

Maisie sah, dass Hildas Gedanken ganz der Zukunft galten, und versuchte, sie in der Gegenwart zu halten.

»Noch etwas, Miss Matheson, ich weiß, was ein Rückgang des Aktienkapitals ist.«

»Ja, das dachte ich mir schon«, sagte Hilda. »Gibt es sonst noch etwas?«

»Nun, eigentlich nicht. Sind Sie schon weitergekommen … in Sachen Propaganda?«

»Fertig!« Hilda setzte einen Haken ganz oben auf die letzte

Programmseite und reichte sie Maisie. »Ab damit zur *Radio Times.*«

Sie blieb Maisie eine Antwort schuldig. Hilda war nicht nur ein Naturtalent darin, anderen Geheimnisse zu entlocken, sondern gleichzeitig ein Genie, wenn es darum ging, ihre eigenen für sich zu behalten.

»Es ist ganz einfach, Bert, wirklich. Sie müssen bei der Aufmachung nur ein klitzekleines bisschen mehr Platz für den Artikel lassen«, erklärte Maisie und imitierte Hildas geduldigen Tonfall.

Sie mochte Bert nicht, aber sie mochte das Büro der *Radio Times*. Wie die meisten Räume in Savoy Hill war es sonderbar geschnitten, fast wie ein Stück Schichttorte. Auf den Tischen, die kreuz und quer herumstanden, lagen Layouts in unterschiedlichen Entwicklungsstadien, und der durchdringend süße Geruch von Kleber, der jeden Artikel und jedes Foto an seiner richtigen Stelle hielt, hing in der Luft – ein dauerhaftes, berauschendes Parfüm.

Das Magazin gab Anlass zu häufigem Gekicher in Savoy Hill, nicht zuletzt wegen seines Untertitels: »Das offizielle Organ der BBC«, was die männliche Belegschaft zum Schreien komisch fand. Für Maisies Geschmack trieben sie den Scherz zu weit, bis Phyllida ihr erklärte: »Nun ja, immerhin hat der GD es gegründet, und es war allein seine Idee, weshalb sie es ›Reiths Organ‹ nennen. Ein entsetzlicher Gedanke, nicht wahr?« Maisie war gebührend entsetzt.

Es war ein Organ, das aus Trotz geboren war. Bei der Geburt der BBC verliehen die Zeitungen ihrem Unmut Ausdruck, indem sie sich weigerten, die Programmlisten abzudrucken. Und so hatte Reith auf seinen Hut geklopft und aus dem Nichts ein Magazin gezaubert. Die erste Ausgabe, mutig und unverfroren mit seiner Schnörkelschrift, war 1923 erschienen. Das Magazin kostete zwei Pence und bot Raum für Werbung, sodass es die Druckkosten und einen Gewinn einfuhr, weshalb es zu einem von Reiths kleinen Lieblingen wurde. Doch trotz der vorbereiteten Texte aus jeder Abteilung versahen die Mitarbeiter der Redaktion, die sich ihrer Position als Lieblinge sicher wähnten, die Einträge mit »kleinen Verschönerungen«. Auf Beschwerden erklärten sie mit amüsierter Geduld, dass sie bezahlt wurden, um sich um die Bedürfnisse der Leser zu kümmern, nicht die der Hörer, und waren taub für das Argument, dass diese im Grunde ein und dieselben waren.

Ein gelegentliches Husten Reiths stellte die Ordnung für ein paar Wochen wieder her, bis die Entschlossenheit der »echten« Schreiber an die Oberfläche zurückdrängte. Das Magazin wuchs, es gab längere Artikel als Zugabe für die Rundfunkgebühr und Porträts der Sprecher. Angeblich wurden sie nach demokratischen Prinzipien ausgewählt, doch den Theater- und Filmschauspielern wurde stets der Vorzug gegeben, insbesondere den hübschesten Frauen mit den sinnlichsten Fotos. Sprecher wie Vernon Bartlett taten dies mit einem Achselzucken ab – »Ich würde auch lieber Betty Balfour ansehen als mich armes Würstchen« –, aber Hilda war entrüstet. Maisie, davon überzeugt, dass sie in der Hinsicht auf verlorenem Posten kämpften, verteidigte lieber mit Inbrunst die von ihnen erstellten Listen.

»Es ist kein hübscher Zug bei einem Mädchen, einen Mann belehren zu wollen«, belehrte Bert sie. »Im Mittelalter wären Sie an den Pranger gestellt worden«, fügte er hinzu, entzückt von seinem historischen Wissen.

»Ich will nicht unhöflich sein. Es ist nur unglaublich wichtig, dass Sie die Listen so abdrucken, wie wir sie geschrieben haben«, erklärte Maisie. »Wir sollten nicht immer wieder darum bitten müssen.«

Oder überhaupt darauf hinweisen, aber Bert war mit Besonnenheit zu begegnen. Er war ein junger Mann, der versuchte, alt zu wirken, in dem Glauben, seine Fliege, Schildpattbrille und ein wie festgeklebter Bleistift hinter dem Ohr würden ihm journalistische Würde verleihen.

»Ich kann Ihnen nur immer wieder sagen, dass wir wissen, was wir tun. Das Magazin verkauft sich gut, und es hilft, neue Hörer anzulocken. Und wir drucken doch auch diese Briefe ab«, fügte er mit einem zischenden Seufzen hinzu. Er hätte an dieser Stelle lieber richtige Artikel gesehen, aber die Leserbriefe waren ebenfalls Reiths Lieblinge, die Ergüsse der Massen als ein Beweis seiner eigenen Bedeutsamkeit. Auf Hildas Drängen druckte die *Radio Times* auch ein paar kritische Stimmen ab. (»Solange es nicht die sind, die klingen, als kämen sie direkt aus Broadmoor oder gleich vom Mars«, befahl Hilda. »Aber ein paar wohlüberlegte Kritiken sind gut, um ein Gleichgewicht herzustellen, und alles ist gleich interessanter.«)

»Wer macht im Grunde die Arbeit, für die Sie bezahlt werden?«, gab Maisie zu bedenken.

»Sie sind ein echter Zankapfel, nicht wahr? Die anderen haben immer behauptet, Sie wären ein stilles Wasser.«

Ich wette, er trägt eine Brille, damit niemand in Versuchung gerät, seinen Bleistift zu schnappen und ihm ins Auge zu rammen.

»Es tut mir leid«, sagte sie, »aber wir müssen darauf bestehen, dass diese Listen akkurat sind.«

Er nahm die Seiten in gespielter Kapitulation entgegen und stolzierte davon, ein missmutiges Maulen auf den Lippen. Maisie rührte sich nicht von der Stelle. Ihre Augen huschten über die gesetzten Seiten und den Stapel Magazine, frisch aus der Druckpresse. Die Fotografie eines großen Radioapparats zierte das Titelblatt.

»Könnte ich mir ein paar alte Ausgaben ausleihen?«, fragte sie.

»Was?« Er hatte nicht bemerkt, dass sie immer noch da war. »Wofür brauchen Sie die?«

»Nur zum Lesen. Darf ich? Die letzten drei Monate? Oh, und die neueste Ausgabe, bitte?«

Er sah sie mit verkniffenem Mund an. Schließlich vereitelte die Vertretbarkeit ihrer Bitte seinen Wunsch, Maisie unverblümt abzukanzeln.

»Nun, na schön, aber kommen Sie ja nicht auf den Gedanken, dass ich eine Leihbücherei bin«, warnte er. Mit großem Aufhebens suchte er nach einer Schachtel und ging zu den jeweiligen Regalen, um die Magazine zu holen. »Sie passen drauf auf, dass sie nicht schmutzig werden, ja?«

»Ich werde sie nur mit Samthandschuhen anfassen«, versprach Maisie, der diese feierliche Lüge leicht über die Lippen ging.

»Nun, wenn es eines gibt, was Lady Astor nicht ausstehen kann, dann mit Samthandschuhen angefasst zu werden«, warnte Hilda die Vortragsabteilung. »Die Achtung, die sie erwartet, gebührt ihrem Status als Mitglied des Unterhauses, nicht dem einer Vicomtesse. Solange ihr jeder hier denselben Respekt, dieselbe Höflichkeit, Dankbarkeit, wenn auch Strenge entgegenbringt, mit denen wir allen Sprechern begegnen, können Sie nichts falsch machen.«

Bedeutung: »Nicht dreimal verneigen und keinen Knicks!« Oder im Fall des überzeugten Republikaners Fielden, sie nicht »Mrs Astor« nennen. Maisie war aufgeregt. Sie wollte erneut in der Gegenwart dieser großartigen Dame schwelgen. Lady Astor war die Sorte Frau, für die Menschen intuitiv einen Schritt zur Seite wichen, und Maisie wollte ihr Auftreten beobachten. Es konnte nicht alles an ihrer gesellschaftlichen Stellung liegen, oder? Es musste etwas geben, was sie sich von ihr abschauen konnte.

Lady Astor schwebte herein und begrüßte Maisie wie eine Freundin oder zumindest wie einen bevorzugten Günstling. Sie bestand darauf, dass Maisie bei der Sendung anwesend war, was bedeutete, dass sie von den Ingenieuren mit Respekt und gleichzeitig Anerkennung bedacht wurde. Mit fast fünfzig strahlte Lady Astor immer noch eine berauschende Schönheit aus, die ihr Faszination und in ihrer Jugend einen Vicomte eingebracht hatte. Maisie fiel es nicht schwer, sich die aufgetürmten Locken, die Silhouette à la »Gibson-Girl«, das Rascheln und Schwingen langer Seidenröcke vorzustellen. Doch was ihr damals auf jeden Fall gefehlt haben musste, war das durchdringende Glitzern in den Augen, das andere wie ein Schwert durchbohrte. Das kam mit dem Alter.

Bei Maisies Anblick versuchte Billy, mit den Maschinen zu verschmelzen. Maisie, die ein echtes Interesse an seiner Arbeit hatte und es zudem genoss, ihn nervös zu machen, beobachtete ihn genau. *Wäre es nicht wunderbar zu wissen, wie die technischen Details funktionierten?* Frauen waren keine Ingenieure und würden es auf Eckersleys Hoheitsgebiet gewiss niemals werden, aber dennoch … es wäre wunderbar.

In Lady Astors Sendung ging es um Florence Nightingale, eine Einführung in die neue Reihe über Gesundheits- und Krankenpflege. Maisies Idee, erheblich verändert, aber dennoch aus ihrer Feder. Während sie Lady Astors beschwingter Aristokratenstimme lauschte – »Frauen haben seit jeher Kranke gepflegt, doch als Florence Nightingale ihre berüchtigte Lampe wegstellte und eine Schule gründete, verwandelte sie eine vorausgesetzte Berufung in einen rechtmäßigen Beruf, der höchstwahrscheinlich so viele Leben wie Penizillin gerettet hat« –, stopfte Maisie sich die Faust in den Mund, um keinesfalls aufzukreischen. Ging es Hilda jeden Tag so, oder nutzte sich der Nervenkitzel ab?

Ich will mir nicht ausmalen, welches Szenario schmerzlicher wäre.

»Das war lustig«, verkündete Lady Astor, nachdem die Sendung beendet war. »Ein großer Spaß, dieses Radio … ich hoffe, es wird sich halten. Wollen Sie mich nicht ein wenig herumführen? Ich würde gerne mehr von der Investition unserer Regierung sehen.«

»Gewiss«, sagte Hilda, »aber …« Zwanzig Telefonate warteten auf sie, ganz zu schweigen von der üblichen Krisenbewältigung.

»Miss Musgrave kann sehr gerne für Sie einspringen«, sagte Lady Astor. »Sie sind viel zu beschäftigt, das waren Sie schon immer. Eigentlich würde ich sagen, dass Sie sich zu Tode arbeiten, aber Sie sehen gesünder aus als sämtliche Rennpferde von Goodwood.«

Hildas Lachen hallte immer noch nach, als Maisie ihren Rundgang begann. Lady Astor hätte genauso gut ein Schlachtkreuzer der Royal Navy sein können, wie sie majestätisch durch Savoy Hill segelte. In der technischen Abteilung hatte Eckersley sich in seinem Stuhl zurückgelehnt und las eine Ausgabe der *Electronics Today*. Im Schulfunk drehte Siepmann ihnen den Rücken zu und starrte aus dem Fenster, die Hände hinter sich verschränkt. Cyril und einer der Assistenten spielten Darts und erzählten sich witzige Anekdoten aus ihrer Schulzeit. Mary Somerville und die Sekretärin brüteten über den Korrekturen von Skripten.

»Ich höre Getippe, müssen wohl die Mädchen sein«, bemerkte Lady Astor, und tatsächlich waren es die Schreibkräfte, die wie üblich mit dem markerschütternden Lärm einer Herde stampfender Rhinozerosse wetteiferten. Doch nichts war so ohrenbetäubend laut wie die Toneffekte. Lady Astor riss die Tür auf und nickte beim Anblick der Männer, die in eine hitzige Debatte über einen Haufen Sprungfedern vertieft waren.

»Nun, was halten Sie von unserer Arbeit?«, fragte Hilda, nachdem Maisie Lady Astor wieder abgeliefert hatte.

»Sehr eindrucksvoll. Ich beglückwünsche mich, Sie zu dieser Stelle überredet zu haben. Und Sie müssen sich ganz wie zu Hause fühlen – es ist genau wie im Unterhaus! Alle Männer faulenzen, und die Frauen sind diejenigen, die die Arbeit erledigen.«

Hildas Lippen zuckten.

»Das Unterhaus hat eine Menge zustande gebracht, noch bevor Frauen überhaupt Zutritt gewährt worden war«, fühlte sie sich verpflichtet anzumerken.

»Oh, gewiss, gewiss. Aber sie sind diejenigen, die faul die Füße hochlegen. Es sind die Frauen, die mit den Füßen fest auf dem Boden stehen, das ist alles, was mir aufgefallen ist.«

Sobald Lady Astor sich verabschiedet hatte, sagte Maisie zu Hilda: »Sie hat nicht ganz unrecht, nicht wahr?«

»Dem Himmel sei Dank dafür«, erwiderte Hilda. »Ich möchte keinesfalls derjenige sein, der ihr sagen muss, dass sie nicht recht hat. Sie etwa?«

»Immer nur lesen? Ihr Mädchen arbeitet zu hart«, tadelte Mr Holmby, der Besitzer des Savoy Tup, Maisie, als er den Eintopf vor ihr abstellte. Sie mochte das Tup, das sich mit seinem warmen Mittagessen seit ihrer dritten Woche bei der BBC ihre ergebene Treue verdient hatte, und sie genoss Mr Holmbys Würdigung ihres nun volleren Gesichts, für das er die Kochkünste seiner Frau und seine eigene Großzügigkeit in puncto Brot und Butter verantwortlich machte.

Maisie zog es vor, mit Phyllida zu essen, aber die Unwägbarkeiten eines Tages in der Vortragsabteilung bedeuteten, dass sie häufig allein in die Mittagspause gehen musste. Das störte sie nicht. Die Gäste im Tup boten ihr ausgezeichnete Möglichkeiten, ihnen heimlich zuzuhören, denn es hatte ihr schon immer gefallen, andere Menschen zu belauschen – es war fast, als wäre sie dann selbst Teil eines Gesprächs.

»Ich hab gehört, sie hab'n ein paar Kommunistenspione in Walthamstow geschnappt.«

»Ach, hör auf. Wenn irgendein Spion glauben sollte, dass das ein guter Ort für seine Arbeit ist, dann ist er ein Volltrottel, oder?«

»Die Sache ist nur die, dass die Mistkerle überall sind. Und was tun wir dagegen?«

»Ein paar verdammte Russen können Großbritannien nich' besiegen, darauf verwett' ich mein ganzes Geld. Diese Faulenzer schaffen es nich' mal bis zum Ärmelkanal.«

»Hm, liest du denn nichts? Es geht heutzutage um Ideen, nicht um Armeen. Die wollen in unsere Köpfe, das wollen die. Und sie arbeiten daran. Genau darum geht es bei diesen Gewerkschaften, die Menschen zum Bolschewismus zu locken.«

Eine weitere Gruppe regte sich über die Schwäche von Körper und Geist der Briten auf, diese »modernen und verworrenen« Ideen all der »Künstler und Schriftsteller und Gewerkschafter«, die angeblich in einer verweichlichten Welt lebten (Maisie konnte nicht nachvollziehen, wie das für jemanden in einem handwerklichen Gewerbe möglich sein sollte) und nicht wüssten, was anständige Werte seien.

Dann das Unvermeidliche: »Ich hab ihr gesagt, wenn sie es wagt, sich die Haare abzuschneiden und einen kurzen Rock anzuziehen, dann fängt sie sich eine ordentliche Tracht Prügel ein, damit sie wieder zu Verstand kommt.«

Höchstwahrscheinlich ging es um eine Tochter. Oder vielleicht sogar eine Ehefrau.

Maisie blätterte die Seite in ihrem Notizbuch um und schrieb: »moderne Ideen« – vielleicht eine Woche mit Vorträgen, wie neue Ideen die Gesellschaft veränderten? Dann schlug sie die aktuelle *Radio Times* auf und wandte sich einem Artikel über Radiosprecher zu: »Miss Adelaide Whithouse ist eine anmutige Darstellerin auf der Bühne, doch die schreckliche Angst vor dem fremdartigen Mikrofon im Studio zwei der BBC war offensichtlich, als sie sich auf ihre Sprechrolle für eine Komödie vorbereitete. Miss Whithouse musste mehr als einmal gebeten werden, nicht mit ihren Blättern zu rascheln, um die Aufzeichnung nicht zu stören, was nur dazu führte, dass sie noch …«

Oh, um Himmels willen, so hat es Beanie nicht erzählt. Was für ein Mist! Also wirklich, ich *könnte bessere Artikel schreiben.*

Ihr Löffel schwebte wenige Zentimeter vor ihrem offenen Mund.

Vielleicht sollte ich es versuchen.

»Wirklich, Maisie, pass lieber auf«, schimpfte Lola. »Wenn du weiter so viel schreibst, bekommst du die Grafitflecken an deinen Fingern nie mehr los.«

Lolas Hang zur Übertreibung war in diesem Fall nicht gänzlich unberechtigt. In Kürze würde eine Sendung über den Aufstieg von Frauen als Friseurinnen gesendet werden, und Maisie wollte einen Begleitartikel über die Vorzüge von kurzen Haaren schreiben. Nicht das aufregendste Thema, doch es schien ein leichter Einstieg zu sein. Das zumindest hatte sie geglaubt.

»Wenigstens ist es nur Bleistift«, sagte sie. Füllfederhalter waren ein Luxus, und außerdem musste sie zu viel radieren. Und kritzeln. Sie war zu einer Meisterin im Zeichnen von Mäusen geworden.

Auch was Ideen, Notizen, Anfänge betraf, war sie sehr gut. Sätze schreiben und sie wieder ausradieren, Palimpseste erschaffen, bevor sie ganze Löcher ins Papier schabte. Ihre Finger schmerzten, ihre Hand schmerzte, ihr Arm schmerzte. Und sie liebte alles an diesem Schmerz, mit der Liebe einer Mutter für ihren zahnenden Säugling, der die ganze Nacht hindurch schrie. Doch im Laufe der Zeit wurden immer mehr Sätze geschrieben und blieben stehen. Sie wünschte nur, ihr Gehirn könnte sich jeweils auf einen einzigen Gedanken konzentrieren. Sie schrieb: »Die alberne Vorstellung, dass Frauen eine Neigung für übermäßige Zierde und frivole Banalitäten hätten, ist nichts weiter als das: eine alberne Vorstellung. Die meisten Frauen ziehen das Einfache und Praktische vor, was keineswegs spartanisch bedeutet«, und schon huschten ihre Gedanken zu Sparta. Von Sparta zum Krieg, vom Krieg zu Hildas Notizen über das Radio, wo sie Dinge sagte wie: »Der allgemeine Wissensstand des Durchschnittsbürgers in Bezug auf andere Länder, ihre Politik, ihre Menschen, ihren Lebensstil, ihre Interessen, Sport, Unterhaltung würde ausreichen, um ihnen zu verdeutlichen, dass sich diese Dinge in vielerlei Hinsicht nicht sonderlich vom eigenen Leben unterscheidet. Wahrscheinlich wäre es heutzutage schwieriger als 1914, Ehefrauen von Soldaten zu finden, die glauben, die Deutschen wären schwarz.«

Und dann Deutschland und diese Propaganda, über die Hilda sich derart den Kopf zerbrach.

Als Vernon Bartlett für seine Sendung kam – er hatte nun eine Reihe, *Der Lauf der Dinge*, die weithin als »Ein wahres Muss« beworben wurde, ein Beiname, den er zugleich herrlich und verwirrend fand –, fragte Maisie ihn über Nestlé aus. Immerhin war er beim Völkerbund, und der hatte seinen Sitz in der Schweiz.

»Nestlé?«, wiederholte Mr Bartlett. »Groß, ganz offensichtlich. Ich bin nie dort gewesen. Sie sind auf der anderen Seite des Genfer Sees, müssen Sie wissen. Ich muss gestehen, ich decke mich immer mit Cadbury-Schokolade ein, wenn ich hier bin. Aber verraten Sie das niemandem.« Augenzwinkernd drohte er ihr mit dem Finger. Es war schwer, sich in seiner Gegenwart nicht wie eine Zehnjährige zu fühlen, insbesondere wenn man Fragen stellte.

»Hat Nestlé irgendetwas mit Deutschland zu tun, was denken Sie?«

»Ich bin sicher, sie verkaufen ihre Nahrungsmittel an jeden, der dafür zu zahlen bereit ist«, sagte er überrascht, da er nicht angenommen hatte, die Grundlagen des Kapitalismus gingen über ihren Horizont hinaus.

»Nein, das habe ich nicht gemeint. Aber Miss Matheson hat eine Broschüre von einer deutschen Partei …«

»Ach, die! Ja, sie wollte schon vor geraumer Zeit, dass ich den deutschen Botschafter des Völkerbunds auf diese Nazigesellen aufmerksam mache. Faschisten à la Mussolini habe ich ihr gesagt, der übliche verrückte Haufen. Wir können uns nicht über jeden Spinner mit Zugang zu einer Schreibmaschine und einem Mimeografen echauffieren. Ansonsten würden wir nie etwas zustande bringen.«

»Aber einige dieser Leute, ich meine viele von ihnen, waren diejenigen, die in diesen Staatsstreich 1923 verwickelt waren«, beharrte Maisie. *Vielen Dank, British Library.*

»Es wird immer verrückte Parteien geben, selbst hier«, schnaubte Bartlett. »Insbesondere hier, um ehrlich zu sein. Aber genau das ist das Fundament der Demokratie, und die Rechtsstaatlichkeit weist sie außerdem in ihre Grenzen. Dieser kleine Hitler und seine Freunde sind im Gefängnis gelandet und Deutschland im Völkerbund, es gibt also keinen Grund, so viel Aufhebens darum zu machen.«

Abwesend griff er nach seinen Zigaretten, und Maisie riss sie ihm aus der Hand, um ihn vor einem von Billys Hechtsprüngen zu beschützen. Rauch bedeutete den Todesstoß für ein sauberes Studio.

Auf der Straßenbahnfahrt nach Hause schrieb Maisie Bartletts Bemerkungen auf einer Seite ihres Notizbuchs zusammen. Dann malte sie kritzelnd einen Schokoladenriegel auf. Auf die gegenüberliegende Seite schrieb sie: »Es hat keinen Zweck, sich heutzutage noch über kurze Haare aufzuregen. Frauen lieben diesen Stil und seine Zweckmäßigkeit – diese Frisur wird bleiben, so viel steht fest.« Mehrere Sekunden starrte sie auf ihre Worte. Dann huschte ihr Blick zurück zu all den Paragrafen, die ihnen vorausgingen. Erfreut kreischte sie: »Fertig!«, was mehrere Fahrgäste kurzzeitig vom Korbgeflecht ihrer Sitze hochhüpfen ließ.

»Wenn Sie meinen, meine Liebe«, murmelte ihre besorgte Nachbarin, die ihr beruhigend die Hand tätschelte.

Jetzt muss ich es nur noch einreichen.

Neuntes Kapitel

◊◊◊

Berts Blick huschte von den sorgfältig getippten Seiten zu Maisie.

»Ein ganz schöner Wälzer, den Sie da haben.«

»Ich hoffe nicht«, wandte Maisie ein und versuchte, die Verbitterung aus ihrer Stimme zu halten. »Es ist nur eine Ergänzung für unsere Sendung diese Woche. Ich dachte, zumindest für die Frauenseite wäre etwas, das von einer Frau geschrieben wurde … nützlich.«

»Nein, wir lassen keine Mädchen Artikel schreiben …«

»Es gibt keine Verfasserangaben!«, platzte es aus Maisie heraus.

»Was hat das damit zu tun?«, fragte Bert mit einem überraschten Blinzeln.

»Nun, nur dass es niemanden interessieren dürfte, wer es geschrieben hat, wenn es gut genug ist.«

Bert starrte sie mit offenem Mund an, entweder überwältigt von ihrer Logik oder sprachlos über ihre Ignoranz, doch sie wagte nicht zu entscheiden, was von beidem es war.

»Ich dachte nur, Sie könnten es sich vielleicht durch den Kopf gehen lassen«, ergänzte sie in sanfterem Tonfall. »Natürlich habe ich nicht erwartet, dass Sie zwangsläufig meinen ersten Artikel nehmen.«

»Welch eine Erleichterung!«, seufzte Bert mit gedehnter Stimme. »Nun ja, falls Sie tatsächlich unseren Standards genügen, wäre es tatsächlich denkbar, dass Sie vielleicht ein kleines nettes Interview mit einer der Sprecherinnen führen könnten. Einer der hübschen Schauspielerinnen, damit wir weitere Fotos drucken können. Oh, und passen Sie ja auf, dass es kein suffragettenhafter Stil ist. Leser mögen das nicht.«

»Aber es gibt jetzt Frauen, die wählen. Warum …«

»Das ist der Grund, warum ich keine Mädchen als Schreiberlinge will. Befolgen keine Anweisungen, immer diese Fragerei, schrecklich ermüdend. Sind das die Programmlisten?«, fragte er und zeigte auf die Blätter in ihrer Hand, seine Finger direkt unter der Überschrift »PROGRAMMLISTEN«.

»Ganz genau, Bert«, erwiderte sie. »Und vielen Dank«, fügte sie hinzu, weil es erwartet wurde. Eigentlich hätte sie am liebsten geweint, doch obwohl es Tränen der Wut und nicht des Kummers waren, würde er den Unterschied nicht erkennen, und er war noch so ein Mann, der ihre Tränen nicht verdiente.

Ich muss es einfach noch einmal versuchen.

Ihre Worte, das war, was sie sich wünschte. Ein Interview war nicht dasselbe. *Aber warum sollte ich* irgendetwas *bekommen, selbst bei der* Radio Times? *Ich bin keine Journalistin. Außer vielleicht …*

Sie schob ihre Unschlüssigkeit beiseite und zückte ihren Bleistift für Hildas und Reiths allwöchentliche Sitzung. Stenografieren war natürlich nicht das, was ihr vorschwebte, doch zumindest war es etwas, wobei sie brillierte.

»Sie werden mit Freude feststellen, dass der Rundfunkrat Ihren jüngsten Antrag gelesen und sich entschieden hat, das Verbot von kontroversen Rundfunksendungen aufzuheben«, erklärte Reith und ließ ein Einatmen folgen, das scharf genug war, um fast die Farbe von der Decke zu lösen.

»Großartige Neuigkeiten!«, rief Hilda und klopfte so fest auf Reiths Schreibtisch, dass die dekorative Stockente bis zum anderen Ende des Löschblatts schwamm.

»Ja, nun, wir wollen doch den Anstand wahren«, mahnte Reith und schob die Ente zurück an ihren Platz.

»Es ist ein großer Triumph, Mr Reith«, krächzte sie. »Immer weiter, immer weiter.«

»Es könnte böse Zungen geben, die behaupten, Sie hätten das Verbot schon immer umgangen«, erklärte er.

»Oh, nicht umgangen«, versicherte Hilda ihm. »Nur die Grenzen ein wenig verschoben.«

Reiths Stirnrunzeln wurde freundlicher, doch Maisie entging nicht, dass dies nur oberflächlicher Natur war. Im Grunde kam es ihr manchmal vor, als könnte er Hilda nicht mehr sonderlich leiden. Aber Maisie war sicher, dass sie sich täuschen musste. Mehr als zwei Millionen Haushalte hatten zehn Schillinge für die BBC-Lizenz bezahlt, um das Radio in ihre Häuser zu bringen, überfluteten sie mit jeder Menge Hörerbriefen, in denen sie ihren Dank für die Vorträge ausdrückten, und auch die Zeitungen hoben in regelmäßigen Abständen Hildas Geschmack und originelles Denken hervor.

Hilda war gemeinsam mit Arthur Burrows, dem Hauptradiosprecher, ein Synonym für die BBC geworden. Es wäre möglich, entschied Maisie, dass Reiths Fehlen in dem Loblied womöglich das Problem war, doch dafür konnte er wohl schlecht Hilda verantwortlich machen. Außerdem hatte auch er Anerkennung erfahren – er war zum Ritter geschlagen worden und nun »Sir John Reith«. Trotz der Ehre, die ihm durch die Erhebung in den Adelsstand zuteilgeworden war, bestand er darauf, dass seine Mitarbeiter ihn weiterhin einfach mit »Mr Reith« ansprachen.

»Ja, nun, Sie müssen die Grenzen nicht mehr verschieben«, erklärte Reith. »Aber nicht *jede* Sendung muss provokant sein.«

Maisie war nicht sicher, was Reith mit provokant meinte, aber ihrer eigenen Meinung nach, die sich mit Hildas deckte, sollte ein Vortrag auf irgendeine Art immer etwas Neues zu sagen haben.

Immer weiter, immer weiter.

1928 brachte einen grässlichen kalten Frühling, und die Vortragsabteilung hatte sich wieder einmal auf dem Fußboden zusammengedrängt, wo sich jeder nach dem nächsten Platz am Feuer sehnte. Während des letzten halben Jahres, das Maisie nun ausschließlich als Vortragssekretärin gearbeitet hatte, erachtete sie es als ihre größte Leistung, so häufig wie möglich das beste Fleckchen ergattert zu haben.

»Wenn es so weitergeht, werden wir alle bis Juni Frostbeulen haben«, murmelte Fielden. Dass er keine Antwort erhielt, störte ihn nicht.

»Wir werden die Lyrik- und Buchdiskussionen ausweiten«, verkündete Hilda und las aus ihrem grünen Notizbuch vor. »Virginia Woolf wird für ein paar Lesungen kommen und auch Rebecca West, aber es sieht so aus, als würde Vita Sackville-West zu unserer festen Literaturkritikerin werden.«

»Bei so vielen Blaustrümpfen könnten wir es glatt mit der Strumpfwarenabteilung bei Selfridges aufnehmen«, zischte Collins. Nur Fielden hörte ihn und warf ihm einen vernichtenden Blick zu. Er erlaubte niemandem, Unsere Lady zu verunglimpfen.

»Bei politischen und hauswirtschaftlichen Vorträgen sind

wir gut aufgestellt, ebenso bei Sendungen zu Kunst und Wissenschaft. Aber ich denke, wir könnten mehr zum Themen Allgemeinwissen ins Programm nehmen. Und vielleicht einen gelegentlichen Abstecher ins leicht Absurde. Irgendwelche Vorschläge?«

Es begann zu regnen, fette Tropfen platschten gegen die Fenster. Maisie brach einen Keks entzwei und genoss das todschicke Knacken. Geräusche. Sie erinnerte sich an etwas, das Hilda in ihren Notizen zum Rundfunk geschrieben hatte, dass es »ein Einfangen von Geräuschen und Stimmen überall auf der Welt war, für die wir bis dato taub gewesen sind. Er ist ein Mittel, um die Grenzen des menschlichen Interesses und seines Bewusstseins zu erweitern, um die eigene Erfahrung zu steigern, die Erdoberfläche zusammenschrumpfen zu lassen.« Welch eine wunderbare Art, dieses neugierige Geschöpf zu beschreiben, das sie kontinuierlich weiterentwickelten. Der Fremde, der sich selbst in ein schweigendes Haus einlädt und seine Freundschaft anbietet.

»Miss Matheson, wie wäre es mit einem Vortrag über unvergessliche Geräusche?«, platzte es aus Maisie heraus, während sie den Tropfen zusah, die gegen das Glas spritzten. »Geräusche, die Menschen etwas bedeuten, etwas aus ihren persönlichen Erfahrungen? Eine Sense bei der Ernte oder die Tasten einer Schreibmaschine?«

»Natürlich denkt sie ans Tippen.« Wieder Collins mit gedämpfter Stimme, aber immer noch hörbar.

»Großartig«, beglückwünschte Hilda sie. »Wir könnten die Tonleute tagelang in Verzückung versetzen. Ein echter Höhepunkt wäre natürlich, überall im ganzen Land mit einem Mikrofon herumzulaufen und Menschen über Geräusche zu befragen und diese Geräusche vielleicht sogar in Echtzeit aufzunehmen. Würde das keine Erinnerungen wachrufen?«

Hilda seufzte, kurzzeitig entmutigt von den Grenzen des Radios. Es gab beherzte Versuche, außerhalb des Studios Aufnahmen zu machen – die Sportkommentatoren schwärmten davon –, aber es war ein schrecklich mühseliges Unterfangen, das die Ingenieure gleichzeitig begeisterte und in den Wahnsinn trieb und dessen Ergebnisse noch etwas zu wünschen übrigließen.

Wie sollte man sich auf nur ein wunderbares Geräusch beschränken? Das Lachen von Kindern. Bienen in einem Sommergarten. Das Rascheln von Perlen auf dem Kleid einer Tänzerin. Ein Kuss.

»Warum erröten Sie?«, fragte Fielden sie und versuchte nicht einmal, leise zu sprechen.

»Ich habe Tuberkulose«, gestand Maisie. Alle lachten. Ein weiterer Nagel im Sarg des unsichtbaren Mädchens. Und eine weitere Idee von ihr, die akzeptiert worden war. Mit einem Summen auf den Lippen eilte sie zum Raum mit dem Mimeografen, und ihre Fröhlichkeit entschädigte für die fehlende Melodie, als Cyril unvermittelt neben ihr auftauchte.

»Hallo, New York. Wie geht es Ihnen?«

Cyril. Eine Welle der Nostalgie brach über ihr zusammen wegen all der Tage, die sie nicht an ihn gedacht hatte. Er besaß die Frechheit, immer noch fantastisch gut auszusehen, mit wunderschönen Haaren, die ihm wellig in die Stirn fielen, seinen Sommersprossen und dunkelblauen Augen. Diesem 1000-Volt-Lächeln, das so ansteckend war, dass sie fast zurückgelächelt hätte. Sie biss die Kiefer fest aufeinander.

»Mir geht es sehr gut, Mr Underwood. Wie geht es Ihnen?«, fragte sie in einem, wie sie hoffte, professionellen Tonfall, der größtmögliche Distanz widerspiegeln sollte, wobei sie ihn mit einem kurzen Nicken abkanzelte, während sie weiter den Korridor hinabmarschierte.

Er hielt Schritt mit ihr. »Nie hat man einen Moment Ruhe – was jammerschade ist. Dann könnte man endlich mal die Beine hochlegen. Der GD erwartet nämlich viel vom Schulfunk. Das geistige Kapital der Jugend und all das.« Eine vage Handbewegung sollte sämtliche Kinder einbeziehen.

»Ja, natürlich. Und wie gefällt Ihnen Mr Siepmann als Vorgesetzter? Schrecklich clever, nicht wahr?«, erkundigte sie sich in der Hoffnung, die Frage würde ihn ärgern. Sie wurde mit einem Stirnrunzeln belohnt.

»Nun ja … also. Er mag Details. Wir nennen ihn den Teufel im Detail«, vertraute er ihr mit funkelnden Augen an, die ein Lachen erwarteten.

»Wirklich?« Sie nickte ernsthaft. »Ich bin sicher, dass er diesen Spitznamen zu schätzen weiß.« Eine weitere Belohnung: das Aufblitzen von Angst, das ihn erblassen ließ. Seine Sommersprossen wirkten wie Mohnsamen in einem Milchpudding.

»Sie, äh, Sie behalten das doch für sich, oder? Das war nur ein Witz.«

»Natürlich war das nur ein Witz«, versicherte sie ihm zwitschernd. »Ich weiß doch aus eigener Erfahrung, dass man Sie nicht ernst nehmen darf. Ah, Ziel erreicht. Bye!« Sie verabschiedete sich mit einem Winken ihres kleinen Fingers, huschte ins Mimeografenzimmer und legte die Matrizen in Rekordzeit ein. Ihre Ohren waren erstaunlich gut darin geworden, Geräusche zu lesen, und sie hörte, wie Cyril zögerlich vor der Tür stehen blieb, bevor er schließlich weiterging, wohin auch immer er musste.

»Ganz ehrlich, ich wäre froh, nie wieder mit ihm reden zu müssen. Was zum Teufel sollte das? ›Hallo, New York‹, also wirklich, dieser arrogante, armselige Angeber …«

»Und wir sind immer noch beim A«, sagte Phyllida. »Zumindest hast du gelernt, wie eine waschechte Britin zu fluchen.« Lächelnd nippte sie an dem Tee aus ihrer Trinkflasche. Eigentlich war es noch nicht wirklich warm genug, um im Freien zu essen, aber es war der erste strahlende Tag seit Wochen, und sie wollten das Gefühl der Sonne und Luft spüren, den ersten Hauch von Sommer und Natur, obwohl der Wind, der das Embankment hinabpfiff, immer noch eine prickelnde Kälte mit sich brachte, die ihnen Tränen in die Augen trieb, und die unterschiedlichen Gerüche der Themse entschieden städtisch waren. Sie fühlten sich kühn und verwegen, genau so, wie Flapper sein sollten, auch wenn sich keine von ihnen den entsprechenden Kleidungsstil leisten konnte.

»Ich habe ihm gesagt, dass ich ihm verzeihe oder zumindest etwas in der Art«, sagte Maisie, und die Ungerechtigkeit war immer noch genauso stechend wie die Luft. »Es ist schon über ein Jahr her, und *er* ist derjenige, der gesagt hat, es wäre trivial!«

»Vielleicht hat das ja nicht gestimmt?«

Maisie heulte vor Lachen und hörte erst auf, als sie den Mund an den Rand der Hühnchenpastete drücken musste, um die Soße am Tropfen zu hindern.

»Ich weiß, was die Männer von mir halten«, sagte sie und musste über ihre dummen Worte grinsen.

»Dinge können sich ändern.« Phyllida zuckte mit den Achseln und weigerte sich ausnahmsweise einmal, das Grinsen zu erwidern. »Du hast den Kopf nicht in den Sand gesteckt, du machst gute Arbeit bei den Vorträgen, und du siehst wunderbar aus.«

Maisie johlte wieder, doch Phyllida ließ sich nicht beirren. »Das stimmt! Du bist nicht mehr so dürr, und deine Wangen haben eine hübsche Farbe bekommen.« Sie beugte sich vor, um Maisie genauer in Augenschein zu nehmen. »Du hast sogar richtige Pausbäckchen! Und du siehst nicht mehr so verängstigt aus. Du wirkst … Nun ja, du bist immer noch hungrig«, sagte sie, und ein Grinsen grub sich in ihr Gesicht. »Hier, eine Banane.«

Maisie aß ihre Pastete auf und nahm die Banane. Sie wusste, dass sie fülliger geworden war, und es gefiel ihr. Ein knabenhaftes Aussehen mochte vielleicht modern sein, aber niemand wollte kränklich wirken. Ihr neues Kleid – immer noch einfache Wolle, aber bessere Qualität – hing nicht mehr wie ein Sack an ihr herab. Stattdessen umschmeichelte es, was sich in letzter Zeit unzweifelhaft in eine Figur verwandelt hatte. Das Kleid war in einem hübschen Blassgrün. »Jadegrün«, hatte die Verkäuferin voll stolzem Entzücken gehaucht, als hätte sie höchstpersönlich den Farbton erfunden. »Und die Borte ist zartrosé.« Maisie nannte es trotzdem einfach rosa.

»Hallo. Hättet ihr gern etwas Gesellschaft?« Die Frauen blickten auf – Maisies Wangen von der Banane ausgebeult – und bemerkten zwei junge Männer, die ihre Fahrräder schoben und sie angrinsten. Oder zumindest Phyllida.

»Seht ihr denn nicht, dass wir bereits in bester Gesellschaft sind?«, fragte Phyllida.

»Ah, kommt schon«, beharrte der Mutigere der beiden. »Wir wär es, wenn wir euch auf den Fahrrädern mitnehmen, hm? Sie würden ’ne hübsche Gallionsfigur abgeben«, schmeichelte er Phyllida.

»Wenn ich Lust habe, mir die Knochen zu brechen, sind Sie der Erste, dem ich Bescheid gebe«, versprach sie.

»Und wir müssen zurück zur Arbeit«, fügte Maisie hinzu. »Einige von uns arbeiten nämlich.«

»O Gott«, stöhnte der andere Mann. »Nordlichter, Amerikaner, berufstätig. Unheil hoch drei. Komm schon«, trieb er seinen Freund an und radelte davon. Der Mutigere warf Phyllida einen weiteren sehnsüchtigen Blick zu, trat denn jedoch auch in die Pedale.

»Welche Eigenschaft war wohl unser größtes Verbrechen, was denkst du?«, fragte Maisie, obwohl sie annahm, dass die Männer sie nur der Einfachheit halber miteinbezogen hatten.

»Berufstätig, kein Zweifel«, sagte Phyllida.

»Eigentlich ist es doch gar nicht so schlimm, dass Männer dich mögen«, erwiderte Maisie vorsichtig und reichte Phyllida ein Stück Kuchen.

»Pah. Ihnen gefällt, dass ich blonde Locken, lange Beine und riesige Brüste habe«, schnaubte Phyllida.

Sie war wunderschön. Hochgewachsen und fülliger, als es der Mode entsprach, schien ihre bäuerliche Herkunft selbst durch ihre weltmännische Art noch hindurch. Die langen Beine waren wohlgeformt, weshalb es aussah, als würde sie immer noch jeden Tag zu den Milchkühen in den Bergen hinaufwandern, auch wenn sie es seit ihrem siebten Lebensjahr nicht mehr getan hatte. Und trotz ihrer verzweifelten Versuche halfen die weiten Schnitte und platt drückenden Mieder nicht, ihren üppigen Busen zu verbergen.

»Ich dachte, ich würde in Savoy Hill einen Mann finden, der mich heiratet«, sagte Maisie. Die Stirn konzentriert in Falten gelegt zupfte sie eine Korinthe aus ihrem Kuchen, und war erleichtert, dass ihre Wangen bereits von der Kälte gerötet waren.

»Viele Mädchen kommen mit dieser Hoffnung her«, tröstete Phyllida sie. »Und das eine oder andere Mal klappt es auch.«

»Welche Sorte Mann möchtest du einmal heiraten?«

»O nein, vielen Dank. Es hat mir gereicht, unter der Fuchtel meines Vaters zu stehen. Ich werde nie wieder von einem

Mann abhängig sein, auf gar keinen Fall. So oder so werde ich im Parlament landen. War das die Kirchturmglocke?«

Sie stählten sich gegen den Wind, der ihnen auf ihrem kurzen Weg den Savoy Place entlang entgegenpfiff.

»Denkst du, es gibt bolschewistische Spione in Großbritannien?«, rief Maisie, deren Worte vom Wind hin- und hergepeitscht wurden. Es war das perfekte Wetter, um eine solche Frage zu stellen – man konnte von Glück reden, wenn einen die Person direkt neben einem hören konnte.

»Wenn es welche geben sollte, müssen sie sich zumindest wie zu Hause fühlen. In Sibirien kann es nicht kälter sein.«

»Jetzt mal im Ernst, was denkst du?«, ließ Maisie nicht locker.

»Kommunisten glauben an die Gleichberechtigung von Frauen, weshalb sie nicht gänzlich schlecht sein können.«

»Wenn sie allerdings einen Einparteienstaat wollen, dann dürfte niemand wählen.«

»Verrückter Weg, um Bürokratie zu vermeiden, nicht wahr? Und das ist genau der Grund, weshalb es töricht ist, Angst zu haben, dass der Kommunismus hier um sich greifen könnte. Selbst die Analphabeten wissen, dass wir Briten die Bürokratie lieben.«

Sie waren nicht einmal eine Stunde fort gewesen, und jede kehrte zu einem Posteingangskorb zurück, der vor Papieren überquoll, ein handfester Beweis für Phyllidas These.

Mit neuer Energie und frischen Wangen hatte Maisie das Gefühl, als wäre sie allmählich die Verkörperung von Effizienz, die Hilda von der Vortragsabteilung einforderte. Sie las und sortierte die Korrespondenz, als hätte sie einen Kurs im Schnelllesen absolviert, und konnte sich nicht an das letzte Mal erinnern, dass sie beim Tippen eine falsche Taste gedrückt hatte. Sie liebte das alles, doch die unaufhörliche Hektik bedeutete gleichzeitig, dass sie jenseits der Schreibmaschine kaum Zeit hatte, neue Dinge auszuprobieren. Da war ihr vages Interesse an Hildas deutscher Propaganda, doch Maisie wollte auch innerhalb der Welt der Vorträge mehr tun.

Hilda mochte Eigenständigkeit bei ihren Mitarbeitern, weshalb Maisie wenige Tage später, als Hilda gerade Briefe unterzeichnete, all ihren Mut zusammennahm und fragte: »Könnte ich bitte diejenige sein, die Gedanken und Notizen für den Vortrag über unvergessliche Geräusche sammelt, Miss Matheson? Oder könnte ich zumindest Mr Collins helfen?«

»Hm? Wie bitte?« Hilda blickte von einem Brief an Alexander Fleming zu ihr hoch.

»Die Idee aus der Sitzung, über Geräusche?«

Hildas Miene blieb ausdruckslos. Maisie errötete. »Meine Idee. Sie meinten, sie wäre gut, etwas, das wir …« Ihre Stimme verhallte, und mit einem Mal kam sie sich töricht vor. Dann noch schlimmer, denn Hilda runzelte nun die Stirn.

»Es gibt eine Vielzahl an guten Ideen, aber wie Ihnen durchaus bewusst sein müsste, schaffen es nur die allerwenigsten zu Vorträgen.«

»Aber Sie meinten …«

»Dass es eine nette Idee war. Das war es. Ist es. Und ich hoffe, Sie alle zu ermutigen, damit Sie immer Ihr Bestes geben. Doch ich bin die Einzige, die entscheidet, was gesendet wird, und sobald diese Entscheidung getroffen ist, übertrage ich sie an die geeigneten Mitarbeiter, wie Ihnen hoffentlich nicht entgangen sein wird.«

»Ja, Miss Matheson.« Maisie wünschte, Hilda würde sie ausschimpfen, so wie Miss Shields. Durch ihre ruhige, beiläufige Art kam sich Maisie nur zehnmal kleiner vor.

»Ehrgeiz ist eine lobenswerte Eigenschaft«, sagte Hilda, und in ihren Augen blitzte schließlich ein wenig ihrer üblichen Wärme auf. »Und ich habe von Anfang an gewusst, dass mehr in Ihnen steckt. Es ist gut, Dinge zu wollen, dafür zu arbeiten und danach zu fragen. Erwarten Sie nur nicht, dass Sie sie immer bekommen.«

»Ich habe nicht …«

Doch Hilda hatte sämtliche Briefe unterschrieben und reichte sie Maisie zum Zukleben. Maisie kehrte an ihren Schreibtisch zurück. So schön, wie es war, dass »mehr in ihr steckte«, wich ihr bei der peinlichen Erkenntnis, dass sie tatsächlich erwartet hatte, das zu bekommen, was sie wollte, nur weil sie den Mut aufgebracht hatte, danach zu fragen, die Schamesröte nicht aus dem Gesicht.

Der Tadel und seine Gründe waren am folgenden Tag vergessen, als Hilda Maisie am späten Vormittag bat, zum Empfang zu gehen und auf Lady Nicholson zu warten.

Lady Nicholson. Das war Vita Sackville-West.

Maisie warf einen Blick auf die Reiseuhr. Lady Nicholson wurde erst in einer halben Stunde erwartet.

»Ich weiß. Es tut mir leid«, sagte Hilda. »Aber ich muss mich mit einem Mitarbeiter vom Auswärtigen Amt treffen und werde es womöglich nicht rechtzeitig schaffen. Ich verlasse mich darauf, dass sie bei Ihnen nötigenfalls in guten Händen ist. Und Sie können bis zu ihrer Ankunft lesen.«

Maisie schnappte sich stattdessen einen Schreibblock und Bleistift. Vernon Bartlett hatte gerade eine Sendung über Kanadas Arbeit im Völkerbund gemacht, und sie konnte die Gedanken über Amerika und seine Weigerung zum Beitritt nicht abschütteln. Was sie beschämte, auch wenn sie sich immer wieder ermahnte, dass sie nichts dafürkonnte. *Doch ich habe den Großteil meiner Kindheit in New York gelebt. Die Stadt ist ein Teil von mir, nicht wahr?*

Mit der Hand strich sie die Seite glatt. »Vielleicht sollte der Kongress die Theatergemeinschaft über amerikanische Interessen in Europa befragen«, schrieb sie. Alle Schauspieler, die sie kannte, waren erpicht darauf, ihre Kunst in London, Paris oder Berlin auszuüben. Und jedes dritte Mädchen in New York schwärmte von ausländischen Akzenten, malte sich die Romantik der Franzosen, die Leidenschaft der Italiener, die herrliche Heiratsfähigkeit der Briten aus. In der Oberschicht wurden viele Töchter auf Schweizer Mädcheninternate, viele Söhne nach Oxford oder Cambridge geschickt. Amerikaner, so glühende Verfechter ihrer Republik, ihrer Nichtmonarchie, sehnten sich danach, Aristokraten und Monarchen zu treffen, Teil einer märchenhaften Vergangenheit zu werden, die sie gleichzeitig verhöhnten. Würde eine Mitgliedschaft im Völkerbund nicht ein bisschen von all dem erlauben, während sie gleichzeitig ihren Einfluss ausbauen und der Welt eine perfektere Union beweisen könnten? Und dennoch hielten sie sich entschlossen zurück.

Sie strich alles durch. *Ich weiß nicht, was ich da tue. Warum sollte ich auch?* Sie kritzelte Boxen und Spulen und Radiowellen auf das Papier. Dann schrieb sie: »In der amerikanischen Botschaft nachfragen, ob jemand einen Vortrag über die Gründe halten könnte, weshalb sie nicht im Staatenbund sind.«

Wäre das kontrovers? Miss Matheson würde es gefallen. Mal sehen. Sie müssten den Krieg ansprechen, de Tocquevilles Idee des Exzeptionalismus oder was auch immer es war und vielleicht… Maisie hatte drei Seiten gefüllt, als Rusty sie am Ellbogen zupfte – sie schrie auf, und die Spitze ihres Bleistifts brach ab.

»Tut mir leid, Miss. Ich habe Sie mehrmals angesprochen, aber Sie haben nicht geantwortet. Es ist die Dame, Miss. Ihr Wagen ist gerade vorgefahren. Und noch dazu ein mächtig hübscher Mercedes.«

»Danke, Rusty. Könnten Sie das hier bitte zurück an meinen Schreibtisch bringen?« Sie reichte ihm den Notizblock samt Stift. *Aua! Meine Finger! Ich blute Grafit!* Mit einem hastigen Seitenblick in beide Richtungen überprüfte sie, dass niemand sie beobachtete, dann spuckte sie auf ihre Finger, riss ihr Taschentuch aus ihrem Ärmel und versuchte, die Flecken wegzurubbeln. Anschließend strich sie ihren Rock glatt und straffte die Schultern. Vita Sackville-West, eine geborene Aristokratin, würde natürlich merken, dass Maisie eine gewöhnliche Bürgerliche war, doch sie würde beweisen, dass sie zumindest nicht gewöhnlich war.

Maisie riss die Tür auf, um es Lady Nicholson zu ersparen, und glaubte sogleich, sie würde halluzinieren, als sie die großartige Dame von Angesicht zu Angesicht sah. Da erkannte sie, dass Vita über einen Meter achtzig groß war und stocksteif dastand, was sie noch imposanter erscheinen ließ. Als wunderschön ließ sie sich vielleicht nicht bezeichnen, doch sie strahlte etwas aus, das Maisie nicht einordnen konnte, Lady Nicholson jedoch eine eigentümliche Anziehungskraft verlieh. Es war ein Ding der Unmöglichkeit, sie nicht anzustarren. Lady Nicholson spähte an ihrer langen Nase hinab und lächelte Maisie an.

»Nun, guten Tag. Sind Sie geschickt worden, um mich abzuholen?«

»Das bin ich, ja, Lady Nicholson«, antwortete Maisie und musste sich regelrecht zwingen, keinen Knicks zu machen. Vitas sanfte Wärme war sogar noch einschüchternder als Lady Astors heitere Herablassung.

»Bitte, keine Titel an diesem Ort. Ich bin hier in meiner Funktion als Schriftstellerin. ›Miss Sackville-West‹ reicht völlig, vielen Dank.«

»Oh. Ich … Ja, natürlich. Nun, folgen Sie mir bitte, Miss Sackville-West«, forderte Maisie sie auf. Es wäre ihr nicht im Traum eingefallen, Vita der Treppe auszusetzen, weshalb nach dem Lift geläutet wurde und Bill sie fröhlich nach oben brachte. Der Lärm des Aufzugs ließ keinerlei Gespräch zu und bot Maisie Gelegenheit, Vita, die in ihrer entspannten Ungezwungenheit starr geradeaus blickte, eingehend zu mustern. Ihre einfache Eleganz war faszinierend. Sie war natürlich modisch gekleidet – nicht wie Beanie, von der als junge, unverheiratete Dame der Gesellschaft erwartet wurde, dass sie ein Gespür für Trends hatte –, aber eher wie eine respektable, bewunderte Frau, die jeder Schneider der Stadt einkleiden wollte. Hildas Kostüme waren ebenfalls maßgeschneidert, doch es gab solche Schneider und solche, und Maisie konnte sehen, dass Vitas Schneider zu der Sorte gehörte, die die Aristokratie vom gemeinen Volk trennte.

Hilda traf sie am Aufzug.

»Miss Matheson!«, dröhnte Vita, bevor Hilda etwas sagen konnte, und schüttelte ihr so heftig die Hand, als glaubte sie, Wasser pumpen zu müssen. »Es ist mir eine solche Freude, Sie kennenzulernen. Ich bin Ihnen so dankbar, dass Sie mich mit an Bord nehmen.«

»Wir fühlen uns geehrt, dass Sie auf Sendung gehen, Lady Nicholson«, sagte Hilda.

»Vita, bitte. Lassen Sie uns damit beginnen, zwanglos zu sein. Ihr Ruf eilt Ihnen voraus, und ich weiß, Sie werden völlig geschlaucht sein nach der Probe, weshalb wir genauso gut schon jetzt die Freundinnen sein können, die wir so offensichtlich sein werden.«

»Dann müssen Sie mich Hilda nennen.«

»Gut! Und nun los, ich kann es kaum erwarten, das Studio zu sehen und mit der Arbeit zu beginnen.«

Maisie trottete hinter ihnen her und beobachtete sie eingehend. Hilda freute sich immer, Sprecher persönlich zu begrüßen, doch irgendetwas war bei ihrem Empfang von Vita anders. Sie strahlte mehr Wärme und Aufgeregtheit aus als üblich, doch das allein traf es nicht ganz.

Sie wirkt fast nervös.

Hilda war nie nervös. Es musste etwas anderes sein.

Die Probe war überflüssig. Vita war eine geborene Rednerin. Sie hatte natürlich Unterricht in Sprechtechniken erhalten, aber selbst viele Schauspieler waren nicht so einnehmend wie sie. Sie verstand intuitiv, was eine fesselnde Sendung brauchte, und setzte ihre warme, elegante Stimme perfekt ein. Sie gehörte zu den Menschen, die schon ihr ganzes Leben erwarteten, dass man ihnen zuhörte, und die deshalb mit völliger Ungezwungenheit sprach, darauf vertrauend, dass ihr Aufmerksamkeit gezollt wurde. Und natürlich war dem auch so. Niemand, der ihr lauschte, würde das Radio ausschalten. Hilda vollführte innerlich wieder einmal einen dreifachen Salto.

Anstatt die Sprecher wie gewöhnlich zu drangsalieren – oder zu belehren, wie Maisie es auszudrücken pflegte –, richtete Hilda ihr Augenmerk allein darauf, es Vita so angenehm wie möglich zu machen. Was völlig unnötig war. Die Frau würde sich selbst auf einer Eisscholle wohlfühlen. Doch Hilda umhegte sie mit übertriebener Fürsorglichkeit und richtete ihr Skript so her, dass sich die Seiten noch leichter als üblich umblättern ließen – selbst diesen kleinen Handgriff wollte sie Vita abnehmen. Die bedeutende Dame schien jedoch nichts davon wissen zu wollen, sondern bedeckte Hildas Finger mit ihren eigenen und hielt sie dort gefangen, während sie ihr versicherte, dass ein solch rücksichtsvolles Verhalten unnötig sei.

»Sie sind sehr freundlich, Hilda, aber wirklich, diese Rezensionen sind mir eine Ehre.«

»Keineswegs, Vita, dann werden wir wohl erst noch ausdiskutieren müssen, wer hier wem eine größere Ehre erweist.«

»In dieser Hinsicht werden Sie verlieren. Immerhin bin ich ein kleines bisschen größer als Sie.«

»Ah, aber ich bin klein und rauflustig.«

Vitas kehliges Lachen hätte jeden von den Toneffekten in Entzücken versetzt.

»Ich wusste, wir würden gute Freundinnen werden.« Vita grinste Hilda an. »Mrs Woolf hat mich vorgewarnt, dass Sie eine echte Tyrannin wären, ohne wahrscheinlich zu ahnen, dass ich nichts gegen ein bisschen Tyrannei habe. Nun ja, ich bin froh, dass meine Bemühungen Ihre Erwartungen einigermaßen erfüllen. Ich hoffe nur, dass Sie sich nicht aus irgendeinem sonderbaren Standesdünkel heraus mit Ihrer Kritik zurückhalten.«

»Kein bisschen. Miss Musgrave kann Ihnen versichern, dass es kaum etwas gibt, das ich mehr hasse als schlechte Vorträge. Das würde ich niemals zulassen, unter gar keinen Umständen. Und ganz gewiss nicht bei meinen Freunden, um meinet- und ihretwillen.«

»Genau wie ich Sie eingeschätzt habe. Falls ich die BBC mit meiner Sendung nicht blamieren sollte, müssen Sie zu mir zum Abendessen kommen!«

»Sie werden uns nicht blamieren, weshalb wir das Abendessen als ausgemacht ansehen können.«

»Wunderbar!«

Als Maisie sich erhob, um Vita nach draußen zu begleiten, winkte Hilda sie beiseite.

»Ich werde unsere Rezensentin selbst hinausbringen, Miss Musgrave, vielen Dank …«

Hilda begleitete die wichtigeren Sprecher oder diejenigen, die sie wirklich mochte, häufig zurück zum Empfang. Im Grunde also fast alle.

Aber noch nie mit Schamesröte im Gesicht.

»Wie ist es mit der großartigen und allmächtigen Vita Sackville-West gelaufen?«, fragte Fielden finster, als Maisie in die Vortragsabteilung zurückkehrte.

»Sie war grandios«, schwärmte sie. »Die Menschen werden einfach lesen *müssen*, was sie empfiehlt.«

»Aristokraten. Sie wollen immer noch kleine Diktatoren sein«, seufzte Fielden kopfschüttelnd.

»So habe ich das nicht gemeint«, fauchte Maisie.

»Aber ich«, sagte er mit einem Schulterzucken. »Hat Unsere Lady sie sehr schikaniert?«, fragte er in hoffnungsvollerem Ton.

»Kein bisschen«, sagte Maisie, spannte einen neuen Briefbogen in die Schreibmaschine und ging mit Feuereifer an die Arbeit, um Fielden zu übertönen. Es war immer angenehm, ihn zu enttäuschen, und wenn er sie für die Sorte Mensch hielt, die solche Geschichten erzählte, dann kannte er sie schlecht.

Was ebenfalls angenehm war.

»Ich nehme nicht an, dass die *Radio Times* einen kleinen Artikel über Vita Sackville-Wests bevorstehende Sendung möchte?«, fragte Maisie, als sie Bert die Programmlisten übergab.

»Das nehme ich nicht an, ganz richtig«, erwiderte Bert, ohne sich die Mühe zu geben, ein Gähnen zu unterdrücken.

Weshalb sie ihre überschäumende Energie in die Bibliothek mitnahm, den Ort, der immer eine Zuflucht für sie gewesen war.

Doch weder der Stapel Bücher über Deutschland noch die ungelesenen Zeitungen, mit denen sie im Rückstand war, lenkten sie davon ab, an ihrem Bleistift zu kauen und an die Decke zu starren. Eine vorbeigehende Bibliothekarin warf ihr einen Blick zu.

»Sie sitzen seit über einer Stunde wie erstarrt da«, flüsterte sie. »Geht es Ihnen gut?«

»Wie könnte jemand in England an deutsche Propaganda gelangen, die nicht einmal für die breite Öffentlichkeit in Deutschland gedacht ist?«, fragte Maisie, bevor sie erkannte, dass dies genau die Frage war, die sie seit längerer Zeit quälte.

Die schwarzen Augen der Bibliothekarin funkelten entzückt. »Ooh, das ist eine knifflige Frage! Ich denke, er muss selbst Deutscher sein, mit engen Verbindungen zu demjenigen, der für die Propaganda verantwortlich ist«, begann sie. »Er könnte in beratender Funktion tätig sein. Oder er hat sie durch ein geheimes Netzwerk in die Finger bekommen, falls er in irgendeine Form von Spionage verwickelt sein sollte.«

»Sie meinen ein deutscher Spion? Hier?« Maisies Magen drehte sich. Der undenkbare Gedanke, die Fliege, die in ihrem Gehirn herumgeschwirrt und sich des tödlichen Schlags erwehrt hatte. Hilda, die mit einer solchen Leidenschaft die Briten, die Welt über alles Mögliche informierte, das konnte doch keine Lüge sein, oder?

»Nicht notwendigerweise«, rettete die Bibliothekarin sie. »Deutsche Spione mag es gewiss geben, dumme Idioten, und auch russische, aber Ihr Mann könnte genauso gut vom MI5 oder MI6 sein.«

Die Geheimdienste. Maisie hatte von ihnen gelesen. Spione, ja. Aber für Großbritannien.

»Woran sollte man aber merken, dass diese Person für einen dieser Geheimdienste arbeitet?«

»Ich will doch schwer hoffen, dass das unmöglich ist!« Die Bibliothekarin lachte über die Vorstellung – ein vollkommen lautloses Lachen, das hauptsächlich in ihren Augen aufblitzte. »Ein Geheimagent ist kaum geheim, würde jeder ihn erkennen.«

»Könnte sie … er … Er ginge einer anderen Arbeit nach, nicht wahr? Damit es niemandem auffällt?«

»Ein Mann, der beim MI5 eingestellt ist, vielleicht, da dies der Inlandsgeheimdienst ist. Müsste zu Hause die Fassade wahren«, stimmte die Bibliothekarin ihr zu. »Wir haben ein paar Bücher, wenn Sie …«

»Welche Sorte Mensch arbeitet für den MI5?«, unterbrach Maisie sie wissbegierig. »Sie, äh, er könnte nicht zu gewöhnlich sein, oder?«

»Das kann ich beileibe nicht sagen. Wahrscheinlich alle möglichen Menschen. Aber ein guter Agent müsste unglaublich klug sein, eine Menge über die Welt wissen, wahrscheinlich mehrere Sprachen sprechen …«

»Und ihm müsste die Wahrheit am Herzen liegen«, murmelte Maisie.

»So viel er davon an die Öffentlichkeit bringen darf«, warnte die Bibliothekarin. »Was, wie ich mir vorstellen könnte, nicht sonderlich viel ist.«

Doch Maisie hörte ihr längst nicht mehr zu. Sie wusste, was die Frau meinte. Sie wusste auch, dass die Sache größer war, als Maisie jemals angenommen hatte, falls Hilda diese Propaganda durch den MI5 in die Finger bekommen haben sollte.

Und sie vertraut mir, *ein kleiner Teil davon zu sein.*

Ihr Traum, für die *Radio Times* zu schreiben, war, wie Maisie nun erkannte, töricht und peinlich. Sie hatte sich selbst beweisen wollen, dass es etwas gab, was sie ohne Hildas tatkräftige Unterstützung bewerkstelligen könnte, aber warum sollte sie nicht still und heimlich bei der Beantwortung der Frage helfen, was riesige Firmen wie Siemens und Nestlé im Schilde führten? Warum sollten sie in Deutschlands »Weg zum Wiederaufstieg« investieren, das von einem radikalen Flügel einer Möchtegernpartei geschrieben worden war?

Lächerliches Ding, diese Radio Times. *Wen kümmert es, wenn sämtliche Artikel darin Müll sind? Wen kümmert es …*

»Heda, keine Sprecher überrennen!« Beanies Schrei brachte Maisies Gedanken zurück zum Korridor und der peinlichen Erkenntnis, dass sie beinahe eine Sprecherin über den Haufen gerannt hätte. Eine elegante, wunderschöne Schauspielerin mit schokoladenbraunen Augen und schokoladenbrauner Haut. Wisteria Mitterand aus Lady Astors Salon.

Hilda hatte die Idee eines Vortrags von Miss Mitterand an Reith herangetragen, der sie auf gebührende – und sehr eloquente Art – verworfen hatte. Doch nach dem leisen Wink, dass Miss Mitterand eine wunderbare Sprecherin sein könnte, hatte Beanie sie ausfindig gemacht. Und siehe da, hier war sie.

»Miss Mitterand!«, sagte Maisie mit einem Grinsen im Gesicht und schüttelte ihr die Hand. »Wie schön, Sie wiederzusehen.«

»Du meine Güte, Miss Musgrave«, sagte sie lächelnd. »Ich hätte sie kaum wiedererkannt. Das meine ich im positivsten aller Sinne. Sie strahlen geradezu.«

»Wissen Sie was«, unterbrach Beanie sie mit einem Blick auf Maisie, »das stimmt. Sie sind kein Gainsborough, aber auch kein Picasso, so wie Sie es früher waren. All die harten Linien«, fügte sie erklärend hinzu. »Ist das nicht unglaublich?«

»Ist es«, erwiderte Maisie, was Beanie freute. Maisie wandte sich wieder an Miss Mitterand. »Ich wünschte, ich könnte bei Ihrer Sendung zuhören, aber …«

»Maisie ist eine echte Sklavin der Vortragsabteilung«, erklärte Beanie unbeschwert, ohne auch nur den geringsten Gedanken darauf zu verschwenden, was dieses Wort in einem anderen Zusammenhang bedeutete. Miss Mitterands Miene blieb abgesehen von einem kurzen Zucken der Mundwinkel ausdruckslos, und Maisie dachte erneut darüber nach, wie großartig es wäre, wenn sie einen Vortrag halten könnte. »Aber wir müssen auch los. Kommen Sie, kommen Sie.«

»Es hat mich gefreut, Sie wiederzusehen, Miss Musgrave«, sagte Miss Mitterand und meinte es auch so.

Maisie sah ihr nach und fragte sich, ob ihre Eleganz angeboren war, so wie bei Beanie, oder durch Beobachtung angeeignet, wie bei Georgina.

»Wie hat sich ihre Hand angefühlt?« Billy, der bei Maisies Anblick normalerweise in Deckung ging, war in ihr Sichtfeld getreten. Neugierde schien die Oberhand über sein Unbehagen gewonnen zu haben.

»Wie bitte?« Maisie fragte sich, ob Billy eine krankhafte Fixierung auf Hände entwickelt hatte, nachdem er sich seine eigene verletzt hatte.

»Es ist nur so, ich habe gehört, dass sich die Haut von Negern anders anfühlen soll, abgesehen davon, dass sie schwarz ist, und ich habe mich nur gefragt. Oh, aber sie hat Handschuhe getragen.« Er beantwortete seine Frage mit tiefer Enttäuschung.

Mr Eckersley mochte von all seinen Ingenieuren ein hohes Maß an Intelligenz erwarten, doch das war keine Gewähr dafür, dass sie nicht erschreckend ignorant waren.

Eine Stunde später steckte Maisie mitten in einem hektischen Telegrammaustausch mit John Maynard Keynes, den sie für eine Serie verpflichten wollten und dessen randvoller Terminkalender selbst eine einzige Sendung unmöglich machte. Der Ökonom war beliebter als Charlie Chaplin. Es war ärgerlich, nicht nur weil sie ihn wegen Deutschland befragen wollte, sondern weil sie den Mann treffen musste, der gesagt hatte: »Worte müssen scharf formuliert sein, stellen sie doch die Speerspitze des Denkens gegen das Ungedachte dar.«

»Wir sollten das in jedem Büro aufhängen«, sagte Hilda.

»Er ist so klug und scheint charmant zu sein. Warum ist er nicht verheiratet, was glauben Sie?«, fragte Maisie, deren Neugierde sich nicht zügeln ließ.

Fielden, der ihre Frage zufällig mitbekam, hielt sich vor Lachen den Bauch. Selbst Hilda schien amüsiert zu sein.

»Wahrscheinlich ist er mit seiner Arbeit verheiratet. Wie dem auch sei, wir haben Glück, Alexander Fleming hat einer Reihe an Interviews zugestimmt. Das wird spannend, nicht wahr?«, sagte Hilda. »Wenn auch anders.«

Interviews. Maisies Finger erstarrten auf den Tasten der Schreibmaschine. Ein hübsches kleines Interview, mit einer der hübscheren Damen.

Sie stürzte aus dem Büro und rannte in halsbrecherischem Tempo zum Empfang hinab. Miss Mitterand schüttelte Beanie gerade die Hand.

»Miss Mitterand!«, keuchte Maisie. »Haben Sie später vielleicht Zeit für einen Kaffee?«

Da war es, in der nächsten Ausgabe. Leuchtend und forsch und klar. Und eine Lektion über die Fallstricke des Ehrgeizes: Selbst wenn man etwas bekam, das man unbedingt wollte, stellte es einen womöglich nicht zufrieden.

»Bert liebt es wirklich zu redigieren. Es ist jetzt halb so lang wie das Original, und ich glaube, nur jedes dritte Wort stammt überhaupt noch von ihr«, seufzte Maisie.

»Eine echte Leistung für einen ersten Versuch«, erklärte Hilda entschieden. »Aber Sie haben offensichtlich ein Händchen fürs Schreiben, Miss Musgrave. Sie sollten es noch einmal probieren. Und dann wieder.«

»Und immer wieder«, stimmte Maisie ihr zu und kehrte mit einer motorisch inkorrekten, wenn auch emotional überschwänglichen Pirouette an ihren Schreibtisch zurück.

Zehntes Kapitel

◊◊◊

»Ich sollte dir heute Abend wirklich einen Drink spendieren dürfen. Sag, dass du kannst«, flehte Lola.

»Ich muss lang arbeiten«, sagte Maisie zwischen zwei Bissen Toast. »Bei uns ist so viel los.«

»Aber es ist dein Geburtstag!«

»Das ist doch keine große Sache«, murmelte Maisie. Hätte Georgina ihren Kopf durchsetzen können, hätte ihre Tochter nicht einmal ihr Geburtsdatum erfahren. Wie die Dinge standen, führte der erste Mai bei Georgina immer zu abwehrendem Verhalten, da sie peinlich berührt war, überhaupt ein Kind zu haben und insbesondere Maisie, deren Beharrlichkeit zu wachsen ein Quell des Ärgers war. Doch einmal, in einem ihrer Anfälle von Gesprächigkeit, hatte sie Maisie erklärt, dass ihr Name von ihrem Geburtstag herrührte, eine Wahl, die von Romantik zeugte und demzufolge ihrem Vater geschuldet sein musste.

Ihr Vater. In einer blauen Pappschachtel unter ihrem Bett lag der langersehnte Brief des Standesamts, eine knappe Antwort auf ihre Anfrage in Bezug auf Edwin Musgraves Geburt und Leben, in dem stand, dass ihr womöglich weitergeholfen werden könnte, wenn sie in der Läge wäre, einen Ort oder zumindest eine Region oder das genaue Geburtsjahr des Betreffenden anzugeben. Was sie nicht konnte, weshalb auch ihnen die Hände gebunden waren.

»Du arbeitest zu viel«, schimpfte Lola. »Ich bekomme dich fast gar nicht mehr zu Gesicht, und nun, wo ich auf diese Europatour gehe, werde ich dich wer weiß wie lange nicht mehr sehen!«

Obwohl Maisie wusste, dass Lola keinen weiteren Gedanken an sie verschwenden würde, sobald sie einen Fuß auf das Boot in Folkestone gesetzt hatte, schnürte es ihr die Kehle zu. Lola war immer so nett zu ihr, und auch wenn es die Großmütigkeit der Welterfahrenen war, die von ihrem dunklen Gegenstück angezogen wurde, war es dennoch Güte und aufrichtig gemeint.

»Es tut mir leid«, sagte Maisie. »Treffen wir uns nach deiner Aufführung. Ein Drink wäre wunderbar. Und wir stoßen auch auf deinen Baldigen-Diva-Status in Europa an!«

Lola nahm eine theatralische Pose ein. »Was meinst du? Constance Worth? Vielleicht eine hübschere Gracie Fields?«

»Du bist einfach du, einzigartig und fantastisch, wo immer du sein magst«, beharrte Maisie.

Lola grinste breit. »Hier. Alles Gute zum Geburtstag.« Sie reichte Maisie etwas, das wie ein gefaltetes Taschentuch aussah und nach dem Auspacken eine weiße Seidenrose fürs Haar enthielt.

»O Lola! Sie ist perfekt. Vielen Dank!« Sie steckte sie sich vor dem Flurspiegel ins Haar, zwinkerte heftig und bereute ihre Entscheidung, die neue Wimperntusche benutzt zu haben. Lola streckte den Arm aus und rückte die Rose zurecht. Es sah nun viel besser aus. Maisie blickte ihr Spiegelbild an. Strahlendere Augen blinzelten ihr aus einem runderen Gesicht entgegen. Sie hatte nicht geahnt, dass ihre Haare und Haut schimmern könnten. Selbst ihre Nase und ihr Kinn wirkten interessant und nicht mehr nur zu groß. Sie würde niemals zu der Sorte Frau gehören, die man als »hübsch« bezeichnen würde, doch das spielte keine Rolle. Sogar sie konnte nicht mehr bestreiten, dass sie nun etwas an sich hatte, das sich als »beeindruckend« bezeichnen ließe.

»Ich dachte mir schon, dass sie an dir gut aussehen würde.« Lola nickte anerkennend. »Dann bis heute Abend!«

Hilda war bei einem Frühstück mit Lady Astor und ein »paar anderen politischen Frauen; ich wollte Sie mitnehmen, aber der Tisch ist schon zum Bersten voll«. Vor einem Jahr hätte Maisie die Aussicht, Hilda zu begleiten, einen Schauder den Rücken hinabgejagt. Nun war sie enttäuscht, nicht dort sein zu dürfen.

»Guten Morgen, Miss Musgrave«, trällerte Alfred, der genau in dem Moment die Post hereinschob, als Maisie Hut und Mantel an den Haken hängte. »Gütiger Himmel, ist der nur für Sie?« Er starrte den gewaltigen, mit Zuckerguss überzogenen Kuchen auf ihrem Schreibtisch an, der sich mit der Schreibmaschine einen erbitterten Kampf um Platz – und Größe – lieferte.

»Äh, ich vermute, den hat wohl Miss Matheson für mich hingestellt«, sagte Maisie. In allerletzter Sekunde gelang es ihr, sich die Gabel und Serviette zu schnappen, die im Eingangskorb lagen, bevor Alfred den ersten Schwung Morgenpost abladen konnte. Es war ein wunderschöner Kuchen. Die Wimperntusche war definitiv keine gute Idee gewesen.

»Auch wenn es vielleicht schrecklich unverfroren von mir ist, Miss, so muss ich doch sagen, dass Sie heute ausgesprochen hübsch aussehen«, schwärmte Alfred. »Fast nicht wiederzuerkennen von Ihrer Anfangszeit hier.«

»Oh! Vielen Dank, Alfred«, erwiderte sie gerührt.

Sie wollte ihm gerade ein Stück Kuchen anbieten, als er

fortfuhr: »Hätte niemals gedacht, dass Sie durchhalten würden, im Büro des GD und so. Hier passen Sie besser hin.« Mit einem Nicken rollte er sein Wägelchen weiter und pfiff die Melodie eines Liedes, das Maisie schon des Öfteren im Vorbeigehen aus Pubs gehört hatte – über ein spät erblühendes Mädchen und wo sie erblühte. Maisie machte sich genüsslich über den Kuchen her (cremige Vanillebiskuitschichttorte mit Zitronenglasur), während sie die Post durchging.

Der Morgen wendete sich entschieden zum Schlechten, als Maisie von Fielden, der sich durch Hildas Abwesenheit in seiner Position gestärkt fühlte, aufgetragen wurde, ein hausinternes Memo zu Miss Somerville im Schulfunk zu bringen. Es war ein Ort, den sie zu meiden versuchte, da dort Cyril anzutreffen war, doch sie hatte keine andere Wahl. Sie hegte den starken Verdacht, dass Fielden es absichtlich arrangiert hatte.

»Ah, vielen Dank, Miss Musgrave«, sagte Miss Somerville. »Aber das ist doch nicht Ihre Aufgabe, das Zustellen von Dokumenten, nicht wahr? Trotzdem schrecklich nett von Ihnen«, ergänzte sie, um zu verdeutlichen, dass es nicht böse gemeint war.

»Nicht der Rede wert, Miss Somerville«, erwiderte Maisie. Sie hatte nicht gewusst, dass die Frau überhaupt ihren Namen kannte. Mit gesenktem Blick huschte sie aus der Abteilung, hocherfreut, Cyril nicht über den Weg gelaufen zu sein, und prallte direkt mit Charles Siepmann zusammen.

»Oh, Sie!«, sagte er und schob seine Brille nach oben, um Maisie eingehender zu mustern. »Immer auf dem Sprung! Sie sind ein fleißiges kleines Bienchen, nicht wahr?«

Am liebsten hätte sie gekontert, dass sie keineswegs klein war, aber Siepmann hatte beim Schulfunk eine recht hohe Position inne, wurde von Reith zutiefst respektiert und vom Rest in Savoy Hill als Aal beschrieben, »nur glitschiger«.

Er lächelte. *Mist, er sieht gar nicht mal so übel aus. Unangenehme Zeitgenossen sollten unangenehm aussehen.*

»Ich erledige nur meine Arbeit, Sir.«

»Ja, und geben sich noch dazu große Mühe, hübsch auszusehen, was auch dazugehört. Hübsche Blumen, genau das seid ihr Mädchen, und glauben Sie ja nicht, dass wir Männer das nicht zu würdigen wüssten.«

O wir Glückspilze!

»Mir liegt nur das Wohl der Vortragsabteilung am Herzen, Sir«, sagte sie mit so viel Schärfe in der Stimme, wie sie gerade einmal wagte.

»Nur der Vortragsabteilung? Nicht der gesamten BBC?« Er lächelte wieder, doch da war ein Zischen, ein Wetzstein, der sich auf das Messer vorbereitete.

»Ich … Nun ja, natürlich der gesamten BBC«, stammelte sie in der Hoffnung, er würde ihr schweres Schlucken nicht bemerken. Seine Augen tanzten. Machte er sich über sie lustig, oder stellte er ihre Loyalität auf die Probe? Sie erinnerte sich, wie sehr Reith ihn mochte, und versteinerte. »Ich bin die Vortragssekretärin, weshalb ich natürlich dort gute Arbeit verrichten möchte«, sagte sie und hoffte, jeglichen Schnitzer ausgebügelt zu haben. »Gute Arbeit für den einen ist gute Arbeit für alle, nicht wahr?«

»Ah, hübsch gesagt, meine Liebe«, beglückwünschte er sie. Eine Armada aus nicht so hübschen Bemerkungen schoss ihr durch den Kopf, während sie zurück zu ihrer Schreibmaschine eilte. Nur Hildas betont lautes Husten riss Maisie aus der Verbissenheit, mit der sie die arme Underwood malträtierte.

»Oh, entschuldigen Sie, Miss Matheson. Ich habe nicht bemerkt, dass Sie schon zurück sind.«

»Es war ein sehr nettes Frühstück. Und wie ich sehe, haben

Sie Ihres auch genossen.« Sie zeigte auf den leeren Kuchenteller.

»Er war köstlich, vielen Dank«, sagte Maisie und wünschte, sie hätte einen letzten Bissen übriggelassen.

»Gern geschehen. Und Ihnen alles Gute und noch viele glückliche Jahre! Fünfundzwanzig ist eine entscheidende Zeit. Wie dem auch sei, Miss Fenwick hat gerade vorbeigeschaut und lässt ausrichten, dass ihnen das Wasser bis zum Hals stehe und sie ihre Mittagspause erst recht spät nehmen könne, aber hoffe, dass Sie heute Nachmittag eine längere Teepause machen dürfen, und ich glaube fast, dass sich das arrangieren lässt.«

»Vielen Dank. Ich kann die Mittagspause verkürzen.«

»Nun, um das zu bewerkstelligen, müssten Sie die Zeit im Auge behalten können«, warnte Hilda. Dann lächelte sie. »Das hier dürfte dabei helfen«, sagte sie und überreichte Maisie eine Pappschachtel.

Überrascht öffnete Maisie sie und fand darin ein fliederfarbenes Etui vor. Und darin lag eine kleine emaillierte Uhr mit einem fliederfarbenen Ziffernblatt. Sie war bereits gestellt. Maisie starrte sie an, als wäre es ein Gesicht, das sie ebenfalls anblickte. In ihrem ganzen Leben hatte sie noch nie ein richtiges Geburtstagsgeschenk bekommen und nun dieses prächtige, kostbare Ding …

»Oh! Miss Matheson!« Die Wimperntusche kroch ihre Wangen hinab.

»Ich sagte, fünfundzwanzig sei eine entscheidende *Zeit*, nicht wahr?« Hilda lächelte. »Und die bewahrt Sie davor, ständig auf die Reiseuhr blicken zu müssen. Was habe ich Ihnen an Ihrem ersten Tag gesagt? Effizienz. Nichts geht über Effizienz. Jetzt legen Sie sie schon an und vergessen Sie nicht, sie jeden Abend aufzuziehen. Dann sollte sie hoffentlich jahrelang laufen.«

»Haben Sie den Brief für Mr Wells?«

Hilda versuchte weiterhin, H. G. Wells, der mit seiner Meinung nicht hinter den Berg hielt, dass das Radio viel alberner als alles war, was er jemals schreiben könnte, für sich zu gewinnen. Hildas letzter Brief an ihn war ein Meisterstreich gewesen, in dem sie ihm erklärte, dass sie seine Argumente natürlich respektiere, er Großbritannien jedoch einer besonderen Erfahrung beraube. Sie unterschrieb ihn mit fester Hand, dann bat sie um die morgendliche Post, während sie Maisie gleichzeitig ihre Gedanken über das Frühstückstreffen diktierte, da es gut möglich wäre, dass sich das meiste, was dort gesagt worden war, zu einem vorzüglichen Vortrag verarbeiten ließe. Der chaotische Alltag brachte Maisies entgleiste Gesichtszüge wieder in ihren Normalzustand.

Es war im Grunde ein schöner Tag, mit einem Himmel, der wie ein blaues Festtagsband leuchtete, und Blumenampeln, die von Straßenlampen entlang der Savoy Street herabhingen und ihr Entzücken mit ihrer vollen Blütenpracht zum Ausdruck brachten. Maisie, bewaffnet mit einem Stenoblock und einem Notizheft voll mit Hildas Gedanken über das Radio, eilte zum Tup, während warme Gedanken an Mrs Holmbys Lammkotelett ihre Schritte beflügelten, doch der herrliche Tag und der Luxus ihrer neuen Armbanduhr führten sie zu dem kleinen Sandwichladen auf The Strand. Mit Sandwiches, Schokolade von Miss Cryer und – trotz der Aussicht auf eine lange Teepause – zwei Kuchenstücken beladen, spazierte sie zum Embankment.

Sie rollte den Bleistift in der Hand und starrte zur Themse, die blubbernd neben ihr dahinfloss. *Wie lang sie wohl ist? Am liebsten würde ich eines Tages bis zu ihrem Ende reisen. Und dann weiter die Mündung hinaus und immer, immer weiter.*

»Würde es Sie schrecklich stören, wenn ich mich zu Ihnen

auf die Bank setze? Ich weiß, unerhört aufdringlich von mir, aber das ist die einzige, an der ich seit über einer halben Meile vorbeigekommen bin, die nicht mit kreischenden Kindern und nörgelnden Nannys belegt ist. Himmel, hört sich ›kreischende Kinder und nörgelnde Nannys‹ nicht wie ein Varieté-Liedchen an? Ich habe vielleicht meinen Beruf verfehlt.«

Maisie blickte zu dem hochgewachsenen jungen Mann auf, der neben ihrer Bank von einem Bein aufs andere trat. Seine Melone saß recht weit hinten, sodass seine welligen braunen Haare hervorlugten, die zwar mit Pomade zurückgekämmt waren, um ordentlich auszusehen, aber nicht genug, um dandyhaft zu wirken. Schokoladenbraune Augen, weich und welpenhaft, mit einem fröhlichen Funkeln am Rand. Fältchen unter den Augen, die sich beim Lächeln vertieften. Sie hatte das Gefühl, als hätte sie jemand leicht am Nacken berührt – ein Kribbeln, das sie bis hinab in die Zehen spürte.

»Nun, es ist eine öffentliche Bank, auf die ich kaum ein alleiniges Anrecht habe.«

»Das kann man nicht wissen. Sie könnten Geld gespendet haben«, gab er zu bedenken.

»Wäre das kein Anblick, wir alle, so weit das Auge reicht, jeweils auf unserer eigenen Bank? Das treibt die Ansprüche etwas zu weit.«

»Es klingt nach freiem Unternehmertum«, äußerte er verhalten.

»Es hört sich nach überhaupt nichts Freiem an«, sagte sie mit Entschlossenheit.

»Weise Worte«, erwiderte er, setzte sich und packte sein Sandwich aus. Maisie warf ihm einen letzten verstohlenen Blick zu und konzentrierte sich dann auf ihr eigenes Essen.

»Ich muss sagen«, meldete sich ihr Nachbar ungefragt wieder zu Wort, »ich bin ein wenig überrascht, ein junges Mädchen allein hier draußen anzutreffen.«

Sie reagierte gereizt. »Denken Sie, ich bräuchte eine Anstandsdame?«

»Nichts so Bourgeoises«, sagte er lachend. »Nur dass ihr modernen Mädchen normalerweise zu zweit oder in einem ki… Grüppchen herumlauft.«

»Sie wollten ›kichernd‹ sagen, nicht wahr?« Sie war von ihrer eigenen Schlagfertigkeit überrascht. Es war so einfach, sich mit jemandem zu unterhalten, dessen Gesellschaft man vielleicht überhaupt nicht wollte, Kribbeln hin oder her. Er war gut aussehend und vielleicht clever, doch sie wusste jetzt, dass gutaussehende junge Männer tödlich waren.

Er warf den Kopf zurück und lachte auf die gleiche Art wie Hilda.

»Ertappt, wenn auch eines Besseren belehrt. Und reumütig.«

»Ich esse gern allein«, sagte sie. Sie wollte es nicht als Aufforderung verstanden wissen, doch ihre Nackenhaare sträubten sich. Keinesfalls wollte sie als leichte Beute gesehen werden.

»Ah, aber Sie sind nicht allein. Sie haben ein Notizbuch bei sich. Schreiben Sie etwa?«

Sie klappte das Buch zu, um Hildas Privatsphäre zu schützen.

»Ein bisschen.«

»Für die Arbeit oder zum Vergnügen?«

»Ist das meiste Schreiben nicht beides?«

Er lachte wieder.

»Sie sind lustig«, sagte er zu ihr. »Ich bin ebenfalls Schriftsteller, nun ja, Journalist, ein paar Essays – es vermischt sich doch alles ein bisschen.«

»Oh!« Ihr Interesse war geweckt. »Schreiben Sie für eine der Fleet-Street-Zeitungen?«

»Nein. Viel zu bourgeois für mich. Ich schreibe für die *Pinpoint*. Kennen Sie die?«

»Ich muss gestehen, leider nicht.« Unzählige Zeitschriften strömten täglich ins Savoy Hill, entweder herumgereicht von Mitarbeitern, die sie als potenziell wertvoll erachteten, oder auf Hildas Drängen hin, damit sie alle mit mehr als nur den bekanntesten Zeitungen vertraut waren. (»Es ist immer nützlich, so viele Stimmen wie möglich zu hören. Selbst solche, die etwas an Kohärenz zu wünschen übriglassen.«)

»Wir sind ganz neu. Immer noch dabei, uns Aufmerksamkeit zu verschaffen«, sagte er, rieb sich die Hände und grinste ein wenig irr. Maisie mochte es, wenn Männer mit Leidenschaft über ihre Arbeit sprachen, doch andererseits war das bei Guy Fawkes wohl auch nicht anders gewesen. »Wenn es Sie interessiert, wäre es mir ein Vergnügen, Ihnen ein paar Ausgaben zu schicken. Ich würde mir niemals die Freiheit erlauben, nach Ihrer Adresse zu fragen, aber wenn Sie der großartigen neuen Schar an arbeitenden Frauen angehören, könnte ich sie Ihnen dorthin schicken, falls Ihr Arbeitgeber es erlaubt.«

»Sie würden es zweifellos befürworten«, sagte Maisie. »Ich arbeite bei der BBC«, fügte sie hinzu, wobei sie ihren Stolz mit einer Prise Gleichgültigkeit versetzte.

»Nein! Nicht wirklich, oder?« Er lachte wieder, länger, als es gerechtfertigt erschien. »Ah, nun ja, wir alle zollen in irgendeiner Weise dem Mammon unseren Respekt. Sekretärin, oder?«

Und eine sehr gute. Doch sie überlegte, wie es wäre, diese Frage gestellt zu bekommen, ohne die Erwartungshaltung richtigzuliegen.

»Aber Sie schreiben nebenbei, nicht wahr?« Er bemerkte ihr Nicken und fuhr fort, erfreut von seinem Scharfsinn. »Gut so! Man muss immer versuchen, etwas Neues zu machen – das ist mein Motto. Nun ja, eines von vielen. Aber ein lustiges Mädchen wie Sie sollte sich in ihren freien Momenten mit anderen cleveren Mädchen unterhalten. Sie sind heutzutage alle ganz schön clever, nicht wahr?«

Lustig? Clever? Wann waren diese Worte jemals in ihrem Zusammenhang gefallen?

»Vielleicht waren wir immer schon clever, und Ihnen ist es nur nie aufgefallen?« War das wirklich sie?

»Und da dachte ich immer, ich wäre ein aufmerksamer Beobachter.« Er seufzte theatralisch.

Die Armbanduhr, immer noch kühl an ihrem Handgelenk und schwer aufgrund ihrer Neuheit, ermahnte sie, dass es eine kurze Mittagspause war. Sie war nicht übermäßig traurig.

»Ah, natürlich.« Er nickte. »Bitte, verraten Sie mir Ihren Namen?«

»Maisie Musgrave«, sagte sie und schüttelte seine ausgestreckte Hand.

»Simon Brock-Morland. Vielleicht werden sich unsere Wege noch einmal kreuzen?«

»Vermutlich gab es schon sonderbarere Zufälle.« Sie lächelte. Unwillkürlich.

»Das klingt fast wie eine Herausforderung.« Er grinste zurück.

»Es war sehr nett, Sie kennenzulernen, Mr Brock-Morland«, sagte sie. »Guten Tag.«

Sie spürte das Kribbeln immer noch in ihrem Nacken, während sie den Savoy Place entlangspazierte. Doch sie kämpfte gegen das Gefühl an, schob es tief nach unten, wo die Faust in ihrem Innern so lange darauf einprügeln konnte, bis es zerbrach. Sie würde sich in keinen weiteren gutaussehenden Mann verlieben, selbst wenn er sie für lustig und clever hielt. Sie würde vor niemandem mehr davonlaufen. Nie wieder.

Phyllida kam Maisies Bitte nach und plauderte nichts über den Geburtstag aus. Nicht dass es irgendjemanden gekümmert hätte, aber Maisie erinnerte sich an ihre Vorstellungen, wo sie in diesem Alter gern wäre. All diese behutsam geschmiedeten Pläne, kleine Schachteln in ihrem Hinterkopf, jede fein säuberlich beschriftet und mit Lebensabschnitten gefüllt. Liebe. Hochzeit. Ein Zuhause. Alles in Hinblick auf Sicherheit. Doch sie wusste nun, dass es nicht dazu kommen würde. Sie hatte Krankheiten, Verletzungen, Entlassungen gesehen, die Haushalten den Boden unter den Füßen weggezogen und ganze Familien auf die Straße befördert hatten, wo selbst die Armen von ihrer Existenz nichts wissen wollten. Beide, Phyllida und Hilda, waren Verfechter eines besseren Systems, bei dem »Glücklosen« geholfen wurde. Es klang utopisch. Maisie fand, dass sich die meisten Menschen lieber *nicht* kümmerten, anstatt sich zu kümmern, und nicht halfen, wenn es sich irgendwie vermeiden ließ.

Sie blinzelte die Spinnweben ihrer Tagträume fort und eilte in die Cafeteria, wo Phyllida ihr einen Walnusssahnekuchen und als Glasur ein Kännchen geschmolzene Schokolade reichte, das Mrs Hudson bereitgestellt hatte, die Maisies Appetit als eine herrliche Herausforderung ansah.

Phyllida war hingerissen von der Uhr. Ihr Yorkshire-Akzent floss üppig wie die Schokolade.

»Deine Miss Matheson ist die famoseste … nee, tollste Frau in Großbritannien … einfach 'ne Wucht, unglaublich. Ich wusste, sie hält große Stücke auf dich, und warum auch nicht, aber da zieht es einem glatt die Füße weg.«

»Schsch, häng es nicht so an die große Glocke«, beharrte Maisie. »Ich glaube nicht, dass sie Mr Fielden etwas zum Geburtstag geschenkt hat, und er ist ihr Stellvertreter.«

»Ja, aber man kann bei Selfridges keinen Sinn für Humor kaufen.«

»Nicht einmal bei Harrods.«

Ihr Kichern zog den Zorn der Toneffektmänner auf sich, die sich in einer Ecke zusammendrängten.

»Darf ich bitten?«, knurrte Jones. »Wir besprechen gerade, wie man ein Tennismatch vertont.«

Was ihnen ein noch lauteres Lachen entlockte.

»Hallo, oh, wenn das nicht lecker aussieht!« Beanie ließ sich mit einem lauten Rascheln von Crêpe de Chine und dem leisen Klappern ihrer Sautoir-Halskette, deren Steine Maisie fast blendeten, neben ihnen nieder.

»Der ist nur für Maisie«, erklärte Phyllida rasch, um jegliche Ansprüche im Keim zu ersticken. Sie mochte Beanie, das taten sie alle, hauptsächlich wegen und nicht trotz ihres Mangels an Fingerspitzengefühl, dem keinerlei böse Absicht oder Vorsatz zugrunde lag. Doch Phyllida, eine leidenschaftliche Fürsprecherin der klassenlosen Gesellschaft, war sich des Ausmaßes von Beanies Privilegien bewusst und fest entschlossen, alles, was nicht ausdrücklich ihr gehörte, aus ihrer Reichweite zu schaffen.

»Warum?«, fragte Beanie, vergaß jedoch aufgrund ihres überschäumenden Rededrangs, eine Antwort abzuwarten. »*Riesen*skandal im Anmarsch, schon gehört?«

Hatten sie nicht.

»Wurde gerade erst verkündet. Ein echter Schock für den armen GD.«

»Siepmann ist ein russischer Spion?«, fragte Phyllida hoffnungsvoll.

»Wäre das nicht komisch? Nein, die große Shields verlässt uns und heiratet.«

Maisie verschluckte sich und spuckte Krümel aus.

»Du meine Güte, jetzt wissen wir endlich, was nötig ist, damit du etwas von deinem Essen hergibst«, sagte Phyllida und klopfte ihr auf den Rücken.

»Miss Shields?«, fragte Maisie, und ihr drehte sich der Kopf schneller, als es selbst vier Kuchenstücke an einem Tag geschafft hätten. »Aber sie ist so ... streng.«

»Oh, keine Ahnung. Sie hatte vor ein paar Jahren diese leidenschaftliche Affäre mit diesem verheirateten Mann.«

Jetzt mussten beide husten, Phyllida und Maisie.

»Wenn Sie schon dieses entsetzliche Geräusch machen, sollten Sie wenigstens die Güte besitzen, es dort zu tun, wo wir es aufnehmen können!«, rief Fowler ihnen zu.

»Beanie, das kann nicht Ihr Ernst sein«, sagte Maisie fast flehend.

»Mama sagt das auch ständig, aber ich denke, ich habe ihr schon des Öfteren das Gegenteil bewiesen.«

Miss Shields, steif und spröde, Mr Reith sklavisch ergeben (»Sir John«). Starrer Tweed und noch starrere Gesichtszüge. Verlobt, um in Bälde zu heiraten.

»Das hätte man niemals geglaubt, bei einer Frau ihres Alters«, fuhr Beanie fort und stibitzte sich Phyllidas Feuerzeug.

»Ich glaube nicht, dass sie viel älter als fünfunddreißig ist«, sagte Phyllida.

»Ja. Vielleicht ist ihr Verlobter nicht gesund, oder er will keine Kinder. Aber gut für sie. Eine der ›überzähligen Frauen‹ weniger!«

»Sie sollten diesen Ausdruck nicht verwenden. Er ist scheußlich«, beschwerte Maisie sich.

»Allem Anschein nach ist der GD am Boden zerstört«, fuhr

Beanie ungerührt fort. »Wie kindisch von ihm. Will unbedingt, dass alle heiraten, aber nicht wenn es bedeutet, dass sie dann aufhören, ihm zu dienen. Nun gut. Bye!« Sie drückte ihre Zigarette in Phyllidas Unterteller aus und hüpfte davon.

»Sie beschwert sich über ihn, obwohl *sie* diejenige ist, die zur Aristokratie gehört«, sagte Phyllida mit einem Kopfschütteln. »Wenn uns irgendjemand wieder in den Feudalismus treibt, dann die aufstrebende Mittelschicht.«

»Ich bezweifle allerdings, dass es die Aristokraten sonderlich stören würde«, erwiderte Maisie.

Der Flurfunk des Savoy Hill wusste schon bald mehr. Miss Shields hatte gebeten, nach der Heirat weiterarbeiten zu dürfen, doch ihr Wunsch war ihr verwehrt worden. Maisie fragte sich, wie irgendjemand an diese Information gelangt war – keine der betroffenen Parteien hätte freiwillig etwas preisgegeben. Doch bei der nächsten Besprechung von Hilda und Reith sah Maisie mit eigenen Augen Miss Shields' eleganten Diamantring und ihre Gesichtszüge, die noch strenger als sonst waren. Bei genauerer Betrachtung bemerkte Maisie Dinge, die nur wenigen anderen aufgefallen wären: den Gebrauch von leichtem Bühnen-Make-up, wahrscheinlich um die rot geränderten Augen zu kaschieren.

»Miss Matheson«, sagte Reith, sein Tonfall betont geduldig. »Eine Vielzahl der Bücher, die Lady Nicholson bespricht, sind unangemessen. Mir sind eine Menge Beschwerden zu Ohren gekommen, einschließlich solcher, die mit Sorge feststellen, dass einige der Bücher anstößige Ideen beinhalten, sogar den Umsturz unserer heiligsten Traditionen. Als wären diese Zeiten nicht befremdlich genug.«

»Lady Nicholson wäre niemals anstößig«, sagte Hilda, das Kinn trotzig nach vorne geschoben und mit einem entschiedenen Fauchen in der Stimme. Sie hatte eine Dinnerparty auf Long Barn besucht, dem Anwesen von Vita und ihrem Ehemann, Harold Nicholson, und ihre Meinung von der gesamten Familie, aber insbesondere von Vita, war so hoch, dass daneben selbst der Eiffelturm winzig aussah. »Und wenn ich mir die Bemerkung erlauben darf, Sir John, haben wir Unmengen an Briefen von Bibliothekarinnen aus dem ganzen Land erhalten, die schreiben, dass ihnen die besprochenen Bücher regelrecht aus den Händen gerissen werden.«

»Ja, aber wollen die Menschen sie lesen oder verbrennen?«

»Nun, ich denke, damit würden sie wohl ihre Ausleihrechte aufs Spiel setzen.«

»Seien Sie bitte ein einziges Mal ernst, Miss Matheson. Ich habe es Ihnen schon mehrmals gesagt, wir müssen äußerste Vorsicht walten lassen. Meinungen können sich ändern.«

»O ja, das weiß ich nur zu gut«, sagte sie.

»Sie werden also mit Lady Nicholson sprechen?«

»Das werde ich unter keinen Umständen. Sie kennt die Richtlinien und hat einen vorzüglichen Geschmack. Und wenn Sie sich recht erinnern, war ein Teil des Honigs, den wir ihr ums Maul geschmiert haben, als wir sie um die Buchbesprechungen baten, dass sie bei der Auswahl der Literatur völlig freie Hand hat.«

Reith sog so kräftig an seiner Zigarette, dass es aussah, als wolle er sie essen.

»Ich würde mit Sir Harold reden, aber ich weiß, dass die Dame die Zügel in der Hand hat. Apropos, ich hoffe inständig, dass ihre Beziehung nicht so unnatürlich ist, wie es die Gerüchteküche will, denn andernfalls müssten wir ihre Position hier noch einmal überdenken.«

Hildas stures Kinn zitterte, und ihre Kiefer wurden weiß. Maisie beugte sich vor.

»Wenn mir die Bemerkung erlaubt sein darf, Sir, wir haben sehr viele begeisterte Leserbriefe erhalten, nicht nur von Bibliothekarinnen, die Lady Nicholson sehr zu schätzen wissen. Ich habe ein ganzes Bündel in der Vortragsabteilung, wenn Sie sie sehen möchten?«

Er hatte eine Art an sich, sie anzublinzeln, als wäre er überrascht, dass sie in ganzen Sätzen sprechen konnte. Es war nicht das erste Mal, wurde Maisie jetzt klar, aber sie hatte sich immer zu sehr gefreut, dass ihre Gegenwart überhaupt zur Kenntnis genommen worden war, um seinen Gesichtsausdruck zu bemerken.

»Ja, nun, ich bin sicher, das ist … sehr nett. Aber wirklich, Miss Matheson, ich wäre Ihnen sehr verbunden, wenn Sie zumindest eine *Anspielung* machen könnten, dass ein wenig mehr Besonnenheit löblich wäre? Selbst in diesen zügellosen Zeiten?« Er unterstrich das Wort »zügellos« mit einer Grimasse, als würde er gerade eine ganze Zitrone auslutschen. Die noch dazu verschimmelt war. »Die größte Loyalität muss der BBC gelten. Sie muss an allererster Stelle stehen.«

Maisie blickte zu Miss Shields, die sich auf die Lippe biss, während sie seine Worte mitstenografierte.

Würde sie all das hier vermissen? Maisie hatte die Ehe immer als einen Schritt nach *vorne* erachtet. Jetzt kam ihr in den Sinn, was sie verlieren würde. Die BBC war einer der wenigen Orte in Großbritannien, wo eine Frau nach der Hochzeit weiterarbeiten konnte, vorausgesetzt, sie hatte eine leitende Stelle inne. Vielleicht traf das auf Miss Shields nicht zu. Oder vielleicht wollte Reith vermeiden, dass die Frau, die ihn bediente, einen anderen Mann mehr liebte.

Als die Sitzung vorüber war und die Frauen Reiths Büro verlassen hatten, streckte Maisie Miss Shields die Hand hin.

»Gratulation, Miss Shields. Alles erdenklich Gute.«

Miss Shields lächelte sogar und schüttelte die dargebotene Hand.

»Das ist sehr freundlich von Ihnen, Miss Musgrave. Vielen Dank.«

Es war schwer vorstellbar, dass Maisie vor nicht einmal zwei Jahren, blass und knochig, zum ersten Mal in dieses Büro geschlichen war, ein verängstigtes Huhn auf dem Weg zur Schlachtbank. Miss Shields hatte nicht viel von ihr gehalten, doch sie hatte ihr Tee gegeben. Und die Gelegenheit, die Worte zu sagen, durch die sie hatte bleiben dürfen.

Maisie wollte ihr danken. Doch Miss Shields war nicht die Sorte Frau, die Dankesworte begrüßte. Und außerdem erinnerten sich beide, dass ihr Wunsch, Maisie von der BBC fernzuhalten, nicht in Erfüllung gegangen war.

Zumindest für mich steht die BBC weiterhin an erster Stelle.

Nur mit großer Mühe konnte sie sich vorstellen, dass etwas wichtiger sein könnte.

Maisie und Hilda hatten nicht übertrieben, was die Anzahl an Briefen betraf, die sie erreichten. Die meisten waren Dankes- und Glückwunschschreiben, doch es gab auch Anfragen und selbst unverhohlene Vorschläge für neue Vorträge, die aus jeder Ecke Großbritanniens eintrafen. Aber nicht nur das, Tausende von Menschen boten höflichst ihre Zeit und Expertise an, um ins Radio zu kommen. Die Postjungen staunten über die Säcke an Briefen, die stündlich herein- und hinausgetragen wurden. Sie mochten ihre Arbeit wie der Rest in Savoy Hill, obwohl sie über Reiths strikte Regel bezüglich Herrenjacketts klagten. Während Hemdsärmel in der Poststelle erlaubt waren, mussten bei der Zustellung der Briefe ausnahmslos Jacketts getragen werden. Reiths puritanisches Beharren auf einer Kleiderordnung war eines der Themen, das den satirischen Zeitschriften ein gefundenes Fressen bot, die ansonsten nicht immer zu ihrer Höchstform aufliefen, wenn sie das Radio kritisierten. »Sie sollten uns dankbar sein, dass wir eine solche Herausforderung für sie darstellen«, erklärte Hilda, während sie über die *Punch* kicherte.

Die Nachmittagspost, fast als wollte sie Reith noch weiterärgern, war voller Briefe, die verschiedene Vorträge über den grünen Klee lobten, sowie Einladungen für Hilda, die zu diesem Verein oder jener Wohltätigkeitsorganisation oder Abendgesellschaft kommen sollte.

Da bemerkte Maisie einen großen, rechteckigen Umschlag – im Grunde ein Päckchen – und hatte das sonderbare Gefühl, dass ihr Herz einen Looping machte, wie ein Fahrgeschäft auf dem Jahrmarkt.

Ihr Name stand auf dem Päckchen.

Definitiv ihrer: »Miss M. Musgrave c/o BBC« etc., etc. Ihre Hände zitterten, als sie es öffnete, und sie riskierte aufgrund Tausender möglicher Papierschnittwunden ihr Leben.

Vier Ausgaben des *Pinpoint* Magazins lagen darin. Außerdem ein Zettel mit der selbstbewussten, eleganten Handschrift eines Mannes:

Liebe Miss Musgrave,
ich kann Ihnen nicht sagen, wie sehr ich unser Gespräch vergangene Woche genossen habe. Ich wollte Ihnen noch am selbigen Nachmittag ein paar Exemplare unserer kleinen Zeitschrift schicken, doch dann hielt ich es für besser, ein wenig zu warten, um die neueste Ausgabe beizulegen. Es würde mich sehr interessieren, was Sie von ihnen halten. Falls Sie diesen Samstagnachmittag noch nichts vorhaben, wollen Sie sich dann zum Tee mit mir treffen? Bitte lassen Sie sich von der Aussicht auf meine entsetzli-

che Enttäuschung nicht beeinflussen, sollten Sie keine Zeit haben (oder Lust; er schaudert vor Schmach).
Ihr ergebener Simon Brock-Morland

Maisies Atem kam kurz und abgehackt. Es könnte natürlich ein Trick sein. Ein Trick à la Cyril. Simon Brock-Morland mochte sie für eine Verfechterin der freien Liebe halten. Aber Tee, kein Drink. Ein Nachmittag, kein Abend. Das alles wirkte sehr zivilisiert. Vielleicht.

»Ooh, was haben wir denn hier?« Hildas wissbegierige Augen tanzten über die Magazine.

»Haben Sie schon einmal von der *Pinpoint* gehört?«

»Nein. Sie muss recht neu sein, wenn wir sie bisher nicht in die Finger bekommen haben.« Ihr Blick huschte zu Maisie. »Bei Ihnen alles in Ordnung? Sie sehen ein bisschen blass um die Nase aus.«

»Nein, mir geht's gut, vielen Dank. Dürfte ich auch eines der Exemplare lesen?«

»Natürlich.«

Maisie schob den Zettel in die oberste Zeitschrift und reichte Hilda den Rest.

Sie würde ihm höflich danken, aber ablehnen. Man traf sich nicht mit Männern zum Tee, zumindest nicht nach nur einem zufälligen und ungebetenen gemeinsamen Mittagessen. Selbst wenn er ein Schriftsteller war. Der sie lustig und clever fand und bei dem ihr Nacken kribbelte. Sie würde Phyllida fragen, ob sie mit ihr stattdessen ins Filmtheater gehen wollte. Sie könnten sich den neuen Buster Keaton im Odeon ansehen.

Sie rang immer noch nach Atem.

Elftes Kapitel

◊◊◊

»Gibt es russische Spione unter uns und tut diese Regierung genug, um sie zu Fall zu bringen?«

Die Zuhörerschaft hatte mit Interesse verfolgt, welche Art von Vorträgen sie erwarten könnte, nun da »kontroverses« Material erlaubt war, und bisher hatte Hilda sie nicht enttäuscht. Dies war die dritte von Dutzenden von geplanten Debatten über heikle Themen des Tagesgeschehens, und die Zuhörer waren gewappnet.

Ebenso wie die Rundfunksprecher. Studio eins wirkte viel zu klein und stickig – obwohl es keine Rolle spielte, fand Maisie, da jeder die Luft anhielt.

Die Moderatorin, Mrs Strachey (Rachel, aber sie wurde von allen Ray genannt), stellte die Sprecher zu beiden Seiten vor, und die Debatte nahm ihren Lauf.

»Ich habe bereits ein Problem mit dem Titel dieser Debatte«, begann der erste Sprecher, »denn der zweite Teil der Frage unterstellt bereits, dass die Antwort auf den ersten ein entschiedenes Ja ist. Und bis zu dem Zeitpunkt, wo wir einen klaren Beweis in Händen halten – wobei ich keine sensationslüsternen Geschichten in Veröffentlichungen meine, die von jungen Mädchen mit weichem Flaum verschlungen werden und die sich an der Vorstellung von weißer Sklaverei ergötzen –, können wir kaum darauf bestehen, dass die Regierung kostbare Zeit und Ressourcen verschwendet, um etwas zu jagen, das es überhaupt nicht gibt.«

»Aber die widersprüchlichen Stimmen in Großbritannien wachsen!«, wurde ihm gekontert. »Gewerkschaftler und Kommunisten sprechen sich gegen unsere schönsten Traditionen aus.«

»Wir haben eine lange Tradition an Widersprüchen, die gewiss von jeder freien Gesellschaft begrüßt werden. So effizient, wie unser System denjenigen erscheinen mag, die am meisten davon profitieren, müssen wir gleichzeitig eingestehen, dass es Unzulänglichkeiten aufweist, und wir sollten offen sein, um diese auch zu korrigieren.«

Maisie blickte zu Hilda, die die Sprecher beobachtete und jeden Punkt mit einem Nicken begleitete. Reith mochte der Ansicht sein, dass kontroverse Themen einfach zur »Bildung und Information« beitrugen, doch Hilda bestand darauf, dass sie weitergehen müssten. Sie sollten zum Nachdenken anregen.

Die Legionen an Provozierten ließen ihren Gefühlen in Bergen an Briefen freien Lauf. Doch nach der letzten Zählung gab es zweieinhalb Millionen verkaufte BBC-Lizenzen, weshalb Hilda sich darin bestärkt fühlte, weiter zu provozieren.

Maisie fragte sich, ob Hilda in die Kategorie »radikal« fiel. Das schien unwahrscheinlich. Lady Astor war eine Konservative, weshalb hätte sie eine radikale politische Sekretärin einstellen sollen? Maisie und Phyllida diskutierten es häufig während ihrer sonntäglichen Spaziergänge.

»Mir ist das Gerücht zu Ohren gekommen, dass Miss Matheson eine Kommunistin sein soll. Spielt doch kaum eine Rolle, wenn sie nicht wählen kann, nicht wahr?«

»Miss Matheson *kann* wählen«, wies Phyllida sie zurecht.

»Aber sie ist nicht verheiratet«, sagte Maisie. »Muss eine Frau denn nicht verheiratet sein?«

»Die dumme Regel besagt, dass man älter als dreißig sein muss. Dann muss man entweder selbst Grund und Boden besitzen oder mit einem Kerl verheiratet sein, der welchen hat. Oder studiert haben. Es ist verrückt«, spottete Phyllida. »Der Kampf ging um gleiches Stimmrecht, nicht um diesen zusammengeschusterten Unsinn. Ich will nicht warten. Ich will, dass sich jetzt etwas ändert!«

»Amerika schließt keine Frauen unter dreißig aus.«

»Nee, weil Amerika so spät in den Krieg gezogen ist«, sagte Phyllida wertungsfrei. »Wir haben viel mehr junge Männer verloren, wenn hier nun alle Frauen über einundzwanzig wählen dürften, wären wir die Mehrheit. Und du weißt schon, Gott behüte!«

Maisie freute sich auf die Debatte über gleiches Stimmrecht.

Billy gab das Zeichen, dass sie nicht mehr auf Sendung waren, und alle applaudierten. Die Redner schimmerten rot vor Schweiß, und Mrs Strachey schien das Wortgefecht gefallen zu haben.

»Du meine Güte!«, rief sie. »Das war ein Genuss! Und ich dachte immer, Hahnenkämpfe wären blanker Unsinn. So etwas könnte ich jeden Tag in der Woche moderieren. Einfach großartig!«

Maisie wünschte, die Debatten würden die Fragen letztendlich beantworten, die sie aufwarfen, doch sie stimmte Mrs Strachey in einem Punkt voll und ganz zu. Die ständige Fragerei war elektrisierend. Sie wollte noch tiefer in die Materie eintauchen. Und lieber nicht über Simon nachdenken.

»Warum nur habe ich zugestimmt?«, fragte sie Phyllida,

während sie in den Spiegel ihrer bevorzugten Damentoilette starrte.

»Weil er gut aussehend und witzig ist und gesagt hat, dass du clever bist, was bedeutet, dass er nicht völlig auf den Kopf gefallen ist. Aus diesem Grund gehst du und trinkst Tee mit ihm, und dann triffst du mich auf Pommes und Kroketten und einen Film«, sagte Phyllida entschlossen.

Maisie hatte absichtlich nicht versucht, besonders elegant auszusehen, auch wenn das jadegrüne Kleid fein säuberlich gebürstet war und sie Lolas weiße Rose im Haar trug. Phyllida überwachte, wie sie einen hauchzarten Tupfen rosafarbenen Lippenstift auf ihren Mund gab, dann drückte sie ein Taschentuch auf Maisies Lippen und scheuchte sie zur Straßenbahn.

Es ist nichts. Es ist nur Tee. Ich habe anschließend Pläne. Und er war überhaupt nicht so gut aussehend, nicht wirklich, glaube ich, oder clever. Er war wahrscheinlich nur …

»Keine Ahnung, was die BBC für Interessen verfolgt, wenn sie solche Sendungen erlaubt.« Die Beschwerde eines Mannes schnitt durch ihre Gedanken und bannte ihre Aufmerksamkeit.

»Da kann ich nicht zustimmen. Ich fand es ganz nützlich. Viel Spaß, eine Zeitung zu finden, die solche Fragen stellt.«

»Haben wir nichts anderes, worüber wir uns Sorgen machen sollten, als die Bolschewisten?«

»Genau das ist der Punkt! Warum sich den Kopf zerbrechen wegen etwas, das nicht eintreten wird?«

»Ich glaube nicht, dass das der Punkt war.«

So ging es immer weiter, hitzig wie die Debatte selbst, wenn auch weniger sprachgewandt und gelegentlich nicht ganz sendefähig. Maisie musste sich schier zwingen, bei ihrer Haltestelle auszusteigen. Es war das eine, die Leserbriefe zu lesen.

Es war etwas anderes, mit eigenen Ohren zu hören, direkt und unverfälscht, wie sehr die BBC die Öffentlichkeit berührte. Hilda hatte recht, das Radio mochte nicht alles verändern. Doch sie lag insofern richtig, dass es eine Verbindung zu den Menschen schuf.

Sie lächelte immer noch, als sie die winzige Teestube betrat und Simon von seinem Platz aufsprang und zurücklächelte. Er sah nicht so gut wie in ihrer Erinnerung aus – sondern noch viel besser. Dieses Kribbeln in ihrem Nacken kroch ihre gesamte Wirbelsäule hinab.

»Miss Musgrave! Ich kann Ihnen gar nicht sagen, wie sehr ich mich freue, Sie wiederzusehen. Bitte setzen Sie sich. Was möchten Sie trinken?«

»Nun ja, es ist eine Teestube«, sagte sie, genötigt, das Offensichtliche laut auszusprechen.

»Sie haben auch Kaffee«, erwiderte er mit gespielter Entrüstung. »Und irgendeine Art Zitronenlimonade, wahrscheinlich für Kinder.«

Er bestellte eine Kanne Tee und eine Auswahl an Sandwiches und Scones.

»Sollen wir vollkommen bourgeois sein und auch noch Kuchen nehmen? Sie mögen Kuchen, wenn ich mich recht erinnere.«

»Ich würde niemandem über den Weg trauen, der keinen mag«, sagte sie und meinte es auch so.

»Ich habe gelesen, dass wir eine Renaissance an Kuchen haben. Es muss an unserer glorreichen neuen Zeit liegen. Von Shakespeare zu Donne zu Hardy zu … Kuchen.«

»Die Bloomsbury-Gruppe, die BBC und Kuchen? Ich würde sagen, es könnte schlimmer sein.«

»Ah, wie ich sehe, verneigt sich dieser schicke Hut vor Ihrem Arbeitgeber?«

»Sie verändern immerhin die Welt. Sie verdienen ein anerkennendes Nicken.«

»Oh, gewiss, gewiss. Und sie bietet all den jungen Damen, Sie eingeschlossen, die Möglichkeit interessanter Arbeit«, sagte er mit einem Zwinkern.

»Zumindest ein paar wenigen von uns.«

»Jetzt muss ich Sie endlich fragen, Miss Musgrave, sind Sie womöglich Amerikanerin?«

Ist das der Grund, weshalb ich hier bin? War dieser Hauch der »Andersartigkeit« wirklich so reizvoll? Ihr Akzent, sowieso nie stark ausgeprägt, war fast verflogen. Sie klang nicht britisch, doch sie klang keinesfalls wie jemand, der aus New York stammte. Oder Toronto. *Ich klinge wie jemand, der nirgendwohin gehört.* Was vielleicht das war, was andere anziehend fanden – eine verschlüsselte Chiffre. Das Gegenstück von Eliza Doolittle, aber ebenso leicht formbar.

»Ich bin Kanadierin, aber ich habe einen Großteil meiner Kindheit in New York verbracht.«

»Oh, New York! Vater hat uns 1920 mitgenommen. Vordergründig, um uns Immobilien zu zeigen, die ihm gehören – oder bei denen er eine Beteiligung hat –, doch im Grunde wollte er wohl die Yankees dafür bestrafen, dass sie uns erst so spät geholfen haben, die Boches zu schlagen.« Kichernd schüttelte er den Kopf. »Ah, man muss sich wirklich fragen, was das alles gebracht hat. Aber was soll's. Ich habe meinen Beitrag geleistet, und jetzt gibt es wieder sonnigere Tage.«

»Ihr Vater hat Grundbesitz in New York?« Maisie versuchte, nicht zu schlucken. Sie konnte hören, dass sein Akzent auf die Oberschicht hindeutete, aber nun fragte sie sich, von wie weit oben er kam.

»Ihm gehört auch ein bisschen was in Trinidad, aber hauptsächlich ist es das alte Anwesen hier«, sagte Simon mit einem

Achselzucken. »Spielt für einen unbedeutenden Zweitgeborenen im Grunde keine Rolle, weshalb ich nachträglich mit einem kleinen Titel abgespeist worden bin und nun meinen eigenen Weg in der Welt finden muss.«

Titel? Sämtliche tief vergrabene Kleinmädchenfantasien reckten die Köpfe aus ihrer Schachtel und schnupperten hoffnungsvoll in die Luft. Es wäre jedoch unhöflich, neugierig nachzuhaken, weshalb sie Desinteresse heuchelte und stattdessen fragte, wie ihm New York gefallen habe.

»Sehr. Ich war einundzwanzig. Ich habe einen Orden für die Schlacht von Cambrai bekommen. Anschließend hat mir alles gefallen.«

Und einfach so mochte sie ihn.

»Vielen Dank für die Zeitschriften«, sagte sie, als sie sich endlich daran erinnerte, was er hören wollte. »Sie sind sehr talentiert.«

Im Grunde wusste sie es nicht. *Pinpoint* war ein sonderbares Magazin, das in einem scherzhaften Stil geschrieben war, allerdings überhaupt nicht wie die *Punch*. Simons Artikel waren entweder Lobgesänge auf Großbritannien oder ein Versuch, die Ansichten vieler Zeitungen zu vereinen, meistens jedoch mit dem Hinweis, es sei kein Wunder, dass Großbritannien von einer Unzahl an Meinungen überflutet werde. Und die Schlussfolgerung war, dass dies vermutlich gut sei, denn andernfalls könnte die Regierung tatsächlich etwas zustande bringen.

»Das ist sehr freundlich von Ihnen, vielen Dank«, sagte er und neigte grinsend den Kopf. »Ich war nicht sicher, was Sie davon halten würden, immerhin arbeiten Sie bei der BBC.«

»Was genau meinen Sie?«, fragte Maisie, derart überrascht, dass sie ihren Kuchen zurück auf den Teller legte.

»Nun ja, das gesprochene gegen das geschriebene Wort, da gibt es doch einen großen Unterschied, nicht wahr?«

»Ja!« Ha! Hilda hatte die Öffentlichkeit gut erzogen.

»Ganz genau, und wenn man wirklich will, dass die Menschen den tiefen Sinn von etwas verstehen, nun ja, dann muss man es schwarz auf weiß haben.«

Er war weiterhin charmant, während er das gesamte Konzept des Radios demontierte. Doch er hörte Maisies Argument aufmerksam zu, dass die mündliche Tradition viel älter sei und die Fähigkeit habe, das Publikum auf eine völlig neue – im Grunde alte – Weise zu fesseln und seine Leidenschaft zu wecken.

»Gewiss, gewiss. Das ist der Grund, weshalb das Theater immer noch viel bedeutsamer als das Kino ist«, sagte er kopfschüttelnd. »Auch wenn das Theater schrecklich bourgeois geworden ist. Wir bräuchten einen Hofzensor wie im Elisabethanischen Zeitalter, jemanden, der entscheidet, was auf die Bühne darf und was nicht. Würde einer Menge Menschen viel Geld sparen.«

»Ich schätze, es gibt Unmengen an Schund auf der Bühne«, stimmte Maisie ihm zu und wünschte, seine Augen würden nicht so strahlen. »Aber jemand, der entscheidet, was gezeigt und was nicht gezeigt werden darf … das fühlt sich nicht richtig an.«

»Wahrscheinlich halten Sie mich für einen aufgeblasenen Kerl.« (Das tat sie tatsächlich ein wenig, auch wenn seine Stimme etwas Hypnotisierendes an sich hatte.) »Die Sache ist nur die, ich will einfach, dass alles immer wunderschön ist. Ich will, dass alle Theaterstücke tiefgründig, erbaulich und amüsant sind. Ich will nichts weiter als großartige Kunst sehen. Kleidung, Gebäude, Dörfer … ich bin ein fortschrittlich eingestellter Mensch, jawohl, aber was gibt es Perfekteres auf der ganzen Welt als ein englisches Dorf? Reetdächer, eine Straße voller kleiner Geschäfte, all die guten Menschen, die ihrer guten Arbeit nachgehen. Und ich kann mir kein größeres Frohlocken vorstellen, als auf einem Hengst durch einen englischen Wald und hinauf auf einen Gipfel zu reiten – oder zumindest einen hohen Berg – und hinab auf die sanften Hügel und das saftige Grün zu blicken. Nichts als prächtige Landhäuser und ruhige Dörfer in einer ansonsten ungetrübten Landschaft, die alles nur noch hübscher machen. Das ist mein England und der einzige Ort, an dem ich für immer leben will.«

Hätte sie einen Ton herausgebracht, hätte sie wohl angemerkt, dass dies ihren Standpunkt sehr eindrucksvoll bestätigte. Es gab nichts Besseres als das gesprochene Wort, um die Leidenschaft von Zuschauern zu wecken.

»Darf ich Sie wiedersehen, Miss Musgrave?«

»Maisie«, hauchte sie, erleichtert, sich an ihren eigenen Namen erinnert zu haben.

»Ah ja, Maisie. Wie der Mai, ein frischer Frühling. Ich nehme nicht an, dass Sie ein Telefon besitzen?«

»Nein, ich fürchte nicht.« Mrs Crewe würde noch eher ein Schwimmbecken einbauen.

»Gut. Ich ziehe es sowieso vor zu schreiben. Wörter auf Papier, das ist mein *Élan vital*, müssen Sie wissen.«

Sie verstand ihn. Bei ihr war es mittlerweile dasselbe, was Worte betraf. Und sie konnte nicht erwarten, mehr von seinen zu lesen.

»Oh, gut, du hast hergefunden. Ich wusste, dass du mich nicht im Stich lassen würdest.«

Maisie blinzelte Phyllida an, nicht vollkommen sicher, wie sie den Weg zu dieser kleinen Imbissbude gefunden hatte. Sie hatte ein Gefühl, als wäre sie geflogen.

»War es so gut, oder braut sich da drin ein neuer Vortrag zusammen?«, fragte Phyllida und tippte Maisie an die Schläfe.

»Ich … nun ja … es hat mir gefallen.«

»Eieiei, du schwebst derart auf Wolke sieben, du könntest dir etwas dazuverdienen, indem du anderen Ballonfahrten ermöglichst.«

»Er ist nett. Unheimlich nett«, fügte Maisie hinzu.

»Nun ja, immer noch besser, als wenn er nur heimlich nett wäre«, erwiderte Phyllida. »Und jetzt raus mit der Sprache, was genau meinst du?«

»Ich glaube, er könnte ein Aristokrat sein.«

»O mein Gott!«

»Nicht gleich ein Gott. Höchstwahrscheinlich nicht einmal ein Lord. Das hat er nicht gesagt.«

Maisie grinste zitternd und goss eine halbe Flasche Essig auf ihre Pommes.

»Du siehst aus, als wärst du völlig vernarrt in ihn«, sagte Phyllida. »Bevor die Fantasie mit dir durchgeht, vergiss nicht, dass du keine leitende Stelle hast und nach einer Heirat bei der BBC nicht weiterarbeiten könntest.«

»Es war nur ein Date«, protestierte Maisie. »Und Tee.« Obwohl er alles verkörperte, wovon sie immer geträumt hatte. *Nur dass ich jetzt mehr will.* Sie schob sich eine Gabel Pommes in den Mund und kam sich schrecklich undankbar vor. Für ihren Vater war Phyllida gestorben, bis sie heiratete und ihre Haare wieder lang waren. Die Hälfte der weiblichen Arbeitskräfte in Großbritannien konnte eine ähnliche Geschichte erzählen. In den Zeitungen sangen sie ein Loblied auf die großartigen modernen Zeiten, aber viele Eltern waren immer noch unerschütterliche Anhänger des Viktorianismus, und fast alle Institutionen und Unternehmen begrüßten die Moderne nur, insofern sie ihren Reichtum mehrte. Die BBC war fast die einzige Ausnahme, und selbst ihre Großmütigkeit kannte Grenzen. *Ich frage mich, ob mein Vater gutheißen würde, dass ich arbeite.*

»Ah, das war dumm von mir. Tut mir leid«, sagte Phyllida, die Maisies Gesichtsausdruck missverstand. »Ich freue mich für dich, dass du eine schöne Zeit hattest. ›Arbeit allein macht auch nicht glücklich …‹, oder was auch immer irgendjemand mal gesagt hat.«

»Ist es immer noch Arbeit, wenn man es aus vollem Herzen und ganzer Seele liebt?«

Ausnahmsweise einmal hatte Phyllida keine schnelle Antwort parat. Sie brach in ein breites Lächeln aus und bestellte ihnen noch eine Portion Pommes. Es war ein solcher Luxus, sich ein Essen kaufen zu können und trotzdem nicht das Gefühl zu haben, an anderer Stelle sparen zu müssen. Sie waren immer noch arm, doch es gab eine Zweiteilung in London – dieselbe Zweiteilung wie überall, vermutete Maisie – zwischen den Armen, die einer geregelten Arbeit nachgingen, und jenen, die keine hatten. Letztere waren die Menschen, die das Armenrecht in Armenhäuser trieb, ein weiteres viktorianisches Überbleibsel, das ihnen magere Unterstützung und Scham in Hülle und Fülle bot.

»Warum, glaubst du, gibt man armen Menschen das Gefühl, sie müssten sich für ihre Armut schämen?«, platzte es aus Maisie heraus, während sie eine halbe Flasche HP-Soße über ihre frischen Pommes leerte.

»Nun ja, was denkst du? Sollen die Reichen etwa Schuldgefühle wegen ihrer überdimensionalen Häuser und Sammlungen griechischer Skulpturen und toter Schmetterlinge haben?«, fragte Phyllida und spießte mit ihrem Messer eine Hühnchenkrokette auf.

»Ich meine es ernst.« Maisie war mit einem Mal wütend.

»London und New York sind stinkreich. Es ist immer noch, als gäbe es Bauern und Lords, und eigentlich sollten wir es längst besser wissen. Warum schämt sich nicht die Regierung, weil so viel Menschen arm sind?«

»Also wirklich, Maisie Musgrave!«, kreischte Phyllida, und ihr Lachen hallte in allen Ecken des Restaurants wider. »Du bist eine echte Bolschewistin!«

Ein Dutzend Köpfe wirbelte herum, und böse Blicke funkelten Maisie an. Phyllida wurde mit einem Schlag nüchtern.

»Das war nur ein Scherz, auch wenn es niemanden etwas angeht«, verkündete sie. Eine übereifrige Frau, deren mit Federn verzierter Hut fast davonzufliegen drohte, starrte sie mit finsterem Blick an.

»Sie sollten wissen, dass ich keinerlei Bedenken habe, die Polizei zu rufen.«

»Es ist nicht illegal, Bolschewist zu sein«, erklärte Maisie. »Was auch immer manche Torys glauben mögen.«

»Und ich wollte mich nur mit meiner Freundin hier ein bisschen amüsieren«, sagte Phyllida mit eisiger Stimme. »Glaube nicht, dass das gegen das Gesetz verstößt.«

Als die Frau den starken Yorkshire-Dialekt hörte, konnte man in ihrem Gesicht ablesen, dass sie baff erstaunt war, dass Phyllida überhaupt lesen konnte. Die Bedienung hielt sich zurück, in der Hoffnung, nicht herbeigerufen zu werden, um zu vermitteln oder noch schlimmer ein Urteil zu sprechen.

Ob es an Phyllidas breiten Schultern lag, der offensichtliche Beweis, dass sie einen Menschen tüchtig vermöbeln und im nächsten Atemzug zu ihrem Essen zurückkehren konnte, oder einem allgemeinen Widerwillen, zu der Sorte Mensch zu gehören, die eine unkontrollierbare Szene machte, jedenfalls schnaubte die befiederte Frau nur verächtlich.

»Ihr Mädchen heutzutage. Habt nur Spaß im Kopf. Wartet

nur ab, dieses bisschen Spaß wird euch noch teuer zu stehen kommen.«

Es war durchaus ein hübscher letzter Satz – Georgina hätte ihn geliebt –, aber die Frau verlor ein wenig an Boden, als sie das Restaurant verließ und Maisie ihr hinterherrief:

»Zumindest bezahlen wir mit Geld, das wir selbst verdient haben!«

Woraufhin es Maisie und Phyllida für klug erachteten, ebenfalls zu gehen. Sie gaben der Bedienung beide einen zusätzlichen Penny und beglückwünschten sich, zu dieser Großzügigkeit in der Lage zu sein.

»Ich habe meinen ältesten Bruder in Passchendaele verloren«, sagte Phyllida, während sie im schweren blauen Zwielicht zum Lichtspielhaus spazierten. »Und kein Tag vergeht, an dem ich nicht wünschte, ich wüsste nicht, wie man diesen verdammten Namen schreibt. Aber das hier sind bessere Zeiten, was auch immer andere sagen mögen, und es gefällt mir, arbeiten zu können, und wenn ich nicht heiraten will, werde ich es nicht tun, und ich werde nicht zu einer Zeit zurückkehren, wo ich zu irgendetwas gezwungen werden kann.«

Ein Bruder. Phyllida sprach nicht viel von ihrer Familie, was Maisie durchaus respektierte. Sie wusste, dass fast jeder, dem sie auf ihrem zehnminütigen Spaziergang begegneten, jemanden verloren hatte. Vater, Bruder, Sohn, Onkel, Neffe, Cousin, Freund. Aber dies *waren* bessere Zeiten. Das waren sie doch, nicht wahr? Mit einem Mal packte sie der Drang, stehen zu bleiben und jeden auf dem Piccadilly Circus nach seiner Meinung zu fragen und alles aufzuschreiben. Sie hakte sich bei Phyllida unter, um dem Drang keinesfalls nachzugeben.

»Das tut mir so leid.« Ihre Gedanken wanderten erneut zu dem unbekannten Edwin Musgrave. Wahrscheinlich zu alt, um selbst gedient zu haben, hoffte sie. Aber er hatte hier Familie, so viel stand fest. Hatte sie Cousins, Onkel, vielleicht sogar Halbbrüder? Verloren, bevor sie sie gefunden hatte. Wie sollte sie das jemals wissen? »Warum zum Teufel mussten so viele für diese besseren Zeiten sterben? Was für ein verdammter Bockmist!«

Phyllida drückte ihren Arm.

»Weißt du was, ich kann immer erkennen, wenn du ein wenig aufgebracht bist – dann benutzt du amerikanischen Slang.«

»Wirklich? Herrjemine, aber das ist doch alles völlig veraltet.«

»Oder du startest hier einen neuen Trend«, sagte Phyllida, loyal wie eh und je. »Ich hätte allerdings keinen Witz über Bolschewismus reißen dürfen. Nicht wenn dumme Menschen zuhören.«

»Dumm, da hast du recht. Was ist überhaupt mit denen los?«

»Pah. Gegen Dummheit is' kein Kraut gewachsen, so heißt es jedenfalls bei uns. Trifft's zwar nicht ganz, aber was soll's. Sollen wir uns einen Schokoladenriegel teilen?«

Maisie war nicht abgeneigt. Doch weder die Schokolade noch Buster Keaton konnten ihren Verstand daran hindern, Fragen zu stellen.

Die Fragen flossen immer noch so reichlich wie der Tee im Cosy Rosy, wo Maisie den dummen Namen ausblendete und halbe Sonntagnachmittage lesend verbrachte, mitsamt zwei Kannen Tee und einem Berg an Cosys Spezialkeksen. Die *Radio Times* war ein wahrer Balsam für ihren schwirrenden Verstand. Sie las sie jede Woche von vorne bis hinten durch, genoss ihre triviale Belanglosigkeit und ihren eigenen Anteil bei ihrer Entstehung. In jeder Ausgabe wurden dieselben Anzeigen geschaltet, was Bert wahrscheinlich gleichzeitig als langweilig und praktisch empfand. Es gab auch ein paar persönliche Inserate, und diese übten eine besondere Faszination auf Maisie aus. Es kam ihr vor, als würde sie heimlich fremden Menschen lauschen. Eigentlich war sie den Hochglanzmagazinen entwachsen, doch sie verschlang immer noch Lolas ausgelesene Ausgaben und fand unzählige Kontaktanzeigen, die sie ansprachen. Die Kontaktanzeigen in der *Radio Times* waren weniger tiefgründig, aber dennoch fesselnd. »Wenn Sie die abendlichen Vorträge lieben und sich nach jemandem sehnen, der sie mit Ihnen anhört, schreiben Sie bitte.«

Es kam ihr vor, als würde Hildas Vorstellung vom Radio als einer Form, Verbindung zu schaffen, geradezu ins Absurde getrieben werden.

Maisie blickte sich im Café um und stellte sicher, dass niemand sie beobachtete, dann tunkte sie einen Keks in ihren Tee und schob sich das ganze Gebäckstück auf einmal in den Mund. Sie überflog die letzten paar Seiten der *Radio Times* und wandte sich dem *Independent* zu. Tief versunken in einen Artikel über BBC-Hörergruppen (und einen weiteren Keks) machte etwas in ihrem Kopf *klick*. Sie saß dort, und während ihr der Keks auf der Zunge zerging, versuchte sie zu erfassen, was an ihrem Verstand nagte. Etwas über Zuhören, Radio, Treffen …

Sie blätterte zurück zur *Radio Times* und blieb bei der Siemens-Anzeige hängen, in der ihr beliebtester Radioapparat in höchsten Tönen gelobt wurde. Nein, es war nicht die Werbung, die Werbung war dieselbe wie schon seit Monaten (die alberne, die die Jungs so gerne in Gegenwart der Stenotypistinnen zitierten: »Sie berührt den Knopf, und Musik schwebt heraus«). Vielleicht war es der Text daneben:

»Lauschen Sie gemeinsam mit Ihresgleichen! Wenn Ihr Lieblingsradiogerät ohnehin Siemens ist, kommen Sie zu uns. *Echte* Nachrichten und Erfrischungen!«

Es sah so aus, als wäre es Teil der Annonce. Eine Adresse in der New Bond Street war angegeben, wahrscheinlich ein Geschäft. Nichts, was Interesse erregt hätte. Ganz im Gegenteil. Trotzdem wurde sie dieses nagende Gefühl nicht los. Sie hatte zwei vorausgehende Ausgaben der *Radio Times* in ihrer abgenutzten Reisetasche, die sie in einem Trödelladen gekauft hatte. Die Magazine waren zerknittert, mit Eselsohren und Krümeln übersät. Hilda wäre entsetzt. Maisie entschuldigte sich lautlos, während sie die Magazine aufschlug, um die Seiten zu vergleichen.

Es war nichts, es konnte nichts sein. Es musste an der allgegenwärtigen Gewissheit russischer Spione oder Hildas Interesse an deutscher Propaganda liegen, dass sie an den harmlosesten Orten Dinge sah. Oder an ihren Vorurteilen gegen Siemens, weniger hervorgerufen durch die Propaganda als durch ihre Abneigung gegen Mr Hoppel, Reiths Freund bei dem Unternehmen. Doch je länger sie die Annonce betrachtete, desto sonderbarer erschien sie ihr. Nichts konnte womöglich doch etwas sein.

Hildas lachende, ermutigende Stimme hallte in ihrem Kopf wider: *Warum finden Sie es nicht heraus und lassen es mich wissen?*

Maisie notierte erneut Hildas Worte. »Siemens?«, »Nestlé?«

Oh.

Siemens zumindest war deutsch. Vielleicht das größte deutsche Unternehmen in Großbritannien?

Maisie kreiste die Adresse in dem Magazin ein. *Was ist ein Leben ohne kleine Abenteuer? Außerdem gibt es Erfrischungen.*

Zwölftes Kapitel

◊◊◊

Maisies Enttäuschung war unverhältnismäßig groß, als sie herausfand, dass die Adresse in der New Bond Street tatsächlich ein Geschäft war, das Radiogeräte verkaufte. Der Besitzer, ein Dickens'scher Strich in der Landschaft mit Kneifer und Krawattenschal führte sie zu den Lieblingsgeräten für »junge Damen«.

Ich bin eine Idiotin. Es ist nur eine Hörgesellschaft. Viele Menschen tun das immer noch. Viel billiger, als ein eigenes Rundfunkgerät zu kaufen. Ihre Augen liebkosten das Holz der Bakelite-Radios, so hübsch, so weit außerhalb ihrer Preisklasse. Selbst wenn in ihrem Zimmer eine elektrische Leitung gelegt wäre.

»Wir schließen bald, Miss«, sagte der Ladenbesitzer mit einem entschiedenen Husten.

»Aber ich habe eine Anzeige gesehen, für eine Hörgesellschaft?« Immerhin war sie hier. Da konnte sie ebenso gut nachfragen.

»Ich denke, da müssen Sie sich irren«, sagte er.

»Nein, es steht genau hier«, erwiderte sie und kramte in ihrer Tasche nach der *Radio Times*. Währenddessen kam ein junger Mann hereingeschlichen.

»Führen Sie zufälligerweise ein Lion?«

»Eine sehr gute Wahl, Sir, eines unserer Besten!«, entgegnete der Ladenbesitzer. »Hier entlang, Sir.«

Es war möglich, dass andere mit den Achseln gezuckt und schnaubend davongestürmt wären. Doch niemand sonst hatte eine Vielzahl an bizarren Melodramen über sich ergehen lassen müssen, mit Georgina in der Hauptrolle. Maisie durchschaute sogleich das beschämend schlechte, einstudierte Schauspiel, das nicht hölzerner hätte vorgetragen werden können – und ihr Körper reagierte mit einem unwillkürlichen Schaudern. Sie folgte den beiden Männern.

»Sie zeigen also einem Gentleman den Lion, aber keiner Dame?«

»Wie bitte, Miss?«, fragte der Ladenbesitzer nervös. »Ich hatte Sie wohl missverstanden.«

Und sie und der junge Mann betraten gemeinsam das Hinterzimmer.

Die dröhnende Stimme eines Mannes ließ sie fast einen Schritt zurückweichen. Wäre es eine Hörgesellschaft, würden sie sich alle auf Vernon Bartletts Vortrag über die Pläne des Völkerbunds für eine Verfassung in Syrien konzentrieren. Doch so war es nicht. Es war eine Versammlung. Maisie warf sich den Mantel des unsichtbaren Mädchens über und drängte sich in eine Ecke.

»... es geht nicht nur um unser eigenes politisches Schicksal«, sagte der Sprecher. Er war gut aussehend, mit goldenen Haaren und einem sanften Lächeln. Sein Akzent war gleichzeitig patrizierhaft und freundlich. »Wir können und müssen viel tun, um die Zukunft unserer großartigen Freunde in Deutschland zu sichern. Sie sind sehr dankbar für all unsere Ratschläge und Unterstützung, und ich bin überzeugt, dass sie es uns dutzendfach zurückzahlen werden. Es wird ein Kinderspiel sein, die Briten davon zu überzeugen, Deutschland wieder Bewunderung zu zollen. Doch wir müssen uns beeilen. Wir müssen mehr tun, heute, jeden Tag, um unsere hiesigen Abgeordneten von der Dringlichkeit zu überzeugen.«

»Nun, Lion, ich habe festgestellt, dass man sich bei Politikern mit Spenden für ein Lieblingsprojekt leicht lieb Kind machen kann«, riet eine Frau im Abendkleid. Maisie war stellvertretend für Lady Astor schockiert.

»Aber werden sie weit genug gehen, um mit all dieser Offenheit Schluss zu machen, die uns in der Gesellschaft entgegenschlägt?«, wollte ein aufbrausender alter Mann wissen. »Die jungen Leute kennen keinen Anstand. Es ist himmelschreiend.«

»Wie wahr«, stimmte ihm der gutaussehende Sprecher – anscheinend Lion – mit einem Schütteln seines goldenen Hauptes zu. »Doch all das wird sich ändern, sobald wir unseren Einfluss auf die BBC ausgeweitet haben.«

Die Faust in Maisies Brust schnellte fast aus ihrem Mund.

»Dieses Unterfangen kann noch lang dauern!«, rief ein Mann von der anderen Seite des Zimmers. »Die Dinge verlaufen dort in festen Bahnen. Obwohl ich mir vorstellen könnte, dass die anstehende Wahl einen neuen Rundfunkrat mit sich bringen und die Gelegenheit bieten könnte, den Generaldirektor zu ersetzen, sollte es vonnöten sein, obschon ich es nicht hoffe. Der Mann dort ist, wie ich finde, sehr empfänglich für unsere Ideen.«

»Das freut mich zu hören«, sagte Lion. »Wir könnten unseren eigenen Fünfjahresplan aufstellen, nur dass unserer früher erreicht wird. Die BBC wird viel leichter zu handhaben sein, sobald dort keine Frauen mehr arbeiten dürfen.«

Was?! Nur mit größter Mühe gelang es Maisie, weiter das unsichtbare Mädchen zu spielen. Wer *waren* diese Verrückten?

»Und lassen Sie uns die Zeitungen nicht vergessen«, meldete sich ein weiterer Mann mit ruppiger Stimme zu Wort. »Ich bin immer noch dabei, mehrere Zeitungen aufzukaufen, und suche nach dem richtigen Mann, der sie führt.«

»Ja, es wäre wahrlich nützlich, Verlage zu besitzen wegen all derer, die immer noch lesen«, sagte der andere Mann unter großem Gelächter. »Doch sobald der Verkauf günstigerer Rundfunkgeräte in die Höhe schnellt, werden wir mithilfe der BBC Großbritannien zu dem machen, was wir wollen, und das in kürzester Zeit.«

Maisie erspähte einen Tisch, der mit Sandwiches, Kaffee und Kuchen beladen war, doch ihr war der Appetit vergangen. Obwohl sie nur seine Nase und das onkelhafte Lächeln sehen konnte, bestand kein Zweifel: Der Mann mit dem Plan für die BBC war Hoppel von Siemens. Siemens, das außerdem günstige Rundfunkgeräte anbot. Sie schlich zur Tür. *Er würde mich niemals erkennen, das war so sicher wie das Amen in der Kirche, aber was, wenn doch?*

Was sie allerdings nicht davon abhalten würde zurückzukommen, nachdem sie Lolas Truhe nach einer Perücke und Bühnen-Make-up durchsucht hatte. Sie war nicht umsonst Georginas Tochter.

Am nächsten Tag platzte Maisie fast vor Gesprächigkeit und wurde bei jeder Gelegenheit ausgebremst – es war schlicht und ergreifend ein ganz normaler Tag in der Vortragsabteilung.

»Der Termin für Mary Cartwright muss wieder einmal verschoben werden – so viel zum Thema Bankiers und geregelte Arbeitszeiten –, und wir müssen uns von Rebecca West trennen, eine begnadete Autorin, aber du meine Güte, sie versteht überhaupt nichts vom Radio. Oh, und dieser Mathematiker aus Oxford will sein Skript nicht ändern und besteht darauf, dass Frauen nicht zu höherer Mathematik fähig sind, weshalb wir ihn ebenfalls ersetzen müssen. Das nennt man Zensur, nicht wahr? Nicht die feine englische Art, aber ein kleineres Verbrechen, als der Damenwelt die Lust auf Zahlen zu nehmen. Ich freue mich schon, ihm mitzuteilen, dass wir uns stattdessen jemanden aus Manchester holen. Das sollte reichen, damit er eins und eins zusammenzählt, und haben Sie Fortschritte erzielt, um uns mehr Lagerraum für unsere Akten zu verschaffen?«

Hilda saß auf dem Boden, eine fröhliche Vulkaninsel in einem Meer aus rot korrigierten Skripten und dem Wochenplan. Maisie saß am Rand der Papiere, sortierte sie und machte sich Notizen, während Hilda redete, als wäre sie der Geber bei Kümmelblättchen.

»Ich denke, wir können Miss Cartwright für nächsten Mittwoch nach Mr Bartlett einschieben. *Leben im römischen Britannien* können wir um eine Woche verlegen. Ich werde den Brief vor der Mittagspause aufsetzen, und der einzige Weg für mehr Platz wäre, aufs Dach auszuweichen. Wir wachsen so stark, dass es tatsächlich Bedenken wegen der Trägerbalken gibt. Miss Matheson, dürfte ich, nun ja, ich hatte gestern Abend ein außergewöhnliches Erlebnis, das, wie ich denke, von großer …«

»Miss Matheson, was zum Teufel tun Sie da?«

Reith stand im Türrahmen und starrte wutschnaubend zu ihnen herab. Genau hinter ihm drängte sich die niedergeschlagene Gestalt von Fielden, dem Späher, dem es nicht gelungen war, sie rechtzeitig zu warnen. Maisie fragte sich, wie viel Reith gehört hatte.

»Ah, Mr Reith, herzlich willkommen«, sagte Hilda mit der Wärme einer Gastgeberin bei einer Gartenparty. »Gesellen Sie sich zu uns. Möchten Sie einen Keks? Zitronengeschmack, sehr lecker.«

»Sie sind eine leitende Angestellte dieses Hauses. Sie sollten den Anstand wahren«, fauchte Reith. Er schien kurz davor zu stehen, Hilda zu packen und auf die Beine zu zerren. Trotz des fast skurrilen Größenunterschieds konnte Maisie sich lebhaft vorstellen, dass Hilda sich gegen Reith zur Wehr setzen würde. Im Grunde wäre sie nicht überrascht, wenn Hilda ihn wegschubsen würde.

»Auf dem Boden zu sitzen hilft mir beim Denken, das habe ich Ihnen doch schon erklärt«, rief ihm Hilda unbekümmert ins Gedächtnis. »Es ist keineswegs unschicklich.«

»Was, wenn ein wichtiger Gast vorbeikäme?«

»Ich habe weitere Kissen und eine Menge Kekse«, antwortete Hilda.

Maisie überspielte ihr Lachen mit einem vorgetäuschten Niesen.

»Dies ist kaum der rechte Augenblick für Scherze, Miss Matheson. Ich bin sehr beunruhigt … Könnten Sie sich bitte anständig hinsetzen?«

»Natürlich«, sagte Hilda, wie immer der Inbegriff an Anmut, und schwang sich leichtfüßig auf ihren Stuhl. Reith hingegen zog es vor, stehen zu bleiben.

»Miss Matheson, Sie müssen Sir John Simon mit seinem Vortrag über Lord Birkenhead ersetzen.«

Hilda wurde aschfahl. »Aber Mr Reith, wir haben ihn eingeladen. Er hat zugesagt. Alles ist arrangiert.«

»Ja.« Er bediente sich an einer von ihren Zigaretten. »Dann müssen Sie ihn wieder ausladen. Er ist nicht geeignet für die BBC … sein Privatleben, Sie verstehen?«

»Ich fürchte, ich verstehe nicht.«

Ebenso wenig wie Maisie. Sir John war mit irgendeiner Aktivistin verheiratet, doch das war im Großen und Ganzen alles, was sie über ihn wusste. Reith verdrehte die Augen.

»Nun, in Anwesenheit des Mädchens kann ich nicht mehr sagen. Kümmern Sie sich bitte augenblicklich darum. Die Angelegenheit ist nicht angenehm für mich, das können Sie mir glauben. Ist Ihnen bewusst, dass ich nach der Bolschewismusdebatte Abgeordnete am Telefon hatte, die besorgt waren, wir würden Panik schüren? Panik, Miss Matheson!«

»O was für ein Unsinn«, sagte Hilda und überging das Verschwinden von Reiths Augenbrauen. »In den Zeitungen steht ständig der größte Mist über Russen, Radikalismus, Revolution, wahrscheinlich sogar Rollschuhe. *Wir* bieten einen Ort für den Dialog, und das beruhigt die Dinge, anstatt die Gemüter zu erregen. Je mehr die Menschen verstehen …«

»Sie wollen nicht schon wieder anführen, dass das Radio eine tiefe *Verbindung* schafft, oder?«

»Das muss ich gar nicht. Ich denke, das ist längst bewiesen.«

Sie ging zu weit. Am liebsten hätte Maisie sich zwischen sie geworfen.

»Miss Matheson, ich bewundere Ihre harte Arbeit, aber Sie müssen maßvoller sein. Wie ich hier zum Beispiel sehe, erlauben Sie Lady Nicholson, dieses unanständige Mead-Buch zu rezensieren?«

»Oh, es ist kein bisschen unanständig. Es bietet einen erstaunlichen Einblick in die samoanische Kultur! Ein bemerkenswertes Volk. Hier …« Sie zog das Buch aus ihrem Stapel. »Werfen Sie zumindest einmal einen Blick hinein.«

Reith wich, wie Maisie glaubte, vor dem Buch mit größerem Entsetzen zurück als vor Senfgas.

»Sie werden Sir John ausladen. Mir gefällt der Ton von diesem Kerl nicht, wie er über unsere Ölinteressen in Persien spricht. Die Perser sollten sich glücklich schätzen, mit uns Geschäfte zu machen.«

»Das ist nicht wirklich …«

»Diplomatie und Politik, ein wichtiges Zweigespann«, sagte er. Mit dem Gefühl, das letzte Wort sei gesprochen worden, nickte er Hilda und Maisie zu und machte auf dem Absatz kehrt.

Fielden steckte den Kopf durch die Tür. »Soll ich die Ölsendung verschieben?«

»Wahrscheinlich«, erwiderte Hilda. »Ich werde versuchen, aus ihm herauszubekommen, was ihm auf der Seele brennt. Und wären Sie so freundlich, sich ein paar Namen zu überlegen, die Sir John Simon ersetzen könnten?«

Fielden lächelte beinahe. Katastrophen und unangenehme Aufgaben belebten sein Gemüt.

Maisie blätterte zu einer unbeschriebenen Seite in ihrem Notizblock. »Wollen Sie den Brief an Sir John gleich aufsetzen?«

»Nein«, sagte Hilda. »Das werde ich ganz entschieden nicht tun. Er muss Reith verärgert haben. Wenn jeder mit einem etwas zweifelhaften Privatleben ein Sendeverbot bekommen würde, gäbe es niemanden, der ins Radio kommt.« Sie zündete sich eine Zigarette an, lehnte sich in ihrem Stuhl zurück und starrte finster zu dem verschnörkelten Kranzgesims. »Wie töricht, wegen Panik in Panik zu geraten. Und auch gefährlich, wirklich.«

»Ja!«, platzte es aus Maisie heraus. »Wie lustig, dass Sie das sagen, denn …«

In dieser Sekunde stürzte Rusty herein, ein wichtiges Telegramm für Hilda in die Höhe gereckt, während gleichzeitig das Telefon klingelte und Maisie aufsprang, um nach dem Hörer zu greifen. Ein Notfall ging in den nächsten über, und irgendwie verstrich die gesamte restliche Woche in einem Durcheinander aus Radiowellen.

Alfred reichte ihr bei der letzten Postrunde einen Brief. »Wie lustig, dass die Menschen Ihnen schreiben«, sagte er mit einem Zwinkern. Maisie ignorierte ihn und riss den Umschlag auf. Es war eine einzige Zeile, von Simon, mit der Frage, ob sie am nächsten Abend Zeit für einen Drink hätte.

»Ooh, jemand hält sich für einen Bohemien«, sagte Phyllida, als sie den Teil von Chelsea sah, den er für ihr Rendezvous vorschlug.

»Vielleicht ist er einer, und die aristokratische Anspielung war nur ein Scherz?«, sagte Maisie zögerlich.

Sie ließen ihren Tee stehen und rannten in die Bibliothek der BBC – eine kaum zu überbietende Übertreibung dafür, dass es im Grunde nichts weiter als ein umgebauter Wäscheschrank war. Zusammengedrängt vor dem Bücherregal blätterten sie hastig die Seiten des *Debrett's* bis zum »B« durch. Und dort war er. Simons Vater, Charles Brock-Morland, der Earl of Banbury. Sein älterer Bruder Nigel war der Haupterbe. Simon selbst war ein *Ehrenwerter*. Ein Schauder der Erregung durchzuckte Maisie beim Lesen. *Verdammt, ich dachte, ich wäre meinen Lady-Astor-Fantasien längst entwachsen.*

»Ein ›Ehrenwerter‹, hm?«, meinte Phyllida mit gedehnten Vokalen. »Und *ist* er es auch?«

»Die Beweislage spricht im Moment noch für ihn«, sagte Maisie. Sie wollte bereits das Buch zuschlagen, als sie stattdessen zu »W« weiterblätterte. »Nun ja! Sieh dir das an. Beanie ist auch eine Ehrenwerte. ›Hon. Miss Sabine Eugenia Warwick.‹ Das ist doch mal ein kultivierter Name, nicht wahr?«

Phyllida schloss das Buch.

»Lauter Quatsch«, verkündete sie und prustete zum Nachdruck verächtlich auf den Einband. Maisie zückte ihr Taschentuch, um die Spucke von dem Buch zu wischen, bevor sie es zurück ins Regal stellte. »Bedeutet heutzutage überhaupt nichts mehr, und das wissen die auch«, fügte Phyllida hinzu, während sie die Arme zufrieden vor der Brust verschränkte.

»Jemand wie Miss Matheson müsste in einem solchen Buch stehen, nicht? Es gibt das *Who's Who*, aber das wirkt irgendwie nicht ruhmvoll genug«, sagte Maisie, den Finger immer noch auf dem Buchrücken.

Phyllida zog sie weiter. »Miss Matheson wird es zu etwas viel Besserem bringen, du wirst schon sehen.«

Das Pub in Chelsea zog eindeutig Bohemiens an. Maisie blickte sich zufrieden um. So sehr sie auch eine Abneigung gegen Georgina hatte, fühlte sie sich doch in Gegenwart von Menschen am wohlsten, die schrieben und Kunst schufen. Vielleicht erging es Simon ähnlich?

»Maisie!«, rief er und griff nach ihrer Hand. »Einfach fabelhaft, dass Sie gekommen sind. Ein kuscheliges, kleines Miniding, nicht wahr?«

Das schien ein wahrer Missbrauch an Synonymen zu sein, doch er zwinkerte ihr zu, und sie bemerkte in seinen Augen goldene Flecken. Dieses Kribbeln kroch wieder ihren Nacken hinab, und sie war froh, die jähe Hitze mit dem Gin Tonic hinunterzuschlucken, den er ihr reichte.

»Und? Hat es neue tolle Abenteuer im Savoy Hill gegeben, seit wir uns das letzte Mal gesehen haben?«, wollte er wissen.

»Jede Stunde dort ist ein Abenteuer«, sagte sie, ohne zu erwähnen, dass es ein paar Abenteuer gab, auf die die Vortragsabteilung gerne verzichten könnte. Sie hatte immer noch nicht den richtigen Moment abgepasst, um Hilda von dem geheimen Treffen zu erzählen. Sie hatte nicht einmal Zeit gehabt, über Simon nachzudenken. Jedenfalls nicht zu ausgiebig.

»Jedes Mal, wenn Ihre BBC zur Sprache kommt, tanzen Ihre Augen einen Reel«, sagte er.

Sie grinste und spürte, wie sie rot wurde.

»Das ist ein schrecklich altmodischer Tanz.«

»Ich bin ein schrecklich altmodischer Kerl.«

Ein weiteres Zwinkern strafte seine Aussage Lügen, ebenso wie die unglaublich moderne Hose mit Aufschlag, der bunte Shetland-Pullover und die zweifarbigen Budapester, die er trug. Und natürlich war da seine Arbeit, eine der wenigen respektablen Branchen für Aristokraten. Wenn er altmodisch war, müsste er sich etwas mehr ins Zeug legen, um es zu beweisen. Er lächelte ununterbrochen, und ihre Hand glitt zu der gepolsterten Sitzbank, auf der ihre Tasche stand, um keinesfalls den Gin mit einem einzigen Zug zu leeren.

»Ihre Miss Matheson zumindest klingt recht modern«, sagte er, lehnte sich zurück und zündete sich eine Zigarette an. »Hat sich ganz schön einen Namen gemacht, nicht wahr? ›Das Fundament der BBC‹ und so weiter.«

»Haben Sie sie schon einmal getroffen?«

»Diese Ehre wurde mir leider noch nicht zuteil, aber man hört die eine oder andere Geschichte.«

»Mit Freude kann ich behaupten, dass sie alle wahr sind.«

Er lachte. Mit funkelnden Augen streckte er die Hand aus, als wollte er ihre Haare berühren. Doch Maisie, die seine sich nähernden Finger wie gebannt anstarrte, fand nicht heraus, was seine eigentliche Absicht war, denn ihr Griff um ihre Tasche wurde so fest, dass der billige Verschluss aufging und sich Bleistifte, ein Notizbuch, mehrere Ausgaben der *Radio Times* und ein Cadbury-Nussriegel über den schmuddeligen Boden ergossen.

»Oje, eine Sintflut!«, lachte Simon und half ihr, die Dinge aufzusammeln. Maisie stürzte sich auf das Notizbuch. Vor nicht allzu langer Zeit wäre das Retten des Schokoriegels ihre erste Priorität gewesen.

»Ich hoffe, Sie bekommen eine Zulage, weil Sie die hier mit sich herumschleppen«, sagte Simon, der eine Ausgabe der *Radio Times* zwischen Daumen und Zeigefinger baumeln ließ.

»Sie müssen nicht so tun, als wäre es Radium«, sagte Maisie und entriss sie ihm. »Um ehrlich zu sein, schreibe ich manchmal dafür«, fügte sie hinzu und erkannte schlagartig, dass dies eine leichte Übertreibung war.

»Wirklich?« Simon betrachtete das Magazin mit wachsendem Interesse. »Gibt es in diesen Ausgaben einen Artikel von Ihnen?«

»O nein. Nein, ich habe nur …«

»Keine falsche Bescheidenheit, meine liebe Maisie! Hier drinnen haben Sie doch etwas geschrieben.«

Ihre Notizen, hingekritzelt an den Rand der Annonce. Nur nicht genug gekritzelt, denn sie waren durchaus lesbar.

Vielleicht ist das der Grund, weshalb Miss Matheson so schreibt, wie sie schreibt?

»Das ist nichts, wirklich, nur …«

»Ich glaube, Sie wollen mich hinters Licht führen, meine Liebe! Sie sind überhaupt keine Sekretärin. Sie sind Enthüllungsjournalistin! Oder arbeiten Sie für den MI5? Nein, das sollte ich nicht fragen. Sie wären vielleicht in der Lage, mich umbringen zu lassen.«

»Leben Sie denn nicht gern gefährlich?«

Er lachte. »Falls Sie tatsächlich eine Enthüllungsjournalistin sein sollten, dann weihen Sie bitte einen Kollegen ein, ja? Ich kann schweigen wie ein Grab. Aber ich fände es einfach großartig, endlich unsere sogenannten Zeitungen bloßzustellen und ihnen zu zeigen, was echter Journalismus ist.«

»Was haben Sie gegen die Zeitungen?«, wollte Maisie wissen. Simon warf den Kopf in den Nacken und lachte so laut, dass sie sich sorgte, eines seiner Blutgefäße könnte platzen.

»O mein Gott, Maisie«, keuchte er. »Ich bräuchte so viel mehr Gin, um diese Frage zu beantworten. Kommen Sie schon, Sie müssen doch selbst sehen, dass die meisten von denen nicht viel besser als dieses dumme Zeug ist, was Ihre BBC veröffentlicht.«

»Die *Radio Times* besteht aus den Programmlisten und kleinen Beiträgen. Sie können sie wohl kaum mit der *Times* vergleichen.«

Er hörte ihr überhaupt nicht zu, sondern blätterte amüsiert die anderen Ausgaben des Magazins durch, bis sie alle auf der Seite mit der Siemens-Reklame aufgeschlagen waren, die Maisie alle eingekreist hatte. So viel zum Thema verdeckte Ermittlerin.

»Wollen Sie ein Siemens-Rundfunkgerät erstehen, oder sind diese Hörgesellschaften tatsächlich ein so großer Spaß?«

»Eher schlechtes Theater«, erwiderte sie und versuchte, ihm die Magazine zu entwenden. »Langweilige Treffen, wirklich. Viel dummes Geplapper über ... über nichts.«

»Sie waren also dort!«, rief Simon. »Jetzt müssen Sie mich mitnehmen. Wir können uns fauliges Obst besorgen, um die schlechten Darsteller zu bewerfen.«

»Ich denke, wir bräuchten etwas Tödlicheres«, sagte sie, obwohl es dennoch eine verlockende Vorstellung war. Simon schien sie nicht zu hören, derart vertieft war er in die Annonce der *Radio Times*.

»Maisie«, murmelte er langsam, während er die Anzeige studierte. »Wenn ich das richtig verstehe, findet Ihre schlechte Komödie heute Abend statt. Ganz hier in der Nähe, sehen Sie nur. Immer an einem anderen Ort, wie köstlich mittelalterlich von ihnen, eine echte fahrende Truppe!«

»Simon, wirklich, ich würde mich viel lieber hier mit Ihnen unterhalten oder vielleicht beim Abendessen?«

Er stürzte den Rest seines Whiskeys hinunter.

»Ein Abendessen wird es geben, versprochen, aber das ist doch immer besser nach der Show. Das, meine Liebe, nennt man wohl ›Kismet‹. Na los, gehen wir!«

»Nun, die Sache ist die, ich…«

Er war bereits aus der Tür, und sie musste seinen Arm packen, um ihn zum Stehenbleiben zu zwingen.

»Da war ein Mann, als ich schon einmal dort war, ein entfernter Bekannter, und es wäre mir lieber, dass er mich nicht sieht, falls es sich vermeiden lässt.«

»Jetzt wird es immer spannender!«, rief Simon. »Na schön. Wagen wir einen raschen Blick hinein, und wenn der Schuft da ist und er viel zu stark ist, als dass ich es mit ihm aufnehmen könnte, dann nehmen wir die Beine in die Hand und verschwinden, in Ordnung?«

Simons Lächeln war schrecklich überzeugend. Eigentlich müsste er in der Werbebranche arbeiten. Er könnte Menschen alles andrehen. Wahrscheinlich sogar Arsen.

»Nun. Na schön. Aber wir müssen vorsichtig sein«, flehte sie. Sie verfluchte jeden einzelnen Kreis, den sie um diese absurden Annoncen gezogen hatte.

»Gewiss. Aber man kann auch zu viel Vorsicht walten lassen. Sehen Sie mich an. Ein Zweitgeborener, ohne Besitz, den er erben könnte, und mit nichts als einem bescheidenen Sümmchen, von dem er leben muss. Ich könnte mich von den Zinsen knapp über Wasser halten, aber ich wollte etwas Nützliches tun. Ich möchte immer schreiben, was ich denke, was andere Menschen womöglich gegen mich aufbringt. Mir einen Namen machen, meine Meinung frei äußern. Doch ich wusste von Anfang an, dass ich mich vor nichts fürchten darf. Angst ist etwas für Willensschwache.«

»Haben Sie denn vor nichts Angst, Simon?«

»Ich versuche, die Angst hinter mir zu lassen und nur in die Zukunft zu blicken. Großbritannien glorreicher denn je zu machen und all das, nicht wahr?«

»Haben das die Menschen nicht auch schon vor dem Krieg gedacht?«

»Was meinen Sie?«

»Nun ja, dass Großbritannien so glorreich und stark war und jeder der Meinung war, dass nichts als eine wunderbare Zukunft vor uns läge, denn all diese Abkommen haben bedeutet, dass ein Krieg unmöglich wäre. Doch dann ist er trotzdem eingetreten und jetzt…«

»Ja, ja, Sie haben natürlich recht«, stimmte er ihr mit unverblümter, wenn auch beiläufiger Höflichkeit zu. »Aber ich stelle mir lieber vor, dass es uns stärker macht, so der Zukunft entgegenzublicken.«

Das hoffte sie. Doch es fiel ihr schwer, ihren Anflug von Beklommenheit abzuschütteln. Maisie glaubte nicht an Geister, hielt die Besessenheit von Spiritismus für absurd, konnte sie aber dennoch nachvollziehen. Es war schwer, durch London zu spazieren, ohne einen gelegentlichen Schatten zu spüren.

Sie blickte zu Simon. Groß, gutaussehend, mit einem Hauch von Gold und Bronze, ein Mann, gebräunt von Spielen im Freien, nicht Arbeit, sportlich, geliebt, gebildet, reich und aristokratisch. Dazu geboren, Furcht *einzuflößen*, nicht selbst zu empfinden. Auch wenn die meisten Menschen überhaupt keine Angst mehr vor Aristokraten hatten. Abgesehen vielleicht vor Lady Astor. *Etwas Angst im Allgemeinen ist allerdings nicht schlecht, oder?*

»Maisie, wenn Ihr Verstand noch lauter schwirrt, könnten Sie mit einem Bienenstock verwechselt werden«, schalt Simon.

»Ja. Das ist gut möglich«, entschuldigte sie sich und verdrängte sämtliche Gedanken.

»Stört das nicht bei der Arbeit?«

Maisie lachte, bis sie seine Verwirrung bemerkte.

»Tut mir leid, ich dachte, Sie meinten … ›Störung‹? Wegen der technischen …? Egal. Wie dem auch sei, es ist gut, bei der BBC den Kopf einzuschalten. Sie mögen das dort.«

»Selbst bei Sekretärinnen?«, neckte er sie.

»Hätten *Sie* gern eine Sekretärin, die nicht denken kann?«

»Das käme wohl ganz auf ihre Gedanken an. Aber Sie haben recht. Kompliment an die BBC, wenn sie das Nachdenken begrüßt, selbst bei Sekretärinnen.«

Da beugte er sich herab und küsste sie auf die Lippen. Sanft. Dann nicht mehr so sanft. Dann war sie sich nicht mehr sicher, weil die Zeit stehen blieb.

»Nun, sieh uns einer an«, hauchte Simon, sein Mund immer noch nah an ihrem. Whiskey und Zigaretten in seinem Atem. Maisie wollte den Geruch in einen Kokonmantel einweben. »Wir Briten benehmen uns eigentlich nicht so. Nicht einmal in Chelsea.«

Ihr Lachen kam in einem bebenden Keuchen heraus, und er streichelte ihr über die Wange.

»Ich glaube, wir sind angekommen«, sagte er, sein Tonfall eine Mischung aus Bedauern und Erregung.

Sie standen vor dem bunten Schaufenster eines Wahrsagers.

»Wenig verheißungsvoll, gelinde gesagt«, kicherte Simon. »Sollen wir uns hineinwagen?«

Nun, da sie bei dem Treffen waren, beschlich Maisie ein sehr mulmiges Gefühl. Sie zog ihren Hut so weit wie möglich in die Stirn. Bei der Erwähnung von »Lion« wurden sie ohne eine weitere Frage in das geräumige Hinterzimmer des rosa- und purpurfarbenen Ladens gescheucht.

Sie sah Mr Hoppel nicht, doch ansonsten waren es dieselben Menschen. Der Sprecher mit goldblondem Haar – Maisie kam sich töricht vor, ihn als Lion zu bezeichnen – fuhr fort, seine Pläne auszuführen. Seine angenehme, muntere Stimme, so perfekt für den Rundfunk, war aus irgendeinem Grund beunruhigender als das erwartete Brüllen.

»Natürlich wäre es am besten, wenn wir dafür sorgen, dass keine einzige Frau, von Dienstmädchen einmal abgesehen, arbeiten würde. Sie sollten sich mehr um die Kindererziehung kümmern.«

Simon stupste Maisie an. »Ah, du unartige arbeitende Frau!«

Maisie wusste, dass er ihr ein Lächeln entlocken wollte, doch sie brachte es nicht über sich.

»Wir könnten unter der neuen Führung vielleicht eine Frau für die BBC einstellen, die Sendungen ausschließlich für Frauen produziert und sie angemessen anleitet. Eine Aristokratin vielleicht, die über Autorität verfügt und ehrenamtlich arbeitet.«

»Ah, mich dünkt, sie wollen dich arbeitslos machen!«, sagte Simon kichernd. »Das ist herrlich.«

»Es ist nicht lustig«, flüsterte Maisie.

»Und wir werden dafür sorgen, dass auch die Presse zur Vernunft kommt. Dass einige dieser sogenannten Journalisten überhaupt publizieren dürfen, grenzt an Obszönität.«

Das kommt wohl allein darauf an, wie man das Wort definiert.

»Ich glaube, der Nichtsnutz dort vorne will mich beleidigen«, flüsterte Simon entzückt.

Da bemerkte Maisie einen Mann von der Statur einer Teekanne mit Melone, der sie mit einem eindringlichen Stirnrunzeln bedachte. Ihr Herz gefror. Leute aus gewissen Kreisen hatten ein Gespür für ihresgleichen, und ein Bankier kannte womöglich Mitglieder der Aristokratie. Und Simon besaß ein Gesicht, das man nicht so leicht vergaß.

»Wir werden unser Land retten und endlich darauf bestehen, dass die Wahrheit ans Licht kommt«, versicherte Lion allen mit einem warmen Lächeln.

Die Wahrheit. Ihre Wahrheit. So verschieden von der Wahrheit, wie Hilda sie sah. Wie Maisie sie sah. Wie die meisten, hoffte sie, sie sahen. Doch das ließ sich nicht mit Gewissheit sagen.

Es juckte Maisie in den Fingern. Sie brauchte einen Bleistift. Sie musste schreiben. Jetzt sofort. Und dieser Mann sah sie immer noch mit einem Ausdruck auf dem Gesicht an, als wollte er sich gleich vorstellen.

»Ich habe schreckliche Kopfschmerzen«, flüsterte sie, reflexartig erfreut über ihren erstmaligen Gebrauch der weiblichen Standardausrede. »Ich glaube, ich muss nach Hause.«

Augenblicklich demonstrierte Simon, was es bedeutete, von Kindesbeinen an weltmännische Galanterie eingeimpft bekommen zu haben. In Sekundenschnelle waren sie auf der Straße, und ein Taxi war herbeigewunken, auch wenn sie beteuerte, dass sie die Trambahn nehmen könne.

»Ich bin dir dankbar, Maisie, von ganzem Herzen. Noch eine Minute länger, und sie hätten mich gesteinigt.« Er lachte, dann nahm er ihre Hand und küsste sie, während er ihr tief in die Augen sah.

Die verräterische Faust in ihrer Brust bahnte sich einen Weg in ihr Gehirn und hätte sie beinahe sagen lassen: »Ich fühle mich schon besser. Lass uns irgendwo hingehen, egal wohin, jetzt sofort, für immer.«

Doch sie war zu benommen, um Worte zu formen, und er reichte dem Fahrer geschickt ein paar Münzen, setzte Maisie ins Taxi und war nach einem letzten eindringlichen Blick verschwunden.

Die Faust in ihrem Innern beruhigte sich, und ihre Finger schlossen sich um den Bleistift. Worte flogen in ihrer zackigen, gewissenhaften Schrift über die blauen Linien.

»*Könnte die Angst vor dem Kommunismus zu etwas noch Schlimmerem führen? Würde das britische Volk aufgrund dieser unbegründeten Angst freiwillig auf seine hart erkämpfte Freiheit verzichten? Gedanken einer Kanadierin.*«

Sie starrte einen Moment auf den Notizblock und ergänzte dann:

»*Einer Kanadier-Amerikanerin.*«

Sie hatte nicht den blassesten Schimmer, wohin diese Worte führen sollten. Es spielte keine Rolle. Sie schrieb einfach weiter und immer weiter und schrieb noch, als sie aus dem Taxi stieg, zur Haustür schritt und selbst im trüben Licht des Wohnzimmers, ohne zu bemerken, dass ihre Finger verkrampften und sie nicht einmal ihren Hut abgelegt hatte.

Dreizehntes Kapitel

◊◊◊

Maisie schritt vor Savoy Hill auf und ab, bis Hilda schnellen Schrittes auftauchte.

»Ich muss mit Ihnen reden. Können wir einen Moment in die Kapelle gehen?«

»Du meine Güte, Miss Musgrave, wie schrecklich mysteriös!« Hilda, die sich an allem Neuen erfreute, kam ihrer Aufforderung gerne nach. Sie waren so allein, wie Maisie erhofft hatte, der einzige andere Besucher ein rotes Eichhörnchen, das sich genüsslich über ein weggeworfenes Sandwich hermachte.

»Miss Matheson, ich habe die *Radio Times* jede Woche gelesen, von der ersten bis zur letzten Seite …«

»Oh, und da dachte ich, Sie hätten etwas mehr Geschmack«, sagte Hilda mit funkelnden Augen.

Maisie weigerte sich zu lächeln.

»Die Sache ist die, mir sind diese, nun ja, Annoncen für Treffen aufgefallen. Ich habe sie alle aufgelistet, damit Sie es sich ansehen können.« Hilda warf einen Blick auf die Notizen und zurück zu Maisie, um sie zum Weiterreden zu ermutigen. »Und ich bin hingegangen, und wie es scheint, ist es eine Gruppe von Faschisten. Oder eine Splittergruppe vielleicht. Wie dem auch sei, der Freund des GD, Mr Hoppel, war dort, und er arbeitet für Siemens, und Sie hatten einmal die Vermutung …«

Hilda stieß schwer die Luft aus und lehnte sich gegen das Taufbecken.

»Sieh an, sieh an. Da haben Sie sich aber eine hübsche Freizeitbeschäftigung ausgesucht.«

»Was halten Sie davon?«, fragte Maisie.

»Was halten *Sie* davon?«, entgegnete Hilda.

»Oh, hören Sie auf, Miss Matheson, nicht diesmal, bitte!«

»Und ob! Sie haben aus Jux und Tollerei herumspioniert. Sie wissen, dass da höchstwahrscheinlich etwas im Busch ist. Und? Was sagt Ihnen Ihr Instinkt?«

»Es war *Ihr* Instinkt. Das hat alles mit Ihrer deutschen Broschüre angefangen.«

»Das ist mir durchaus bewusst. Fahren Sie fort.«

»Na schön. Nun ja, gestern Abend war ich aus, mit einem Herrn …«

»Dem Ehrenwerten Mr Brock-Morland?«

Maisie wäre beinahe in eine Kirchenbank gestolpert. »Woher um alles in der Welt wissen Sie das?«

»Er hat Ihnen diesen Brief mit den *Pinpoint*-Ausgaben geschickt und mindestens eine weitere Notiz. Vergessen Sie nicht, dass ich ebenfalls einmal Sekretärin gewesen bin. Zwar eine politische, mit weniger Büroarbeit, aber wir sehen dennoch alles.«

Mit einem Mal stieg eine Erinnerung an Miss Jenkins in ihr auf, die ihnen beibrachte, die Augen und Ohren desjenigen Unternehmens zu sein, bei dem sie sich glücklich schätzen konnten, eingestellt worden zu sein.

»Oh. Nun ja, ich … Also, sie wollen die BBC übernehmen. Oder zumindest beeinflussen, aber das ist dasselbe, weil sie allen Frauen verbieten wollen, hier zu arbeiten, im Grunde überall, und sie wollen auch die Zeitungen übernehmen, damit sie die ›Wahrheit verkünden können‹, wie sie es nennen. Aber hauptsächlich die BBC.«

»Ah! Sie wissen demnach unseren Wert zu schätzen, hm? Höchst löblich. Das macht fast den Mangel an originellen Ideen wett.«

»Miss Matheson, die meinen es schrecklich ernst, und die Leute dort sehen sehr reich und wichtig aus, die Sorte Menschen, die Dinge beeinflussen können. Und wenn dieser Hoppel involviert ist und er eine so hohe Stellung bei Siemens innehat und Siemens eine der Firmen ist, von denen Sie glauben, dass diese Nazis versucht haben, von ihnen Unterstützung zu erhalten und …«

»Miss Musgrave …«

»Wenn der MI5 besorgt ist, dann …«

»Seien Sie still!« Ausnahmsweise einmal wirkte Hilda wütend und vielleicht sogar ein wenig erschrocken. »Über gewisse Dinge spricht man an gewissen Orten einfach nicht.« Sie strich über ihre Onyxkette. »Wir müssen reingehen. Ich bin drei Minuten zu spät. Mr Fielden hat wahrscheinlich längst Scotland Yard gerufen.«

»Aber …«

Hilda hielt einen warnenden Finger in die Höhe. »Später.« Dann lächelte sie ihr breitestes Lächeln. »Versprochen.«

Es war nicht so, dass Maisie ihr nicht vertraute, aber »später« hatte in Savoy Hill die Angewohnheit, zu Wochen zu werden. Trotz Hildas Organisationstalent und Reiths Despotismus gerieten die Dinge fast stündlich außer Kontrolle. Just an diesem Morgen sagte die ansonsten textsichere Mrs Lonsdale in ihrem Vortrag über ihre preisgekrönten Border Collies: »Ich züchtige sie«, anstatt: »Ich züchte sie.« Hilda trug Fielden auf, der Poststelle mitzuteilen, dass sie vorübergehend ein Zelt für die Flut an Beschwerden aufstellen sollten. Billy vergaß, Mr Wallis sein Stichwort zu geben, sodass ein zweiunddreißigsekündiges Sendeloch folgte, und »Beaky« Brendons »leicht abzurichtende«, singende Papageien befreiten sich im Flur aus ihrem Käfig. Was weniger ein Problem gewesen wäre, wenn nicht gerade ein Streichquartett die Tür zu Studio eins aufgerissen hätte, während Rusty mit einem Schmetterlingskescher, den er von den Toneffekten geholt hatte (schon lange fragte niemand mehr, warum die Toneffektmänner gewisse Dinge besaßen), den Korridor herabgedonnert kam. Eckersley lechzte nach Blut wegen der »Verwüstung« des Studios (»nur ein paar Federn und Kötel. Man würde fast glauben, es wäre ein Zeppelinluftangriff«, murrte Maisie). Beaky Brendon selbst bekam einen hysterischen Anfall, als sich Samson, die Katze, ins Gewühl stürzte, doch da nur ein paar Schwanzfedern gelassen wurden, raufte sich außer ihr sonst niemand sonderlich die Haare. Die Papageien wurden eingefangen, Hilda kippte etwas Brandy in Beaky Brendons Kehle, und er erholte sich, nachdem sie auch den Tieren etwas angeboten hatte. Samson kümmerte sich wieder darum, Savoy Hill von Mäusen zu befreien, und alle seufzten, sie seien mehrere Tage mit der Arbeit im Rückstand, eine Beschwerde, die so häufig hervorgebracht wurde, dass niemand, einschließlich der Beschwerdeführer, die Angelegenheit ernst nahm.

Viel später an diesem Nachmittag, während Hilda eine Sendung überwachte, brachte die Post Maisie einen weiteren Brief von Simon. »Liebe Maisie, ich hoffe, dass es Dir heute besser geht. Vielen Dank für einen so herrlich belebenden Abend. Es wäre mir wahrlich eine große Freude, wenn Du Deinen nächsten freien Samstagabend mit mir verbringen würdest. Dein Simon.« Maisie presste den Brief an die Brust, dann stopfte sie ihn in ihre Tasche, damit ihn auf keinen Fall jemand zu Gesicht bekam, und tauchte dann wieder in die Welt der Kathodenstrahlen ein. Das Telefon klingelte.

»Vortragsabteilung, Miss Musgrave«, meldete Maisie sich entschlossen.

»Lady Astor für Miss Matheson«, sagte eine gleichfalls entschiedene Sekretärin.

»Es tut mir leid, aber Miss Matheson ist nicht zu sprechen. Soll ich etwas ausrichten?«

»Wann, bitte, wird sie zurückkommen?«

»Sie ist im Studio und darf nicht gestört werden. Soll sie Lady Astor zurückrufen?«

Es folgte ein überraschtes Jaulen, ein Rascheln, und im nächsten Moment hallte Lady Astors gebieterische Stimme in der Leitung.

»Miss Musgrave? Gut. Es wäre mir ein Grauen, mit diesem verknöcherten Stinkstiefel sprechen zu müssen. Die Neuigkeit kann nicht warten, denn ich habe etwas Exklusives für Miss Matheson, und da sie Ihnen vertraut, bedeutet das wohl, dass ich es auch kann, oder?«

Es war keine echte Frage. Maisie war froh, dass Lady Astor ihr Lächeln nicht sehen konnte.

»Ich bemühe mich nach Kräften, Ihres Vertrauens würdig zu sein, Lady Astor.«

»Prächtig. Obwohl es meiner Erfahrung nach nicht gänzlich falsch ist, gewisse Menschen ein wenig im Unklaren zu lassen. Aber nun hören Sie gut zu! Es wird morgen verkündet, aber sie haben gerade das gleiche Stimmrecht verabschiedet, und das dürfte wohl, wie ich meine, einen sehr guten Vortrag garantieren.«

Maisie, die die Information auf den knallorangefarbenen Memoblock der Vortragsabteilung schrieb (eine kluge

Wahl von Hilda – keine Mitteilung aus ihrer Abteilung wurde jemals übersehen), war sich bewusst, dass sie mit Enthusiasmus reagieren müsste. Doch Lady Astor wusste, dass ihnen immer noch die Hände gebunden waren bezüglich der Sorte Nachrichten, die sie senden durften, und wann wäre überhaupt Zeit für einen Exklusivbericht?

»Das sind sehr gute Neuigkeiten, Lady Astor. Vielen Dank, dass Sie extra bei uns angerufen haben.«

»Das sind die Worte einer höflichen und professionellen Sekretärin, meine Liebe. Aber verstehen Sie nicht, was das bedeutet? Alle Frauen über einundzwanzig dürfen nächstes Jahr ihre Stimme abgeben, verheiratet oder nicht, reich oder arm. Es ist jetzt Gesetz und kann nie wieder zurückgenommen werden. Das ist doch unglaublich!«

Phyllida wurde nächstes Jahr einundzwanzig. Sie würde wählen dürfen. Alle würden wählen dürfen. Mit einem Mal taumelte Maisie und musste sich am Schreibtisch festhalten. Eine Kanadierin, die in Großbritannien lebte, würde wählen dürfen. Das bedeutete es. Und jetzt würde sie die Nachricht verbreiten.

»Ich muss sofort zu Miss Matheson.«

»Das ist schon besser«, trällerte Lady Astor, und ihr Lachen endete in einem nicht damenhaften Prusten.

Maisie knallte den Hörer auf die Gabel, schnappte sich ihren Block und sprintete zum Sendestudio. Wo natürlich die Anzeige *Auf Sendung* sie im Korridor bannte. Wie ein eingepferchter Stier pirschte sie vor der Tür auf und ab.

»Du meine Güte, meine Liebe, Sie werden noch ein Loch in den Fußboden scharren!« Es war Siepmann. Mit Cyril. Am liebsten hätte sie den Kopf gesenkt und angegriffen. »Sie sehen nicht gerade aus, als würden Sie hart arbeiten. Ich dachte, Miss Matheson lässt Sie so schwer schuften?«

Sie reckte die Nase in die Luft, um ihm fest in die Augen sehen zu können. »Das tut sie, Mr Siepmann, obwohl es überhaupt nicht nötig ist. Wir in der Vortragsabteilung sind äußerst engagiert und geben unser Bestes bei der Arbeit. Für die BBC«, fügte sie bei der Erinnerung an ihr letztes Gespräch hinzu. Erfreut bemerkte sie, wie Cyril bei Siepmanns Verhalten verlegen zur Seite blickte. Oder vielleicht überraschte ihn ihres.

»Das freut mich zu hören«, sagte Siepmann. »Ich frage mich manchmal, wie Sie das alle hinbekommen, wo Sie doch so beschäftigt sind.« Er schüttelte den Kopf, als würde ihm der Gedanke keine Ruhe lassen. »Es erstaunt mich, dass Miss Matheson ihre Redaktion nicht vergrößern will und mehr delegiert, während sie die Peitsche schwingt. Ich bin sicher, wenn ich dort das Sagen hätte, dann wäre ich ein schrecklicher Tyrann.«

Ich bin sicher, wenn du dort das Sagen hättest, dann würden wir alle zu Mistgabeln und Fackeln greifen.

»Miss Matheson bekommt alles sehr gut unter einen Hut, vielen Dank.«

»Zumindest laut den Zeitungen und Hörerzahlen, ja«, stimmte er ihr zu, als wären solche Dinge nicht von Bedeutung. »Nun, dann weiter so, meine Liebe«, sagte er und nickte Cyril zu, um ihn zum Weitergehen zu bewegen.

Wäre ich nur einer dieser Geheimagenten. Dann könnte ich ihn mit einem Giftpfeil beschießen.

Sie schob dieses hübsche Bild beiseite und konzentrierte sich auf das wahre Meisterstück: Lady Astors Sensationsnachricht. Es musste einen Weg geben, sie zu benutzen, ohne ihre engen Grenzen zu überschreiten. Vielleicht ein besonderer Gast, der über die Möglichkeit sinnierte, wann das Wahlrecht für Frauen in diesem Land endlich Wirklichkeit wurde? Und wenn diese Person hoch angesehen war, eine Bekanntheit, ohne Fehl und Tadel… vielleicht Lady Astor höchstpersönlich? Nein, keine amtierende Politikerin. Jeder wusste, dass sie ständig Dinge durchsickern ließen, aber niemand würde es öffentlich tun. Es müsste eine Frau sein. Eine Suffragette! Emmeline Pankhurst war kürzlich verstorben (als Retrospektive hatten sie eine wunderbare Sendung über ihr Leben und ihre Arbeit ausgestrahlt). Ihre Tochter Christabel war nach Kalifornien gezogen. Vielleicht die andere Tochter, Sylvia? Nein. Eine ältere Suffragette wäre besser, jemand, der lang und hart gekämpft und nun die Früchte ihrer Arbeit genießen konnte – natürlich, Millicent Fawcett. Sie war über achtzig, körperlich nicht mehr ganz auf der Höhe, aber immer noch sehr lebendig und eine Dame des Ordens des Britischen Königreichs, ein Ausbund an Respektabilität.

Als Hilda aus dem Studio kam, stürzte Maisie sich auf sie.

»Miss Matheson, Sie werden es nicht glauben! Wir müssen… Es ist so…«

Ein Schatten türmte sich vor ihr auf. Sie hatte vergessen, dass Vita Sackville-West gerade auf Sendung gewesen war.

»Du meine Güte«, flüsterte Maisie, als sie in die unbeugsamen Augen der bedeutenden Dame spähte. »Ich… äh…«

Vita lachte. »Mir gefällt der Anblick einer Frau, die mit Leidenschaft ihrer Arbeit nachgeht. Besprechen Sie sich ruhig mit Miss Musgrave, meine liebe Hilda. Ich finde ausnahmsweise allein hinaus. Guten Tag.«

Sobald Vita außer Hörweite war, drehte Hilda sich wütend zu Maisie um.

»Seit wann sind Sie so unprofessionell? War mein Versprechen mit ›später‹ nicht klar genug? Ich bin eine geduldige Frau, aber…«

»Nein, das ist es nicht, ich…« Sie schob eine erstaunte

Hilda zurück ins Studio und schloss die Tür hinter ihnen. »Miss Matheson, Lady Astor hat gerade angerufen und …«

Billy war immer noch dort, einen verwelkten Strauß aus roten und blauen Kabeln in der Hand.

»Könnten Sie uns bitte einen Moment allein lassen?«, bat sie ihn.

»Aber … ich arbeite«, protestierte er. Maisie bedachte ihn mit ihrem wildesten Funkeln, und im nächsten Moment war er draußen. Sie knallte die Tür hinter ihm ins Schloss und lehnte sich gegen die herrlich schalldichte Oberfläche, während sie Hildas wutentbranntes Gesicht angrinste.

»Das gleiche Stimmrecht für Frauen wurde eben verabschiedet. Das hat Lady Astor erzählt. Es wird morgen verkündet, aber sie hat es uns jetzt schon verraten, damit wir die Chance bekommen, heute Abend etwas zu bringen. Geht das? Ich habe an Dame Millicent Fawcett gedacht. Sie könnte über ein Gerücht oder etwas in der Art sprechen, damit es keine ›Eilmeldung‹ ist. Die Zeitungen können doch nichts gegen Dame Millicent haben, nicht wahr? Ich meine, zumindest nicht die guten.«

Hildas Gesicht verfärbte sich von entrüstetem Purpur zu erstauntem Weiß und war dann rosa vor Freude. Sie packte Maisies Hand.

»Gleiches Stimmrecht? Sind Sie sicher? Was hat sie gesagt?«

»Sie hat gesagt, es würde bedeuten, dass alle Frauen …« Maisie schnürte es die Kehle zu. Es hatte für sie persönlich nie eine Rolle gespielt, Politik und all diese Dinge. Aber Frauen waren dafür gestorben. Phyllida lebte dafür. Es bedeutete viel. Ihre Worte kamen quietschend heraus. »Alle Frauen über einundzwanzig dürfen wählen. Ohne Einschränkung.«

»Oh … Maisie.« Hilda holte ein Taschentuch hervor und

presste es sich aufs Gesicht. Ihr Kopf schnellte hoch, die Augen feucht und funkelnd. Sie hechtete zum Studiotelefon, um Millicent Fawcett anzurufen. Maisie stand hinter ihr und hüpfte auf den Zehenspitzen. Trotz ihrer unbändigen Aufregung kam sie nicht umhin, sich die Schalter und Regler anzusehen und darüber nachzudenken, dass es Spaß machen würde, dort zu arbeiten. Es konnte nicht so kompliziert sein, wenn es Menschen wie Billy gelang. Frauen war es untersagt, aber vielleicht…

»Sie hat zugestimmt!«, krächzte Hilda. »Ich werde sie höchstpersönlich abholen. Oh, wir sollten es wohl lieber mit dem GD besprechen«, entschied Hilda. »Kann es nicht riskieren, dass er einen Schlaganfall bekommt.«

Was allerdings die Möglichkeit nach sich zog, dass er Einspruch erheben könnte. Doch das Glück war auf ihrer Seite. Seine Sekretärin erklärte, dass er bereits gegangen und auch telefonisch nicht zu erreichen sei.

»Einfach perfekt, dass er sich ausgerechnet heute Abend herumtreibt«, sagte Hilda mit einem erleichterten Seufzen. Sie hatten zumindest versucht, das Protokoll einzuhalten. Jetzt mussten sie nur noch das Abendprogramm umbauen, um die Sendung einzuschieben, und ein Skript zusammenschustern.

»Irgendwann einmal wird die BBC ihre eigenen Nachrichten machen dürfen, zum Teufel mit all den Zeitungen«, murmelte Hilda mit ungewöhnlicher Schärfe. »Ganz ehrlich, warum kann die Zukunft nicht *jetzt* sein? Selbst die Arbeit einer politischen Sekretärin hat nie so viel Demontage beinhaltet.«

Sie verschränkte die Hände hinter ihrem Rücken und schritt langsam auf und ab.

»Mal sehen: ›In der Gerüchteküche des Parlaments brodelt es heftig wegen des gleichen Wahlrechts, für das schon lange hart gekämpft wird. Wenn es wahr sein sollte, würde das große Auswirkungen auf die nächste Unterhauswahl haben. Dame Millicent Fawcett, eine der bedeutendsten Aktivistinnen zum allgemeinen Frauenstimmrecht, ist hier, um einen Überblick über ihren bisherigen Kampf zu geben und zu erklären, was ein echtes allgemeines Wahlrecht mit sich bringen würde.‹ Und dann könnte Dame Millicent sagen: ›Ich hoffe, das Gerücht ist wahr, denn wir wollen nicht hinter unseren amerikanischen Schwestern zurückbleiben, und außerdem ist es wichtig, dass Großbritannien, das für gewöhnlich eine Führungsrolle in der Welt innehat, all seinen Frauen beweist, dass es ihnen diese Aufgabe zutraut.‹ Hm. Diese heilige Aufgabe? Nein. Diese heilige Pflicht? Vielleicht etwas übertrieben. Aber wir können die Bedeutung nicht deutlich genug herausstellen.« Ihr Grinsen reichte fast von einem Ohr zum anderen, während sie sich die Arme um die Taille schlang. »Die Wahl wird schrecklich interessant werden.«

»Wohin ist Unsere Lady verschwunden?«, fragte Fielden, der mit verschränkten Armen direkt vor Maisies Schreibtisch stand und den grimmigen Galopp ihrer Finger ignorierte, während sie in Windeseile das Skript abtippte.

»Sie bringt Dame Millicent Fawcett für eine Sondersendung her«, sagte Maisie und platzte fast vor Stolz über ihren Wissensvorsprung.

»O Gott, nicht die Fawcett.« Fielden stöhnte. »Wenn die einmal den Mund aufmacht, ist sie nicht mehr zu stoppen.«

»Sie ist eine außerordentlich wichtige Frau! Eine der bedeutendsten Suffragetten und noch dazu eine Dame des Ordens des Britischen Königreichs!«, erwiderte Maisie empört.

»Verdammte Damen, würde ich sagen.«

»Mr Fielden!«

»Ich bin Republikaner. Auch wenn das hier etwas anderes als bei Ihnen zu Hause bedeutet.«

»Das weiß ich«, fauchte Maisie. »Ich habe übrigens den Großteil meines Erwachsenenlebens in Großbritannien verbracht und lese sämtliche Zeitungen.« Sie pfefferte den Zeilenschalthebel zurück, hämmerte die letzten Sätze in die Maschine und riss die Blätter heraus.

»Sieh mal an, wer da so aufbrausend sein kann.« Feixend schnalzte er mit der Zunge. »Wo kommen wir da nur hin?«

»Das überlasse ich ganz Ihnen«, entgegnete sie und stolzierte zum Schreibzimmer, um Phyllida abzuholen. Der nächstgelegene Ort für ein ungestörtes Gespräch war die zweitbeliebteste Damentoilette, und nachdem sie unter allen Kabinentüren nach Füßen gesucht hatte, überbrachte Maisie ihr die folgenschwere Neuigkeit.

Phyllida krallte sich am Waschbecken fest und starrte sie entgeistert an.

»Nee. Ist das wirklich wahr? Das muss es sein. Lady Astor würde keine Gerüchte verbreiten. O mein Gott!« Sie begann zu weinen. »Ist das zu glauben? Endlich bekommen wir alle eine Stimme.«

»Die bekommen wir«, sagte Maisie und brach ebenfalls in Tränen aus.

Beide hatten immer noch rote Augen, als sie wenige Minuten später den Waschraum verließen. Eckersley sah sie und kicherte. »Was würden Sie armen Mädchen nur ohne Waschräume tun, in denen Sie sich die Augen ausweinen können?«

Sie schwebten derart im siebten Himmel, dass sie sich nicht einmal die Mühe machten, ihm zu antworten.

Das Treffen mit Dame Millicent verging wie im Rausch.

Sie war zerbrechlich, mit weißer Pergamenthaut und zitternden Händen, doch ihre Augen leuchteten wie die von Hilda.

»Ich denke, ich bin aus schierer Sturheit noch nicht gestorben, um das hier mitzuerleben«, erklärte sie mit einer Stimme, die viel kräftiger als ihr Körper war.

Sie legte eine unbeschreibliche Eleganz an den Tag und saß so aufrecht, als würde sie immer noch ein Korsett tragen. Was sie vielleicht sogar tat. Mr Burrows, der Sprecher der BBC, musste in das Geheimnis eingeweiht werden, damit er Dame Millicent interviewen konnte – ihnen war nicht genug Zeit geblieben, einen Ersatz zu finden. Und in den Augen der Zuhörer würde die Anwesenheit eines Mannes dem Anlass Würde verlieh.

Maisie trat aus der Tür, rückte die *Auf-Sendung*-Anzeige zurecht und tätschelte sie liebevoll.

»Ich glaube, Sie haben gerade gequietscht«, sagte Fowler von den Toneffekten. Eine kurze Aufführung sollte das Abendprogramm ausklingen lassen, und er zog einen Rollwagen samt Grammofon, Verstärker, Geschirrtuch und einem Blumenkohlkopf hinter sich her.

»Das ist gut möglich«, stimmte Maisie ihm zu. »Wie passend, dass ich nicht dort drinnen bin.« Mit dem Daumen zeigte sie zur Studiotür. Ein unvermitteltes Quietschen im Hintergrund könnte ein Exekutionskommando nach sich ziehen. »Was ist das alles?« Sie winkte mit der Hand in Richtung des Rollwagens.

»Dinge für Toneffekte natürlich«, antwortete Fowler mit dem verblüfften Gesichtsausdruck, den die Toneffektmänner immer bekamen, wenn jemand sie zu ihrer Arbeit befragte, entnervt von ihrem Schicksal, mit solchen Dummköpfen zusammenarbeiten zu müssen.

»Ein Grammofon, Mr Fowler? Das ist doch Schummelei.«

»Wirklich?«, fragte er in scharfem Tonfall. »Und sehen Sie hier irgendwelche Schallplatten?«

Dem war nicht so. Als Fowler ihren reuevollen Blick bemerkte, entschied er, sie lieber zu belehren, anstatt sie zu rügen.

»Hier. Legen Sie das Ohr an den Verstärker und hören Sie gut zu.« Er kurbelte an dem Grammofon und setzte die Nadel auf das Geschirrtuch, sodass sie den Stoff nur leicht berührte. Dann klopfte er mit rhythmischen Schlägen leicht auf das Geschirrtuch, wodurch ein Bumm-bumm, Bumm-bumm ertönte, das, wie Maisie allmählich erkannte, dem Geräusch eines Herzschlags gleichkam. »Schließen Sie die Augen«, sagte er. Sie kam seiner Aufforderung nach, und das Geräusch hallte tief in ihr wider.

»Herrgott noch mal, da gibt es doch nichts zu weinen«, schimpfte Fowler. »Ihr Mädchen, ihr werdet bei den sonderbarsten Dingen weinerlich.«

Maisie wischte sich grinsend die Augen. Sie hatte nicht mehr das Bedürfnis, nachfragen zu müssen, welche Rolle der Blumenkohl spielte. Selbst in ihren profansten Momenten war die BBC pure Magie. Das allein war ein paar Tränen wert.

»Sagen Sie mal, Mr Fowler, können Sie das Geräusch herstellen, wenn man so glücklich ist, dass man die ganze Welt umarmen und nie wieder loslassen will?«

Entsetzt wich er vor ihr zurück. »Das ist doch nicht für einen der nächsten Vorträge, oder?«

Die Zeitungen überboten sich mit Geschichten über das, was offiziell als *Representation of the People Act 1928* (Gleiches Wahlrecht für Frauen) bezeichnet wurde, und waren großzügig genug, der BBC für ihre weise Voraussicht und kluge Diskussion mit der bedeutenden Dame Millicent Fawcett zu gratulieren. Reiths Weißglut verebbte unter dem Strom an

Glückwünschen, der den ganzen Vormittag über sie hereinbrach, obwohl Maisie sich fragte, wie viele dieser Glückwünsche sich mehr auf seinen Geniestreich bezogen, Hilda eingestellt zu haben.

Reith erhob sich wie ein Berg in Hildas Büro. Er schien dort nie wirklich hineinzupassen – Maisie hatte das Gefühl, dass gemütliche Zimmer ihm Unbehagen bereiteten.

»Ich weiß es zu schätzen, dass ich nicht erreichbar war, Miss Matheson, weshalb Sie eine rasche Entscheidung treffen mussten und sich im Zweifel für das Risiko ausgesprochen haben.« Sein Stirnrunzeln wurde tiefer, ein Gradmesser dafür, was er normalerweise von Risiken hielt. »Die Entscheidung scheint mit Erfolg gekrönt zu sein. Doch in Zukunft hoffe ich, dass Sie mehr Besonnenheit an den Tag legen oder zumindest den Rat oder die Unterstützung eines anderen leitenden Angestellten einholen. Wir können uns keine Mitarbeiter erlauben, die ohne genaue vorherige Inaugenscheinnahme einfach Sendungen ausstrahlen. Das würde ansonsten zu Chaos führen.«

Maisie spürte, dass Hilda Reith am liebsten an den Kopf geworfen hätte, dass leitende Angestellte gewiss Besonnenheit bräuchten, es jedoch Flexibilität war, mit deren Hilfe die BBC wachsen würde. Doch sie lächelte bedächtig und nickte.

»Ja, natürlich, Mr Reith. Entschuldigen Sie vielmals.«

»Wir haben nicht die leiseste Vorstellung, was passieren hätte können«, gab er zu bedenken.

»Nein, fürwahr.«

»Nun, lassen Sie uns bei anderen Gelegenheiten besonnener sein.« Er drehte sich auf dem Absatz um und nickte Maisie auf eine Art zu, die nahelegte, dass sie ihn begleiten solle. »Wir vermissen Sie oben auf der Chefetage, Miss Musgrave«, sagte er, als sie den Korridor erreichten. »Ihre Anwesenheit dort war sehr angenehm.«

»Vielen Dank, Sir«, erwiderte sie gerührt.

»Was halten Sie von dieser Wahlsache?« Ah, das also war der Grund, warum er allein mit ihr reden wollte. Er erinnerte sich an die glühende Fürsprecherin der Alten Welt und wollte jugendliches Mitgefühl. »Meine Frau hat nie dieses Bedürfnis verspürt, sie ist völlig zufrieden, dass ich all diese Entscheidungen treffe. Wir waren beide sehr beunruhigt, jegliche Frauen wählen zu sehen, alleinstehende und vielleicht ungebildete Frauen an der Wahlurne, das scheint geradezu ein Garant für Probleme zu sein. Ich weiß, das ist alles auf diese unruhigen Zeiten zurückzuführen, doch es erfüllt mich durchaus mit Sorge.«

»Ich fürchte, wir werden wohl abwarten müssen«, sagte Maisie. Sie konnte schlecht auf die erfolgreiche Einführung des Frauenwahlrechts in Amerika hinweisen, da er Amerikaner als undankbaren, degenerierten Pöbel ansah, der schnellstmöglich zurück ins Weltreich gebracht werden müsste.

»Es beunruhigt Sie nicht?« Mit seiner Frage wollte er herausfinden, ob sie nun eine von denen war. Nicht mehr unter seiner Aufsicht hatte sie da einen Teil ihrer geliebten Traditionen über Bord geworfen und war vom bösen Wolf der Moderne verführt worden?

»Das britische Empire ist das größte, das die Welt je gesehen hat«, versicherte sie ihm. »Je mehr seine Einwohner in Politik eingebunden werden, desto besser sollte es sein.«

Er bedachte sie mit seinem sanftmütigsten Stirnrunzeln.

»Sie sind sehr diplomatisch, Miss Musgrave. Und vielleicht haben Sie recht. Wir werden wohl abwarten müssen. Wenn die Wahl misslingen sollte, können sie das Gesetz immer noch zurücknehmen.«

Das Gesetz zurücknehmen? Endlich Rechte einräumen, um sie ihnen dann wieder zu entreißen? Das klang fast wie der Stoff für Satire. Oder das Treffen der Faschisten. Es hörte sich nicht nach Demokratie an. *Natürlich gibt es immer Gesetze, die jemandem nicht gefallen, aber…*

»Miss Musgrave?«

Reith blickte stirnrunzelnd auf sie herab, ohne den leisesten Anflug eines Lächelns.

»Sir?«

»Ich sagte ›Guten Tag‹.«

»Oh!« Sie war verabschiedet worden. »Ja. Ihnen auch, Sir. Vielen Dank.«

»Sie *sind* äußerst diplomatisch«, erklärte Hilda schmunzelnd, als Maisie zurück im Büro war.

»Sie haben alles mitbekommen?« Die Frau hatte das Gehör einer Fledermaus.

»Das erweist sich gelegentlich als sehr nützlich.«

Maisie machte sich wieder über die Korrespondenz her, konnte sich jedoch nicht konzentrieren. Sie wollte, dass endlich dieses mythenhafte »Später« eintraf. Sie wollte über die Ängste der Männer vor dem Frauenwahlrecht schreiben, es mit Amerika vergleichen. Sie wollte mehr Geschichten, die sie erzählen könnte, wollte selbst Geschichten aufspüren. Sie wollte Frauen auf der Straße befragen. Sie wollte Eckersley bitten, härter an der Entwicklung eines tragbaren Mikrofons zu arbeiten. Sie wollte Dame Millicents Vortrag in einer Zeitschrift abdrucken. Sie wollte wählen. Jetzt sofort.

»Miss Matheson!« Ihr lautes Rufen brachte fast die Fenster zum Scheppern.

»Du meine Güte! Brennt es irgendwo?« Hilda wirkte eher interessiert als beunruhigt.

»Können wir…? Wir haben einmal… Die Parlamentswahl findet nächstes Jahr statt, nicht wahr?«

»Wenn mich nicht alles täuscht«, erwiderte Hilda.

»Vielleicht könnten wir eine Serie auf die Beine stellen, etwas, um Frauen anzuleiten ... nein, nicht anleiten, nun ja, vielleicht doch ...«

»Sie stammeln wirres Zeug«, sagte Hilda, doch sie grinste.

»Ja. Etwas, um Frauen aufs Wählen vorzubereiten, damit sie den Vorgang kennenlernen und zwischen den Parteieninteressen abwägen können. Ich meine, jede Menge Frauen werden denken, sie müssten wie ihre Väter oder Ehemänner abstimmen, nicht wahr? Aber vielleicht ist das nicht das, was sie wirklich wollen, vielleicht wissen sie nur nicht ... Ich stammele immer noch wirres Zeug.«

»Es sollte keine Kritik sein. Gutes Stammeln dient der Inspiration.« Hilda sprang auf und schritt im Zimmer auf und ab. »Wir können mit einer Sendung einmal die Woche beginnen. Dann öfter, sobald die Wahl näher rückt. Frauen aus allen Bereichen einladen, mit verschiedenen Standpunkten, unterschiedlichen Interessen, die über Politik und die Stellung der Frau sprechen. Uns wird vorgeworfen werden, Schleichwerbung für die Labour-Partei zu machen ...«

»Oder die Kommunisten«, warf Maisie ein.

»Oh, gewiss.« Hilda kicherte. »Aber wir werden mit Lady Astor beginnen und die Sache sehr neutral und informativ halten. Der Sendung einen netten, unspektakulären Namen geben. ›Ratschläge für Wählerinnen‹. Nein, das ist zu herablassend. Wir klingen sonst wie Kummerkastentanten. ›Fragen für Wählerinnen‹. Das könnte funktionieren.«

»Können wir? Ich meine, Fragen stellen?«

»Das tragbare Mikrofon?«, fragte Hilda mit einem Lächeln. Maisie wäre fast in Ohnmacht gefallen. Konnte Hilda jetzt sogar schon Gedanken lesen? Dann erinnerte sie sich, dass es einer der Sätze war, den sie in Hildas Notizen über den Rundfunk gelesen hatte.

»Ich hoffe, wir können es versuchen.« Hilda warf einen Blick auf die Reiseuhr. »Ich denke, wir haben uns zur Feier des Tages ein gutes Mittagessen verdient. Holen Sie Rules an die Strippe, ja?«

Rules! Das war eines der vornehmsten Restaurants in London. Maisie blickte an sich herab. Das jadegrüne Kleid war nicht schlecht, aber …

»Sie sehen schrecklich smart aus. Rufen Sie sie an, und ich reserviere uns einen Tisch.«

Nicht so smart wie Hilda. Auf dem Weg zum Restaurant betrachtete Maisie sie mit neidvoller Bewunderung, während sie sich dem Restaurant näherten. Es war ein kurzer Spaziergang von The Strand bis zur Southampton Street und dann zur Maiden Lane. Hilda mit dieser raschen Entschlossenheit, diesem kleinen Federn in ihrem Schritt, der geradezu bezaubernd war. Wie wäre es wohl, jeden Tag mit dieser ebenmäßigen Haut, diesen strahlenden Augen aufzuwachen? Sie war gerade vierzig geworden, doch sie war so jung und schön. Sprühte vor Energie. Es war fast hypnotisierend.

Genau wie Rules. Sie traten ein, und Maisie quietschte leise. Der noble Teppich, die dezenten Lichter, die prächtigen Bilder und Spiegel, die schweren Damasttischdecken. Ihre Hände zitterten, als sie die Speisekarte nahm, burgunderrotes Leder mit goldenem Prägedruck.

Maisie wartete, bis ihre kornische Fischsuppe serviert worden war, um nachzufragen, ob jetzt »später« sei.

»Nein. Es ist Mittagspause.« Hilda grinste. »Aber ich habe Neuigkeiten. Wir werden ein neues Magazin auf den Markt bringen, mit den Transkripten unserer besten Vorträge. Und anderen Dingen. Es wird *Listener* heißen. Etwas fantasielos, aber zumindest wird jeder wissen, dass wir dahinterstecken.«

»Wow.« Maisie stieß einen leisen Pfiff aus. »Denken Sie,

dort werden Artikel von Mitarbeitern angenommen werden?«

»Vielleicht gibt es sogar Verfasserangaben«, neckte Hilda sie. Dann wandte sie sich dem neuesten Tratsch zu – die BBC wurde als erfolgreich genug erachtet, um ein eigens für ihren Zweck erbautes Gebäude zu rechtfertigen, wobei der erste Spatenstich am Portland Place in wenigen Monaten erfolgen sollte.

Maisie war so perplex, dass selbst das eben servierte Rebhuhn in Brotsauce nicht sogleich ihre Aufmerksamkeit bannte.

»Wir verlassen Savoy Hill?«

»Werden Sie nicht sentimental wegen des alten Kastens«, warnte Hilda und zeigte mit einer Pastinake auf sie. »Es war ein wunderbarer Ausgangspunkt, aber die BBC wird zu etwas Großem werden. Wenn ich da ein Wörtchen mitreden darf«, fügte sie mit plötzlicher Schärfe in der Stimme hinzu. »Wir haben es verdient. Wir brauchen ein riesiges Monster von einem Gebäude – elegant und wunderschön, natürlich, aber unglaublich beeindruckend, und mit dem hell leuchtenden Schriftzug ›BBC‹ auf dem Dach. Und wir werden es bekommen. Leider nicht vor 1932. Mist, ich hasse diese Warterei.«

»Ich nehme an, es hat länger gedauert, St. Pauls zu bauen?«

»Ja, ja. Und die Pyramiden. Und zumindest werden die Arbeiter bei uns ein nettes Gehalt einstreichen, aber verdammt noch mal, ich will dieses Gebäude. Stellen Sie sich die Studios vor! Und die IEE wird erfreut sein, das gesamte Savoy Hill wieder für sich allein zu haben. Ich wette, sie werden einen ganzen Monat lang feiern.«

Selbst der Gedanke an das Institute of Electrical Engineers, das ausschweifenden, frivolen Partys frönte, konnte Maisie kein Lächeln entlocken, nicht wenn es gleichzeitig bedeutete, dass sie Savoy Hill verlassen mussten. Es war ihr Zuhause, wahrscheinlich mehr als jeder andere Ort, an dem Maisie jemals tatsächlich gelebt hatte, erkannte sie mit jähem Erstaunen. Dann war sie noch überraschter, als ihr in den Sinn kam, dass sie glaubte, auch noch in vier Jahren dort zu sein. Es gab keinen Ort, an dem sie lieber wäre.

»Und nun, Miss Musgrave, muss ich Sie etwas fragen. Wollen Sie weiterhin als meine Sekretärin arbeiten?«

Maisie krallte sich am Tisch fest, um nicht durch den Teppich in den Keller zu fallen. In Hildas Gesichtsausdruck spiegelte sich nichts als Neugierde, als hätte sie lediglich gefragt, ob sie mehr Wein wolle. Sie öffnete den Mund, um etwas in das kratergroße Loch zu stopfen, das Maisie geschaffen hat, doch ein unvermitteltes »Ah, Miss Matheson!« ließ sie beide aufblicken.

Lady Astor stand neben ihrem Tisch.

»Du meine Güte, Lady Astor, hallo!«, rief Hilda und sprang auf, um ihr die Hand zu schütteln. »Es war so famos von Ihnen, uns diesen Knüller zu liefern. Bitte setzen Sie sich zu uns.«

»Nein, nein. Ich kann nur einen Moment bleiben. Ich wusste, dass Sie hier sein würden, und ich wollte Ihnen meine Glückwünsche aussprechen. Sehr gute Arbeit, auch wenn ich natürlich nichts anderes von Ihnen erwartet habe.«

»Es war hauptsächlich Miss Musgraves Verdienst.«

»Wirklich?« Lady Astor musterte Maisie eingehend, als wäre sie ein schimmerndes Schmuckstück. »Prächtig. Ich nehme an, Reith hat die Sache weniger gut aufgenommen?«

»Wenn ich ehrlich bin, glaube ich fast, dass die Vorstellung von irgendwelchen Frauen an der Wahlurne immer noch ein Schock für ihn ist.«

»Ich habe Zuckerwasser getrunken, das aus härterem Stoff

war als dieser Mann, auch wenn er ein beeindruckender Tyrann ist.« Sie wandte sich an Maisie. »Ich habe einmal seine Mutter getroffen, müssen Sie wissen. O ja, er hat eine. Hat sie zum Lunch ins Unterhaus mitgenommen, wahrscheinlich um damit zu prahlen, wie bedeutend und wichtig er ist. Nun denn, er hat mich also vorgestellt, und da ich nicht zu den Menschen gehöre, die eine Gelegenheit ungenutzt verstreichen lassen, habe ich sie gefragt, ob er sein mussolinihaftes Gehabe von ihr hat.«

Hilda hustete in ihren Burgunder.

»Was hat sie geantwortet?«, hauchte Maisie. Es war außergewöhnlich, womit die Oberschicht durchkam.

»Oh, sie wirkte leicht pikiert«, erklärte Lady Astor mit einem Achselzucken. »Dieser Schlag ist das immer. Kein harter Stoff, das kann ich nur wiederholen. Zumindest nicht dort, wo es darauf ankommt. Demzufolge Tyrannei. Obwohl sie ihn wahrscheinlich für ein Prachtexemplar hält. Nun denn, ich will Sie nicht weiter stören. Ich kann die Bakewell-Törtchen mit Kaffee empfehlen«, riet sie Maisie, bevor sie davonstolzierte.

»Woher weiß sie, wo Sie zu finden sind?«, fragte Maisie, nachdem Hilda zwei Bakewell-Törtchen und Kaffee bestellt hatte.

»Sie lässt mich beschatten, seit ich nicht mehr für sie arbeite«, sagte Hilda und leerte ihren Wein. »Das war ein Witz. Hierher sind wir immer nach einem denkwürdigen Erfolg zum Mittagessen gegangen.«

Sie grinsten sich an. Da fiel Maisie wieder ein, dass Hilda ihre Welt auf den Kopf stellen wollte.

»Versuchen Sie, die Sache aus dem Blickwinkel eines Außenstehenden zu betrachten«, sagte Hilda, als sie Maisies Gedanken erriet. »Sie sind eine ausgezeichnete Sekretärin, aber mit Ihrem beeindruckenden Verstand, Ihrer Furchtlosigkeit und Ihrem Händchen für gute Geschichten könnten Sie genau die Sorte Journalist sein, von denen die Zeitungen mehr brauchen. Wenn Sie diesen Weg einschlagen wollen, könnte ich Ihnen gern ein paar nützliche Menschen vorstellen. Es gibt nicht viele weibliche Reporter, und sehr wenige von ihnen schreiben über ernsthafte Dinge, aber ich würde jede Wette eingehen, dass Sie eine von ihnen wären.«

Selbst die Ankunft der Törtchen konnte nicht bis zu Maisies schwirrendem Gehirn durchdringen. Ein beeindruckender Verstand. Ein Händchen für Geschichten. Furchtlos. Maisie erinnerte sich, etwas über Nellie Bly gelesen zu haben, die außergewöhnliche Artikel geschrieben hatte. Hatte Hilda Matheson, Oxford-Absolventin und Programmdirektorin der Vortragsabteilung bei der BBC, von allen Zeitungen wegen ihres außergewöhnlichen Verstands und Geschmacks und Könnens in höchsten Tönen gelobt, hatte sie das wirklich über Maisie gesagt? Maisie-Maus? Vielleicht könnte sie wirklich für eine Zeitung oder eine Zeitschrift arbeiten und jeden Tag schreiben. In fast allen Briefen von Simon stand, wie fantastisch es war, Artikel zu verfassen, Menschen mit Informationen zu füttern, und das noch dazu unter dem eigenen Namen.

Doch sie hatte etwas anderes vor.

»Miss Matheson, ich … Vielen Dank, wirklich. Ich meine … vielen Dank. Aber ich will die BBC nicht verlassen. Das will ich wirklich nicht. Ich liebe es dort.«

Bis zu diesem Augenblick hatte sie nicht gewusst, wie sehr.

Hilda lächelte und schenkte ihnen Kaffee ein. »Gut. Denn ich würde Sie gern zur Vortragsassistentin befördern.«

Rules war zu einer Achterbahn geworden. Hilda fuhr fort, munter und unbekümmert. »Es beinhaltet leider immer noch sehr viel Büroarbeit, wie Sie natürlich nur zu gut wissen, aber es ist der einzige Weg, wie Sie irgendwann zur Redakteurin befördert werden können.«

Die Achterbahn nahm eine gefährlich scharfe Kurve.

»Redakteurin?« Maisies Stimme war so hoch, dass nur Fledermäuse und Hilda sie hören konnten.

»Sie denken zumindest wie eine. Ich wäre schockiert, wenn Sie nicht wie eine arbeiten würden, und ich hasse es, schockiert zu sein. Wollen Sie eine werden?«

Die einzigen Frauen, die als Redakteure arbeiteten, waren die überaus gebildeten und noch besser vernetzten Beanie und Mary Somerville im Schulfunk.

»Aber ich bin nicht gebildet«, fühlte sie sich genötigt, kleinlaut anzumerken.

»Womit Sie meinen, dass Sie keine Schule besucht haben. Das ist nicht genau dasselbe. Wie haben Sie sich dennoch Ihr Wissen angeeignet? Das habe ich mich schon immer gefragt.«

»Bibliotheken«, sagte Maisie. »Nun ja, das Schreiben habe ich von einer Garderobiere in einem Theater gelernt, einer sehr netten Dame. Georgina – das ist meine Mutter – hat mich nie zur Schule geschickt, weil wir viel herumgereist sind und sie es sowieso nicht interessiert hat. Deshalb bin ich in Büchereien gegangen. Einige Bibliothekarinnen haben mich als eine Art Projekt angesehen und mir Bücher vorgeschlagen oder sogar Dinge erklärt. Eine hat versucht, mir das Rechnen und Naturwissenschaften näherzubringen. Andere haben mich einfach in Ruhe gelassen, und ich habe alles gelesen. So viel ich konnte, meine ich natürlich. Es ist nicht dasselbe wie eine richtige Schulbildung, aber zumindest ein Anfang.«

»Das will ich wohl meinen. Ein Hoch auf die amerikanischen Bibliotheken. Aber warum hat Georgina Sie nicht einfach nach Toronto geschickt, wenn sie Sie nicht selbst großziehen wollte?«

»Meine Großeltern wollten mich nicht die ganze Zeit über bei sich haben. Ich war eine noch größere Blamage für sie als Georgina. Ich weiß nicht einmal, ob meine Eltern verheiratet waren – ich kenne nur den Namen meines Vaters, Edwin Musgrave. Während des Sommers konnten sie mich ›erziehen‹, mein Dasein ansonsten jedoch verdrängen. Und ich glaube, es hat ihnen gefallen, dass Georgina mich am Hals hatte. Ich war wohl die passende Bestrafung für sie.«

»Ach du meine Güte! Nun, das beweist, was ich schon immer gedacht habe, nämlich dass es nicht darauf ankommt, als wer man geboren wird, sondern allein, was man daraus macht. Und egal, wen kümmert schon Ihre Herkunft? Es macht keinen Sinn, ein neues Gewerbe zu betreiben, wenn es dieselben Menschen wie immer leiten. Ich würde Sie sofort zur Redakteurin befördern, aber damit würde ich nicht durchkommen. Herrje, er könnte uns natürlich auch hier einen Strich durch die Rechnung machen, obwohl er mir am Anfang Honig ums Maul geschmiert und versprochen hat, ich hätte freie Hand bei allem, was meine Abteilung betrifft. Wir können also nichts weiter tun, als es zu versuchen. Sind Sie interessiert?«

»Das bin ich«, sagte Maisie, und ihre Stimme kam in kleinen Piepstönen heraus – wie das BBC-Piepsen zu jeder vollen Stunde.

»Gut. Wer könnte Sie Ihrer Meinung nach als Sekretärin ersetzen?«

Als läge das nicht klar auf der Hand.

»Miss Fenwick ist eine gute Wahl«, sagte Hilda, bevor Maisie den Mund aufmachen konnte. »Wir sollten allmählich zurückgehen.« Sie bat um die Rechnung. »Es war ein sehr netter Lunch, nicht wahr?«

»Hatte nie einen besseren«, sagte Maisie.

Am Abend, als Hilda ihre Sachen zusammenpackte und sich zum Gehen anschickte, rief sie Maisie zu: »Miss Musgrave, haben Sie eigentlich Pläne für heute Abend?«

»Nein, Miss Matheson. Findet wieder einer von Lady Astors Salons statt?«

»Eigentlich habe ich das Gefühl, es wäre Zeit für ›später‹.«

Maisie sprang taumelnd von ihrem Schreibtisch hoch und hätte fast die Schreibmaschine mitgerissen. Mit einem schnalzenden *Ts,ts,ts* schob Hilda die zerstreuten Papiere zu einem ordentlichen Stapel zusammen, während Maisie sich hastig Hut und Mantel schnappte.

»Sie haben Ihren Hut falsch herum auf«, erklärte Hilda. Dann schwieg sie, den ganzen Weg bis zu The Strand, wo sie ein Taxi herbeiwinkte.

»Wohin fahren wir?«, fragte Maisie.

»Ich habe einen Freund, den ich Ihnen gern vorstellen würde.«

Hilda dirigierte den Fahrer eine Gasse lang und überging sämtliche Fragen, mit denen Maisie sie bombardierte, bevor sie durch den Hintereingang in ein vornehmes, ruhiges Gebäude traten. Hilda murmelte dem Mann im Türrahmen etwas zu und jagte die Hintertreppe hinauf, mit Maisie dicht auf den Fersen. Es ging einen Korridor entlang, der mit etwas bedeckt war, das wie der Teppich von Bayeux aussah (»Viktorianer hatten einen eigenartigen Geschmack«, war Hildas geflüsterte Kritik) und hinein in ein düsteres Arbeitszimmer, wo sich ein hagerer Mann mit einer Tukannase umständlich aus einem Neorenaissance-Stuhl schälte und Hilda angrinste.

»Fabelhaft, Sie zu sehen, altes Mädchen. Hätte Sie kaum wiedererkannt ohne ein Notizbuch von der Größe der Zehn Gebote in der Hand.«

»Es ist in meiner Reisetasche«, sagte Hilda und gab ihm die Hand. »Darf ich Ihnen meine Sekretärin und zukünftige Vortragsassistentin vorstellen, Miss Musgrave? Miss Musgrave, Mr Ellis. Auch bekannt als ›God‹, allerdings natürlich ironisch gemeint.«

»Ich hoffe, das ist eine Abkürzung für ›Godfrey‹«, sagte Maisie.

Ellis hob eine Augenbraue und bot ihr einen Drink an. Sie lehnte dankend ab – der Cognacschwenker sah aus, als würde ihr ganzer Kopf darin versinken, wenn sie daran nippte.

»Was ist mit Ihnen, Matty?«, fragte Ellis mit einem Nicken in Hildas Richtung.

Matty?

»Immer her mit dem gutem Club-Brandy«, sagte Hilda. Grinsend wandte sie sich an Maisie. »God verteilt gerne Spitznamen. Aber er ist ein cleveres Kerlchen, weshalb wir es tolerieren. Außerdem ist er ein Genie bei der Sorte Dingen, in die wir unsere Nase gesteckt haben, und deshalb dachte ich, es könnte nicht schaden, ihn mit seinem Verstand an Bord zu holen.«

Der Gedanke, dass Hilda den Verstand eines anderen bräuchte, war schrecklich sonderbar. Ellis zündete sich einen Stumpen an und betrachtete Maisie grinsend.

»Es ist im Grunde nicht mein Verstand, den sie braucht, aber es ist nett von ihr, es so höflich zu verpacken.«

Maisies Blick huschte zwischen den beiden hin und her. »Ist es …? Sind Sie …? Sie sind vom MI5, nicht wahr?« Sie sank gegen den Regency-Tisch.

»Ah, Mädchen und ihre lebhafte Fantasie«, sagte Ellis mit einem Augenzwinkern.

»Ja, wir sind hoffnungslos frivol«, fauchte Hilda. »Wie dem auch sei, könnten Sie bitte einen Blick auf das hier werfen und uns mit Ihrer zweifellos fragwürdigen, wenn auch hochgeschätzten Meinung beglücken?«

Maisie wollte schon anmerken, dass sie ihre Frage nicht beantwortet hatten, doch Hilda breitete ihre Notizen, die deutsche Propaganda und die kommentierten Artikel auf dem Tisch aus.

»Ich weiß, Matty, Sie haben es auf ihre grenzenlose Intelligenz zurückgeführt, aber wenn das Mädchen Sie für eine Spionin hält, könnte es daran liegen, dass Ihre Handschrift wie ein schrecklich kniffliger Kode aussieht.«

»Ich kann mich kaum halten vor Lachen«, erwiderte Hilda. »Wie kann es sein, dass Sie nicht der Star eines Varietétheaters sind?«

»Ich habe einen miesen Agenten. Nun, wie ich sehe, ist Ihr Interesse an den kleinen extremistischen Randgruppen der Politik wieder entfacht.«

»Nicht ganz so klein, wenn sie Menschen mit Geld anlocken. Miss Musgrave hat heimlich einem ihrer Treffen beigewohnt…« Hilda wandte sich an Maisie. »Wie sind Sie überhaupt hineingekommen? Sie lassen doch nicht jeden rein?«

»Nein, es gab ein Kodewort, ›Lion‹, das…« Sie verstummte, als Hilda und Ellis in Gelächter ausbrachen.

»Es tut mir leid, Miss Musgrave, es ist nur, dass diese Leute wie kleine Jungs sind, die ein Abenteuerspiel spielen. Sehen Sie sich die Annonce noch einmal an, nur den ersten Buchstaben jeder Zeile.«

Hilda fuhr mit dem Finger an dem Inserat hinab:

Lauschen Sie gemeinsam mit
Ihresgleichen! Wenn Ihr Lieblingsradiogerät
ohnehin Siemens ist, kommen Sie. Echte
Nachrichten und Erfrischungen!

»Und ich wage zu behaupten, es ist ›Lion‹ für den ›Lion of England‹«, fuhr Ellis fort und wischte sich die Augen. »Aber wirklich, Matty, wie können Sie glauben, dass von Leuten, die sich so tölpelhaft anstellen, eine echte Gefahr ausgeht? Ich gebe zu, es wäre besser, wenn sie sich gute, anständige Hobbys zulegen würden, vielleicht Onanie …«

»Ellis!«

»… aber ich kann nichts Illegales erkennen.«

»Sie wollen die BBC übernehmen und dafür sorgen, dass Frauen nicht mehr dort arbeiten dürfen!«, rief Maisie.

»Jeder will sich die BBC krallen. Sie sind ein großer Erfolg. Ich kann nur wiederholen, was ich schon zu Matty gesagt habe. Ich sehe Torheit und Abscheulichkeit, aber nichts Illegales.«

»Die *Radio Times*«, sagte Maisie unvermittelt. »Nicht nur irgendein Magazin – sie haben sich die *Radio Times* ausgesucht, um die Menschen auf ihre geheimen Treffen hinzuweisen.« Sie wirbelte zu Hilda herum. »Dieses Zitat. Von diesem Goebbels. Wo er sagt, dass der Staatsstreich, den die Nazis 1923 versucht haben, erfolgreich gewesen wäre, hätten sie die Macht über das Radio gehabt.« Sie drehte sich zu Ellis zurück. »Das war nicht legal. Und jetzt wollen sie Geld sammeln, und das noch dazu von hier. Und wenn britische Faschisten ähnlich denken …«

»Ich sagte doch, sie verhalten sich legal, nicht anständig«, murmelte Ellis.

»Ganz ehrlich, wenn Großindustrielle einen freien Abend opfern, um an einem faschistischen Treffen teilzunehmen, dann müssen sie das große Geschäft wittern«, sagte Hilda. »Und das ist selten gut für all jene, die Frieden wollen. Und wie es scheint, versuchen sie auch, Zeitungen aufzukaufen, um ihren Einfluss auszuweiten.«

»Ah, um in Mussolinis Fußstapfen zu treten, hm?«, fragte Ellis mit einem übertriebenen Zwinkern. Zu Maisies großem Erstaunen errötete Hilda.

»Meines Erachtens«, entgegnete Hilda und biss sich auf die Lippe, »würde es sich lohnen, sie zumindest im Auge zu behalten.«

»Das kostet Zeit und Geld«, sagte Ellis. »Von dem ich nahezu nichts habe. Aber wenn Sie zwei noch ein bisschen tiefer graben und mir Ihre Ergebnisse unterbreiten wollen, hier wartet immer genug Brandy auf Sie.«

»Sie denken also, es sei die Sache wert!«, rief Hilda.

»Nein. Ich rede Ihnen nur nach dem Mund«, erwiderte Ellis. »Sie lieben es, Ihre tausend kleinen Projekte zu haben. Aber seien Sie auf der Hut, Miss Musgrave. Diese Fantasten kommen politisch nur selten weiter, aber es kann vorkommen, dass ihre Ideen mit ihnen durchgehen, was etwas gefährlich werden könnte. Nicht wirklich etwas, in das sich ein nettes junges Mädchen hineinziehen lassen sollte.«

»Das ist ein sehr guter Ratschlag«, sagte Maisie mit ernster Stimme. »Wenn ich ein nettes junges Mädchen sehen sollte, werde ich ihn auf jeden Fall weitergeben.«

Vierzehntes Kapitel

◊◊◊

London, 28. September

Liebe Lola,
ich freue mich schrecklich für Dich, dass die Show ein solcher Erfolg ist und Du die Zeit in Rom genießt. Ich vermisse Dich allerdings. Du musst Dir keine Sorgen machen, dass ich in nächster Zeit umziehe. Ich verdiene als Vortragsassistentin mehr Geld, aber ich lege lieber einen Notgroschen beiseite, und außerdem kaufe ich mir anständige Kleidung und Dinge. Ich wünschte nur, Du wärst hier, um mir beim Einkaufen zu helfen (was nicht der Wahrheit entsprach, aber es würde Lola freuen). Erzähl mir mehr von diesem Visconte, der jeden Abend vor dem Bühneneingang auf Dich wartet. Ich hoffe, er ist im wahrsten Sinne des Wortes ein Edelmann! Wir alle vermissen Dich. Mrs Crewe möchte, dass Du einem so verrufenen Ort wie Italien so schnell wie möglich den Rücken kehrst, auch wenn sie froh ist, dass Du Dich entschieden hast, Dein Zimmer hier zu behalten. So wie ich und vielen Dank, dass ich mir Deine Sachen ausleihen darf. Es ist für einen guten Zweck, aber davon erzähle ich, sobald Du zurück bist.

Alles Liebe, Maisie

Selbst wenn sie über genügend Mittel für einen Umzug verfügen würde, hatte sie absolut keine Zeit für eine Wohnungssuche. Zusätzlich zu ihren vollen Tagen als Vortragsassistentin tippte sie weiterhin Hildas Notizen über den Rundfunk ab, die alle paar Wochen mehr wurden. Ein wunderbares Buch nahm allmählich Gestalt an. Ihre Finanzen erlaubten ihr eine eigene Ausgabe der Morgenzeitung, und sie beherrschte nun die Kunst, in der Trambahn ohne einen Griff das Gleichgewicht zu halten, sodass sie gleichzeitig lesen und interessante Ereignisse oder Menschen anstreichen konnte, die einen Vortrag liefern könnten. Und jetzt schnüffelte sie auch noch bei diesem unerlaubten Ableger einer Faschistenpartei herum, um herauszufinden, was sie im Schilde führte. Doch sie war niemals müde, nur voller Energie.

Diese Woche war besonders historisch, da sie zum ersten Mal ein eingereichtes Skript mit rotem Stift bearbeiten durfte. Der Titel des Vortrags lautete: *Ein Tag im Leben eines Londoner Postboten.* Sie bearbeitete ihn in der Straßenbahn, an den Abenden, selbst im Badezimmer. *Machen Sie ihn unterhaltsam. Kitzeln Sie die interessantesten Punkte heraus. Helfen Sie ihm, so natürlich wie möglich zu sein.* Dann präsentierte sie ihn Hilda mit feierlichem Ernst.

»Ausgezeichnete Arbeit, Miss Musgrave«, sagte Hilda eine halbe Stunde später und gab ihn ihr zurück. Vollgekritzelt mit blauen Kommentaren. Hilda hatte mehrere Dutzend Verbesserungsvorschläge gemacht – jeder einzelne perfekt.

»Manchmal frage ich mich, warum sich überhaupt irgendjemand von uns die Mühe macht«, murmelte Maisie Phyllida zu, die das Skript über ihrer Schulter mitlas.

»Ihres ist besser«, lautete Phyllidas wenig hilfreicher Kommentar.

»Das ist mir durchaus bewusst.«

»Und beim nächsten Mal wirst du es besser machen«, erklärte Phyllida und knuffte Maisie in die Schulter.

Maisie freute sich darauf, sich für *Fragen für Wählerinnen* immer mehr ins Zeug zu legen, eine Sendung, die ein Riesenerfolg war. Sie wurden mit so viel Post überschüttet, in denen unzählige Fragen gestellt wurden, dass am Ende jedes Vortrags noch zusätzliche fünf Minuten angehängt werden mussten, um zumindest ein Zehntel davon zu beantworten.

»Ganz ehrlich, wir müssten täglich auf Sendung gehen, und zwar eine ganze Stunde lang«, sagte Maisie zu Simon, während sie durch die National Gallery spazierten. Er wollte ihr unbedingt zeigen, was er für große Kunst hielt.

»Wenn Frauen so viele Fragen haben, sind sie vielleicht noch nicht bereit zu wählen«, erklärte Simon und lachte Maisie, die ihn wutentbrannt anfunkelte, dreist ins Gesicht. »Das war nur ein Witz! Rechte müssen natürlich für alle gelten, nicht nur für eine Gruppe. Und es ist viel besser als Frauen, die auf den Straßen protestieren, wie am Spieß schreien und für schreckliches Chaos sorgen. Ich habe es damals als Junge selbst miterlebt, einfach grauenhaft.« Er tat so, als liefe ihm ein Schauder über den Rücken.

»Hätte es von Anfang an Gleichberechtigung gegeben, dann hätte niemand auf der Straße dafür kämpfen und für Chaos sorgen müssen«, sagte Maisie.

»Ah, es ist sinnlos, mit euch radikalen Frauen zu streiten.«

»Nicht radikal, sondern vernünftig, will ich meinen.«

Sie lachten, und Maisie versuchte, nicht selbstzufrieden zu sein. Sie konnte es kaum glauben, konnte kaum glauben, dass sie das war, die frühere Maisie-Maus, die nun die National Gallery mit einem charmanten und gutaussehenden und waschechten Aristokraten erkundete, der sie zu mögen schien. Sie fühlte sich in seiner Gegenwart immer noch etwas verlegen. Obwohl ihre Bekanntschaft schon seit mehreren Monaten andauerte, hatte sie nicht viel von ihm zu Gesicht bekommen. Im Grunde hatte sich ihr einziger Kontakt während der vergangenen paar Wochen auf Briefe beschränkt.

»Kannst du mir vergeben, Liebste?«, fragte er. »Ich habe wie ein Tier geschuftet. Die Worte, die Worte, oje? Nun, du weißt, was ich meine, du schreibst doch selbst ein bisschen. Schrecklich befriedigend, wenn am Ende alles passt und es gedruckt wird, nicht wahr?«

»Ja«, stimmte sie zu und dachte darüber nach, dass es höchste Zeit war, wieder etwas für die Zeitung zu schreiben.

»Und dennoch sehne ich mich nach einer größeren Leserschaft«, beschwerte er sich. »*Pinpoint* leistet so gute Arbeit, aber so wenige kennen sie.« Sie blieben vor *Der Heuwagen* stehen. »Ah, Constable. Ein Meisterwerk, nicht wahr? Er wusste wirklich, wie man das Beste von Großbritannien einfängt, das Landleben, die gewöhnlichen Menschen. Nun, das ist die Sorte Mensch, die ich mit meiner Arbeit erreichen will.«

»Constable?«

»Die Arbeiter, Liebling. Vorausgesetzt, sie können lesen. Ah, vermutlich ist das der Vorteil, den du mir gegenüber hast. Beim Radio spielt es keine Rolle, ob die Leute Analphabeten sind, du kannst sie trotzdem mit nützlichen Informationen versorgen und ihren Verstand schärfen.«

»Nun, wir versuchen im Grunde …«

»Wäre es nicht großartig, wenn die Zeitungen und die BBC halbwegs zusammenarbeiten würden? Um die wichtigsten Nachrichten unters Volk zu bringen, damit niemand sie verpasst?«

»Aber die Nachrichten kommen überallhin«, sagte Maisie. »Jede Stadt und jedes Dorf hat eine Zeitung, und es gibt Reuters und …«

»Natürlich, natürlich. Doch es ist nicht dasselbe wie ein wirklich brillanter Redakteur, der die besten Geschichten zusammenstellt, nicht nur Fakten, sondern Essays, Meinungen. Stell dir das nur mal vor, Liebling. Eine gute, starke Stimme, ohne den ganzen Mist, der sonst in den Zeitungen landet. Das würde Leser mit echtem Stoff versorgen. Und Leserinnen«, fügte er gnädigerweise hinzu.

»Ich weiß nicht so recht«, sagte Maisie. »Es hört sich an, als würde es alles ziemlich verwässern.«

»Nicht wenn die Artikel meisterhaft geschrieben sind. Außerdem, ist das denn nicht genau das Gleiche, was deine BBC macht? Es ist nur ein Unternehmen, mit Sitz in London und deshalb nicht völlig ungerechtfertigt als London-zentriert verschrien, das völlig ungefiltert durchs ganze Land sendet.«

»Aber genau das ist, was uns so demokratisch macht«, hielt ihm Maisie entgegen. »Jeder überall im Land kann ein Gedicht oder eine Debatte oder ein Theaterstück hören, und sie müssen weder lesen können noch in London sein und können es dennoch genießen.«

»Sie müssen sich nicht mit vielen verschiedenen Ansichten auseinandersetzen.«

»Aber wir *zeigen* die unterschiedlichsten Ansichten! Miss Matheson sagt, das wäre eines der wichtigsten …«

»Oh, Miss Matheson, Miss Matheson. Ganz ehrlich, Liebling, allmählich hört sie sich wie eine Göttin an. Komm, lass uns Vermeer unsere Aufwartung machen.«

Er nahm ihre Hand und zog Maisie mit sich. Sie war sicher, dass seine Argumentation einen Fehler enthielt, und sie wollte darüber nachdenken, aber sobald er sie berührte, war ihre Denkfähigkeit beeinträchtigt. Maisie wollte einfach dieser Berührung folgen, wohin auch immer sie das bringen mochte.

»Wenn das so ist, solltest du lieber aufpassen«, warnte Phyllida sie. Sie kurbelten an dem Mimeografen, sodass ihnen ein paar kurze Momente für ein vertrauliches Gespräch blieben. »Dann geh zumindest zu einer dieser Kliniken.«

»Dieser … Oh!« Diese Art Kliniken. Seit Cyril war so viel passiert. Sie war nicht sicher, ob sie verliebt war, doch sie war auch nicht sicher, ob es sie kümmerte. Wenn sie mit Simon zusammen war, wollte sie nichts weiter als …

»Aber woran denkst du, wenn du nicht mit ihm zusammen bist?«

»Hauptsächlich an die BBC.«

»Hm, dann solltest du aufpassen. Willst doch nicht in etwas geraten, was sie als eine ›Situation‹ bezeichnen könnten.«

»Man muss aber verheiratet sein, um in eine dieser Kliniken zu gehen«, sagte Maisie.

»Dann borgst du dir einen Ring und nennst dich selbst ›Mrs‹. Sie werden es nicht überprüfen.« Phyllida zuckte mit den Schultern.

»Woher weißt du das alles?«, wollte Maisie wissen.

Phyllida sah Maisie mit einem verächtlichen Stirnrunzeln an.

»Ich komme aus dem Schreibbüro. Versuch, etwas zu finden, das ich nicht weiß.«

Maisie lachte, sammelte die Kopien ein, und sie eilten in den Korridor hinaus.

»Wie es der Zufall will, ist Simon Brock-Morland im Gegensatz zu einigen Menschen, die wir nicht erwähnen wollen, bisher so ehrenhaft, wie sein Titel andeutet.«

Beanie, die an ihnen vorbeihastete, blieb schlitternd stehen.

»Simon Brock-Morland? Sagen Sie nicht, dass *Sie* ihn kennen!«

»Doch.« Maisie grinste.

»Er macht ihr den Hof«, fügte Phyllida grinsend hinzu.

»Tut er das? Wirklich? Und da dachte ich, ich wäre diejenige, die sich auf unwahrscheinliche Szenarien spezialisiert hätte. Wie dem auch sei, ich muss los, Probe. Bye!«

Auf Maisie wartete ihre eigene Probe, weshalb sie sich Beanie an die Fersen hängte.

»Sie kennen ihn also auch? Nicht wahr? Mögen Sie ihn?«

Beanie bedachte Maisie mit einem Seitenblick, hakte sich bei ihr unter und trieb sie die Treppe hinauf, bevor sie sich verschwörerisch zu ihr neigte.

»Ich kenne ihn nicht gut, wenn es das ist, was Sie wissen wollen. Ich bin ihm nur ein paar Mal als aussichtsreiche Kandidatin vor die Nase gehalten worden, wo meine Zuchtqualitäten begutachtet wurden.«

»Wie bitte?«

»Er ist ein begehrter Junggeselle. Ich unverheiratet. Musste meine Vorzüge anpreisen. *Les parents* mögen sich vielleicht an meiner Arbeit ergötzen und dass ich ein stetes Leben führe, Gutes tue, etc., etc., aber ich bin immer noch, wer ich bin, und es gibt Erwartungen, verstehen Sie? Darf sie nicht enttäuschen. Die Pflicht ruft, und ich kann sie nicht ewig vor mir herschieben. Muss erstklassige Zuchtfohlen produzieren.«

Beanie war zu gut erzogen, um ihre wahren Gefühle preiszugeben, selbst unabsichtlich. Doch Maisie hätte geschworen, dass sie einen Hauch Verbitterung in dem geschliffenen Akzent heraushörte.

»Aber Sie müssen doch gewiss niemanden heiraten, den Sie nicht wollen, oder? Herrgott noch mal, es ist fast 1929.«

»Sie sind wirklich keine Britin.« Kichernd schüttelte Beanie den Kopf. »Ah, wie dem auch sei, der Ehrenwerte Mr Brock-Morland hat den Köder nicht geschluckt, auch wenn das Gerücht die Runde macht, dass ihm etwas frisches Geld nicht gänzlich ungelegen käme.«

»Nur weil er der zweitgeborene Sohn ist, bedeutet das nicht, dass er mittellos ist.«

»Das stimmt. Aber wie ich höre, leitet sein Vater die Geschäfte nicht sonderlich gut. Natürlich kann man da nie sicher sein. Und dem Himmel sei Dank, worüber würden wir sonst reden?«

Maisie ließ sich die Information durch den Kopf gehen. Wenn Simon Geldsorgen hatte, allerdings an ihr und nicht jemandem wie Beanie interessiert zu sein schien …

»Vielleicht mag er an Ihnen, dass Sie clever sind«, sagte Beanie. »In dieser Hinsicht ist er wirklich eigen. Oder er hofft, seine Familie zu schockieren, das kann natürlich auch sein. Seine Familie zu schockieren ist heutzutage der ›letzte Schrei‹. Dieses Jahr ist Erbsenschießen dran. Ah, ich muss hier lang, bye!«

Beanie war schon fast am Ende des Gangs, als Maisie ihr hinterherrief.

»Wie verlieren solche Familien Geld? Es können doch nicht nur Steuern und Bauernaufstände sein. Das ist unmöglich.«

Beanie drehte sich um und starrte sie an. »Da müssten wir mehrmals treppab, treppauf laufen, um diese Frage zu beantworten.«

»Aber Sie könnten es? Die Frage beantworten, meine ich?«

»Suchen Sie nach Klatsch und Tratsch über Simon? Da kann ich sicherlich etwas zusammenkratzen. Auf mich hat er den Eindruck gemacht, als wäre er ein aufgeblasener Esel. Sie sind nicht in ihn verliebt, oder? Nicht dass es von Bedeutung wäre. Aber andererseits.« Sie zögerte, beäugte Maisie eindringlich. Ihr Ausdruck war ernst, und sie war überhaupt nicht wiederzuerkennen. »Wenn Sie wirklich etwas über Schicksalswenden wissen wollen, da gibt es eine Vielzahl an Geschichten, möchte ich meinen. Doch wenn es in Richtung eines Vortrags gehen sollte, dann richten Sie Miss Matheson aus, dass ich ihn übernehmen will.«

»Sie? Wirklich?«

Beanie lachte und wirkte wieder ganz wie die Alte.

»Das habe ich Ihnen doch gesagt. Nichts ist wichtiger, als die Familie zu schockieren.«

Georgina wäre gewiss schockiert gewesen, hätte sie gesehen, dass Maisie Bühnen-Make-up benutzte, und insbesondere wenn sie gesehen hätte, dass die verkleidete Maisie einem Geheimtreffen von Faschisten beiwohnte.

Obwohl sie wahrscheinlich nicht weiß, was Faschisten sind.

Diesmal erwähnte Lion mit keiner Silbe die Auswirkungen, die das Frauenwahlrecht haben könnte, wohl in der Annahme, dass die meisten Frauen zu hohlköpfig waren, um auch nur den Weg zur Wahlkabine zu finden. Maisie schenkte ihm keinerlei Aufmerksamkeit und schob sich immer näher an Hoppel heran, der sich in der hintersten Ecke flüsternd mit jemandem unterhielt. Sie konzentrierte sich derart auf ihre Zielperson, dass sie Hoppels Gesprächspartner erst erkannte, als sie direkt neben ihnen stand. Der Mann mit der Teekannenstatur, der Simon so eindringlich beäugt hatte. Seine Melone war nach hinten geschoben, ein Stock hing ihm in einer Parodie von Charlie Chaplin am Arm. Keiner der beiden Männer bemerkte sie.

»Ihr Freund bei der BBC muss wirklich versuchen, diese unmögliche Frau zu bändigen«, sagte der teekannenförmige Mann mit harscher Stimme. »Sie tut alles, damit Labour die Wahl gewinnt. Ich bin überzeugt, dass die BBC und dieses schreckliche *Manchester-Guardian*-Geschwätz schuld daran sind, dass die Gewerkschaften immer stärker werden. Eine echte Katastrophe fürs Geschäft, wir werden alle noch arm, wenn das so weitergeht. Entsetzlicher Zustand, wir könnten glatt in Moskau leben.«

»Entsetzlich ist das richtige Wort«, stimmte Hoppel ihm zu. »Ich sage Ihnen das eine, Grigson, viele Männer sind gewillt, für das zu arbeiten, was man ihnen anbietet, aber dann setzen ihnen diese verdammten Gewerkschaften einen Floh ins Ohr. Und diese Lesezirkel! Die gaukeln einem Arbeiter doch vor, er wäre etwas Besseres. Noch so ein schlechter Einfluss dieser grässlichen Frau. Je eher wir sie los sind, desto besser.«

»Noch jemand, der sich für etwas Besseres hält«, sagte Grigson mit einem spöttischen Schnauben. »Aber hier kommt eine gute Nachricht. Ich habe eine Zeitung gekauft und glaube, den richtigen Mann gefunden zu haben, der sie leiten soll. Es könnte noch ein bisschen dauern, weitere anständige Kerle zu finden, die dafür schreiben, aber das werden wir wohl hinbekommen.«

»Ich kenne ein paar Autoren«, platzte Maisie in ihr Gespräch. Gute Spione hörten zu, ja, aber bessere ergriffen die Gelegenheit beim Schopfe.

Beide Männer drehten sich um und sahen sie überrascht an. Grigson stieß ein Lachen aus, das offensichtlich wohlwollend-väterlich klingen sollte. In Maisies Ohren hörte es sich an, als würde jemand mit Fingernägeln über eine Tafel kratzen.

»Wirklich? Und vermutlich sind diese ›Autoren‹ de facto Brüder oder Cousins, die einen guten Job brauchen?«

»Nun, vielleicht«, sagte sie in dem Versuch, Lolas Akzent zu imitieren. »Aber Sie können mir glauben, sie sind sehr talentiert und fleißig.«

»Ach, das ist wahrlich sehr löblich«, sagte Grigson. »Hören Sie, meine Liebe. Nehmen Sie meine Karte, und wenn Sie wollen, dass mir diese Autoren ein paar Artikel zukommen lassen, dann werde ich sie mir mal anschauen.«

»Das ist sehr freundlich von Ihnen, Sir. Vielen herzlichen Dank.«

»Nicht der Rede wert, nicht der Rede wert. Aber hören Sie, meine Liebe, die Jungs sollen an mich adressierte Umschläge abgeben und kein Sterbenswort darüber verlieren, worum es geht, ja? Ich kann mich darauf verlassen, nicht wahr?«

»Natürlich, Sir. Vielen Dank, Sir.«

Sie hatte das Gefühl, die beiden gehörten der Sorte Idioten an, die es liebten, wenn ein Mädchen von einem derart nichtigen Versprechen in Hochstimmung versetzt wurde, weshalb ihre Schritte in ein beschwingtes Tänzeln übergingen, als sie auf dem Absatz kehrtmachte. Maisie tänzelte, die beiden lachten, und sie feixte innerlich. Dann wehte der alte Gedanke durch ihre Verachtung, die Frage, ob sie womöglich die Wahrheit gesagt und Edwin Musgrave ihr Brüder und Cousins geschenkt hatte.

In der Straßenbahn schüttelte sie diese Gedanken ab und blickte auf die Visitenkarte. Die Faust in ihrem Innern presste sämtliche Luft aus ihrem Körper. Arthur Grigson. Werksdirektor. Bei Nestlé.

Eigentlich hätte sie aus allen Wolken fallen müssen. Doch dem war nicht so.

Ebenso wenig wie Hilda. »Obwohl es mir lieber wäre, das kann ich Ihnen sagen.« Maisie hatte sie am Morgen vor der Eingangstür zu Savoy Hill abgepasst, und sie waren gemeinsam die Treppe hinaufgegangen. Sie murmelten leise, obwohl sie genauso gut hätten rufen können, ohne dass jemand sie gehört hätte bei all dem hektischen Treiben, selbst zu dieser frühen Stunde. »All dieses Aufhebens, nur um ein reiches Unternehmen, das von reichen Männern geführt wird, noch reicher zu machen. Und ich wäre nicht überrascht, wenn sie sich auch noch Christen nennen würden. Dumme Idioten.«

»Sie wollen Frauen vom Arbeiten abhalten. Und vom Wählen.«

»Das würden sie nicht, wenn sie glauben könnten, dass arbeitende oder wählende Frauen ihnen auch nur einen extra Viertelpenny einbringen. Halb so wild. Je mehr wir unsere Hörer bilden, desto mehr erschweren wir denen die Arbeit.«

»Und umso mehr Spaß für uns«, sagte Maisie.

Es war ein zermürbender Tag. Hilda bat beide, Maisie und Phyllida, sie zur Probe mit Virginia Woolf zu begleiten, eine unangenehme Stunde, während der die Schriftstellerin keiner von ihnen in die Augen sah. Stattdessen beäugte sie das Mikrofon, als erwartete sie, es könne sie beißen, und wirkte fest entschlossen, im Notfall zurückzubeißen.

»Mir hat *Orlando* sehr gut gefallen«, wagte Phyllida mit ihrem einnehmendsten Lächeln zu sagen. Virginia Woolf starrte sie an, ohne ein einziges Mal zu blinzeln.

»Vielen Dank«, erwiderte sie schließlich. »Es zu schreiben war eine wahre Freude.« Diese Bemerkung wurde von etwas begleitet, das sehr nach einem bösen Blick in Hildas Richtung aussah.

»Wir haben alle großes Glück, nicht wahr?«, fragte Hilda. »Einer Arbeit nachgehen zu dürfen, die wir lieben? Wäre früher nicht möglich gewesen, selbst damals, bei Ihrer Geburt, Miss Fenwick.«

»Nein, gewiss nicht«, erwiderte Phyllida, doch ihre Stimme bebte unter diesem starren Blick, und Hildas wie üblich vergnügliche Stimmung und ihr Desinteresse an Mrs Woolfs schlechter Laune machten die Sache nur noch schlimmer. Maisie und Phyllida tauschten Blicke, doch ihnen waren die Hände gebunden, bis sich Mrs Woolf endlich zum Gehen erhob.

Maisie trat vor, um sie hinauszubegleiten. Mrs Woolf schwieg beharrlich, nahm die Treppe anstelle des Lifts und bewegte sich mit solch unheilvoller Feierlichkeit, dass jeder, der ihnen entgegenkam, irritiert zur Seite sprang. Maisie ging das Verhalten der Schriftstellerin gehörig gegen den Strich, sie war allerdings dennoch schwer beeindruckt von der Frau.

»Arbeiten Sie gerade an etwas, Mrs Woolf?«, fragte Maisie in der Hoffnung, höflich zu wirken. Im Grunde wollte sie Virginia Woolf bestrafen, indem sie sie zu einem Gespräch nötigte.

»Ja«, lautete die knappe Antwort.

»Dürfen wir auf einen weiteren Roman hoffen?«

»Etwas in der Art.« Als sie den Empfang erreichten, bedachte die Schriftstellerin Maisie mit einem kaum merklichen Kopfnicken. »Es geht zum Teil um die besondere Bedeutung, seinen eigenen Raum zu haben. Und dass dieser Raum respektiert wird.« Sie sah Maisie mit erhobener Augenbraue an, dann drehte sie sich um und stolzierte aus der Tür.

Nun, welcher Idiot würde das bestreiten wollen?

Maisie rannte zurück nach oben, wo Hilda die Schriftstellerin längst vergessen hatte und nun die Problematik aus einigen Briefen besprechen wollte, die sie als Reaktion auf die Sendung *Fragen für Wählerinnen* bekamen, Briefe von verheirateten Frauen, deren Ehemänner wütend waren, weil sie sich zum Wählen registriert hatten.

»Was für eine Art Ehe soll man das nennen?«, wollte Phyllida wissen. »Eine, aus der man schnellstmöglich ausbrechen sollte, wenn Sie mich fragen.«

»Wir können es uns nicht leisten, bezichtigt zu werden, ehelichen Zwiespalt gesät zu haben«, sagte Hilda. »Oder noch skandalöser, Scheidungen. Nun, was machen wir mit diesen Frauen?«

Maisie rollte ihren Bleistift über ihr Notizbuch. Noch vor ein paar Jahren hätte sie überhaupt nicht wählen oder irgendetwas tun wollen, was ihre eigene Entscheidung voraussetzte. Tradierte Ideen, ein Zuhause, Sicherheit, jemand, der sie liebte, endlich eine Familie. Und hier waren Frauen, deren Ehemänner immer noch glaubten, dass ihre Stimme ausreichen müsste, um für die gesamte Familie zu sprechen. So war es jahrhundertelang gewesen, warum also jetzt nicht mehr?

Na schön, sie sind großgezogen worden, um der Herr im Haus zu sein, und sie verdienen immer noch das Geld, zumindest die meisten, weshalb sie die Fäden fest in der Hand halten wollen. Aber warum sollte ein Mann die Person kontrollieren wollen, die seine Partnerin ist? Das kann gewiss für niemanden angenehm sein, oder?

»Ich vermute, das Teilen ist etwas Neues, nicht wahr?«, sagte Hilda und klang ungewöhnlich romantisch. »Das ist doch genau das, was eine Ehe ausmachen sollte, nämlich das Leben zu teilen.« Ihre Augen schweiften in die Ferne, wo sie innerhalb einer Millisekunde tausend Meilen reiste. »Ein weiteres Familienmitglied, das wählt, wird nichts an der wahren Liebe ändern.«

»Apropos Liebe, Maisie, hier ist ein Anruf für dich«, sagte Phyllida, die Hand glücklicherweise fest auf die Sprechmuschel gedrückt.

Überrascht nahm Maisie den Hörer entgegen. Simon zog es vor, zu schreiben und nicht anzurufen.

»Maisie!«, rief er, nachdem sie ihn begrüßt hatte. »Wie schön, dass die so-schrecklich-wichtige BBC dich für einen

Moment entbehren kann. Musst du so tun, als wäre es etwas Berufliches, damit du keine Tracht Prügel riskierst?«

»Nein, das ist in Ordnung... Bei dir alles gut?« Er klang sonderbar, sogar noch spöttischer als gewöhnlich, was die BBC betraf, fast verzweifelt. Was Simon überhaupt nicht ähnlich sah. Vielleicht war es nur eigenartig, seine Stimme am Telefon zu hören.

»Famos, famos, Liebling, kannst du heute Abend mit mir essen gehen? Sieben Uhr? *The Spencer* in Chelsea? Sag, dass du Zeit hast!« Er klang nun definitiv gehetzt und überspannt, und ihr Ja war nicht nur dem Umstand geschuldet, dass sie ihn sehen wollte, sondern auch, um ihn zu beruhigen. »Vielen Dank, Liebling. Ich muss jetzt los, bye!«

Maisie legte auf und starrte das Telefon an.

»Na schön«, sagte Hilda, als Maisie ins Büro zurückkehrte. »Wir werden eine Runde an verheirateten Frauen zusammentrommeln, die in einer Sendung über diese Sorge bezüglich verärgerter Ehemänner diskutieren. Das wäre gesittet und angemessen.«

Maisie machte sich eine Notiz, während ihre Gedanken von Ehe zurück zu Liebe kreisten. *Ist das Liebe, das zwischen mir und Simon? Könnte er mich lieben? Liebe ich ihn? Woher weiß man das überhaupt? Wenn sich Menschen sicher wären, würde das wohl einen Schwarm an Dichtern arbeitslos machen.*

Sie blickte zu Hildas ordentlichem Bücherstapel. Mehrere Bände Gedichte, ein Roman – wahrscheinlich eine von Vitas Empfehlungen – und eine Vielzahl an Streitschriften. War Hilda einmal von der Liebe enttäuscht worden? War das der Grund, weshalb sie sich derart in die Arbeit stürzte? Oder noch schlimmer, lag derjenige, den sie geliebt hatte, irgendwo in Belgien unter Mohnblumen?

Maisies Gedanken schweiften jetzt weit von Simon ab.

Zehn Jahre waren seit dem Waffenstillstand vergangen, doch für so viele, die allein zurückgeblieben waren, war es wie gestern. Maisie liebte die mutige neue Welt, diese herrliche Pracht, die immerfort neu erfunden wurde, aber es fiel ihr schwer, nicht durch die Straßen zu spazieren und diese verdeckte Wut und auch Angst zu spüren. Denn wenn sich bereits jetzt so viel verändert hatte, was könnte als Nächstes passieren? Am liebsten hätte Maisie den Menschen zugerufen, dass der Versuch sinnlos war, Veränderungen kontrollieren zu wollen. Es wäre viel besser, die Angst zu kontrollieren, aber …

Es juckte sie wieder in den Fingern.

»Wenn das kein fleißiges kleines Bienchen ist«, krähte Mr Holmby im Tup, während er Maisie zu ihrem Lunch noch etwas mehr Brot und Butter reichte. »Schreiben Sie einen Brief?«

»Ich arbeite an einer Geschichte«, sagte sie und strahlte ihn lächelnd an.

»Ah, ist das nicht wundervoll?« Er nickte anerkennend. Sie wusste, dass er an die Sorte seichte Zuckergussgeschichten aus den Hochglanzmagazinen dachte. Es würde ihm niemals in den Sinn kommen – ebenso wenig wie ihr, es ihm zu erzählen –, dass sie über die unangemessenen Ängste vor dem Kommunismus schrieb, wenn sich die Menschen im Grunde viel mehr vor den Auswirkungen der bitteren Armut in so großen Teilen der britischen Bevölkerung sorgen sollten. Eine solche Information würde allerdings die Ordnung der Dinge stören.

Und auch ihren Nachschub an Brot und Butter.

»Morgen werden wir wohl mit Post nur so überschüttet werden!«, rief Phyllida später am Nachmittag, die Hände aneinanderreibend. Fielden seufzte schwer.

Maisie blickte von dem Skript hoch, das sie gerade überarbeitete. »Hm? Was? Warum?«

Fielden seufzte wieder, und Phyllida lachte.

»Maisie, hast du etwa das Thema der Debatte heute Abend vergessen?«

Sie hatte die Sendung nicht vergessen, nur dass sie für diesen Abend angesetzt war. Es gab Zeiten, wenn sich ein einziger Tag in der BBC wie eine ganze Woche anfühlte, was ein Teil dessen war, was sie an ihrer Arbeit liebte, aber gelegentlich brachte es ihr Leben schwer durcheinander. Dennoch, die heutige Debatte war: *Sollten verheiratete Frauen arbeiten?* – ein Thema, von dem die Hälfte der Frauen in Savoy Hill glaubte, es wäre längst entschieden, und das sie begeistert in die Welt hinausrufen wollten.

»O mein Gott!«, kreischte Maisie, was Fielden ein weiteres Seufzen entlockte. »Es wird eine famose Sendung, nicht wahr?«

Am Nachmittag kämpften sie sich beschwingt durch ihre Arbeit, und Maisie huschte kurz vor halb sieben ins Studio, um es für die Debatte um sieben herzurichten. Sie rückte gerade die Mikrofone zurecht, als Mr Reith den Raum betrat. Reith setzte nie einen Fuß in die Studios, und Maisie fürchtete, dieses neue Verhalten könne nichts Gutes verheißen.

»Guten Abend, Sir. Sie sind noch sehr spät hier. Ist etwas nicht in Ordnung?«

»Hmm? Oh, Miss Musgrave. Nein. Ich halte es nur für das Beste, diese Debatte persönlich zu überwachen. Es wäre gut, auf Nummer sicher zu gehen, damit nur die richtigen Dinge gesagt werden, um Beschwerden vorzubeugen und all das.«

Sie fragte sich, wie sehr er mit Hoppels Ansicht übereinstimmte, dass die BBC weniger fortschrittlich sein sollte. Sie fragte sich, wie viele andere Männer dieser Meinung waren.

»Es ist sehr gut, diese Debatten zu haben«, sagte sie. »Im Grunde sehr patriotisch.«

»Wirklich?« Er sah aus, als würde sie das Wort völlig falsch benutzen.

»Oh, absolut! Sie diskutieren die Vielschichtigkeit der Regierung und Sozialpolitik und zweifeln sie in gewissem Maße natürlich auch an, aber vielleicht, ganz vielleicht liefern sie dem gewöhnlichen Volk Informationen, damit sie mit ihren Abgeordneten diskutieren können, was womöglich zu einer neuen Politik führt, und das erlebt man nur in einer zivilisierten und demokratischen Gesellschaft wie der unseren«, sagte sie, fast ohne ein einziges Mal Atem zu holen.

»Hm, nun ja, das ist eine sehr interessante Perspektive, Miss Musgrave«, sagte er mit einem Nicken. Sie kam sich wie ein Hund vor, der gerade einen Trick vorgeführt hatte, und er konnte sich nun kaum zurückhalten, ihr anerkennend den Kopf zu tätscheln. »Einfach außergewöhnlich, dass wir die Frage überhaupt stellen können, nicht wahr? Was für Zeiten, was für Zeiten.« Er seufzte und holte seine Zigaretten heraus.

»Nein! Ich meine, äh, das Rauchen ist in den Studios leider verboten, Sir«, rief sie ihm ins Gedächtnis und spürte, wie sie errötete.

»Ah. Ja, natürlich«, murmelte er und steckte sein Etui in die Jackentasche zurück.

Maisie war erleichtert, als Hilda und Phyllida mit den Diskussionsteilnehmerinnen und der Moderatorin, Mrs Strachey, eintraten. Allesamt verheiratete Frauen. Reith stöhnte leise, doch dann riss er sich zusammen, schüttelte ihnen zuvorkommend die Hand und hieß sie willkommen – er würde sich niemals nachsagen lassen, dass er nicht durch und durch ein echter Gentleman war.

»Wie überaus freundlich von Ihnen, meine Damen, dass

Sie hergekommen sind und den Zuhörern Gesprächsstoff fürs Abendessen liefern.«

Abendessen. Simon. Sie hatte versprochen, sich um sieben mit ihm zu treffen. Wenn sie jetzt loslief und ein Taxi nahm, würde sie nur fünf Minuten zu spät kommen. Doch dann würde sie die Debatte verpassen.

Vielleicht wird sie überhaupt nicht interessant. Vielleicht …

Die Frau, die sich für verheiratete, arbeitende Frauen starkmachte, lachte über Reith. »Mein guter Mann, bis die durchschnittliche Ehefrau nicht jeden Tag absolut alles tut, was sie tun will, und niemandem Rechenschaft ablegen muss, bin ich der Meinung, dass sie sehr wohl arbeitet, nur ohne Bezahlung, was per se ungerecht ist und auf der Stelle verboten werden müsste.«

Sie würde das Restaurant anrufen und Simon eine Nachricht hinterlassen. Sie hatte von Leuten gehört, die so etwas taten. Hastig flüsterte sie Phyllida ins Ohr, dann huschte sie über den Korridor ins Büro der Ingenieure und riss den Hörer von der Gabel.

»Die Nummer, bitte?«

»Äh … *The Spencer*, ein Restaurant. In Chelsea«, erklärte Maisie.

»Kennen Sie die Nummer, Miss?«

»Nein …« Maisie blickte verzweifelt zu Phyllida, die die Studiotür einen Spalt aufhielt. Sie müsste jeden Augenblick geschlossen werden. Die *Auf-Sendung*-Anzeige würde aufleuchten.

»Einen Moment, bitte«, sagte die Telefonistin und suchte nach der Nummer. Phyllida hielt fünf Finger hoch. Dann vier. Dann drei. »Ich stelle Sie jetzt durch, Miss.«

Doch der Hörer baumelte an der Schnur, und Maisie war keine Sekunde zu früh zurück im Studio, bevor die Tür sich schloss, der Schalter umgelegt wurde und Billy das Signal gab, dass die Debatte beginnen konnte.

Wäre das *The Spencer* eine andere Sorte Restaurant gewesen, hätten sie keine verschwitzte Frau mit hochrotem Kopf und wilden Augen eingelassen, Mantel und Schal hastig über den Arm geworfen. Doch Simons Faible für Lokale der »Bohemiens« bedeutete, dass sie an so etwas gewöhnt waren, weshalb Maisie um sieben Uhr achtunddreißig Einlass fand und den Raum mit den Augen nach Simon absuchte.

Er war an der Bar. Er sprang auf und lächelte, als hätte man es ihm von Kindesbeinen an eingetrichtert. Doch in seinem Verhalten war mehr Eis als in dem Drink, den er ihr anbot.

»Es tut mir schrecklich leid«, plapperte sie. »Es war eine unglaublich wichtige Debatte ... ich hatte sie völlig vergessen, als wir am Telefon gesprochen haben ... und dann ist der GD, ich meine Mr Reith, gekommen, um sich die Sache anzuschauen, und ich habe versucht, das Restaurant anzurufen und eine Nachricht für dich zu hinterlassen, aber ich wurde zurückbeordert und ...«

»Es ist völlig in Ordnung, Liebling«, beharrte Simon. »Das verstehe ich. Ich wage zu behaupten, dass ich selbst genügend solche Abende hatte, ohne die Möglichkeit, dir die Aufmerksamkeit zu schenken, die du eigentlich verdienst, weshalb es mich nicht verwundert, dass du keine Zeit für mich erübrigen kannst.«

»Nein, das ist es nicht ...«

»Natürlich nicht. Vergib mir. Ich habe grässliche Laune. Es war eine schreckliche Woche.«

Er kippte die Hälfte seines Whiskeys hinunter und warf Maisie ein reumütiges Lächeln zu. Sie wollte sein Gesicht streicheln – an einem derart freigeistigen Ort könnte eine

Frau ein solches Benehmen an den Tag legen –, doch sie wagte es nicht. Ihn zu berühren löste etwas in ihr aus. Würde er sie fragen, ob sie in seine Wohnung mitkäme, dann würde sie es tun, das wusste sie. Sie wollte, dass er fragte. Sie hoffte inständig, dass er es nicht tat. Sie wusste es nicht.

»Es tut mir leid«, sagte sie. »Es ist nur… die Debatten sind so bedeutsam, und ich werde gebraucht.«

Sie hoffte, er würde ihre Lüge nicht durchschauen. Selbst Hildas Anwesenheit war nicht unbedingt erforderlich, um die Debatten zu überwachen. Sie gingen hin, da sie ihnen schlicht nicht fernbleiben konnten.

»Und ich bin sicher, es war aufregend«, erwiderte er. »Aber ich kann das Gefühl nicht abschütteln, dass du deine BBC mehr magst als mich.«

Seine Stimme war neckend, und er zwinkerte ihr zu. Sie lachte, da sie es für angebracht hielt. Doch da war etwas, genau zwischen ihnen, ein Päckchen, das keiner von ihnen anfassen wollte. Sie hätte mühelos kontern können, dass er ebenfalls in seiner Arbeit und seinen gesellschaftlichen Verpflichtungen aufging, die er angeblich hasste, denen er aber dennoch immer nachkam, sodass sie sich in dem halben Jahr ihrer Bekanntschaft keine zehn Mal gesehen hatten. Doch seine Arbeit war wichtig, und er wollte sich etwas aufbauen. Und da waren die Briefe, die sie sich schickten, was ihr das Gefühl gab, er wäre anwesend, selbst wenn er es nicht war. Und. Und. Und es stimmte. Sie war von ihm hingerissen, aber der BBC gehörte ihr Herz.

Er sah sie eindringlich an, dann bestellte er einen weiteren Drink.

»Ich muss sowieso fort«, sagte er schließlich mit matter, abgeschlagener Stimme.

»Oh. Du meinst zu Weihnachten?«

»Ich denke, länger als das.« Er kippte das Glas erneut in einem Zug hinunter und drehte sich zu ihr. »Eine kleine Unannehmlichkeit in der Familie. Sie brauchen jemanden, der hier und da nach dem Rechten schaut, weshalb sie sich an mich gewandt haben. Ich muss mich meiner Verantwortung stellen.«

Maisie zwang sich, nicht einmal mit der Wimper zu zucken. Beanie hatte anscheinend recht. Seine Familie steckte in Schwierigkeiten.

»Kann ich irgendetwas tun?«, fragte sie.

Er nahm ihre Hand. Wieder dieses Kribbeln. Das durch ihren ganzen Körper peitschte. Er drehte ihre Hand um und barg sein Gesicht darin. Ein langes, langsames Keuchen entschlüpfte ihrer Kehle, von dem sie hoffte, dass es im lärmenden Trubel des Lokals unterging. *Bitte mich zu dir nach Hause. Bitte mich nicht zu dir nach Hause. Bitte mich.*

Er blickte zu ihr auf, und in seinen Augen lag seine ganze Seele. »Maisie. Sag mir, dass ich dir mehr bedeute als die BBC.«

»Natürlich«, hauchte sie.

»Meinst du das ernst?«

Nein. »Ja.«

Doch sie verstand nicht, warum sie eine Rangfolge erklären musste.

Er zog sie an sich und küsste sie innig. Sie spürte, wie sein Körper mit ihrem verschmolz. Dann erkannte sie, dass er sturzbetrunken war und sie nichts weiter für ihn tun konnte, als ihn in ein Taxi zu setzen, wo er seine Adresse lallte und ihr zuwinkte, ohne sich anscheinend daran zu erinnern, dass dies ein Abschied auf lange Zeit war.

Erst auf dem Heimweg, als Maisie sich alles noch einmal durch den Kopf gehen ließ, kam ihr in den Sinn, dass er nicht gesagt hatte, dass sie ihm mehr bedeutete als seine Arbeit.

Er hatte nicht gesagt, dass er sie liebte.

Sie erzählte Phyllida nicht, was geschehen war, und wenn Phyllida auffiel, dass im Laufe der nächsten Tage keine Briefe von Simon kamen, behielt sie es für sich. Maisie hatte angenommen, dass er trotzdem schreiben würde, doch sie bekam den Ausdruck in seinen Augen nicht aus dem Kopf, als er annahm, dass ihr die BBC mehr bedeutete als er.

Was sie gern getan hätte, war, mit Hilda darüber zu reden. An einem neutralen Ort, ohne die Ansprüche der Arbeit, käme Hilda Maisies Vorstellung einer Lieblingstante recht nahe, ein echtes Vorbild, das gleichzeitig zuhören und gute Ratschläge erteilen konnte. Vielleicht bei Tee und Kuchen.

Da war nur das Problem, einen freien Moment zu finden.

»Ja, ja, denke darüber nach, auf keinen Fall, gut«, sagte Hilda, während sie mit dem Finger an einer Liste von Menschen hinabfuhr, die Maisie als potenzielle Sprecher zusammengestellt hatte. »Und wir treffen uns im neuen Jahr mit den Rundfunkräten. Ich denke, sie werden uns mehr Stunden einräumen. Mal sehen, wie diese Sendereihe ankommt.« Sie ging zum Lunch mit E. M. Forster, der in eine Radiosendung eingewilligt hatte, und seine ersten Ideen waren so außergewöhnlich gewesen, dass Hilda entschieden hatte, es müsste eine offene Vortragsreihe geben.

»Ich kann mir nicht vorstellen, dass der GD sonderlich begeistert sein wird«, sagte Fielden und brachte seine eigene Liste möglicher Kandidaten für eine Sendereihe über wissenschaftliche Errungenschaften der 1920er Jahre ins Spiel.

»Mr Forster ist hoch angesehen, mehr interessiert ihn nicht«, stöhnte Hilda, während sie ihre Locken mit einem Kamm bearbeitete. »Ich finde, der Lippenstift ist zu grell. Was denken Sie?«, fragte sie Maisie.

»Forster wird es nicht auffallen«, warf Fielden ein.

»Ich finde, es wirkt fröhlich«, sagte Maisie. »Man braucht

das an einem scheußlichen Tag wie diesem.« Fielden zuckte mit den Schultern. Er war daran gewöhnt, dass jeder so tat, als hätte er überhaupt nichts gesagt.

Hilda warf einen Blick auf die Uhr. »Himmel noch mal, das war eine lange Sitzung. Ich werde ein Taxi nehmen müssen. Miss Musgrave, Sie grüßen Mrs Woolf bitte von mir, wenn sie kommt?« Nach der letzten Probe war Maisie nicht überrascht, dass Hilda nur ein verhaltenes Interesse an Virginia Woolf an den Tag legte, doch die ganze Sache wirkte dennoch sonderbar. Es sah Hilda nicht ähnlich, Schriftstellern die kalte Schulter zu zeigen. Insbesondere da Mrs Woolf eine gute Freundin von Vita war.

Aber ich hatte ebenfalls Schwierigkeiten, mich durch Zum Leuchtturm *zu kämpfen.*

Es war der Geburtstag von Vera, der neuen Chefstenotypistin, und Phyllida nahm an der kleinen Feier teil. Der Rest der Mitarbeiter war beim Mittagessen, weshalb nur Maisie und Fielden in der Abteilung zurückblieben. Maisie liebte es, wenn es so ruhig war und sie ihren Gedanken freien Lauf lassen konnte. Die nächste Debatte für *Fragen für Wählerinnen* lautete: »Sollten Jungen und Mädchen dieselbe Schulausbildung erhalten?«, und Maisie freute sich, den Fürsprecher für Mädchen zu interviewen, den Direktor von Cheltenham. »O du meine Güte, ich werde mich den ganzen Vormittag im Besenschrank verstecken müssen«, hatte Beanie gejammert. *Warum sollten Jungen und Mädchen nicht dieselbe Schulausbildung erhalten? Die echte Frage müsste sich um das Thema Reich versus Arm drehen – das wäre etwas. Jemand würde sagen, die Armen müssten die Schule mit zwölf verlassen, weil wir Arbeiter brauchen, und dann würde jemand einwerfen, das seien schreckliche Klassenvorurteile, und vielleicht würden wir es endlich schaffen, dass das Parlament sich des Schulthemas annimmt, und wäre das nicht auch schon mal etwas?*

Ihre Beine schwangen beim Schreiben unwillkürlich vor und zurück. Phyllidas Stellung als die unverblümteste bekennende Radikale in der Vortragsabteilung schien ihr allmählich streitig gemacht zu werden.

»Ich nehme nicht an, dass Woolfs neuestes Meisterwerk irgendwo zu finden ist?«, rief Fielden von seinem Schreibtisch.

»Doch. Ich nehme an, Sie wollen, dass ich es für Sie hole?«, fragte Maisie. Fieldens eisiger Blick brachte sie auf dem Weg in Hildas Büro zum Kichern.

Der übliche Bücherturm. Maisies Finger glitt an den Buchrücken hinab. Gedichte, Gedichte, etwas mit dem Titel *Quell der Einsamkeit* (ein sehr melancholischer Titel), *Im Westen nichts Neues* (Reith stand auf dem Kriegspfad mit all der Antikriegsliteratur, der heutzutage so viel Anerkennung gezollt wurde), etwas auf Deutsch, das Maisie nicht lesen konnte, und da war es, *Orlando*. Sie zog es aus dem Berg und rückte die anderen Bücher gerade. *Aber hallo, ein Bartlett-Skript!* Sie nahm es zur Hand und begann zu lesen, dann bemerkte sie darunter ein Hauspostmemo der BBC. Oder besser gesagt bemerkte sie, dass es umgedreht war. Eine lässliche Sünde, auf die das DIESE-SEITE-NICHT-BESCHREIBEN-Gebot in Großbuchstaben und dreifacher Wiederholung eindringlich hinwies. Aber unter das erste DIESE-SEITE-NICHT-BESCHREIBEN hatte Hilda gekritzelt: »Doch!«

Maisie, die Hilda zwar dafür bewunderte, dass sie sich nicht um Konventionen scherte, drehte gehorsam die Seite um.

Doch es war kein Memo, es war ein Brief. Ein persönlicher Brief. »Liebste Vita.« Liebste. Vita.

Nun, viele gute Freundinnen reden sich auf diese Weise an. Sehr Jane-Austen-mäßig.

Sie konnte sich nicht zurückhalten, den Brief zu lesen, als wäre er nichts weiter als jeder andere verwirrende Text, den sie verstehen wollte. Und da waren sie, Sätze, die niemand außer dem Empfänger sehen sollte und die viele Fragen über Hilda beantworteten, allerdings ein Dutzend weitere aufwarfen. Und ganz unten, in gut leserlichen Großbuchstaben: »ICH LIEBE DICH. ICH BEGEHRE DICH.«

Sie starrte auf die Worte, die nichts mit Jane Austen zu tun hatten. Ihre Bedeutung war mehr als eindeutig. Vita. Und Hilda. Die Zeitungen liebten es natürlich, über die Bloomsbury-Gruppe zu schreiben, um die Entrüstung der einen und die köstliche Erregung der anderen zu nähren. Obwohl Maisie im Dunstkreis des Theaters aufgewachsen war, gab sie nicht vor, es zu verstehen, doch sie hatte es immer mit einem Achselzucken abgetan, da es sie nichts anging.

Ebenso wie das hier. Aber Hilda und Vita. Hilda. Sie liebte also doch. Liebte und begehrte.

Maisie drehte das Blatt hastig wieder um – es war viel beruhigender, das vertraute DIESE-SEITE-NICHT-BESCHREIBEN zu sehen.

»Ah, Miss Musgrave, ist Miss Matheson zu sprechen?«

Maisie stieß einen leisen Schrei aus und wirbelte herum – Reith sah auf sie herab. Ihre Hände waren hinter ihrem Rücken, immer noch auf dem Memo.

»Nein, Sir. Sie isst auswärts zu Mittag.«

Bitte lass ihn das »Doch!!« nicht gesehen haben. Das »Doch!!« wäre besser als alles auf der anderen Seite, aber er sollte, er durfte einfach auf gar keinen Fall etwas anderes von Hilda denken, als dass sie die brillante, wenn auch etwas radikale Vortragsdirektorin war.

»Ah, natürlich«, sagte Reith stirnrunzelnd. »Wo steckt Mr Fielden?«

»Sir?« Fielden stand an der Tür und versprühte einen Hauch von Missbilligung über Reiths Anwesenheit in Hildas Büro, während sie nicht zugegen war. Maisie beließ die Hände auf dem Schreibtisch und versuchte, mit den Fingern nach dem Skript zu angeln und es über den Brief zu schieben, ohne dass einer der Männer es bemerkte, doch Reith hatte sich nicht weit genug weggedreht. Höchstwahrscheinlich würde es ihm nicht auffallen, doch sie wollte nicht das geringste Risiko eingehen.

»Fielden, gut. Sagen Sie mal, dieser Vortrag über das Bankwesen, wer ist eigentlich diese ›Miss Cartwright‹?«

»Ein Bankier. Allem Anschein nach die erste Frau, die eine solche Position innehat. Wir hatten sie schon einmal für eine Sendung hier.«

»Ich verstehe. Und der andere Bankier ist einer von Rothschild?«

»Das ist korrekt, Sir.«

»Ah. Dürfte ich darum bitten, dass Sie einen dritten Bankier einladen? Jemanden, der ein wenig traditioneller ist?«

»Gewiss!«, platzte es aus Maisie heraus, die Reith unbedingt loswerden wollte und dabei Fieldens wütenden Blick geflissentlich überging. »Wir werden es mit Miss Matheson besprechen, sobald sie zurück ist.«

»Vielleicht haben Sie jemand Bestimmten im Sinn?«, wollte Fielden von Reith wissen. Maisie funkelte ihn nun ihrerseits an. Dies war nicht der rechte Zeitpunkt, um für Hildas Geschmack zu kämpfen.

»Nun, ich …«, begann Reith, doch das Telefon klingelte. Maisie wagte nicht, ihren Wachposten vor dem Schreibtisch zu verlassen. Sie schützte einen schweren Hustenanfall vor, sodass Fielden genötigt war, ans Telefon zu gehen.

»Vortragsabteilung, Fielden … O ja, Mrs Wo… wie bitte?« Seine Stimme schraubte sich in die Höhe, veränderte sich mit einem Mal, klang fast verängstigt. »Aber wir können nicht einfach … Nein, ich … Sie ist nicht … Mrs Woolf, bitte, wenn es um das Honorar gehen sollte, bin ich sicher, dass wir …«

Virginia Woolf! Und angesichts von Fieldens ungläubigem Wimmern gab es ein Problem. Maisies Augen huschten unwillkürlich zum Plan für das Nachmittagsprogramm, wo ihr *Ein Überblick von Frauen in der Literatur mit Virginia Woolf* in purpurner Mimeografentinte entgegenschrie. Sie riss den Blick fort, nur um zu sehen, dass Reith das Programm ebenfalls beäugte.

Fielden legte auf. Ihm schien sein Skelett abhandengekommen zu sein.

»Mrs Woolf ist, äh, unpässlich und kann nicht wie vereinbart auf Sendung gehen.«

Der Brief unter Maisies Hand wurde heiß. Jetzt verstand sie Virginia Woolfs abweisende Haltung gegenüber Hilda und Hildas Gleichgültigkeit. Da erinnerte sie sich, dass die Figur von Orlando angeblich Vita nachempfunden war, mit der Virginia Woolf den Gerüchten zufolge, denen Maisie keinerlei Aufmerksamkeit geschenkt hatte, angeblich eine Beziehung gehabt haben sollte. Und jetzt erhielt Vita Briefe von Hilda, die sie liebte, die sie begehrte.

»Frauen!«, polterte Reith. »Völlig unberechenbar. Und insbesondere diese Bloomsbury-Leute. Ich nehme doch schwer an, dass Sie eine Art Notfallplan in petto haben?« Reith funkelte sie erwartungsvoll an.

»Natürlich, Sir«, beteuerte Fielden, und Maisie bewunderte mit einem Mal seine bedächtige Stimme, aus der der Sarkasmus nur sehr schwer herauszuhören war. »Wir haben eine Reihe von Sprechern an der Hand, just für diese Eventualität.«

»Dann überlasse ich Ihnen die Angelegenheit«, sagte Reith mit herablassender Güte und einem beeindruckenden Mangel an Urteilsfähigkeit. »Sie werden Miss Matheson meine Bedenken über die Sendung zum Thema Bankwesen ausrichten?«

»Sie wird sie mit derselben Sorgfalt berücksichtigen wie all Ihre Bedenken«, versicherte Maisie. Dann schloss sie die Tür und drehte sich zu Fielden um. »Was sollen wir nur tun? Wir müssen sie anrufen!«

»Sie ist im Dorchester. Dort stellen sie keine Anrufe an Gäste durch. Ein solches Verhalten zeugt von ›schlechten Manieren‹«, fauchte er, riss sich die Brille von der Nase und rieb sich die Augen.

Maisie faltete die Hände und schritt nervös auf und ab, während sie versuchte, wie Hilda zu denken. »Na schön«, sagte sie. »Lassen Sie uns fünf unserer üblichen Verdächtigen anrufen, und wenn wir niemanden an den Apparat bekommen, gehe ich höchstpersönlich ins Dorchester und erzähle es ihr. Sie wird Bescheid wissen wollen.«

»Sie wollen doch bloß in ein vornehmes Restaurant«, höhnte Fielden, holte jedoch das gebundene Buch mit Namen und Adressen hervor. »Die Strachey ist doch immer ganz erpicht darauf, auf Sendung zu gehen«, sagte er mit lautstarkem Stöhnen.

»Nein, es geht um Literatur. Wir sollten einen Schriftsteller finden«, entgegnete Maisie. »Es ist Mittagszeit. Sie werden zu Hause sein und arbeiten.«

Fielden sah unter schweren Augenlidern zu ihr. »Wenn Sie das so nennen wollen.«

Bei T.S. Eliot ging niemand ans Telefon. Sie versuchte es bei P.G. Wodehouse, und ihr wurde gesagt, dass er zum Lunch außer Haus sei. Sie fragte sich verwundert, warum alle modernen Autoren zwei Initialen führten, als Fielden einen Erfolg verzeichnete. H. G. Wells, der ausgiebig von Hilda um den Finger gewickelt worden war, zeigte sich erfreut, als Retter in der Not einzuspringen.

»Zweifellos in schimmerndem Tweed. Schimmernd und verwaschen«, bemerkte Maisie. »Er könnte sich etwas Besseres leisten.«

»Aber woran sollten wir dann erkennen, dass er ein Intellektueller ist?«

Hilda kehrte zurück, kurz bevor Mr Wells eintreffen sollte. »Leider schlechte Neuigkeiten«, begrüßte Fielden sie mit einem seltenen Fast-Lächeln. »Mrs Woolf konnte heute nicht ins Studio kommen, um ihren Vortrag zu halten. Glücklicherweise ist es mir gelungen, Mr Wells zu erreichen, und er sollte jeden Moment hier sein. Ich habe ein paar Änderungen am Skript vorgenommen, er wird also gut damit zurechtkommen.«

Maisie wartete geduldig ab, dass er ihren Beitrag bei der Krise anerkennen würde. Sie wünschte, Hilda würde nicht erst erblassen und dann rot vor Wut werden, als sie von Mrs Woolfs Absage hörte. Unergründlich, wie Hilda ansonsten war, zeigte sich hier offensichtlich, dass sie sehr wohl eine Ahnung hatte, warum Virginia Woolf ihr aus dem Weg gehen wollte.

Fielden hielt Hilda das abgeänderte Skript unter die Nase, und sie überflog es.

»Prima, Mr Fielden. Ausgezeichnete Arbeit. Unvorhergesehene Dinge wird es immer geben. Wir müssen sie so gut wie möglich meistern. Und so wird es zumindest nie langweilig.« Sie hängte ihren Mantel auf, schüttelte das Haar und winkte Fielden zu sich. »Kommen Sie. Lassen Sie uns Mr Wells treffen und ihm unseren unterwürfigsten Dank aussprechen. Das mit unterwürfig ist für Sie doch kein Problem, nicht wahr?«

Fieldens Antwort verlor sich im Treppenhaus und der Rückkehr von Phyllida.

»Du meine Güte, du siehst mitgenommen aus! Was ist passiert?«

»Mrs Woolf hat abgesagt, aber Fielden hat Mr Wells aufgetrieben, der für sie einspringt.«

Und es war wirklich Fielden gewesen, der ihn aufgestöbert hatte. Maisie hatte nichts weiter getan, als ihm zu helfen. Was ihre Aufgabe war. Sie saßen alle im selben Boot. Sie musste nicht für jede Kleinigkeit über den grünen Klee gelobt werden. Ein »Dankeschön« wäre allerdings nett gewesen.

Aber andererseits sprechen wir hier von Fielden. Wenn ihm diese Worte über die Lippen kämen, würde er wahrscheinlich einen Herzinfarkt erleiden. Und das geht weit über meine pflegerischen Fähigkeiten hinaus.

Allerdings eine recht verlockende Vorstellung, die ihr half, sich wieder an die Arbeit zu machen.

»Das war's im Grunde. Ich habe an das Büro des *Pinpoint* geschrieben, aber ich habe keine Antwort erhalten, obwohl das wohl auch auf die Feiertage zurückzuführen sein könnte«, fasste Maisie die Lage mit Simon zusammen, während Phyllida und sie gemütlich durch Selfridges schlenderten. Sie hatten an Silvester früher gehen dürfen und durchkämmten das riesige Kaufhaus nach Schnäppchen.

»Er hört sich wie ein schäbiger Streuner an!«, war Phyllidas Einschätzung, und Maisie hatte nicht das Gefühl, eine Übersetzung zu brauchen. »Ich hab noch nie so viel Kokolores gehört. Erwartet er etwa, dass du vor Begeisterung in Ohnmacht fällst und ihm deine unvergängliche Liebe gestehst, wo er es kaum schafft, Platz für dich in seinem Terminkalender zu schaffen?«

»Ich weiß nicht«, seufzte Maisie. »Aber ich vermisse ihn. Ich vermisse ihn schrecklich. Ich hätte ihm einfach nach dem Mund reden sollen, aber das habe ich nicht getan, zumindest nicht gut genug. Beim GD habe ich genau dasselbe schon wer weiß wie oft gemacht. Warum lerne ich nie dazu?«

»Ich denke, du bist gebildet genug«, sagte Phyllida trocken. »Und ist er hier, um dir nachzustellen und einen Grund zu liefern, dass du seinen verwöhnten Hintern bewunderst? Nein, ist er nicht. Er ist verschwunden, um für seine Familie den Laufburschen zu spielen. Du kämst bei einer Familie wie der immer nur an zweiter Stelle. Ohne ihn bist du besser dran. Das wirst du schon noch sehen. Nicht vergessen, wir werden dieses Jahr wählen! Uns steht Bedeutendes bevor.«

Maisie nickte mechanisch. Ihre Augen glitten über die Auslage mit Handschuhen, und sie bat die Verkäuferin, die schlichten schokoladenbraunen aus Ziegenleder probieren zu dürfen. Sie glitten geschmeidig über ihre Hand und das Gelenk und endeten genau in der Mitte ihres Unterarms. Sie kreiste mit den Handgelenken und wackelte mit den Fingern, als würde sie tippen. Die Handschuhe bewegten sich wie eine zweite Haut.

»Sie sind unvergleichlich schön, Maisie, aber sie kosten fast vier Pfund! Du bekommst fast genauso gute Handschuhe für die Hälfte.«

Maisie ballte und spreizte die Finger noch ein paar Mal.

»Nein. Georgina war zu fast nichts zu gebrauchen, aber in einem Punkt hat sie recht. Es ist richtig, sein Geld nur für das Beste auszugeben. Die hier werden mich noch jahrelang warm halten und immer elegant aussehen lassen.«

Und als sie zurück in den dunklen, rauen Nachmittag traten, wurden ihre Gesichter durch den prasselnden, scharfen Eisregen rot und nass, doch Maisies Finger spürten nichts von alledem.

Fünfzehntes Kapitel

◊◊◊

Januar 1929

Maisie durchlebte einen kurzen Moment der Melancholie, als sie vom Beginn des neuen Jahres Notiz nahm und davon, dass sie, entgegen Lolas alljährlicher Vorhersage, immer noch im Haus von Mrs Crewe logierte. Sie besaß jetzt einen Morgenmantel und Pantoffeln und ein warmes Nachthemd. Und Ersparnisse, die sich tatsächlich in einer richtigen Bank ansammelten. Aber so ganz reichte es noch nicht. Lola selbst musste erst zurückkehren. Sie hatte immer noch das Zimmer, da ihre Familie nichts davon hören wollte, ihre Habseligkeiten bei ihnen unterzustellen, jedenfalls nicht, solange sie auf der Bühne stand. Derzeit befand sie sich auf Tournee in Deutschland, und dieser italienische *Visconte* stellte ihr weiterhin nach. Maisie hatte gute Lust, Lola zu bitten, sie solle den Mann auf Simon ansetzen. Auf jeden Fall könnte er nachfragen, weshalb Simons Aufenthalt in Deutschland ihn der Fähigkeit beraubt hatte, der Frau, für die er etwas übrigzuhaben vorgab, Briefe zu schreiben.

Bei ihrer Rückkehr ins Büro am 2. Januar hatte sie sich fester in diese grimmige Stimmung eingewickelt als in ihren Schal, doch dann stürzte Hilda mit den Worten herein: »Wir haben eine Probe mit dieser faszinierenden Frau, die Monte Carlo aufgemischt hat, und Sie müssen für mich den Leiter des Naturkundemuseums verschieben, damit wir den tunesischen Botschafter reinnehmen können, ein sehr interessanter Mann. Nach Tunesien würde ich sehr gern einmal reisen, Sie nicht auch? Und wir sollten mehr über Ölinteressen bringen. Ich weiß, dass es dem GD nicht gefällt, aber es wird gerade so ein wichtiges Thema. Ich finde wirklich …«

Und Maisie vergaß alles andere.

Die Liste der Dinge, die Reith nicht gefielen, wuchs stündlich. Fielden eröffnete in der Abteilung einen Jackpot und nahm Wetten entgegen, wie viele ihrer Vorschläge im Laufe des Jahres bei Reith auf Widerstand stoßen würden. Trotz der regelmäßigen Besprechungen in seinem Büro hatte Reith angefangen, wenigstens einmal pro Woche in die Vortragsabteilung zu stürmen. Phyllida grummelte, er habe wohl Gefallen an sportlicher Betätigung gefunden.

»Miss Matheson, anscheinend haben Sie Mr Forster für eine Serie verpflichtet, bei der kein Ende in Sicht ist? Trifft das zu, oder ist Ihnen bei der Planung ein Fehler unterlaufen?«

Hilda wurde marmorweiß, weniger gekränkt angesichts der abfälligen Bemerkung über E. M. Forster als der Andeutung, ihr wäre ein Fehler unterlaufen.

»Mr Forster freut sich sehr über die Gelegenheit«, setzte sie an.

»Das will ich meinen. Für ihn bedeutet das recht hohe regelmäßige Einnahmen«, sagte Reith, auf der Suche nach Beifall für seine geistreiche Bemerkung, mit einem Seitenblick auf Fielden. Fielden ließ ihn kläglich im Stich.

»Sir, Mr Forster ist einer unserer herausragenden modernen Romanciers«, erklärte Hilda. »Wieder einmal sind wir es, die davon profitieren, mehr noch als er. Und ich bin sicher, dass er sich ganz genauso darüber freut, vier Guineas pro

Sendung zu verdienen, wie er sich gefreut hat, die Tausenden Pfund für *Auf der Suche nach Indien* zu verdienen, aber ich glaube, er nagt sowieso nicht am Hungertuch und ist recht gut situiert. Auf jeden Fall hat er nicht versucht, ein höheres Honorar auszuhandeln.«

»Seine Bücher mögen beliebt sein, aber er ist kein respektabler Mann. Wissen Sie, dass er Kriegsdienstverweigerer gewesen ist? Und er ist nicht verheiratet.«

»Na, Sie wissen doch, wie Schriftsteller sind. Es ist schwierig genug, mit ihnen zu essen, geschweige denn mit ihnen zusammenzuleben.«

»Ich bin es leid, Miss Matheson, so richtig leid. Muss jeder Literat, den Sie hier anschleppen, ein Homo sein … will sagen, jemand Ungeeignetes?«

»Sir John, Sie haben mir aufgetragen, ich solle ein weitläufiges Netz auswerfen und so viele Stimmen wie möglich zur BBC bringen. Ich entschuldige mich aus tiefstem Herzen, wenn ihr Privatleben zu wünschen übriglässt, aber sie besprechen nur ihr Werk. Ich lasse gern einen Mönch in die Sendung kommen, aber von denen scheint keiner Bestsellerautor zu sein.«

»Oh, hören Sie auf, so teuflisch clever zu sein!«

»Ich würde es ja versuchen, aber es ist ungeheuer schwierig.«

»Hallo, hängt der Haussegen ein wenig schief?« Siepmann lehnte im Türrahmen.

Bei seinem Anblick hellte sich Reiths Miene auf, doch Hilda wurde vor Zorn noch weißer. Zu Maisies Entsetzen zitterte sie sogar.

»Mr Siepmann«, begrüßte Hilda ihn mit farbloser Stimme. »Auf jeden Fall vielen Dank, aber hierbei handelt es sich um eine private Angelegenheit, die allein die Vortragsabteilung betrifft.«

»Oh, gewiss. Ich habe nur laute Stimmen gehört und mir gedacht, vielleicht könnte ich behilflich sein? Wenn wir uns beim Schulfunk mit einer Sache gut auskennen, dann mit der Wahrung der öffentlichen Ordnung. Aber Sie haben recht, Miss Matheson, und ich werde …«

»Bitte, Siepmann«, mischte Reith sich ein. »Sagen Sie uns doch Ihre Meinung. Finden Sie, es schickt sich für die BBC, einen Mann wie E. M. Forster so hervorzuheben?«

»Ach! Forster. Sehr populärer Schriftsteller. Und anscheinend ein ausgezeichneter Denker. Persönlich nicht mein Geschmack, aber ich kann nicht behaupten, sein Werk hätte die Leserschaft nicht gepackt.«

»So mag es scheinen«, sagte Reith, der Hilda das Wort abschnitt. »Und wir können nicht kontrollieren, was veröffentlicht wird. Aber sollten *wir* ihm so viel Platz einräumen?«

»Mr Reith!«, sagte Hilda. »Wir sollen Großbritannien unsere gesamte zeitgenössische Gesellschaft näherbringen und die Menschen aufgrund vollständiger Informationen ihre eigenen Schlüsse ziehen lassen. Falls Sie Mr Forster missbilligen sollten, dürfen Sie seine Bücher gern im Regal stehen lassen.«

»Ich glaube, an Miss Mathesons Worten ist was dran«, sagte Siepmann grinsend. »Das mag ich so an den Vorträgen. Man kann diese köstlichen kleinen Risiken eingehen. Und ich meine, eine kleine Kontroverse führt zu mehr Publikum, oder?«

»Ich wage zu bezweifeln, dass ich je ein Faible für Kontroversen haben werde«, entgegnete Reith, obwohl er wieder lächelte. »Aber solange wir die Sache fest im Griff haben, sollte es wohl keine Probleme geben. Und die *Times* hat sich sehr wohlwollend über Mr Forster ausgelassen, ganz übel kann er also nicht sein.«

»Was halten *Sie* von seinem Werk?«, fragte Hilda ihn, ihre Stimme ein Musterbeispiel an unschuldigem Interesse. Reith rümpfte die Nase.

»Ich habe keine Zeit, all diese modernen Romane zu lesen, das wissen Sie doch«, schalt Reith. »Insbesondere nicht wenn sie von diesem Schlag Menschen geschrieben sind.« Er starrte wütend auf Hildas Bücherregale und ächzte unter der Last der Werke dieses Schlags. »Solche Leute sollten eigentlich ins Gefängnis wandern und keine Buchverträge bekommen!«

»Ja, unser Rechtssystem hat etwas ausgesprochen Byzantinisches«, stimmte Hilda zu. Reith schnaubte nur und verließ den Raum mit einem Nicken in Siepmanns Richtung.

»Ach, hier bei den Vorträgen wird es nie langweilig, nicht wahr?«, stellte Siepmann fest. »Freut mich, dass ich helfen konnte, Miss Matheson. Wir sitzen alle in einem Boot, oder etwa nicht?«

Erst lange nachdem beide fort waren, nahm Hilda seufzend Platz.

»Warum ereifert sich der GD so über … na ja, alles?«, erkundigte sich Maisie. »Seine Absichten sind wohl ganz löblich, aber …«

»Ja.« Hilda zündete sich eine Zigarette an. »Er hat die Milz am rechten Fleck.«

Die Milz und die angeblich daraus erwachsenden Spleens schienen derzeit im Trend zu liegen. An manchen Stellen, wie im *Telegraph*, konnte Maisie es mit einem Schulterzucken abtun, doch sie nahm es viel persönlicher, wenn wieder einmal ein Brief auf der Suche nach Edwin Musgrave mit einem scharfen Tadel über ihren Mangel an Informationen beantwortet wurde. Ihre eigene Milz rumorte, wenn der Lion den Faschisten sagte, die BBC begreife nicht, dass die Menschen eine einfache Fassung der Dinge brauchten, damit sie nicht zu angestrengt nachdenken müssten. Am liebsten hätte Maisie gefragt, wie Menschen, die kein Hirn hatten, überhaupt zu angestrengt nachdenken konnten, ging allerdings davon aus, dass diese Frage am besten ungestellt blieb, auch wenn sie zu gern gesehen hätte, wie ihre Milzen explodierten.

»Die reden immer noch über nichts Illegales«, sagte Ellis zu Maisie und Hilda. Sie waren im Arbeitszimmer eines Gebäudes zusammengekommen, zu dessen Identifikation sich weder Ellis noch Hilda herabließen. »Fragen Sie jeden Dritten in der Oxford Street, und man wird Ihnen sagen, die BBC sei nichts weiter als bolschewistische Propaganda. Und ein anderes Drittel wird darauf bestehen, sie sei das Sprachrohr der Regierung.«

Die Interviews, die Maisie immer noch führen wollte, mithilfe dieses tragbaren Mikrofons.

Hilda überflog Maisies Notizen und zwirbelte mit einer Hand träge an ihrer Onyxkette, während sie in der anderen eine Zigarette hielt. In letzter Zeit rauchte sie mehr.

»Es ist auf jeden Fall erfreulich zu wissen, dass wir solch gute Arbeit geleistet haben«, sagte Hilda. »Vor noch gar nicht allzu langer Zeit haben die Zeitungen geschworen, die BBC sei eine Modeerscheinung, die nicht von Dauer sein würde. Jetzt wollen uns ganze politische Flügel ihrem Willen unterwerfen. Nichts belegt so sehr, dass man arriviert ist, wie eine Verschwörung. Ausgenommen vielleicht eine Morddrohung.«

»Den meisten Menschen ist nie derart langweilig«, murmelte Ellis.

Maisie musterte den Propagandastapel. Weitere Pamphlete, aus deutschen Zeitungen ausgeschnittene Artikel mit englischen Anmerkungen, ein zweibändiges Buch von Hitler, das behauptete, eine Autobiografie zu sein, aber größtenteils nur aus »politischem Geschwafel« bestand, wie Phyllida es nennen würde, und viele Briefe von Vernon Bartlett, deren Inhalt es nicht in seine *Lauf-der-Dinge*-Vorträge schaffte. Es gab auch hingekritzelte Abschnitte aus Briefen von Vita, aus Berlin. Maisie wollte fragen, ob sie ebenfalls als Spionin fungierte, allerdings bereitete es ihr Unbehagen, sich in eine Diskussion zu wagen, in der das Wort »Doch!!!« zur Sprache kommen könnte.

»Vita erzählt mir so einiges, was nicht in die Zeitungen gelangt«, sagte Hilda.

Maisie errötete bei der Nennung des Namens »Vita«. Sie warf Ellis einen verstohlenen Blick zu, doch falls er etwas Bestimmtes über den Namen wissen sollte, ließ es seine vornehmlich gelangweilte Miene nicht erkennen.

»Ihr ist eine kosmopolitische Atmosphäre sehr aufgefallen und ein großer Einfluss Hollywoods und sogar Asiens in der Unterhaltungsindustrie. Aber sie hat auch mehr als einmal beobachtet, wie ein Club, der hauptsächlich von Homosexuellen frequentiert wird, von Schlägertypen angegriffen wurde.«

»Kein Wunder«, murmelte Ellis.

»Aber dann haben wir diese ganze Propaganda von diesen Nazis …«

»Eine Randgruppe meist lächerlicher Idioten, habe ich mir sagen lassen«, fiel ihr Ellis ins Wort.

»Ja, und Vita und Harold sind ganz Ihrer Meinung. Doch Harold stellt in seiner Eigenschaft als Diplomat fest, dass manche politischen Kreise die Sorge über das Interesse am Bolschewismus teilen und natürlich über jedermanns Lieblingsschreckgespenster: Gewerkschaften und Medien. Diese Kreise sähen auch das Wiedererstarken eines traditionelleren Deutschlands gern. Und es gibt zunehmend Leute, die murmeln, dass sie, falls sich ihnen die Gelegenheit bieten sollte, jeden unterstützen würden, der dabei helfen könnte, dies zu bewerkstelligen. Und jeder glaubt, Deutschland werde von den Briten und Franzosen unterdrückt und ausgeplündert, und das sei unerträglich.«

»Ja, sogar Ihr Ökonomenfreund Keynes sagt das«, stellte Ellis fest. »Und noch dazu bei der BBC. Man würde meinen, die Faschisten würden ihn zu schätzen wissen.«

»Mr Keynes ist kein Faschist!«, fuhr Hilda ihn an. »Er hat ein völlig stimmiges Argument angeführt, und seine Studien zeigen auf, dass es unsere eigene Wirtschaft kaum beflügeln wird, Deutschland weiter zu schröpfen.«

»Und weiter auf jemanden einzutreten, der am Boden liegt, ist nie eine gute Idee«, warf Maisie ein.

»Ach, ich weiß nicht«, überlegte Ellis. »Wenigstens bleibt er unten.«

»Nur bis er wieder hochkommt, und dann ist er auf Rache aus«, sagte Maisie in Gedanken an ihre Pläne, die Bandenkinder in Toronto fertigzumachen. Und Georgina ebenfalls.

Ich wette, diese Kinder sind sowieso tot. Oder im Gefängnis. Hoffen wir das Beste.

»Ich hege keinen Zweifel daran, dass Siemens als deutsche Firma den Wunsch hegt, dass Deutschland wieder reich und mächtig wird«, räumte Ellis ein. »Patriotismus kostet nichts. Aber es handelt sich immer noch um Geschäftsleute, und sie wollen in England und überall anders Geschäfte machen, weshalb sie nicht so patriotisch sein werden, dass es sich störend auf die Geschäfte auswirkt. Und unzählige Unternehmen verachten Gewerkschaften und wollen, dass in den Zeitungen kein gutes Haar an ihnen gelassen wird. Wenn sie also ihre eigene Zeitung herausbringen wollen, um ebendies zu tun, dürfen sie das, aber sie können niemanden zwingen, sie zu lesen.«

»Und wenn sie alle anderen Zeitungen aufkaufen?«, fragte Hilda.

»Ach, Unsinn, das würde niemals zugelassen werden«, spottete Ellis. »Gegen so etwas gibt es bei uns Gesetze, und außerdem ist es einfach nicht die britische Art.«

»In Italien ist es passiert«, rief Hilda ihm ins Gedächtnis.

»Allerdings war es auch vor Mussolini kein journalistisches Paradebeispiel, nicht wahr?«

»Schauen Sie mal, lieber God«, sagte Hilda und tippte auf die deutschen Zeitungen. »Das hier ist sehr gute Propaganda, wohl durchdacht und schrecklich überzeugend. Hat Mussolini nicht bewiesen, wie nützlich das sein kann?«

»Gewiss, aber die Vorstellung, dass ein paar wohlhabende Männer derart aberwitzige Schritte unternehmen, einzig und allein um ihren Profit zu maximieren, stammt aus dem Groschenroman. Sagen Sie mal, Miss Musgrave, zwirbelt irgendwer von denen den Schnurrbart?«

»O um Himmels willen, hören Sie auf!«, fauchte Hilda.

»Scheint mir, als würden Sie nicht mich, sondern einen guten Enthüllungsjournalisten brauchen.« Er wandte sich Maisie zu und deutete mit seinem Zigarrenstumpen auf sie. »Was wollen Sie lieber werden, Miss Musgrave? Journalist oder Spion?«

»Wahrheitssuchende«, erwiderte Maisie.

Ellis kringelte sich vor Lachen, und Hilda strahlte wie eine stolze Lieblingstante.

»Und Wahrheitsverkünderin«, fügte Maisie hinzu. Nur damit alles klar war.

»In einer idealen Welt tun Journalisten und Spione vermutlich beides«, sagte Hilda. »Das könnte einen furchtbar guten Vortrag abgeben, wenn ich es mir recht überlege. Aber mal im Ernst, Ellis, werden Sie helfen?«

»Ich schaue, was ich tun kann«, versprach er. »Aber ich glaube dennoch, dass es eine gewaltige Verschwendung ihres gewaltigen Gehirns ist.«

»Ach ja, es wäre nicht das erste Mal«, sagte Hilda.

Kurz danach gingen Hilda und Maisie.

»Ich mag nicht gleich nach Hause gehen. Lust auf einen Spaziergang?«, fragte Hilda.

Sie stiegen in der Nähe von Piccadilly aus dem Taxi und gingen durch die Menschenmengen, die die Theater verließen und auf Restaurants und Nachtklubs zuströmten. Es war seltsam, inmitten von so viel Glanz und glücklichem Geplänkel zu sein und über Versuche nachzudenken, gegen das meiste davon rigoros vorzugehen. Seltsam auch, an einem solchen Ort ein zutiefst privates Gespräch zu führen, aber keiner konnte sie hören.

»Miss Matheson, woher wussten Sie das alles, insbesondere das über Siemens und Nestlé? Haben Sie gewusst, dass Hoppel und Grigson befreundet sind?«

»Ich habe verschiedene Freunde an verschiedenen Orten, und sie wissen, dass ich Informationen mag, die vielleicht exotisch wirken. Also schicken sie mir Dinge. Und dann erzählen mir andere Leute andere Dinge, und ich stelle Fragen. Aber Sie sind es, die hier wirklich, wenn Sie gestatten, den *Löwen*anteil der Arbeit geleistet hat. Ich hätte niemals die Zeit gefunden. Ich bin Ihnen zutiefst dankbar.«

»Aber es ist nicht nur via Freunde, nicht wahr?«, bohrte Maisie weiter. »Einige dieser Informationen haben Sie durch offiziellere Kanäle erhalten?«

»Ach. Sie fragen nach einer bestimmten Organisation, von der nur sehr wenige Menschen die Mitglieder kennen?« Hilda grinste und blies einen Rauchring aus. »Es ist möglich, dass eine Person, die Sie kennen, das eine oder andere mit besagter Organisation zu tun hatte. Zufälligerweise machte diese Person kurz vor dem Krieg die Bekanntschaft mit T. E. Lawrence …«

»Lawrence von Arabien?«, stieß Maisie hervor.

»Er zieht es tatsächlich vor, ›Ned‹ genannt zu werden«, sagte Hilda und grinste dann zärtlich. »Es sei denn, es handelt sich um einen förmlichen Anlass. Na ja, wie dem auch sei, er hat nach jemandem gesucht, der Italienisch und Deutsch sprach und gut im Organisieren und dergleichen war, um während des Krieges zu helfen, ein Büro für besagte Organisation in Rom einzurichten, und so ist es passiert.«

»Und … sind Sie immer noch …?«

Hilda schüttelte den Kopf. »Ich erzähle Ihnen, was ich Ihnen erzähle, weil Sie mein Vertrauen mehr als verdient haben, aber begreifen Sie, dass ich Ihnen eigentlich nichts erzählt habe. Ich will Ihnen nur zeigen, dass ich Ihnen vertraue, weil Sie ein recht gefährliches Spiel spielen, und ich fürchte, dass ich Sie dazu gebracht habe. Zumindest sollten Sie sicher sein, dass Sie für die richtige Seite spielen. Nun denn, der nächste Schritt ist wohl, mir einen meiner Journalistenfreunde zu krallen, jemanden, der ein wenig herumschnüffelt und schaut, wer wirklich Dreck am Stecken hat. Jemanden, dem es nichts ausmacht, etwas zu tun, das eine Spur illegal ist, solange das eigentliche Verbrechen enthüllt wird.«

»Wie illegal?«

»Oh, bloß in ein paar Büros gehen und Akten ansehen«, sagte Hilda mit einem Achselzucken.

»Das hört sich nach etwas an, das eine Sekretärin tun könnte. Nicht wahr?«

»Miss Musgrave, ich weiß, dass Sie eine außerordentliche junge Frau sind, aber die Art Tätigkeit fällt nicht ganz in Ihren Aufgabenbereich.«

»Vielleicht doch. Miss Jenkins, die Lehrerin an meiner Sekretärinnenschule hat einmal gesagt, dass alle Büros mehr oder weniger gleich geordnet seien. Kenne das System, und du findest alles, was du brauchst, und das am ersten Tag. Dann wirkt man kompetent und muss nicht allzu viele lästige Fragen stellen.«

»Es ist viel komplizierter. Es gibt eine Menge, was Sie lernen müssten. Wir wissen nicht, wie lange es dauern würde.«

»Können wir es versuchen?«

Hilda nahm noch einen langen Zug von ihrer Zigarette. »Na schön.« Sie lächelte. »Wir können es versuchen.«

Maisie kam in den Sinn, dass sie eigentlich misstrauisch oder ängstlich sein sollte. Stattdessen war sie freudig erregt. Allerdings hasste sie es, die Sache vor Phyllida geheim zu halten. Hildas Warnungen lasteten schwer auf ihr, und Phyllida wäre, auch wenn sie eine gute Geheimnishüterin war, sogar noch aufgebrachter über die Faschisten als Maisie und könnte ihre Wut nur schwerlich im Zaum halten. Es lag eine gewisse Ironie darin, fand Maisie, um der Sicherheit willen Informationen zurückzuhalten, aber bis sie mehr wussten, schien es die klügste Vorgehensweise zu sein.

Doch es ließ sich nicht vor Phyllida verheimlichen, als ein Brief mit deutschem Poststempel für Maisie eintraf. Maisie schoss der wilde Gedanke durch den Kopf, ihr wäre jemand auf die Schliche gekommen und würde sie warnen. Aufgeregt riss sie den Brief auf. Und kreischte. Er war von Simon.

Meine liebste Maisie,

kann unser letztes Gespräch wirklich schon drei Monate her sein? Es tut mir mehr leid, als ich zu sagen vermag, zumal ich mich Dir gegenüber so rüpelhaft benommen habe. Und einzig und allein aus dem Grund, dass ich mir Sorgen um Familienangelegenheiten und mein eigenes, meiner Meinung nach absurdes Ego gemacht habe. Doch ich denke sehr wohl an Dich, Deine Klugheit und Deine Hingabe an die BBC. Ich weiß genau, dass Du entschlossen bist zu helfen, etwas Wichtiges daraus zu machen, und das sagt mehr über Dich aus, als wohl selbst Dir klar ist. Mein Liebling, ich hoffe, dass Du ebendiese Energie eines Tages auf mich ausweiten willst. Ich gestehe, dass ich im Laufe dieser trostlosen Wochen immer wieder darüber nachgedacht habe, was Du und ich tun könnten, falls sich unsere Energien verbinden würden. Wir könnten die Welt erobern, würde ich meinen! Wahrlich, Du bist so viel mehr, als Du Dir, wie ich weiß, jemals vorgestellt hättest. Aber wisse, dass ich es gesehen habe und dass ich es wertschätze. Ich hoffe, bald zu Hause zu sein und richtig um Vergebung für meine Dummheit und mein Schweigen zu bitten und damit anzufangen, mich tatsächlich ans Werk zu machen, Dein unschätzbares Herz zu gewinnen.

Dieses Herz hatte sich in ihrem Brustkorb in ein Jazzquartett verwandelt.

»Du bist aber doch vorsichtig, nicht wahr?«, fragte Phyllida. »Verschenk nicht dein Herz, ohne im Gegenzug ein anderes zu bekommen.«

»Na, so was!« Maisie lachte. »Phyllida Fenwick wird zur Romantikerin.«

»Nein.« Phyllida schüttelte den Kopf und weigerte sich zu lächeln. »Nicht im Geringsten.«

»Es ist bloß ein einziger Brief«, sagte Maisie. »Wir werden sehen, ob er wieder schreibt.«

Ihr war aufgefallen, dass Hilda in den seltenen freien Minuten Memos aus der Vortragsabteilung und der BBC hernahm, um immer mehr Briefe hinzukritzeln, alle an Vita. Am liebsten hätte sie Hilda gewarnt, aus Furcht, dass auch jemand anders es sah. Doch sie zu warnen hieße, es anzusprechen, was sie nicht konnte.

Wahrhaftig die Liebe, die ihren Namen nicht zu sagen wagt. Du meine Güte!

Aber das war nicht alles. Maisie begriff allmählich, dass das Herz einfach dorthin gehen musste, wohin es gehen wollte. Sie hoffte, dass Hilda glücklich war. Sie kannte niemanden, der es mehr verdient hätte.

Sechzehntes Kapitel

◊◊◊

»Meine Damen! Die Wahl findet am dreißigsten Mai statt. Sind Sie ins Wählerverzeichnis eingetragen?«

»Auf jeden Fall«, erklärte Phyllida ihrem Fragensteller, allerdings höflicher als dem letzten, der die beiden auf ihrem Spaziergang durch den Hyde Park angesprochen hatte, da ihn die rote Blume im Knopfloch als Labour-Mann auswies.

»Das freut mich für Sie! Ergreifen Sie Ihr hart erkämpftes Recht, wie es sich gehört. Und nur eine Partei ist entschlossen, die Freiheit und Unabhängigkeit aller jungen Frauen, seien sie nun ledig oder verheiratet, aufrechtzuerhalten ...«

»Labour, ja, auch wenn die Liberals tatsächlich behaupten, ebenfalls unsere Verfechter zu sein. Und die Konservativen auch, obwohl ich das Gefühl habe, dass sie lieber als Beschützer gesehen werden möchten.«

»Aber Sie möchten, dass Ihre Interessen beschützt werden und nicht Sie, denn darum können Sie sich selbst kümmern, denke ich«, sagte der Parteianhänger.

»Oh! Sie sind gut!«, lobte Phyllida ihn. »Dann geben Sie uns schon ein Pamphlet, und wir werden es sorgfältig durchlesen.«

Phyllida blätterte es durch, während sie und Maisie den Pfad weiterschlenderten.

»Wirklich, Phyllida, das muss das fünfzehnte Pamphlet sein, das du genommen hast.«

»Ja, ich hoffe, bald eine Wand mit ihnen tapezieren zu können.«

Es war schwierig, nicht aufgeregt zu sein. In allen Zeitungen, an allen Aushängen und öffentlichen Mauern prangte die bevorstehende Wahl und richtete sich insbesondere an diese riesige neue Wählergruppe, höflich in Bezug auf ihre Intelligenz und Umsicht und erfreut über ihre gedankliche und geistige Unabhängigkeit – und entschlossen, sie für eine bestimmte Partei zu gewinnen und dort für immer zu halten.

Maisie und Phyllida belegten eine freie Bank am See mit gutem Ausblick auf Jungen, die mit Papiersegelbooten ein Rennen veranstalteten.

»Ich habe das Gefühl, wir sollten selbst etwas tun und nicht nur so frivol herumhängen«, sagte Phyllida und zündete sich eine Zigarette an.

»Uns ausruhen, das tun wir«, sagte Maisie, obwohl sie genauso empfand. Das Wahlfieber grassierte, und selbst Frauen, die sich nie als politisch bezeichnet hätten, waren ganz berauscht davon. Überall schnappten sie Gesprächsfetzen auf und hörten davon, dass Segelboote »Labour« und »Liberal« getauft waren.

»Ich kann es kaum erwarten, zu einer Wahl anzutreten.« Phyllida streckte die Beine aus und überkreuzte die Knöchel.

Maisie griff in ihre Tasche und zog einen weiteren Brief von Simon heraus.

»Übe deinen politischen Scharfsinn, indem du mir sagst, was du hiervon hältst.«

Meine liebste Maisie,

die Schönheit dieser Region von Deutschland ist außergewöhnlich. Das Essen und der Wein sind nichts im Vergleich dazu, was man in Frankreich bekommt, aber die Menschen sind viel vornehmer, als ich dachte, und ich glaube, sie haben ihre Lektion gelernt. Natürlich vermisse ich die Schönheit der Heimat, aber das Geschäftliche muss erledigt und alles eingerenkt werden, bevor ich zurückkehren kann. Pass auf Dich auf und sei brav und denk an mich.

»Versucht er immer noch, das Familienvermögen wiederherzustellen, indem er die am Boden liegende deutsche Wirtschaft auf die eine oder andere Weise ausnutzt, ja?«

»Hoffentlich nicht.« Maisie biss sich auf die Lippe. »Aber dass er ständig sagt, wie sehr ihm Schönheit am Herzen liegt, ist irgendwie …«

»Nenn dich noch einmal unscheinbar, und ich schubse dich in den See.«

»Das würde ich nicht mehr über mich sagen. Es ist nur, gut, er wohnt und arbeitet in London und liebt es, aber er scherzt immer über seine Liebe für dieses andere Leben, das große Haus, den Landsitz, jeden Tag mit dem Pferd ausreiten. Und ich weiß nicht recht, ob es wirklich Scherze sind, und …«

»Und du fragst dich, wie du in dieses Leben passt?«

Maisie seufzte. »Manchmal stelle ich mir eine … wilde Art von Welt vor, ich in langem Kleid und Umhang, lange Haare, wie ich durch die Natur wandere …«

»Und wenn die fünf Minuten rum sind, woran denkst du dann?«

»An eine Wohnung am Mecklenburgh Square, wo ich

abends so lange lesen kann, wie ich will, und Radio hören und niemand wegen des Stroms meckert.«

»Und ist Simon auch dort?«

»Ich komme wohl nicht drum herum, es zu hoffen.«

»Hmm. Tja, es ist sowieso zwecklos herumzujammern, bis er wieder in Großbritannien ist«, sagte Phyllida mit Bestimmtheit. »Komm schon, leihen wir uns ein paar Schläger aus und spielen mit Krocket.«

»Ich weiß nicht, wie es geht.«

»Ich bringe es dir bei. Es macht viel Spaß. Man tut einfach so, als wäre der Ball der Kopf von jemandem, den man verabscheut, und versetzt ihm einen heftigen Schlag.«

»Du bist darin Meisterin, nicht wahr?«

»Ich kann dir meine Medaillen zeigen.«

Der Frühling im Jahr 1929 hätte schön oder schauderhaft sein können, doch niemand in Savoy Hill konnte es mit Sicherheit sagen, denn in den paar Wochen von der Ankündigung bis zur Wahl arbeitete die Belegschaft mit fieberhafter Energie. Ihre Sendezeit war immer noch begrenzt, aber die Vorbereitung einer jeden Sendung, in der es um die Wahl ging, dauerte Stunden. Und wenn Zeit war, schnappte Hilda sich Maisie am Abend, um sie in den Feinheiten des Herumschnüffelns im Büro eines Fremden zu unterweisen.

»Das Problem wäre, Miss Musgrave, dass es kein sonderlich gutes Licht auf die BBC werfen würde, wenn Sie erwischt werden, nicht wahr?«

»Es wird keine offizielle BBC-Angelegenheit sein«, argumentierte Maisie. »Es wird nur um mich gehen.«

»Ja. Wahrscheinlich haben Sie recht. Na gut, das hier ist die Art von Papieren, nach denen Sie suchen sollen …«

Anfangen sollte sie erst nach dem Wahltag. Maisie verließ

das Haus am 30. Mai in Rekordzeit, um zu ihrem Wahllokal zu laufen, und fand dort bereits eine lange Warteschlange vor. Die Hälfte der Wartenden waren Frauen.

Maisie hüpfte auf den Zehenspitzen und zählte die Köpfe vor sich, da ertönte eine Männerstimme an ihrem Ohr: »Verzeihung, Miss. Dürfte ich Ihnen ein paar Fragen stellen?«

»Sie meinen mich?«, fragte sie den eifrigen Reporter, der sie durch eine verschmierte Brille anblinzelte. Er war so jung, dass er immer noch Pickel hatte.

»Ja, bitte. Wie haben Sie entschieden, wen Sie wählen sollen?«, fragte er, leckte seinen Bleistift und hielt ihn über dem Block bereit.

»Ach! Die BBC-Serie *Fragen für Wählerinnen* war eine große Hilfe«, erwiderte sie ihm, ohne zu lügen. Dann kam ihr in den Sinn, dass sie in Schwierigkeiten geraten würde, falls er sich nach ihrem Namen erkundigte und ihn abdruckte.

»Sie haben einen etwas eigenartigen Akzent«, erklärte er.

»Danke.«

Er runzelte die Stirn, ging aber gleich zur nächsten Frage über. »Sagen Sie mal, hat Sie das Aussehen der Kandidaten irgendwie beeinflusst?«

»Aussehen? Ich weiß nicht recht, was Sie meinen.«

Er beugte sich mit einem überlegenen Grinsen zu ihr und zwinkerte.

»Vielleicht wählen Sie eine bestimmte Partei in der Hoffnung, dass ein gutaussehender Abgeordneter den Sitz bekommt?«

»Treffen männliche Wähler ihre Entscheidung auf diese Weise?« Sie war aufrichtig neugierig.

»Wir fragen uns nur, was so viele Frauen in die Wahllokale treibt. Meinen Sie, das hier ist etwas, das Sie wieder tun werden, oder ist es bloß eine Modeerscheinung?«

Er sah sehr mickrig aus. Es wäre nicht schwer, ihn zu überwältigen, sich seinen Block zu greifen und eine richtige Geschichte für ihn zu schreiben.

»Das Wählen ist doch keine neue Frisur«, erklärte sie in vernichtendem Tonfall.

Eine drahtige junge Frau hinter ihr, die einen Kinderwagen schob und ein gähnendes Kleinkind auf der Hüfte hielt, beugte sich um Maisie, um den schmächtigen Reporter wütend anzustarren. »Es ist nur richtig, dass wir alle mitreden dürfen, jawohl! Wir arbeiten nämlich auch, falls Sie das nicht gewusst haben sollten.«

Er starrte sie mit offenem Mund an, da ihm möglicherweise nicht klar war, dass sie sich durchaus artikulieren konnte.

Maisie war als Nächstes an der Reihe und trat vor, um zu wählen. Sie fragte sich, wie viele Hände heute schon gezittert hatten, während sie die Bleistifte über den Stimmzetteln mit all den kleinen Kästchen hielten. Ergriffen die meisten Frauen ihr neues, verspätetes Recht mit unerschütterlicher Ruhe, oder nahmen sie sich Zeit und bestaunten die Schönheit des Ganzen, die stumme Rede, die gehört werden würde?

Oder dachten sie, so wie sie es tat, dass hinter ihr eine lange Schlange wartete und sie sich endlich ans Werk machen musste?

Sie schrieb ein dickes X, fuhr es zweimal nach und ließ den Zettel in die Wahlurne fallen.

So buchstabiert man einen Aufschrei. Mit einem X.

»Warten Sie nur ab, bis wir unsere eigenen Nachrichten bringen dürfen«, begrüßte Hilda Maisie. Das Tagesprogramm war wie ein aufregender Vorgeschmack darauf, wie eine solche Berichterstattung aussehen würde, denn alles bezog sich auf die Wahl, und an dem Abend gewährte man ihnen einen Sonderbericht, ganze fünfundzwanzig Minuten lang.

Reith eilte ins Büro, unangekündigt und unter derartigem Wutgeschrei, dass sie die Papiere mit den Händen festhalten mussten, damit nichts in den Feuerrost flog. Hilda blies Rauch aus dem Mundwinkel und lächelte zu ihm auf. Maisie bemerkte, wie sich sein Mund verzog, als er sah, dass sie noch einen Zug nahm, doch er sagte nichts.

»Mir ist klar, dass es ein voller Tag für uns ist, aber da wir gerade beim Thema sind, so möchte ich, dass Sie sich mit Siepmann abstimmen, um eine für junge Menschen geeignete Serie über Politik zu machen.«

Hilda wollte etwas einwerfen, aber er war noch lange nicht fertig.

»Wie ich höre, sieht Labour einem Sieg entgegen, dank all dieser Frauen, die wählen gehen«, klagte er. »Ich lese und höre überall die entsetzlichsten Geschichten, und jetzt finde ich heraus, dass es sogar unter meiner eigenen Ägide geschieht. Ich habe erfahren, dass sich Mr Eckersley scheiden lässt. Er war mit einer anderen Frau, einer *verheirateten* Frau ... liiert ... und sie lässt sich nun ebenfalls scheiden. Es ist nicht zu glauben.«

Maisie war durchaus bereit, seine Ungläubigkeit zu teilen. Peter Eckersley? Der düstere und spießige Chefingenieur? Womit musste diese arme Frau bereits verheiratet gewesen sein, um ihr Leben für eine endlose Monologreihe über Submixer und Oszillatoren und Frequenzen auf den Kopf zu stellen?

»Ja, ich fürchte, ich habe davon läuten hören«, sagte Hilda und drückte ihre Zigarette aus.

»Gibt es irgendetwas, das hier vor sich geht, wovon Sie nichts wissen?«, fragte Reith.

»Das hoffe ich schwer«, erwiderte Hilda inbrünstig. »Ansonsten wäre es schrecklich eintönig.«

»Und warum haben Sie mir nicht Bescheid gegeben?«

»Meine Hingabe gilt dem Rundfunk, Mr Reith, aber bei Klatsch ziehe ich die Grenze.«

»Tja, ich sehe nicht, wie ich ihn bleiben lassen kann. Es setzt ein schlechtes Beispiel.« Seufzend schüttelte Reith den Kopf.

»Er ist ein ausgezeichneter Chefingenieur«, sagte Hilda. »Und es ist ja nicht so, als würde sein Privatleben …«

»Er leitet Männer an, junge Männer, und sie blicken zu ihm auf«, erwiderte Reith unwirsch. »Manchmal frage ich mich, wofür wir einen Krieg geführt haben.« Er seufzte erneut und stolzierte davon.

»Tja, das ist ganz bestimmt eine berechtigte Frage.« Hilda seufzte selbst. »Armer alter Peter.«

Das Schicksal von Peter Eckersley würde, wie die nächste Folge von *Pauline in Gefahr*, noch einen Tag warten müssen. Es war Zeit für die letzte Sendung von *Fragen für Wählerinnen*. Hilda hatte darauf bestanden, dass eine Koda am Wahltag passend wäre.

»Wollen Sie mitkommen und mir bei der Leitung helfen?«, lud sie Maisie ein. »Schließlich haben Sie Geburtshilfe geleistet, nicht wahr? Es ist nur gerecht, wenn Sie es bis zum Ende begleiten.«

Maisie blickte zu ihr auf und fing zu weinen an.

»Sie müssen nicht, wenn Sie lieber nicht möchten«, sagte Hilda.

»Es war so eine erstklassige Sendung, genau das, was ich machen will, und jetzt ist es vorbei. Und ich hatte so viel zu tun, dass ich es nie richtig zu schätzen gewusst habe.«

»Deshalb warne ich die Belegschaft vor Egozentrik.« Hilda reichte Maisie ein Taschentuch. »Aber Sie glauben nicht wirklich, dass das Ihre einzige Idee ist, aus der eine Serie wird, oder?«

»Ich hoffe nicht, natürlich. Aber es war furchtbar gut und so wichtig.«

»Und die Nächste wird besser werden. Wollen Sie jetzt aufhören, sich wie ein kleines Gänschen aufzuführen, und mitkommen, um Ihre Arbeit zu erledigen?«

Maisie schnäuzte sich laut und schenkte Hilda ein entschuldigendes Lächeln.

»Das war mein letztes kleines Trompeten.«

»Na bravo.«

Am nächsten Morgen war Hilda beinahe begraben unter sämtlichen Zeitungen Großbritanniens, alle voller Schlagzeilen über den Sieg von Labour und die Frauen, die dazu beigetragen hatten.

»›Die Flapper-Wahl‹? Wirklich? Diese dummen Jungs, so prosaisch«, mokierte sich Hilda.

Prosaisch, aber poetisch, dachte Maisie. Und es war etwas, dafür gerühmt zu werden, dass man eine so wichtige Rolle gespielt hatte.

»Die Hauptsache ist, dass wir Ergebnisse erzielt haben«, sagte Hilda und nahm damit Maisie das Wort aus dem Mund. »Die Sonne scheint sogar, und es wirkt unwahrscheinlich, dass die Welt untergeht.«

»Geht gerade erst auf«, schaltete sich Phyllida ein.

»Seien Sie auf der Hut«, murmelte Fielden, der ins Büro stapfte. »Anscheinend ist der GD heute ein wenig verärgert.«

»Woran sehen Sie das?«, fragte Maisie.

Fielden warf ihr einen bösen Blick zu. »Der alte Tory ist scheinbar mit dem Wahlausgang unzufrieden.«

»*Quelle surprise*«, murmelte Hilda.

»Wir sollten dankbar sein, dass wir ihm nicht alle preisgeben mussten, wen wir gewählt haben«, sagte Fielden.

»Vielleicht wird er das den Fragen hinzufügen, die er potenziellen neuen Mitarbeitern stellt«, schlug Maisie vor. »Aber nur den Männern.«

Sogar Fielden lachte, was Maisie zu der Frage veranlasste, ob Hildas Feststellung, die Welt ginge nicht unter, vielleicht ein wenig voreilig gewesen war.

Als Hilda später in die Mittagspause ging, bedeutete sie Maisie mit einer ruckartigen Kopfbewegung, ihr zu folgen.

Auf halber Höhe der Savoy Street zog Hilda ein unförmiges Päckchen aus der Reisetasche und reichte es Maisie.

»Das wird Ihnen helfen, wenn Sie Ihre kleine Visite abstatten. Machen Sie es jetzt nicht auf.«

Visite. Bei Siemens. Ein Dutzend Schlangen erhoben sich in Maisies Bauch und begannen, Cancan zu tanzen.

»Sie glauben also, dass ich so weit bin?«

»So sehr es irgendwer sein kann. Gehen Sie zuerst zu Siemens. Freitag ist Sitzungstag der Firma.«

»Woher wissen Sie das?«

Hilda grinste. »Ich weiß nicht, warum ich das hier unterstütze. Ich muss wohl weich geworden sein.«

Später brachte Maisie das Päckchen heimlich auf die Toilette und öffnete es. Es war eine Pocketkamera. Entzückt drehte sie sie immer wieder herum.

Oh, Mr Hoppel, Mr Grigson. Sie mögen viel Geld und Einfluss haben. Aber ich habe die Macht, Sie zu entlarven und in Verlegenheit zu bringen. Viel Glück dabei, sich da rauszukaufen.

Die Räumlichkeiten von Siemens in London waren ein riesiges Ungetüm, das den schlimmsten Geschmack des Viktorianismus veranschaulichte, auch wenn Maisie sich eingestand, dass sie möglicherweise etwas gegen jegliches Gebäude hätte, das Siemens beherbergte.

Die meisten Angestellten, die nicht in Sitzungen saßen, drängten sich in den Restaurants der Gegend, und die wenigen, die in den Gebäudeteilen, die Maisie betrat, übrig geblieben waren, gehörten lediglich der Kaffee-und-Sandwich-Hierarchie an und waren folglich zu verbittert, als dass ihnen eine weitere einfache Sekretärin aufgefallen wäre.

Maisie konnte Miss Jenkins' spröde Stimme hören, die ihr einen Vortrag über Büropläne hielt. Sie umkreiste die erste Etage. Die zweite. Die dritte. Auf der vierten fand sie ihr Ziel. Ein Eckbüro, natürlich, mit Hoppels Namen in recht schwülstigem Stil eingraviert, ganz letztes Jahrhundert.

»Suchen Sie zuerst nach abgesperrten Schubladen«, hatte Hilda ihr geraten.

In der Höhle seiner Sekretärin befanden sich Ordner und Schubladen, die sich ohne das geringste Knarzen öffnen ließen. *Aber er würde nichts, wonach ich suche, hier drinnen aufbewahren.*

Maisie kam sich durch und durch geschäftsmäßig und sogar unbekümmert vor, als sie Hoppels Büro betrat und die Schreibtischschubladen ausprobierte, bis sie auf die eine abgesperrte stieß.

»Eine unschuldige Nagelfeile ist eines der besten Werkzeuge in dem Gewerbe.«

Und nach Hildas Anweisung bog Maisies Nagelfeile das Schloss mit beschämender Leichtigkeit nach ihrem Willen.

Bei den ersten Akten handelte es sich um die üblichen Betriebsdokumente. Berichte, Budgets, Prognosen, die tägliche Langeweile, die abzutippen ihr Schicksal gewesen wäre, wäre sie nicht in dem Paradies gelandet, das Savoy Hill darstellte.

Dann schloss sich ihre Hand um eine Handvoll Pamphlete. Mit einem grimmigen Triumphlächeln entdeckte sie Ausgaben all der Nazipamphlete, die Hilda angehäuft hatte, voller

Anmerkungen über Pläne für die Medien, und wie sie die Sache unterstützen könnten.

Sie schoss ein Foto und zückte sicherheitshalber ihren Block, in den sie sich mit Steno Notizen machte. *Die besten Spione sollten alle auf die Sekretärinnenschule gehen.* Dann stieß sie auf einen weiteren Bericht, bei dem es um Gelder ging, die für die Förderung der Nazipartei bereitgestellt wurden, »sollten sie sich als der Freund der Industrie erweisen, der sie zu sein versprechen«.

Und dann eine Akte mit der Bezeichnung GESCHENKE.

Maisie sah auf ihre Armbanduhr. Sie war schon sieben Minuten hier. »Sie sollten, wenn möglich, nie länger als fünf Minuten an einem Ort verweilen«, lautete eine von Hildas Regeln. Aber GESCHENKE!

Das erste Geschenk war die Übertragung eines kleinen Anteils von Profiten aus Großbritannien an die Nazis, mit der Übereinkunft, dass Siemens einen exklusiven Regierungsvertrag ergattern würde, sollten sie an die Macht kommen. Das zweite war ein wenig indirekter und deutete lediglich eine »wertvolle Sache bezüglich Bildung und Erbauung« an.

Höchstwahrscheinlich die Zeitung oder vielleicht etwas in Bezug auf die BBC. Maisie schnitt eine Grimasse und machte ein Foto. Sie legte alles an seinen Platz zurück, und die Schublade ließ sich wieder wunderbar verschließen.

Sie war aus dem Zimmer, sie war im Flur, sie war auf dem Weg nach draußen. Und da war Hoppel, der direkt auf sie zusteuerte.

Verflixt noch mal.

Sie neigte den Kopf, erleichtert, dass ihr Hut bereits tief nach unten gezogen war.

»Sie!«, sprach er sie an. »Wer sind Sie? Was machen Sie auf dieser Etage?«

»Tut mir so leid, Sir. Ich bin neu, Sir, und ich habe mich ein bisschen verlaufen.« Diesmal versuchte sie, ihrem Mund Phyllidas Akzent zu entringen.

»Ich werde ein Wörtchen mit Miss Hensley reden müssen. Hier oben dürfen sich nur Chefsekretärinnen aufhalten. Haben Sie etwas für meine erledigt?«

»Nein, Sir. Ich hab den Überblick verloren, auf welcher Etage ich bin, Sir. Sollte Entwürfe abholen, Sir, und sie … denen bringen, die unsere Werbung machen«, improvisierte sie.

»Tja, die werden Sie hier oben nicht finden. Gehen Sie wieder nach unten zu Miss Hensley in die zweite Etage und lassen Sie es sich von ihr erklären, und sagen Sie ihr, sie soll bei ihren Anweisungen besser aufpassen. Ich bin nicht besonders beeindruckt.«

»Tut mir sehr leid, Sir.«

Sie jagte davon und verspürte großes Mitgefühl für die verleumdete Miss Hensley.

Schon im Treppenhaus von Savoy Hill hörte Maisie sie. Schreiende Männer. Niemand durfte in den Fluren schreien. Sie riskierten, entlassen zu werden. Sie ging schneller und hegte die törichte Hoffnung, es wäre Siepmann.

Als sie auf die Menschenmenge zusteuerte, die versuchte, ihrer Arbeit nachzugehen, sich jedoch nicht von dem Blutvergießen lösen konnte, erblickte sie Cyril, und ihre Hoffnung stieg. Er befand sich oft in Siepmanns Kielwasser.

»Das geht Sie nichts an, Reith!«

Oh. Eckersley. Mit dröhnender Stimme, die stärker widerhallte als seine geliebten Transmitter.

»Ich würde vorschlagen, dass Sie sich am Riemen reißen, aber der Zug ist wohl offensichtlich abgefahren!«, rief Reith zurück.

»Und ich würde Ihnen vorschlagen, dass der, der ohne Sünde ist, als Erster einen Stein werfe, aber Sie haben nie im Leben eine Sünde begangen, nicht wahr? Vielleicht sollten Sie mal. Vielleicht wären Sie dann ein kleines bisschen entspannter.«

»Meine Herren!«, mischte Hilda sich in die Auseinandersetzung ein, die Hände zu einer Geste ausgestreckt, die flehend aussehen sollte, stattdessen aber an Augustus Caesar erinnerte. »Lassen Sie uns doch keinen Krawall machen, ja? Mr Reith, ich kann Ihre Sorge selbstverständlich nachvollziehen, aber Sie wissen, dass Mr Eckersley der Beste seines Fachs ist. Wir könnten uns keinen Besseren wünschen. Wenn die technische Abteilung nicht gelitten hat, dann ist gewiss ...«

»Versuchen Sie nicht, mich zu bezirzen, Miss Matheson!«, brüllte Reith. »Sie mögen jede andere Schlange im Garten verhext haben, aber mich dürfen Sie als immun betrachten.«

Hilda wich zurück, gerade einmal so viel, dass es auffiel, bevor sie zu einem erneuten Versuch ansetzte.

»Verzeihen Sie. Ich versuche keinesfalls, Sie zu bezirzen. Ich denke nur daran, was das Beste für die BBC ist. Und an Eckersleys Anteil an diesem Besten.«

Eckersley legte Hilda eine Hand auf den Arm.

»Nein, Miss Matheson, es ist vorbei. Ich lasse mich nicht wie einen ungezogenen Schuljungen behandeln und gewiss nicht wegen meines Privatlebens, das, wie ich hinzufügen darf, einzig und allein meine Sache ist!«

»Wir haben gewisse Standards aufrechtzuerhalten«, sagte Reith mit verschränkten Armen. »Wie ich schon sagte, bevor Sie auf so schockierend schuljungenhafte Weise die Beherrschung verloren haben, falls Sie gewillt sind, Ihre Wunden zu Hause zu heilen, werde ich liebend gern vergessen, je davon gehört zu haben.«

»Es ist jedem außer Ihnen einerlei«, erklärte Eckersley ihm. »Sie mögen hier mein Vorgesetzter sein, aber Sie sind kein Beichtvater. Ich reiche meine Kündigung ein, und zwar mit sofortiger Wirkung. Ersetzen Sie mich durch einen Ministranten oder eine Aspidistra oder Samson – bestimmt wird einer davon Ihre Standards erfüllen.«

Eckersley stürmte in seine Höhle davon, und die anderen zerstreuten sich rasch, im Zickzacklauf, ganz nach der Theorie, ein sich bewegendes Ziel lasse sich schwerer treffen. Da Hilda sich nicht vom Fleck rührte, blieb Maisie ebenfalls stehen.

»Ich weiß, dass er und seine Frau sehr unglücklich waren«, wagte Hilda in ihrem einnehmendsten beschwichtigenden Tonfall. »Natürlich gefällt Scheidung niemandem, aber das Tun und Lassen des Chefingenieurs der BBC ist kaum von Interesse für die Allgemeinheit.«

»Ich gebe hier den Ton an, Miss Matheson«, sagte Reith. »Ich kann es nicht ertragen, wenn jemand sich seiner Familie gegenüber unschicklich verhält. Und ich wäre Ihnen dankbar, wenn Sie sich nicht in Dinge einmischen würden, die Sie nichts angehen!«

Er stolzierte wieder in die Chefetage, und Hilda marschierte mit apokalyptischem Gesichtsausdruck in die Vortragsabteilung zurück, ohne Maisie wahrzunehmen.

»Tja, man könnte durchaus sehen, wo er recht hat«, schlängelte sich eine leicht amüsierte, seidige Stimme in ihr Ohr. Siepmann. »Schließlich ist es kein großer Sprung von ›unschicklich‹ hin zu ›unnatürlich‹, und das hätte eine grässliche Wirkung.«

Sie wünschte, er hätte nicht ganz so liebevoll auf dem Wort ›unnatürlich‹ verweilt. Der schleimige Schlamm der Themse war um einiges ehrlicher als sein Lächeln.

Während sie ihm nachblickte, hielt sie die Arme weiter fest um sich geschlungen. *Das ist Geschichte, nicht wahr? Wie viel Schaden ein Mann anrichten kann, mit so wenig?*

»Es tut mir leid«, flüsterte Cyril. Sie war sich seiner Anwesenheit nicht bewusst gewesen. Ihre Blicke trafen sich kurz. Er schien noch etwas sagen zu wollen, doch sie brach den Augenkontakt ab und eilte in die Vortragsabteilung zurück. Es gab viel zu tun.

»Der Schwachkopf hätte es geduldig ertragen oder zum Rundfunkrat gehen müssen«, lautete Phyllidas von einem Schulterzucken begleitete Reaktion auf Eckersleys Kündigung zehn Minuten später. »Na gut, er benimmt sich seiner Frau gegenüber lausig, aber was tut das denn zur Sache? Wenn man jeden Mann, der sich wie ein Riesenekel aufführt, aus seiner Stelle vertriebe, dann … na ja, würde das viel mehr Stellen für Frauen schaffen.«

»Soll das heißen, dass Sie Chefingenieur sein könnten?«, fragte Fielden mit spöttischem Grinsen.

»Ich würde mir große Mühe geben, es zu lernen, so viel steht fest.«

Hilda bedeutete Maisie mit gekrümmtem Finger, das sich anbahnende Tohuwabohu hinter sich zu lassen.

»Margaret Bondfield hat sich bereiterklärt, auf Sendung zu kommen«, verkündete Hilda.

Hildas Bezirzen wirkte, wo es zählte. Margaret Bondfield war Gegenstand genauester Überprüfung und gelegentlichen leisen Spotts, da sie die erste Frau war, die zum Kabinettsmitglied ernannt worden war, ohne eine Adelige zu sein.

»Oh! Wie wunderbar! Darf ich am ersten Entwurf ihres Skripts arbeiten?«

Hilda grinste und blies einen Rauchring aus. »Ich erinnere

mich noch an eine junge Frau, die eine Heidenangst hatte, eine solche Arbeit zu übernehmen oder auch nur Fragen zu stellen.«

»Ich erinnere mich auch noch an sie«, sagte Maisie. »Ich kann nicht behaupten, dass ich sie vermisse.«

»In ihr hat viel mehr gesteckt, als sie sich selbst eingestanden hat. Ach, und sie errötet immer noch, wie ich sehe. Ja, Miss Musgrave, Sie dürfen sich an dem Skript versuchen. Nur so lernt man dazu. Ziemlich gut, so bald nach der Wahl eine Politikerin da zu haben. Fühlt sich nach einer Fortsetzung von *Fragen für Wählerinnen* an, finden Sie nicht auch?«

»Ja. Wenn wir vielleicht weiterhin Frauen aus der Politik auf Sendung nehmen könnten ...«

»Ganz meine Meinung. Aber nicht wahllos. Für Frauen ist es immer noch so neu, Teil des politischen Prozesses zu sein. Die meisten haben nicht die leiseste Ahnung, wie das Parlament funktioniert. Wohlgemerkt lässt sich das Gleiche über manche Abgeordnete sagen. Aber was dem einen recht ist, ist dem andern billig – was halten Sie von einer wöchentlichen Sendung, die Frauen bezüglich der Machenschaften in Westminster aufklärt, und wir werden nur weibliche Abgeordnete als Sprecherinnen haben, und eine Frau als Moderatorin? Wir erklären, wie der Hase läuft, und sprechen über spezifische politische Diskussionen. Gut, was?«

»Das Gelbe vom Ei«, hauchte Maisie.

»Ich persönlich mag auch das Weiße vom Ei. Wie dem auch sei, prima! Ich habe mir gedacht, wir nennen es einfach *Die Woche in Westminster*, ja?«

»Ja.«

»Sie sind heute aber fügsam! Und Folgendes möchte ich auch noch vorschlagen. Dass Sie die Produzentin sein sollen. Ja?«

»Nein. Was? Ich?« Jegliche Fügsamkeit war über den Haufen.

»Sie würden das gut machen. Lady Astor wird offensichtlich eine unserer regelmäßigen Sprecherinnen sein, und sie mag Sie bereits. Und ich glaube, dass Sie mittlerweile einen ziemlichen Narren an der Politik gefressen haben.«

Maisie juckte es in den Fingern. Am liebsten hätte sie auf der Stelle jeder Frau in Westminster geschrieben.

»Meinen Sie, der GD wird es billigen?«, fragte sie.

Was sie jedoch meinte, war, *wird er mich billigen?* Es schien lang her zu sein, seitdem Reith Maisie gegenüber irgendeine Art von Billigung an den Tag gelegt hatte. Sie vermisste es. Allerdings war es auch schon lange her, dass sie ihn gebilligt hätte.

»Er mag das Frauenprogramm«, antwortete Hilda. »Besonders wenn es erbaulich ist und darin rechtschaffene Frauen vorkommen. Und er hat eine Heidenangst vor Lady Astors Zorn. Und«, scheinbar kannte sie Maisies wahre Frage, »wenn ich ihn überzeuge, dass es sich nur um eine unbedeutende Sendung handelt, zur Aufklärung junger Frauen wie Ihnen selbst, dann ist es nur angebracht, dass Sie am Ruder sind, und ich werde Sie wie immer gut im Auge behalten und all das.«

All das. *All das, woraus kleine Revolutionen bestehen.*

»Könnten Sie heute ein bisschen länger bleiben, um die Sache noch eingehender zu besprechen?«, fuhr Hilda fort.

Maisie grinste. Sie wusste ganz genau, was das bedeutete.

Hilda hatte sich auf die bedeutsame Unterhaltung vorbereitet und war mit Brot und Honig und Tee ausgerüstet.

»Wir machen vielleicht auch einen Vortrag über die neue Erfindung von diesem Kerl in Missouri«, sagte Hilda, deren Messer durch den Laib Brot glitt. »Die Maschine, die Brot in

Scheiben schneidet. Allerdings kommt das der schrecklichen Faulheit der Leute entgegen. Brotschneiden ist eine Kunst, und jede Scheibe sollte ihr eigenes Idiom haben. Ich möchte hoffen, die Maschine schafft es nicht in jede Bäckerei in ganz Großbritannien, aber das wird sie wohl.«

»Die Leute sind gern faul«, stellte Maisie fest und lutschte Honig von ihrem kleinen Finger.

»Viele ziehen es vor, ja. Aber Sie nicht.« Hilda winkte mit einer Hand in Richtung der Notizen, die um sie herum ausgebreitet waren. Bei geschlossener und mit einem Stuhl verbarrikadierter Tür und noch dazu dem Regen, der es ihnen erschwerte, einander zu hören, geschweige denn durch die Tür gehört zu werden, konnten sie getrost Maisies Abenteuer bei Siemens besprechen.

»Meine Güte! Die sind ehrgeizig«, stellte Hilda fest.

»Es sieht aus, als wollten sie überall Frauen und Gewerkschaften zum Schweigen bringen. Und worum geht es, wenn nicht um Geld?«

»Die Leute sind furchtbar komisch. Denken immer, viel Geld würde sie zu etwas Besonderem machen, und folglich überlegen, und deshalb dürfen sie diese Überlegenheit einsetzen.«

»Es ist ein Wunder, dass sie nicht versuchen, die Magna Charta aufzuheben.«

»Ich bin mir sicher, dass es Leute gibt, die sich nicht daran stören würden. Aber bitte. Wir rufen den Leuten einfach weiterhin ins Gedächtnis, dass sie nichts als gegeben hinnehmen dürfen. Sie haben Ihre Sache sehr gut gemacht, Miss Musgrave. Sind Sie bereit, dieses Projekt fortzuführen?«

»Sie kommen nicht ohne Gegenwehr in die BBC.«

»Nein. Nein, das werden sie nicht.«

Da sich *Die Woche in Westminster* auf die Ereignisse der Woche konzentrieren würde, wurden jeden Tag Notizen für die Skripte gemacht. Maisie verbrachte ihre Straßenbahnfahrt am Morgen damit, Ideen für Themen und pikante Details hinzukritzeln, die Wähler erfahren wollen würden. Sie segelte in Hildas Büro und wurde in den Regenschirmständer gestoßen, als ein gewaltiger Cockerspaniel an ihr hochsprang.

»Nur ruhig, Torquhil«, befahl Hilda lachend.

Hunde machten Maisie nervös. Ein Verehrer hatte einst Georgina einen überzüchteten Welpen geschenkt, und Maisie war damit beauftragt worden, ihn mit Speiseresten von ihrem Teller zu füttern. Ob es nun daran lag, dass er hungrig war oder aber einfach ihren Groll spürte, jedenfalls schlug er die Zähne in Maisies Finger. Die Kombination aus Kreischen und Knurren führte beim Publikum zu Ausgelassenheit, was Maisie zum Weinen brachte, woraufhin alle, besonders Georgina, noch heftiger lachten. Der Hund verschwand bald, ein Teil des endlosen Unrats, der in Georginas Leben hinein- und wieder hinausströmte. Die Narben an Maisies Fingern waren immer noch zu sehen.

»Ist er nicht wunderschön?«, säuselte Hilda und streichelte den rotgoldenen Kopf. »Er war ein Geschenk.«

»Ähm, er ist sehr hübsch«, murmelte Maisie, die Blickkontakt mit dem Hund vermied.

»Keine Sorge«, sagte Hilda. »Torquhil kann nicht einmal einem Kauknochen Schaden zufügen.« Sie kraulte ihn hinter dem Ohr und säuselte: »Wenn ein Mann versuchen sollte, mir meine Tasche abzunehmen, würde er nur dasitzen und nach einem Keks Ausschau halten, nicht wahr? Nicht wahr?« Sie stand auf und musterte ihn. »Oder verleumde ich dich? Ich bitte vielmals um Verzeihung, falls dem so ist.« Mit einem

Grinsen drehte sie sich Maisie zu. »Na? Wollen Sie mir nicht sagen, dass ich nicht mehr alle Tassen im Schrank habe?«

»Mir ist eher in den Sinn gekommen zu sagen, dass Sie nicht mehr alle Hunde in der Hütte haben.«

Hilda warf den Kopf zurück und lachte.

»Tja, es gibt keine Richtlinie gegen das Mitbringen von Hunden, und der GD hat gesagt, wir sollen die Familie gut behandeln. Da Torquhil nun stubenrein ist, muss ich ihn nicht mehr den ganzen Tag zu Hause lassen, und hier ist er also.«

Ihre Augen funkelten herausfordernd. Maisie wusste nicht, wer verärgerter sein würde, Reith oder Samson.

Phyllida trat mit einem grünen Umschlag der Hauspost ein. »Guten Morgen. Das hier ist gerade gekommen. Darauf steht ›Dringend‹. Oh, hallo!« Sie sah Torquhil, und da er in ihr eine Freundin erkannte, stupste er ihre Hand, um gestreichelt zu werden. »Neuer Vortragsassistent?«

»Wie bitte?«, fragte Maisie.

»O du lieber Himmel, bitte nicht«, stöhnte Hilda, als sie die Hausmitteilung las.

Maisie und Phyllida tauschten beunruhigte Blicke aus.

»Nicht noch eine Inspektion des Rundfunkrats?«, fragte Maisie.

»Schlimmer«, erwiderte Hilda mit dumpfer Stimme. »Es gibt einen Sporttag.«

Siebzehntes Kapitel

◊◊◊

Tatsächlich war es kein richtiger Sporttag, sondern eher ein ganz Savoy Hill umfassendes Picknick auf dem Land, mit Spielen, Vergnügungen, Tanz und jeder Menge Essen. Alles in allem ein herrlicher Ausflug.

Maisie hüpfte, begleitet von den guten Wünschen ihrer ganzen Pension, in ausgeliehenen Brogues, einem ockerfarbenen Kleid aus dünnem Georgettestoff und einem Strohhut aus dem Bus, den Reith für alle gemietet hatte. Es war ein erstaunlich warmer Tag, und der für die Veranstaltung ausgewählte Park bestand aus einer saftig grünen, weitläufigen Rasenfläche, die von sehr stattlichen Eichen und Gebüsch gesäumt war.

»Ach, der Hundertmorgenwald!«, rief Phyllida. »Herrgott, das Ganze ist ziemlich adrett, nicht wahr? Wetten, dass es irgendeinem Landadeligen gehört, der ein paar zusätzliche Schillinge scheffelt? Ihre Namen und Häuser haben sie noch, aber das Bare geht zur Neige. Verzeiht, wenn ich ein paar Tränen vergieße.«

Festzelte wölbten sich über Tische, die unter Essen ächzten, und Maisie langte gleich nach den Botenjungen zum ersten Mal zu. Sie nahm ihr Essen und ließ sich auf einer Decke nieder, vertilgte freudig einen kalten Imbiss und Lachs in

Aspik, während sie einer recht brutalen Partie Hockey zusah, bei der Hilda den einen Teamkapitän abgab und Beanie den anderen. Maisie hatte sich schon lange mit ihrer mangelnden Schullaufbahn abgefunden, auch wenn sie immer noch einen Stich verspürte, weil sie sich diesem Handgemenge nicht anschließen konnte. Selbst Phyllida konnte spielen, auch wenn sie immer, wenn ihre Regelkenntnis zu wünschen übrigließ, Muskelkraft einsetzte.

»Los, los, los!«, rief Beanie, einem General gleich, der eine Reiterattacke anführte. »Was soll denn das werden?«

»Gute Form, Soldaten, gute Form. Jetzt vorstürmen, zuschlagen!«, rief Hilda, ebenso militant.

»Wie schade, dass ich nicht mitmachen kann!«, sagte Mary Somerville, die sich neben Maisie stellte. Sie hatte im vergangenen Jahr geheiratet und war jetzt im siebten Monat schwanger. Sie zog es nicht nur immer noch vor, bei der BBC »Miss Somerville« genannt zu werden, sondern es ging das Gerücht um, sie beabsichtige, ein paar Monate nach der Geburt des Babys wieder zu arbeiten, und habe Reith um, wie sie es nannte, »Mutterschaftsurlaub« gebeten.

»Sie könnten Torwart für Miss Mathesons Mannschaft sein«, schlug Maisie vor. Obwohl Beanies Mannschaft sich beeindruckend zur Wehr setzte, war der Torwart bisher nicht sonderlich gefordert worden.

»Ich glaube, ich schaue mir das Kricket an. Das wird entspannender sein«, entschied Miss Somerville nach einer besonders heimtückischen Offensive.

Maisie sah ihr nach, wie sie über das Gelände schritt, ihr Gang wurde gerade erst unbeholfen. *Das könnte ich sein.* In Simons letztem Brief hatte er geschrieben: »Ich bewundere Dich, meine liebe Miss Musgrave, wie Du so hart arbeitest, hingebungsvoll Deiner Sache gewidmet, und aufsteigst.« Im

Grunde seines Herzens war er ein moderner Mann und stolz auf sie. Es würde ihm nichts ausmachen, wenn sie weiterhin dort arbeitete, immer noch als Miss Musgrave, und weiterhin aufsteigen würde.

»Sollten sie nicht eigentlich das schwache Geschlecht sein?« Billys Stimme erklang über ihr, als Hilda ein kompliziertes Dribbling hinlegte, durch die Hälfte ihrer Gegnerinnen stürmte und sie ins Taumeln brachte, dann einen gewaltigen Schlag ausführte, der die Stärke von Schläger wie auch Ball auf die Probe stellte und die arme Vera, die im Tor stand, in die Knie zwang.

»Deshalb vermeiden Generäle es, ihnen Waffen in die Hand zu geben«, antwortete Cyril. Maisie warf ihm und Billy einen kurzen Blick zu, aber sie waren zu sehr von dem Spiel gefesselt, um sie zu bemerken. »Welche Unterwäsche hoffen Sie also, hier hervorlugen zu sehen?«

»Oh, ist mir egal. Aber ich muss schon sagen, Underwood, sehen Sie sich diese Matheson an. Einfach bewundernswert. Gibt es etwas, das sie nicht kann?«

»Lassen Sie das den GD nicht hören. Apropos, gehen wir besser weiter. Wir haben versprochen, beim Kricket mitzumachen.« In Cyrils Stimme schwang heftiges Märtyrertum mit.

»Nun, Jungs, wir können nicht etwas so Vulgäres wie Fußball spielen.« Billy ahmte auf unheimliche Weise Reiths Stimme nach. Unter Gelächter trotteten sie davon.

Maisie nutzte eine Auszeit beim Hockey für ihren zweiten Angriff auf die Essenstische. Dort kam ihr in den Sinn, dass sie ebenso gut schon einmal die Kuchen inspizieren könnte, ganz wie ein General die Bewegungen des Feindes mustert, bevor er den Angriff plant.

Siepmann wurde an der Bar ein Becher Pimm's serviert, und Maisie duckte sich in der Hoffnung, er würde sie nicht sehen, hinter eine Pyramide aus Pfirsichen und Pflaumen. Sie hatte nicht die geringste Lust, sich seine Bemerkungen über ihren Fleiß oder ihre Körpergröße anzuhören.

»Ah, da sind Sie ja! Kommen Sie, um sich das Kricket anzusehen, altes Haus?«

Maisie fand es recht überraschend, dass Reith sich seinen eigenen Drink holen kam. Sie hätte gedacht, er hätte jemanden, der sich um ihn kümmerte. Doch möglicherweise wollte er als einer von der Belegschaft gesehen werden. Insbesondere als einer der Jungs, seinem runden Strohhut und Leinenjackett nach zu schließen. In hellen Farben sah er seltsam aus, wie ein Bär ohne Fell.

»Herrgott, ja!«, erwiderte Siepmann. »Ich habe nur erst einen Drink gebraucht, nachdem ich den Mädchen in ihrem Eifer zugesehen habe. Ich weiß, Sport soll gesund für sie sein, aber es ist recht unweiblich.«

»Ich weiß, ich weiß, aber man hätte mich heftig kritisiert, wenn ich ihnen nicht irgendein Spiel gestattet hätte. Es ist mir ganz bestimmt lieber, sie spielen Hockey, als wenn sie mit diesem schrecklichen Getanze anfangen, das die Leute heutzutage unermüdlich betreiben. Ich werde nicht zulassen, dass BBC-Mädchen sich so aufführen, nicht unter meiner Aufsicht.«

»Sie wissen vielleicht, dass Miss Warwick solche Feiern besucht«, sagte Siepmann.

»Aber sie ist wohlerzogen, also vertrauen wir darauf, dass sie sich zu benehmen weiß.«

»Haben Sie gesehen, wie Miss Matheson das Kampfgetümmel angeführt hat?«

»Zu meiner Freude kann ich Nein sagen.«

»Unsere Miss Somerville hätte ihr wohl Paroli geboten, wenn sie nicht in anderen Umständen wäre. Schrecklich anständig von Ihnen, sie bei uns zu behalten. Und sie ist tatsächlich wirklich sehr gut in ihrem Job. So sehr, dass es, falls eintreten sollte, worüber wir gesprochen haben …«

»Ja, ja, genau. Ich kann nicht so tun, als würde ich ihre Ehe in irgendeiner Weise begreifen. Ihr Mr Brown muss ein komischer Kauz sein, wenn es ihm nichts ausmacht, dass sie ihren Mädchennamen beibehält. Aber sie ist verheiratet, sie wird Mutter sein, und sie ist eine sehr zuverlässige Art von Frau, sittsam und anständig. Sie wird nicht versuchen, eine Gehaltserhöhung durchzusetzen, wenn sie einwilligt, Sie zu ersetzen.«

Ein Ersatz für Siepmann! Am liebsten wäre Maisie gelaufen, gehüpft, hätte Räder geschlagen. Sollte er die BBC verlassen, wäre das eine rauschende Feier wert.

»Eine sehr gute Wahl, finde ich«, stellte Siepmann nur mit einem Anflug von Kriechertum fest. »Wenn es eine Frau sein muss, dann hat sie sich gewiss bewährt.«

»Wie Sie, Siepmann, wie Sie.«

»Mir geht es nur darum, was gut für die BBC ist.«

»Das macht Sie zu einem so hervorragenden Mann. Und Miss Matheson denkt wohl im Grunde ähnlich, aber was auch immer der Rundfunkrat sagt, sie wirkt einfach immer mehr wie eine Frau, die nicht ganz so viel Einfluss haben sollte. Diese verdammten übertriebenen Forderungen!«

»Aber sie ist äußerst beliebt.«

»Ja. Erfolg hat sie durchaus. Ach, verderben wir uns nicht den Tag mit dem immer gleichen Gerede, ja? Kommen Sie, sehen wir uns an, was die Jungs treiben.«

Gestärkt gingen sie zum Kricketfeld, und Maisie stand da und starrte dem gelangweilten Barkeeper in die Augen, der von Berufs wegen kein einziges Wort gehört hatte. Gedankenlos stopfte sie sich Kuchen in den Mund, ohne an den schweren Teller in ihrer anderen Hand zu denken.

Hilda würde sagen, es liege an ihrem Abstecher in den investigativen Journalismus – oder die Spionagearbeit –, der sie Verschwörungen sehen ließ, wo nur unhöfliches Gemecker war. Aber sie lag auf keinen, auf gar keinen Fall falsch. Diese tadellos gepflegten Köpfe waren zusammengesteckt worden, um auszubaldowern, wie sich Hilda die Flügel stutzen ließen, einzig und allein aus dem Grund, weil die beiden nicht weiterhin nach oben schauen wollten, während sie vorüberflog.

Selbst wenn Hilda den ganzen Wortwechsel gehört hätte, würde sie wahrscheinlich nur mit den Schultern zucken. Nicht überrascht, dass es Menschen gab, die ihr den Wind aus den Segeln nehmen wollten, würde sie weiter ihre Gewässer vermessen. Phyllida würde mit ihrer ärgerlichen Vernünftigkeit darauf hinweisen, dass Siepmann nicht in die Vortragsabteilung befördert werden könne, bis Hilda ginge, was sie nicht tun würde, und dass Reith ihren Rauswurf niemals rechtfertigen könnte. Der Rundfunkrat würde eher ihn entlassen.

Doch Phyllida wusste nicht von Vita. Und Siepmann möglicherweise schon. Und wenn Reith es je herausfinden sollte …

Ich muss mit jemandem reden, der etwas zu sagen hat. Ein Zyniker, der nicht überrascht wäre … Wo steckt Fielden?

Es war wichtig, so schlendernd und träumerisch wie möglich auszusehen, bloß ein weiteres Mädchen, das die neue Situation und das Büfett genoss. Sie wanderte zunehmend ungeduldig, beinahe verzweifelt herum – war er überhaupt hier? Das musste er sein. Dieser Ausflug war obligatorisch.

Ihr Teller war beinahe leer, als sie ihn unter einem Schirm sitzend vorfand, wie er dem Toneffektteam bei einer höchst gereizten Partie Krocket zusah.

»Guten Tag, Mr Fielden! Darf ich mich zu Ihnen gesellen?«

»Ich weiß, der GD erachtet dies als geselliges Beisammensein, Miss Musgrave, aber über ein Nicken hinaus müssen wir seiner Forderung nicht nachgeben. Bitte leeren Sie stattdessen ruhig das Büfett.«

Da es ihr nichts bringen würde, den Teller über seinem Kopf zu zerschlagen, setzte sie sich, als hätte er sie dazu aufgefordert, oder ihr wenigstens nicht abgeraten. Es wäre so viel besser, mit Beanie zu reden! Sowohl als Adelige als auch als Eingeweihte einer Eliteschule musste sie alles über sich verschiebende Loyalitäten und die Abläufe kleinlichen Strebens nach mehr persönlicher Macht wissen. Doch Beanie vermied sehr bewusst jeglichen Ärger bei der BBC und liebte Klatsch heiß und innig. Fielden mochte Maisie vielleicht nicht, aber er mochte niemanden, abgesehen von Hilda. Sie hatte keine andere Wahl.

Er sah sie lange an, als versuchte er, jeden Zweifel zu beseitigen, dass sie wirklich dort saß und sich nicht von der Stelle rührte.

»Ich gehe davon aus, dass die Gänse aus dem Gebüsch zusehen, und wenn Sie mir lange genug zur Last fallen, gewinnen Sie irgendeinen Preis?«

»Ähm. Nein. Was?«

»Direkt und gekonnt formuliert, wie immer.«

»Mr Fielden.« Sie sah sich nervös um, weil sie sicherstellen wollte, dass man sie nicht hören konnte. Allerdings war es beim Geschrei der Toneffektmänner kaum möglich, gehört zu werden. Es schien nicht ratsam, sie mit hölzernen Schlägern herumhantieren zu lassen. »Was meinen Sie, würde passieren, wenn jemand in Savoy Hill darüber nachdenken würde, in die Vortragsabteilung einzugreifen?«

Seine Augenbrauen schossen in die Höhe. Sie hätte nicht gedacht, dass seine Gesichtszüge so lebhaft sein konnten.

»Sie haben ein schlechtes Stück gesehen, was?«, fragte er, auch wenn es offensichtlich galt, die Form zu wahren.

»Unzählige«, stimmte sie ihm zu. »Aber das ist nebensächlich. Ich habe eine Diskussion belauscht, die eigentlich nicht für meine Ohren bestimmt war …«

»So ist das im Allgemeinem beim ›Lauschen‹, Miss Musgrave.«

»… und es hat bei mir den Anschein erweckt, als gebe es Anstrengungen … eine gewisse Person … auf eine Weise zu befördern, die unsere Abteilung, ähm, in Mitleidenschaft ziehen würde.«

»Ach. Siepmann«, stellte Fielden fest.

»Was haben Sie gehört?«, wollte Maisie wissen.

»Nur das, was Sie mir gerade in nicht lohnenswertem Detail erzählen. Aber die nachlassende Begeisterung des GDs für Unsere Lady ist kein Geheimnis mehr, sodass sie ebenso gut hätte gesendet worden sein können, und mit wem sonst aus den Reihen könnte er gemeinsame Sache machen, um einen Keil zwischen uns zu treiben? Er wird niemanden von außerhalb hinzuholen, nicht heutzutage. Unbedingt ein Mann, der sich hochgearbeitet hat, im Gegensatz zu ihm selbst.«

»Wir müssen etwas tun.«

»Wir können nichts gegen nichts tun. Das könnten wir noch nicht einmal, wenn da etwas wäre.«

Die gesamte BBC war der Ansicht, dass A. A. Milne seinen Esel I-Ah Fielden nachempfunden hatte.

»Wir müssen Miss Matheson warnen«, beharrte Maisie. »Es muss einen Weg geben, ohne sie aus der Fassung zu bringen.«

»Den gibt es. Wir sagen nichts, aber verdoppeln lieber unsere Anstrengungen, die genialsten Vorträge zu produzieren. Wir unterstützen das Genie Unserer Lady und sorgen selbstverständlich dafür, dass der liebe Generalissimus auf keinen Fall auch nur eine einzige positive Reaktion verpasst, sei es nun von Zuhörern oder der Presse. Was auch immer er von Unserer Lady halten mag, seine größte Liebe gilt der BBC selbst.«

»Man muss einfach Mitleid mit seiner Frau haben«, sagte Maisie.

»Aus so vielen Gründen. Was ich sagen will, ist, dass er nicht das Gedeihen seines Kindes beeinträchtigen wird, selbst wenn ihm eine der Patentanten lästig ist. Er ist viel zu selbstzufrieden, um sich ins eigene Fleisch zu schneiden.«

»Aber die Sache ist doch die, Mr Fielden, dass wir sowieso schon erstklassige Arbeit leisten, und wenn er denkt ...«

»Im Grunde wissen Sie gar nicht, was der furchtbare Neidkopf wirklich denkt, und er könnte Siepmann einfach nur zu verstehen geben, dass er Vertrauen in ihn hat.« Fielden verbarg den Anflug eines Lächelns in seinem Drink. »Denkt wohl, er wäre gut genug, die Arbeit einer Frau zu leisten.«

»Was soll das denn heißen?«, fuhr Maisie ihn an.

Fielden blickte überrascht drein. »Gibt es in Ihrer Heimat keine Witze? Oder ist das gesamte Dominion Kanada an sich schon Witz genug?«

Gerettet wurde sein Kopf durch einen Schrei Fowlers und einen verirrten Krocketball, der auf den Tisch zwischen ihnen knallte. Fielden zog seinen Drink in Sicherheit, doch die Bewegung fiel zu ruckartig aus, und die Hälfte landete auf seinem leichten Tweedanzug.

Maisie griff nach dem Ball und warf ihn so fest zu Fowler zurück, dass dieser aufjaulte.

Sie setzte sich wieder und reichte Fielden ihre Serviette. »Sie brauchen nicht immer so scheußlich zu sein«, sagte sie.

»Nein«, stimmte er ihr zu. »Aber im Allgemeinen ziehe ich es der Alternative vor.« Auf einmal beugte er sich verschwörerisch nahe zu ihr – sie konnte jedes einzelne Tröpfchen Gin Fizz in seinem Schnurrbart erkennen. »Niemand in Savoy Hill macht seine Sache besser als Unsere Lady. Manche machen es vielleicht genauso gut, aber keiner besser. Der GD weiß das. Und er kennt die Logik darin. Wohin geht ein genialer Mensch, wenn nicht nach oben? Und wo sonst ist ›oben‹ für Unsere Lady?«

Oh. Diese Fantasie. Hilda als GD. Und wenn Fielden ginge, könnte vielleicht Maisie …

»Das ist wunderhübsch, aber lächerlich«, erwiderte sie unwirsch. »Der Rundfunkrat hat uns gern modern, aber sie wissen nur zu gut, dass die BBC nicht für seriös gehalten werden würde, wenn ihr eine Frau vorstünde. Abgesehen davon glaube ich nicht, dass Miss Matheson die Stelle haben wollen würde.« Doch noch bei diesen Worten dachte sie an all die Besprechungen zwischen Hilda und Reith, und dass Hilda besser über Publikum und Technologie und Inhalte Bescheid wusste und Reith sich darüber im Klaren war und ihm das alles bis ins Letzte verhasst sein musste.

Fielden blickte trübsinnig in sein leeres Glas.

»Was auch immer der tödliche Ghul sonst noch ist, er will, dass die BBC bewundert wird. Siepmann hat nicht die Vorstellungskraft, um in der Vortragsabteilung besser zu sein als Unsere Lady. Folglich können sie murren, so viel sie wollen, aber als Meister des Murrens kann ich den beiden versichern, dass im Allgemeinen nichts dabei herauskommt.«

Es war eigenartig, dass Fielden optimistischer als sie war. Vielleicht lag es an der Sonne.

Wenigstens weiß er, dass er die Augen offen halten muss. Und ich werde verflixt noch mal auf keinen Fall zulassen, dass Miss Matheson etwas passiert.

Ein weiterer Krocketball kam auf sie zugeflogen, und sie fing ihn auf, stolzierte davon und warf ihn immer wieder in die Luft, während hinter ihr ein harmonisch aufeinander abgestimmter Chor der Missbilligung tönte.

Als der Nachmittag in den Abend überging, wurde die Belegschaft dazu ermuntert, das Festzelt aufzusuchen, das eine behelfsmäßige Tanzfläche überspannte. Trotz etlichen Gemurres hielt sich die Band streng an ihre Anweisungen und spielte keine Tanzmusik nach 1921.

»Wir sollten wohl dankbar sein, dass es keine Menuette sind«, sagte Phyllida.

Noch während Maisie, an Weintrauben knabbernd, überlegte, wohin sie Phyllida schleifen könnte, um ihr das Vorgefallene zu berichten, ertönte neben ihnen eine Stimme.

»Genießen Sie den Tag, Miss Musgrave?«

Cyril. Sie warf ihm einen Blick zu und ließ sich mit Kauen und Schlucken Zeit, bevor sie antwortete.

»Sehr, danke. Und Sie?«

»Super-duper.«

»Und wer klingt jetzt, als stamme er aus New York?«

Er lachte. Die Sonne glitzerte in seinen Haaren, und diese Sommersprossen hoben sich von seinen Wangen ab, und sie konnte nicht anders – sie erwiderte sein Lächeln.

»Vielleicht sind Sie ein guter Einfluss auf mich gewesen«, schlug er vor.

»Das ist umstritten«, sagte sie.

»Ach ja? Können Sie vielleicht einen Vortrag daraus machen?«

»Na, na, Mr Underwood. Manche unserer Themen sind mysteriös, da haben Sie ganz recht, aber niemals unseriös. Sie hören den Unterschied?«

»Clever. Sie haben wohl nie Latein gelernt, Miss Musgrave?«

»Nie, und trotzdem bin ich mit meinem Latein nicht am Ende.«

»Wissen Sie, was ›pax‹ bedeutet?«

»Also, ja, ich bin schließlich eine moderate Anhängerin von Mr Bartlett. Er hat für jedes Wort etwas übrig, das ›Frieden‹ bedeutet.«

»Also dann. Pax?«

Sie musterte ihn. Seit ihrer fragwürdigen Verabredung waren zwei Jahre verstrichen. Sie war nicht nur mit hoch erhobenem Kopf umhergegangen, sondern war in ihrer Abteilung aufgestiegen und stand kurz davor, Redakteurin zu werden. Ihm ebenbürtig. Und sie hatte einen zwar abwesenden, ihr aber dennoch zugeneigten jungen Mann. Sie streckte die Hand aus.

»Pax.«

»Danke. Sie möchten wohl nicht gern tanzen?«

Maisie schluckte und ließ den Blick über den Veranstaltungsort schweifen. Phyllida wurde von Billy bei einem sehr fachkundigen Foxtrott geführt. Hilda befand sich auf der anderen Seite des Festzelts und war in ein vertrauliches Gespräch mit Mary Somerville vertieft.

»Sie müssen nicht«, sagte Cyril rasch und warf den Kopf zurück, um seine Betretenheit angesichts ihres Schweigens zu überspielen. »Ich habe nur …«

»Nein, ist schon gut«, unterbrach sie ihn. Schließlich hatten sie Frieden geschlossen. »Aber ich bin eine unglaublich lausige Tänzerin.«

»Ich wette, das stimmt nicht.« Er nahm ihre Hand.

Nach zwanzig Sekunden fragte sie, ob sie den Wetteinsatz kassieren könne.

»Wir haben uns nicht auf die Konditionen geeinigt«, erwiderte er lachend. »Tatsächlich bewegen Sie sich sehr schön, Miss Musgrave. Sie brauchen nur ein paar Stunden Unterricht. Und Sie müssen wirklich lockerer werden.«

»Ich entspanne mich nie. Das ist das New York in mir.«

Er lachte erneut und legte den Arm fester um ihre Taille. Ihre Füße bekamen eine vage Ahnung davon, wie sie sich eigentlich bewegen sollten, und sie stellte fest, dass sie etwas vollführte, das sich beinahe als Tanz bezeichnen ließ.

»Da, sehen Sie?«, fragte er.

Leider tat sie das. Über seine Schulter sah sie, dass Siepmann Hilda zu einem Tanz überredet hatte. Etwas an dem Anblick von Hilda, die sich von ihm anfassen ließ, verursachte ihr eine Gänsehaut. Am liebsten wäre sie hinübergelaufen und hätte ihn weggezogen. Nein, am liebsten hätte sie ihm die Arme vom Rumpf gerissen.

Sie stolperte, und Cyril und sie stießen direkt mit Phyllida und Billy zusammen.

»Maisie, alles in Ordnung?«

Sie war sich nicht sicher, von wem die Frage stammte. Sie schüttelte den Kopf.

»Tut mir leid, ich … ich glaube tatsächlich, dass ich etwas zu trinken brauche.«

Cyril brachte sie zur Bar.

»Es ist immer noch ziemlich heiß. Sie sehen wirklich ganz rot im Gesicht aus. Eine Limonade sollte Sie erfrischen.«

»Danke«, sagte sie, ohne ihn zu hören.

Es war zu viel. Die spätsommerliche Hitze, die überall um sie herum so schwer wie eine Gaswolke lag. Sie zog das kühlere Wetter vor, vertraute ihm mehr. Diese Hitze war zu grell, ermunterte sie alle, einfach loszulassen. Und sie hatte gemeint, was sie gesagt hatte. Sich zu entspannen war tückisch.

»Geht es Ihnen besser?«, erkundigte sich Cyril, nachdem sie die Limonade mit einem Riesenschluck geleert hatte. Er sah aufrichtig besorgt aus.

»Ich glaube schon. Danke.«

Aber da war Siepmann, wieder im Gespräch mit Reith, in das er auch Hilda verwickelt hatte. Seine Hand hielt ihren Ellbogen besitzergreifend gepackt.

»Wissen Sie, Miss Musgrave, Sie ... ach ... Sie sind wirklich sehr ...«

»Es tut mir leid«, sagte sie auf einmal, als sie von einem Schwindelgefühl überwältigt wurde. Sie würde nicht in Ohnmacht fallen oder schreien, nicht, wo jeder sie sehen konnte. »Ich muss ... ich bin gleich wieder zurück. Danke.«

Sie wanderte durch die Dämmerung, versuchte nachzudenken und sehnte sich nach Stille und Einsamkeit. Da gelangte sie wieder zum verwaisten Krocketspiel – die Toneffektleute waren, was das Büfett betraf, genauso dionysisch eingestellt wie sie.

Sie griff nach einem Schläger und fing an, auf hölzerne Bälle einzudreschen, einen jeden so treffend, dass er in die Luft flog und weghüpfte, verschollen auf dem ordentlich gemähten Rasen bis zum morgigen Sonnenaufgang.

Achtzehntes Kapitel

◊◊◊

Sobald Hilda Maisie sah, wandte sie ihre Schritte in Richtung der Kapelle vor Savoy Hill.

»Oder sollten wir vielleicht lieber das Embankment entlangspazieren und Enten füttern?«

Maisie lächelte nicht. Sie erzählte Hilda alles, was sie bei Reith und Siepmann belauscht hatte, wobei die Worte mehr oder weniger verständlich aus ihr herausplatzten.

Hilda schwang sich auf den Altar. Sie verschränkte die Fußgelenke und strich über ihre Onyxkette.

»Im Grunde sonderbar, wie viele bedeutendere Dinge es gibt, auf die Menschen ihre Energie verwenden könnten, und das ist, was sie damit anstellen. Nun ja, was kann man schon tun?«

»Miss Matheson, ich denke, die Sache ist wirklich ernst. Wir müssen auf der Hut sein.«

»Wir können nicht auf der Hut sein und gute Arbeit leisten, und die Arbeit darf keinesfalls leiden. Wie ich es sehe, wäre Siepmann gern der nächste GD, und es würde mich nicht wundern, wenn ihm das gelänge. Ich wäre überaus erstaunt, wenn Reith ihn sich nicht dementsprechend heranziehen würde. Zweifelsohne gibt es Gerüchte bezüglich eines neuen Postens für den guten Sir John, etwas irgendwo ganz oben. Wie dem auch sei, höchstwahrscheinlich wird er versuchen, den Rundfunkrat zu überreden, ihm einen Stellvertreter an die Seite zu geben, womit seine Nachfolge klar geregelt wäre.«

»Aber …«

»Ich weiß. Der GD ist mir längst nicht mehr grün. Doch er kann mich nicht grundlos feuern. Das würde genau die Art öffentliche Aufmerksamkeit nach sich ziehen, die schlussendlich seinen eigenen Kopf zum Rollen bringen würde. Und obgleich ein gewisser Teil unserer Inhalte den Rundfunkrat nervös macht, glaube ich fast, dass sie sich im Zweifelsfall für und nicht gegen mich aussprechen würden.«

Maisie wollte nicht gestehen, was sie wusste – wollte nicht einmal eine einzige Anspielung auf den Namen »Vita« machen –, aber sie fürchtete, dass Hilda ausnahmsweise einmal an einem seltenen Fall von Kurzsichtigkeit litt. Der GD hätte die perfekte Ausrede, sollte er jemals davon erfahren. Die Frage wäre nur, wer sich in der Öffentlichkeit durchsetzen würde – Hilda, weil sie in weiten Kreisen für ihre Brillanz bejubelt wurde, oder Reith, denn jemand musste Farbe bekennen, egal was sich bei den freigeistigen Bloomsburys abspielte.

»Ich denke, da gibt es genug andere Dinge, worüber Sie sich Sorgen machen können«, sagte Hilda mit einem liebevollen Lächeln. »Es ist sinnlos, sich über Dinge den Kopf zu zerbrechen, bevor sie überhaupt eingetreten sind. Wir bemühen uns einfach, weiterhin exzellente Arbeit zu leisten, dann kann uns niemand einen Strick drehen, in Ordnung?« Sie tätschelte ein letztes Mal ihre Halskette und hüpfte vom Altar herab.

»Miss Matheson?«, fragte Maisie, während sie zur BBC marschierten. »Ihre Halskette, war die ein Geschenk?«

»Das war sie, in der Tat. Von mir an mich.« Sie grinste und

hielt Maisie die Tür auf. »Sie war das Erste, was ich mir gekauft habe, als ich mir einen kleinen Luxus leisten konnte.«

Ein Luxus. Sobald alle notwendigen Anschaffungen getätigt waren und sich ein neues Zuhause gefunden hatte, konnte sich eine Frau, die ihr eigenes Geld verdiente, mit einem kleinen Etwas selbst beschenken, einfach so.

Meines wird wohl eine Jadebrosche sein.

Solche Gedanken vertrieben nicht sämtliche Spinnweben, aber sie schadeten auch nicht.

Obwohl Hilda ihr nahegelegt hatte, die heimlichen Treffen nicht mehr zu besuchen, nun da Maisie auf anderer Ebene spionierte, konnte sie nicht widerstehen. Es war ein großer Spaß, die Faschisten in heller Aufregung zu sehen, seitdem die Labour-Partei an die Macht gekommen war. Der Umstand, dass sich niemand dafür ausgesprochen hatte, Kirchen zu schließen, Titel abzuerkennen oder den Adel in die Salzminen zu schicken, hatte ihren Wutanfall um keinen Deut gemildert.

»Diese teuflische BBC vergiftet die Köpfe der britischen Jugend!«, beharrte Lion.

Maisie warf einen Blick auf ihre Uhr. Es dauerte normalerweise vier Minuten, bis er die BBC erwähnte, heute Abend schien er nicht wirklich in Form zu sein.

»Ich habe von Jungen gehört, die glauben, ein Grubenarbeiter müsse mit demselben Respekt behandelt werden wie ein Landbesitzer! Und meine eigene jüngere Schwester hofft, an die Universität zu gehen und Medizin zu studieren! Sie will nicht einmal mehr heiraten! Das ist der Fluch dieser sogenannten fortschrittlichen Geister.«

Ich liebe diesen Fluch.

»Wir müssen unsere kleine Insel gegen all jene verteidigen, die versuchen, sie als ihr Zuhause zu annektieren, wo sie überhaupt kein Recht dazu haben. Wir sind die wahren Briten! Ich wurde in Windlesham geboren. Wo wurden Sie geboren?« Er zeigte auf einen Mann in einer der ersten Reihen.

»Shepherd's Bush!«

»Und Sie?« Eine Frau mit einer prächtigen Pfauenfeder über ihrem Ohr.

»Holland Park!«

Rufe erschollen, noch bevor die Frage erneut gestellt werden konnte. »Stow-on-the-Wold«, »Berkshire«, »Leigh-on-Trent«, »Shelby!«

Maisie, hinten in der allerletzten Reihe, hörte in den Stimmen eher boshafte Entschlossenheit als Stolz. Der gesamte Raum hatte sich in einen Chor verwandelt, und das Lied war eine makabere Reise durch Großbritannien.

»Sie!« Ein junger Mann packte Maisie an den Schultern und starrte sie mit einem wütenden Funkeln an. »Sie sind schrecklich still. Wo wurden Sie geboren, Sie mit Ihrer großen Nase?«

»Eher eine jüdische Nase«, feixte sein Freund.

Hochmütig blickte sie die beiden an. *Sei Beanie.*

»Savoy Place!«, sagte sie mit einem Akzent, von dem sie nicht gewusst hatte, dass sie ihn so gut nachahmen konnte.

»Oh. Nun ja, das ist dann wohl in Ordnung«, erwiderte er und ließ sie los.

»Da bin ich aber froh«, flötete sie und wünschte, die Schärfe in ihrer Stimme würde ausreichen, um ihm eine Schnittwunde beizubringen, während sie sich an ihm vorbeidrängte und ins Freie trat.

Hilda hatte wie immer recht. Maisie setzte den Treffen vorläufig ein Ende.

Der GD will sich bezüglich meiner Beförderung nicht festlegen, schrieb Maisie in einem Brief an Simon. *Aber zumindest hat er sie noch nicht abgelehnt. Nichts hat sich verändert, seit ich dieses Gespräch mit Siepmann zufällig belauscht habe, weshalb ich hoffe, dass alles nur Schall und Rauch war.*

Sie kaute am Bleistiftende herum, dann schrieb sie:

Der September war bisher einfach wunderschön. Der Himmel hat die Farbe von leuchtendem Blau, und sämtliche klassizistischen Gebäude erstrahlen wie Gemälde im Licht des Nachmittags. Du müsstest es sehen. Wirst Du bald nach Hause kommen?

Dann strich sie alles aus. Sie wollte nicht wie eine Klette klingen. Hilda und Vita hatten, wenn Maisies Berechnungen richtig waren, nur ein paar gemeinsame Wochen genossen, bevor Vita mit Harold nach Berlin gegangen war. Vielleicht war auch bei ihnen die Liebe durch die Ferne gewachsen. Maisie war überzeugt, dass es Vita gewesen war, die ihr Torquhil geschenkt hatte. Wahrscheinlich war es nur gut, dass Simon keine Geschenke machte.

Er wird der Beförderung zustimmen, da bin ich sicher, schrieb Simon zurück. *Wer hätte es mehr verdient als Du? Und das ist genau die Art Sendung, von der wir nicht genug bekommen können, gute, zuverlässige Informationen über die komplizierten Machenschaften der Regierung, damit der Ignoranz der Garaus gemacht wird. Ignoranz ist so passé, so neunzehntes Jahrhundert. Wir brauchen eine fähige Öffentlichkeit, einen starken Willen, starke Körper. Nur so werden wir unseren Ruhm bewahren. Und bist Du nicht genau die richtige Sorte Mensch, um eine der Anführerinnen zu sein?*

Manchmal klang er wie ein Kommunist.

Die Woche in Westminster war endlich gebilligt worden. »Noch eine politische Reihe, wirklich?«, war Reiths anfänglicher Aufschrei gewesen.

»Lady Astor wird regelmäßige Beiträge liefern und auch Megan Lloyd George. Nur die allerbesten Frauen«, versprach Hilda in ihrer besänftigendsten Stimme. »Und sie wird um elf Uhr vormittags ausgestrahlt werden, wenn arbeitende Frauen ihren Tee trinken.« Die unerschütterliche Standhaftigkeit von britischen Frauen bezirzte ihn derart, dass er geflissentlich darüber hinwegsah, dass die Scones mit Politik gereicht werden würden.

»Aber er will keine Beförderungen aussprechen«, sagte Phyllida mit einem Seufzen, das gleichzeitig ermunternd und eigennützig war, denn Maisie und Hilda waren darauf aus, sie zur Vortragsassistentin zu machen, sobald Maisie die Karriereleiter nach oben kletterte.

»Das wären drei Frauen in entscheidenden Positionen in der wichtigsten Abteilung der BBC«, donnerte Reith. »Ich denke, wir sollten erst einmal abwarten, ob dieses neue Frauenformat erfolgreich ist, bevor wir eine so radikale Entscheidung wagen.«

»Ich kann nicht ganz nachvollziehen, was ›radikal‹ daran sein soll, mich zur Redakteurin zu befördern«, sagte Maisie zu Phyllida, die jedes noch so kleine Detail einer jeden Sitzung mit solcher Genauigkeit wiedergab, dass Maisie gelegentlich der Gedanke kam, Phyllida sollte selbst beim MI5 anheuern.

»Ehrlicherweise muss man anfügen, dass er ein Mann ist, der immer noch glaubt, Frauen auf Fahrrädern wären radikal.«

Trotz Reiths Ausflüchten mischte Maisie sich immer mehr und entschiedener in die Vorbereitungen der Sendung ein. Die Sprecherinnen reichten längst Manuskripte ein, erörterten allerlei Details über die Tage im Parlament mit ihr. Maisie saß mit einer Tasse Tee über einem Skript von Megan Lloyd George da, der einzigen weiblichen Abgeordneten der Liberal

Party. Eine faszinierende Geschichte, die sich jedoch bedauerlicherweise wie ein staubtrockener Nachrichtenbericht las.

Nein, nein, Sie müssen mit uns reden, Miss Lloyd George. Sprechen Sie mit uns, als wären wir gute Freundinnen und ebenso klug wie Sie selbst. Jedes Wort zählt, und dann wird es fantastisch. Also, wenn ich das hier nur ein wenig umstelle und das dort verändere, und lassen Sie uns den Bericht über den ersten Tag in Westminster nach der Wahl viel persönlicher gestalten. Dann werden alle Sie lieben, und ich glaube …

Zwei Stunden später präsentierte sie das Skript Hilda, die es sich sogleich zu Gemüte führte.

»Sehr gute Arbeit, Miss Musgrave. Ich kann nichts hinzufügen. Ausgezeichnet.«

»Ich weiß«, sagte Maisie. Dann errötete sie. »Ich meine, vielen Dank.«

Hilda grinste. »Sie haben es genau so gemeint, wie Sie es gesagt haben.«

Maisie grinste zurück. »Ja.«

Den Plan für den Einbruch bei Nestlé auszuhecken entpuppte sich als viel schwieriger als bei Siemens. Maisie stattete dem Unternehmen mehrere Erkundungsbesuche ab und bestätigte Hildas Feststellung, dass, britischer Ableger hin oder her, die Schweizer Wurzeln beim Unternehmen für einen Hang zur allergrößten Ordnung und Genauigkeit gesorgt hatten, der keinerlei Ablenkungen oder unangekündigte Besucher erlaubte. Doch sie musste hineinkommen. Sie wollte zumindest einen Beweis für Grigsons Morallosigkeit finden, und wenn sich noch dazu herausstellte, dass er an etwas Schlimmerem beteiligt war, umso besser.

Nach der vormittäglichen Teepause klopfte Maisie für ihre Besprechung an Hildas Tür. Hilda saß kerzengerade auf ihrem

Stuhl, eine Hand auf die Brust gepresst, und starrte einen Berg an Telegrammen an.

»Miss Matheson?«

Hilda blickte nicht auf.

»Die amerikanische Börse ist gestern zusammengebrochen.«

»Aber das ist doch nicht das erste Mal«, sagte Maisie und erinnerte sich an ihre halbherzigen Versuche, das komplizierte Durcheinander zu verstehen, das das Bankgewerbe des neunzehnten Jahrhunderts war.

»Es scheint ziemlich schlimm zu sein«, sagte Hilda und versuchte, sich eine Zigarette anzuzünden. Ihre Hände zitterten. Maisie eilte ihr genau in dem Moment zu Hilfe, als Phyllida mit einem Brandy hereinkam.

»Alles in Bezug auf die Börse hat für mich sowieso noch nie Sinn gemacht«, sagte Phyllida. »Außer wir sprechen von einem Geldbeutel.«

Maisie las ein paar der Telegramme. Was auch immer ein »Ansturm auf Banken« war, es klang nicht gut.

»Dann holen sich die Leute eben ihr Geld …«

»Es gibt kein Geld«, unterbrach Hilda sie mit dumpfer Stimme. Sie kippte den Brandy in einem Zug hinunter. Verunsichert verlagerte Phyllida das Gewicht von einem Bein aufs andere, die Flasche sicher in der Armbeuge.

»Sie, äh, hatten Ihr Geld hoffentlich nicht in amerikanische Wertanlagen gesteckt, oder?«, fragte sie.

Hilda sah sie kopfschüttelnd an. Dann durchbohrte sie Maisie mit ihrem Blick.

»Amerika hat sehr viel getan, um die Weimarer Republik zu stützen.«

Deutschland kämpfte immer noch mit großen Schwierigkeiten. Und wenn es kein weiteres amerikanisches Geld gäbe und nicht auf Mr Keynes und andere Ökonomen gehört wurde, die auf ein Ende der Reparationszahlungen drängten, könnte dies Deutschland in eine verzweifelte Lage stürzen. Und da war das Beispiel Italien, das seine Verzweiflung in eine blühende Diktatur umgemünzt hatte. Und hier gab es diese deutschen Patrioten, die ihr Programm mithilfe von Geldern aus der Wirtschaft und ihren Ideologen erschufen.

»Was hat Deutschland mit all dem zu tun?«, fragte Phyllida.

»Gütiger Himmel, ich hoffe nichts«, sagte Hilda mit einem starren Blick in die Ferne. »Das hoffe ich wirklich von ganzem Herzen.« Sie entwand Phyllida die Flasche und goss sich ein weiteres Glas ein.

Die Geschichte des verschwundenen amerikanischen Geldes – das Bravourstück eines Zauberers – war das einzige Thema in allen Zeitungen. In einigen war Schadenfreude herauszulesen, da die Großzügigkeit, mit der Amerika seine Brieftasche geöffnet hatte, in Großbritannien, das selbst mit seiner eigenen schleppenden Wirtschaft kämpfte, immer wieder für Unmut gesorgt hatte. Bei anderen war Sorge zu erkennen, doch nur aus dem Grund, weil die Krise so schlecht angegangen worden war. Deutschland wurde mit keiner einzigen Silbe erwähnt.

»Wir können doch nicht die Einzigen sein, die es wissen, oder?«, fragte Maisie.

»Nein. Aber vielleicht die Einzigen, die es kümmert«, sagte Hilda.

Was nicht sonderlich ermutigend war.

»Ein bisschen wie ein schlechtes Theaterstück, das unser Vaterland da aufführt, finden Sie nicht auch?«, wurde Maisie von Lady Astor begrüßt, als sie hereinschwebte, um die allererste Sendung von *Die Woche in Westminster* zu bestreiten. »Ein schreckliches Desaster. Ich kann mir nicht vorstellen, was die Jungs sich dabei gedacht haben, aber vermutlich haben sie sich überhaupt nichts gedacht, und genau deshalb passieren diese Katastrophen. Ich wäre nicht überrascht, wenn es hauptsächlich Frauen wären, die anschließend den Karren aus dem Dreck ziehen oder es zumindest täten, wenn man sie ließe.«

Hilda kam herein, um dem Ereignis noch mehr Würde zu verleihen. Billy beendete gerade alle Vorbereitungen, und die Sprecherin, Miss Hamilton, ging noch einmal ihre einleitenden Worte durch. Maisies alter Freund, die Faust in ihrer Brust, hatte die Größe eines Felsbrockens und richtete beträchtlichen Schaden an.

»Bei jeder neuen Sendung habe ich das Gefühl, als flatterte ein Schwarm Schmetterlinge in meinem Bauch«, flüsterte Hilda. »Sie auch?«

»Tauschen Sie Schmetterlinge mit Pterodaktylen aus«, hauchte Maisie kurzatmig.

»Sie haben großartige Arbeit geleistet, und das habe ich auch dem GD gesagt.«

Billy gab das Signal, und Maisie und Hilda fassten sich an den Händen.

»Guten Morgen und willkommen zu unserer neuen Sendereihe, *Die Woche in Westminster*«, begrüßte Miss Hamilton die Zuhörer. »Jede Woche werden wir von verschiedenen weiblichen Mitgliedern des Parlaments hören, die uns ihre Arbeit im Parlament und die Debatten im Unterhaus der vergangenen Woche erklären. Unser erster Gast ist Lady Astor, Abgeordnete für Plymouth von den Konservativen. Guten Morgen, Lady Astor.«

»Vielen Dank. Es ist mir eine große Ehre, hier zu sein und all den jungen Damen, die kürzlich zum ersten Mal wählen durften, das Prinzip unseres Systems näherbringen zu dürfen. Ich habe mich mit viel zu vielen Frauen unterhalten, die glauben, Politik wäre zu verwirrend, um sie zu verstehen, oder schlicht zu langweilig. Aber ich versichere Ihnen, nichts könnte der Wahrheit ferner liegen. Eine Frau benötigt allerdings eine kräftige Stimme und ein gewisses Maß an Rückgrat. Nun denn …«

Eine Viertelstunde später atmete Maisie wieder aus.

»Fantastisch!«, sagte Lady Astor, obwohl man nicht mit Sicherheit sagen konnte, ob sie damit die Sendung oder sich selbst meinte. »Und keinen Moment zu früh. Einige der Briefe, die ich in letzter Zeit erhalten habe … Grundgütiger, da draußen gibt es so viele Dummköpfe! Die sind ernsthaft der Meinung, das amerikanische Beispiel beweise, dass zu viel Demokratie zwangsläufig in einer Katastrophe endet. ›Die wenigen Standhaften, nicht die verworrenen Massen sind das, was wir für eine starke Nation brauchen.‹ Das sind die Worte eines der Verrückten. Lasst uns hoffen, dass dies hier dazu beitragen mag, dass die Menschen einen klaren Kopf bewahren.«

Was eine gehörige Portion Druck für eine Viertelstunde pro Woche war. Doch Maisie war entschlossen, es zu versuchen.

Bis zum Nachmittag hatten sie frühe Rückmeldungen von Zeitungen und eine Vielzahl an Glückwunschtelegrammen erhalten.

»Na also! Ich wusste, dass es ein Erfolg werden würde«, sagte Phyllida und versetzte den Telegrammen einen anerkennenden Klaps.

»Je mehr sich die Menschen für unser politisches System interessieren, desto mehr werden sie doch gewiss dafür kämpfen, dass es erhalten bleibt?« Maisie heischte nach Bestätigung.

»Welcher Idiot würde sich in der Welt umschauen und glauben, dass es irgendwo anders besser als bei uns hier ist?« Maisie blickte sie einfach an. »Oh, na schön. Viele, aber es wird zu nichts weiter führen, als dass sie sich mit ihrem Geschrei im Pub zum Narren machen.«

Maisie lächelte. Doch ausnahmsweise einmal war sie der Ansicht, dass Phyllida womöglich eine Spur zu optimistisch war.

Als Maisie am Abend endlich Savoy Hill verließ, fühlten sich ihr Kopf zu voll und ihr Hut zu eng an. Es war kein Gedankengang, es war ein wahres Gedankenlabyrinth. Die feuchte Kälte war wie ein beruhigender Balsam, der an einigen losen Fäden in ihrem Verstand zupfte und sie auftrennte, sodass sie lose hinter ihr her flatterten, während sie The Strand entlanghastete.

»Entschuldigen Sie, Miss.« Eine Hand tippte sie am Arm an.

Sie stieß einen Schrei aus.

Es war Simon.

»Ho, ho, nur mit der Ruhe. Wir werden noch verhaftet werden, wenn wir so weitermachen«, sagte er, als es ihm schließlich gelang, sich aus der Umarmung zu lösen. Aber dann küsste er sie wieder.

»Hast du hier draußen auf mich gewartet? Du hättest doch reinkommen können!«

»Aber es wäre nicht annähernd so romantisch gewesen.«

Seine Lippen bewegten sich, er redete, aber Maisie nahm nichts davon auf. All die Zeit, die vergangen war, und jetzt war er hier. Er wirkte zu groß, zu viel, als wäre er in die Erinnerung verbannt gewesen, die sich jetzt wieder verfestigte – es war wie in einem Spiegelkabinett, wo alles zu groß und zu klein und verzerrt war. Sie hatte das schreckliche Gefühl, ausbrechen zu wollen, um zurück in die Normalität zu gelangen.

»Ich überwältige dich, nicht wahr? Es tut mir so leid, Liebling. Es ist nur … Ich weiß nicht, was ich …«

»Ich doch auch nicht«, hauchte sie.

»Ich kann dir gar nicht sagen, wie ich diese Stimme vermisst habe.« Er hob Maisie hoch und küsste sie. »Iss mit mir zu Abend«, flüsterte er ihr an den Hals. »In meiner Wohnung. Komm mit mir nach Hause.«

Sie wollte es. Sie wollte mit ihm zusammen sein. Sich an ihm laben. Alles spüren, wovon sie bisher nur zu träumen gewagt und was sie sich erhofft hatte. Doch die Abruptheit, mit der er jäh aufgetaucht war, wie ein Feldhase im Frühling … Ihr schwirrte tosend der Kopf. Irgendwo durch den Lärm hörte sie Phyllidas strengen Rat, der sie mahnte, auf ihren Verstand zu hören, wenn sie sich auf ihr Herz nicht verlassen konnte.

»Nein«, hauchte sie. »Nicht in deiner Wohnung. Irgendwo in Soho oder Chelsea.«

»Ich sehne mich danach, mit dir allein zu sein, Liebling«, murmelte er und streichelte genau über die Stelle an ihrem Nacken, wo sie in seiner Gegenwart immer ein Kribbeln verspürte. Sie drängte sich an ihn, schien mit ihm zu verschmelzen. *Lass los. Lass dich gehen. Gönn dir das hier einfach.*

»Nein«, sagte sie und bemerkte, wie seine Augenbrauen bei ihrer Entschlossenheit hüpften. »Nein, es ist zu früh, nach all der Zeit. Nein. Wir werden gemeinsam essen gehen, und dann fahre ich nach Hause.«

Er wirkte bestürzt, dann lächelte er und war galanter als je zuvor, schob sie in ein Taxi und kurz danach in ein Restaurant. Und sie unterhielten sich und aßen und lachten, und Maisie fragte sich, ob sie etwas in seinen Augen sah, eine Art innere Unruhe, schob es jedoch auf die Fallstricke ihrer journalistischen Natur zurück. Immer suchte sie in den Dingen nach mehr, wodurch die Gefahr bestand, dass sie etwas fand, das überhaupt nicht da war.

Ich muss daran arbeiten. Kann nicht der Wahrheit verpflichtet sein, wenn ich die Hälfte der Zeit in einer Fantasiewelt lebe.

Obgleich einige Menschen die Marie-Stopes-Klinik als einen wahren Sündenpfuhl bezeichneten, war es offiziell nur verheirateten Frauen erlaubt, ihre Dienste in Anspruch zu nehmen. Maisie fühlte sich mit einem von Lolas dezenteren Ringen mehr wie eine Hochstaplerin als mit einer Perücke und dickem Bühnen-Make-up. Sie versuchte, nicht an dem Ring herumzuspielen, während die Krankenschwester ihr bei der Aufnahme ein paar allgemeine Fragen stellte und sie in ein kleines Untersuchungszimmer führte.

Was sie wirklich wollte, war ein Stift. So viele Fragen, eine lange Geschichte, die nur darauf wartete, aufgeschrieben zu werden, während sie sich wunderte, wie viele Frauen hierherkamen, ihr Alter, ihre Herkunft. Waren sie aufgeregt? Verzweifelt?

»Guten Tag, Mrs Simon«, begrüßte sie eine rotwangige junge Hebamme. »Wenn ich es recht verstanden habe, wünschen Sie ein Diaphragma?«

Sie hatte eine feste Mary-Poppins-Stimme, und Maisie hätte sie am liebsten gefragt, ob sie als Sprecherin für die BBC arbeiten wolle. Sie lauschte der raschen Erklärung der Hebamme in Bezug auf das Mittel und seine Benutzung, wobei sie mehr die Stimme als die Worte hörte und sich allein darauf konzentrieren konnte, wie nützlich dies für ihre weibliche Hörerschaft wäre. Dann hörte sie, was Reiths Reaktion auf eine solche Sendung wäre.

»Ja, es ist wirklich so einfach«, sagte die Hebamme, die Maisies Lächeln fälschlicherweise als eine Antwort missverstand. »Und jetzt bitte entspannen und ein paar Mal tief einatmen. Es wird nicht wehtun, aber es ist leider nicht gerade angenehm.«

Das war es auch nicht. Die Hebamme war von Berufs wegen sanft, doch Maisie kam das Wort »Misshandlung« in den Sinn.

»Bei vielen löst es ein nervöses Kichern aus, aber versuchen Sie einfach, sich zu entspannen und gleichmäßig zu atmen. Dann haben Sie es schnell hinter sich«, befahl die Hebamme. »Na also! Sitzt wie angegossen.«

»Ich wünschte, ich könnte das auch von meiner Kleidung behaupten.«

Die Hebamme kicherte.

»Wie viele Frauen haben das wohl schon gesagt?«, wollte Maisie wissen.

»Nur ein paar«, versicherte die Hebamme. »Noch Fragen?«

Tausende. Aber keine, die der Hebamme vorschwebte.

»Nein. Ich denke, alles ist klar.«

»Nun, bei jedweden Beschwerden oder Sorgen kommen Sie bitte direkt zu uns zurück. Nur kein Schamgefühl.«

In Anbetracht dessen, dachte Maisie, wo die Hebamme gerade ihre Hände gehabt hatte, war es wohl längst viel zu spät für Schamgefühle. Doch sie sagte nur: »Vielen Dank.«

»Gern geschehen, Mrs Simon. Schönen Nachmittag.«

»Bravo!«, beglückwünschte Phyllida Maisie nach ihrem geflüsterten Geständnis in der Cafeteria. »Doch nach der langen Zeit würde ich ihn noch mindestens einen Monat zappeln lassen.«

»Das will ich nicht.«

»Nein. Vielleicht auch nicht. Nun, da kann man nur hoffen, dass du bald Redakteurin wirst und bei dir das Beschäftigungsverbot für verheiratete Frauen dann nicht mehr greift.«

»Und du wirst Vortragsassistentin.«

»Das werde ich doch, nicht wahr?«

Ihre Vorfreude wurde durch die Realität in Gestalt von Reith getrübt. Seine frostige Distanziertheit Hilda gegenüber nahm zu, je beliebter die Vorträge wurden.

»Eigentlich müsste man meinen, dass er vier stramme Kerle einstellen würde, die sie überall auf Händen hintragen«, sagte Phyllida.

»Oder uns den lieben langen Tag mit Sandwiches und Kuchen überhäufen«, stimmte Maisie zu.

»Oder sich jeden Morgen dreimal vor uns verbeugen und uns größtmögliche Produktivität wünschen.«

»Müsst ihr Mädchen immer so viel kichern?«, fragte Fowler und blickte von seinem Hefegebäck hoch. »Es ist wahnsinnig störend.«

»Wir versuchen nur, Ihnen ein wenig Inspiration für Geräusche zu liefern, Mr Fowler«, versicherte Maisie ihm.

Und hier war sie nun, bei einem Abendessen, das sie kaum herunterbrachte, in Simons »schrecklich bourgeoiser Wohnung« am Primrose Hill. »Aber sie ist Teil des Familienbesitzes, mit einem zauberhaften Blick auf den Regent's Park«, sagte er, gleichzeitig voll des Lobes und der Verachtung.

Sie wurden mit einem Überschwang an Ehrerbietung von »meinem Mann Trent« bedient. »Er ist in Ordnung, nicht wahr?« Im Grunde wirkte er, als litte er an einer Magenverstimmung.

Mit den schweren dunklen Möbelstücken und Vorhängen überbot sich das Zimmer fast an Maskulinität. Ein Bücherregal aus Walnussholz war mit ledergebundenen Folianten vollgestopft und Maisie zählte zwei Sekretäre, einen geschlossenen, der andere mit einer Schreibmaschine, die zwischen Papierstapeln und Vasen voller Bleistiftsträuße hervorlugte.

»Ich halte nichts von Geschenken, Maisie«, verkündete Simon lächelnd. »Aber anscheinend bin ich ein unverbesserlicher Heuchler.« Mit diesen Worten schob er eine kleine schwarze Schatulle zu ihr über den Tisch.

Die Faust in ihrer Brust vervielfachte sich.

Das kann nicht wahr sein.

Sie öffnete die Schachtel. Ein Ring. Ein Smaragdring. Smaragd für Mai. Maisie.

»Wahrscheinlich ist es strenggenommen kein Geschenk, da ich im Gegenzug um etwas sehr Großes bitte«, sagte er, griff nach ihrer Hand und steckte ihr den Ring an den Finger. »Mein Vater ist leider nicht begeistert, aber ich habe ihm versichert, dass du England treu ergeben bist, eine Bewunderin des Königs und des Landes und was auch immer. Und dass ich fest entschlossen bin, dich zu heiraten, da ich mir nicht vorstellen kann, mich mit jemand anderem einen ganzen Abend zu unterhalten.«

Das wäre ein Denkzettel für Georgina. Maisie fragte sich, wo Edwin Musgrave war, und wünschte, er wäre jemand, zu dem sie gehen und dem sie es erzählen könnte.

»Du wirst mich heiraten, Maisie?«

»Ist das eine Frage oder ein Befehl?« Sie lachte und er ebenfalls.

»Oho, die Befehle kommen erst nach der Hochzeit, meine Liebe! Nicht vergessen, immerhin wirst du einen Eid ablegen, mir immer zu gehorchen. Nur ein Scherz! Mir gefällt die Vorstellung einer arbeitenden Ehefrau, und im Grunde wäre es famos, wenn diese kostbaren grauen Zellen für mich arbeiten würden. Stell dir das nur mal vor, Liebling. Stell dir vor, wie mir ein Imperium an Zeitungen und Magazinen gehört und du mir dabei hilfst! Und du würdest schreiben. Natürlich würdest du schreiben. Dein Name würde in allen Blättern auftauchen, zusammen mit deinen Ideen, und das viel häufiger, als wenn du Vortragsredakteur wärst oder selbst Programmdirektor. Das würde dir gefallen, nicht wahr? ›Maisie Brock-Morland‹, hört sich das nicht superb an?«

Er drehte ihre Hand um und küsste ihre Handfläche, während er ihr tief in die Augen blickte.

»Ja«, flüsterte sie, auch wenn sie eigentlich eine ganz andere Frage beantwortete. Eine, die er überhaupt nicht stellen musste. Er hob sie schwungvoll hoch und trug sie in sein Schlafzimmer.

Sie war verunsichert, was ihr Körper tun sollte. Sein Körper hingegen war ihr weniger fremd, als er das hätte sein können. In Brighton hatte sie so viele Körper gewaschen. Und lange davor, vor dem Chaos und all den weißen Betten, war sie allein durch die Met in New York spaziert, verstört und verzückt von der Nacktheit der Männer im klassischen Flügel. Niemand hatte jemals einen versehrten Helden in Stein gemeißelt. Herkules siegte bei all seinen Bemühungen. Es gab keine Schüsse, kein Gas, kein Bajonett, nichts, was ihn gebrochen und schwach in ein weißes Bett getrieben hätte, mit einem Körper, geschunden und kraftlos in einem blauen Pyjama. Doch Simons Körper war fest, hochgewachsen, makellos, gesund, und er wusste genau, wie er sie wärmen und mit ihrem Fleisch verschmelzen musste. Irgendwo, irgendwann hatte er eine andere Ausbildung als sie erhalten.

Was für eine Vorstellung, die Toneffektmänner zu bitten, das hier nachzubilden.

»Warum lachst du?« Er grinste sie an, mit Zähnen, die im Halbdunkeln aufblitzten. »Habe ich etwas Komisches gemacht?«

»Nein. Du bist wundervoll.«

Das war er. Das war es. Das war sie. Dies hier war die große urwüchsige Wildnis, ein wahrer Urwald, und sie war ein ungezähmtes Tier.

Sie erwachte mit einer derart unvermittelten Heftigkeit, dass sie erschrocken hochfuhr. Es war immer noch dunkel. Sie war sicher, dass es Mondschein war, was durch die Vorhänge lugte. Er tauchte ihre Körper in ein silbriges Licht, das die Waldfantasie aufrechterhielt. Wie es wohl wäre, im Freien miteinander zu schlafen, ein wahrer Sommernachtstraum, ein Bett aus Gras, ein Dach aus Blättern?

Himmel noch mal, ich verliere meine Jungfräulichkeit und verwandle mich in einen Libertin.

Sie blickte an sich herab. Nie zuvor hatte sie nackt geschlafen. Ihr Körper fühlte sich immer noch sonderbar an, nicht mehr dürr und blass und schuppig, die ungesunde Aura nur notdürftig von ihrer Jugend überdeckt. Sie besaß jetzt eine samtweiche Haut, rosa und straff, mit echten Kurven. Vielleicht nicht gerade à la mode, aber wirklich sehr hübsch. Simon zumindest schien es zu gefallen.

Ein plötzlicher Lärm, wie von einem Wasserbüffel, ließ sie hochfahren, und jetzt erkannte Maisie, was sie geweckt hatte. Simon schnarchte. Er schlief tief und fest, auf die Seite gerollt, ein Fuß auf dem anderen Knie, die rechte Hand unter seinem Gesicht, die Fingerknöchel in die Wange gebohrt, der linke Arm ausgestreckt darunter, die Hand schlaff über dem Bettrand.

Mit zusammengekniffenen Augen blickte Maisie zu ihrer Uhr, das Einzige, was sie abgesehen von dem Ring trug. Vier Uhr morgens? Es wäre sinnlos, jetzt nach Hause zu gehen. Sie würde von hier direkt nach Savoy Hill fahren.

Behutsam schälte sie sich aus dem Bett, obwohl sie so, wie Simon schnarchte, wahrscheinlich einen Stepptanz auf seinem Kopf hätte aufführen können, ohne dass er sich gerührt hätte. Ihre Kleidung lag in einem Haufen auf dem Boden. Sie sammelte alles auf und schlich ins Badezimmer.

Während sie ihre Finger als Kamm benutzte, verhedderte sich der Ring in ihrem Haar. Geduldig entwirrte sie die Strähnen und dachte über all die Dinge nach, die sie nun lernen müsste, um sich in diesem neuen Leben zurechtzufinden, diesem Leben mit einem Verlobungsring. Sie konnte den Park sehen, der von dem verblassenden Mondlicht beschienen wurde. Wäre das denn nichts, diesen Ausblick jeden Tag genießen zu können? Ein Wolf trat ins Licht, und sie keuchte auf. Ein Wolf, im Regent's Park? Sie musste träumen. Sie war in der Wildnis.

Ein Mann gesellte sich zu dem Wolf und legte ihm eine Leine an, da erkannte Maisie, dass es ein Deutscher Schäferhund war und die beiden einen Spaziergang vor der Morgendämmerung machten.

Die Stunde des Wolfes nennen sie es irgendwo. Daran erinnere ich mich. Wo Träume und die Realität aufeinanderstoßen, sehr gefährlich und verlockend.

Es juckte sie in den Fingern. Sie eilte zurück ins Wohnzimmer und stürzte sich auf Simons geöffneten Sekretär. Sie griff nach einem Bleistift, konnte jedoch kein Papier entdecken und wühlte in den Schubladen. In der unordentlichsten fand sie ein paar unlinierte, wenn auch leicht zerknitterte Blätter. Sie setzte sich auf das weiche braune Ledersofa und kritzelte ein paar Notizen für einen Vortrag hin: die Dinge, die man in der Nacht sieht, so anders als im Tageslicht, die Streiche, die uns unsere Augen spielen. War dies der Stoff, aus dem sich Märchen entwickelt hatten? Rasch hatte sie die eine Seite beschrieben und drehte sie um. Ihr Herz blieb stehen. Es war ein Brief.

Es ist nur ein weggelegter Entwurf, nichts, was mir Kopfzerbrechen machen müsste, ermahnte sie sich. Doch er war aus London adressiert, und das Datum sprang ihr regelrecht ins Auge. »15. August 1929.« Als Simon angeblich immer noch in Deutschland gewesen war.

»Lieber Grigson ...«

Die Faust in ihrem Innern schnellte hoch, verwandelte ihren Atem in eiskaltes Keuchen.

Nein. Nein, nein, nein!

Worte sprangen sie an, kreischten und bissen wie Kobolde. »Freue mich, die Angelegenheit zu regeln.« »Dankbar für Ihre Investition und Ihren Glauben an mich ... Werde Sie nicht enttäuschen.«

Die Sonne kroch am Rand der Vorhänge ins Zimmer. Maisie zwang sich, nicht zu denken, sondern einfach nur zu ihrer Tasche zu schleichen, wo die Kamera immer noch zwischen einem Haufen Schokolade und dem neuesten *Listener* lag.

Nicht zittern, befahl Maisie ihren Fingern, während sie den Brief glatt strich, ihn unter die Schreibtischlampe legte und ein Foto schoss, in der Hoffnung, die Schrift wäre klar und deutlich zu lesen.

Halb sechs. Ihr Verstand und ihr Körper arbeiteten wie mechanisch, durchsuchten den Schreibtisch mit der nüchternen Präzision eines Chirurgen. Dann fiel ihr Blick auf den geschlossenen Sekretär.

Der Schreibtisch war abgesperrt. In seiner eigenen Wohnung. Gezückt ward die verlässliche Nagelfeile.

Weitere Briefe. Briefe, Briefe, Briefe. Sie schoss sieben weitere Bilder, bis der Film zu Ende war, und beschränkte sich dann auf Kurzschrift, ohne darüber nachzudenken, was sie schrieb, ohne über all das Gerede über Kakao nachzudenken, über exklusive Verträge mit Nestlé, über eine bedeutende Familie, die einen Aufschwung erleben würde, über Pläne für eine glänzende Zukunft als Direktor eines Medienimperiums, so selbstverständlich für einen Mann von Simons Herkunft, Verbindungen und Kaliber. Simon konnte keinesfalls wissen, was er da tat oder mit wem er es zu tun hatte. Er wollte seiner Familie unbedingt helfen. Das war ehrenwert, immerhin war er ein Ehrenwerter. Er wäre nicht gefeit gegen das Angebot echter Hilfe, und insbesondere, wenn es noch mehr beinhaltete, etwas, das er sich schon immer herbeigewünscht hatte. Doch er würde keine Marionette werden und blind das tun, was seine Wohltäter von ihm verlangten. Er musste nur verstehen, mit wem er es zu tun hatte und was das alles bedeutete, dann könnten er und Maisie ein Freudenfeuer mit diesen Papieren entzünden.

Sie steckte die Kamera und das Notizbuch zurück in ihre Tasche, schloss den Sekretär ab und blickte zu dem unordentlichen geöffneten Schreibtisch. Eine Ecke von braunem Leder erregte ihre Aufmerksamkeit – ein Tagebuch, ganz gewiss. Vorsichtig schob sie ein paar Papiere zur Seite.

»Können wir Ihnen helfen?«

Erschrocken machte Maisie einen Satz nach vorne und knallte mit ihrem Knie so fest gegen den Sekretär, dass sie fürchtete, es wäre gebrochen. Die Stimme gehörte dem missgestimmten Trent, der aussah, als hätte er sie am liebsten totgeschlagen, und sich nur deshalb zurückhielt, weil er Blutflecken auf dem Parkettboden vermeiden wollte.

»Ich habe nur nach Luftpostpapier gesucht«, erklärte sie. »Ich wollte meiner Mutter schreiben und ihr von meiner Verlobung erzählen.«

»Und hat Mr Simon Ihnen erlaubt, seinen Schreibtisch zu benutzen?«

»Ich wollte eigentlich auf dem Sofa schreiben. Er schläft noch. Aber ich bin eine Lerche. Morgenstund' hat Gold im Mund.«

Er musterte sie von Kopf bis Fuß und fragte sich wahrscheinlich verwundert, was Simon an ihr fand. Die Augen fest auf ihr ruhend öffnete er eine Schublade und holte mehrere Bogen dünnes blaues Papier heraus.

»Ah, da bist du ja«, murmelte Simon. Maisie drehte sich um. Da stand er, nur mit einer Pyjamahose bekleidet, die ihm locker auf den Hüften saß, während er sich mit der Hand durch die zerzausten Haare fuhr. Dieser Körper. Geschmeidig, gestählt, wie gemeißelt. Sie hatte jeden Zentimeter dieser leicht polierten Haut berührt. Sie könnte jetzt zu ihm gehen und ihn wieder berühren. Sie wollte es. Lieber das, lieber ihn berühren, ihn küssen, sich in ihm verlieren, ihn wieder in sich spüren, als das zu glauben, was ihre Augen ihr gesagt hatten. Er war in etwas hineingezogen worden, was er nicht verstand. Wer von uns beging keine Fehler?

»Ich dachte schon, du hättest mich benutzt und dann einfach fallen gelassen«, sagte er, zog sie an seine Brust und gab ihr einen Kuss auf den Hals. »Lass uns zurück ins Bett gehen. Ich bin nie vor neun wach. Trent muss annehmen, das Ende der Welt sei nah.«

»Ich muss weit vor neun in der Arbeit sein«, rief sie ihm

ins Gedächtnis. »Leider wartet ein sehr arbeitsreicher Tag auf mich.« *Der gerade noch arbeitsreicher geworden war.*

»Hm, du fleißiges kleines Bienchen. Und wahrscheinlich willst du nach Hause und dich umziehen. Willst du zuerst frühstücken? Trent macht einen wunderbaren Mischmasch aus Speck und Eiern.«

»Nein, ist schon in Ordnung«, sagte sie und bereute ihre Antwort sogleich. Es war ein verräterisches Zeichen, wenn sie Essen ausschlug. »Miss Matheson sagte, sie würde heute Morgen eine Runde Muffins und Marmelade spendieren und, nun ja … ausnahmsweise einmal verspüre ich keinen Hunger nach Essen.« Sie strich mit der Hand an seinem Rücken hinab, erregt von seinem Zittern. Sie durfte das tun. Sie hatte jetzt das Recht, ihn zu berühren, ihn zu …

Was zum Teufel tue ich da? Er ist nicht …

»Ich hoffe nur, du hast nicht zu lang in meinem Schreibtisch dort herumgekramt«, sagte er unvermittelt, und sie fragte sich, ob ein scharfer Unterton in seiner Stimme mitschwang.

»Nein. Ich hatte nur gehofft, etwas blaues Briefpapier zu finden. Aber das Durcheinander hat mich abgeschreckt.«

Er lachte.

»Ja, ich kann mir gut vorstellen, dass dein Sekretärinnenhirn diese Unordnung gesehen und alles am liebsten mit einer Fülle an bourgeoisen Eingangskörben und Etiketten und Akten gefüllt hätte.«

»Es ist nichts Bourgeoises an Organisation«, fauchte sie. »Und ich bin keine Sekretärin mehr. Ich bin Vortragsassistentin.«

»Natürlich, natürlich, ich weiß. Und bald bist du Redakteur und dann Direktor und hast die Befugnis, zu kommen und zu gehen, wann immer du willst, und kannst sämtliche Abläufe bestimmen.«

Sie hörte ihn kaum. Sie musste zur BBC. Sie musste mit Hilda reden.

»Wenn du kein braves Mädchen bist und mit mir zurück ins Bett kommst, dann ist es ein Akt der Grausamkeit, hier zu bleiben«, schalt er sie. »Soll ich dir Geld fürs Taxi geben?«

»Nein«, erwiderte sie. Sie wollte zu Fuß gehen, den Kopf freibekommen. »Nein, das passt schon.«

»Ich habe den Jungs heute Abend einen Drink versprochen, aber gehen wir morgen Abend essen?«

»Liebend gern«, sagte sie, ohne auf ihre eigenen Worte zu achten.

»Und was liebst du sonst noch?« Seine Augen neckten sie, waren so warm. Und so ehrlich.

»Dich«, sagte sie und küsste ihn wieder. »Ich liebe dich.«

Aber ich habe nicht den blassesten Schimmer, wer du bist.

Neunzehntes Kapitel

◊◊◊

Maisie ging langsam die Eversholt Street entlang. Überall um sie herum herrschte pulsierendes frühmorgendliches Leben. Straßenkehrer, Milchmänner, Postboten. Und Jungen: Zeitungsjungen, Botenjungen, Schuhputzjungen. Aber keine Tommys. Nicht mehr. Kein Krieg. Sie hatten gekämpft und gewonnen, und nun war der ehemalige Feind gebändigt und gefügig gemacht worden, es herrschte Frieden.

Und ich bin die Königin von Saba.

Vielleicht bedeutete das alles überhaupt nichts. Es war gut möglich. Sie sah sich um. Es war jetzt später. Die Straße war voll mit arbeitenden Menschen aus der Mittelschicht, die alle zu ihren verschiedenen Arbeitsstätten eilten, keine so wichtig wie Maisies. Denn sie besaß Macht, nicht wahr? Sie war Teil von etwas, das etwas bewirkte. Sie war … Sie war spät dran.

Als sie ihren Schreibtisch erreichte, war sie verschwitzt und durcheinander und knallte ihren Mantel und Hut an den Haken. Dann starrte sie auf ihre fein säuberlichen Papierstapel. Eine Menge Arbeit wartete auf sie. Briefe von Experten auf unterschiedlichen Gebieten, die hofften, für eine Sendung in Frage zu kommen. Skripte, die es zu überarbeiten galt. Schreiben, die verfasst werden mussten.

Phyllida zischte ihr ins Ohr: »Du siehst schrecklich aus. Geht's dir gut?«

Maisie nickte nur.

»Unsinn. Soll ich dir eine Tasse Tee bringen? Oder Natron?«

Maisie brach in schallendes Gelächter aus. Wenn, o wenn es doch nur ein Kater wäre! Welch ein fabelhaft schickes, banales Leiden das wäre!

»Oh, *hier* stecken Sie, Miss Fenwick«, sagte Fielden. »Ich habe den Fehler begangen, Sie an Ihrem eigenen Schreibtisch zu suchen.«

»Was für ein Glück, dass Miss Musgraves Schreibtisch keine sieben Meter entfernt ist. Ich hätte es mir niemals verziehen, wenn Sie meinetwegen einen großen Umweg gemacht hätten.«

»Ich verstehe überhaupt nicht, dass Sie zwei kein Vermögen beim Varieté machen«, sagte Fielden, der Maisie als Teil des Komikerduos einschloss. »Könnten Sie die hier bitte abtippen? Und wir müssen Mr Jennings von Lloyd's verschieben.«

»Wir brauchen mehr Sendezeit«, seufzte Phyllida mit einem Blick auf den Programmplan.

»Wir brauchen mehr Zeit für alles«, stimmte Fielden ihr zu, hocherfreut, einen Mitstreiter für sein Gejammer gefunden zu haben. »Mehr Zeit, mehr Platz, mehr Mitarbeiter.«

»Vielleicht wenn das neue Gebäude fertig ist«, sagte Maisie automatisch. Das bereits konzipierte »Broadcasting House« befand sich längst im Bau und sollte 1932 eingeweiht werden, wirkte jedoch wie Arkadien, etwas, das nie erreicht werden konnte.

Fast als hätte sie ihnen gelauscht, hörten sie Hilda in ihrem Büro schreien: »Aber wir haben *jetzt* keinen Platz!«

Die drei warfen sich erschrockene Blicke zu. Wann erhob Hilda jemals die Stimme?

Sie krochen zum Türrahmen, so nah, wie sie sich trauten. Reith stand dort, die Arme verschränkt, und wippte auf den Fersen vor und zurück.

»Nein, Sie missverstehen mich«, sagte er mit ruhiger Singsangstimme. »Es ist nur eine klitzekleine Umstrukturierung der Abteilung. Eine bessere Nutzung all unserer besten Ressourcen.«

»Das kann nicht Ihr Ernst sein.« Hilda war aufgesprungen, ihr Gesicht aschfahl, ihre Augen waren weit aufgerissen und glasig.

»Sie haben gesagt, Sie bräuchten mehr Mitarbeiter und dass Sie alle unter Hochdruck arbeiteten. Jeder weiß, dass Sie bei den Vorträgen länger als alle anderen bleiben. Es ist zu viel für eine einzige Person. Und ich nehme Ihnen Ihren Titel nicht weg, ganz im Gegenteil. Ich denke, Sie reagieren etwas hysterisch. Wirklich, Sie sollten stattdessen dankbar sein.«

»Dankbar? Sie unterstellen mir, dass ich unfähig bin, diese Abteilung zu leiten.«

»Nun, sehen Sie? Genau das meine ich mit hysterisch. Meine liebe Miss Matheson, Sie gehören beileibe zu den besten Ressourcen, von denen ich eben gesprochen habe, und ich bezweifle, dass es irgendjemanden in Großbritannien gibt, der nicht wüsste, mit welcher Brillanz Sie diese Abteilung führen. Diese kleine Veränderung …«

»Klein!«

»… wird gewährleisten, dass Sie sich auf die Vorträge konzentrieren können, die Ihnen am meisten am Herzen liegen. Jeder kann sich auf seinen Teil konzentrieren, ohne dass Sie sich in die Quere kommen. Fokussierter Verstand, fokussierte Arbeit. Und Sie und Mr Siepmann machen im Grunde ganz ähnliche Arbeit. Da liegt es doch nur auf der Hand, dass Ihr Scharfsinn gebündelt wird, nicht? Miss Somerville wird nun den Schulfunk leiten – sie ist darüber hocherfreut –, und Sie und Mr Siepmann können sich die Früchte Ihres Erfolgs hier teilen und die Vortragsabteilung voranbringen.«

»Sir John«, sagte Hilda und fuhr sich über die Lippen, »ich weiß durchaus zu schätzen, was Sie da versuchen, wirklich, aber obwohl ich hier mehr Mitarbeiter brauche, war meine Hoffnung, weitere gute Redakteure und ein oder zwei zusätzliche Verwaltungsmitarbeiter zu finden. Das ist alles. Wenn Sie mit meinen Leuten darüber reden würden, wie die Dinge hier laufen, werden sie Ihnen gewiss versichern, dass ich eine sehr gute Programmdirektorin bin. Wenn Sie einen weiteren Programmdirektor benennen, wird das nur für Verwirrung sorgen. Sie sind ein Mann mit großem Erfahrungsschatz. Sie wissen, dass ich recht habe. Würden Sie im Schützengraben einen zweiten Hauptmann neben sich wollen?«

»Um mir zu helfen, meine tausend Truppen zu führen? Selbstverständlich. Ich weiß, meine liebe Miss Matheson, das alles mag etwas unvermittelt wirken, aber versuchen Sie, es als das Kompliment zu verstehen, das es ist. Sie haben beim Aufbau dieser Abteilung großartige Arbeit geleistet, und jetzt ist es einfach ein bisschen zu viel für eine Person, alles allein zu bewältigen.«

Maisie wollte schon losstürzen, um ihm an den Kopf zu werfen, wie vollkommen falsch er lag, doch sie konnte sich nicht bewegen. Fieldens Arm war um ihre Taille geschlungen und hielt sie mit überraschender Stärke zurück. Ihn wegzudrücken hätte einen sehr unerfreulichen Körperkontakt bedeutet, und wäre sie nach vorne geschnellt, hätte sie riskiert, bäuchlings ins Büro zu schlittern. Dieser Fielden brachte sie zur Weißglut, aber er war auch verdammt umsichtig.

»Sie, Siepmann und ich können uns in meinem Büro treffen und alles Weitere besprechen«, sagte Reith, während er seine Zigarette in Hildas Aschenbecher ausdrückte. »Ich garantiere Ihnen, sobald Sie mit ihm gesprochen und seine überzeugenden Argumente gehört haben, werden Sie überglücklich sein.«

»Das war demnach seine Idee?«

»Hmm? O nein. Es lag mir schon lange auf der Seele, und er fragt ständig nach, wie er sich noch nützlicher machen kann. Als ich einmal angemerkt habe, dass die Vortragsabteilung ein wenig umgebaut werden müsste, lag es auf der Hand, dass er genau der Richtige für diese Aufgabe wäre.«

»Ich verstehe.«

»Gut! Nun, dann sehe ich Sie später in meinem Büro. Guten Tag!«

Fieldens Finger bohrten sich in Maisies Seite, drängten sie weg. Sie alle wichen hastig zurück, als Reith pfeifend davonschritt. Maisie wollte schon in Hildas Büro eilen, als das Telefon klingelte. Phyllida, die geschickt das Zittern in ihrer Stimme verbarg, erklärte Hilda, dass es ein Privatgespräch sei, und nannte keinen Namen.

Was bedeutete, dass es Vita sein musste. Hilda schloss die Tür.

Maisie stieß Fielden in blinder Wut von sich.

»Habe ich Ihnen das nicht gesagt?«, fauchte sie. »Habe ich Sie nicht gewarnt? Jetzt wird alles den Bach runtergehen.«

»Was hätten wir sonst tun können, Miss Musgrave? Wenn Sie so clever sind, dann sagen Sie's mir. Was hätten wir tun können?«

In seinen Augen brannte sein gewöhnliches sarkastisches Feuer, doch um den Rand seiner Lider lag ein Hauch von Rot. Und die einzige Antwort lautete »nichts«. Denn die einzige

Alternative wäre gewesen, Hilda den Mund zu verbieten, und das war ein Ding der Unmöglichkeit.

Hilda ging ihnen allen bis nach dem angekündigten Treffen mit Reith und Siepmann aus dem Weg. Als sie zurückkehrte, rief sie Maisie in ihr Büro und schloss die Tür.

»Hier. Ich habe Ihnen ein Gebäckstück mitgebracht«, sagte sie und legte es auf den Beistelltisch.

»Sie hätten sich nicht …«

»Ich weiß, Sie haben alle genug gehört. Anscheinend wird es bald ein Memo geben. Die Abteilung wird aufgeteilt werden. Ich bin Programmdirektorin der allgemeinen Vorträge und Siepmann Programmdirektor der Erwachsenenbildung. Und damit hofft man, die Politik zu ›besänftigen‹.«

Systematisch stach sie mit ihrem Füller auf ein Löschpapier ein. Sie sah abgespannt aus, beinahe krank.

»Miss Matheson, wir schaffen das«, sagte Maisie in einem jähen Anflug von Selbstvertrauen. »Der GD hasst schlechte Presse. Wir müssen nur deutlich herausstellen, dass alles, wofür Siepmann zuständig ist, schlecht läuft, und an richtiger Stelle andeuten, dass die neue Führung für Verwirrung und schlechte Vorträge sorgt, dann wird er alles zurücknehmen.«

Hilda sah sie mit verschleierten Augen an. »Sie klingen wie ich, Sie dumme Gans.«

»Gut.«

»Miss Musgrave, leider wird es nicht besser. Der GD hat entschieden, dass Sie nicht über die nötigen Qualifikationen verfügen, um *Die Woche in Westminster* als Redakteurin zu betreuen.«

Es gab keinen Grund, überrascht zu sein. Maisie sah das Gebäckstück stirnrunzelnd an. Dann zupfte sie den oberen Teil des Teigmantels ab.

»Ich habe so deutlich wie möglich widersprochen. Aber der GD …«

»Ich weiß.«

Der Gedanke, dass es anders hätte laufen können, war töricht gewesen. Eine Frauensendung, von Frauen für Frauen, hätte niemals sein Interesse geweckt. Er hatte Maisie damals vor zu großem Ehrgeiz gewarnt. Das hier war wohl ihre Bestrafung, weil sie seinen Rat nicht befolgt hatte.

»Ich bin immer noch Vortragsassistentin?«

»Ja.«

Maisie bohrte den Finger tiefer in das Gebäckstück, bis Sahne hervorquoll.

»Wer bekommt den Posten?«

»Cyril Underwood.«

Hilda redete ausdruckslos. Sie trug keine Schuld an der Misere, sie war nur der Überbringer schlechter Nachrichten.

»Er wollte der Redakteur einer wichtigen Sendung sein«, erklärte Maisie, riss ein Stück von dem Gebäck ab und stopfte es sich in den Mund, damit ihr Kinn mit dem Zittern aufhörte. »Ich hoffe, er weiß, welche Ehre ihm da zuteilwird.«

»Wenn Reith wollte, dass die Sendung misslingt oder es nicht für wichtig erachtet hätte, hätte er Ihnen den Posten gegeben.«

»Ja. Gut möglich.«

Sie konnten nichts weiter tun, als sich anzusehen.

»Er ist ein Schuljunge«, sagte Maisie schließlich ohne Verbitterung in der Stimme.

»Einige von denen erholen sich nie davon«, stimmte Hilda ihr zu.

Das Telefon klingelte. Die Arbeit ging weiter.

Maisie stand da und wischte sich die Krümel von ihrem Rock. »Es ist ein fantastisches Programm«, sagte sie.

»Eines unserer besten«, stimmte Hilda ihr zu.

Und das war's.

Aber da war noch etwas.

»Miss Matheson, könnte ich einen Laufburschen schicken, damit er einen Film entwickeln lässt?«

Hilda hob eine Augenbraue. Zum ersten Mal an diesem Tag lächelte sie. »Sie haben neue Informationen.«

»Jawohl. Die Sorte, von der ich eigentlich angenommen hatte, der Tag könne auf keinen Fall noch schlimmer werden.«

»Das ist die BBC, wie sie leibt und lebt. Immer für eine Überraschung gut.«

Sie lächelten, auch wenn keiner von ihnen der Sinn danach stand.

Jeder gab sein Bestes, um zu lächeln, als Siepmann ihnen mit Cyril im Schlepptau einen Besuch abstattete, »nur um kurz vorbeizuschauen«. Rasch versicherte er allen, dass sich im Grunde nichts ändern würde, obwohl es in Wirklichkeit gewaltige Veränderungen geben würde.

»Ah, Miss Musgrave, fleißig wie eh und je, nicht wahr, meine Liebe?« Siepmann drehte den Kopf, um ihre Arbeit zu begutachten.

Wie schwer wäre es wohl, ihn versehentlich aus dem Fenster zu werfen?

»Ja, wie ich gehört habe, hatten Sie anscheinend gehofft, der Redakteur für die kleine *Westminster*-Sendung zu sein, aber Sie verstehen sicherlich, dass Underwood hier diese Art von Erfahrung sammeln muss, nicht wahr? Natürlich tun Sie das. Cleveres kleines Ding. Das habe ich schon immer gesagt.«

»Und ich habe es schon immer zu schätzen gewusst, Mr Siepmann.«

»Ah, wie wunderbar! Nun, wir müssen weiter, aber natürlich werden wir bald viel mehr voneinander sehen.«

Cyril blieb zögerlich zurück, biss sich auf die Lippe.

»Brauchen Sie noch etwas?«, fragte Maisie. »Denn wir haben hier wirklich alle Hände voll zu tun, müssen Sie wissen. Dem Anschein nach ist das nämlich der Grund für diesen kleinen, einschneidenden Umbruch.«

»Es tut mir leid«, sagte Cyril.

»Nein, tut es nicht. Geben Sie sich gar nicht die Mühe zu lügen. Das hat Ihnen noch nie gestanden.«

»Maisie ...« Ihr wütendes Funkeln ließ ihn zurückrudern. »Miss Musgrave. Ich habe nicht um *Die Woche in Westminster* gebeten. Ich will, dass Sie das wissen.«

»In Ordnung, jetzt weiß ich es.«

»Es tut mir leid. Ich weiß, Sie hätten gute Arbeit geleistet.«

»Würden Sie das tatsächlich glauben, Mr Underwood, dann hätten Sie dankend abgelehnt und sich bei Ihren Wohltätern dafür eingesetzt, dass stattdessen mir die Aufgabe übertragen wird. Für Sie ist es sowieso kein Traumangebot, immerhin ist es ein Frauenprogramm und noch dazu am Vormittag. Es ist nicht so, als hätte man Ihnen Mr Bartletts Sendung gegeben. Für mich wäre es eine großartige Chance gewesen, aber für Sie ist es nur eine weitere Kerbe auf Ihrem Weg nach oben. Nun, Gratulation und viel Glück.«

Sie drehte sich um und tippte so laut, wie sie nur konnte, selbst lange nachdem er verschwunden war.

Der schreckliche Tag neigte sich endlich seinem Ende zu. Kein einziger Mensch in der Vortragsabteilung hatte das Bedürfnis, lange zu bleiben. Hilda und Maisie verließen das Gebäude gemeinsam und winkten ein Taxi herbei. Der Fahrer bedachte sie mit einer entschuldigenden Grimasse.

»Tut mir leid, Misses, aber die Rückbank hat auf der einen Seite eine lose Feder – verdammter Balg, hat nicht aufgehört zu hüpfen. Eine von Ihnen wird leider den Klappsitz nehmen müssen.«

»Das stört mich nicht«, sagte Maisie und sprang hinein, damit Hilda sich keinesfalls auf den ungemütlichen Sitz gegen die Fahrtrichtung setzte. Hilda versuchte, dem Fahrer zwischen seiner Schimpftirade über laxe Kindererziehung und all dem Übel, das daraus resultierte, die Adresse zu geben.

»Sie könnten sich an den Rundfunkrat wenden«, sagte Maisie, als sie schließlich unterwegs waren. »Sie erwarten ein strenges Regiment, kein Durcheinander. Zwei Programmdirektoren bei der Vortragsabteilung werden nicht gerade auf Begeisterung stoßen. Allein schon wegen der Gehälter.«

»Ich werde mich auf gar keinen Fall an den Rundfunkrat wenden. Ich werde mir nicht die Blöße geben, wie ein kleines Mädchen zu weinen, nur weil Papa mich nicht mehr mag.«

»Aber das ist nicht …«

Hilda hielt die Hand hoch. »Er muss sie längst überredet haben. Ein bloßer Versuch wäre der Beweis für meine Torheit.«

»Aber sie mögen Sie! Oder zumindest mögen sie die gute Presse, die Sie bekommen. Sie ist gut für die BBC, und das färbt auch auf sie ab und …«

»Ja, jeder ist schnell bei der Hand, mir zu versichern, wie unentbehrlich und unbezahlbar ich bin und all die Dinge, die mich zu diesem grandiosen Moment geführt haben.«

Es war verstörend, Hilda so verbittert zu sehen. Maisie zwang sich, den Blick abzuwenden, und starrte stattdessen zu der sich in der Ferne verlierenden Straße hinter ihnen.

»Miss Matheson?«

»Hmm?«

»Ich glaube, wir werden verfolgt.«

Maisie war das Auto am Ende der Savoy Street bereits aufgefallen, als sie auf das Taxi gewartet hatten, doch dort herrschte immer ein solch reges Kommen und Gehen. Und vielleicht hatte sie sogar bemerkt, dass es just in dem Moment den Motor gestartet hatte, als sie losgefahren waren, aber das allein war an und für sich nicht befremdlich. Doch über Hildas Schulter hinweg, aus der winzigen Heckscheibe, sah sie immer dieselben Scheinwerfer, die ihnen folgten.

»Was macht Sie so sicher?«, fragte Hilda.

»Wir werden verfolgt, seit wir Savoy Hill verlassen haben, das weiß ich. Eines der Vorderlichter ist dunkler als das andere.«

»Sehr gut!«

Mit einem Mal war Hilda fast fröhlich gestimmt. Sie drehte sich um und kniete sich auf ihren Sitz, um ihre Verfolger zu beobachten.

Der Wagen war ihnen dicht auf den Fersen. Hilda drehte sich zurück und klopfte dem Fahrer auf die Schulter. »Hören Sie mal, Planänderung. Können Sie uns lieber zur Sumner Street 31 bringen?«

»*Was*? Aber das sind mehrere Meilen in die andere Richtung!«

»Schrecklich unangenehm, ich weiß. Würden zwei weitere Schilling als Entschädigung ausreichen?«

Er riss das Lenkrad herum und düste mit solchem Elan davon, dass die kaputte Sprungfeder nur so zitterte.

Und sie ihren Schatten abhängten.

»Die versuchen nicht mal umzudrehen? Wie armselig«, mokierte Hilda sich.

»Was ist in der Sumner Street?«, fragte Maisie.

»Meine Wohnung«, erwiderte Hilda schlicht.

Sumner Street war eine der vielen Londoner Straßen, in denen sich elegante weiße klassizistische Häuser mit prächtigen Säulen und Hausnummern, die mit schwarzer Farbe aufgemalt waren, aneinanderreihten. Die Häuser sahen völlig identisch aus, außer die Bewohner hatten etwas mit dem Stückchen Beton gemacht, das anstelle eines kleinen Vorgartens zur Straßenseite zeigte. Sie brauchten im Grunde auch keinen Garten, da sie jederzeit zu dem begrünten Platz um die Ecke spazieren konnten. Und die Häuser selbst verströmten ihre ganz eigene Schönheit.

Hilda drängte Maisie in Nummer einunddreißig, wo Torquhil sogleich die Treppe herabgeschossen kam und sich bellend und schwanzwedelnd auf Hilda stürzte, was sein Konterfei auf dem Regal in der Garderobe in große Gefahr brachte.

»Bra, mein kleiner Liebling. Hattest du einen schönen Tag?«, gurrte Hilda. »Du warst nicht ganz allein, oder? Hallo, jemand zu Hause?«

»Sie leben nicht allein?«, fragte Maisie, die Hilda nach unten in die Küche folgte. Sie hätte sich das Haus gewiss leisten können.

»Hausbesitzer sind nicht sonderlich erpicht darauf, an eine alleinstehende Frau zu vermieten«, sagte Hilda und belud ein Tablett mit Brot, Käse und Obst. »Obwohl ich meinen Vater oder Bruder hätte bitten können, für mich als Bürgen einzutreten, aber es ist gar nicht mal so übel, andere Menschen um sich zu haben. Wir kümmern uns umeinander, und es bedeutet, dass ich in der glücklichen Lage war, mir ein Auto zu kaufen. Ein prächtiges Geschöpf. Ich zeige es Ihnen irgendwann einmal. Ja, du bist auch ein prächtiges Geschöpf«, versicherte sie Torquhil und öffnete eine Dose Fleisch für ihn. Nach mehreren Sprüngen und einer Umrundung Hildas machte er sich genüsslich über sein Essen her.

»Wir scheinen wesensverwandt zu sein«, bemerkte Maisie. Hilda lachte, stellte das Tablett in den Speiseaufzug und kurbelte ihn nach oben. Sie folgten ihrem Abendessen in Hildas Reich, einen großen Salon mit angeschlossenem Schlafzimmer. Hilda schürte das Feuer und warf Kissen auf den Boden.

Das Zimmer war so hell und warm und freundlich, wie Maisie es sich vorgestellt hatte. Doch da erinnerte sie sich an den Grund, warum sie hier waren und was sie an diesem Morgen, der ihr wie die fernste Vergangenheit vorkam, in Simons Wohnung gefunden hatte. Hilda reichte ihr genau in dem Moment, als Maisie in Tränen ausbrach, ein Glas Sherry.

»Ihre Fotos wurden in aller Eile entwickelt, und ich habe sie mir bereits zu Gemüte geführt, weshalb ich eine Ahnung habe, was diesen Staudamm durchbrochen haben mag. Es tut mir so schrecklich leid.« Sie drückte Maisie ein Taschentuch in die Hand. »Notizen haben Sie auch?«

Maisie reichte Hilda ihr Büchlein und steckte sich ein Stück Wensleydale in den Mund.

»Ist es nicht möglich«, sagte sie durch den Käse, »dass Simon gar nicht weiß, was er da tut oder mit wem er sich eingelassen hat? Er will eine Zeitung herausgeben. Das hat er schon dutzendmal gesagt. Und jetzt bietet sich ihm auf einmal seine Chance. Vielleicht ahnt er das Restliche nicht.«

»Das hoffe ich. Und ich bin sicher, Sie hätten mitbekommen, wenn er faschistische Neigungen hätte.«

»Das kann ich mir einfach nicht vorstellen. Er war so entsetzt von diesem Treffen, zu dem ich ihn damals mitgenommen habe.« Maisie zögerte bei der Erinnerung. »Im Grunde hat er es für rasend komisch gehalten. Und sie haben davon gesprochen, die Presse kontrollieren zu wollen.« Sie hielt inne. »Und Grigson war dort und hat ihn angesehen. Doch wir sind verschwunden, bevor sie sich unterhalten konnten. Oder …

jetzt kommt es mir erst. Natürlich hätte er zurückkehren können, nachdem ich nach Hause gefahren war.«

Hilda zündete sich eine Zigarette an und holte einen Kuchenbehälter aus dem Regal. Victoria Sponge. Maisie legte sich eine Scheibe Wensleydale auf das Kuchenstück. Es passte wunderbar zusammen.

»Das ist möglich«, sagte Hilda. »Es ist ebenfalls gut möglich, dass Grigson ihn erkannt hat. Mir hat sein Name auch etwas gesagt, schon vergessen? Er stand schon mehrmals groß und breit in den Klatschseiten. Ein derart wichtiger Geschäftsmann würde von jemandem wie ihm wissen, insbesondere wenn sich der betreffende Aristokrat als Journalist versucht.«

»Aber er … er kann nicht …« Maisie stürzte ihren Sherry hinunter. »Er hat viele Bemerkungen über Zeitungen fallen gelassen – nennt sie alle ›bourgeois‹ – und will ihnen entschieden zeigen, wie es richtig funktioniert, wobei er natürlich an eine breitgefächerte und freie Presse glaubt. Das tut er ganz gewiss.«

Hilda füllte Maisies Glas auf. »Es gibt die Sorte Mann, die glaubt, sie müsse an die Macht kommen. Als wäre es eine Art Gottesgnadentum. Natürlich fürchterlich atavistisch, aber immun gegen die Evolution. Und ein Medienbaron kann echte Macht ausüben. Denken Sie an William Randolph Hearst.«

»Muss ich?«

»Wie mir scheint, haben Grigson – und wahrscheinlich auch Hoppel – ihn eher mit Macht als Geld gelockt. Er ist der Herausgeber der einen Zeitung, mit der sie anfangen, dann kaufen sie weitere hinzu, und er bleibt die Stimme hinter ihnen allen. Und dann ist es einfach, jegliche Information zu verbreiten, die man unters Volk bringen will. ›Vor dem Faschismus muss man keine Angst haben. Die echte Gefahr droht von … und so weiter und so fort.‹ Sobald das die einhellige Meinung in allen seriösen Zeitungen ist, wird jeder, der ihnen widerspricht, wie ein Narr aussehen. Man muss die Opposition nicht mit Gewalt zum Schweigen bringen. Es geht viel gesitteter.«

Torquhil schob sich schwerfällig herein und versuchte, die Käseplatte zu erreichen. Hilda schnippte mit den Fingern, und er wich zurück, um den Kopf in ihren Schoß zu legen.

»Wie kann er jemanden wie mich mögen, wenn das die Art Macht ist, die er ausüben will?«

Hilda nahm einen langen Zug von ihrer Zigarette.

»Er mag einige schwerwiegende Defizite aufweisen, doch er müsste ein hoffnungsloser Idiot sein, um Sie nicht zu mögen. Und wenn er ein hoffnungsloser Idiot wäre, hätten Sie kein Interesse an ihm. So sieht's aus.«

Maisie holte den Ring aus ihrer Tasche und drehte ihn erst in die eine, dann in die andere Richtung, wo er den Schein des Feuers einfing. Sie warf einen erneuten Blick auf die Fotos, die sie von Simons Unterlagen geschossen hatte.

»Das also ist unser Stand der Dinge. Grigson hat einen Vertrag zwischen Nestlé und den Brock-Morland-Kakaoplantagen arrangiert, der womöglich sämtliche Schulden der Familie tilgt, und Simon gebeten, seine Zeitung zu führen. Ich frage mich, ob Simon überhaupt nach Deutschland gereist ist?«

»Das lässt sich leicht herausfinden, auch wenn es keine Rolle spielt. Aber wahrscheinlich war es so. Seine Familie hat dort Geschäftsinteressen. Vielleicht weniger als früher.«

»Es steht also schlecht um sie.«

»Allem Anschein nach.«

Maisie aß noch ein Stück Kuchen. »Ich muss zu Nestlé«, sagte sie schließlich.

»Ich halte das für keinen klugen Schachzug, nun da wir …«

»Nein. Ich weiß, was ich zu tun habe. Ich weiß, was ich beweisen muss. Sie werden nicht versuchen, mich aufzuhalten, nicht wahr?«

»Ich hoffe, Sie kennen mich allmählich gut genug.«

Es war fast surreal, am nächsten Morgen zurück in der BBC zu sein und so zu tun, als wäre alles beim Alten. Insbesondere als Siepmann erneut hereinstolziert kam, um, wie er sich ausdrückte, die »Räumlichkeiten zu inspizieren«.

»Es wird hier wohl ziemlich kuschelig werden, nicht wahr? Und dennoch schrecklich geschäftig, da bin ich sicher.« Er drehte sich zu Phyllida um und legte ihr eine tröstende Hand auf die Schulter. Ihre Augen huschten zu seinen Fingern, doch er behielt sie tapfer dort. »Ich werde auch mein eigenes Mädchen mitbringen. Sie müssen sich keine Sorgen machen, dass Sie die einzige Sekretärin sein werden.«

»Ich kann meine Erleichterung kaum in Worte fassen«, sagte Phyllida und drehte sich scharf zu ihrer Schreibmaschine zurück, sodass seine Hand gewaltsam abgeschüttelt wurde.

»Nun denn, meine Damen«, sagte er mit einem hellen Lachen. »Lassen Sie uns alle vergnügt und hilfsbereit sein. Es wäre mir ein Grauen, wenn ich die Empfehlung aussprechen müsste, dass eine von Ihnen entfernt werden sollte. Und außerdem ist diese kleine Umstrukturierung zum Wohle aller. Wir können nicht zulassen, dass die Menschen glauben, die Vortragsabteilung wäre allein eine Frauendomäne, denn sonst würden Männer nicht mehr einschalten.«

»Wir haben unter unseren Zuhörern eine große Anzahl an Männern«, erwiderte Maisie.

»Gewiss, aber das hält uns nicht davon ab, immer auf der Hut zu sein. Es ist das Beste, das Boot nicht unnötig zum Schaukeln zu bringen.«

»Natürlich, Mr Siepmann«, sagte sie. Doch sie fragte sich, ob es zu spät war, den Kurs des Boots noch einmal zu ändern.

Früher hatte sie gewusst, wie man mit Reith reden musste. Vielleicht war ihr diese Fähigkeit nicht abhandengekommen.

»Sie können einen Termin vereinbaren, wenn Sie wollen.« Miss Nash, Reiths neue Sekretärin (sie wurde immer noch die »Neue« genannt, obwohl sie schon seit fast zwei Jahren dort war), sah Maisie missbilligend an.

»Trinkt er nicht gerade seinen Tee?«

»Ja, und zwar allein.«

»Würde es Ihnen große Umstände bereiten, ihn zu fragen, ob er womöglich Gesellschaft haben möchte?«

Miss Nashs Augenbrauen hoben sich über ihre Nickelbrille. Doch sie fragte nach und erhielt eine positive Antwort. Maisie trat ein.

»Ah, Miss Musgrave.« Reith winkte sie mit seinem wärmsten Stirnrunzeln zu sich. »Ja, leisten Sie mir ruhig Gesellschaft. Wie reizend. Sie rauchen immer noch nicht? Das freut mich zu hören. Seit Ihrer Einstellung ist ziemlich viel Wasser den Bach heruntergeflossen, nicht wahr?«

»Das kann man so sagen, ja, Sir. Zur BBC zu kommen war das Beste, was mir jemals passiert ist.«

»Und auch sehr gut für uns«, versicherte er mit einem großzügigen Nicken. »Wie es scheint, schlagen Sie sich recht wacker.«

»Das hoffe ich, Sir. Vielen Dank. Es war sehr gütig von Ihnen, Sir, mich ausschließlich für die Vortragsabteilung arbeiten zu lassen. Dort gute Arbeit zu leisten war das Mindeste, was ich tun konnte, um Ihnen zu danken.« Sie zögerte und fragte sich, ob ihre Lobhudelei ausreichte, um ihn für ihr Anliegen empfänglich zu machen. »Ich finde, die Vortragsabteilung macht ihre Sache ordentlich. Die Menschen scheinen zufrieden zu sein.«

»Ja, das ist im Großen und Ganzen auch meine Auffassung«, stimmte er ihr zu. Sie fragte sich, wie viele Vorträge er sich im Laufe der Zeit überhaupt angehört hatte. Oder gemocht hatte.

»Sir, ich weiß, wie sehr Ihnen Zweckmäßigkeit am Herzen liegt, und ich frage mich, ob es vielleicht noch nicht zu spät wäre, Ihre Pläne in Bezug auf Mr Siepmann zu überdenken? Ich meine, er genießt natürlich einen hervorragenden Ruf und hat gute Arbeit geleistet, aber wenn die Vortragsabteilung gute Arbeit leistet, so wie sie ist, und der Schulfunk ebenfalls, dann sollte man vielleicht nicht unnötig Staub aufwirbeln?«

»Ah. Ja, ich verstehe.« Reith nickte. Er lehnte sich zurück und verschränkte die Hände hinter dem Kopf. »Das Problem mit dem Erfolg ist, Miss Musgrave, dass er seine eigenen Schwierigkeiten nach sich zieht. Miss Matheson meinte, sie bräuchte mehr Personal, und zwar nur das beste. Jetzt hat sie es und jemanden, der ihr noch dazu bei den langweiligeren Angelegenheiten der Verwaltungsarbeit unter die Arme greift.«

»Aber Mr Fielden ist ein sehr guter Stellvertreter und hilft ihr bei der Verwaltung, und wir übrigen arbeiten sehr hart, damit alles wie am Schnürchen läuft«, sagte Maisie.

»Natürlich tun Sie das, und das gereicht Ihnen auch sehr zur Ehre. Aber vermutlich ist Miss Mathesons großer Ehrgeiz dafür verantwortlich, dass Sie alle sich für sie aufreiben. Mit dieser neuen Maßnahme werden all Ihre Energien besser gebündelt, und Miss Matheson kann ihre erheblichen Talente weiter verfeinern und Beiträge liefern, die mehr zu der Zeit passen, in der wir im Moment leben. Sie müssen verstehen, Miss Musgrave, die Weltwirtschaft ist in einem verheerenden Zustand. Menschen brauchen Trost, und den müssen wir bieten.«

»Aber brauchen sie nicht auch gute, ausgewogene Informationen?«

Tiefe Enttäuschung furchte Reiths Gesicht.

»Ich würde Ihnen abraten, sich zu viele von Miss Mathesons Eigenschaften anzueignen, meine Liebe. Sie müssen verstehen, ich muss es vielen Menschen recht machen. Der Rundfunkrat, wie Sie wissen, will natürlich, dass wir seine Erwartungen erfüllen. Er ist besorgt, Miss Musgrave, und ich muss ihn beschwichtigen, und das ist eine sehr schwere Bürde.«

Seine Augen waren wehmütig, und sie konnte sehen, dass er jedes Wort ernst meinte. Sie fragte sich allerdings, was wohl geschehen würde, wenn er den Rundfunkrat mithilfe der Beliebtheit der BBC beschwichtigen würde.

»Abgesehen davon wird Mr Siepmann der Abteilung sehr guttun und Miss Matheson und euch Mädchen dort erlauben, euch auf die Sorte Vorträge zu konzentrieren, die ihr am liebsten mögt. Ich weiß, diese Art von Veränderung ist schwer zu verstehen, meine Liebe, aber vertrauen Sie mir. Sie haben immer behauptet, dass Sie das täten, nicht wahr?«

Sie sah ihm in die eindringlichen dunklen Augen. Er testete sie, stellte ihr Erinnerungsvermögen in Bezug auf ihre Dankbarkeit auf die Probe.

»Natürlich vertraue ich Ihnen, Sir.«

Und das tat sie. Es hatte etwas für sich, genau zu wissen, wer er war und wie er agierte. Der Rest von ihnen musste sich nur die Kunst aneignen, sich innerhalb seiner Parameter zu bewegen, um ihre Ziele zu erreichen. Aber es war ein nicht enden wollendes Spiel, bei dem sie immer näher kamen und er gleichzeitig die Torpfosten verschob.

»Das freut mich zu hören, Miss Musgrave. Vielen Dank.«

Und mit diesen Worten war Maisies Niederlage besiegelt.

»Das war's also.« Phyllida seufzte und blickte sich stirnrunzelnd im Tup um. »Es war wohl zu erwarten gewesen.«

»Aber so hätte es nicht kommen dürfen.«

»Jede Party hat ein Ende.«

»Das hier ist Arbeit.«

»Das wird es gewiss wieder sein. Aber wir sind immer noch hier und werden weiterkämpfen, nicht wahr?«

»Verdammt noch mal, ja!«

»Immer weiter, immer weiter.« Phyllida kippte ihren Gin so schnell hinunter, dass jeder Seemann vor Neid erblasst wäre.

»Wir sind immer noch moderne Frauen, nicht wahr?« Maisie heischte nach Zustimmung.

»Jawohl. Eine nicht zu unterschätzende Macht. Wir müssen einfach nur dafür sorgen, dass Siepmann bereuen wird, jemals Teil der Vorträge geworden zu sein.«

»Ja. Und wir werden sehen, was wir tun können, damit Miss Matheson die nächste GD wird. Anschließend werde ich bei der nächsten Wahl antreten.«

»Und ich werde Mr Fielden zuvorkommen und Programmdirektorin der Vortragsabteilung. Mit einer regelmäßigen Kolumne im *Listener*, mit meinem Namen darüber.«

Mehrere Gäste blickten finster drein bei dem wütenden Gelächter der zwei jungen Frauen, die ihnen im Gegenzug allerdings keinerlei Beachtung schenkten.

Maisie stattete dem Hörspiel unter dem Vorwand, sich nach Schauspielern zu erkundigen, die sie für eine Lyriksendung verpflichten könnte, einen Besuch ab.

»Sie haben mir vor einer Ewigkeit einmal erzählt, dass Simons Familie Probleme hat. Ist Ihnen noch etwas zu Ohren gekommen?«

Beanie nickte. »Sein Vater hat eine Menge Geld in amerikanische Investments gesteckt. Und wie Sie wissen, hat es dort drüben etwas Ärger gegeben.«

»Demnach hat der Earl Geld verloren?«

»Es könnte womöglich recht hoffnungslos aussehen.« Beanie kicherte. »Und es wird gemunkelt, dass ihre Kakaoplantagen in Trinidad ebenfalls ein Reinfall sind, aber das gießt wohl nur Öl ins Feuer.«

»Was sie verzweifelt nach jeder Art von gutem Geschäft Ausschau halten lässt, damit der Kakao einen Abnehmer findet.«

»Ich würde glatt behaupten, sie rutschen auf Knien herum.« Beanie zündete sich eine Zigarette an und bohrte Maisie einen (ziemlich scharfen) Fingernagel in die Schulter. »Maisie, ich kenne die eine oder andere schlechte Komödie. Ich rieche es förmlich, wenn jemand Theater spielt.«

»Ja, Sie haben recht. Ich will ein Stück schreiben.«

»Natürlich. Wissen Sie was, es ist schrecklich amüsant, aber ich versichere Ihnen, ich könnte Ihnen viel besser helfen, wenn Sie mich in die ganze Geschichte einweihen würden.«

Maisie blickte Beanie in die herausfordernden grünen Augen. Nicht die ganze Geschichte, nein. Insbesondere da Phyllida nichts wusste. Doch Beanie war auf Gebieten bewandert, die Maisie betreten musste und von denen selbst Hilda keine Ahnung hatte.

Was würde Hilda tun? Was würde eine investigative Journalistin tun? Einigen Quellen musste man einfach vertrauen, oder?

»Es ist ein bisschen … heikel«, begann Maisie zögerlich. »Ich weiß wirklich nicht, was … Na schön, um ganz ehrlich zu sein, Beanie, es ist ein riesiges Geheimnis, und ich weiß nicht, ob ich Ihnen vertrauen kann, dass Sie sich nicht verplappern.«

Beanies Augen funkelten noch heller. »Die richtige Sorte

Geheimnis für sich behalten zu lernen ist die einzige Möglichkeit, in einem piekfeinen Mädcheninternat zu überleben, Maisie.«

Maisie beugte sich näher zu Beanie.

»Hören Sie gut zu …«

Zwanzigstes Kapitel

◊◊◊

Die Londoner Niederlassung von Nestlé war ein riesiger Kasten von einem gotischen Schandfleck. Maisie warf einen Blick in ihren Taschenspiegel, hocherfreut, dass ihre Versuche mit dem Bühnen-Make-up weiterhin von Erfolg gekrönt waren. Sie strich sich den Mantel glatt und rauschte in das Gebäude.

»Kann ich Ihnen behilflich sein?«, fragte der Empfangsherr mit psalmodierender Näselstimme, ein übertrieben eleganter Schnösel von einem Mann, der viel zu jung für seinen protzigen Zwicker war.

»Guten Tag«, erwiderte Maisie mit gestochen scharfem Ton und einer derart geschliffenen Aussprache, dass sie keinen falschen Akzent annehmen musste, der sie aber gleichzeitig nicht als ihr übliches Wo-auch-immer-sie-Herstammte zu erkennen gab. »Ich habe einen Termin bei Mr Grigsons Sekretärin. Wegen einer Werbekampagne.«

Eine gebieterische Stimme, ein unscheinbares Äußeres und das Treffen mit einer Sekretärin anstelle des Mannes selbst weckten keinerlei Interesse. Der Empfangsherr winkte sie weiter und wies ihr den Weg, ohne ihr auch nur ein einziges Mal in die Augen zu sehen.

Alles Gebieterische fiel von ihr ab, und das unsichtbare Mädchen übernahm wieder, während Maisie sich entschlossenen Schrittes ihrem Ziel näherte. Der Mann am Empfang erfüllte alle ihre Erwartungen, indem er keinen Gedanken auf den Terminplan einer Sekretärin verschwendete und sich nicht darum kümmerte, dass Grigsons Sekretärin nach der langen Vorstandssitzung, die einmal im Monat stattfand, früh nach Hause ging.

Maisies gewissenhafte Recherchen hatten sich ausgezahlt. Um 17.31 Uhr war sie in Grigsons Büro.

Maisie machte sich sofort an die Arbeit und blendete entschlossen aus, was es bedeuten könnte. In Bezug auf Simon. Einen Mann, der ihr einen Ring geschenkt hatte. Der sie womöglich liebte.

Wieder die Nagelfeile. Das Schloss war komplizierter. Oder sie zitterte zu stark. Sie verfluchte es, während sich Schweißperlen an ihrem Hals bildeten. Allmählich gab es nach. Es gab nach – da brach die Nagelfeile ab, und die Spitze blieb stecken.

Nein! O nein, nein, nein!

Doch die Schublade war offen.

Briefe. Dokumente. Stapelweise Papiere. Etwas auf Deutsch, mit Anmerkungen auf Englisch. Ein Vertrag? Notizen, Briefe. Ein Brief an jemanden über Simon, mit dem Hinweis, dass ein Mann wie er, mit so guten Beziehungen und Umgangsformen und einer solchen Bildung genau der richtige Schlag Mensch sei, um ein vertrauenswürdiges Medienimperium aufzubauen. Nestlé würde anschließend dafür sorgen, dass Inhalte im Radio finanziert würden, was helfen könnte, weitere Aufträge und Kunden anzulocken. Maisie knipste ihre acht Fotos, obwohl sie kaum wusste, was sie gerade vor Augen hatte, und hoffte inständig, dass ihre Hände nicht zu sehr zitterten.

Sechs Minuten. Sie musste verschwinden. Sein Terminkalender lag offen auf seinem Schreibtisch, die Veranstaltungen und Sitzungen in barocker Handschrift notiert. Ihre

Sekretärinnenausbildung lenkte ihren Blick automatisch hin, um die heutige Vorstandssitzung zu bestätigen. Doch der Kalender war nicht bei der heutigen Seite aufgeschlagen. Sondern bei der nächsten Woche. Ein Abendessen. Mit Simon. Und die Worte: »Endgültiger Vertrag.« Maisie musste ihre Hand zwingen, die Kürzel zu schreiben, Ort und Zeit zu notieren. Noch nie war sie uneingeladen auf einer Party erschienen. Es war wohl an der Zeit, mit dieser Gewohnheit zu brechen.

Sie schaffte es bis zur Bürotür – und stieß direkt mit Grigson zusammen, der eilig hereinstürzte.

»Wer sind Sie? Was zum Teufel tun Sie in meinem Büro?«

»Nichts, Sir. Es war ein Versehen«, sagte sie mit pochendem Herzen, den Kopf entschlossen gesenkt. Er musste etwas vergessen haben, auch wenn es keine Rolle spielte. Sie hoffte nur, dass er sich nicht an ihr Gesicht erinnerte. Sie versuchte, sich an ihm vorbeizudrängeln.

»Ein Versehen, ja? Wagen Sie ja nicht, sich einfach davonzustehlen!« Er packte sie am Arm. Ein paar Angestellte blieben stehen und starrten sie an.

»Lassen Sie mich los!«, fauchte Maisie und versuchte, sich seinem Griff zu entwinden.

»Das werde ich erst, wenn Sie mir sagen, wer Sie sind.« Mit überraschender Kraft zog er Maisie zu sich und zerrte ihren Kopf nach hinten. »Ich kenne Sie, nicht wahr? Ich habe Sie schon einmal gesehen.«

»Nein!«, schrie sie, riss sich los und rannte den Korridor hinab.

»Haltet sie auf! Haltet sie auf!«

Sie hörte Schritte. Sie hastete an Gesichtern vorbei, die zu erschrocken waren, um sie zu packen. Selbst wenn sie es versucht hätten, hätten sie Maisie nicht zu fassen bekommen.

Niemand in diesem Gebäude wusste, wie schnell man laufen musste, um das Mädchen zu schnappen, das in ihrer Kindheit Maisie-Maus gewesen war.

Sie war die Treppe hinuntergesprintet. Am Empfangstisch vorbei. Sie war auf der Straße. Sie rannte und rannte und rannte und drehte sich kein einziges Mal um. Dachte an nichts, abgesehen davon, Hilda zu erreichen. Sie machte einen kurzen Abstecher in ein Café, um sich das Gesicht zu waschen, zu Atem zu kommen und wieder präsentabel zu sein, bevor sie zu Lady Astors Salon eilte, dem Hilda selbstredend beiwohnen musste und den sie als Treffpunkt auserkoren hatte.

Maisie betrat das Haus und sah, dass halb London anwesend war. Der Butler führte Maisie mit einem resignierten Ausdruck hinein. Wahrscheinlich hatte er gehofft, sie wäre die Feuerwehr.

»Ah, Miss Musgrave!« Lady Astor schwebte durch die Menschenmenge, um Maisie die Hand zu schütteln. »Ich bin so schrecklich verärgert über die Vorfälle bei der BBC. Miss Matheson erträgt es mit stoischer Gelassenheit, und Sie lassen sich ebenfalls nicht unterkriegen, aber dass Sie nicht zur Redakteurin für unsere *Woche in Westminster* ernannt wurden, wo *Sie* die Sendung regelrecht aus der Taufe gehoben haben, das ist ein starkes Stück. Ich habe gute Lust, den Rundfunkrat zu bitten, endlich einzuschreiten, aber Miss M sagt, ich soll es lieber lassen, und womöglich hat sie recht. Andererseits ist sie immer viel zu nett, und das ist eine Tatsache. Was meinen Sie, hm?«

Maisie war nicht sicher, ob sich die Frage auf Hildas Nettigkeit bezog oder darauf, ob Lady Astor ihren Einfluss geltend machen sollte. Der Gedanke, wie gut Hilda war und dass sie alles mit solcher Fassung hingenommen hatte, schnürte Maisie die Kehle zu.

Da rief jemand nach Lady Astor.

»Muss mich um die Leute kümmern. Weiß nicht, wohin unsere Miss M verschwunden ist. Irgendwo muss sie ja stecken. Machen Sie sich ruhig auf die Suche nach ihr, und wir reden dann später weiter.«

Von ihrer Empfangshalle, die nur Lady Astor – durch und durch eine waschechte Amerikanerin – als Wohnzimmer bezeichnete, zum Arbeitszimmer, ins Esszimmer, aber nirgends eine Spur von Hilda. Maisie hörte Gelächter aus der Bibliothek, traf dort jedoch nur einen Mann an, der bei ihrem Eintreten den Raum gerade verlassen wollte.

»Hallo.« Er nickte freundlich, denn wenn sie hier war, musste sie wichtig sein.

»Hallo.« Sie grüßte ihn ebenfalls, aus genau demselben Grund.

Maisie blieb eine Weile in dem leeren Zimmer stehen – immerhin war es eine Bibliothek. Eine kleine, stickige Bibliothek, aber voller Bücher. Sie lenkte den Blick über die Regale, als sie wieder Gelächter hörte und eine schmale Tür in der Ecke bemerkte. Sie schob sie auf und betrat das Billardzimmer.

Hilda war dort. Mit Vita. Und sie waren …

»Oh!«

Hilda kicherte in Vitas Haare.

»Ha! Mit der Hand in der Keksdose erwischt«, neckte Hilda sie. Vita ließ sich Zeit, um ihre Hand aus Hildas Unterkleid zu ziehen, und seufzte, als Hilda ihr Kleid zuknöpfte. »Das kommt davon, wenn Mäuse an dem Ort spielen, wo Kätzchen sind. Guten Abend, Miss Musgrave. Wie Sie sehen, ist Miss Sackville-West nach England zurückgekehrt.«

»Äh, ja. Guten Abend«, murmelte Maisie zum Boden, der sich gnadenlos weigerte, sie zu verschlucken. Dank Georgina gab es in ihrem Leben eine lange Tradition an Demütigungen, doch dies hier war ein anderes Kaliber. Nie zuvor hatte sie zwei Frauen gesehen, die sich küssten, und obwohl es nicht anders als jeder andere Kuss war, nun ja, wollte niemand hereinplatzen, wenn sich zwei Menschen küssten. Insbesondere die eigene Vorgesetzte. Maisie versuchte, das Zimmer zu verlassen, aber ihre Füße hatten vergessen, wie man sich bewegte.

Die Frauen waren irritierenderweise nicht peinlich berührt und machten keine Anstalten, sich voneinander zu lösen, sobald Hilda wieder angezogen war. Vita stand vor ihr, und Hilda blieb auf dem Billardtisch sitzen, die Beine träge vor und zurück baumelnd. »Seien Sie nicht so schockiert, Miss Musgrave. Ich hatte angenommen, Sie wüssten es«, sagte sie.

Glaubte Hilda etwa, dass Maisie ihr nun schon so ähnlich war, dass sie alles wusste?

»Wie ist es gelaufen?«, wollte Hilda wissen.

Maisie blickte zu Vita, erkannte jedoch, dass Hilda nicht fragen würde, wenn Vita nicht in alles eingeweiht wäre.

»Ich, äh, nun ja, ich habe eine Menge herausgefunden und Fotos und Notizen gemacht. Aber da war noch viel mehr. Und … er hat mich erwischt.«

»Er hat WAS?«

»Ich konnte fliehen, äh, das ist wohl offensichtlich, allerdings hat er mein Gesicht gesehen. Natürlich hatte ich mich geschminkt, aber trotzdem … Nun ja, es spielt hoffentlich keine Rolle. Wir müssen diese Fotos entwickeln lassen. Und er trifft sich nächste Woche mit Simon, etwas wegen eines Vertrags. Ich hatte mir gedacht, ich sollte mich vielleicht zu ihnen gesellen?«

»Du meine Güte«, staunte Hilda. »Das war ein produktiver Ausflug.«

»Leider«, stimmte Maisie mit einem Seufzen zu.

»Du hast da wirklich ein prächtiges Mädchen, Stoker«, erklärte Vita und liebkoste Hildas Hals.

Stoker???

»Du machst dir keine Vorstellung«, entgegnete Hilda.

Maisie willigte ein, sich mit Simon zum Lunch zu treffen, um jegliches Misstrauen zu zerstreuen. Als Erklärung hatte sie angegeben, dass die Jahreszeit um Weihnachten und Silvester besonders hektisch sei und es deshalb schwieriger sei, sich davonzustehlen.

»Selbst nachts, Liebling?«

Ein Teil von ihr kribbelte und schmolz bei seinem Anblick immer noch dahin. Dieses Gesicht, dieser Körper. Das Lächeln, das Lachen, der Scharfsinn. Sie wollte unbedingt noch einmal mit ihm schlafen. Und noch einmal und noch einmal. Doch das durfte sie nicht. Das konnte sie nicht. Sie hoffte weiterhin, dass er völlig ahnungslos war, was Grigsons Absichten betraf, und sich der gesamte Vertrag nur um Kakao drehte, nicht um die Zeitung, doch bis sie sicher war, konnte sie nicht allein mit ihm sein.

»Meine Familie gibt ein riesiges Fest, das klassische bourgeoise Dickens-Weihnachten. Ich hatte gehofft, ich könnte dich ihnen dort richtig vorstellen«, fuhr Simon fort, sodass ihr der Kopf vor all den Dingen schwirrte, die sie sich ausgemalt hatte über ihren herzlichen Empfang, den Einlass in das prächtige Haus und den alten Namen.

Ein Haus, an das sie sich, sollte Beanie richtigliegen, mit letzter Kraft festkrallten. Maisie hatte womöglich mehr Geld auf ihrem Bankkonto – ihrem eigenen Konto, in ihrem eigenen Namen, es fühlte sich immer noch wie ein Wunder an –, als den Brock-Morlands von ihrem Vermögen geblieben war.

Aber vielleicht glaubte er es. Vielleicht glaubte er wirklich, dass er sie liebte.

Das hoffe ich. Denn das wäre schön. Denn andernfalls hatte es noch nie jemand getan.

»Wie wär's mit Nachtisch?«, fragte er.

»Ja bitte.«

Du kannst dir gar nicht vorstellen, wie sehr ich glauben will, dass alles auf Geheiß deines Vaters erfolgt ist, um den Namen und das Vermögen deiner Familie zu retten. Und du bist nur der Laufbursche – oder bist du sehenden Auges in die falsche Richtung gelaufen? Aber ich muss dich aufhalten. Ich hoffe, du weißt nicht, was du da tust. Ich werde es dir zeigen.

»Sag, dass du mich nach Hause begleitest. Die BBC kann gewiss ein klitzekleines bisschen auf dich verzichten, oder? Über die Feiertage gibt es doch sowieso nur ein schrecklich seichtes bourgeoises Programm?«

Andererseits würde ich lieber meine Eingeweide essen, als noch einmal das Wort »bourgeois« zu hören …

»Es gibt so viel zu planen«, sagte sie mit einem Kopfschütteln.

»Ah. Apropos planen. Hör mal, richte deiner Miss Matheson aus, dass ihr Ziel für 1930 sein sollte, bei ihren Vorträgen ein bisschen mehr Unvoreingenommenheit an den Tag zu legen, ja?«

»Wie bitte?«

»Nun ja, man muss nur einen einzigen Blick auf das Programm werfen, um zu sehen, dass Labour und diesen Linken viel mehr Platz eingeräumt wird. Wie ich höre, ist dieser bolschewistische Ökonom Keynes ständig auf Sendung.«

»Und er ist brillant. Aber wir haben auch Leute, die ihm widersprechen.«

»Und genau das ist es! Das ist das Problem mit deiner BBC,

die mit Meinungen wild um sich wirft und Menschen verwirrt.«

»Nein, so ist das nicht. Die Menschen erlangen ein immer größeres Verständnis. Etwas Besseres gibt es nicht, Simon, als zu wachsen und sich zu verändern und besser zu werden, und ich bin Teil davon und ...«

Er zog sie zu sich und küsste sie. Und für die Dauer dieses Kusses war sie wieder sein Mädchen, verschmolz mit ihm und wäre mit ihm bis ans Ende der Welt geflogen.

»Ich habe immer gesagt, dass ich deine Leidenschaft liebe, Maisie. Du bist ein seltenes Exemplar, das weißt du?«

»Meinst du das ernst?«

»Natürlich, Liebling.«

»Vielen Dank«, sagte sie. Und meinte es ernst. Allerdings fuhr sie trotzdem nicht mit ihm nach Hause.

Maisie hatte es auch ernst gemeint, als sie sagte, wie schwer beschäftigt sie seien und wie viel Planungsarbeit auf sie wartete. Es gab neue Serien, die es vorzubereiten galt, mit inhaltslosen Titeln wie *Standpunkte* oder *Menschen und Meinungen*. Eine Fassade aus höflichen Banalitäten, die den politischen Zündstoff darunter kaschierte. Hilda machte ihrem Ärger über Reith und gleichzeitig die Weltwirtschaft Luft, indem sie mehr Kontroversen als jemals zuvor zuließ und jedem die Stirn bot, der sich erdreistete, sie zügeln zu wollen.

Siepmann, noch ganz berauscht von seinem Sieg und schwer beschäftigt, seine neuen Büros seiner einflussreichen Stellung angemessen einzurichten, schienen die Programme nicht aufzufallen. Torquhil hingegen bemerkte er.

»Und ich dachte schon, er wäre ein innovativer Sprecher.« Siepmann tätschelte den gutmütigen Hund, bevor er seinen Ehrenplatz neben Hildas Kamin einnahm.

»Er ist sehr lieb«, sagte Cyril, dem davontrottenden Torquhil hinterherblickend. »Ich mag es, einen Hund im Büro zu haben. Macht alles gleich freundlicher.«

»Wie schön, dass Sie so denken«, sagte Phyllida gedehnt und kam Fielden und Maisie nur um Haaresbreite zuvor.

Mit triumphalem Genuss beobachteten sie, wie Cyril den Kopf senkte und zu seinem neuen Schreibtisch zurückkehrte.

Die Zeitungen waren sonderbar still, was die Veränderungen in der Vortragsabteilung betraf, vielleicht weil es ihnen als Erfolg von Hildas guter Arbeit verkauft worden war und Reith nicht müde wurde, es mantramäßig zu wiederholen, selbst innerhalb der BBC. Nur Maisies Entschlossenheit, Hilda vor jedem Vorwurf zu schützen, war es zu verdanken, dass sie die Wahrheit nicht bei der Presse durchsickern ließ.

»Äh, Miss Musgrave?« Cyril wieder, die Hände aneinanderreibend. »Es tut mir schrecklich leid, Sie stören zu müssen, aber ich bräuchte die Unterlagen zur *Woche in Westminster* …«

»Ja, natürlich«, sagte Maisie in einem Tonfall, der in ihren Ohren kess klang. »Die sind alle hier in dieser Schublade.« Sie zeigte auf besagte Schublade. »Wollen Sie sie lieber zu sich nehmen?«

»O nein. Nein, Sie können sie gern hier aufbewahren. Immerhin sind Sie bei der Sendung weiterhin die Assistentin.«

»Welch ein Glück für mich, vielen Dank.«

»Aber auf jeden Fall ein Glück für mich, denn andernfalls wäre ich völlig planlos. Äh, ich nehme nicht an, dass Sie die Programmplanung für nächstes Jahr besprechen wollen – vielleicht beim Mittagessen …?«

»Heute habe ich schrecklich viel zu tun. Also leider nein.«

Sie könnte einer Besprechung nicht ewig aus dem Weg gehen, aber sie würde ihm gewiss nicht ihre Freizeit opfern.

»Woran arbeiten Sie gerade?«, fragte er mit höflicher Neugierde.

Sie konnte dem Drang nicht widerstehen, ihm ein verschlagenes Lächeln zuzuwerfen.

»Ich gewinne gerade eine Miss Rachel Klay von der Fabian Society für unsere *Standpunkte*. Zum Thema: Wollen die Faschisten unsere Presse kontrollieren? Ein Ersatz in letzter Minute. Wir gehen nächste Woche auf Sendung.«

»Das … äh, hört sich sehr aufrührerisch an«, sagte er, sein Tonfall gleichzeitig bebend und bewundernd.

»Oh, ich weiß nicht. Es ist nur ein Kommentar. Nichts, weswegen man graue Haare bekommen müsste«, sagte Maisie mit einem Achselzucken. Doch sie konnte nicht aufhören zu lächeln.

»Wenn Sie in Aktenschränke einbrechen wollten, warum haben Sie mich dann nicht um Dietriche gebeten?«, fragte Ellis seufzend, als Hilda und Maisie ihm die Ausbeute von Maisies Spionageaktivitäten präsentierten.

»Weil es bei einer Durchsuchung nicht auffällt, wenn eine Frau eine Nagelfeile bei sich hat. Dietriche hingegen haben die Angewohnheit, Argwohn zu erregen«, konterte Hilda.

»Sie könnten Requisite sein oder beim Radio für Toneffekte benutzt werden, und zumindest hinterlassen sie keine Spuren«, erwiderte Ellis. »Herrgott noch mal, Miss Musgrave, Sie könnten wegen Einbruchs angeklagt werden.«

»Ach wirklich, vielen Dank für diese Neuigkeit«, sagte Maisie.

»Oh, das ist halb so wild!«, fauchte Hilda. »Sehen Sie sich lieber dieses Chaos an. Sehen Sie sich an, was die Leute sagen, über Gewerkschaften, Frauen, die Presse, Juden, Homosexuelle, Bücher, Musik. Wahrscheinlich würden sie die Wissenschaft verbieten, würden sie nicht glauben, dass man damit Geld verdienen kann. Das Gerede zieht immer größere Kreise, Ellis, davor können Sie nicht die Augen verschließen.«

»Ein Flüstern, Matty. Ein Flüstern am Rand der Gesellschaft, so wie es Menschen immer getan haben. Niemand hat jemals Juden, Homosexuelle oder renitente Frauen gemocht – Sie können sich nicht über die gesamte Geschichte echauffieren.«

»Verdammt noch mal, kann ich schon!«, entgegnete sie. »Und ich werde dafür sorgen, dass ihre Machenschaften ans Licht kommen.«

»Das Problem mit euch bei den Medien ist«, sagte Ellis und zündete sich seinen Stumpen an, »dass ihr glaubt, im gedruckten Wort läge Macht. Es verändert aber nie wirklich etwas.«

»Doch, tut es. Wissen ist Macht. Warum sonst wollen sie die Medien kontrollieren? Dieser Goebbels ist offensichtlich ein glühender Anhänger der amerikanischen Werbebranche. In der Einfachheit seiner Schriften liegt Brillanz. Würde er sein Talent doch nur benutzen, um Waschmittel zu verkaufen.«

»Es ist bloß eine Menge dummes Zeug, törichtes Geschwafel.«

»Nein, es ist wirklich gute Propaganda. Wenn sie noch weiter Nutzen daraus ziehen, werden sie nicht mehr lange so klein bleiben. Sehen Sie nur, sehen Sie sich diesen Vertrag an. Diese Nazis haben versprochen, Nestlé einen Regierungsvertrag zu geben, sollten sie an die Macht kommen. Nestlé kann dann sämtliche Schokolade für die gesamte deutsche Armee liefern.«

»Nun, das würde ganz bestimmt dafür sorgen, dass die Soldaten rebellieren, und damit wäre die Sache buchstäblich gegessen.«

»Hören Sie auf!«, schrie Maisie. Dann presste sie sich die

Hände auf den Mund. »Oh, tut mir leid. Ich wollte nicht … Eigentlich schon, aber nicht so …«

Hilda legte ihr eine Hand auf die Schulter und wandte sich an Ellis.

»Miss Musgrave spricht für uns beide.«

»Verzeihen Sie vielmals«, sagte Ellis und meinte es ausnahmsweise einmal ernst. »Im Moment ist so viel los, dass es mir kaum möglich ist, Energie für Hypothesen über die Zukunft zu erübrigen. Und Sie müssen zugeben, das alles wirkt wie ein dummes Abenteuerspiel von kleinen, wütenden Jungs.«

»1914 haben auch alle geglaubt, es wäre ein Abenteuer«, gab Hilda zu bedenken.

Ellis seufzte schwer und kippte die Hälfte seines Brandys hinunter. »Sie haben nicht viele Optionen, wenn Sie etwas verhindern wollen, noch bevor es überhaupt angefangen hat. Zum einen brauchen Sie bessere Beweise als Fotografien. Jeder kann einfach behaupten, dass sie gefälscht wurden.«

»Das werden sie sowieso tun«, sagte Maisie. »Aber ich kann den Vertrag besorgen, den sie Simon geben wollen. Ich weiß nicht, ob er illegal ist, aber zumindest ist er unmoralisch.«

Ellis sah sie mit tiefer Bewunderung an. »Gut. Und das ist alles, was Sie bisher haben? Sie sollten die Unterlagen lieber bei mir lassen. Ich kann sicherstellen, dass sie gut verwahrt und analysiert werden. Wenn sich herausstellen sollte, dass irgendetwas außerhalb des üblichen ethischen Spielraums von Firmen liegt, kann ich weitere Schritte einleiten.«

»Ich finde, wir müssen nichts weiter erreichen, als sie zu blamieren«, sagte Hilda und fuhr mit dem Finger an den Unterlagen entlang. »Wenn ans Licht kommt, dass sie die BBC auf den Kopf stellen wollen, wäre es möglich, dass die Menschen sich entscheiden, nichts mehr von Siemens oder Nestlé zu kaufen. So sehr ein Unternehmen eine Gewerkschaft auch hassen mag, ist schlechte Presse, die ihren Gewinn schmälert, ein noch schlimmeres Übel.«

»Ja«, stimmte Maisie ihr zu. »Und ich wollte denen schon lange sagen, dass sie zur Hölle fahren können.«

Maisie und Phyllida nahmen ihr Mittagessen mit in die Kapelle – ein angemessener Ort für eine Beichte. Maisie hatte Schuldgefühle dabei, ihr Versprechen Hilda gegenüber zu brechen, doch sie fühlte sich noch schlechter, solche Geheimnisse vor dem einzigen Menschen zu haben, den sie jemals als eine echte Freundin hätte bezeichnen können. Und Phyllida war, was sie ganz besonders ehrte, weit mehr von den dunklen Machenschaften angewidert als von dem Umstand, dass sie so spät eingeweiht worden war.

»Weißt du was«, sagte Phyllida und zündete sich eine Zigarette an, »sie haben nich' ganz unrecht. Wir sollten wieder eine Art Feudalismus einführen. Etwas, damit Hochverrat mit dem Scheiterhaufen bestraft wird. Oder war es Ausweiden und Vierteilen? Das vergesse ich immer.«

»Ich glaube nicht, dass es wirklich Verrat ist.«

»Kommt aber aufs Gleiche raus. Nutzlose Mistkerle.«

»Er hat um meine Hand angehalten, Phyllida. Er hat mir einen Ring geschenkt, mir beteuert, dass er mich liebt. Und ich bin dumm genug, um immer noch zu wollen, dass es etwas bedeutet.« Maisie zog die Knie unter ihr Kinn.

»Hey, wahrscheinlich tut es das sogar. Aber hör mal, Maisie. Selbst wenn nur die Hälfte von all dem wahr sein sollte, darfst du bei ihm nicht weich werden. Auf keinen Fall. Und das weißt du.«

»Ja.«

»Und dein Leben ist nicht ohne Liebe. Das weißt du auch.«

»Ja.«

»Gut. Dann ist das also geklärt.« Phyllida drückte ihre Zigarette im Taufbecken aus. »Ich habe ihn sowieso nie gemocht.«

»Du hast ihn nie getroffen.«

»Das war nicht nötig.«

Ausnahmsweise einmal fiel es Maisie schwer, sich auf ihre Arbeit bei der BBC zu konzentrieren. Maisies Gedanken kehrten immer wieder zu Simon zurück. War es wirklich möglich, dass er Maßnahmen ergreifen würde, um die britische Presse zu gefährden, ihre gesamte Demokratie, nur des Geldes wegen? Des Geldes wegen und um seine Macht als Aristokrat zu wahren? Was auch immer Phyllida gesagt hatte, es schien einfach nicht zu stimmen. Das konnte es nicht. Die Zeiten hatten sich zu sehr verändert. Er musste das doch wohl gewiss akzeptieren? Die Fragen schwirrten ihr im Kopf herum, als sie Hilda ein Skript zur Begutachtung brachte.

»Miss Musgrave, was ist das?«

»Ein Skript über die Bridgespieler, die Sie nicht ausstehen konnten.«

»Nein, das hier. Sind Sie überhaupt wach?«

Es war mehr der scharfe Unterton in Hildas Stimme als die Worte selbst, die Maisie zurück in die Gegenwart katapultierten. Sie konnte sich nicht erklären, wie es passiert sein konnte, aber eines der Fotos war in Hildas Hand und nicht in sicherer Verwahrung bei Ellis. Das Foto von Grigsons Brief, in dem er ankündigte, sämtliche Frauen bei der BBC zu entlassen und die beliebtesten Sendungen aus dem Programm zu nehmen.

»Ellis wollte das analysieren lassen. Keine Zeitung kann das ohne sorgfältige Überprüfung abdrucken. Und uns bleibt nicht viel Zeit.«

»Ich weiß nicht, wie das passieren konnte«, sagte Maisie und starrte die Fotografie an, als wäre sie eine scharfe Granate.

»Schicken Sie das Ellis, und zwar heute noch«, sagte Hilda. »Hier, ich adressiere den Briefumschlag.«

»Vielleicht sollten Sie es ihm lieber persönlich bringen?« Mit einem Mal geriet Maisie in Panik.

»Unter den gegebenen Umständen ist es wohl sicherer, es mit der Post zu schicken. Wenn Sie es bis sieben schaffen und den Brief per Express senden, bekommt er ihn noch heute Abend.«

»Es tut mir so leid, Miss Matheson. Ich kann mir nicht denken, wie …«

»So etwas passiert, Miss Musgrave. Aber es ist die Sorte Fehler, die Ihnen nie wieder unterlaufen darf.« Sie versiegelte den Briefumschlag und schob ihn zurück zwischen die Manuskriptseiten.

»Na los!«

Sie war sich sicher. Sobald sich die Holztüren der BBC hinter ihr geschlossen hatten, war sie sich sicher, dass der Mann an der Ecke nach ihr Ausschau gehalten hatte. Es musste Hunderte von Menschen in jedem einzelnen Gebäude in der Savoy Street geben, doch sie war sich sicher. Er wartete auf sie.

Ihr Blick huschte über die Straße. Der Weg war nicht weit. Und das, was sie gerade tun wollte, war vollkommen harmlos. Jeder konnte einen Brief verschicken.

Sie war entlarvt worden. Sie konnte nicht mehr das unsichtbare Mädchen sein, selbst wenn sie es gewollt hätte.

Sie ging los, stolzierte geradezu. *Na komm schon, nur zu. Du traust dich eh nicht.*

Doch die Faust in ihrem Innern dehnte und zog sich zusammen wie ein Blasebalg. Das alles war mit einem Mal so schrecklich real.

»Hallo. Für Ihre Verhältnisse machen Sie fast früh Feierabend, nicht wahr?«

Cyril und Billy schlossen sich ihr auf der Straße an, die beiden Männer auf dem Weg zur American Bar. Es war sehr sonderbar, wie glücklich sie über ihre Gesellschaft war.

»Warum kommen Sie nicht mit?«, fragte Cyril sie. »Auf einen kleinen Tratsch über die altehrwürdigen Gemäuer?«

»Das wäre wunderbar«, sagte sie und grinste vor Erleichterung. »Allerdings muss ich erst noch zur Post, um einen Brief per Express zu verschicken. Sie wissen, wie es in der Vortragsabteilung zugeht. Haben Sie Lust, mich rasch zu begleiten?«

Die beiden willigten gerade ein, als ein Mann, von der anderen Richtung her kommend, zu ihnen trat.

»Ist das mein Mädchen, das auf der Straße mit zwei fremden Kerlen spazieren geht?«

Simon. Und sie trug den Ring nicht.

Sie gab vor, noch sprachloser und perplexer zu sein, als sie es ohnehin schon war, sodass die Männer die Aufgabe übernahmen, sich bekannt zu machen. Der Ring befand sich in ihrer Tasche, im Taschenspiegel. Unauffällig glitt ihre Hand hinein und schob den Ring über den Finger, wobei sie der britischen Tradition für höfliche Vorstellungsrunden und nichtssagende Floskeln zutiefst dankbar war, die ihr ausreichend Zeit verschafft hatten. Ihre Hand krallte sich um den Brief in ihrer Tasche.

»Ich habe in deinem Büro angerufen, und das Yorkshire-Mädchen hat mir verraten, dass du gerade Feierabend gemacht hast. Da dachte ich mir, ich hole dich ab und überrasche dich«, sagte Simon.

»Ich bin so froh, dich zu sehen!«, rief sie und warf die

Arme um Simon. Sie fing Cyrils Blick über Simons Schulter auf und zwinkerte den Briefumschlag in ihrer Hand an. Zu überrascht, um irgendetwas anderes zu tun, nahm Cyril ihn entgegen. Dann nickte sie auf eine Weise, von der sie hoffte, sie würde ihm unterschwellig zu verstehen geben, dass er loslaufen und den Brief abschicken solle, ohne über die Adresse nachzudenken und ohne dass Simon und Billy etwas davon mitbekamen. Allerdings ließ sich mithilfe eines Nickens nicht allzu viel mitteilen. Cyril steckte den Briefumschlag in die Innentasche seines Jacketts und starrte Maisie an.

»Du meine Güte, so viel Leidenschaft!«, rief Simon. »Und Liebling, du strahlst heute ganz besonders. Wahrscheinlich irgendein neuer Puder.« Er nahm ihre Tasche und öffnete sie. »Nur ein Lippenstift! Ts,ts,ts. Bringen wir dich zu Selfridges. Du brauchst ein bisschen mehr Mädchenkram.«

Sie hakte sich bei ihm unter, ohne zu wissen, was sie sonst tun sollte. Sie wusste, dass Cyril und Billy sie anstarrten, und hoffte inständig, dass Cyril zur Post eilen würde.

Einundzwanzigstes Kapitel

◊◊◊

»Ich habe diesen Brief für Sie aufgegeben«, versicherte Cyril ihr am nächsten Morgen vor Studio drei. »Ich weiß, es geht mich im Grunde nichts an, aber ich würde gern sichergehen, dass Sie nicht in Schwierigkeiten stecken. Das alles wirkte ein wenig sonderbar, wenn ich ehrlich bin.«

»Nein, bei mir ist alles in Ordnung. Vielen Dank. Sehr nett von Ihnen, dass Sie diesen Brief für mich abgeschickt haben. Ich … äh, nun ja … wollte nur nicht, dass Mr Brock-Morland davon erfährt«, beendete sie kleinlaut ihren Satz.

»Das hatte ich mir fast gedacht«, erwiderte Cyril trocken und nickte mit dem Kopf. »Er scheint ein feiner Kerl zu sein.«

»Leider habe ich das Gefühl, dass ›scheint‹ dieser Tage die richtige Wortwahl ist.«

»Kann ich Ihnen, äh, behilflich sein?«, fragte er.

Seine Augen waren ernst, doch sie war sicher, dass dort der Anflug einer Abenteuergeschichte für Jungen aufblitzte.

»Das ist sehr nett von Ihnen, Mr Underwood, und ich werde Ihr Angebot im Hinterkopf behalten, sollte ich jemals in die Bredouille geraten.«

Sie nickte, und er erwiderte ihr Nicken.

»Kommen Sie, Underwood?«, rief Billy aus dem Studio. »Wir sind startklar für die Übertragung.«

»Ja, ich komme«, sagte er, den Blick weiterhin auf Maisie geheftet. Er ging ins Studio, und das Licht leuchtete rot auf. *Auf Sendung – tritt ein, und dein letztes Stündlein hat geschlagen.*

Maisie bog gerade um die Ecke in die Vortragsabteilung, als Hilda ihr mit einem Ordner in der Hand entgegenkam, Torquhil dicht neben ihr. Wortlos gab sie Maisie mit einer Kopfbewegung zu verstehen, dass sie ihr folgen sollte. Gemeinsam gingen sie schweigend bis zu den Toneffekten.

Hilda stieß die Tür auf, und alle Männer sprangen hoch, um den unerwünschten Eindringling anzumeckern, doch bei Hildas Anblick verstummten sie vor aufrichtiger Bewunderung und stimmten ein recht harmonisches »Guten Tag, Miss Matheson« an.

»Guten Tag, Jungs. Ich habe einen Sprecher, der wegen einer Sendung über Wintersport zu uns kommt, und ein paar Toneffekte wären famos. Könnten Sie sich vielleicht ein paar Gedanken dazu machen?«

»Gewiss, Miss Matheson.« Fowler nickte mit leuchtenden Augen. »Bellt Ihr Hund?«

»Nur wenn er provoziert wird. Oder beim Spielen.«

»Könnten wir versuchen, ihn aufzunehmen?«

»Natürlich.«

Jemand zauberte ein großes Seil hervor und testete Torquhils Geschick beim Tauziehen, wohingegen sich ein anderer um das freudige Knurren kümmerte. Innerhalb weniger Minuten hatte die Lautstärke bei den Toneffektmännern wieder ihren normalen Pegel erreicht und wurde von Torquhils Hüpfen und Bellen untermalt, während sich die Männer und der Hund in einem Spiel ohne Regeln balgten.

»Der Brief wurde verschickt, aber gestern Abend hat mich definitiv jemand verfolgt«, flüsterte Maisie ihr zu. »Und Simon hat mich abgeholt, was kein Zufall gewesen sein kann.«

Ihr war immer noch flau im Magen. Maisie hatte statt Kopfschmerzen das altbewährte »Frauenleiden« als Ausrede benutzt, was sie vor einem Abendessen oder seiner Wohnung bewahrt hatte. Simon war abgestoßen gewesen.

»Ja, etwas in der Art ist mir zu Ohren gekommen, fragen Sie mich nicht, wie. Ich habe ein Treffen mit Vita und Harold arrangiert. Wir werden heute Abend zu ihnen fahren und Ihren Auftritt morgen bei diesem Umtrunk üben. Sie müssen für alle Eventualitäten gewappnet sein.«

Fowler machte einen Satz auf sie zu und fing einen Ball auf. Torquhil stürzte ihm mit lautem Bellen hinterher, und beide kullerten zu Boden. Maisie und Hilda bewegten sich immer noch keinen Zentimeter.

»Diese Leute würden uns nicht verfolgen, wenn sie nicht besorgt wären, nicht wahr?«, fragte Maisie.

»Das ist eine berechtigte Annahme.«

»Was bedeutet, dass Sie recht haben und sie wirklich etwas Großes im Schilde führen. Etwas Abscheuliches.«

»Es ist nicht immer schön, recht zu haben«, sagte Hilda, während Torquhil sie mit etwas im Maul, das wie der Tonarm eines Grammofons aussah, wild hüpfend umkreiste.

»Das habe ich auch gemerkt.«

Trotz der unerfreulichen Umstände war es sehr angenehm, den Abend im Haus von Vita Sackville-West und ihrem Ehemann, Harold Nicholson, in der Ebury Street in Belgravia zu verbringen. Sie schienen sich alle sehr zu mögen und Harold betete Hilda geradezu an.

»Miss Matheson sagt, Sie seien ein Prachtexemplar, Miss Musgrave, aber ich hoffe, dieses Ausmaß an bohemehafter Sittenlosigkeit ist nicht zu viel für Sie.« Harold Nicholson reichte Maisie einen Drink.

»Überhaupt nicht. Meine Mutter ist Schauspielerin.«

Die anderen drei brachen in lautes Gelächter aus, und Maisie kam sich vor, als gehörte sie längst zu diesem Kreis.

Sie genossen ein köstliches Abendessen, wobei Vita und Harold sie zu ihren kulinarischen Kapazitäten und ihrem feinen Gaumen beglückwünschten, während die ganze Zeit über der wahre Grund ihres Besuchs über ihren Köpfen schwebte und im Kronleuchter aufblitzte.

»Ich habe ein paar Wachen aufgestellt, nur für den Fall, dass einer Ihrer Freunde auf den Gedanken kommen könnte, uns heute Abend einen Besuch abzustatten«, sagte Harold zu Maisie, als sie sich eine zweite Portion Brathähnchen nahm. »Einer der Vorteile, wenn man im diplomatischen Dienst tätig ist, nicht wahr? Und mein Mann Vaughn ist auf diesem Gebiet ein alter Hase. Nehmen Sie sich noch etwas Selleriesoße. Sie hat einen wirklich besonders feinen Geschmack. Ich denke nicht, dass wir gestört werden. Ich könnte mir vorstellen, dass sie Sie lieber überraschen wollen. Vielleicht wissen sie nicht, dass Sie wissen, was Sie wissen, wer weiß?«

»Können Sie sich überhaupt verteidigen, Miss Musgrave?«, fragte Vita mit höflicher Neugierde.

»Ich kann laufen«, antwortete Maisie und brachte die Gesellschaft erneut zum Lachen.

»Stoker – äh, Hilda – hat mir erzählt, dass Sie mit Simon Brock-Morland verlobt sind. Ich habe seine Familie ein paar Mal getroffen. Wie gut kennen Sie ihn?«

»Ich schätze mal, nicht gut genug. Und andererseits ganz offensichtlich zu gut.«

»Ich werde bei Ihnen kein Blatt vor den Mund nehmen und muss Ihnen leider gestehen, dass ich nicht viel von ihm halte. Es geht mich natürlich nichts an, aber ich mag Sie und weiß, dass Hilda große Stücke auf Sie hält, und da es klingt, als wäre Ihre Mutter vollkommen nutzlos, muss Ihnen jemand in dieser Hinsicht ein paar Ratschläge erteilen.«

»Miss Musgrave hat einen scharfen Verstand«, warf Hilda ein.

»Das ist mir durchaus bewusst.« Vita grinste. »Aber wir wissen alle, dass das Herz dem Verstand leicht einen Streich spielen kann. Raus mit der Sprache, haben Sie mit ihm geschlafen?«

Maisie spielte nervös mit ihrer Gabel herum, was eine Portion Lauch auf dem Tisch verteilte.

»Also wirklich, Vita!« Harold schüttelte missbilligend den Kopf.

»Ja«, antwortete Maisie und sah Vita fest in die Augen.

»Und er war Ihr Erster. Ja, wir wissen, wie es sein kann. Doch Sie sind eine vernünftige junge Frau, nicht wahr? Nicht die Sorte, die traumtänzelnd durchs Leben geht und annimmt, dies müsste schrecklich bedeutsam sein, oder?«

»Ich nehme an, dass es überhaupt nichts bedeutet«, sagte Maisie und stach unablässig auf eine Kartoffel ein.

»Nun, vielleicht tut es das und vielleicht auch nicht. Da kann man sich bei Männern nie ganz sicher sein – tut mir leid, Harold-Liebling.«

»Nein, nein, du hast völlig recht«, stimmte Harold ihr zu.

»Und Sie sind nicht der altmodische Typ, der glaubt, Sie wären ruiniert oder sonst etwas Lächerliches in der Art?«

»Vita!«, tadelte Hilda sie.

»Nein«, flüsterte Maisie. »Das glaube ich nicht.«

»Gut. Denn ich werde sehr unverfroren und deutlich sein, Miss Musgrave …«

»Die Warnung kommt etwas zu spät«, murmelte Hilda.

»Und Ihnen sagen, dass Sie etwas viel Besseres verdient haben.«

In ihrer Stimme hallte spröde Nüchternheit wider, und ob es nun an der Aufrichtigkeit von Vitas Worten oder ihren eigenen verwirrten Gefühlen oder der Ungeheuerlichkeit lag, die auf sie wartete, jedenfalls bemerkte Maisie erschrocken, dass ihr Tränen in den Augen standen.

»Miss Matheson hat uns erzählt, dass Sie bei Desserts nicht Nein sagen können«, erklärte Harold, und fast als wäre sie aus dem Nichts herbeigezaubert, wurde eine riesige Schüssel mit klebrigem Toffeekonfekt vor Maisie gestellt.

Und es half tatsächlich.

Es war fast, als würden sie ein Stück proben, während sie all die möglichen Szenarien ausarbeiteten, und was Maisie sagen könnte und wie sie an den Vertrag gelangen und heil aus der Sache herauskommen könnte. Hilda würde mit ihrem Wagen auf der Lauer liegen, und Vaughn war abkommandiert worden, um ihnen zu helfen, aber die Hauptlast lag allein auf Maisies Schultern.

Harold lehnte sich zurück und zündete sich eine Zigarre an.

»Und was dann? Bringt ihr die Unterlagen zu mir? Oder zu deinem Mann Ellis? Irgendwie eine Antiklimax. Ich nehme an, ihr habt dann genug, um die Sache in die Zeitungen zu bringen und sie wie Narren aussehen zu lassen?«

»Nichts ist besser, als es schwarz auf weiß zu sehen«, sagte Hilda.

»Aber die Menschen sollten es zuerst hören«, erwiderte Maisie.

»Wie bitte?«, fragte Hilda.

»Ja! Ja, das ist es. Miss Matheson, wie beim Wahlrecht für alle! Sie treffen sich um sechs, und sobald ich habe, was auch immer ich in die Hände bekomme, können wir um sieben zurück in der BBC sein, zur besten Sendezeit. Wir werden es vorlesen, einfach alles, wortwörtlich. Vorher schreiben wir ein Skript zusammen – das kann nicht allzu schwer sei. Und es spielt keine Rolle, wenn sie behaupten, dass das alles nur großer Quatsch ist, denn indem wir es in der Hauptsendezeit bringen, werden es vielleicht vier Millionen Menschen oder noch mehr auf einmal erfahren. Viel Glück, das widerlegen zu wollen!«

Hilda starrte sie nur an, während die Asche ihrer Zigarette auf den Teppich fiel.

»Und der GD wird längst gegangen sein«, fiel der beglückten Maisie ein. »Also müssen wir uns keine Gedanken wegen ihm machen.«

»Mr Burrows würde es niemals vorlesen«, sagte Hilda langsam, mit einem bedächtigen Kopfschütteln. »Die Wahrscheinlichkeit wäre zu hoch, dass er gefeuert wird. Ich nehme an, dass ich es machen könnte, aber …«

»Ihr braucht einen Mann«, sagte Vita. »Autorität und dieser ganze Quatsch. Harold, könntest du vielleicht einspringen?«

»Ich nicht, Liebling. Sie würden behaupten, ich wäre Teil eines homosexuellen Komplotts. Hör mal, Hilda. Ich kann ein paar Freunde vom diplomatischen Dienst bitten, später bei Reith anzurufen und ihm zu beteuern, dass du goldrichtig liegst und uns einen großen Dienst erwiesen hast«, sagte Harold. »Und dein Ellis kann dasselbe tun. Es wird sich wohl nicht vermeiden lassen, dass anschließend Köpfe rollen, aber es kann auch nicht schaden. Dann ist es fast egal, wer es vorliest.«

»Natürlich spielt es eine Rolle. Sei nicht albern«, tadelte Vita ihn. »Da wäre Lady Astor, falls wir keinen Mann finden«, fuhr sie fort. »Aber es wäre besser, wenn es kein Politiker wäre. Dennoch muss es jemand mit einer sehr nüchternen, autoritären Stimme sein. Von der Sorte, die von Natur aus Respekt einflößend ist und Aufmerksamkeit auf sich zieht.«

»Dürfte ich Ihr Telefon benutzen?«, fragte Maisie, obwohl sie längst aufgesprungen war.

Die Männer trafen sich im Ritz, was an Simons Manie für die Boheme – oder vielleicht war es auch nur Maniertheit – nagen musste.

Maisie war allein auf der Damentoilette. Sie kämmte sich die Haare und trug Wimperntusche und Lippenstift auf, den sie sich von Vita geborgt hatte. Sie schob sich den Hut – neu, rosarot mit einer maulbeerfarbenen Bordüre – auf den Kopf und warf sich ein kampfbereites Lächeln zu.

Vaughn, der sie begleitete, wartete neben Hildas Auto, und Hilda selbst wählte einen Platz in der Nähe der Eingangstür des Ritz, damit sie jederzeit eingreifen könnte, wenn ein Ablenkungsmanöver vonnöten sein sollte. »Oder etwas in der Art.«

»Ich bin immer noch nicht ganz sicher, was oder wie ich es anstellen soll«, gestand Maisie.

»Ja, so ist das bei der Spionage«, sagte Hilda. »Und auch beim Journalismus. Auf jeden Fall im Leben.«

Und so drückte Maisie die Schultern durch und stieg die Treppe nach oben.

Das Ritz mochte das schönste Hotel der Welt sein – obwohl es das höchstwahrscheinlich nicht war –, aber Maisie hatte keine Augen für seine Pracht. Entschlossenen Schrittes marschierte sie zur Bar und ließ den Blick über das Leder und Holz und den Rest gleiten, bis sie die Männer entdeckte. Hoppel hatte sich zu ihnen gesellt, ein vornehmer Kreis an Feindseligkeit. Er war kein Deutscher, ebenso wenig wie Grigson

Schweizer war. Warum machte es sie letzten Endes so glücklich, Großbritannien zu verändern und nach ihren Wünschen zu formen, nur damit ihre Unternehmen mehr Geld verdienten? Aber vielleicht erachteten sie ihr eigenes wachsendes Bankguthaben als eine Art Patriotismus, und der Rest war nicht mehr ganz so wichtig.

Zwei Männer, die rauchend an der Bar lehnten, musterten sie, ein unverschämtes und unverhohlen spöttisches Grinsen im Gesicht. Eine Frau an einem Ort, der normalerweise Männern vorbehalten war, konnte nichts anderes erwarten. Den Blick starr nach vorne gerichtet schlich sie sich an ihre Opfer heran.

»Nein, wir sind es, die Ihnen dankbar sind«, versicherte Grigson Simon, seine raue Stimme gleichzeitig einschleimend und herablassend. »Ich bin der festen Überzeugung, dass dies eine höchst fruchtbare Zusammenarbeit wird.«

»Ooh, herrje, ist das eine weitere Ehe, die du schließen willst?«, fragte Maisie, als sie nah genug bei Simon war, um eine Hand auf seine zu legen. Der Ring, den er ihr geschenkt hatte, glitzerte im trüben Licht.

Entweder war Simon ein begnadeter Schauspieler, der selbst Barrymore in den Schatten gestellt hätte, oder er war aufrichtig erfreut, sie zu sehen.

»Wie clever, meine Liebste! Wie um alles in der Welt hast du mich hier gefunden? Ich schließe gerade einen Vertrag ab, der mehr für mich – für uns – tun wird, als ich mir jemals erträumt hätte.«

Seine Begleiter waren keineswegs erfreut – ganz im Gegenteil. Simon wurde ebenfalls mit einer gehörigen Portion finsterer Blicke bedacht, sobald er den Mund aufgemacht hatte.

»O nein, Gentlemen, kommen Sie jetzt nur nicht auf falsche Gedanken. Das ist Maisie Musgrave, meine Verlobte, ein sehr kluges Mädchen. Sie wäre eine äußerst fähige Assistentin für dieses Projekt, falls es mir gelingen sollte, sie von der BBC wegzulocken.«

»Was für ein dicker Stapel Papiere!«, rief Maisie in dem Versuch, Simons Beteuerung ihrer Klugheit Lügen zu strafen. »Was steht da drinnen?«

»Kompliziertes Zeug, meine Liebe. Nichts, worüber du dir den Kopf zerbrechen müsstest.«

»BBC?«, unterbrach ihn Hoppel und starrte Maisie mit offenem Mund an. »Brock-Morland, ich weiß Ihren Eifer zu schätzen, aber das wäre doch nicht nötig gewesen.«

»Was meinen Sie?«, fragte Simon. »Maisie ist klasse. Ich habe sie gemocht, noch bevor ich gewusst habe, dass sie einem solchen Ungeheuer verpflichtet ist.« Mit einem Zwinkern wandte er sich an Maisie. »Und sobald wir verheiratet sind, wirst du einem anderen verpflichtet sein.«

»Simon«, sagte Maisie, sah ihm in die Augen und versuchte, in ihnen zu lesen. »Du hast diese Papiere noch nicht unterschrieben, oder?«

»Natürlich habe ich das. Wir haben Pläne, viel größere als in jedem Buch, das du jemals gelesen hast. Wir werden heiraten, und dann werde ich dir davon erzählen.«

»Sie!« Grigson starrte Maisie an. »Sie haben es mit Papieren, nicht wahr?« Er atmete langsam, und seine Lippen verzogen sich zu einem verbitterten Lächeln.

Überrascht drehte Simon sich zu Grigson.

Maisie hatte gehofft, die Angelegenheit mit mehr Eleganz über die Bühne zu bringen, doch sie sah das Wiedererkennen in seinen schmierigen Augen und wusste, dass sie keine Sekunde länger warten konnte. Ein langer Vertrag, ein Brief. Ihre Hand schnellte vor, packte beides, und sie rannte los.

Die Männer protestierten lautstark, während sie hastig versuchten, die Beine unter dem Tisch zu befreien. Maisie schoss im Zickzackkurs an der Bar vorbei in die Lobby.

Da krallte sich eine Hand um ihr Handgelenk und riss sie fast zu Boden. Es war einer der Männer, die sie beim Hereinkommen höhnisch angelächelt hatten.

»Ts, ts, ts. Ich denke, Sie geben die Papiere jetzt lieber zurück, in Ordnung?«

»Nein!« In einer blitzschnellen Pirouette entwand sie sich seinem Griff und schaffte es diesmal durch die Tür und fast bis zu Hilda. Der zweite Mann wartete dort auf sie, ein breites, spöttisches Grinsen im Gesicht und mit einer Ausbuchtung in seinem Jackett, die eine Pistole offenbarte.

Maisie umklammerte die Papiere noch fester in ihrer Faust. Um sie herum waren so viele Menschen. Er konnte doch gewiss nicht glauben, ihr an einem derart öffentlichen Ort ernsthaft Schaden zufügen zu können?

»Stecken Sie die Unterlagen in Ihre Tasche, dann machen wir einen kleinen Spaziergang«, flüsterte der andere Mann hinter ihr. »Lassen Sie alles ganz natürlich aussehen.«

Sie tat, wie ihr befohlen, und hoffte, dass Hilda alles gesehen hatte. Das hier hatten sie vorher nicht geprobt. Die Männer berührten sie nicht, sondern flankierten sie fast höflich und bogen mit ihr um die Ecke in ein kleines Gässchen.

»Maisie, was zum Teufel tust du da? Meine Freunde scheinen zu glauben, du hättest dich gegen mich verschworen.« Simon hatte sie eingeholt.

»Deine ›Freunde‹ wollen Reichtümer scheffeln und scheren sich einen Dreck darum, was sie dabei zerstören«, fauchte Maisie.

»Nein, das verstehst du nicht«, erwiderte er. »Sie bieten mir die Gelegenheit, die ich mir immer erträumt habe, um dem einfachen Mann wirklich zu helfen und die frühere Macht

Großbritanniens wiederherzustellen. Das Weltreich zu stärken – die Menschen glauben, dass es zerbricht, aber wir werden das Gegenteil beweisen.«

»Du bist ein Faschist«, hauchte sie in plötzlicher Erkenntnis.

»Ich mag kein Schubladendenken, Maisie. Das solltest du wissen«, sagte er.

Einer der feixenden Männer schrie auf und fiel auf das Kopfsteinpflaster – getroffen von einem Stein.

»Laufen Sie!«, schrie Hilda.

Und Maisie-Maus preschte durch die Bande an Straßenschlägern und ins Licht.

Doch ihre Angreifer gaben nicht so leicht auf. Hoppel war sich allem Anschein nach nicht zu fein, selbst die Verfolgung aufzunehmen. Er heftete sich an Hildas Fersen, während der andere feixende Kerl, der so höflich mit seiner Pistole gewunken hatte, Maisie hinterherjagte. Sie konnte es hören, selbst als sie über zwei Yorkshireterrier sprang, eine Gepardin in modischen Riemchenschuhen, und über den Bürgersteig preschte. Das Klicken, das sie und jeden anderen jederzeit verletzen konnte, all das, nur um die Papiere zurückzubekommen. Doch sie hatte einen komfortablen Vorsprung.

Hilda war ebenfalls eine schnelle Läuferin. Sie war zwar nur wenige Schritte vor ihrem Verfolger, aber immerhin vor ihm.

Hoppel streckte den Arm aus. Er packte sie am Hals – und ein Regen aus Onyxsteinen schoss durch die Luft und fiel wie schwarzer Hagel auf den Asphalt.

Vaughn sah sie und besaß die Geistesgegenwart, in den Wagen zu springen und den Motor anzulassen. Maisie hüpfte auf die Rückbank, Hilda machte einen Satz um die Tür und schrie Vaughn zu, auf den Beifahrersitz zu rutschen. Im nächsten Moment knallte Hilda den Fuß aufs Gaspedal.

Ihre Augen glühten. Hilda jagte sie durch den Verkehr, als wären sie schmal wie ein Pfeil und fünfzigmal so schnell.

»Fährt dieses Auto etwa mit Raketenantrieb?«, schrie Maisie.

»Es ist ein sehr gutes Auto!«, schrie Hilda zurück und bog mit quietschenden Reifen um die Ecke.

Sie preschten eine schmale Straße hinab. Verschwommene Flecken von entsetzten Gesichtern und überraschte, erschrockene Schreie hallten ein einziges Mal wider und erstarben.

Eine weitere enge Kurve, und schon näherten sie sich mit Höchstgeschwindigkeit einer stehenden Wagenschlange.

»Miss Matheson!«, quietschte Maisie.

Doch Hilda hatte alles im Griff. Mit sanfter Gelassenheit drückte sie auf die Bremse, als unternähmen sie eine sonntägliche Spazierfahrt.

Maisie keuchte auf. Schweiß sammelte sich in ihren Schuhen und tropfte unter ihrem Hut herab. Hilda schien die Ruhe selbst zu sein. Doch unter ihrer gelassenen Fassade war sie ebenfalls angespannt wie eine Sprungfeder, ein Mungo, kurz davor, sich auf eine Schlange zu stürzen. Maisie wusste, dass die wahnwitzige Hatz erneut beginnen würde, sobald sie die Kreuzung hinter sich gelassen hatten.

»Wo haben Sie gelernt, so zu fahren?«

»In Italien.«

Die Straße war frei, und sie schossen an zwei Wagen vorbei. Wütendes Hupen dröhnte ihnen mehrstimmig hinterher, als Hilda das Lenkrad scharf herumriss und dann in solcher Rage das Embankment entlangzischte, dass Maisie sich verwundert fragte, ob sie schlussendlich in der Themse landen würden. Sie wäre allerdings nicht überrascht, wenn Hilda den Wagen einfach über das Wasser steuern könnte, allein durch bloße Willenskraft.

Maisie warf rasch einen Blick aus der Heckscheibe.

»Ich glaube nicht, dass wir verfolgt werden. Ich denke, wir haben sie schon lange abgeschüttelt.«

»Haben wir«, stimmte Hilda ihr zu, ein schmales Lächeln auf den Lippen. »Aber wir liegen hinter dem Zeitplan.«

Maisie griff in ihre Tasche, schnalzte ihr Notizbuch auf und schrieb los, die Hand so ruhig wie möglich, während Hilda sich an unzähligen Autos vorbeischlängelte.

Als sie schließlich vor Savoy Hill hielten, sprang Maisie aus dem Wagen und schoss wie ein Kegel, der eine wartende Chorgruppe zum Auseinanderstieben brachte, durch die Eingangshalle.

»Donnerwetter!«, rief ein Chormitglied entzückt. »Hier herrscht wirklich das Durcheinander, von dem immer geredet wird.«

Die Gepardin sprintete die Treppe hinauf, zwei Stufen auf einmal nehmend, Hilda nur wenige Schritte hinter ihr.

Beanie wartete auf sie, die Augen weit aufgerissen und wild, als wäre auch sie durch halb London gedüst, um eine Verschwörung aufzudecken, die bei der gesamten Nation für Empörung sorgen würde. Phyllida war ebenfalls dort, abkommandiert, um die Tür zu bewachen.

»Ist das Skript lesbar?«

»Wir werden es während des Vortrags schreiben«, versprach Hilda.

»Sie werden *was*?«

Cyril trat aus dem Studio und begleitete einen Sprecher hinaus. Erstaunt beäugte er die Abordnung.

Maisie packte ihn. »Ist Siepmann noch hier?«

»Ja, aber …«

»Berufen Sie eine Sitzung ein. Denken Sie sich irgendwas aus. Wir brauchen nur zehn Minuten.«

Sein Mund öffnete sich. Dann schien etwas klick zu machen, und sie sah in seinen Augen ein Funkeln, etwas, das sie an den Tag erinnerte, als sie ihr Vorstellungsgespräch gehabt hatte, vor so langer Zeit. Er nickte und rannte los.

»Rein mit euch!«, rief Phyllida.

Billy beobachtete mit großem Interesse, dass Beanie sich vor dem Mikrofon niederließ.

»Das ist keine wirklich geplante Sendung, oder?«, fragte er grinsend.

»Nein«, sagte Maisie. »Und ja. Geben Sie Ihr Bestes, Billy.«

Er grinste und streckte die Daumen nach oben.

Hilda hatte die ganze Zeit über hastig geschrieben und schob Beanie die erste Seite hin.

Beanie beugte sich vor und begann zu sprechen.

Und das, dachte Maisie, war Sinn und Zweck der Aristokratie. Beanies Stimme nahm eine tiefe Klangfarbe an, und diese vornehmen Töne, rund und scharf, warm und dennoch forsch, klangen mühelos gebieterisch. Beanie war jung, aber sie hörte sich wie eine Frau an, die seit zwanzig Jahren auf dem Thron saß. Sie rüttelte etwas Atavistisches im Innern der Nation auf, selbst unter den überzeugtesten Republikanern. Ihr nicht zuzuhören könnte Enthauptung bedeuten. Doch es war nicht Angst. Nicht wirklich. Es war Ehrerbietung.

»Die BBC hat Taten und Handlungen aufgedeckt, die unserer Ansicht nach an die breite Öffentlichkeit gehören.«

Hilda wählte Auszüge aus Grigsons Brief an Simon aus und schrieb diese für Beanie ab, während Maisie versuchte, sich nicht zu übergeben.

»Die *British Union of Fascist*, eine Partei, die zwar klein ist und durchaus ihre Daseinsberechtigung hat, scheint gewillt zu sein, auf schmutzige Tricks zurückzugreifen, um ihren Widerwillen gegen Gewerkschaften und den Kommunismus und selbst die freie Presse kundzutun, während sie gleichzeitig neue Anhänger um sich scharen will. Doch vor allem haben wir herausgefunden, dass Männer, die zwei bedeutende Unternehmen repräsentieren, Siemens und Nestlé, gemeinsame Sache machen bei dem Versuch, noch einen Schritt weiterzugehen. Wir haben Beweise, dass sie heimlich den *Daily Express* gekauft haben und planen, weitere Verlage aufzukaufen, alles in dem Bemühen, nur noch das abzudrucken, was ihrer Meinung nach der Öffentlichkeit zugänglich gemacht werden soll. Wir fragen, ist das der richtige Weg für eine Demokratie? Ist das der Weg, den Großbritannien einschlagen will?«

Beanie vertrat natürlich nicht offen ihren eigenen Standpunkt, doch die Empörung in ihrer Stimme war nicht zu überhören.

»Doch das geschriebene Wort reicht ihnen nicht aus. Die britischen Faschisten beabsichtigen, die BBC zu übernehmen. Sie wollen nicht nur alle Frauen von ihren Posten entfernen, sie möchten ebenfalls sämtliche Sendungen verbieten, die ihrer engstirnigen Auffassung widersprechen. Sie wollen Löhne kürzen, Rechte und Bildung zurücknehmen. All das, um Reichtum und Macht für ihre Unternehmen und ein paar ausgewählte Individuen zu mehren. Ihr Plan sieht so aus, dass sie ein Bündnis mit der Brock-Morland-Familie eingegangen sind, um ihrer Mission Glaubwürdigkeit zu verleihen.«

Beanies Augen huschten kurz zu Maisie, dann las sie weiter.

»Wir wissen, dass Medienbarone keine neue Erfindung sind. Wir kennen Mr Hearst in Amerika. Aber Zeitungen, die von Unternehmen unterstützt werden, und Unternehmen, die politische Bewegungen unterstützen und versuchen, hochgeschätzte Freiheiten zu untergraben, alles des höheren Profits wegen? Das ist unserer Meinung nach etwas, das der Öffentlichkeit nicht vorenthalten werden darf und vor dem sie auf der Hut sein sollte. Die BBC bildet, so hoffen wir zumindest, die gesamte Gesellschaft ab und stellt jeden Standpunkt dar, egal wie unangenehm er sein mag, damit die Öffentlichkeit die Welt um sie herum besser versteht und kritisches Denken an den Tag legen kann, sodass jeder Hörer ein gut informierter Bürger und so zum bestmöglichen Briten wird. Der Grundsatz der BBC ist die Objektivität, doch sie wird immer eine starke Verfechterin der Pressefreiheit sein und ist überzeugt, dass die Bevölkerung dasselbe Interesse verfolgt. Deshalb halten wir es für unsere Pflicht, diesen ausgefeilten Plan, die Pressefreiheit zu untergraben, an die Öffentlichkeit zu bringen. Seien Sie versichert, diese Dokumente werden in voller Länge in allen Zeitungen – ja allen *unabhängigen* Zeitungen – abgedruckt werden, damit die Bevölkerung sie eingehend studieren und sich ihre eigene Meinung bilden kann. Das ist schließlich das, was eine Demokratie ausmacht. Vielen Dank, und jetzt kehren wir zu unserem regulären Programm zurück.«

Billy schaltete das Mikrofon aus, und Beanie lehnte sich grinsend zurück.

»Tja, das war doch ein prächtiger Spaß, nicht wahr?«

Zweiundzwanzigstes Kapitel

◊◊◊

»Sie zwei sehen etwas mitgenommen aus. Bleiben Sie einen Moment sitzen und sammeln Sie sich.« Billy war erschreckend höflich. Maisie musste nicht zweimal gebeten werden. Ihr Kopf sank direkt auf die Tischplatte. Hilda tätschelte ihr den Rücken.

Jemand hatte sie vorgewarnt, dass die Sendung von Reith in seinem Club gehört worden war, und er kehrte wutschnaubend zurück, nur um von Beanie abgefangen zu werden, die darauf beharrte, dass die gesamte Angelegenheit größtenteils ihr Werk sei. »Mir ist durchaus bewusst, worin da eine Vielzahl meiner sogenannten Landsmänner verwickelt war, und mir gefällt das nicht«, sagte sie und reichte ihre Kündigung ein. Was, wie sie erklärte, der perfekte letzte Akt war.

Maisie war am Boden zerstört. »Aber Sie lieben Ihren Job und sind so gut darin!«

»Es wäre sowieso passiert«, sagte Beanie mit einem Achselzucken. »Der Ernst des Lebens hat begonnen. Ich werde heiraten, trallala!« Sie wackelte mit ihren langen Fingern, wo ein neuer Diamant prunkte.

»Oh«, sagte Maisie. »Meinen Glückwunsch. Aber … sehen Sie sich Miss Somerville an. Sie sind doch Redakteurin. Sie können so lange weiterarbeiten, wie Sie wollen, selbst wenn Sie ein Baby bekommen.«

»Du meine Güte, sind Sie modern! Aber nein, nicht meinesgleichen. Der Spaß ist nun vorbei. Die echte Arbeit wartet auf mich, wie Mama so schön sagt. Die Pflicht ruft. Ich kann mich meiner Verantwortung nicht entziehen!«

»Sie werden der BBC fehlen. Und uns auch.«

Für einen kurzen Moment war da wieder ein Aufblitzen in Beanies Augen. Doch sie war viel zu gut erzogen, um Reue zu zeigen, weshalb sie ihr melodiöses Lachen lachte und Maisies Hand schüttelte.

»Wir werden die wunderbarsten Wochenendpartys feiern, und ich werde unzählige interessante Menschen einladen. Sie müssen unbedingt kommen! Alle werden Ihre Geschichten lieben. Und natürlich können wir uns zum Lunch treffen und Dinge unternehmen, wenn ich in London bin. Wir werden uns auch weiterhin ständig sehen und großartige Freundinnen sein.«

»Das werden wir. Das klingt alles famos.«

Als Maisie allein war, wischte sie sich über die Augen. Es würde sie nicht überraschen, wenn sie Beanie nie wiedersehen würde. Doch es wäre nett, sich zu irren.

Es herrschte ein gewisses Maß an nie laut geäußerter Belustigung angesichts Reiths verzweifelter Bemühungen, seinen blinden Zorn zu verbergen, denn die Zeitungen erachteten die Geschichte nicht nur als ein Weihnachtsgeschenk von epischem Ausmaß, sondern zollten ebenfalls rasch der offensichtlichen Brillanz der BBC ihre Anerkennung. Egal wohin Reith sich wandte, wurde seinem Verlangen nach Bestrafung ein Strich durch die Rechnung gemacht. Zwei Tage später wurde im *Listener* ein langer Artikel »von Maisie Musgrave«

als Begleittext zur Sendung abgedruckt, mit zusätzlichen Details und so viel Esprit geschrieben, dass es in den Zeitungen hieß: »Es ist fast so, als wäre die Autorin höchstpersönlich in die Angelegenheit verstrickt gewesen.« Ein Leitartikel im *Telegraph* beglückwünschte Reith zu seinem Gespür für ausgezeichnete Mitarbeiter, was ihn schließlich zwang, die scharfen Krallen wieder einzufahren.

»Ich bin froh. Hier wäre es ohne Sie nicht dasselbe«, sagte Cyril zu Maisie. »Und Sie können außerdem richtig gut schreiben. Ich meine, Sie sind wirklich sehr gut. Sie sollten weitermachen. Aber Sie werden doch hierbleiben, oder?«

»Das hoffe ich. Ich habe nämlich noch viele Geschichten zu erzählen.«

Er nickte. Das Gespräch schien beendet zu sein, und Maisie schnappte sich ihr Notizbuch, um eine Probe zu überwachen.

»Miss Musgrave?«

»Hm?«

»Ich wollte Ihnen nur sagen, dass Sie keinen Puder brauchen.«

»Äh, wie bitte?«

Cyril wurde knallrot. »Dieser Brock-Morland … als ich den Brief für Sie aufgegeben habe. Er meinte, Sie bräuchten Puder. Aber das tun Sie nicht. Sie sehen auch so … wunderbar aus … ohne. Genau so, wie Sie sind.«

Maisie spürte, wie sie es Cyril in Sachen Schamesröte gleichtat. Sie starrten sich an und versuchten verzweifelt, etwas zu finden, das sie sagen könnten. Da klingelte das Telefon und brach den Bann.

Die Geschichte zog im Laufe der Tage immer größere Kreise. Hoppel und Grigson traten zurück, und ihre jeweiligen Unternehmen pochten darauf, dass es sich um skrupellose Einzeltäter handele und Schutzmaßnahmen getroffen worden seien, um solchen Vorfällen in Zukunft einen Riegel vorzuschieben. Doch das hinderte die Zeitungen nicht, weiter ausführlich darüber zu berichten. Sie beschwerten sich nicht einmal, als verkündet wurde, dass das Nachrichtenverbot bei der BBC gänzlich aufgehoben worden war. Sie hatten bewiesen, dass sie guten, unabhängigen Journalismus machen konnten, sodass es keinen Grund gab, damit aufzuhören. Insbesondere da es auch den Zeitungen half.

»Aber wir haben nicht wirklich etwas verändert!«, beschwerte sich Maisie in einer Mittagspause bei Hilda, während sie Torquhil am Embankment spazieren führten. »Warum werden sie nicht alle strafrechtlich verfolgt?«

»Anscheinend haben sie Angst, dass ihnen Anstiftung zu einer Straftat vorgeworfen werden könnte. Eine gute Gegenklage.«

»Wen interessiert das?«

»Das Rechtsstaatsprinzip. Aber wir haben die Wahrheit herausgefunden und Resultate erhalten, und alle machen sich für die BBC stark. Die britischen Faschisten haben die Hälfte ihrer Anhänger verloren, die Gewerkschaften sind gestärkt, und es hat sich die Einsicht durchgesetzt, dass die Sorge vor russischen Spionen vielleicht doch Zeitverschwendung ist. Und Nestlés Geschäftszahlen sind schlecht. Ich selbst mag auch Rowntree's lieber. Dieses Nestlé-Zeug schmeckt wie gezuckerte Kreide.«

Maisie kickte einen Kieselstein über den Gehweg. »Und Simon ist weg.«

Sein Familienname war ruiniert, und sie waren alle geflohen. Die Zeitungen waren voll mit Gerüchten über ihren möglichen Aufenthaltsort, doch niemand wusste mit Gewissheit, wo sie waren. Maisie hoffte, dass sie es niemals herausfinden würde. Den Ring hatte sie ihm per Post zugeschickt, doch er war zurück an den Absender gegangen.

»Es kommt mir vor, als hätte ich ihn mir unrechtmäßig erschlichen«, ärgerte sie sich.

»Ach, du hast ihn dir redlich verdient«, sagte Phyllida. »Betrachte ihn als eine Art Notgroschen. Ich wette, Miss Matheson kann eine gute Kapitalanlage empfehlen.«

Maisie gab ihn zur Verwahrung in ein Bankschließfach. Trotz seiner Herkunft war es schön, ein finanzielles Polster zu haben. Georgina schrieb einen fast schwermütigen Brief, indem sie die Schwierigkeiten detailreich auflistete, einen neuen Mäzen und ein Engagement zu finden, da die Weltwirtschaftskrise eingesetzt hatte, und sie fragte Maisie, ob sie darüber nachdächte, »nach Hause zu kommen«.

»Ich bin zu Hause«, schrieb Maisie zurück. Doch sie legte zwanzig Pfund bei.

Sie schien nicht aufhören zu können, über Simon und diese eigenartigen letzten Momente nachzudenken, und versuchte, dem allem einen Sinn zu verleihen, was jedoch nur dazu führte, dass ihre Nachtruhe gestört wurde.

»Er hat es wahrscheinlich ernst gemeint, diesen Teil mit Großbritannien, das wieder erstarken soll«, sagte Hilda, während sie das Embankment entlangspazierten. »Bei Fantasten ist das für gewöhnlich der Fall.«

Vielleicht hatte er sie wirklich geliebt. Sie war genau das, was er wollte – clever, wenn auch gleichzeitig noch formbar, obwohl sich diese letzte Eigenschaft schnell änderte. Und was seine plötzliche Rückkehr und den Heiratsantrag anbelangte, durfte nicht außer Acht gelassen werden, dass eine Ehefrau nicht gegen ihren Ehemann aussagen musste.

»Obwohl ich nicht annehme, dass er tatsächlich damit gerechnet hat, gefasst zu werden, wollte er aber dennoch lieber auf Nummer sicher gehen. Die ganze Familie scheint nach dem Kurseinbruch etwas verrückt geworden zu sein. Ich neige dazu, Vita recht zu geben. Sie haben etwas Besseres verdient.«

»Ich will erst heiraten, sobald ich weiß, dass ich weiterarbeiten kann.«

Hildas Antwort ging in Nigels Ankunft unter, dem neuen Botenjungen, der ihnen nachgelaufen war, um sie zurück nach Savoy Hill zu scheuchen, wo es zwanzig neue Krisen zu bewältigen galt.

Maisie erlaubte sich zu glauben, dass trotz der Gegenwart von Siepmann Frieden in die BBC einkehren würde. Er war so fest entschlossen, seine eigene Arbeit außergewöhnlich gut zu machen, dass er Hildas Team anfangs sich selbst überließ. Außerdem gab es so viel Aufregung um das sich im Bau befindliche »Broadcasting House« und den stetigen Zuwachs an Sendungen, dass es wenig Zeit für belanglosen Tratsch gab. Doch Reith gewann eine eigenartige Schlacht. Irgendwer kam irgendwo überein, dass Inhalte in diesen schwierigeren Zeiten stärker kontrolliert werden müssten. Sie sollten konservativer, gemäßigter, ruhiger sein. Mehr Musik, mehr seichte Unterhaltung, weniger Themen, die müde Zuhörer herausforderten. Für Hilda, die allmählich blass und abgespannt aussah, bedeutete es einen fast täglichen Kampf.

Und es gab nichts, was der Rest von ihnen dagegen hätte tun können.

Harold Nicholson – gerade er! – sollte eine Sendung über James Joyce' *Ulysses* gestalten. Hilda und Vita gingen nun getrennte Wege, doch sie waren alle weiterhin gute Freunde.

»Für wen zum Teufel hält sich diese Frau?«, zischte Reith Siepmann zu, als sie die Treppe in die Geschäftsführung hinaufstiegen, genau in dem Moment, als Maisie, die eine Reihe an Vorschlägen für kommende Debatten abgeliefert hatte, nach unten kam. Augenblicklich machte sie auf dem Absatz kehrt, schoss nach oben und versuchte, mit der Wand zu verschmelzen.

»Ich habe gesagt, kein Joyce, kein *Ulysses*. Alles widerliches Zeug. Jeder Scheiterhaufen wäre zu gut dafür und noch dazu diese Schwuchtel Nicholson! Nicholson! Bei Gott, sie lebt für die Provokation, und ich werde es keine Minute länger akzeptieren.«

»Ich denke, wenn Sie ein paar Zeilen des Skripts streichen, sollte es in Ordnung sein«, sagte Siepmann in seiner schmierigen, besänftigenden Stimme. »Ich habe die anstößigsten Passagen angestrichen.«

»Sie sind allesamt anstößig«, beharrte Reith, aber Maisie konnte selbst von weiter oben auf der Treppe das Kratzen eines Füllfederhalters hören. Verzweifelt ließ sie den Blick schweifen, während sie an der Wand entlangschlich.

Reith und Siepmann erreichten just in der Sekunde ihre Etage, als Maisie die nächstgelegene Tür hinter sich schloss – die Tür zur Männertoilette, die glücklicherweise unbesetzt war.

»Soll ich gehen und ihr das überarbeitete Skript bringen?«, fragte Siepmann hoffnungsvoll.

»Nein. Ich rufe sie an und sage ihr, dass sie hochkommen und es sich selbst holen soll«, knurrte Reith. »Holen Sie mir Matheson an den Apparat!«, rief er seiner Sekretärin zu.

Maisie lauschte eindringlich. Sie verstand nur das Wesentliche, doch das reichte aus. Hilda brüllte ebenso entschieden zurück wie Reith. Und Siepmann, dieser Wurm, genoss das Spektakel.

Behutsam steckte Maisie den Kopf aus der Tür. Der Korridor war leer. Sie waren alle im Büro. Hilda war eine gute Lehrerin gewesen, ihre Schritte waren lautlos, als sie die Treppe hinablief und den ganzen Weg zurück in die Vortragsabteilung.

Hilda war nicht besonders weit gekommen, nur ein Stück den Flur hinab. Sie sah Maisie, blieb jedoch nicht stehen.

»Miss Matheson, bitte. Es ist bloß sein verrückter persönlicher Rachefeldzug. Irgendwann wird er sich beruhigen, und all die Kritik, dass die Sendungen nicht mehr so gut wie am Anfang sind, werden ihn zum Umdenken zwingen. Und es ist Siepmann, diese Spinne auf seiner Schulter. Wir müssen nur …«

»Miss Musgrave, sie haben an fast jeder Front gewonnen. Ich will arbeiten, nicht kämpfen. Und ich werde nirgends arbeiten, wo Zensur an der Tagesordnung ist.«

»Nein, natürlich nicht, aber Sie können ihm in diesem Zustand schlecht entgegentreten.«

»Und ob ich das kann!«

Maisie versuchte erneut, sie aufzuhalten, doch es endete nur damit, dass sie gemeinsam in Reiths Büro stürmten.

»Was soll das?«, wollte Reith wissen. »Dieser Harold Nicholson ist eine Schwuchtel, und seine Gattin ist genauso abnormal, und dieser widerwärtige Joyce-Roman gehört verboten! Wie können Sie es wagen, dass so etwas besprochen wird?«

»Wer sind wir, dass wir Bücher verbieten wollen?«, rief Hilda zurück. »Mein Gott, ihr Moralisten seid ein solcher Haufen Heuchler. Ihr prangert den Kommunismus an, brüllt euch die Seele aus dem Leib, dass er die Menschen in ein Korsett quetscht, und verlangt dann in eurer sogenannten Demokratie genau dasselbe! Warum kann nicht jeder Mann, jede Frau und jedes Kind versuchen, *Ulysses* zu lesen, wenn sie das wollen? Und wenn es ihnen gefällt, toll, und wenn nicht, was soll's, und wenn sie glauben, es würde gegen ihre Moral verstoßen, können sie sich mit angemessenen Beruhigungsmitteln Erleichterung verschaffen, und wenn sie der Meinung sind, dass es ihren Verstand und ihr Herz anregt, dann werden sie das ihr ganzes Leben mit sich tragen und sich nach immer neuen Büchern sehnen, die sie wie einen Schatz horten können, und ist nicht genau das Sinn und Zweck der Gesellschaft, für die wir kämpfen und die wir so hochhalten?«

»Ich werde nicht zulassen, dass Sie so mit mir reden!« Reith war knallrot. »Warum können Sie nicht verstehen, dass es eine Menge Menschen gibt, die es zu beschützen gilt und die sich darauf verlassen, dass andere sie zu der Art Kultur hinführen, die angenehm und trostreich, aber nicht zu anspruchsvoll ist – die meisten Menschen kommen nicht damit zurecht, herausgefordert zu …«

»Dann sollen sie diese Bücher beiseitelegen!«

»Nein, denn sie könnten Schaden nehmen, auch wenn sie nur ein kleines bisschen lesen! Es sind zartbesaitete Menschen, und die Welt ist wirklich viel gefährlicher, als ein Mädchen wie Sie es verstehen kann …«

»Wie bitte?«

»… und wir haben eine heilige Pflicht. Sie werden zu Ihrem schwulen kleinen Freund gehen und Sie werden ihm sagen, dass was auch immer er in seinem Leben tut, sein Herumgeprahle mit seiner aristokratischen ›Ehefrau‹ und all ihren Anwesen und Reisen und ihrer bedeutenden Rolle, während er dann all seine Zeit mit Männern verbringt und tut, was auch immer er will, ohne dass er zur Rechenschaft gezogen wird, ohne jede Konsequenz, ein Leben als Hedonist, diese Lust …«

Reith blickte mürrisch wie immer, doch während seine Worte wild durcheinanderpurzelten, starrte Maisie die Kontur seines Gesichts an, seine Augen, die wütend funkelten, aber auch von etwas anderem erfüllt waren … War es

Schmerz? Neid? Beides? Ihr Blick huschte kurz zu Hilda, und es war offenkundig, dass sie es ebenfalls sah. In Hildas Augen spiegelte sich fast so etwas wie Mitleid. Kleine Versatzteile von Reiths Taten und Worten der vergangenen fünf Jahre schwirrten Maisie im Kopf herum. Seine Besessenheit von der moralischen Unfehlbarkeit bei Männern. Seine unangemessene Wut, wenn jemand außerehelichen Sex hatte. Und die Art, wie er sich lächelnd bei Siepmann einschmeichelte. Er hatte eine Frau. Er hatte Kinder. Er hatte Auszeichnungen bekommen und sich zu dieser bedeutenden Stellung emporgearbeitet. Doch da war noch etwas, wonach er sich wirklich sehnte, und vielleicht hasste er sich dafür oder hasste alle anderen, die dies hatten. Und es beeinflusste einfach alles, jede einzelne seiner Taten.

Diese Erkenntnis führte dazu, dass Maisie ihm mehr Verständnis entgegenbrachte, als sie wohl andernfalls gehabt hätte.

»Mr Reith, natürlich verstehen wir Ihre Bedenken, aber Harold Nicholson ist überall hoch angesehen und wird respektiert, und denken Sie nur daran, wie oft Sie schon ähnliche Sorgen geäußert haben, die sich als unbegründet erwiesen haben.«

Er ignorierte sie.

»Miss Matheson, Sie werden Nicholson anweisen, die anstößigen Passagen aus seinem Skript zu entfernen, falls er auf Sendung gehen will. Und außerdem werden Sie von nun an jeden einzelnen Sprecher und jedes Skript mit mir besprechen und von mir absegnen lassen.«

»Das werde ich gewiss nicht. Auf gar keinen Fall.«

»Vielleicht können wir einen Kompromiss aushandeln?«, schlug Maisie vor.

»Miss Musgrave!«, rief Reith. »Ich habe mich Ihnen gegenüber von Anfang an sehr tolerant gezeigt. Sie sind ein Niemand und haben es sehr weit gebracht. Ich bestehe darauf, dass Sie dieses Skript nach meinen Wünschen überarbeiten. Doch wenn Sie Miss Matheson in ihrer Narrheit unterstützen wollen, wird Ihr Dienstverhältnis fristlos gekündigt.«

Die Worte lagen Maisie schon auf den Lippen. Sie war durchaus bereit, ihm an den Kopf zu werfen, dass sie sich weder von seinen Drohungen noch seiner Erpressung oder Zensur in die Knie zwingen lassen würde. Doch sie fing Hildas Blick auf. Hilda bewegte keinen einzigen Muskel, doch ihr Gesichtsausdruck verriet Maisie, dass sie mehr erreichen könnte, wenn sie blieb.

»Ich werde das Skript anpassen«, flüsterte Maisie.

»Vielen Dank, Miss Musgrave. Vielleicht werden Sie doch noch zum Redakteur aufsteigen.«

»Mr Reith«, sagte Hilda, ihre Stimme ausdruckslos und beiläufig. »Sie haben sich sehr klar ausgedrückt, und für mich gibt es nun nichts weiter, als meine Kündigung einzureichen.«

»Nein!«, rief Maisie, die ihren Gefühlsausbruch nicht unterdrücken konnte. Doch keiner von ihnen schien sie zu bemerken.

»Miss Matheson, das erscheint mir ein wenig übertrieben.« Doch er wirkte insgeheim erfreut. »Ich habe Sie keineswegs gebeten zu gehen, und ich denke, dass Ihr Verlust die BBC recht schwer treffen wird.«

»Vielleicht eine Weile. Aber was ein echter Verlust für dieses Unternehmen sein wird, sind diese neuen Zwänge. Ich habe noch nie gehört, dass offene Zensur von Literatur zu irgendetwas Gutem geführt hätte, und ich werde es gewiss nicht tolerieren. Ich werde mein offizielles Kündigungsschreiben im Laufe des Nachmittags einreichen.«

Und das war es.

Die Reiseuhr wurde als Letztes verpackt, behutsam eingebettet in Stroh. Bis zu diesem Moment war Maisie sich sicher gewesen, dass es eine weitere Gnadenfrist geben würde.

»Auf Wiedersehen, ihr Lieben. Immer weiter, immer weiter!«, rief Hilda und schlenderte aus dem Büro.

Sobald sie fort war, wandte Siepmann sich an Maisie.

»Ich muss Ihnen wohl nicht sagen, dass ich vollkommene Loyalität erwarte. Diese Abteilung hat eine Umstrukturierung nötig, und mich beschleicht das Gefühl, dass wir hier nicht ganz so viele Mädchen brauchen, die überall herumschwirren.«

»Ich verstehe.« Maisie nickte ernst. »Vielleicht sollte ich mich lieber anschicken, ein ausführliches Exposé über die Abläufe der BBC und eine Neuorganisation der Mitarbeiter zu schreiben.«

Siepmann funkelte sie finster an, und sie lächelte zurück, seelenruhig und fast gelangweilt.

»Sie wollen nicht nur bleiben, sondern sich auch noch den Posten eines Redakteurs angeln, nicht wahr? Glauben Sie etwa, ich würde Ihnen etwas anderes als *Die Woche in Westminster* überlassen?«

»›Überlassen‹? Nein, aber ich denke, dass ich mir weitere Sendungen erarbeiten werde.«

»Und ich nehme an, Sie wollen dieses Yorkshire-Mädchen als Ihre Vortragsassistentin?«

»Miss Fenwick? Nichts lieber als das, aber Lady Astor hat sie gerade als ihre neue politische Sekretärin und ihren Protegé eingestellt, obwohl sie unterschiedlicher nicht sein könnten. Aber keine Sorge. Ich werde mich dafür einsetzen, dass Lady Astor weiterhin genügend Zeit hat, um hierherzukommen und für uns auf Sendung zu gehen. Sie wissen, wie beliebt sie ist. Die Vortragsabteilung wird irgendwann auch wieder gute Presse bekommen, da bin ich sicher.«

»Ein Fehler, kleine Dame, und Sie sind raus«, zischte Siepmann.

»Wie gut, dass ich nicht vorhabe, Fehler zu machen«, versicherte sie ihm.

Im Grunde hatte sie bereits ihren ersten Erfolg verbucht. *Er hat mich eine Dame genannt, kein Mädchen. Ehe er sich's versieht, wird er aufhören, mich »klein« zu nennen.*

Lady Astor kämpfte hart, damit Hilda in den Rundfunkrat der BBC ernannt wurde, doch Hilda erklärte, sie habe die Nase gestrichen voll vom Radio. Zumindest für eine Weile.

»Lady Astor unterstützt mich tatkräftig, damit ich mich zur Wahl aufstellen lassen kann«, flüsterte Phyllida vertrauensvoll Maisie zu, während Lady Astor auf Sendung war. Ihre neue Rolle als Lady Astors politische Sekretärin hatte ihr ein Tweedkostüm und eine Aktentasche eingebracht, doch sie war immer noch so hübsch und kämpferisch wie eh und je. »Ein bisschen verzwickt, weil ich hier schon so lange lebe, den Norden aber anständig repräsentieren will, wenn du verstehst, was ich meine.«

»Das hast du doch immer«, versicherte Maisie ihr mit leicht zitternder Stimme. Sie hätte es lieber gesehen, wenn Phyllida noch ein wenig länger bei der BBC geblieben wäre.

»Hör auf, du dumme Kuh«, warnte Phyllida sie, auch wenn ihre Stimme nicht ganz so fest wie sonst war. »Wir werden immer noch mindestens dreimal die Woche zusammen Mittag essen gehen und uns am Wochenende sehen. Immer weiter, immer weiter, schon vergessen?«

»Immer weiter, immer weiter.«

»Und außerdem ist nicht jede Veränderung schlecht, nicht wahr?«

»Nein. Nein, nicht jede.«

Epilog

◊◊◊

1932

Hilda lehnte sich auf ihrem Stuhl zurück und blickte sich in dem hübschen Garten hinter dem Pub um.

»Ich kann kaum glauben, dass ich angenommen hatte, mein Leben nach der BBC würde ruhiger verlaufen, aber hier bin ich und reise mit Lord Hailey durch ganz Afrika und oh, habe ich das schon erwähnt? Ein Verleger ist an meinem kleinen Büchlein übers Radio interessiert, also liegt auch das wieder auf meinem Tisch. Ich gehe gerade die Korrekturen durch.«

»Ich nehme nicht an, dass Sie eine Sekretärin brauchen?«, fragte Maisie. Hilda schüttelte lachend den Kopf.

»Redakteurin bei der BBC, Kolumnistin für den *Listener,* und für wie viele andere Magazine haben Sie nun schon geschrieben?«

»Fünf.«

»Ja, ich kann mir lebhaft vorstellen, wie Sie Zeit finden wollen, meine Notizen für mich abzutippen.«

»Wahrscheinlich habe ich auch längst vergessen, wie man Ihre Schrift entziffert.«

Hilda lachte wieder.

Eigentlich war es viel zu früh im Jahr, um im Freien zu sitzen, doch es war ein strahlend schöner Tag, und der Garten des Pubs war sehr hübsch, und sie hatten ihn ganz für sich allein. Es war mehrere Monate her, seit sie Hilda das letzte Mal getroffen hatte, und Maisie war froh, sie so glücklich zu sehen. Abgesehen von ihrer Arbeit beim Afrikabericht mit Lord Hailey und ihrer gelegentlichen Tätigkeit bei unabhängigen Sendern – so viel zum Thema »die Nase gestrichen voll vom Radio«– sowie ihrem Buch, hatte sie nun auch ein Verhältnis mit Dorothy Wellesley, der Herzogin von Wellington.

»Wie es scheint, sind Sie der Aristokratie mehr zugeneigt, als ich es jemals war«, neckte Maisie sie.

»Ja, ich bin ein echter gesellschaftlicher Emporkömmling«, stimmte Hilda ihr mit hochgezogener Augenbraue zu.

Sie fragte nach, weshalb Maisie ihr vom »Broadcasting House« erzählte, in das sie bald umziehen würden, und wie verärgert Siepmann immer noch war, dass das Büro des Programmdirektors bis hin zur Einrichtung genau nach Hildas Anweisungen gestaltet worden war, und niemand ihm Geld zur Verfügung stellen wollte, um Veränderungen vornehmen zu können.

Sie lachten immer noch, als eine ferne Kirchturmglocke läutete.

»Du meine Güte, ich fürchte, ich muss los«, sagte Hilda. Sie blickten beide auf ihre Armbanduhren – Hilda lächelte, als sie bemerkte, dass Maisie noch immer das fliederfarbene Modell trug, das sie ihr geschenkt hatte.

»Ich habe noch fast eine Stunde, bis ich Cyril treffe«, sagte Maisie.

»Ah. Er hat sich prächtig entwickelt, nicht wahr?«

»Nun ja, man wird sehen«, erwiderte Maisie, doch sie lächelte. Dies war erst ihre dritte richtige Verabredung. Die von 1927 zählte sie nicht mit. Sie hatte ihm gesagt, er solle ihretwegen nicht auf dumme Gedanken kommen, denn sie sei längst nicht mehr der heiratswillige Typ. Er hatte erwidert, das wäre ihm gleich, solange er nur in den Genuss ihrer Gesellschaft käme.

Hilda bezahlte die Rechnung und winkte ab, als Maisie ihre Geldbörse zücken wollte.

»Bleiben Sie und trinken Sie noch etwas. Ich kenne Sie. Sie gönnen sich nicht genügend Ruhe.« Sie tätschelte Maisies Schulter, legte eine grüne Mappe auf den Tisch und war im nächsten Moment verschwunden.

Maisie starrte die Mappe an. Sie wusste, dass Hilda immer noch mit dem MI5 zu tun hatte. War es womöglich ein Tipp? Maisie war neuerdings immer auf der Jagd nach neuen Geschichten. Es wäre nett, wenn ihr einmal eine einfach in den Schoß fiele.

Sie schlug die Mappe auf und las.

Musgrave, Edwin. Geboren 1881, Selby, Yorkshire. Gestorben 1915, Belgien.

1900 nach Kanada ausgewandert, Arbeit im Theater als Maler. Auf diese Weise mussten sie sich kennengelernt haben. Heirat mit Georgina Allen 1902. Nachkommen: Maisie Edwina, geboren 1903.

Edwina? Georgina hatte immer behauptet, Maisie müsse dankbar genug sein, auch nur einen einzigen Namen zu haben. Edwina. Nach ihrem Vater.

Scheidung: 1904. Rückkehr nach England: 1904.

Ein Jahr. Oder weniger. So lang war er dort gewesen. Hatte sie gesehen. Aber vielleicht auch nicht. Es warf nur weitere Fragen auf.

Arbeit als Tischler. Und dann Soldat, obwohl er schon dreiunddreißig war und seinen Beitrag an einem sichereren Schauplatz hätte leisten können. Und er starb, bevor Maisie dem Voluntary Aid Detachment beigetreten und in das Krankenhaus in Brighton versetzt worden war. In Belgien gestorben, weshalb sie ihm sowieso nie begegnet wäre.

Es gab ein Foto. Etwas Besonderes in der damaligen Zeit für einen Mann, ein Foto von sich zu machen. War es für Georgina gewesen?

Er war jung, mit vollkommen glatten Haaren und Maisies markanter Nase. Sein Blick war feierlich, sein Kinn spitz. Sein Gesichtsausdruck war angemessen ruhig, doch da schien etwas in seinen Augen aufzublitzen, das darauf hindeutete, dass er am liebsten losgesprintet wäre, um etwas anderes zu tun.

Ein sehnsüchtiges Verlangen.

Maisie wischte sich über die Augen und las weiter. Es gab nicht viel mehr. Er hatte einen Bruder, Maxwell, der 1916 wegen einer Verletzung zurück nach Hause geschickt worden war und in York lebte. Ein Verwaltungsbeamter. Zwei Kinder, Peter und Hannah. Beide verheiratet. Zwei Enkel, Gerald und Samuel.

Sie schloss die Akte, damit keine Tränen auf die Seite tropften, und stützte den Kopf in die Hände.

Sie hatte eine Familie. Einen Onkel Max. Einen Cousin und eine Cousine. Und sie stammte aus Yorkshire, genau wie Phyllida.

Sie könnte ihnen schreiben. Vielleicht wussten sie überhaupt nichts von ihrer Existenz, aber sie könnte sich mit ihnen in Verbindung setzen. Vielleicht nach York fahren. Es wäre schön, mehr zu reisen. Es gab so viel zu sehen. Phyllida würde sich vielleicht für sie freinehmen. Und vielleicht hätte sie endlich eine Familie.

Sie wischte sich wieder übers Gesicht und steckte die Akte in ihre Reisetasche – stopfte sie hinein zu den Zeitungen, Notizbüchern, Stiften, zwei Büchern und einer Einführung ins Deutsche.

Hilda hasste es, wenn sich jemand bei ihr bedankte.

Ich werde ihr Eintrittskarten für ein Konzert schicken. Etwas sehr Beschwingtes und Modernes. Das würde ihr gefallen.

Maisie schlenderte hinaus in den Abend, die Reisetasche neben sich her schwingend.

Danksagung

Die Recherche und das Schreiben dieses Buchs waren eine freudige, wenn auch mühselige Erfahrung, und ich kann all den vielen Menschen nicht genug danken, die mir auf die unterschiedlichste Weise so unglaublich geholfen haben, während ich schließlich zur Ziellinie gekrochen bin.

Wie Maisie schon sagt, Bibliothekarinnen sind ein endloser Quell an Unterstützung. Drei Bibliotheken im Speziellen waren unbezahlbar für mich: der Mortimer Rare Book Room im Smith College und insbesondere Barbara Blumenthal. Die Bienecke Collection in Yale, deren unschätzbare Mitarbeiter sogar so freundlich waren, mir den Hut zuzusenden, den ich versehentlich in einem Schließfach vergessen hatte. Die Bibliothek der UCLA – wo eine gewisse wunderbare Mutter (meine!) gern arbeitet – war einfach unglaublich, da sie mir eine überaus großzügige Leihfrist für Hildas Buch *Broadcasting* eingeräumt hat, das zu einem wunderbaren Talisman für meine Arbeit wurde.

Ich verbrachte zwei herrliche Wochen in Großbritannien zur Recherche, wo ich von einer meiner ältesten und liebsten Freundinnen, der Schriftstellerin Allie Spencer, und ihrem wunderbaren Ehemann Christopher Daniell samt ihren fantastischen beiden Söhnen Matt und Jamie aufgenommen wurde.

Ein Riesendankeschön geht an das BBC Written Archives Centre in Caversham und den Archivar Jeff Walden. Die Fülle an Material war schier unglaublich, sodass ich dort ohne Probleme wochenlang hätte bleiben können.

Die Großzügigkeit von Kate Murphy, der Autorin von *Behind the Wireless: An Early History of Women at the BBC*, ist schier beispiellos. Sie hat mich nicht nur in ihr zauberhaftes Londoner Zuhause eingeladen, wo wir einen wunderschönen Tag lang über Hilda und die BBC diskutierten, sondern hat mir ebenfalls Zugang zu einer echten Goldmine an Informationen verschafft, Fotografien, Aufnahmen und persönlichen Erinnerungsstücken. Für jeden, der mehr über Hilda und andere Frauen wissen möchte, die in der BBC echte Pionierarbeit geleistet haben, ist Kates Buch eine echte Fundgrube.

Ich hatte unermesslich großes Glück, kurz nach der Eröffnung der Ausstellung »Informationszeitalter« im Science Museum in London gewesen zu sein, in der der originale 2LO-Transmitter, der in diesem Buch beschrieben wurde, neben anderen Radiokostbarkeiten gezeigt wurde. John Liffen, der Kurator der Abteilung Kommunikation und Elektrizität, war so überaus freundlich, mir eine Führung durch die Ausstellung zu geben und mir mehr über den 2LO und die Rundfunkübertragung der 1920er Jahre zu erzählen.

Mein Glück hielt insofern an, da Hildas Haus in der Sumner Street nur einen fünfminütigen Spaziergang vom Science Museum entfernt liegt, sodass ich ihm einen Besuch abstatten und Fotos schießen konnte. Ich hoffe, dass dort bald eine blaue Gedenktafel mit Hildas Namen prangen wird.

Jon Cable, der Assistent des Archivars im Institution of Engineering and Technology war so liebenswürdig, mich im Savoy Hill House herumzuführen, mir Fotos zu zeigen und eine Reihe an Fragen zu beantworten.

Zurück in den USA bin ich unendlich dankbar für den Zufluchtsort, den der Paragraph Writers Space bietet, und all meine vielen Freunde dort. Ein besonders großes Dankeschön geht an alle, die mein Buch gelesen, mich angetrieben und mit Umarmungen und Kuchen versorgt haben: Allison Amend, Kate Bernstein, George Black, Athos Cakiades, Lisa Dierbeck, Elyssa East, Sophie Jaff, Anne-Sophie Jouhanneau, Rebecca Louie, Ilana Masad, Amy Meng, Caroline Rothstein, Sia Sotirakis, Laura Strausfeld und Cynthia Weiner! Und an so viele andere – wir sind eine ganz besondere Gemeinschaft.

Mein besonderer Dank gilt meiner Agentin, Margaret O'Connor, von Innisfree Literary, die nicht nur unermüdlich für mich eingetreten, sondern auch zu einer guten Freundin geworden ist.

Ich hatte das große Glück, an diesem Buch mit zwei wunderbaren Lektorinnen zu arbeiten. Zuerst Ellen Edwards, die das Potenzial erkannte und das Risiko einging, und dann Kate Seaver, deren Perspektive und Leidenschaft mir halfen, die Geschichte zu verbessern und tiefgründiger zu machen.

Viele, viele Freunde waren ein endloser Quell der Liebe und Unterstützung. Mein ganz besonderer Dank gilt Melinda Klayman, meiner ältesten Freundin und »Schwester«, die immer meine kritische Heldin sein wird. Ich durfte gleich zu Anfang und in den letzten Tagen der Geschichte Zeit mit ihr, ihrem großartigen Ehemann Michael Zbyszynski und ihrer zauberhaften kleinen Tochter Anya verbringen. Obwohl dieses Buch keine richtige Widmung hat, sind es Mädchen wie Anya, die ich beim Schreiben im Sinn hatte – Mädchen, die, wie ich hoffe, in unserer Gesellschaft aufwachsen und unerschrocken ihre Stimme einsetzen.

Eine weitere Umarmung geht an Sarah Canner, Jen Deaderick, Nathan Dunbar, Rob Intile, Amanda Kirk (noch eine große Heldin während der letzten Krisen), Karol Nielsen, Alisa Roost, Joe Wallace, Jerry Weinstein und so viele, viele andere. Ich kann mich unglaublich glücklich schätzen.

Hilda und Maisie waren mir ebenfalls sehr gute Freundinnen. Es tut mir leid, mich von ihnen verabschieden zu müssen, aber wenn ich die unnachahmliche Carol Burnett zitieren darf: »Ich bin so froh, dass wir diese gemeinsame Zeit hatten.«

Die Originalausgabe erschien 2016 unter dem Titel »Radio Girls«
bei New American Library, New York.

Sollte diese Publikation Links auf Webseiten Dritter enthalten,
so übernehmen wir für deren Inhalte keine Haftung,
da wir uns diese nicht zu eigen machen, sondern lediglich auf
deren Stand zum Zeitpunkt der Erstveröffentlichung verweisen.

Dieses Buch ist auch als E-Book erhältlich.

MIX
Papier aus verantwortungsvollen Quellen
FSC® C014496

Verlagsgruppe Random House FSC® N001967

1. Auflage
Deutsche Erstausgabe April 2020
by btb Verlag in der Verlagsgruppe Random House GmbH,
Neumarkter Str. 28, 81673 München

Covergestaltung: semper smile München
Umschlagmotiv: © Shutterstock/LoveDesignShop; BrAt82;
Olga Ekaterincheva
Satz: Uhl + Massopust, Aalen
Druck und Einband: GGP Media GmbH, Pößneck
mr · Herstellung: sc
Printed in Germany
ISBN 978-3-442-71644-9

www.btb-verlag.de
www.facebook.com/btbverlag